HEYNE

Das Buch

Die Lande des Exils werden vom Imperator beherrscht – doch seine Herrschaft stützt sich auf die Loyalität von einander rivalisierenden Magierorden. Als das Buch der Verlorenen Seelen aus dem Gewahrsam des Ordens der Bewahrer entwendet wird, steht das Gleichgewicht der Magie auf dem Spiel. Der Dieb Mayot, ein machthungriger Nekromant, hofft, mithilfe der uralten Schriften des Buches ein beinahe vergessenes, mächtiges Volk wieder zum Leben erwecken zu können. An der Spitze dieses Heeres will er dem Gott Shroud die Herrschaft über die Unterwelt entreißen – doch schon längst sind ihm seine Verfolger auf der Spur, allen voran der Söldner und abtrünnige Bewahrer Luker. Zusammen mit Agenten des Imperators und einer Assassine mit ganz eigenen Plänen soll Luker den Nekromanten unschädlich machen und das Buch zurückholen. Aber auch der Gott Shroud schickt seine talentiertesten Männer, um das Buch der Verlorenen Seelen zurückzubekommen. Es entbrennt ein gnadenloser Kampf um Macht und Magie …

»Marc Turners *Schattenreiter* steckt voller überraschender Wendungen und Charaktere!« *Manhattan Book Review*

Der Autor

Marc Turner wurde in Toronto, Kanada, geboren und wuchs in England auf. Er studierte Rechtswissenschaften am Lincoln College der Universität Oxford und arbeitete als Anwalt in einer der Top Ten Anwaltskanzleien in London. Nach mehr als zehn Jahren gab er seinen Beruf als Anwalt auf, um sich ganz dem Schreiben zu widmen.

MARC TURNER

SCHATTEN REITER

Roman

Aus dem Amerikanischen
von Kirsten Borchardt

Deutsche Erstausgabe

WILHELM HEYNE VERLAG
MÜNCHEN

Titel der Originalausgabe:
WHEN THE HEAVENS FALL – THE CHRONICLES OF THE EXILE I

Dieses Buch ist auch als E-Book erhältlich.

MIX
Papier aus verantwortungsvollen Quellen
FSC® C014496
FSC www.fsc.org

Verlagsgruppe Random House FSC® N001967

Deutsche Erstausgabe 08/2016
Redaktion: Werner Bauer

Printed in Germany
Karte: Rhys Davies
Umschlaggestaltung: Das Illustrat, München
Satz: KompetenzCenter, Mönchengladbach
Druck und Bindung: GGP Media GmbH, Pößneck

ISBN: 978-3-453-53412-4

www.heyne-fantastisch.de

Für Suzanne

INHALT

DRAMATIS PERSONAE

Aus Erin Elal:

Luker Essendar, *ein Bewahrer*
Gill Treller, *Oberster Bewahrer*
Kanon, *Mitglied des Rats der Bewahrer*
Avallon Delamar, *Imperator von Erin Elal*
Merin Gray, *Mitglied des Imperatorkreises, ehemaliger Befehlshaber der Siebten Armee*
Don Chamery Pelk, *ein Magier des Schwarzen Turms*
Mayot Mencada, *ein Magier des Schwarzen Turms*
Sekh Rakaal, *Befehlshaber der Zauberbrecher*
Jenna Amary, *eine Assassine*
Gol, *Jennas Leibwächter*

Aus Galitia:

Ebon Calidar, *Prinz von Galitia; später Thronfolger und König*
Vale Gorven, *Ebons Leibwächter*
Mottle, *ein Luftmagier*
Isanovir Calidar, *König von Galitia, Ebons Vater*
Rosel Calidar, *Königin von Galitia, Ebons Mutter*
Rendale Calidar, *Prinz von Galitia, Ebons Bruder*
Domen Janir Calidar, *Isanovirs Bruder*
Tamarin, *Kanzler des Königs*
General Reynes, *Befehlshaber der Pantheonwache*

Lamella Tauhand, *Ebons Gefährtin*
Hauptfrau Hitch, *eine Soldatin der Pantheonwache*
Sergeant Grimes, *ein Soldat der Pantheonwache*
Sergeantin Ellea, *eine Soldatin der Pantheonwache*
Bettle, *ein Soldat der Pantheonwache*
Sergeant Seffes, *ein ehemaliger Soldat der Pantheonwache*

Aus Sartor:

Consel Garat Hallon, *der wahre Machthaber von Sartor*
Ambolina Alavist, *Hexenmeisterin des Consel*
Falin Hallon, *Bruder des Consel*
Pellar Hargin, *oberster Berater des Consel*
Gen Sulin, *Befehlshaber (= Tarda) der Leibwache des Consel*

Sowie des Weiteren:

Romany Elivar, *Hohepriesterin der Spinne*
Die Spinne, *eine Göttin*
Danel, *Romanys Dienerin*
Parolla Morivan, *Nekromantin unbekannter Herkunft*
Aliana Morivan, *Parollas Mutter*
Tumbal Qerivan, *ein wandernder Gorlem*
Shroud, *ein Gott (Herr der Toten)*
Lorigan Teele, *ein Befehlshaber des Belliskaner-Ritterordens und einer von Shrouds Jüngern*
Die Witwenmacherin, *eine von Shrouds Jüngerinnen*
Andara Kell, *einer von Shrouds Jüngern*
Kestor ben Kayma, *einer von Shrouds Jüngern*
Der Herr der Jagd, *der Gehörnte Gott*

Ceriso di Monata, *Novize des Gehörnten Gottes*
Olakim, *Anhänger eines vergessenen Gottes*
Mezaqin, *Dämonenfürst der Schattenlande, der dritten von den Neun Höllen*

DIE LANDE DES EXILS
Rote Berge
Camessil
Mordella
Sametta
nach Xavel
Obenar
Kolamin
Silberberge
Linnar
Mercerie
Mander
KEN'DAH-
STEPPE
Seufzerwald
Königsforst
Amber
Majack
Culin
Koronos-
berge
GALITIA
Sonnenstraße
Balshaz
Estapharriol
Weiße Straße
Montenay
Bethin
Runenlied-Höhen
Weiße Berge
Arandas
DIE
ÖDNIS
Talen
GOLLOTHIR-
EBENE
Sonnenstraße
Cenan
Kal Kartin
Schwarze
Klippen
Karalat
Turmblick
Helin
Schildwallstraße
Kal
KAL
Kal Ginseng
Hohe Festung
Düstermeer
Schildwall
Javron
Kal Mecath
Renner
Renner
Mezan
Pallane
Straße der Winde
Kerin
Amenor
Cortane
Knochenstraße
Exil
Kerin-
wald
Nadelspitze
Taradhgraben
Arkarbour
Knochenmeer
ERIN ELAL
Dreieinigkeits-
hafen
Dram
Melesse
Star
Maise
Halsband-Inseln
Maise
Carros
Tressongebirge
Brena

Rote Berge
Cinsar
Hardangill
Soren
Utara
Palana Utara
Isis
Alos
vale
Piper
Teufelsbronn
Klarstrom
Minna
Hunte
Nainkluft
Shamano
Seygrün
Thax
Kahle Lande
Andros
Schlafender Fluss
Sturmweite
Peron Ra
Lurio
Weißschwing
Rastamira
Klauenfels
Trockener Fluss
Uscan-weite
Elescori
Sabianisches Meer
STURMINSELN
Grantori
Kulinick
Olaire
Yule
Faeron
Benaldi
Iliadis
Kansar
Schwarzer Fluss
Geisterhöhen
Airey
Grist
Gilgamar
Natilly
Hundari
Chari
Londell
Rotscheinberg
Galati
Sealow
Dian
-Meeresstreifen
Drachentor
50 Wegstunden
r Große Spalt
Äußerer Kranz
Das Auge
nach CORINIA
ROTFUNKEN-INSELN
Skarl
chwarzspitz
Tide
N
Tränen-insel
Pagan
Südgraben
Wist
Offenes Meer
Große Weite
nach AUGERA
1 Bezzle
2 Große Untiefe
3 Sommerspitze
4 Bard
5 Colgen
6 Große Hand

ERSTER TEIL

Das Spinnennetz

1

Luker hatte geschworen, nie wieder hierher zurückzukehren.

Normalerweise gab er nicht leichtfertig sein Wort; und dennoch stand er jetzt hier und sah durch die schmiedeeisernen Gitter des Eingangstors zum Sacrosanctum hinüber. Sein Blick glitt über die mit Brettern vernagelten Fenster, die fehlenden Schindeln auf den Turmdächern und die düsteren Umrisse der Mauern, die wie schwarze Klippen scheinbar unmöglich hoch aufragten. Zuhause. Es wirkte verlassen, aber aus den Fenstern ganz oben im Turm des Obersten Bewahrers drang noch Licht, wie ein Leuchtfeuer, das ihm den sicheren Weg in den Hafen wies. Auch ohne diesen Schimmer wusste er, dass er sich in gefährlichem Fahrwasser befand.

Die Narbe, die vom rechten Augenwinkel bis zum Kinn hinunterlief, juckte wieder, und er kratzte sich geistesabwesend. Eigentlich hatte er erwartet, beim Anblick des Sacrosanctums irgendetwas zu empfinden. Er hatte es gehofft. Aber als er in sich hineinspürte, fand er nur Leere und einen Hauch von Enttäuschung. Dabei war er doch sonst so eine echte Frohnatur. Er holte tief Luft. Vor zwei Jahren hatte er diese Tore hinter sich geschlossen und war davongegangen, ohne sich noch einmal umzusehen. Seinerzeit hatte ihm das Sacrosanctum nichts bedeutet, und er war ein Narr gewesen, wenn er wirklich geglaubt hatte, dass sich das geändert haben mochte.

Ich hätte nicht zurückkommen sollen.

Die Tore waren nicht verschlossen und wurden nur von den Zwillingsstatuen der Schutzherren bewacht, deren grimmiger Gesichtsausdruck bereits einen Vorgeschmack auf den Empfang gab, der zweifelsohne auf Luker wartete. Er stieß die Gitter auf. Der Pfad dahinter wurde von Kalipbäumen gesäumt, deren Zweige im Halblicht lange Schatten warfen. Luker ging den schmalen Weg entlang. Zu beiden Seiten herrschte Wildwuchs auf dem Gelände. Insekten schwärmten über schattenhafte Umrisse, die teilweise vom Unterholz verdeckt wurden. Aus dem verfilzten Gras ragten die Grabsteine der Verlorenen mit ihren verwitterten Inschriften auf. Einige der Gräber waren aufgebrochen worden, und die Erde lag aufgehäuft zwischen den Steinen. Während seiner Lehrzeit hatte Luker viele Abende damit verbracht, an der Seite seines Meisters Kanon über die Grabstätten zu schreiten und die Geschichten von den gefallenen Bewahrern zu hören – und von den Opfern, die sie gebracht hatten. Es hatte einmal eine Zeit gegeben, da er all ihre Namen gewusst hatte, aber das war heute nicht mehr so: Während seiner Abwesenheit waren zahlreiche Steinreihen dazugekommen.

Immerhin war ihm nun klar, wo die anderen alle geblieben waren.

Die ersten Regentropfen fielen. Ein Sturm zog von Süden heran, derselbe, der Lukers Schiff zuvor auf tanzenden Wellen in den Hafen getrieben hatte. Durch die Bäume hob sich das Sacrosanctum als eine Fläche dunkleren Graus vor den sich verdichtenden Wolken ab. Der Weg endete an einer Treppe, die Luker nun zwei Stufen auf einmal emporstieg. Sie führten zu einer Tür, zweimal so hoch wie er und aus einem so dunklen Holz gefertigt, dass sie wie feuergeschwärzt wirkte. In ihre steinerne Einfassung waren Runen eingraviert, die leicht grünlich leuchteten. Als Luker mit den Fingerspitzen darüberstrich, spürte er nur ein sanftes Kribbeln. Die Bewahrer ließen nach. *Wie alles andere an diesem verdammten Ort.*

Vor vier Jahren hatte Luker von einem der oberen Fenster aus beobachtet, wie der Imperator Avallon Delamar ebendiese Stufen emporgestiegen war. Die Tür zum Sacrosanctum war verschlossen gewesen, so wie jetzt, aber von den Runen war ein Leuchten ausgegangen, das sich selbst im hellen Sonnenlicht noch auf dem Gesicht des Imperators spiegelte. Bevor er eintrat, hatte Avallon sein Diadem abgenommen und auf die oberste Stufe gelegt. Die anderen, die mit Luker zusammen zusahen, hatten angesichts dieser Geste hart die Luft eingesogen, denn die Botschaft dahinter war klar: Der Imperator ließ seinen Herrschaftsanspruch vor den Toren des Sacrosanctums zurück. Er kam als Bittsteller zu den Bewahrern, nicht als Gebieter.

Und dennoch bekam dieser Dreckskerl natürlich das, was er gewollt hatte. Die Entscheidung der Bewahrer, sich auf die Seite des Imperators zu schlagen, hatte Gräben in den eigenen Reihe aufgetan, und als Avallon wieder bei ihnen vorstellig wurde und nun kaum verhüllt ihre Bündnistreue einforderte, waren sie verletzlich geworden. Luker war bewusst gewesen, dass dieser Vorfall den Anfang vom Ende der Bewahrer bedeutete, aber er hatte nie gedacht, dass sie so schnell in die Knie gezwungen würden.

Doch er wollte über ihren Niedergang keine Tränen vergießen, denn für Reue war es zu spät. Seine Entscheidung hatte er vor zwei Jahren gefällt. Jetzt gab es kein Zurück mehr.

Aber was, bei den Neun Höllen, mache ich dann hier?

Er zog das Schwert, das er an der linken Seite trug, und schlug mit dem Knauf gegen die Tür, dann schob er es in die Scheide zurück und wartete, den Kopf im Regen gesenkt. Nach einer Weile hörte er, wie die Riegel zurückgeschoben wurden. Die Tür schwang nach innen auf. In den Schatten, die sich dahinter auftaten, sah Luker das verwitterte Gesicht eines alten Mannes, dem das Haar wüst vom Kopf abstand, als hätte man ihn aus dem Schlaf geschreckt. Luker sah zu ihm hinunter.

»Was wollt Ihr?«, fragte der Torwächter.

»Zuerst einmal ein wenig Höflichkeit«, erwiderte Luker. »Ich bin Luker Essendar. Der Oberste Bewahrer hat mich zu sich gerufen.«

Der Alte musterte ihn von oben bis unten, als hätte er noch nie zuvor jemanden mit honigfarbener Haut gesehen. Vielleicht war das auch so.

Luker fasste in die Falten seines Mantels und zog eine Rolle Pergament hervor. Die Bewegung erschreckte den Torwächter, der einen Schritt zurückwich und die Arme hob, als ob er einen Schlag abwehren wollte.

»Keine Sorge.« Luker hielt ihm die Schriftrolle hin. Das Siegel war zwar gebrochen, der Abdruck aber klar zu erkennen. »Schaut her – das ist das Zeichen des Obersten Bewahrers.«

Der Alte trat näher und begutachtete die Schriftrolle mit zusammengekniffenen Augen, wobei seine Nase fast das Pergament berührte. Einige Herzschläge vergingen, bis er brummend beiseite trat, um Luker passieren zu lassen. Kaum war er vorüber, da schob der Torwächter die Tür mit der Schulter wieder zu, und sie schloss sich mit dem Donnergrollen eines herannahenden Gewitters. Umgeben von beinahe völliger Schwärze wartete Luker, bis die Riegel wieder an Ort und Stelle geschoben wurden. Wasser tropfte von seinem Mantelsaum und sammelte sich in Pfützen zu seinen Füßen.

»Folgt mir«, sagte der Torwächter.

»Gönnt Euren Beinen ein wenig Ruhe. Ich kenne den Weg.«

»Der Oberste Bewahrer wird erwarten, dass ich Euer Eintreffen ankündige.« Damit schlurfte der Torwächter in die Düsternis. Luker folgte ihm.

Hinter der Kammer, die sie durchquerten, lag ein Labyrinth von Gängen. Luker hätte mit geschlossenen Augen den Weg gefunden. In seinen ersten Jahren im Sacrosanctum war er nachts immer wieder durch die Flure gestreift, um den Erinnerungen zu entfliehen, die im Schlaf auf ihn lauerten. Jedes Mal hatten ihn seine Schritte zum Schrein der Schutzherrin geführt, an dem sie jetzt vorüberkamen, und er hatte zu Füßen der Statue gesessen und darauf gewartet, dass die Göttin ihr Schweigen brach. Und jedes Mal, wenn der Morgen wieder grau und leer heraufzog, war er in sein Zimmer zurückgekehrt, ohne einer Antwort näher gekommen zu sein. Seine Kindheit hatte er irgendwo hier in der Dunkelheit verloren.

Der Torwächter führte ihn durch einen Durchgang und eine Wendeltreppe hinauf. Es waren mehr Stufen als in Lukers Erinnerung, aber vielleicht lag das an dem forschen Schritt, den seine Eskorte vorgab. Oben angekommen, bedeutete der Torwächter Luker, vor einer Tür zu warten, dann klopfte er und trat ein. Luker hörte gedämpfte Stimmen, bevor der Alte wieder erschien und ihn hineinbat.

Der Turm des Obersten Bewahrers entsprach größtenteils noch Lukers Erinnerung – das offene Feuer, die Kerzen in den hohen Leuchtern und der Schreibtisch, auf dem sich die Schriftrollen türmten. Ein Gänsekiel lag auf einem Stück Pergament, die letzten Worte auf der Seite schimmerten noch feucht, während die Tinte trocknete. Die Wärme war nach der kühlen Luft der großen Halle beinahe erdrückend.

Gill Treller, der Oberste Bewahrer, hatte Luker den Rücken zugewandt und sah aus einem der Fenster. Als er sich endlich umwandte, stellte Luker fest, dass die letzten beiden Jahre nicht spurlos an ihm vorübergegangen waren, denn den ordentlich gestutzten Bart durchzogen graue Strähnen, und der Haaransatz hatte sich ein gutes Stück weiter zurückgezogen. Trotz der Wärme hielt Gill seine schwarzen Gewänder eng um den Körper geschlungen. Aber sein Blick war so brennend wie eh und je. *Und auch genauso feindselig*, dachte Luker und runzelte die Stirn. *Ihn macht meine Anwesenheit hier ebenso wenig glücklich wie mich.*

Dementsprechend freundlich fiel die Begrüßung aus.

»Warum hat das so lange gedauert?«, fragte der Oberste Bewahrer.

»Ich freue mich auch, dich zu sehen, Gill.«

»Du wurdest vor einer Woche hierher beordert. In dieser Zeit hättest du von Taradh Dor hierher *schwimmen* können.«

»Du kannst von Glück sagen, dass ich überhaupt gekommen bin.«

»Ach ja? Ich erinnere mich nicht, dir das freigestellt zu haben.«

Luker zuckte die Achseln, dann ging er zum Schreibtisch und schenkte sich aus dem Dekanter ein Glas Rotwein ein.

»Nimm dir gern ein wenig Wein, wenn du möchtest«, sagte Gill.

Luker trank einen Schluck. »Nicht übel. Vielleicht noch ein wenig unausgereift.«

»Hätte ich gewusst, dass du heute kommen würdest, hätte ich eine Sorte kommen lassen, die deinem Geschmack besser entspricht. Vielleicht können wir nun anfangen.«

»Zuerst habe ich eine Frage«, unterbrach Luker ihn. »Wie hast du mich aufgespürt?«

»Ich musste dich nicht *aufspüren*. Ich wusste genau, wo ich nach dir suchen musste.«

»Dann hast du mich die ganze Zeit beobachten lassen?«

»Überrascht dich das? Ein Bewahrer verschwindet nicht einfach, Luker, auch wenn er das noch so sehr wünschen mag. Das würde der Imperator nicht gestatten.«

»Der Imperator?«, fragte Luker und kniff die Augen leicht zusammen. »Was hat denn der damit zu tun?«

»Glaubst du vielleicht, *ich* hätte dich hierherbestellt?« Gill schüttelte den Kopf. »Du hast uns im Stich gelassen, Luker. Und das nicht zum ersten Mal. Wenn es nach mir gegangen wäre, hätte man dich auf Taradh Dor verfaulen lassen.«

Luker zog das Pergament aus seinem Mantel und warf es zu Boden. »Und wieso ist dann dein Siegel auf der shroudverfluchten Schriftrolle? Seit wann bist du Avallons Laufbursche?«

»Der Imperator war der Auffassung, dass du nicht kommen würdest, wäre die Aufforderung von ihm gekommen.«

»Da hat er verdammt recht. Ich nehme keine Befehle von …«

»Ich vermute, Avallon würde das ein wenig anders sehen«, unterbrach ihn Gill. Er zog ein Taschentuch aus seinem Ärmel und betupfte sich die tränenden Augen. »Du wirst feststellen, dass sich in deiner Abwesenheit hier einiges geändert hat. Die Macht des Imperators ist gewachsen. Wir sind jetzt alle seine Diener, ob uns das nun gefällt oder nicht.«

Luker sah ihn an. Es hatte ihn bereits überrascht, das Sacrosanctum so vernachlässigt zu sehen, aber diese Worte aus dem Mund des Obersten Bewahrers … »Sind wir wirklich schon so tief gesunken?«

»Bei den Göttern in der Tiefe!«, rief Gill und hob die Hände. »Sieh dich doch um, Mann! Das Sacrosanctum verfällt. Der Rat ist seit über einem Jahr nicht mehr zusammengekommen. Wozu auch? Es sind ja kaum noch zwanzig von uns übrig.«

»Besser, die Bewahrer ziehen sich so allmählich zurück wie dein Haupthaar, als dass sie sich ihre Knie beschmutzen, indem sie vor Avallon in den Staub fallen.«

»Ist das wirklich deine Meinung?«

»Ja.«

»Warum bist du dann der Aufforderung gefolgt? Wieso bist du jetzt hier?«

Luker ließ den Wein in seinem Glas kreisen. »Vielleicht war ich einfach nur neugierig.«

»Beim Abgrund, das warst du nicht. Du bist gekommen, weil du einer von uns bist. Und das auch immer bleiben wirst.«

Einer von uns? Und das aus dem Mund eines Mannes, der ihn auf Taradh Dor hätte verrotten lassen? »Du liegst meilenweit daneben, Gill, aber ich will nicht mit dir streiten. Du kannst nicht so tun, als hättest du lediglich meine Treue einer Prüfung unterziehen wollen. Es war der Imperator, der mich rufen ließ, nicht du, richtig?«

Die Fältchen um Gills Augen vertieften sich, dann wandte er Luker wieder den Rücken zu und sah erneut aus dem Fenster. Das Schweigen wurde immer länger. Luker fragte sich bereits, ob er entlassen war, als der Oberste Bewahrer plötzlich wieder sprach. »Hast du die neue Zitadelle gesehen, als du vom Hafen heraufkamst? Die Sturmfeste.« Er zeigte in die entsprechende Richtung. »Dort, neben dem Tempel der Weißen Frau?«

Luker sah ihn mit zusammengekniffenen Augen an. So schnell schon war es vergessen, dass er dem Ruf so zögerlich gefolgt war?

Gab sich der Oberste Bewahrer bereits geschlagen? *Nein, nicht Gill.* Also war das ein neuer Angriff. Luker trat ebenfalls ans Fenster und sah auf Arkarbour hinunter. Auf dem Weg von der Unterstadt war ihm die Sturmfeste nicht aufgefallen, aber von hier aus waren ihre Türme durch den Regen gut zu sehen und hoben sich vor den Zwillingsfeuern ab, die links und rechts die Hafeneinfahrt markierten. Sie waren gerade so hoch, dass sie den Turm, in dem er sich jetzt gerade befand, überragten. Wie ein Wettbewerb im Weitpissen, nur gemauert aus Stein.

»Du siehst die Festung der Zauberbrecher«, sagte Gill. »Erinnerst du dich an sie?«

»Der Name sagt mir etwas. Eine Untereinheit in irgendeiner Legion. Irgendein Rädchen in der Heeresmaschinerie des Imperators.«

»Ach, komm schon, die Zauberbrecher waren mehr als das. Ihr Befehlshaber ist ein Remnerol-Schamane – Rakaal –, der auf Avallons Befehl hin von der Schlinge des Henkers verschont wurde. Auch die unteren Ränge setzen sich aus Männern zusammen, die in der Schuld des Imperators stehen. Auf dem fünften kalanesischen Kriegszug machten sie als Männer von sich reden, die all jene Dinge erledigten, die niemand sonst übernehmen wollte. Und daher wurden sie für den Imperator das, was die Bewahrer nie hatten sein können.«

»Du meinst, dass Avallon sie dazu heranziehen will, uns zu ersetzen?«

»Dessen bin ich mir sicher.«

»Dann ist er ein Narr. So treu ihm die Zauberbrecher auch ergeben sein mögen, sie sind letztlich doch nur Soldaten.«

»Weil ihnen der *Tiefe Wille* fehlt, meinst du? Aber den haben sie, Luker – Amerel und Borkoth bilden sie darin aus. Die beiden haben den Rat der Bewahrer letztes Jahr verlassen.«

Das traf Luker unerwartet. Als er seine Bestürzung überwunden hatte, sagte er: »Borkoth, na schön, aber Amerel? Wie hat der Imperator sie in seine Fänge bekommen?«

»Wenn sie das nächste Mal hier vorbeikommen sollte, frage ich sie gern.«

Luker nahm noch einen Schluck Wein. »Aber selbst mit Amerel auf ihrer Seite wird es Jahre dauern, bevor die Zauberbrecher den Tiefen Willen beherrschen lernen. Und das ist auch gut so. Wahrscheinlich ist das der einzige Grund, weshalb du nicht schon mit dem Gesicht nach unten im Hafenbecken treibst.«

»Meinst du, das wüsste ich nicht? Im Augenblick braucht der Imperator die Bewahrer noch, aber mit jedem Tag, der vergeht, ist unsere Stellung stärker gefährdet. Wir müssen die Zeit nutzen, die uns noch bleibt, um seine Pläne zu durchkreuzen.«

»Richtig. Ihr seid noch etwa zwanzig, hast du gesagt.«

Ein Windstoß ließ die Fenster des Turms erzittern. Der Oberste Bewahrer trat ans Feuer und streckte seine Hände den Flammen entgegen. »Wir stehen nicht ohne Verbündete da. Der Senat wird nicht tatenlos zusehen, wie wir dahingehen. Er fürchtet die wachsende Macht des Imperators ebenso wie wir. Im Augenblick gibt es nur wenige kritische Stimmen – die Senatoren scheuen den offenen Konflikt mit dem Imperator, solange es im Krieg gegen die Kalaneser so schlecht steht. Aber sobald der Krieg vorüber ist, wird abgerechnet. Wichtig ist nur, dass wir lange genug durchhalten, um das noch zu erleben.«

»Im Krieg steht es schlecht?«, fragte Luker. »Ich dachte, Tyrin Malek schlüge sich ganz gut.«

»Dann hast du die letzten Neuigkeiten noch nicht gehört? Es heißt, Malek sei westlich von Arandas vernichtend geschlagen worden. Die Kalaneser hatten ihn mit einer Finte in den Schatten der Weißen Berge gelockt und griffen mit Einheiten, die im Vorgebirge versteckt lagen, seine Flanke an. Sie trieben einen Keil in seine Truppen, und bevor die Schlachtordnung wiederhergestellt werden konnte, fiel das Haupttheer der Kalaneser über sie her. Die Siebte Armee wurde ausgelöscht und auf der Gollothir-Ebene in alle Winde zerstreut. Die Fünfte – oder vielmehr das, was noch von ihr übrig ist – zieht sich gegenwärtig südlich Richtung Helin zurück.«

»Und Malik selbst?«

»Wurde gefangen genommen. Vielleicht werden die Kalaneser anbieten, ihn gegen ein Lösegeld wieder laufen zu lassen, aber ich glaube nicht, dass die imperiale Schatzkammer genügend Münzen übrig haben wird – noch nicht einmal für einen Bruder des Imperators.

Also gibt es nicht nur schlechte Nachrichten. »Was ist mit Arandas?«

»Avallon hat den vollständigen Rückzug befohlen.«

Luker schnaubte. »Die Ratsherren werden begeistert sein. Erst drängt der Imperator Arandas jahrelang mit aller Gewalt dazu, sich seiner Konföderation anzuschließen, und sobald es Ärger gibt, lässt er die Stadt wieder fallen.«

»Avallon hatte keine Wahl. Die Kalaneser und ihre Verbündeten rücken zu Zehntausenden vor. Es war unmöglich, Arandas zu halten.«

Das Feuer spuckte und knackte, als die Scheite im Kamin zusammensanken. Luker trank seinen Wein aus und stellte das Glas auf den Tisch. »Das ist alles zweifelsohne sehr interessant, aber es ändert nichts. Avallon hat diesen Krieg begonnen. Wenn er ihn beenden will, wird er seinen Dreck zur Abwechslung einmal selbst wegputzen müssen.«

Der Oberste Bewahrer ließ sich nicht beirren. »Ich habe dir noch nicht einmal gesagt, was der Imperator will. Höre mich zumindest an. Vielleicht stehst du seiner Sache wohlwollender gegenüber, als du erwartest.«

Luke betrachtete ihn misstrauisch und fragte sich, wohin das führen sollte. Höchstwahrscheinlich an einen Ort, hinter dem ein tiefer Abgrund gähnte. *Er glaubt, er könnte auf mich zählen, trotz allem, was ich gesagt habe. Welchen Trumpf mag er noch im Ärmel haben?* »Ich bin ganz Ohr.«

Gills Mundwinkel hoben sich leicht. »Komm, nimm noch etwas Wein.« Er hob den Dekanter und füllte Lukers Glas erneut, dann schenkte er sich selbst eines ein. »Willst du dich nicht setzen?«, fragte er dann und deutete auf einen Stuhl. Als Luker den Kopf schüttelte, zog Gill seine Gewänder enger um sich und sagte dann: »Erinnerst du dich an die Nacht des Verrats? An die Nacht, als der Schwarze Turm angegriffen wurde?«

Der Themenwechsel traf Luker erneut unerwartet. Wieder eine Finte? *Er will mich aus der Reserve locken. Damit ich den eigentlichen Schlag nicht kommen sehe.* »Ja«, sagte er schließlich.

»Dann erinnerst du dich bestimmt auch noch an Mayot Mencada. Nicht wahr? Er zählte zu den Magiern, die sich auf die Seite des Imperators stellten. Gemeinsam mit Epistine schlug er so lange Löcher in die Verteidigung des Schwarzen Turms, bis wir hindurchschlüpfen konnten.«

»Wenn du das sagst.«

Gill trat wieder ans Fenster. »Nach dem Angriff brachte Avallon Mayot und einige andere im Magierkonklave unter. Die meisten wurden von den Magiern selbst in aller Stille aus dem Weg geräumt, als der Imperator gerade in die andere Richtung sah, aber Mayot hat überlebt.«

»Du erzählst diese Geschichte aus einem bestimmten Grund, nehme ich an?«

»Wie du erkennen wirst, wenn du mich fortfahren lässt. Mayot ist kürzlich aus Arkarbour geflohen. Die Magier waren zweifelsohne froh, ihn los zu sein – hätte er bei seinem Verschwinden aus dem Schwarzen Turm nicht etwas mitgehen lassen.«

»Was denn?«

»Das Buch der Verlorenen Seelen.«

Luker kratzte sich am Ohr. »Soll mir das irgendetwas sagen?«

»Es würde mich wundern, wenn dem so wäre. Ich weiß selbst nur wenig über dieses Buch, abgesehen davon, dass die Magier es für sehr kostbar halten und es unbedingt zurück im Turm haben wollen.«

»Was habe ich damit zu tun?«

»Ich dachte, das sei klar. Der Imperator will, dass du Mayot aufspürst und das Buch zurückholst.«

Luker blinzelte. Dann fing er an zu lachen.

Gills Miene verfinsterte sich. »Ich kann nicht erkennen, was daran so lustig sein könnte.«

»Ist das dein Ernst? Maleks Truppen wurden vernichtend geschlagen. Malek selbst schmort vermutlich über irgendeinem Feuer in Kal Kartin. Die Konföderation steht kurz vor dem Zusammenbruch.« Luker zählte die Fakten an seinen Fingern ab. »Und da will der Imperator, dass ich mich auf die Suche nach einem *Buch* begebe?«

»So scheint es.«

»Warum? Was hat er davon?«

»Ich weiß es nicht.«

»Du bist nicht auf den Gedanken gekommen, ihn zu fragen?«

Gill machte eine abwehrende Handbewegung. »Falls es deiner Aufmerksamkeit entgangen sein sollte: Der Imperator pflegt mich in jüngster Zeit nicht mehr ins Vertrauen zu ziehen. Vielleicht möchte er sich beim Schwarzen Turm beliebt machen, jetzt, da der Krieg eine andere Wendung genommen hat.« Der Oberste Bewahrer zuckte die Achseln. »Ehrlich gesagt, mir ist es egal. Es zählt nur eines: dass Avallon das Buch haben will und uns um Hilfe gebeten hat. Diese Gelegenheit, ihn uns zu Dankbarkeit zu verpflichten, ist zu gut, als dass wir sie ungenutzt verstreichen lassen sollten.«

»Du meinst, wir könnten beweisen, dass wir noch zu etwas nütze sind.«

»Wenn du es so betrachten willst.«

Luker hob sein Weinglas an die Lippen, hielt die Augen aber weiter auf Gill gerichtet. »Wieso ausgerechnet ich?«

»Wieso der Imperator dich gewählt hat?« Wieder zuckte der Oberste Bewahrer die Achseln. »Wie schon gesagt, es sind nicht mehr viele von uns übrig. Senar Sol, Jenin Lock, Alar Padre, alle nicht mehr da.« Er warf Luker einen berechnenden Blick zu. »Ich kann es mir nicht leisten, ein weiteres Ratsmitglied für diese Mission zu opfern. Und aus irgendeinem Grund scheint dich Avallon sehr zu schätzen ...«

Luker unterbrach ihn mit einer Handbewegung. »Halt. Willst du damit sagen, ich sei nicht der Erste, den du auf Mayot angesetzt hast?«

»Nein. Da war noch jemand, aber er ist schon vor einer Weile verschwunden.«

Lukers Kehle war plötzlich ganz trocken. »Du sagtest, es sei jemand aus dem Rat. Wer?«

»Kanon.«

Mit einem Klirren setzte Luker sein Glas ab. Wein spritzte wie Blutstropfen auf die Pergamentseiten. »Kanon ist verschwunden? Wann? Wo?«

Der Oberste Bewahrer bedachte seine Schriftrollen mit einem grimmigen Blick. »Das kann ich dir nicht sagen.«

»Kannst du es nicht, oder willst du es nicht?«

»Ich bin nicht in Stimmung für Wortspiele.«

Luker knirschte mit den Zähnen. Er hätte es wissen sollen. Gill war deshalb weiterhin so zuversichtlich gewesen, obwohl Luker sein Ansinnen abgelehnt hatte, weil er immer noch Kanons Verschwinden in der Hinterhand hatte und diesen Trumpf ausspielen konnte, falls Luker sich nicht anderweitig überzeugen ließ. »Meinst du, ich weiß nicht, was du da tust, Gill? Du benutzt Kanon, um mich wieder auf Linie zu bringen.«

»Du lässt mir kaum eine andere Wahl.«

»Und was ist mit Kanon? Willst du einfach ...«

»Ach, verschon mich!«, unterbrach ihn Gill. »Hier geht es nicht nur um Kanon. Die Zukunft der Bewahrer steht auf dem Spiel, also auch deine. Glaubst du, der Imperator wird dich einfach deiner Wege ziehen lassen, wenn du dich ihm verweigerst? Er wird es als Verrat betrachten.«

Jetzt droht er mir also. Luker wandte sich um und ging zur Tür. »Wir sind fertig miteinander.«

»Warte!« In Gills Stimme schwang ein wenig vom Tiefen Willen mit.

Luker erstarrte mitten in der Bewegung und schüttelte dann den Kopf, um sich von der Berührung des Obersten Bewahrers zu befreien. *Er wagt es, seinen Willen gegen mich einzusetzen?* Mit einem Ruck errichtete Luker seinen inneren Schutzwall. »Raus aus meinem Kopf!«

Der Oberste Bewahrer betrachtete Luker einen Herzschlag lang, dann stellte er sein Weinglas auf dem Kaminsims ab. Luker spürte wieder, wie Gills Kraft seine Gedanken berührte; dieses Mal tastete er sich geschickter und gleichzeitig hartnäckiger vor. Luker konzentrierte sich nun auf seinen eigenen Willen und schlug damit die bohrenden Fühler des Obersten Bewahrers weg. Als ihre Kräfte aufeinandertrafen, verloschen die Kerzen im Zimmer. Das Feuer im Herd flackerte und ging aus, und der Raum wurde in Dunkelheit getaucht.

Gills Silhouette hob sich vor dem Fenster ab. »Überleg dir gut, bevor du etwas tust, das dir später leidtun wird. Diesen Kampf kannst du nicht gewinnen.«

Noch während er sprach, merkte Luker, dass Gill seine Kraft erneut sammelte. Der nächste Angriff schlug mit einer solchen Gewalt gegen seine Schutzwälle, dass er zusammenfuhr. Die Spannung im Raum verstärkte sich. Ein Kerzenleuchter fiel klappernd um, und die Kerzen rollten über den Boden. Luker spürte ein lastendes Gewicht auf seiner Brust, und das Atmen wurde ihm schwer. Seine Hände schwebten über seinen Schwertgriffen. »Ich mag es nicht, wenn man mich manipulieren will. Und noch weniger gefällt mir, dass Kanon den Wölfen vorgeworfen wird, nur damit du dich bei Avallon einschmeicheln kannst.«

»Und wie möchtest du ihm helfen? Du willst Kanon also finden, ja? Und wie willst du das ohne meine Hilfe anstellen? Wo willst du suchen?« Gills Stimme nahm einen versöhnlichen Ton an. »Wenn du Mayot aufspürst, wird er dich vielleicht zu deinem Meister führen.«

Ein pochender Schmerz breitete sich in Lukers Kopf aus. Der Wille des Obersten Bewahrers hämmerte gegen seine Schutzwälle und ließ ihn einen Schritt zurückweichen. Er brauchte Zeit zum Nachdenken. Gill hatte recht: Um Kanon zu finden, brauchte Luker Hilfe, aber woher sollte die kommen? Es war nicht sicher, dass jemand anders aus dem Rat der Bewahrer von Kanons Mission gewusst hatte, und selbst wenn, welchen Grund sollte er haben, dieses Wissen zu teilen? Was die zahllosen Lakaien des Imperators betraf, so hatte Luker keine Ahnung, wer von ihnen ihm die richtigen Antworten geben konnte. Und wenn er sich jetzt im Zorn von Gill trennte, würde er ab sofort ein Gejagter sein. Das bereitete ihm zwar an sich keine Sorgen, aber es würde auch so schon schwer genug, Kanons letzte Schritte nachzuverfolgen, auch ohne dass Avallon ihm im Nacken saß. Luker richtete seine Aufmerksamkeit wieder auf den Obersten Bewahrer. *Ich habe keine andere Möglichkeit mehr, und das weiß er auch.* Er schluckte seinen Zorn runter und atmete bebend aus. »Also gut, Gill. Ich spiele mit.« *Zumindest für den Augenblick.*

»Du wirst das Buch finden, bevor du dich auf die Suche nach Kanon machst? Darauf musst du mir dein Wort geben.«

»Das tue ich. Aber ich warne dich: Wenn Kanon wegen dieser Sache ums Leben kommt, dann wirst du mich wiedersehen.«

Helles Weiß blitzte auf, als Gill die Zähne zeigte. »Ich kann es kaum erwarten.«

Einen Herzschlag später löste der Oberste Bewahrer seinen Willen von ihm. Luker wartete, bis die Spannung aus dem Raum gewichen war, bevor auch er seine Muskeln lockerte.

Gill ging mit schweren Schritten zum Schreibtisch und wühlte in einer Schublade. Flintstein schlug hörbar gegen Stahl, und Licht flammte auf, als der Oberste Bewahrer den Raum durchquerte und die Kerzen wieder anzündete. »Kommen wir dann also zum Geschäftlichen. Kanons letzter Bericht kam aus der Nähe von Arandas. Das ist über einen Monat her. Dort solltest du mit deiner Suche beginnen.«

Luker verschränkte die Arme. »Glaubst du, dass Kanon vom Ansturm der Kalaneser überrascht wurde?«

»Ich weiß es nicht.«

»Was stand denn in seinem letzten Bericht?«

»Dass er Mayot folgt. Sonst nichts.«

Das klang ganz nach Kanon. Er hatte nie viele Worte gemacht. »Hat er gesagt, wohin die Spur führte?«

»Wenn ja, dann wurde mir das nicht berichtet.«

»Was soll das bedeuten?«

Gill verzog kurz angewidert das Gesicht. »Das bedeutet, dass es Avallons Mission ist und nicht meine. Kanon hat den Männern des Imperators Bericht erstattet. Ich weiß nur das, was sie an mich weitergaben, und das ist verdammt wenig.«

»Was ist mit den Spionen der Bewahrer? Kanon hat sich doch sicherlich bei einem von ihnen gemeldet.«

»Leider nicht. Mit dem Wissen von Borkoth und Amerel ist es dem Imperator ein Leichtes gewesen, unser Spitzelnetz zu zerschlagen. Wir sind nun völlig abhängig von den Brosamen, die Avallon uns hinwirft.«

»Dann musst du noch einmal mit ihm sprechen. Ich brauche genauere Angaben als ›in der Nähe von Arandas‹, wenn ich Mayot finden soll.«

»Hier kommen deine Reisegefährten ins Spiel.«

Luker glaubte sich verhört zu haben. »Was?«

Der Oberste Bewahrer leerte sein Weinglas. »Hatte ich vergessen, sie zu erwähnen? Wie nachlässig von mir. Avallon schickt jemanden aus seinem Kreis, der dich im Auge behalten soll.«

Luker schüttelte den Kopf. »Ich reise allein.«

»Du lernst langsam, Luker. Das ist kein Vorschlag. Es ist ein Befehl.«

Luker atmete zischend aus. »Bei Shrouds Gnade, will denn der Imperator, dass ich scheitere? Wie kann ich Mayot finden, wenn ich mich darum kümmern muss, dass einer von Avallons Lakaien nicht zu Schaden kommt?«

Gill hob eine Augenbraue. »Ich glaube, darüber brauchst du dir keine Sorgen zu machen. Wir reden hier von Tyrin Merin Gray, dem ehemaligen Befehlshaber der Siebten Armee.«

»Der jetzt zu den Zauberbrechern gehört, nehme ich an.«

»Was auch immer er heute sein mag, du wirst seine Beziehungen brauchen, um Mayot aufzuspüren. Es wäre sinnlos, lediglich in der Nähe von Arandas herumzuschnüffeln und eine Spur zu suchen, die höchstwahrscheinlich ohnehin längst kalt ist.«

»Wenn er mich bremst, werde ich allein weiterziehen und auf mein Glück vertrauen.«

»Tu, was du nicht lassen kannst.«

»Und ich werde von diesem Merin Gray auch keine Befehle entgegennehmen. Er muss tun, was ich ihm sage.«

Die Lippen des Obersten Bewahrers zuckten. »Die Einzelheiten könnt ihr untereinander klären.«

»Ist da noch etwas?«, fragte Luker. »Du sprachst von ›Gefährten‹.«

»In der Tat. Da ist noch ein Nekromant vom Schwarzen Turm, und zwar niemand Geringerer als der Oberste seines Ordens. Don Chamery Pelk.«

Luker verzog das Gesicht. »Der Imperator hat immerhin einen Sinn für Humor. Ein Bewahrer und ein Magier zusammen auf einer Fahrt? Da werde ich wohl mit offenen Augen schlafen.«

»Das wird ihm sicherlich nicht anders gehen.« Gill richtete den umgestürzten Kerzenleuchter wieder auf und setzte sich dann an seinen Schreibtisch. »Wenn das dann alles wäre, würde ich vorschlagen, du ruhst dich ein wenig aus. Bei Morgengrauen brichst du auf. Beim zehnten Glockenschlag trefft ihr euch heute Abend bei den Stallungen des Imperators zu einer Besprechung. Sei pünktlich.«

»Ich werde dort sein«, sagte Luker.

Aber zu seiner eigenen Zeit.

Vorher hatte er noch etwas zu erledigen.

Romany hasste es, wenn ihre Göttin unangekündigt erschien. Wieso konnte die Spinne nicht einfach anklopfen und um Einlass bitten wie andere Besucher auch, anstatt so zu tun, als ob ihr der Tempel gehörte?

Mit einem tiefen Atemzug beruhigte sich die Priesterin und lehnte sich im Badebecken zurück. Zwischen dem Schaum schwammen parfümierte Kerzen, die den Raum mit einem Duft von Mondblüte und Minze erfüllten. Dampfwolken stiegen auf, und die angenehme Wärme des Wassers lockerte die schmerzenden Glieder auf wohltuende Weise. Romany nahm die Gegenwart der Spinne in den Schatten hinter sich wahr, aber sie war nicht gewillt, sich ihr zuzuwenden, solange die Göttin sich nicht an die üblichen Umgangsformen hielt. Stattdessen studierte die Priesterin mit Muße das Fresko an der gegenüberliegenden Wand, das den Hafen von Mercerie zeigte. Diese leuchtenden Farben. Diese herrliche Detailtreue, mit der sich das Sonnenlicht auf den Wellen brach …

Ein Hüsteln ertönte hinter ihr, und sie seufzte. Es nützte nichts. Ihre Gelassenheit war dahin. Es konnte natürlich kein Zufall sein, dass die Spinne gerade jetzt erschien, da Romany badete, denn die Göttin ließ keine Gelegenheit aus, um sie aus dem Konzept zu bringen, vor allem in den seltenen Augenblicken, da die Priesterin sich eine wohlverdiente Pause von den anstrengenden Tempelpflichten gönnte. Und dennoch war es unwahrscheinlich, dass die Spinne, die sich über ein Jahr nicht mehr gezeigt hatte, jetzt nur erschien, um Romany zu ärgern.

Sie ließ sich tiefer ins Wasser sinken. Die Ankunft der Göttin an sich war ein Ärgernis, aber schlimmer noch war die Tatsache, dass Romany sie vorab nicht gespürt hatte. Ihr mit großer Sorgfalt gesponnenes Netz aus verhexten Schutzzaubern erstreckte sich nicht nur über den Tempel, sondern über ganz Mercerie: über die Sklavenmärkte, über die Schreine der anderen Unsterblichen, über die Hallen der Großen und Mächtigen. Hätten ihre Untergebenen davon erfahren, hätte es wohl einen Aufschrei gegeben, aber Romany war bisher noch niemandem begegnet, der schlau genug gewesen wäre, um ihre verbotene, wachsame Präsenz zu bemerken. Daher geschah wenig in der Stadt, ohne dass sie davon wusste, und über die Dinge, die in ihrem eigenen, weitläufigen Tempel vor sich gingen, war sie bestens im Bilde. Das hatten viele ihrer Akolythinnen schon zu ihrem Nachteil erfahren müssen. Erst am Tag zuvor hatte sich eines der neuen Mädchen bemüßigt gefühlt, über Romanys bescheidene Leibesfülle zu spotten. Die Priesterin hatte sich zu dieser Zeit zwar in einem ganz anderen Bereich des Tempels aufgehalten, aber ihr Netz hatte ihr schnell von dieser Unbotmäßigkeit berichtet, und die Akolythin hatte ihre ungebührlichen Worte schnell bereut.

Doch aus irgendeinem Grund hatte Romanys Hexenkunst sie nicht vor der Ankunft der Spinne gewarnt. Sie überlegte kurz, ob sie all ihre Schutzzauber überprüfen sollte, widerstand jedoch der Versuchung. Das hätte lediglich die Aufmerksamkeit darauf gelenkt, dass ihre Zauberkünste sie wohl im Stich gelassen hatten.

Das Tappen nackter Füße war zu hören, und eine Akolythin trat aus den Dampfwolken. Das Mädchen war ganz rot im Gesicht und mühte sich mit dem Gewicht eines Kupferkessels ab. Metall schabte über die irdenen Fliesen, als sie ihn zum Ende des Beckens schleppte, und als sei das nicht genug, kippte die junge Frau den Kessel noch so ungestüm aus, dass das Wasser in einem dicken Schwall ins Becken spritzte. Die Schwimmkerzen kamen gefährlich ins Trudeln, und Romany stieß ein ungehaltenes Zischen aus.

Natürlich nutzte die Spinne genau diesen Augenblick, um ins dämmrige Licht zu treten.

Die Akolythin stieß einen gellenden Schrei aus und ließ den Kessel fallen, der krachend auf die Fliesen schlug, bevor er ins Becken fiel. Wasser spritzte Romany in Augen und Nase, und prustend richtete sie sich halb auf. Die Akolythin stand zitternd da, ihr Blick glitt zwischen der Priesterin und der Göttin hin und her, als sei sie sich nicht ganz sicher, welche von beiden mehr zu fürchten sei. Es war dem Mädchen anzusehen, dass es keine Ahnung hatte, wer die Spinne war. Die Akolythin war neu im Tempel – Romany konnte sich nicht an ihren Namen erinnern, wenn sie ihn denn überhaupt je gewusst hatte –, aber dennoch, eine Akolythin, die ihre eigene Göttin nicht erkannte? Das war absurd!

Und doch auch seltsam befriedigend.

Tatsächlich sah die Spinne nicht unbedingt wie eine Unsterbliche aus. Romany hatte zwar keine direkte Vorstellung davon, wie eine Göttin sonst zu sein hatte, aber die Spinne war auf alle Fälle anders. Ihr altersloses, herzförmiges Gesicht blieb höchstens durch seine Gewöhnlichkeit in Erinnerung. Sie war klein – eines der wenigen Geschöpfe, auf die die Priesterin hinuntersehen konnte – und hatte langes, kastanienbraunes Haar. Ihr Blick wanderte stets unruhig von einem Ort zum anderen, und ihre Finger glitten unablässig durch die Luft, als ob sie die Saiten einer unsichtbaren Harfe schlug. *Was sie wohl für Töne hervorrufen würden*, fragte sich Romany, *wenn ich ihr wirklich ein Instrument hinhielte?*

Sie erhob sich und schickte die Akolythin mit einem Blick weg. Das Mädchen verschwand wieder in den Dampfwolken. Einige Herzschläge später war das Öffnen einer Tür zu hören, die gleich darauf wieder zufiel.

Die Spinne kam näher und nahm sich betont viel Zeit, Romanys Gesicht zu studieren. »Ah, du bist es, Rrromany«, sagte sie und rollte das R ein wenig, was sie gern und oft tat. »Für einen Augenblick dachte ich, ich hätte mich verlaufen und sei in die Augustinischen Quellen geraten.«

»Die Zeit ist nicht stehen geblieben, seit Ihr uns das letzte Mal mit Eurer Anwesenheit beehrt habt, Gebieterin. Ihr wisst, dass der Tempel Anfang des Jahres angegriffen wurde?«

»Es ist jemand eingebrochen und hat dir ein Badehaus errichtet?«

»Sehr komisch. Leider zerstörte der Eindringling einige Bereiche Eures Schreins, darunter auch diese Kammer. Ich nutzte die Gelegenheit, um einige dringend erforderliche Segnungen der Zivilisation einbauen zu lassen.«

»Allerdings nur in deinen persönlichen Gemächern, wie ich sehe. Wie erfrrrischend, dass die Hohepriesterin mit gutem Beispiel vorangeht.«

Romany schniefte. »Wenn Ihr meinem Hilferuf seinerzeit gefolgt wärt, dann hätte ich vielleicht …«

»Ich ging davon aus«, unterbrach die Spinne, »dass du in der Lage sein würdest, dein Haus allein in Ordnung zu bringen. Offenbar hatte ich mich geirrt.«

»Das war kein gewöhnlicher Eindringling, sondern einer von Shrouds Jüngern.«

Die Augen der Göttin wurden kalt. »Wer?«

»Ich habe keine Ahnung«, sagte Romany. »Seine abscheulichen Schergen sehen in meinen Augen alle gleich aus. Fraglos zählte er aber zu den Elitekriegern des Gottes. Er drang so leicht in die Schutzbereiche des Tempels ein, als ob sein Meister ihm die Hand führte.«

Die Spinne tigerte am Beckenrand auf und ab. »Hast du den Leichnam aufbewahrt?«

Romany fuhr sich mit der Zunge über die Lippen. »Äh, leider nein. Er konnte fliehen. Eine Verkettung unglücklicher Umstände. Allerdings entkam er natürlich nur mit leeren Händen, den Schwanz zwischen den Beinen. Ich bin, wie Ihr seht, noch am Leben und er freue mich bester Gesundheit. Wenn man sich vorstellt, dass er mich in meinem eigenen Tempel angreifen wollte! Wie impertinent!«

»Ja, du hast es ihm richtig gezeigt. Bist du sicher, dass du es warst, der sein Angriff galt?«

»Wem denn sonst?«

Die Spinne ging auf der anderen Seite des Beckens in die Knie und tunkte eine Hand ins Wasser. Einen kurzen, unangenehmen Augenblick lang fürchtete Romany, die Göttin wolle zu ihr ins Becken steigen, und sie war plötzlich dankbar für den Schaum, der sie vor allen Blicken schützte. »Wie es scheint, ist Shroud in meiner Abwesenheit noch mutiger geworden«, sagte die Spinne. »Ich war zu lange weg.«

Genau das hatte Romany der Göttin schon längst einmal sagen wollen, aber wann hörte sie denn jemals zu? »Wie steht es auf den Sturminseln um Eure Sache?«

»Recht gut. Ein neues Reich wird sich bald aus den Trümmern des alten erheben, aber der Kampf um seine Seele dauert noch an. Es ist nur eine Frage der Zeit, bis sich dieser Widerstreit auch jenseits der Grenzen des Königreichs ausbreiten wird.«

»Und die Emira?«

»Ist nur noch ein kleiner Spielstein auf dem Brett, obwohl sie es nicht weiß. Wenn das Spiel richtig beginnt, wird sie schnell beiseite geschoben werden.«

»Und welche Gruppierung unterstützt Ihr?«

Die Spinne lachte. »Romany, Romany. Du solltest doch allmählich wissen, dass ich niemals nur auf *einer* Seite bin. Nur ein Narr würde alles darauf setzen, dass bei einem Wurf die richtige Zahl fällt.«

»Wer sind denn dann die anderen Spieler?«

»Das geht dich nichts an.«

Romany seufzte. »Wie soll eine Hohepriesterin die Sache ihrer Göttin voranbringen, wenn sie von diesen Dingen nichts erfahren darf?«

»Ich sage dir schon alles, was du wissen musst«, erwiderte die

Spinne sanft. »Und davon abgesehen habe ich andere Pläne für dich.« Sie stand wieder auf. »Vielleicht können wir an einem etwas gemütlicheren Ort darüber reden.«

Romany seufzte erneut und tiefer. »Nun gut.« Mit einem Händeklatschen wollte sie die Dienerin zu sich rufen, und erst, als die nicht erschien, erinnerte sie sich daran, dass sie das Mädchen vorhin fortgeschickt hatte. Romanys Gewand hing zusammengefaltet über der Lehne eines Stuhls, ein gutes Stück entfernt.

Außerhalb ihrer Reichweite.

Sie sah die Göttin an, brachte es dann aber doch nicht über sich, sie zu bitten, ihr das Kleidungsstück zu reichen. Die Spinne beobachtete sie mit dem Hauch eines Lächelns.

»Wenn Ihr Euch bitte umdrehen würdet«, sagte die Priesterin.

Das Lächeln der Spinne wurde breiter, aber sie entsprach Romanys Wunsch.

Romany erhob sich und ging die Stufen hinauf, die aus dem Becken führten. Hastig trocknete sie sich ab und streifte sich dann ihr Gewand über. Die Seide klebte höchst unvorteilhaft an ihrer noch feuchten Haut. Auch ihre Pantoffeln waren durchnässt, kaum dass sie hineingeschlüpft war. Auf dem Weg zur Tür, die in ihre Wohngemächer führte, hob sie trotzig das Kinn in dem Bemühen, zumindest den Rest ihrer Würde zu bewahren.

Bei jedem ihrer Schritte gab es ein schmatzendes Geräusch.

Im Raum nebenan war es angenehm kühl. Licht strömte durch die Fenster zu ihrer Linken und verlieh den Fäden des großen Netzes, das sich über die gegenüberliegende Wand zog, ein silbriges Schimmern. Dort bewegte sich etwas: Ihre Silberrückenspinne huschte über die zarten Fäden. Romany streckte die Hand nach ihr aus. Die Beine des Geschöpfs kitzelten ihren Arm, als es bis zu ihrer Schulter hinaufkrabbelte. Ihre Akolythinnen hatten die Kerzen in den Wandnischen noch nicht angezündet, deshalb sorgte die Göttin mit einer schnellen Handbewegung dafür, dass die Dochte sich entflammten.

Die Spinne nahm auf einem der Ledersessel Platz, die sich um einen niedrigen Tisch in der Mitte des Gemachs gruppierten, und zog dann eine Schriftrolle aus einem der Gestelle, die sich wie Weinregale über die Wand hinter ihr erstreckten. Romany ließ sich auf einen der anderen Sessel sinken. Die Spinne beachtete sie nicht, und Romany, die ihren Ärger darüber zu unterdrücken versuchte, wandte den Blick zum Schreibtisch, der unter den Fenstern stand, und entdeckte dabei, dass ihre Akolythinnen eines der astronomischen Instrumente bewegt hatten und dieses nun die gleichmäßige Anordnung störte, auf die Romany Wert legte. Und dann stellte sie auch noch fest, dass die unsichtbaren Fäden ihres magischen Netzes – die hier, in der Mitte ihres Reiches, zusammenliefen – leicht erbebten, was darauf hindeutete, dass irgendwo in Mercerie ein Skandal seinen Anfang nahm. Romanys Finger zuckten, aber sie würde noch ein Weilchen warten müssen, bis sie herausfinden konnte, welche Entwicklungen dieses Zittern angedeutet hatte.

Sie sah wieder zur Spinne hinüber. Die Göttin betrachtete den Silberrücken auf Romanys Schulter und zog die Stirn missbilligend in Falten. »Dir ist klar«, sagte sie, »dass ein Biss von diesem Vieh genügt, damit dein Blut sich in Gift verwandelt?«

Die Priesterin schnaubte. »Eine absurde Vorstellung, Gebieterin! Die Silberrücken geben ausgesprochen treue Haustiere ab.«

»In der Tat. Hauptsache, das Tier kommt mir nicht zu nahe.« Die Göttin deutete auf das Pergament in ihrer Hand. »Was ist das?«

Romany kniff die Augen zusammen und versuchte das Durcheinander aus Wörtern und Diagrammen zu entziffern. »Ah, natürlich! Eine aufregende Entdeckung in Elipene. Eine Priesterin fand in der Mitte des Dorfes einen ausgetrockneten Brunnen, an dem die Sonnenstrahlen zur Mittagsstunde am Cartinstag bis auf den Boden fallen, was bedeutet …«

»Dass die Sonne direkt darüber steht. Und was weiter?«

»Ich ließ in einem der Höfe in der Nähe einen Pfahl errichten und maß den Winkel seines Schattens zu exakt derselben Zeit. Auf diese Weise kann ich, da ich die Entfernung zwischen Mercerie und Elipene kenne, den ungefähren Umfang der Weltkugel errechnen.«

»Und?«

»Meiner Schätzung nach sind es vierzehntausendvierhundertzwanzig Wegstunden.«

»Du verrrstehst nicht. Ich meinte: Welche Bedeutung hat diese Entdeckung?«

Romany rollte mit den Augen. »Wenn man den Schriften von Isabeya glauben will, beträgt die Entfernung von Mercerie bis zum Meer von Alkazadh elfhundertvierzig Wegstunden. Dieser Kontinent stellt demzufolge nur einen kleinen Teil der großen weiten Welt dar.«

Die Göttin schleuderte das Pergament auf den Tisch. »Herzlichen Glückwunsch, dass du etwas bewiesen hast, was ich schon seit Tausenden von Jahren weiß.«

»A-aber … ich habe diese Wahrheit mit empirischen Belegen untermauert.«

»Was wohl bedeutet, dass du meinem Wort nicht vertraust?«

»Doch, natürlich. Ich würde lediglich erwähnen wollen, dass Ihr manchmal nicht besonders großzügig seid, wenn es darum geht, Euer Wissen zu teilen.«

Die Göttin betrachtete Romany eine Weile mit erhobenen Augenbrauen, dann fragte sie: »Wie wäre es mit einer Partie Hafters? Es ist lange her, dass ich eine würdige Gegnerin hatte.«

Romany kniff die Augen leicht zusammen. Es war der Spinne zuzutrauen, dass sie nun versuchte, mit dem Spiel von einem wichtigeren Thema abzulenken. Andererseits war sie beim letzten Mal dem Sieg so nahe gewesen … »Wie Ihr wünscht.« Sie erhob sich, um das Spielbrett zu holen.

»Nicht nötig«, sagte die Göttin. Mit einem neuerlichen Fingerschnippen erschien ein in verschiedene Felder aufgeteiltes Schlachtfeld und verharrte schwebend zwischen ihnen in der Luft. Romany fiel auf, dass die Spinne sich selbst die Königinnenfiguren zugeteilt hatte. Die Spielsteine waren in allen Einzelheiten und Bewegungen atemberaubend lebensecht. Die Flügel einer Harpyie schlugen, als die Göttin sie nahm und drei Spielfelder weiter schob.

Schweigend machten sie einige Züge.

Schließlich ergriff die Spinne wieder das Wort. »Es hat sich unerwartet die Möglichkeit ergeben, Rache für Shrouds Überfall auf deinen Tempel zu nehmen. Man hat ein mächtiges Artefakt gefunden, in einem der Reiche des Südens. Von Erin Elal hast du sicherlich schon gehört.«

Romany konnte ihre Neugier nicht zügeln. »Was für ein Artefakt?«

»Ein Buch, das vergessenes Wissen aus der Zeit der Altvorderen enthält. Es war eine Zeit großer Umbrüche für das Pantheon. Viele ältere Götter gingen dahin. Manche fielen den Titanen zum Opfer, andere … den neuen Thronanwärtern. Mit den Gefallenen starb auch ihr Wissen.«

»Oder eben auch nicht, wie in diesem Fall.«

Die Spinne nickte. »Irgendwie gelangte das Buch der Verlorenen Seelen, wie es genannt wird, in den Besitz einer Bruderschaft von Magiern. Sie erkannten ohne Zweifel sein Potenzial, denn sie kamen zu dem weisen Entschluss, es hinter starken Schutzwällen zu verbergen. Rein zufällig erfuhr ich über die Fäden meines Netzes von seiner Existenz.«

»Und jetzt möchtet Ihr, dass jemand dieses Buch … *stiehlt?*« Romany brachte das letzte Wort kaum über ihre Lippen.

»Nein, diese Aufgabe wurde bereits erfüllt. Auf mein Betreiben hin, obwohl der Dieb und sein Imperator sich dessen nicht bewusst sind.« Die Spinne schob eine ihrer Hexen auf ein Feld, auf dem Romany sie leicht schlagen konnte. »Und davon abgesehen habe ich kein Interesse daran, das Buch selbst zu besitzen. Würde ich es benutzen, würde das die Aufmerksamkeit auf mich lenken, und wie du weißt, bleibe ich lieber hinter meinem Schleier verborgen.«

Romany zögerte, dann nahm sie die ungeschützte Spielfigur der Göttin. Die Hexe stieß einen durchdringenden Schrei aus, als sie vom Brett verschwand. »Stattdessen möchtet Ihr es also so einfädeln, dass jemand das Buch bekommt, der Eurer Sache gewogen ist?«

»Nicht ganz. Der Dieb – ein Magier, der sich Mayot Mencada nennt – sollte für das, was mir vorschwebt, ein recht geeignetes Werkzeug sein.«

»Und was hat Shroud damit zu tun?«

»Das Buch könnte ihm, wenn es in die richtigen Hände fällt, unermesslichen Schaden zufügen, denn die Geheimnisse, die darin beschrieben sind, stehen in direkter Verbindung mit der Quelle seiner Macht.«

»Todesmagie also.«

»Ja.«

Romany schob ihren Wyvern ein Feld weiter und ignorierte den amüsierten Blick der Göttin. »Wenn die Bedrohung so groß ist, wie Ihr sagt, wird Shroud dann nicht selbst einschreiten, um diese Gefahr zu beseitigen?«

»Und es riskieren, einen Fuß auf ungeheiligten Boden zu setzen? Das glaube ich nicht. Nein, er wird seine Schergen aussenden, um das zu erledigen.«

Wie Unsterbliche das immer tun. »Und Ihr möchtet ihnen eine Falle stellen?«

»Ganz genau, sehr gut! Es wäre ein großer Verlust für Shroud, wenn einige seiner mächtigsten Gefolgsleute vernichtet würden. Allerdings gibt es dabei ein Problem.«

Während die Göttin sprach, schob sie eine weitere Harpyie als scheinbar leichte Beute auf ein ungedecktes Feld. Romany runzelte die Stirn. Vielleicht war das eine Finte, um eine ihrer Figuren aus der Deckung zu locken? Sie löste ihren Blick vom Brett. »Ein Problem?«

»Bisher ist es dem Dieb nicht gelungen, die Geheimnisse des Buchs zu entschlüsseln. Er wird leicht zu überwinden sein, wenn Shrouds Schergen ihn finden.«

»Dann wollt Ihr ihm also helfen?«

»Ich will, dass *du* ihm hilfst – und zwar nicht nur dabei, die Schutzzauber des Buches auszuhebeln; du sollst dich auch allen Jüngern entgegenstellen, die Shroud aussenden wird, um das Artefakt wieder an sich zu nehmen, sobald es aktiviert wurde. Letztlich werden sich die Kräfte, denen Mayot gegenübersteht, als unüberwindlich erweisen, aber vorher wird sich dir die Gelegenheit bieten, zumindest einen Teil von Shrouds Gesindel auszulöschen.«

Romany bewegte den Krieger des Königs zur Mitte des Spielbretts. »Und wenn Shroud dann endlich das Buch in die Hände bekommt? Könnte er es dann nicht als Waffe gegen Euch einsetzen?«

»Ich denke, das Buch enthält nur wenige Dinge, die er nicht schon weiß. Schließlich hat er es selbst schon einmal besessen, vor langer Zeit.«

»Es gehörte ihm, und er … hat es verloren?«

Die Spinne zuckte die Achseln. »Wie schon gesagt, es war eine Zeit großer Umbrüche.«

»Dennoch geht Ihr ein großes Risiko ein.«

»Das sehe ich anders. Denn wie kann man ein Spiel verlieren, wenn man nichts darauf gewettet hat, wie es ausgeht? Falls es etwas kosten wird, dann wird Mayot Mencada diesen Preis für mich bezahlen.«

Natürlich. Schließlich hast du früher auch nicht gezögert, deine eigenen Anhänger zu opfern.

Die Göttin warf einen letzten Blick auf das Schlachtfeld vor ihnen, dann machte sie eine Handbewegung. Das Spiel verblich. Romany hatte noch eine Figur in Händen gehalten, und mit offenem Mund beobachtete sie, wie sie sich in Luft auflöste. *Offenbar stand ich kurz vor dem Sieg.*

»Wir haben nicht viel Zeit«, fuhr die Spinne fort. »Du wirst bestimmt noch einige Anweisungen geben wollen, bevor wir aufbrechen.«

Romany hielt in ihrer Bewegung inne. »Aufbrechen? Ich hatte geglaubt ...«

Die Göttin wackelte mit einem Finger. »Na, na, na. Das solltest du doch besser wissen.«

»Wohin gehen wir denn?«

»Zum Seufzerwald.«

Romanys Hoffnung kehrte zurück. Der Wald lag viele Dutzend Wegstunden im Westen. »Das ist eine Reise von mehreren Wochen, Gebieterin. Wenn ich dort ankomme, wird der Kampf vielleicht schon vorüber sein.«

Die Spinne wandte den Blick zum Himmel. »Romany, Romany. Hast du dich nie gefragt, wie ich so schnell zwischen verschiedenen Orten hin und her eilen kann, um meine Angelegenheiten zu erledigen?«

Das hatte sich die Priesterin tatsächlich gefragt, aber jetzt beschäftigten sie andere Dinge. Sie setzte eine Miene auf, von der sie hoffte, dass sie angemessen bedauernd wirkte. »Leider ist es schon sehr lange her, dass ich den Tempel verlassen habe.«

»*Zu* lange, so könnte man auch sagen.«

»Jedenfalls dürstet es mich heute nicht mehr so sehr nach Abenteuern wie früher. Allerdings habe ich eine ganze Reihe sehr fähiger Vertreter. Die Kraft der Jugend ...«

Die Göttin schüttelte den Kopf. »Ich kann mir keine Fehler leisten. Shroud wäre ganz bestimmt nicht besonders nachsichtig, wenn er erführe, dass ich mich in diese Angelegenheit einmische. Ich brauche jemanden, dem ich vertrauen kann. Jemand, der auf dem Pfad, den er entlangschreitet, keine Fußspuren hinterlässt.«

»Aber meine Pflichten in diesem Tempel ...«

»Ich bin sicher, dass deine ›fähigen Vertreter‹ eine Weile sehr gut ohne dich auskommen können.« Der Ton der Spinne wurde scharf. »Schließlich ist niemand unersetzlich.«

Eine Drohung? Nein, zu derart vulgären Mitteln würde die Spinne sicherlich niemals greifen. Und dennoch lag etwas Unnachgiebiges in ihrer Miene. »Aber ein *Wald*«, sagte Romany und hörte selbst den verzweifelten Unterton in ihrer Stimme. »Vielleicht könnte man den Dieb überreden, sich in eine etwas angenehmere Gegend zu begeben.«

»Tatsächlich war Mayot Mencada in der Wahl des Zieles sehr klug. Wie könnte es auch anders sein, schließlich habe ich es ihm vorgegeben. Was glaubst du wohl, weshalb er sich sonst so weit von seiner Heimat entfernen würde?« Die Spinne stand auf. »Du bist natürlich mit der Geschichte des Seufzerwalds vertraut?«

»Sie ist ausgesprochen widerlich«, sagte Romany. »Allerdings verstehe ich nicht, was das mit dem Buch zu tun haben soll.«

Das ruhige Lächeln der Spinne ging ihr durch Mark und Bein wie ein eisiger Wind.

2

Seine Beute war ganz nah. Prinz Ebon Calidar konnte sie riechen.

Die Brise brachte einen Fäulnisgeruch mit sich, als sei eine riesige Leichengrube hinter der Hügelkuppe verborgen. Sein Wallach hatte es wohl ebenfalls gewittert, denn er schnaubte, warf den Kopf hin und her und wollte weiter nach Norden voran. Ebon ließ das Tier langsamer gehen, dann fuhr er sich mit der Hand über den rasierten Kopf und erhob sich in den Steigbügeln, um besser spüren zu können, woher genau der Wind wehte. *Von Westen.* Er hatte gedreht. Und da er den Gestank der Kinevar weiterhin deutlich in der Nase hatte … *hat auch unsere Beute die Richtung gewechselt.*

Der Seufzerwald musste ganz in der Nähe sein.

Kitzelnd rann der Schweiß Ebons Rücken hinunter. Er hatte gehofft, die Kinevar zu stellen, bevor sie den Wald erreichten, denn wenn die Geschöpfe erst einmal zwischen den Bäumen verschwanden, würde er ihnen nicht mehr folgen können. Und dennoch, es hatte keinen Zweck sich vorzumachen, sein wachsendes Unbehagen sei nur darauf zurückzuführen, dass die Gejagten vielleicht entwischen mochten. Schon die ganze letzte Viertelglocke über hatte er sich wie ein Verurteilter auf dem Weg zum Henkersblock gefühlt, denn schließlich mochte der Anblick des Waldes vielleicht mehr als nur die Erinnerung an das letzte Mal heraufbeschwören, als er in das Gebiet der Kinevar eingedrungen war. Aber das war alles längst vergangen, oder? Er hatte diese Schlacht geschlagen und gewonnen. »Ich bin frei von euch, ihr Geister«, sagte er laut.

Als ob es wirklich wahr wurde, nur weil er es laut aussprach.

Der Prinz gab Vale, der weiter unten im Tal dahinritt, ein Zeichen, und der Endorianer bestätigte mit einer Handbewegung, dass er es gesehen hatte. Dann wendete Ebon sein Pferd dem Wind entgegen und stieß dem Tier die Fersen in die Weichen. Der Wallach preschte los, und Ebon ritt in donnerndem Galopp den Hang hinauf, den beißenden Wind im Gesicht. Er beugte sich so tief über den Sattel, bis seine Wange beinahe den Hals des Pferdes berührte. Unter ihm flogen Erde und sonnengebleichtes Gras verschwommen dahin. Als er den Hügelkamm erreichte, zügelte er sein Pferd, und der Wallach kam schweißbedeckt zum Stehen.

Ebon blickte über die Ebene. In der Ferne erhob sich der Seufzerwald wie eine Mauer. Der Prinz hob die Hand und beschattete seine Augen. Bittere Erinnerungen drängten auf ihn ein, aber er schob sie weg. Die plündernden Kinevar hatten noch nicht einmal die Hälfte der Strecke bis zum schützenden Wald zurückgelegt, und ihre Gruppe löste sich auf einer Strecke von etwa hundert Schritten allmählich auf. Ebon zählte ihre Köpfe; es mochten wohl um die hundert sein, darunter höchstwahrscheinlich einige Galitianer, die bei dem Überfall auf das Dorf im Osten gefangen genommen worden waren. Aber dennoch musste er davon ausgehen, dass auf einen seiner eigenen Männer vier Gegner kamen.

Ein Flüstern drang an seine Ohren, aber er überhörte es willentlich. Das war wahrscheinlich nur der Wind. Dann ertönte es wieder, wie eine Stimme. Einer der Wachleute vielleicht? Aber als Ebon sich umwandte, sah er, dass Vale und die Soldaten, die den Überfall auf das Dorf überlebt hatten, ihre Pferde noch immer durch den Staub trieben, den die Hufe von Ebons Pferd aufgewirbelt hatten. Er war völlig allein auf dem Bergkamm.

Das Flüstern kehrte zurück, zu leise, als dass der Prinz Worte hätte ausmachen können. Mit wachsendem Grauen presste er sich die Hände auf die Ohren.

Die Stimmen wurden lauter.

Ebon ließ die Hände sinken, und sein Atem ging schnell.

Mit den Stimmen hatte es vor vier Jahren angefangen – als die Rollen vertauscht gewesen waren und die Kinevar *ihn* jagten. Auch da war es ein Überfall gewesen, auf ein anderes Dorf, und Ebon hatte eine berittene Truppe in den Seufzerwald nördlich der Weißen Straße geführt. Er schüttelte den Kopf. Gerade einmal vierzig Pantheonwächter gegen einen unermesslich zahlreichen Feind, aber was spielte das für eine Rolle, wenn der Stolz ihres Prinzen die Soldaten vorantrieb? Zuerst war das Glück auf ihrer Seite gewesen; sie hatten ein Grüppchen feindlicher Krieger getötet und zwei Dörfer niedergebrannt. Als dann die Nacht anbrach, zogen sie sich an den Rand des Waldes zurück.

Und gerieten direkt in einen Hinterhalt.

Eine Kinevar-Einheit schaltete die galitianischen Kundschafter aus und fiel dann unter lautem Kriegsgeschrei über Ebons müde Reiter her. Der Prinz selbst führte den Gegenangriff und versuchte, eine Schneise durch die anrückenden Feinde zu schlagen, aber die Hexenkunst eines Kinevar-Erdmagiers lähmte ihre Kampfkraft, und binnen weniger Augenblicke wurde aus der Schlacht eine Niederlage. Ebon hätte mit seinen Männern sterben sollen. In den vergangenen Jahren hatte es immer wieder Zeiten gegeben, da er sich gewünscht hatte, es wäre auch so gewesen.

Stattdessen war es ihm als einzigem Galitianer gelungen, die feindlichen Linien zu durchbrechen. Später wurde ihm klar, dass man ihm das absichtlich gestattet hatte. Die Kinevar hatten ihn sicherlich als den Anführer ausgemacht, denn sie spielten mit ihm, als sie ihn verfolgten; sie töteten sein Pferd unter ihm und trieben ihn dann nach Süden zur Weißen Straße, zu den Schrecken, die dort lauerten. Als Ebon sich der Straße näherte, stießen Geister kreischend aus den Schatten hervor und schlugen ihre Klauen in die Schutzwälle seines Verstands. Allein seine Ausbildung als Schwertkämpfer half ihm, diesen Angriff zu überstehen: Er besann sich auf die eiserne Kontrolle, mit der man Erschöpfung und Angst, Zweifel und Hoffnung aus seinem Kopf verbannte. Aber dennoch, als Ebon im ersten Morgenlicht unter den Bäumen hervorstolperte, war die Hälfte seiner Erinnerungen ausgelöscht und durch Bilder ersetzt worden, die nicht seine eigenen waren. Und obwohl er alle Versuche der Geister abgewehrt hatte, von seinem Innersten Besitz zu ergreifen, blieben die Stimmen seiner Peiniger weiter in seinem Hirn und spotteten über seine Bemühungen, die eigenen Gedanken von der Vielzahl fremder Einflüsterungen zu trennen. Es dauerte zwei Jahre, bis die Stimmen allmählich leiser wurden, und drei weitere Jahreszeiten gingen ins Land, bevor sie endlich ganz verstummt waren.

Jedenfalls hatte er das geglaubt.

Wieso waren sie jetzt wieder erwacht? Es war schließlich nicht das erste Mal seit jenem Tag, dass er den Wald wieder sah. Spürten sie vielleicht die Präsenz ihrer südlichen Verwandten? Quälten sie ihn mit der Erinnerung an das, was sie ihm angetan hatten? Ebon rutschte im Sattel hin und her. So viele Dinge hatten ihm die Geister genommen, aber die Erinnerung an seine Qualen war ihm geblieben. Seine Hände zitterten. Er umklammerte den Sattelknauf, um sie ruhig zu halten, aber das Zittern verstärkte sich nur. Die Stimmen wurden lauter, und Ebon glaubte einen Hauch Verachtung in ihnen wahrzunehmen. Sein Zorn schlug wie eine Peitsche zu. *Shroud möge euch ergreifen, Geister! Vielleicht war es dumm von mir zu glauben, ihr seiet verschwunden. Vielleicht werde ich nie wieder wirklich frei von euch sein. Aber solange ihr bleibt, sind unsere Schicksale miteinander verknüpft. Wenn das Ende kommt, werde ich euch mit mir in den Abgrund reißen!*

Vale lenkte sein Pferd neben Ebon. Das Gesicht des Endorianers war dreckverschmiert, das schüttere graue Haar klebte ihm am Kopf. Nach einem Blick auf die Größe der kinevarischen Truppe spuckte er aus. »Das sind zu viele.«

Ebon antwortete nicht. Stattdessen löste er die Riemen, mit denen der Schild auf seinem Rücken befestigt war, und zog sie über seinen linken Arm.

Vale sah ihn an. »Du willst trotzdem kämpfen.« Es war keine Frage.

»Welche Wahl bleibt uns denn? Wir können den Angriff der Kinevar nicht einfach so geschehen lassen.«

»Ich denke nur an das Zahlenverhältnis. Du musst immer das letzte Wort haben.«

Ebon lächelte halbherzig. »Kannst du einige von den Gefangenen ausmachen?«

»Nicht von hier oben. Wahrscheinlich sind sie sowieso schon alle tot.«

Mit anderen Worten, du bist der Meinung, wir verschwenden unsere Zeit. »Das reicht, Vale. Mein Entschluss steht fest.«

Der Endorianer brummte. »Schlagen wir einen Halbkreis, um ihnen den Weg zum Wald abzuschneiden?«

Ebon schüttelte den Kopf. »Wir wissen nicht, was sich dort verbirgt. Man könnte uns von den Bäumen aus angreifen.«

»Damit lässt du den Kinevar einen Fluchtweg offen.«

»Mit Absicht. Wenn wir sie hart genug in die Zange nehmen, lassen sie die Gefangenen vielleicht im Stich und versuchen, sich in den Wald zu retten.«

»Falls unsere Truppe nicht vorher erledigt ist.«

Ebon sah ihn an, dann warf er einen Blick über seine Schulter. Die Wachsoldaten des Dorfes hatten sich zu einer Gruppe zusammengeschlossen und sahen ihn mit verbissenen Gesichtern an; ihre Pferde tänzelten nervös, als spürten sie die Anspannung ihrer Reiter. Ebons Augen schweiften über die Schwadron, bis sie den Befehlshaber fanden, einen blassen Mann, der gerade eine Armbrust spannte. Ein Skorpion war in den linken Wangenschutz seines Helms graviert, der etwas schief auf seinem Kopf saß. Er nickte, als sich ihre Blicke trafen.

Der Prinz wandte sich wieder an Vale. »Sie werden ihre Pflicht tun.«

»Kennst du ihren Sergeanten?«

»Seffes heißt er. Er war früher einmal ein Pantheonwächter.«

»Früher einmal.«

Ebon überhörte diese Bemerkung und gab den Soldaten seine Befehle, dann kehrte er zu Vale an die Spitze ihrer kleinen Truppe zurück.

Der Endorianer zog sein Schwert. »Lass mich die Führung übernehmen. Ich werde ihren Beschuss auf mich lenken. Es ist nicht nötig, dass du dich selbst in Gefahr bringst.«

»Ich werde mit dir um die Wette reiten, was diese Ehre anbelangt«, gab der Prinz zurück und stieß seinem Pferd die Fersen in die Weichen.

Der Wallach stürmte sofort davon. Ebon zügelte ihn noch ein wenig, als sie den Hang hinabritten, und ließ ihn dann, als das Land wieder eben wurde, nach Herzenslust galoppieren. Die Sommersonne hatte die Ebene ausgedörrt und hart ausgebacken, und im Boden hatten sich zahlreiche Löcher gebildet, die einem Pferd schnell zum Verhängnis werden konnten, wenn es mit einem Huf hineingeriet. Aber Ebon dachte trotzdem nicht daran, den Wallach zu bremsen. Als er der Nachhut der Kinevar näher kam, nahm er auch den Fäulnisgestank deutlicher wahr. Die Feinde hatten mit keiner Regung erkennen lassen, dass sie sich ihrer Verfolger bewusst waren, aber es war nur eine Frage der Zeit, bevor sie das Donnern der Hufe bemerken würden. Dennoch war Ebon glücklich über den Lärm, weil es das Flüstern in seinem Kopf übertönte.

Gerade als ihm dieser Gedanke kam, wandte einer der Kinevar den Kopf und stieß einen schrillen Schrei aus.

Jetzt konnte der Prinz die galitianischen Gefangenen ausmachen – ein Knäuel leicht bekleideter Gestalten, die man in der Mitte der kinevarischen Truppe zusammengetrieben hatte. Der Kinevar, der den Gefangenen am nächsten war, begann wild herumzulaufen, und ganz kurz glaubte Ebon, die Plünderer würden die Galitianer tatsächlich zurücklassen, um zum Wald zu fliehen. Doch dann durchdrang eine Stimme das Chaos. Etwa zwanzig Kinevar sonderten sich von der Gruppe ab und hielten auf Ebon zu. Die übrigen rannten weiter zu den Bäumen.

Ebon lächelte bitter. Das machte ihm die Sache leichter. Die erste Regel im Gefecht besagte: Teile niemals deine Kräfte. Nur weil die zurückgebliebenen Kinevar es offensichtlich auf einen Kampf abgesehen hatten, hieß das nicht, dass er diese Herausforderung annehmen musste. Mit einer Handbewegung bedeutete er seinen Soldaten, den kleinen Trupp zu umrunden und die Verfolgung der größeren Gruppe aufzunehmen.

Dann fiel sein Blick auf den Mann, der bei den Angreifern den Befehl übernommen hatte. Er war eine Handspanne größer als seine Gefährten, trug einen Stab und stieß mit tiefer Stimme Beschwörungen aus. Dann hob er die Arme, als ob er den Beistand irgendeines Unsterblichen herbeirufen wollte. Sein Gesicht war mit silbernen Symbolen bemalt, die im Sonnenlicht funkelten.

Ebon fluchte. *Ein Erdmagier.*

Es gab keinen Hexenmeister in Seffes' Truppe, der sich dem Zauber des Kinevar hätte entgegenstellen können, aber wenn sie den Magier schnell erreichten, hatten sie immer noch eine Chance. Die Krieger, die ihn umgaben, besaßen keine Schilde, mit denen sie einen Wall hätten bilden können, und es waren zu wenige, um einem Angriff standzuhalten.

Plötzlich ließ der Magier seinen Stab über dem Kopf kreisen und schlug ihn dann hart auf den Boden.

Die Erde bebte.

Ebons Pferd strauchelte, und mit einem Ruck schleuderte er im Sattel nach vorn. Er schlang den rechten Arm um den Hals des Wallachs und klammerte sich fest. »Ganz ruhig!«, rief er, während das Tier sich mühte, wieder Tritt zu fassen.

Die Vorhut von Seffes' Truppe galoppierte donnernd an ihm vorüber und wirbelte eine Staubwolke auf.

Als die Erschütterungen allmählich wieder verebbten, türmte sich die Erde vor dem Kinevar-Magier auf und brach auseinander. Ein riesiger Kopf stieß aus der Erde, gefolgt von zwei Armen, dick wie Baumstämme. Ebon ließ schlaff die Zügel sinken. Das Urwesen wühlte sich hervor wie ein Leichnam, der dem Grab entflieht, und stieß ein raues Gebrüll aus. Seine Umrisse verschwammen leicht, als der Wind Staub und Erde von seinem Körper riss. Einer der galitianischen Reiter, der an Ebon vorübergestürmt war, schleuderte einen Speer gegen die Brust des Geschöpfs, das jedoch das Geschoss nicht weiter beachtete, sondern sich dem Angreifer zuwandte und mit seiner Riesenfaust nach ihm schlug. Der Mann versuchte, den Hieb mit seinem Schild abzufangen, aber das Metall gab nach wie ein Bogen Pergament. Mann und Pferd wurden mit einem gequälten Aufschrei in Grund und Boden gestampft.

»Nicht das Urwesen angreifen!«, schrie Ebon. »Den Magier! Nehmt euch den Magier vor!«

Aber seine Worte gingen in einem weiteren verzweifelten Schrei unter, als der nächste Mann zu Tode kam.

Der Prinz zog seinen Säbel. Vale brüllte, dass er sich außer Gefahr begeben solle, aber Ebon überhörte das. Er zerrte an den Zügeln, bis er den Wallach direkt in den Schatten des Urwesens getrieben hatte. Das Geschöpf überragte ihn ein gutes Stück, und sein Arm fuhr herab wie Shrouds Sense. Ebons Säbel zuckte in die Höhe, fing den Schlag ab und durchtrennte den Arm des Wesens zwischen Ellenbogen und Handgelenk ab. Dann war Ebon schon wieder an seinem Gegner vorüber, und das wütende Brüllen des verletzten Urwesens dröhnte in seinen Ohren.

Die Kinevar hatten in einiger Entfernung Stellung bezogen und hielten die aus geschliffenen Knochen gefertigten Schwerter und Speere gezückt. Ihre Gürtel waren mit Skalps geschmückt, und um den Hals trugen sie Ketten aus geschwärzten Menschenohren. Sie hatten einen Kreis um ihren Anführer geschlossen, und um den Magier summte ein Fliegenschwarm. Auf dem Boden wimmelten zahllose weitere Insekten, eine unendliche Menge, die wie schwarzes Wasser hin und her wogte.

Ein Speer blitzte neben Ebons Kopf auf, und er hob seinen Schild. Das Geschoss prallte ab und fiel klappernd beiseite. Doch der nächste Speer kam zu schnell für eine Abwehr und bohrte sich in den Hals seines Pferdes, mit einer Wucht, die Ebon an seinen Schenkeln fühlen konnte. Der Wallach schrie und bäumte sich halb auf, während er versuchte, nach dem Schaft zu beißen. Dann brachen seine Vorderläufe ein, und der Prinz wurde aus dem Sattel geschleudert.

Der Schild fing einen großen Teil des harten Aufpralls ab, der aber trotzdem wie ein Blitz in Ebons linken Arm hineinschoss. Der Boden war knöchelhoch mit Insekten bedeckt, die bissen und wuselten und wimmelten. Als Ebon stolpernd wieder auf die Beine kam, fielen Käfer aus seinem Hemd. Es blieb keine Zeit, um das um sich schlagende Pferd von seinen Qualen zu erlösen. Ein kurzer Blick zurück zeigte ihm, dass das Urwesen den Angriff seiner Truppe aufgehalten hatte und sich jetzt über die Soldaten hermachte. Der abgeschlagene Arm war nachgewachsen, das Geschöpf schlug in blinder Wut um sich und holte einen Reiter nach dem anderen aus dem Sattel. Kurz erwog Ebon, ihnen zu Hilfe zu eilen, aber dann musste er an seinen eigenen Befehl denken.

Der Magier. Der Magier war entscheidend.

Jetzt konnte er den Mann klarer erkennen. Insekten krabbelten wie eine zweite Haut über seine Arme und seinen Oberkörper, und die Kraft, die von seinem Stab ausging, ließ die Luft um ihn herum flimmern. Einige Männer aus Seffes' Schwadron kämpften sich näher heran und schlugen die Krieger nieder, die ihn umgaben. Dann öffnete der Zauberer seinen Mund, und eine Wolke Wespen flog heraus, die einen der galitianischen Reiter mitsamt seinem Pferd einhüllte.

Der Mann schrie auf, sein Pferd scheute. Einen kurzen Augenblick ließ der Druck auf die kinevarischen Krieger nach, aber sie schickten sich nicht an, weiter vorzurücken, sondern gaben sich offenbar damit zufrieden, den Magier zu verteidigen und dabei zuzusehen, wie das Urwesen sein zerstörerisches Werk vollbrachte.

Jetzt ist es an der Zeit, selbst zuzuschlagen.

Unter Ebons Füßen knirschten Insekten, als er sich einen Weg bahnte. Ein Kinevar versuchte ihn aufzuhalten und zischte ihn durch seine schwarzen Zähne an. Seine Haut sah aus wie Baumrinde, und sein Knochenschwert schimmerte, als er nach Ebons Brust stieß. Der Prinz parierte einmal, zweimal, duckte sich dann unter einem hoch geführten Schlag hindurch und trat seinem Angreifer die Beine weg. Der Kinevar ging zu Boden und warf dabei einen weiteren Gegner um, der ihm gefolgt war. Ebons Säbel schoss nach vorn, schnell wie eine angreifende Schlange, und beide Feinde starben.

Ihre Körper versanken in der wimmelnden Masse von Insekten.

Eine Kinevarfrau stieß mit ihrem Speer nach Ebons Gesicht. Im letzten Moment konnte er seinen Schild heben, aber damit gelang es ihm nur, die Richtung der Waffe ein wenig abzulenken, deren Spitze nun eine feurige Spur über seine linke Schläfe zog. Den nächsten Schlag wehrte er ab, und dann zerteilte er den Schaft des Speeres mit seinem Säbel. Als die Kinevarfrau nun nach dem Messer griff, das sie an der Hüfte trug, sprang Ebon auf sie zu und stieß ihr seine Waffe in den Leib, bevor er gerade noch rechtzeitig den Angriff eines weiteren Gegners abwehren konnte. Der Säbel tanzte in seiner Hand, täuschte einen hohen Schlag an und fällte dann mit einem flachen Hieb den nächsten Mann.

Seffes' Schwadron rückte in einer Wolke aus Staub und Blut weiter vor. Die donnernden Schritte des Urwesens ertönten direkt hinter Ebon, aber er wagte es nicht, sich umzudrehen. Vale war zu seiner Rechten, inzwischen auch zu Fuß, und griff mit so schnellen Schlägen an, dass ihm mit bloßem Auge nicht zu folgen war. Aber auf keinen Fall wollte Ebon es seinem Freund überlassen, das riesige Geschöpf zu fällen. Als der kinevarische Magier sich dem Endorianer zuwandte, sah der Prinz seine Chance gekommen. Eine Lücke tat sich in den Reihen der Gegner auf, und Ebon brach hindurch.

Ein Fliegenschwarm umfing ihn, so dick, dass die Welt hinter dem summenden, schwarzen Vorhang verschwand. Er schwenkte seinen Schild und konnte die Insekten damit gerade so lange verscheuchen, dass er den Magier wieder sehen konnte. Der Kinevar blickte in eine andere Richtung und sang weiter seine Beschwörungen, mit denen er einen Schlag aus knisternder Hexenkunst gegen ein Ziel vorbereitete, das Ebon nicht sehen konnte. *Nicht Vale. Bitte nicht Vale.*

Ebon stieß einen lauten Ruf aus.

Der Magier wirbelte herum.

Ebons Säbel schoss nach vorn, und der Kinevar parierte den Schlag mit seinem Stab. Eigentlich hätte die Klinge ein gutes Stück aus dem Holz heraus schlagen sollen, aber als die Waffen aufeinanderprallten, gab es nur einen Funkenregen, und die Klinge des Prinzen brach in der Mitte der Länge nach auseinander.

Ein Herzschlag verging, während er ungläubig auf seinen geborstenen Säbel starrte.

Dann ging der Magier zum Angriff über. Ebon versuchte, seinen Schild leicht schräg zu halten, damit die Waffe des Kinevars daran abglitt, aber der krachende Aufprall war so heftig, dass er trotzdem auf die Knie sank. Der Stab bohrte ein Loch durch Holz und Stahl, verfing sich dann aber in dem verbogenen Metall. Mit einer scharfen Drehung riss der Prinz dem Magier den Stab aus der Hand. Der Kinevar versuchte sich mit einem hastigen Schritt zurück in Sicherheit zu bringen, aber der Rückzug war ihm durch den Verteidigungsring seiner Männer versperrt. Ebenjene, die ihn eigentlich beschützen sollten, wurden ihm nun zum Verhängnis. Ein rückwärts geführter Schlag mit dem übrig gebliebenen Stumpf der Säbelklinge riss ihm die Kehle auf, dass das Blut hervorspritzte.

Hinter ihnen ertönte ein zorniges Brüllen, und als Ebon sich umwandte, sah er ein Dutzend Schritte entfernt das Urwesen, dessen grimmige Fratze wie erstarrt wirkte. Es tat noch einen schwankenden Schritt, dann zerfiel sein linkes Bein zu Staub. Und schließlich löste sich der ganze Körper auf; Dreck und Erde regneten auf die Kämpfenden.

Die verbliebenen Kinevar verließ der Kampfgeist, und sie waren schnell besiegt.

Schwer atmend mühte sich Ebon durch die Insektenschicht, bis er wieder freies Gelände erreichte. Er schüttelte das Ungeziefer aus seinen Haaren und seiner Kleidung, und als er fühlte, dass noch mehr unter seinem Hemd herumkrabbelte, zerrte er es sich vom Körper und schleuderte es von sich. Seine Haut war überall mit schwellenden Stichen bedeckt, die brannten, als ob Flammen darüber huschten. Eine Wanze hatte sich an seinem rechten Handgelenk festgebissen. Fluchend bemühte er sich, das Insekt mit seinem abgebrochenen Säbel aus dem Fleisch zu graben.

Sein toter Wallach lag einen Schritt entfernt. Fliegen hatten sich auf den Augen des Tiers niedergelassen, und der Prinz bückte sich, um die Lider zu schließen. Über seine eigene Wange lief Blut. Als er die Hand zu der Wunde an der Schläfe hob, ertastete er einen losen Hautfetzen, den er wieder an Ort und Stelle schob und fest andrückte. Danach waren seine Finger klebrig und rot. Wieder sah er den Speer der Kinevarfrau auf sich zukommen und erinnerte sich, wie er den Schild gehoben hatte, um ihn abzuwehren. Hätte er nur einen Augenblick später pariert, wäre der Stoß durch sein Auge gegangen. Er war langsam und schwach geworden in den Jahren der Zurückgezogenheit, als die Geister von ihm Besitz ergriffen hatten. *Es ist an der Zeit, dass ich das in Ordnung bringe.*

Ebon blickte zum fernen Waldrand hinüber und stellte fest, dass der größte Teil der Kinevar unter den Bäumen verschwand. Sowohl südlich als auch nördlich dieser Stelle bewegte sich etwas, und der

Prinz beobachtete die Schatten zwischen den dicken Stämmen ganz genau, um zu erkennen, ob die Geschöpfe noch einmal zurückkehren wollten. Schreie ertönten, als die Kinevar den Tod ihres Magiers an den Gefangenen rächten. In Ebons Kopf sorgten die Geister dafür, dass diese Schreie nur noch lauter widerhallten. *So klingt also meine Niederlage.*

Vale trat neben ihn. Der Endorianer hatte aus der Schlacht nicht mehr als einige Insektenstiche und einen leichten Schnitt am Hals davongetragen. »Sag mir bitte, dass wir sie nicht weiter verfolgen.«

Ebon schüttelte den Kopf. »Wir haben alles getan, was in unserer Macht stand.«

»Endlich kommst du zu Verstand.« Der Endorianer wandte sich zum Gehen. Als Ebon sich nicht anschickte, ihm zu folgen, setzte er hinzu: »Hast du die Gegend genug bewundert?«

Ein einzelner Kinevar kam aus dem Wald. Er trat von einem Bein aufs andere und deutete mit seinem Speer in Ebons Richtung. »Offenbar schreckt das Tageslicht diese Geschöpfe nicht länger«, sagte der Prinz. »Wir werden die Dörfer am Waldrand räumen müssen.«

Vale bedachte ihn mit einem skeptischen Blick. »Wegen eines Überfalls?«

»Die Kinevar würden den Wald nicht verlassen, wenn sie es nicht müssten. Es muss ihnen klar gewesen sein, dass wir sie verfolgen und vernichten würden.«

»Vielleicht wollten sie mal was anderes kauen als Wurzeln.«

»Es gibt viel leichtere Beute im Wald.«

Vale bückte sich, riss eine Handvoll Gras ab und säuberte damit sein Schwert. »Glaubst du, dass es sich um die Vorboten von etwas Größerem handelt? Dass wir es vielleicht wieder mit so etwas wie Jiralis Fluch zu tun bekommen?«

Drei Überlebende aus Seffes' Schwadron waren zwischen den gefallenen Kinevar unterwegs und schnitten all jenen, die noch atmeten, die Kehlen durch; die übrigen Soldaten versorgten die Wunden ihrer verletzten Kameraden. »Reynes sagte mir, Kundschafter hätten sogar weit im Norden bei Linnar Kinevar gesehen«, sagte Ebon. »Und zwar nicht nur kleine Grüppchen von Jägern, sondern ganze Stämme. Vielleicht ziehen sie in andere Gebiete.«

»Glaubst du, sie fliehen vor irgendetwas?«

Wie Vögel, die auffliegen. »Könnte doch sein, oder?«

Der Endorianer dachte nach, dann schüttelte er den Kopf. »Das kann ich mir nicht vorstellen. Auf dieser Seite von Shrouds Tor gibt es kein Heer, das sie aus dem Wald vertreiben könnte.«

»Das werden wir schon bald herausfinden.«

Vale hatte offenbar einen Unterton in Ebons Stimme wahrgenommen, denn er warf ihm einen scharfen Blick zu. »Da ist noch etwas anderes, richtig? Etwas, das du mir nicht sagst.« Er sah Ebon prüfend an. »Es sind die Stimmen. Sie sind wieder da.«

Ebon zögerte, dann nickte er. »Sie kehrten zurück, als wir in Sichtweite des Waldes gerieten. Die Geister sind nahe.«

Der Endorianer holte tief Luft und atmete dann hörbar aus. »Glaubst du, sie haben irgendetwas mit all dem hier zu tun? Mit den Kinevar?«

Die Stimmen in Ebons Kopf wurden lauter, als wollten sie diese Überlegung bestätigen. Es lag etwas in ihrem Ton, das dem Prinzen Sorgen bereitete, eine neue Nuance, die es nicht gegeben hatte, als sie ihn zuletzt gequält hatten. *Sie haben Angst,* erkannte er überrascht. *Aber wovor könnten sich die Geister der Toten fürchten?*

Schritte ertönten hinter ihnen, und der Prinz sah, dass sich eine von Seffes' Soldatinnen näherte. Das Kinn der Frau und die Brust ihrer Uniform waren mit Erbrochenem befleckt. Sie salutierte erschöpft.

Ebon studierte die Streifen auf ihrer Schulter. »Korporalin«, sagte er, »wie groß sind Eure Verluste?«

»Neun Tote, Euer Hoheit. Und zwei weitere, die es bald sein werden.«

»Sergeant Seffes?«

Die Soldatin schüttelte den Kopf.

Wirklich ein schwarzer Tag. »Ist ein Heiler bei Eurer Schwadron?«

Die Frau blickte zu der Stelle hinüber, wo man die Leichen zusammentrug. »Nicht mehr.«

»Dann treibt die Pferde zusammen. Schnallt die Toten auf ihre Sättel …«

In diesem Augenblick begann die Luft vor Ebon zu knistern. Ein geisterhaftes Wesen nahm ein paar Schritte von ihnen entfernt Gestalt an und schwebte eine Handbreit über dem Boden. Die Soldatin hatte schon halb ihr Schwert gezogen, aber Ebon legte ihr beruhigend eine Hand auf den Arm. Bei der Erscheinung handelte es sich um einen ausgemergelten, alten Mann, der keine Schuhe und eine schmutzig weiße Robe trug. Er grinste und zeigte dabei seine gelben Zähne. »Da bist du ja, mein Junge!«

»Mottle«, sagte der Prinz. »Wie immer lässt dein Gespür für den richtigen Augenblick sehr zu wünschen übrig. Eine Viertelglocke früher hättest du dich wirklich nützlich machen können.«

Der Magier hob die Nase in den Wind wie ein Spürhund, der Witterung aufnimmt. »Erdmagie. Ein Urwesen, oder? Sein Geist ist noch immer spürbar …« Seine Stimme verhallte, und sein Gesicht nahm einen gedankenverlorenen Ausdruck an. »Und da ist noch etwas anderes.« Schnell drehte er sich zum Wald um.

Ebon war sich plötzlich der Soldatin an seiner Seite bewusst. »Das wäre dann alles, Korporalin«, sagte er. Die Frau fuhr zusammen, als wäre sie aus einem Tagtraum gerissen worden, dann grüßte sie und ging. Als sie verschwunden war, wandte sich der Prinz wieder an Mottle. »Was ist es denn? Was spürst du da?«

Eine Weile ließ der Magier nicht erkennen, ob er ihn überhaupt gehört hatte. Endlich sagte er: »Das Erstarken böser Mächte, mein Junge. Chaos, und seine Begleiterin bei allem Teufelswerk, Verderbnis. Ein Sturm zieht auf. Die Windströme haben Mottle schon lange vor seiner Ankunft gewarnt.«

»Ich habe keine Zeit für deine Rätsel. Wieso bist du hier?«

Der alte Mann wandte sich wieder an ihn. »Hat Mottle das nicht gesagt? Meine aufrichtigste Entschuldigung. Ein Genie wie Mottle neigt natürlich dazu ...«

»Magier«, unterbrach Ebon ihn warnend.

»Ah ja, natürlich, fassen wir uns kurz. Dein bescheidener Diener überbringt dir eine Nachricht des Königs. Dein Vater erwartet dich im Palast, so schnell es geht.«

Ein kalter Schauer überlief Ebon. Er hatte geglaubt, auf diese Nachricht vorbereitet zu sein, aber trotzdem war ihm, als hätte er einen Schlag in die Magengrube erhalten. »Ist die Zeit gekommen? Hat seine Gesundheit sich verschlechtert?«

»Nein, nein. Er lässt Shroud weiter warten, obwohl sich die Jagd dem Ende neigt und der Herr der Toten über große Geduld verfügt.«

»Was ist dann so dringend, dass mein Vater sich von seinem Krankenlager erhoben hat?«

Der Magier hob die Hände. »Was könnte Mottle dir schon sagen. Ein Treffen des Kronrates, nicht wahr? Aber was die Gründe angeht? Die bleiben ein Geheimnis.«

»Was so viel heißt wie: Du weißt es nicht.«

Der alte Mann senkte die Stimme zu einem Flüstern. »Mottle hat natürlich seine Vermutungen ...« Als Ebon sich dann näher zu ihm beugte, fuhr er fort: »Aber dein bescheidener Diener hat nie Gerüchten das Wort geredet, wie du weißt. Die Antwort auf deine Fragen muss bis zu deiner Rückkehr warten. Eile nach Majack! Mottle wird die Furien beschwören, deine Reise zu beschleunigen.« Ein letztes Mal sah er zum Wald hinüber. »Wir haben viel zu besprechen.«

Bevor Ebon etwas sagen konnte, verblasste das geisterhafte Bild des Alten und verflog in der leichten Brise wie Rauch.

Der Prinz schnaubte verächtlich. »Ich werde ihm seinen mageren Hals umdrehen, wenn ich ihn das nächste Mal sehe«, brummte er an Vale gewandt. »Komm, verschwinden wir hier.«

»Wir gehen?«, fragte der Endorianer.

Ebon nickte. »Die Korporalin kann dieses Durcheinander hier beseitigen. Such uns ein paar Pferde und lass sie satteln. Wir reiten nach Majack.«

»Sie suchen nach Euch, Gebieterin«, sagte eine Stimme.

Parolla sah sich um. Ein junger Mann lehnte an einer der heruntergekommenen Hütten in Xavels Elendsviertel und hatte dabei eine Haltung angenommen, als stünde er Modell für ein Porträt. Sie kannte ihn nicht, aber das war kaum überraschend, da sie erst gestern in diese Stadt gekommen war, und so richtete sie ihren Blick wieder auf Shrouds Schrein auf der anderen Seite des Runden Platzes.

Sie hatte sechs Wochen gebraucht, um diesen Ort zu erreichen. Dabei mied sie die Tempel des Herrn der Toten sonst um jeden Preis und wäre lieber sechs Wochen in die genau entgegengesetzte Richtung gereist, aber dieser Schrein war so berüchtigt, dass sie ihn nicht ignorieren konnte. Das dunkle, massige Gebäude hatte keine Fenster, sondern nur zwei runde, weit oben angebrachte Öffnungen, die an die Augenhöhlen eines Totenschädels gemahnten. Zweifelsohne hatten die Erbauer Wert darauf gelegt, dem Tempel ein möglichst schicksalsschweres Äußeres zu verleihen. Parolla ließ sich allerdings nicht so leicht einschüchtern. Eines Tages würde sie diesen Schrein einreißen, so wie alle anderen. Die Macht, die von diesem Ort ausging, hatte eine fremdartige Unterströmung, schwach wie der Atem eines Sterbenden. Bei keinem der vielen Tempel dieser Art, die sie über die Jahre besucht hatte, war ihr etwas Derartiges je begegnet, aber etwas anderes war auch etwas Gutes …

Der junge Mann trat nun in ihr Blickfeld und räusperte sich.

Parolla sah ihn kurz an. Als er kurz zuvor gesprochen hatte, war sie davon ausgegangen, dass seine Worte jemand anderem galten, aber nun sah sie, dass sie die Einzige war, die sich in Hörweite befand. Eine leichte Röte zog sich nun über seine Wangen. Er trug ein blaues Seidenhemd und passende Hosen, die er in wadenhohe Lederstiefel gesteckt hatte. An einem Schwertgurt an seiner Hüfte hing ein Duellsäbel, dessen hell glänzender Griff die Vermutung nahelegte, dass die Waffe noch niemals im Einsatz gewesen war. Sie erwiderte den Blick des Jungen interessiert und ohne Verlegenheit.

»Kenne ich Euch, *sirrah*?«, fragte sie.

»Wenn wir uns schon einmal begegnet wären, hättet Ihr mich nicht vergessen. Ich bin Ceriso di Monata« – er vollführte eine schwungvolle Verbeugung – »der zweitgeborene Sohn des Compte de Monata.« Den Namen betonte er, als ob er darauf eine bestimmte Reaktion erwartete. Als sie ausblieb, fügte er hinzu: »Und mit wem habe ich das Vergnügen?«

Sie überhörte die Frage. »Ihr müsst entschuldigen, *sirrah*. Ich muss allein sein.«

»Vielleicht habt Ihr nicht gehört, was ich vorhin sagte. Sie sind Euch auf den Fersen.«

»Sie?«

»Die Jagd. Ihr seid gezeichnet vom Gehörnten Gott – selbst ein bloßer Novize wie ich kann spüren, dass Ihr sein Zeichen tragt.«

Parollas Haut kribbelte, aber sie behielt ihre gleichmütige Miene bei.

»Euch scheint meine Nachricht nicht zu berühren«, stellte Ceriso fest. »Wisst Ihr vielleicht gar nicht, wie ernst es um Euch steht?«

»Es wäre nicht das erste Mal, dass ich den Weg der Jagd gekreuzt hätte.«

»Was auch immer Ihr früher einmal mit den Anhängern des Gehörnten Gottes zu schaffen gehabt haben mögt, es wird Euch nicht auf das vorbereiten, was Euch nun bevorsteht.« Der Junge sprach in einem feierlichen Ton, der nicht recht zu seiner kieksenden Stimme passte. »Der Hohepriester von Xavel selbst führt die Jagd an, und bei ihm sind die Reiter vom Dorn. Gebieterin, es wäre vielleicht der richtige Augenblick, um Euren Frieden mit jenen Göttern zu schließen, denen Ihr die Treue halten mögt.«

Parolla nahm aus dem Augenwinkel zur Rechten eine Bewegung wahr. Ein dreibeiniger Hund durchstöberte die Abfälle am Rande des Runden Platzes. Als er in den Schatten des Tempels geriet, begann er zu knurren und wich zurück.

Sie wandte sich wieder an Ceriso. Der junge Mann stand da wie ein Kurier, der ein Trinkgeld für das Überbringen seiner Nachrichten erwartet. Zwar hatte sie schon genug Zeit mit ihm verschwendet, aber vielleicht war es sinnvoll, die Gelegenheit zu nutzen, um mehr über seine Herren herauszufinden – und darüber, wie es ihm gelungen war, sie offenbar so schnell und mühelos ausfindig zu machen. »Wer hat Euch ausgesandt, *sirrah*?«

»Der Hohepriester des Gehörnten Gottes natürlich.«

»Warum das? Wieso sollte er mich davor warnen, dass er mich verfolgt?«

»Wieso nicht? Er ist immerhin ein Diener des Gottes der Jagd. Es ist die Verfolgung, die ihm das größte Vergnügen bereitet.«

»Und falls ich mich entschließen sollte, gar nicht zu fliehen?«

Ceriso verzog das Gesicht. »Das wäre sehr unklug. Der Hohepriester wäre sehr verstimmt.«

Und das können wir natürlich nicht zulassen.

Ein buckliger Akolyth in einer grauen Robe, deren Kapuze sein Gesicht verbarg, trat aus dem bogenförmigen Eingang des Tempels und fuhr leicht zurück, als er aus den Schatten ins helle Tageslicht trat. Der dreibeinige Hund rannte weg.

»Gebieterin«, hob der junge Mann wieder an, »an Eurem Akzent höre ich, dass Ihr in dieser Stadt eine Fremde seid, auch wenn ich Eure genaue Herkunft nicht aus ihm zu erschließen vermag. Noch nie zuvor habe ich Augen wie die Euren gesehen, wie kleine Seen tiefster Nacht, oder eine so bleiche und schimmernde Haut.« Er setzte ein Lächeln auf, das, wie Parolla vermutete, gewinnend wirken sollte. »Wo liegt Euer Heimatland?«

»Ich habe keines.«

Ceriso blinzelte. »Nun, woher Ihr auch immer sein mögt, den Tempel, der dort vor Euch liegt, werdet Ihr doch sicherlich erkennen. Sein Schutzgott ist Shroud, der Herr der Toten. Falls Ihr nach einer Zuflucht sucht, dort werdet Ihr sie nicht finden.«

Das ist wahrer, als du dir vorstellen kannst. »Dann würde die Jagd es wagen, den Tempel zu stürmen?«

»Das wäre gar nicht nötig. Wenn Ihr dort hineingingt, würdet Ihr feststellen, dass die Luft ein wenig …«, er suchte nach dem richtigen Wort, »… unbekömmlich ist. Niemand, der klaren Geistes ist, kann sie lange atmen. Da ist es besser, draußen zu sterben, mit dem frischen Wind im Gesicht.«

»Eure Sorge um mich ist unangebracht. Warnt Euren *mekra.* Sagt ihm, es sei zu seinem eigenen Besten, wenn er sich von mir fernhält.«

Ceriso machte eine wegwerfende Handbewegung hin zu den Federmotten, die sich an diesem heißen Nachmittag von der Brise tragen ließen. »Natürlich werde ich Eure Worte übermitteln, aber ich fürchte, dass man sie mit Skepsis aufnehmen wird. Der Hohepriester wird nicht glauben, dass Ihr aus Sorge um sein Wohlergehen gesprochen habt.«

»Ich habe dem Gehörnten Gott nie Übles gewünscht. Diese *bakatta* hat *er* begonnen, nicht ich.« Schließlich hatte sie vor all diesen Jahren nicht darum gebeten, gegen ihren Willen festgehalten zu werden. Sie hatte den Dienern des Gottes deutlich gemacht, dass es Folgen haben würde, wenn man sie daran hindern wollte, den Tempel zu verlassen, der einmal ihr Zuhause gewesen war.

Ceriso maß ihren Worten eine andere Bedeutung zu, denn er sagte: »Ah, jetzt verstehe ich. Ihr wollt Eure Fehde mit dem Gott beenden. Vielleicht um Gnade bitten.« Er schüttelte den Kopf. »Leider bin ich nur ein einfacher Bote, und daher bin ich nicht befugt, über

Eure Sache zu richten. Ihr dürft Euch natürlich an den Hohepriester wenden, aber ich würde Euch davon abraten. Wenn die Jagd einmal entfesselt ist, kann man sie nicht mehr aufhalten.«

»Sagt es Eurem *mekra* trotzdem. Falls er meine Warnung überhört, wird das vergossene Blut an seinen Händen kleben, nicht an meinen.« Bei den Göttern, an Parollas Händen klebte wahrlich schon genug.

Ceriso schien noch etwas sagen zu wollen, entschied sich dann aber wohl dagegen. Stattdessen fragte er: »Vergebt mir meine Neugier, Gebieterin, aber wer seid Ihr?«

»Dann hat es der Hohepriester Euch nicht gesagt?«

»Er sagte nur, ich solle mich mit Vorsicht nähern. Ihr erscheint mir sehr jung für jemanden, der sich die Feindschaft des Gehörnten zugezogen hat.«

»Der Schein kann trügen«, erklärte Parolla und kam zu dem Schluss, dass sie nun wohl alles erfahren hatte, was ihr der Junge sagen konnte. »Und jetzt, *sirrah,* lasst mich bitte allein.«

»Wie Ihr wünscht.« Ceriso deutete wieder eine Verbeugung an, aber dann hielt er inne und schien sich etwas zu überlegen. »Ich muss zugeben, dass ich mit diesem Teil Xavels wenig vertraut bin, Gebieterin. Ein Mann meines Standes hat selten Anlass, sich in die, sagen wir einmal, weniger privilegierten Viertel der Stadt zu begeben. Man hat mir gesagt, die Gässchen hier seien das reinste Labyrinth. Da kann man sich leicht verlaufen. Es kann also sein, dass es ein wenig dauern wird, bevor ich meinem Herrn Bericht erstatten kann.«

Parolla neigte den Kopf. »Eine sehr großzügige Geste.«

»Leider wird sich das Unvermeidliche dadurch lediglich hinauszögern lassen. Es schmerzt mich, Euch mitteilen zu müssen, dass in Xavel noch niemand dem Herrn der Jagd entwischt ist. Wir sind wahrlich gesegnet vom Gehörnten.«

»›Wir‹, *sirrah*? Werdet Ihr denn auch zur Jagd gehören?«

Ein leichter Ausdruck der Missbilligung zog über die Züge des Jungen. »Ganz sicher nicht. Der Herr der Jagd beschreitet viele Wege. Für die unappetitlichen Neigungen anderer, die meinen Glauben teilen, bin ich nicht verantwortlich. Ich selbst bevorzuge anderes Wild der eher amourösen Natur.« Wieder zeigte er sein Lächeln. »Es ist höchst bedauerlich, dass wir uns nicht unter glücklicheren Umständen begegnet sind.«

Parolla hob eine Augenbraue. Zumindest seine Hartnäckigkeit verdiente ihren Respekt. »Ihr würdet vermutlich zu dem Schluss kommen, dass meine Gesellschaft recht gefährlich sein kann.«

»Ah, Gebieterin«, sagte Ceriso wehmütig, »Eure Worte haben das Feuer meiner Neugierde jetzt nur noch stärker angefacht. Falls es Euch doch gelingen sollte, der Jagd zu entkommen, dann würde ich mich freuen, wenn Ihr mich aufsuchen würdet.« Er verneigte sich ein letztes Mal, drehte sich dann auf dem Absatz um und schritt über den Runden Platz davon.

Parolla sah ihm nach, und der Hauch eines Lächelns zeigte sich in ihrem Gesicht, verblasste jedoch schnell. Die Jagd. Schon wieder. Wohin sie auch ging, sie war ihr auf den Fersen. Seit ihrer Ankunft in Xavel hatte sie sich bemüht, einen möglichst großen Bogen um die Tempel des Gehörnten zu machen, aber dennoch hatten seine Anhänger sie aufgespürt. Immerhin hatte sie Glück gehabt, wie sie wohl wusste. Hätte die Jagd ihre Fährte einen Tag früher aufgenommen, wären all ihre sorgfältig ausgeklügelten Pläne durcheinandergeraten. Aber jetzt war die drohende Verfolgung lediglich ein Ärgernis; wenn alles gut ging, würde sie schon weit weg sein, bevor sie ihr gefährlich werden konnte.

Dennoch durfte sie keine Zeit verschwenden.

Mit einem letzten Blick vergewisserte sie sich, dass sie keine unwillkommene Gesellschaft hatte, dann ging sie zum Tempel hinüber.

Das Gebäude warf einen nachtschwarzen Schatten, und als Parolla ihn betrat, fühlten sich ihre Glieder plötzlich so verkrampft und bleiern an, als habe das Alter seine schwere Hand auf ihre Schulter gelegt. Nun, da sie näher kam, entdeckte sie, dass der Torbogen des Eingangs von zwei Statuen bewacht wurde, die der Zahn der Zeit im Laufe der Jahrhunderte zu formlosen, wettergegerbten Steinblöcken gewaschen hatte. Links neben dem Eingang saß, zusammengesunken und an die Wand gelehnt, ein Mann. Er trug eine zerlumpte Kalabi-Robe, und über die Sohlen seiner nackten Füße zogen sich kreuz und quer blutige Striemen. In der linken Hand hielt er eine leere Flasche. Parolla rümpfte die Nase, als sie an ihm vorüber ging, denn selbst der durchdringende Geruch von Juripa-Branntwein konnte den Gestank von Schweiß und Fäulnis nicht völlig überdecken, der von dem Mann ausging.

Hinter der Schwelle lag ein Korridor, der zu einer dunklen Kammer führte. Matte Lichttupfer flankierten die Wände auf beiden Seiten; der Schein der Fackeln wurde fast völlig von Schatten erstickt. Der Lärm der Jadi-Gruppen draußen auf dem Platz war hier zu einem Flüstern verstummt, und aus der Düsternis, die vor ihr lag, drang kein Laut an Parollas Ohren. Todesmagie wirbelte in unsichtbaren Strömungen um sie herum. Sie fühlte, dass sich in ihrem Innern etwas rührte, das darauf antworten wollte. Unwillkürlich ballte sie die Fäuste, bis sich die Nägel in ihre Handballen bohrten, und wartete, bis dieser Drang wieder nachließ.

Das Licht der Fackeln an den Wänden wurde schwächer, als sie sich weiter vorwagte. Auf beiden Seiten knieten Gestalten; einige pressten die Stirn an den Stein, andere sahen ihr nach, als sie vorüberging. Knochen lagen verstreut auf dem Boden, als seien einige der Gläubigen hier an Ort und Stelle während ihrer Gebete verstorben und liegen gelassen worden, bis sie verfaulten. Zwischen den Knochen konnte sie Kleiderfetzen erkennen, eine verrostete Gürtelschnalle, eine leere Scheide, sogar einige Münzen.

In der Düsternis ballten sich tiefere Schatten zusammen. Als sie Parollas Haut streiften, rührte sich unwillkürlich ihre eigene Kraft in ihr.

»Beherrsche dich«, sagte eine Stimme. »Innerhalb dieser Mauern ist Hexenkunst lediglich den Gesalbten vorbehalten und ansonsten verboten.«

Parolla blieb stehen. Schritte näherten sich, und ein alter Mann in grauer Kutte kam langsam auf sie zu. Seine blinden Augen waren von einem milchigen Film überzogen, und Leberflecke bedeckten seine Hände und sein Gesicht. Sein struppiges, weißes Haar war an der linken Schläfe abrasiert, um eine Tätowierung zu enthüllen, die eine Schlange zeigte. Als Parolla das Reptil ansah, züngelte das Bild.

Der Priester fühlte offenbar ihren Blick, denn er sagte: »Es ist eine Bedra-Kobra. Versteht Ihr wohl, was sie bedeutet?«

»Ich weiß ein wenig über die Bräuche der Terenil – und das ist doch Euer Stamm, oder nicht? Das Jahr der Schlange war vor … lass mich nachdenken … etwa dreißig Jahren?«

»Achtundzwanzig.«

Damit war der Priester nur wenige Jahre älter als Parolla selbst. »Ihr tragt es wie ein Ehrenabzeichen.«

Ein Husten schüttelte den ausgemergelten Körper des Mannes. »Und das ist es auch. Welch besseren Beweis gäbe es für meine Ergebenheit?«

»Und so werdet Ihr für Euren Glauben belohnt? Euer Körper ist ruiniert, die Zahl Eurer Tage beschnitten, und das alles, weil Ihr Euer Leben Eurem Gott geweiht habt?«

»*Meinem* Gott? Nicht auch Eurem?«

»Da habe ich mich wohl versprochen, *sirrah*.«

Der Priester brummte. »Meine Belohnung erhalte ich im nächsten Leben, wie Ihr wohl wisst.« Er hob eine lahme Hand. »Dieses verwelkende Fleisch aufzugeben, ist nur ein geringer Preis dafür, auf ewig zur Rechten des Herrn zu sitzen. Der Tod ist die einzige Konstante unseres Lebens, die einzige Sicherheit.« Er wandte ihr die blicklosen Augen zu. »Selbst für Euch, *jezaba*.«

Parolla spürte, wie sie sich versteifte. »Ihr kennt mich?«

»Ich weiß, was Ihr seid. Wie könnte es anders sein? Ich bin ein Priester Shrouds.«

Er hielt fest den vermeintlichen Blick auf sie gerichtet, und sie zwang sich, Atem zu holen. Was, wenn er sie erkannte? Er konnte unmöglich ahnen, welche wahre Absicht sie in Wirklichkeit verfolgte. »Wenn das so ist, *sirrah*«, sagte sie und ließ ihre Stimme ein wenig härter klingen, »dann frage ich mich, wieso Ihr mir nicht die Ehre erweist, die mir zukommt?«

Der Blinde blieb kurz stumm, bevor er schließlich den Kopf ein wenig neigte. »Wieso seid Ihr hier?«

Parolla sah sich um. Verschwommene Gestalten hatten sich gerade außerhalb ihres Sichtfelds versammelt, und sie hörte ihre harten Atemzüge, spürte ihre kalten Blicke wie Spannung in der Luft. Hatte der Priester diese Leute herbeigerufen, damit sie Zeuge ihres Gesprächs wurden? *Das wird ja immer besser.* Sie wandte sich an den Blinden. »Ich habe auf meinen Reisen Geschichten über diesen Tempel gehört. Pilger berichten voller Ehrfurcht davon, und dennoch werden ihre Worte seiner Erhabenheit nicht gerecht.«

Der Priester hustete erneut.

»Angesichts der Kraft, die an diesem Ort versammelt ist«, fuhr Parolla fort, »könnte man annehmen, der Tempel sei kürzlich erst geweiht worden. Dennoch spüre ich eine unvertraute Note in der Todesmagie, die uns umgibt.« Hier im Innern fühlte sie es sogar noch stärker als draußen vor dem Tempel. Und es schien, als käme es … Parolla sah auf den Boden. »Gibt es hier eine Gruft?«

»Sie wurde versiegelt«, sagte der Blinde. »Auf Anordnung des Hohepriesters ist der Zutritt verboten.«

»Verboten? Mir?«

»Allen, die nicht im Glauben gesalbt wurden.«

Parolla wartete, bis das Schweigen zwischen ihnen wuchs. »Wollt Ihr mich also als Außenseiter brandmarken, *sirrah*?«, fragte sie schließlich und hob dabei die Stimme, damit sie auch von den Beobachtern außerhalb ihres Blickfelds gehört wurde. »Dann seht Ihr keinen Unterschied zwischen mir und einer der Ungeweihten?«

»Doch, natürlich sehe ich den, aber …«

»Gibt es etwas in dieser Gruft, das ich nicht zu sehen bekommen soll?« Bevor der Priester darauf antworten konnte, fuhr sie fort: »Glaubt Ihr, dass der Glaube Geheimnisse für mich birgt? Oder dass ich sie nicht für mich behalten könnte?«

Der Blinde verlagerte sein Gewicht von einem Fuß auf den anderen. »Dieses Urteil steht mir nicht zu.«

»Wo ist dann dein *mekra*? Ich möchte mit ihm sprechen.«

»Leider weilt der Hohepriester im Augenblick nicht im Tempel.«

Natürlich nicht, du Narr, was glaubst du, wieso ich ausgerechnet heute hier aufgetaucht bin? »Wo ist er?«

»Er nimmt an einer Zeremonie im Tebala-Schrein von Kontynan teil. Morgen bei Einbruch der Nacht wird er zurück sein.«

»Da werde ich Xavel bereits wieder verlassen haben.«

»Aber vielleicht könntet Ihr bei Eurem nächsten Besuch in dieser Stadt …« Die Stimme des Priesters verebbte.

Parolla wartete mit ihrer Antwort lange genug, damit der Priester Zeit für einige unangenehme Überlegungen hatte. »Was glaubt Ihr, wie wird es Euer *mekra* aufnehmen, wenn er erfährt, was hier geschehen ist? Wenn er hört, dass Ihr mich beleidigt und dann fortgeschickt habt, als sei ich ein Dieb, der von Eurem Kollektenteller stehlen wollte? Und er *wird* es erfahren.«

»Er wird mich nicht dafür verurteilen, dass ich seinen Anweisungen gehorcht habe.«

»Würdet Ihr Euer Leben darauf verwetten?«

Wie in einer Bitte um Unterstützung wandte der Blinde seinen milchigen Blick zu den schweigenden Gestalten, die sich um sie beide versammelt hatten. Niemand rührte sich. Die wirbelnde Dunkelheit stürmte wieder auf Parolla ein, aber als ihre Kraft sich erneut in ihr rührte, bemühte sie sich nicht mehr, sie zu unterdrücken. Ein Schatten legte sich über ihr Blickfeld.

Der Priester machte einen Schritt zurück.

»Meine Geduld hat allmählich ein Ende, *sirrah.*«

Er zögerte noch einen kleinen Augenblick, dann deutete er mit einem Nicken zu einer Stelle zu ihrer Rechten hinüber. Als er sprach, klang seine Stimme schroff. »Der Eingang zur Gruft wird von den Schutzzaubern des Hohepriesters bewacht.«

»Mit denen kann ich umgehen.«

»Davon bin ich überzeugt. Aber bitte baut sie wieder auf, nachdem Ihr hindurchgegangen seid. Diese Wälle wurden nicht nur errichtet, damit niemand eindringt, sondern auch, damit nichts hinausgelangt.«

»Und das bedeutet?«

»Wenn Ihr die Gruft betreten wollt, dann müsst Ihr des Schutzes entsagen, den dieser Tempel bietet.« Der Priester lächelte knapp. »Ich fürchte, ich kann nicht garantieren, dass Euch nichts geschieht.«

Majack dampfte in der Abendhitze. Ebon ritt mit gesenktem Kopf die Händlerstraße entlang durch das Untere Viertel. Ein ganz gewöhnlicher Reisender, der aus den Ödlanden kam. Die Stadt war erfüllt vom Klopfen der Hämmer, denn die Menschen vernagelten ihre Türen und Fenster, um sich auf den Tag der Roten Flut vorzubereiten, wenn Tausende von Steinrücken-Skorpionen von Osten über die Stadt herfallen würden; es war nur noch eine knappe Woche bis dahin. Als der Prinz vorüberritt, ließ ein mürrisch dreinblickender Kaufmann kurz seinen Hammer sinken und stieß seine Frau an, und beide bedachten Ebon mit misstrauischen Blicken. Vermutlich nur, weil sie den Staub und das Blut auf seiner Kleidung sahen, sagte er sich. Er war beim Volk nie so beliebt gewesen wie sein Vater, noch nicht einmal, bevor die Geister von ihm Besitz ergriffen hatten, und nach den langen Jahren, die er sich von der Welt zurückgezogen hatte, hätten die Stadtbewohner wohl sogar eher Vale erkannt denn ihren zukünftigen König.

Ebon fuhr sich mit dem Handrücken über die Augen. Auf dem Ritt vom Wald hierher hatten die Geister unaufhörlich geplappert, und nach zwei Glocken im Sattel sehnte er sich nach einer Pause, und wenn sie auch nur kurz sein sollte. *Wie ein Chor der Verdammten.* Was quälte sie nur so? Versuchten sie, ihm etwas mitzuteilen? Wenn er ihnen lauschte, glaubte er manchmal, einzelne Worte ausmachen zu können, aber wie konnte das sein, wo er doch ihre Sprache gar nicht beherrschte? Warum nur fühlte es sich immer so an, als ob sich der Schlüssel zum Begreifen und Verstehen stets nur ein winziges Stück außerhalb seiner Reichweite befand?

Vale spürte wohl sein Unbehagen, und ein bedrücktes Schweigen hatte sich zwischen ihnen ausgebreitet. *Ebenso wie mir bereitet es ihm Sorgen, wohin das Ganze führen wird – zu einem Rückfall in die dunklen Zeiten.* Ebon wusste nichts Tröstendes zu sagen. Als die Geister das letzte Mal von ihm Besitz ergriffen hatten, waren sie fast drei Jahre lang in seinem Kopf geblieben, und er wusste nicht, ob er die Kraft haben würde, das noch einmal zu erdulden; auch würde es diesmal wohl schwieriger. Die Geister schienen … irgendwie näher, als ob die Schutzwälle, die es in Ebons Verstand geben mochte, bereits nachgaben. Er konnte *fühlen*, wie ihr Irrsinn in ihn hineinsickerte. Waren sie das, was auch er eines Tages werden würde?

Bei den Göttern, ich muss einen Weg finden, um dieser Spirale Einhalt zu gebieten, bevor sie mich immer weiter in die Tiefe reißt.

Vale war vorangeritten und fluchte, während er sich mühsam einen Weg durch die Menschen bahnte, und Ebon trieb sein Pferd an, um nicht den Anschluss zu verlieren. Sie erreichten den kleinsten der vier Märkte, die es in der Stadt gab, und ritten um ihn herum. Im Schatten eines der Kontore hatten sich die Bettler und Unheilsverkünder zusammengerottet und vollführten ein anhaltendes Geheul, das wie ein Klagelied klang. Musik, die zu Ebons innerer Verfassung passte.

Sein Blick fiel auf eine Frau, die vor einer Wand saß. Ihr Gewand hatte dieselbe Farbe wie ihre sonnenverbrannte Haut, und die auf ihre Wangen tätowierten schwarzen Tränen verrieten, dass sie dem Wächter geweiht war. Ihre Augenlider waren zugenäht worden, aber dennoch drehte sie den Kopf in Ebons Richtung, als er vorüberritt.

Hinter dem Marktplatz begann die Straße, die zur Landungsbrücke führte, und hier drängten sich noch mehr Menschen. Ebons Pferd wurde von allen Seiten angestoßen und geschubst, und es schnaubte nervös. Von seiner erhöhten Position aus konnte der Prinz erkennen, dass ein Wagen auf der Brücke ein Rad verloren hatte und Melonen und Sandfrüchte auf der Straße ausgekippt waren. Die Umstehenden fielen wie eine Schar Rotschnäbel über die Früchte her und zerstreuten sich erst wieder, als der Fahrer des Wagens, ein schneehaariger Maru, mit einer Keule auf sie losging. Ein Mädchen wurde zu Boden gestoßen, und Blut lief aus ihrer zerschlagenen Nase; die Menge begann zornig zu grollen. Nur wenige Augenblicke später wurde der Maru von einem Dutzend Hände erfasst, hochgehoben und schreiend über das Brückengeländer gewuchtet. Sein Wagen und die Überreste der Ladung flogen hinterher.

»Das wurde aber auch Zeit«, bemerkte Vale.

Als Ebon über die Brücke ritt, blickte er über das Geländer. Von dem Maru war nichts zu sehen, aber der Wagen trieb einen Steinwurf weit entfernt mit der Strömung davon. Der Prinz bedeckte seine Nase mit seinem Ärmel. Offenbar war irgendwo flussaufwärts ein Abflussrohr geborsten, denn das Wasser des Amber war voller Unrat und stank wie ein sieben Tage alter Leichnam. Zwischen dem Schilf, das die Untiefen überwucherte, trieben die aufgedunsenen Körper von zahllosen Tieren und Vögeln. Fliegenschwärme summten durch die Luft, und eine ganze Wolke von Insekten schwärmte um Ebons Kopfwunde. Er verjagte sie mit einer Handbewegung, aber je mehr er verscheuchte, desto mehr kamen nach.

Als sie das gegenüberliegende Ufer erreicht hatten, sah er mit zusammengekniffenen Augen nach Osten. Gerade so eben konnte er die Kristalltürme von Amarixils Schrein im Marobi-Viertel erkennen, und beinahe war er überzeugt, dass er sogar Lamellas Haus daneben sah. Bei anderer Gelegenheit wäre er vielleicht zuerst dorthin geeilt, aber die kryptische Aufforderung seines Vaters verlangte, dass er ihr sofort nachkam. An erster Stelle stand die Pflicht, wie immer. Als er wenig später eine Gruppe Pantheonwächter entdeckte, funktionierte er sie sofort zu seiner Eskorte um. Die Straßen wurden breiter, je weiter sie sich der Innenstadt näherten, und sie kamen nun schneller voran. Hier starrten ihn des Öfteren Menschen an, und oft waren ihre Blicke feindlich. Ebon ertrug sie schweigend. Schließlich kam der Palast in Sicht: erst die schwarzen Türme, dann die Zinnen der Brustwehr, die wie eine Reihe spitzer Zähne aufragten.

Eine Sechstelglocke später ritt er ins Torhaus und schickte einen der Wächter vor, um dem König seine Ankunft zu melden.

Ebon stieg ab. Seine Muskeln in den Oberschenkeln und im Rücken schmerzten nach der langen Zeit im Sattel. Er überließ es Vale, die Pferde zu versorgen, und ging zu einem nahen Brunnen. Mit der hohlen Hand schöpfte er Wasser und trank, bis er Magenschmerzen bekam, dann wusch er sich den Staub und das getrocknete Blut aus dem Gesicht. Beim Anblick seines Spiegelbildes runzelte er die Stirn. Er hatte sich seit über einem Tag nicht rasiert, und der Bartschatten ließ sein Kinn und seine Wangen dunkler erscheinen, aber noch dunkler war der Schatten, der hinter seinen kalten, blauen Augen lauerte. *Als ob die Geister mir entgegenblickten.* Er musste mit Mottle sprechen, bevor der Kronrat zusammentrat. Was hatte der Magier im Wald gespürt? Wusste er, dass die Stimmen zurückgekehrt waren? Falls dem so war, musste Ebon sich seines Schweigens versichern.

Er folgte dem Burgwall in östlicher Richtung und erreichte das Sonnenaufgangstor am Fuß des Heidenturms. Ein Soldat trat aus dem Wachhaus, um ihn anzuhalten, bevor er mit hastiger Verbeugung und einer geraunten Entschuldigung Platz machte. Im Innern der Burg ließ die Kühle der steinernen Gewölbegänge Ebon erschauern. Er hielt den Blick auf den Boden gerichtet, bemüht, niemandem einen Anlass zu geben, ihn mit Fragen aufzuhalten. In der Halle der Pfade nahm er den überwölbten Durchgang, der in den Ostflügel führte. Der Türsturz war so gestaltet worden, dass er an Reißzähne erinnerte, und Ebon kam es beinahe so vor, als träte er in einen Drachenschlund. Dahinter führte der Gang schnurgerade in die Dunkelheit.

Die Geräusche des Palastes verhallten hinter ihm, bis außer seinen eigenen Schritten nichts mehr zu hören war.

Es war Jahre her, seit er diesen Bereich der Festung zuletzt betreten hatte. Als er die Hand über die Mauer gleiten ließ, fühlte er keine Fuge und keinen Riss, als sei das ganze Bauwerk aus einem einzigen Felsblock gehauen worden. Im Laufe der Jahre waren einige Bedienstete in diesem Labyrinth verschwunden, obwohl nicht bekannt war, ob sie tatsächlich irgendeiner Gefahr zum Opfer gefallen waren, die in diesen endlos langen Gängen lauerte. Ebon hatte die wild ausgeschmückten Geschichten über ihr Schicksal stets mit einem Lächeln angehört, aber heute war er froh, dass sein Ziel nicht allzu weit entfernt lag.

Er kam durch einen zweiten Torbogen und zählte nun die Durchgänge, die seitlich vom Korridor abzweigten. Der Boden senkte sich leicht. Als er hinunter schritt, fühlte er einen kühlen Luftzug auf dem Gesicht. Er verstärkte sich zusehends, hob und senkte sich in gleichmäßigem Rhythmus. *Wie Atem.* Die Stimmen in seinem Kopf waren zu einem leisen Gemurmel verklungen. Er nahm die nächste Abzweigung zu seiner Rechten und betrat einen enorm großen Saal, dunkel und ohne erkennbaren Grundriss; das einzige Licht kam von langen, geraden Öffnungen im Dach. Der Wind, der dort hindurchfuhr, brachte Geräusche und Gerüche mit, die sich immer wieder veränderten, wenn die Brise draußen eine andere Richtung nahm: erst einen eisigen Hauch Bergluft, dann ein trockenes Pfeifen von verwehtem Sand, dann einen feuchten Salzgeruch, wie eine Erinnerung an die See.

Ein Gewand lag in einem unordentlichen Knäuel mitten auf dem Boden. Als Ebon den Blick hob, sah er Mottle nackt über sich in der Luft schweben. Der Alte hatte die Arme zu einem Kreuz ausgebreitet, und sein Körper drehte sich langsam um sich selbst. Ebon räusperte sich.

Mottle fuhr noch einen Augenblick mit seinen Drehungen fort, dann ließ er sich zu Boden sinken. Seine nackten Füße setzten neben seinen Kleidern auf.

»Ich hoffe, ich störe dich nicht bei der Verrichtung wichtiger Dinge«, sagte Ebon.

»Im Gegenteil, mein Junge«, erwiderte der Magier, der sich seine Robe überstreifte. »Mottle ist froh, dich hier zu sehen. Deine Ankunft ist wie der Aufschlag eines Kiesels in einem stillen Teich.«

»Was willst du damit sagen?«

Der Alte richtete sich auf. Er hatte sich die Robe verkehrt herum übergeworfen, aber entweder hatte er das nicht bemerkt, oder es war ihm egal. Nun breitete er die Arme aus, als wollte er die ganze Halle umfassen, und sagte: »Deine Gegenwart hat kleine Wellen in den Windströmen ausgelöst. Gerade begann sich ein Bild abzuzeichnen, aber jetzt herrscht wieder Verwirrung. Die Bruchstücke wurden erneut aufgewirbelt, und die einzelnen Teile müssen sich erst wieder setzen.«

Das war ebenso wenig zu bestreiten wie zu verstehen. »Drück dich klar aus, Magier.«

»Klar? Aber aber, Mottle ist doch ein Paradebeispiel für Klarheit und Wortgewandtheit, auch wenn sein Verstand auf Pfaden wandelt, auf denen ihm andere nicht folgen können …« Seine Stimme verhallte. »Ah, was sagte Mottle gerade?«

Ebon seufzte. »Kieselsteine.«

»Natürlich! Der Stein, der die Lawine auslöst, nicht wahr? Mir scheint, als hättest du in dem, was jetzt kommen wird, eine entscheidende Rolle zu spielen.«

»Und was ist das, was jetzt kommt?«

»Das ist nicht bekannt, jedenfalls im Augenblick noch nicht. Geduld ist vonnöten. Das Muster nimmt erst allmählich Gestalt an, und das eigentliche Bild ist noch nicht recht zu erkennen.«

Es ist, als wollte ich einen Fisch mit bloßen Händen fangen. Sobald ich glaube, ihn gepackt zu haben, entwindet er sich meinem Griff. Ebon blickte in die leere Düsternis hinauf. »Wovon redest du? Ich sehe kein Muster.«

»Kein Muster?«, fragte Mottle entgeistert. »Aber es umgibt dich doch geradezu. Kannst du es denn nicht spüren? Ein Erzittern der Luft, ein Geräuschfetzen – wie Fäden in einem Teppich, der noch gewebt wird. Manche Teile sind noch jung wie die Wörter, die aus unseren Mündern kommen, andere so alt wie die Zeit.« Helle Begeisterung schwang in der Stimme des Alten mit. »Der Sturz ganzer Zivilisationen, die Machenschaften der Götter, der endlose, mahlende Lauf des unaufhaltsamen Rades der Zeit: Am Ende erreicht die Kunde aller Dinge diesen Ort. Kein Geheimnis bleibt Mottles scharfsichtigem Blick auf Dauer verborgen.«

Ebon lauschte, aber er nahm nichts wahr außer dem klagenden Flüstern der Geister in seinem Kopf. *Vielleicht bin ich nicht der Einzige, der Stimmen hört.* »Ich werde dir wohl einfach vertrauen müssen, Magier. Deine Sinne sind offenbar schärfer als meine.«

»Vielleicht.« Mottle tippte sich mit dem Finger an die Nase. »Oder aber deine Aufmerksamkeit wird augenblicklich von anderen Dingen in Anspruch genommen.«

Die Stimmen der Geister wallten verstimmt und erschreckt auf. *Er weiß Bescheid.* Ebon merkte, dass er gegen den inneren Drang ankämpfen musste, sein Schwert zu ziehen.

Mottle fuhr fort: »Es ist gar nicht so schwer, die Windströme zu spüren, mein Junge, jedenfalls nicht, wenn man weiß, wie es geht. Aber sie wahrzunehmen, das heißt nicht, dass man sie auch versteht, nicht wahr? So viel Wissen stürmt auf den Verstand ein und kann dabei durchaus die Sinne überfordern. Man muss lernen, die einzelnen Fragmente voneinander zu trennen.« Sein Blick bekam etwas Berechnendes. »Um eine Stimme aus der Menge auszusondern.«

»So ist es wohl. Und wie macht man das?«

»Indem man die Windströme reitet. Indem man sich ihnen hingibt – und sich von ihnen forttragen lässt, wohin sie wollen. So ist Mottles Schicksal, wie ein Blatt, das mit dem Wind dahinschwebt ...«

»Und wenn dich die Windströme in die Tiefe reißen? Und man nicht wieder zurückfindet?«

Mottle zuckte die Achseln, bevor er sich abwandte. »Komm!«, sagte er und ging zu einer Tür auf der anderen Seite der Halle.

Einen Augenblick starrte Ebon nur auf den Rücken des Alten, der sich Schritt für Schritt entfernte. Dann folgte er ihm.

Er musste sich ducken, als er den Gang betrat, in dem Mottle verschwunden war, und konnte sich nur mit kleinen Schritten voranbewegen. Nach kurzer Zeit spürte er einen Widerstand in der Luft, als ob er durch Spinnenweben ginge. Der Raum, den sie nun erreichten, war noch düsterer als der große Saal. Überall auf dem Boden lagen Pergamentrollen verstreut, die raschelten, als Ebon sich seinen Weg hindurch bahnte. Nischen waren in die Wände eingelassen worden, wie Ruhestätten für die Toten. In einer befand sich ein ausgefranstes Laken und ein zu einem Kissen zusammengedrehtes Lumpenbündel, die anderen beherbergten ein Durcheinander aus Pergamentrollen, Tierschädeln, Wurzeln und getrockneten Blütenblättern. Dem Prinzen wurde hier ein wenig leichter ums Herz – so, als würde er, wenn er jetzt spränge, nie wieder zurück zur Erde fallen. Als er nach oben sah, entdeckte er, dass auch die Decke auf ihrer Unterseite mit Schriftrollen bedeckt war.

Aus der Dunkelheit gegenüber ertönte ein unregelmäßiges Klicken und Klacken. Ebon versuchte etwas in der Düsternis zu erkennen und sagte: »Du hast wohl etwas gegen Tageslicht, Magier?«

Mottle sah ihn an. »Was? Ach so, mehr Licht. Natürlich.« Er machte eine Handbewegung. Die Schatten zogen sich bis in die Ecken des Raumes zurück und türmten sich dort zu einer unnatürlich dichten Schwärze auf, während die Mitte der Kammer nun von einem blassen, unbestimmten Glühen erfüllt war. Am Rande des erhellten Bereiches gewahrte Ebon eine Erscheinung, die ihm eine Gänsehaut verursachte. An einem Henkerseil hing ein Skelett von Kindergröße. Zwei Stummel wie abgebrochene Hörner traten aus seinem Schädel hervor. Die anderen Knochen stammten offensichtlich von einer Vielzahl verschiedener Körper. Manche waren verkohlt oder vom Alter gebleicht, andere waren angenagt, gesplittert oder trugen die Spuren von Waffengewalt. Die Figur wiegte sich vor und zurück, und die dabei aneinanderstoßenden Knochen verursachten das Klackern, das Ebon zuvor gehört hatte.

»Faszinierend, nicht wahr?«, sagte Mottle, »die unsichtbaren Mächte, die uns beeinflussen.«

»Was ist das für ein Ding?«, fragte Ebon.

»Mottle hat ihm keinen Namen gegeben«, erwiderte der Magier und runzelte die Stirn, als ob ihn diese Nachlässigkeit beunruhigte.

»Ich meine, was tut es?«

»Es spürt Energien auf. Kräfte, die ansonsten gar nicht wahrzunehmen wären, noch nicht einmal mit einem Gespür wie dem, über das Mottle verfügt.« Der Magier näherte sich dem Skelett und umkreiste es, bewegte sich vom Schatten ins Licht und wieder in den Schatten. »Mottle hat in letzter Zeit das Erstarken einer Macht gespürt, das die Windströme reitet wie eine Krankheit. Der Widerstand, den du spürtest, als du eintratest … Es ist ein Siegel, das verhindern soll, dass Einflüsse von außen in diesen Raum eindringen. Ähnliche Barrieren gibt es rund um die übrigen Mauern, die Decke und den Boden. Die Luft hier drinnen sollte ganz ruhig sein, dennoch bewegt sich diese Gestalt, als ob eine Seele mit ihm verbunden wäre.«

»Und benutzt du dieses Ding, um diese Kräfte … wie soll man das nennen … zu vermessen?«

»Richtig. Mottle sucht nach einer Möglichkeit, um sie zu manipulieren und vielleicht ganz auszuschalten.«

»Hat das funktioniert?«

»Noch nicht.« Der Magus deutete zu den Schriftrollen, die unter der Decke hingen. »Bisher haben die Veränderungen, die dein gehorsamer Diener in der Zusammensetzung der Atmosphäre bewirken konnte, kaum eine Auswirkung auf diese mysteriösen Kräfte gehabt. Mottle hatte überlegt, alle Luft aus dieser Kammer zu entfernen, aber wie hätte er dann hier sein können, um das Ergebnis seines Experiments zu begutachten? Die Lösung war bisher noch nicht greifbar, aber Mottle wird hartnäckig bleiben.«

Das Skelett zuckte, und Ebon sah weg. »Und die Knochen? Nein, sag es mir nicht. Ich will gar nicht wissen, woher du sie hast.«

»Ihre früheren Besitzer hatten keine Verwendung mehr für sie, das kann Mottle dir versichern. Und er hat festgestellt, dass Knochen diese Kräfte viel sensibler aufnehmen als Holz oder Stein.«

»Aha. Mit welcher Art von Kräften haben wir es denn eigentlich zu tun?«

Der Magier, der im Raum hin und her getigert war, blieb stehen. »Ah! Genau dieser Gedanke machte auch Mottle zu schaffen. Todesmagie, das steht einmal fest, doch von welcher Art genau, das weiß Mottle nicht. Beunruhigend, nicht wahr?«

Ebon sah sich um. War das nur seine Einbildung, oder rückten die Schatten wieder näher? »Und woher kommen sie, diese Kräfte?«

»Aus dieser Festung, jedenfalls teilweise«, sagte Mottle und legte eine Hand auf die Mauer. »Jahrhundertelang sind Streit und Zwietracht in den Stein gesickert und haben Narben hinterlassen, die niemals vollständig verblassen werden. Aber sie sollten nur ganz kleine

Erschütterungen verursachen. Diese …«, er deutete auf das zuckende Skelett, »… diese große *Macht* … So etwas hat Mottle nie zuvor gesehen.«

Ebon sah den Alten durchdringend in die Augen. »Was hast du im Wald gespürt? Und was in mir?«

Die Stirn des Magiers legte sich in Falten. »Um die Wahrheit zu sagen, Mottle weiß es nicht. Aber du hast dich verändert, nicht wahr? Ein Wandel ist durch dich gegangen, seit dich die Geister das letzte Mal ergriffen.«

»In welcher Hinsicht?«

»Da ist sich dein bescheidener Diener nicht sicher. Es liegt ein Schatten auf dir, aber wenn Mottle versucht, ihn genauer zu betrachten, dann entzieht er sich ihm.«

»Du sprichst davon, als wäre es ein Wesen mit Bewusstsein. Etwas, das zurückweicht, wenn es spürt, dass du es prüfend ansehen willst.«

»Das ist Mottles Befürchtung, aber würde es dann nicht eine Spur seiner Anwesenheit hinterlassen? Mottle kann keine entdecken, und er verliert eine Fährte nicht so leicht.«

Das Klicken des Skeletts zerrte allmählich an Ebons Nerven. »Ich höre weiter nichts als Mutmaßungen, Magier. Das reicht nicht. Ich brauche Antworten.«

Mottle hob eine Augenbraue. »Dann suche in deinem Inneren, mein Junge. Dort liegen die Lösungen bereit, wenn du willens bist, sie aufzuspüren.«

»Du begreifst nicht. Die Geister … Wenn ich meine Deckung fallen lasse, dann würden sie mich in den Abgrund reißen. Sie bewohnen eine Welt der Qual, Mottle. Dort werde ich keine Antworten finden, nur Wahnsinn.«

»Du bist dir da sicher, ja? Weise Mottles klugen Rat nicht voreilig von der Hand. Vor vielen Jahrhunderten waren die Geister – die Vamilianer, wie sie damals genannt wurden – eine mächtige Rasse. Zivilisiert, o ja, aber eroberungssüchtig. Ihr Reich war so unglaublich groß, dass die Sonne im einen Teil erst aufging, als sie sich im anderen bereits senkte …«

»Das alles hast du mir schon früher erzählt«, unterbrach Ebon ihn. »Worauf willst du hinaus?«

»Worauf Mottle hinaus will? Ganz einfach darauf: Vielleicht gibt es einen Weg, wie du die Präsenz der Vamilianer ausnutzen kannst. Du teilst einige ihrer Erinnerungen, oder nicht? Du teilst ihr Wissen.« Mottles Augen glänzten. »Vielleicht gibt es dort auch eine Kraft, die du nutzen kannst. Eine Kraft, die du brauchen wirst, bevor das Ende kommt.«

»Das Ende? Welches Ende?«

Mottle lächelte unschuldig. »Nun, das Ende dessen, was auch immer uns bevorsteht.«

Ebon betrachtete den Alten mit einem bitteren Blick. *Ganz kurz glaubte ich, ich hätte ihn gepackt. ich kann nur hoffen, dass der Magier meine Geheimnisse ebenso vorsichtig bewacht wie seine eigenen.* Er stieß eine Pergamentrolle beiseite, die sein Gesicht streifte, als sie nach oben trieb. »Sag mir aber, diese Präsenz, die du fühlst … Hat sie mich auf irgendeine Weise gezeichnet? Werden andere sie ebenfalls bemerken können?«

»Das bezweifelt Mottle«, sagte der Magier und warf sich in die Brust. »Nur wenige sind so aufmerksam wie dein bescheidener Diener …«

»Gut. Mir wäre es lieb, wenn das so bliebe.«

Mottle schwieg einen Augenblick, dann nickte er. »Wie du wünschst. Mottle ist sich durchaus bewusst, welche Verwicklungen sich daraus ergeben könnten, wenn derartiges Wissen in die falschen Hände fiele. Seine Lippen sind versiegelt. Verschwiegenheit gehört zu Mottles vielen Tugenden.«

»Das weiß ich zu schätzen, mein Freund.«

Der Alte stieß Ebon in die Rippen. »Bedeutet das etwa, dass du Mottle nicht den dürren Hals umdrehen wirst?«

Mein Gespräch mit Vale … er hat es belauscht! Ebons Lippen zuckten. »Das ist ein guter Hinweis. In Zukunft werde ich darauf achten, mich mit mehr Vorsicht zu äußern, wenn andere zuhören könnten.«

»Eine wertvolle Lektion, nicht wahr? Aber keine Sorge, Mottle nimmt dir derartige schnell dahingesagte Worte nicht übel. Du bist nicht der Erste, der Mottles Talente unterschätzt, und das ist ihm auch sehr recht. Auf diese Weise fallen viele Geheimnisse wie zufällig in seinen Schoß.«

»Du hast eine interessante Einstellung, was das Lauschen betrifft.«

Der Magier richtete sich auf. »Du hältst Mottle für einen Spion, nicht wahr? Das ist er nicht.« Sein Ton wurde wieder sanfter. »Obwohl es keinen besseren gäbe, wenn er sich dazu entschließen wollte. Eine geflüsterte Bemerkung dröhnt laut in seinen Ohren …« Der Alte neigte den Kopf zur Seite. »Und so ist es auch jetzt. Der Augenblick ist gekommen. Der Kronrat kommt zusammen, und Königin Rosel beklagt unsere Abwesenheit.«

»Dann sollten wir sie besser nicht warten lassen.« Ebon wandte sich zur Tür, bevor er innehielt und sich noch einmal umsah. »Ich nehme an, du möchtest mich nicht wissen lassen, was der Grund für diese Zusammenkunft ist?«

Mottle lächelte geheimnisvoll und ging an ihm vorüber.

Ebon seufzte. »Das hatte ich auch nicht erwartet.«

3

Jemand war Luker auf den Fersen.

Er hatte es schon gespürt, als er das Sacrosanctum verlassen hatte, und es war ein Gefühl, wie man es besser nicht ignorierte, wenn man nicht irgendwann einen Armbrustbolzen zwischen den Schulterblättern spüren wollte. Wieder sah er sich um und erwartete beinahe, einen kurzen Blick auf irgendeinen Dummkopf zu erhaschen, der sich dann schnell in eine Gasse drückte, aber da war nichts außer dem Regen, der in dichten, grauen Strömen vom Himmel fiel. Sein Blick glitt über die Hauseingänge, die sich zur Straße hin öffneten; sie alle lagen verlassen da. Bei einem kleinen Laden hatte sich die Ecke einer Markise losgerissen und flatterte nun knatternd im Wind. Davon abgesehen war alles still. Aber dennoch blieb der Eindruck bestehen, dass man ihn beobachtete, und er hatte gelernt, seinem Instinkt zu trauen, wenn es um solche Dinge ging.

Nachdem er seine Schwerter in ihren Scheiden leicht gelockert hatte, ging er gemessenen Schrittes weiter. Sich zu beeilen hatte keinen Zweck. Seine Kleidung war jetzt ohnehin schon so durchweicht, als hätte er ein Bad im Hafen genommen, und davon abgesehen wollte er seinen Verfolger nicht wissen lassen, dass er von ihm wusste. Eine Viertelglocke lang folgte Luker den Windungen der Kaistraße, die verschlungen zum Hafen hinunterführte, und versuchte währenddessen zu erfassen, wie er sich fühlte, nun, da er wieder auf heimischem Boden stand. Nass, beschloss er. Rechter Hand kam er an den Toren zum Garmala-Uhrenturm vorbei, dann duckte er sich in einen kleinen, gepflasterten Gang und drückte sich eng an die Mauer, wo die Schatten am tiefsten waren. Hier strömte der Regen in Bächen über den Boden, und Wasser drang in seine Stiefel.

Er wartete.

Die Glocken des Turmes erklangen, um die zweite Abendstunde auszurufen, und er spürte die Schwingungen, die über die Steine liefen, an die er sich lehnte. Über dem Grollen des Donners nahm er ein Keckern wahr. Als er aufsah, entdeckte er ein paar Zwitscheraffen, die ihn vom Dach des Uhrenturms beobachteten. Eine Schwadron Bratbaks trat aus der Düsternis der Kaistraße und marschierte mit gesenkten Köpfen den Berg hinauf. Ganz kurz überlegte Luker, ob sie seine Verfolger sein konnten. Aber dann schüttelte er den Kopf: Schließlich gingen sie nicht zum Hafen hinunter, sondern in genau die andere Richtung.

Er fluchte. Wer auch immer ihn jagte, er hätte längst an ihm vorbeikommen sollen. *Es sei denn, der Dreckskerl hat gesehen, dass ich in diese Gasse abgebogen bin.* Aber wieso war er Luker dann nicht gefolgt? Hatten ihn die Zwitscheraffen verraten? *Er ist gut,* räumte Luker widerwillig ein. Vielleicht ein Bewahrer wie er, oder einer der Männer des Imperators, der dafür sorgen sollte, dass er sich nicht aus der Stadt entfernte? Doch ganz gleich, um wen es sich handeln mochte, Luker konnte nicht zulassen, dass man ihm folgte – ein unwillkommener Gast würde Jenna heute Abend vollkommen reichen. Auch hatte er keine Zeit, mit der ganzen shroudverfluchten Stadt Versteck zu spielen. *Wollen wir doch einmal sehen, ob er genug Mumm hat, um mir ins Gängeviertel zu folgen.*

Luker schritt die Gasse hinunter und schlich sich dann durch die nächsten, angrenzenden Straßen, bis er die Alte Stadtmauer erreichte. Dieser folgte er nach Süden, bis er an eine Bresche kam, hinter der sich nichts als Schwärze auftat. Die Mauer war eine Armlänge niedriger als zu dem Zeitpunkt, als er zum letzten Mal hier gewesen war; sicherlich waren die fehlenden Steine dazu entwendet worden, um weitere Elendshütten zu errichten, wie sie in dem jenseitigen Viertel überall aus dem Boden schossen. Die Überreste der Mauer waren mit Schriften in verschiedenen Sprachen bedeckt; neben Kerinec, Fenilar, Remnerol und Maisee entdeckte Luker noch viele andere, die er nicht kannte.

Die schwarzen Schädel, die auf beiden Seiten der Bresche prangten, bedurften allerdings keiner Übersetzung.

Luker setzte über die Mauer und gelangte dahinter in einen so schmalen Gang, dass er, hätte er die Arme ausgestreckt, mit den Fingerspitzen die Wände links und rechts hätte berühren können; kein Licht drang aus den verrammelten Fenstern. Über seinem Kopf berührten sich die Dachüberstände der Gebäude beinahe. Schon nach wenigen Schritten entdeckte er einen Bettler in einem Hauseingang. Vielleicht ein Posten. Als der Bewahrer näher kam, glotzte ihn der Mann dreist an und streckte ihm dann eine Hand entgegen, an der zwei Finger fehlten. Bei anderer Gelegenheit hätte Luker ihm vielleicht eine Handbreit Stahl in den Bauch gerammt, aber nun schüttelte er nur den Kopf und ging weiter.

Er folgte den Gässchen, die zum Meer hinunterführten, weiter nach Osten. Das Rauschen des Windes klang hier gedämpft, als ob der Sturm zwar um das Gängeviertel herumpfiff, sich aber nicht hineintraute. Schade, dass der Regen es nicht genauso hielt, aber zumindest schien er dafür zu sorgen, dass der ansonsten hier herumlungernde Abschaum zu Hause geblieben war: Die Straßen waren bisher ungewohnt leer.

Das würde wahrscheinlich nicht lange so bleiben.

Und tatsächlich, als Luker sich der nächsten Straßenecke näherte, hörte er dahinter ein auffälliges Geräusch. Sofort blieb er stehen und neigte den Kopf, um besser zu hören; er versuchte, das Trommeln des Regens auf den Dächern auszublenden. Da war es wieder. Ein kreischender Ton. Vorsichtig spähte er um die Ecke. Ein Stück weiter war eine Mauer eingestürzt und versperrte zur Hälfte die Straße. Und auch die Einmündung, die dahinter lag.

Der ideale Ort für einen Hinterhalt.

Luker zog seine Schwerter und näherte sich dem Hindernis. Die Luft war schwer vom Gestank des Todes. Ein kleiner Körper lag halb unter dem Schutt begraben, und dunkle Wesen wuselten darüber hinweg, huschten in die Schatten und wieder heraus. *Ratten.* Offenbar hatte der Bewahrer sie bei ihrer Mahlzeit gestört. Nun streckte er seinen Willen aus und erforschte die Straßen hinter dem Unglücksort. Genau, wie er erwartet hatte, lauerten drei Gestalten in der Gasse zur Linken, zwei in der zur Rechten und noch einmal zwei weiter geradeaus. Und hinter ihm würden wohl auch noch schnell ein paar Mann erscheinen, um ihn in die Zange zu nehmen. Trotzdem hatte Luker nicht die Absicht, sich zurückzuziehen. Wenn er schnell und hart genug zuschlug, dann konnte er diesen Hinterhalt zu seinen Gunsten nutzen, noch bevor diese Idioten gemerkt haben würden, dass sie den Vorteil der Überraschung verloren hatten.

Jetzt geht der Spaß richtig los.

Er stieg über den Schutthaufen und erwartete schon in dem Augenblick, da die Steine unter seinen Füßen wegrutschten, den Angriff. Doch nichts bewegte sich in der Dunkelheit. Er baute einen Willensschild vor sich auf; dann trat er hinter dem Hindernis mit lautem Platschen in knöcheltiefes Wasser.

Noch immer ließen sich die Angreifer nicht sehen.

Luker näherte sich der Kreuzung, sah weder nach rechts noch nach links und ging ganz gemächlich weiter.

Die einzige Warnung war das Pfeifen der sich teilenden Luft. Zwei Armbrustbolzen knallten gegen seinen Willensschild und flogen seitlich davon. Im gleichen Augenblick fuhr ein silbernes Aufblitzen durch die Dunkelheit, und er riss sein Schwert empor. Mit einem Krachen schlug Metall auf Metall. Der heftige Aufprall schickte ein Beben durch seinen Arm, aber es gelang ihm, das Handgelenk so zu drehen, dass er die Waffe seines Feindes blockierte, und als er mit seiner Rechten zustieß, drang sein Schwert tief in Fleisch. Ein

Stöhnen war zu hören, und dann fiel eine Waffe klappernd auf das Pflaster.

Auf beiden Seiten wurden nun die Schatten lebendig und flossen wie Geister auf Luker zu.

Der Bewahrer war schon wieder in Bewegung. Mit drei Schritten durch spritzendes Wasser erreichte er die Einmündung gegenüber. In der Düsternis dort warteten zwei Gestalten, aber Luker kam über sie, bevor sie zum Zuschlagen bereit waren.

»Was …«

Der erste konnte sein Schwert nur noch ein kleines Stück heben, um dem Schlag des Bewahrers zu begegnen, und sein Mund formte ein großes, überraschtes »O«, als Lukers Klinge ihm die Kehle aufschlitzte. Der zweite – ein riesiger Kerl mit einem Streitkolben – versuchte, weit genug zurückzutreten, um mit der klobigen Waffe auszuholen, fiel dabei aber über seine eigenen Füße.

»Scheiße!«

Luker erwischte den ersten Kerl, bevor er zu Boden stürzte, fuhr herum und schleuderte ihn dem dritten Angreifer in den Weg, der sich von hinten näherte. Ein Klatschen und ein erstickter Fluch, dann stürzten beide. Ein vierter Mann schleuderte einen Dolch nach Luker, aber den konnte der Bewahrer mit seinem Willen abblocken. Schnell noch ein Tritt ins Gesicht des Mannes mit dem Streitkolben, der gerade aufstehen wollte, und dann huschte er in die Dunkelheit, während der Willensschild jetzt seinen Rücken schützte.

Eine Wendung nach links, eine nach rechts. Alle paar Schritte sah er sich um, ob er weiterhin verfolgt wurde.

Als er schließlich stehen blieb und lauschte, konnte er hinter sich Stimmen wahrnehmen, die aber schnell im Grollen des Sturmes untergingen. Der Bewahrer lächelte. *Offenbar habe ich ein Hornissennest aufgestört.* Jetzt konnte er nur noch darauf hoffen, dass die Lakaien des Imperators, falls ihm welche folgten, heftig gestochen wurden.

Eine halbe Glocke später erreichte er die Straße, die sich direkt am

Hafen entlangzog. In einiger Entfernung erhob sich die Mauer, die den Hafen umschloss, und Luker hörte das Donnern der Wellen, die sich am Stein brachen. Gischt spritzte hoch empor und hing wie Nebel in der Luft. Er schmeckte das Salz, das der Wind mit sich trug.

Die Schenke, die er suchte, lag etwas abseits von den anderen am Kai. Ein verblasstes Schild aus Holz hing schief an einer Metallstange über der Tür und wiegte sich knarrend hin und her. Die Fenster waren vergittert, und von drinnen drang ein düsterroter Schimmer auf die Straße. Die Eingangstür ging auf, als Luker sich näherte, und heraus kamen zwei Männer, die sich untergehakt hatten und schwankten, als ob sie versuchten, auf dem Deck eines krängenden Schiffes das Gleichgewicht zu halten. In der Gaststube saßen einige Leute verstreut an roh zusammengezimmerten Tischen. Ihre Gespräche verstummten, als Luker eintrat; seine Schritte hallten laut über den Dielenboden. Er sah in ihre Gesichter, aber Jenna war nicht unter ihnen.

Hinter der Bar stand eine kleine, schwarzhaarige Frau, die sich gerade mit einem Holzspan den Dreck unter den Fingernägeln herauskratzte. »Was darf's sein?«

»Bier«, erwiderte Luker und legte eine Münze auf die Bar.

Die Bedienung nahm das Geld, füllte einen Humpen und stellte ihn klappernd ab. Als sie sich wieder umdrehen wollte, legte Luker ihr die Hand auf den Arm.

»Ich suche Jenna Amary«, sagte er.

Die Augen der Frau wanderten zu einem Punkt hinter der Schulter des Bewahrers. »Nie von ihr gehört.«

Als er ihrem Blick folgte, entdeckte Luker drei Männer, die an einem Tisch am Fenster saßen. Vor ihnen lagen Würfel und ein paar Stapel Münzen. Einer der Männer ließ ein Geldstück über die Fingerknöchel seiner rechten Hand wandern. »Natürlich nicht«, sagte Luker zu der Bedienung. »Sag ihr einfach, dass ein Freund hier ist, der sie gern sehen möchte.«

Er wartete ihre Antwort nicht ab, sondern ging zu einem leeren Tisch, von dem aus er die gesamte Gaststube gut im Blick hatte. Nachdem er seinen durchweichten Mantel abgestreift hatte, nahm er einen Schluck Bier, lehnte sich in die Schatten zurück und wartete. Es dauerte wohl ein Dutzend Herzschläge, dann waren alle drei Würfelspieler aufgestanden. Einer trat an die Bar und sprach mit der Bedienung. Die geschwärzten Narben, die ihn als einen Kerinec-Stammesbruder auswiesen, zeichneten ein verschlungenes Muster auf seinen Wangen und auf seinem Hals und verloren sich im Kragen seines Flickenmantels. Ein Langmesser steckte in einer Scheide an seiner Hüfte. Seine zwei Begleiter gingen zur Tür. Der erste huschte hinaus, der zweite schloss die Tür hinter ihm und blieb wachsam daneben stehen. Als er zu Luker hinübersah, hob der grüßend seinen Humpen.

Ein Druckgefühl breitete sich hinter seinen Augen aus, und er hoffte, dass Gill ähnlich heftig für den Einsatz des Willens zahlte. Es war lange her, dass Luker zum letzten Mal einem anderen Bewahrer gegenübergestanden hatte, der den Willen gegen ihn anwandte, und nie zuvor hatte er seine Kräfte mit jemandem von Gills Kaliber gemessen. Er massierte sich die Schläfen mit den Daumen. Noch war der Kopfschmerz einigermaßen erträglich, aber er würde stärker werden, wenn er nicht noch irgendwo Mesinakräuter auftrieb.

Ein Dielenbrett knarrte.

Luker sah auf und bemerkte, dass der Kerinec-Stammesbruder nur ein paar Schritte von ihm entfernt stand. Sein Blick war starr auf Luker gerichtet, als versuchte er sein Bestes, bedrohlich zu wirken.

Nun erklang die Stimme einer Frau. »Verzieh dich, Gol. Das hier ist eine Nummer zu groß für dich.«

Die Sprecherin trat nun neben den Kerinec-Mann. Da sie ganz in Schwarz gekleidet war, hätte sie bei einem flüchtigen Blick wie sein Schatten wirken können. Der Mann warf ihr einen warnenden Blick zu, aber sie winkte ihn beiseite. »Lass uns allein.«

Gol kehrte an seinen Tisch zurück.

Das Gesicht der Frau war von einer Kapuze verdeckt, aber Luker erkannte sie dennoch. »Jenna.«

Jenna sagte nichts, sondern nahm nur die Kapuze ab und schüttelte ihr langes, dunkles Haar. Luker stockte der Atem. Ihr rechtes Auge war halb geschlossen, die Haut drum herum verfärbt und geschwollen. Ihr Hals wies Kratzer auf, und über ihr Kinn lief eine zornrot leuchtende Schnittwunde. Ihre Lippen waren blaufleckig, und sie umfing der süßliche Geruch von Junipa-Branntwein. Als sie wieder sprach, lag ein wenig Rauch in ihrer tiefen, grollenden Stimme. »Schließt du gerade neue Freundschaften?«, fragte sie mit einem Blick auf Gol.

»Ich glaube nicht, dass er mich mag, aber das werde ich überleben. Seit wann brauchst du denn einen Beschützer?«

Jenna überhörte die Frage. »Wieso bist du hier?«

»Um dich zu sehen, natürlich.«

»Das ist mir klar«, fuhr sie ihn an. »Die Frage war nur, warum.«

»Brauche ich dafür einen Grund?«

»Du hast es schließlich auch nicht für nötig befunden, hier vorbeizukommen und mir mitzuteilen, dass du gehst. Wieso willst du mich jetzt wissen lassen, dass du wieder da bist?«

Luker schlürfte sein Bier und sah Jenna dabei weiterhin über den Rand des Humpens unverwandt an. »Mir war nicht klar, dass ich dir über mein Woher und Wohin Rechenschaft ablegen muss. Tatsächlich überrascht es mich, dass dir mein Verschwinden überhaupt aufgefallen ist.«

»Es hat auch eine Weile gedauert. Aber als aus Monaten Jahre wurden, dachte ich tatsächlich, du seist tot.«

»Da muss ich dich leider enttäuschen. Willst du dich nicht setzen?« Das lief doch gut. Schön zu wissen, dass sie nach so langer Zeit genau dort wieder anknüpfen konnten, wo sie aufgehört hatten

Jenna zog sich ihm gegenüber die Bank unter dem Tisch hervor und rückte sie dann an die Querseite, so dass auch sie die Wirtsstube im Blick behalten konnte.

»Traust du mir immer noch nicht zu, dir Rückendeckung zu geben?«, fragte Luker.

»Alte Gewohnheiten lassen sich nicht so schnell abschütteln. Ist man dir gefolgt?«

Die Augen des Bewahrers verengten sich leicht. »Woher weißt du das?«

»Hast du ihn abgeschüttelt?«

»Vermutlich ja. Ich hab ihm die schönen Ecken des Gängeviertels gezeigt. Gehörte er zu deinen Leuten?«

»Natürlich nicht. Schließlich wusste ich ja nicht einmal, dass du wieder da bist.«

»Aber wie ...« Jetzt dämmerte es Luker. »Du glaubst, mir sei jemand gefolgt, um dich aufzuspüren?« Jemand, der genau wusste, dass er wieder da war.

»Könnte schon sein.«

»Wieso? Wer ist hinter dir her?«

»Das geht dich verdammt noch mal nichts an.« Jenna winkte der Frau an der Bar, die wenig später mit einem leeren Glas und einer halbvollen Flasche Branntwein erschien. Jenna zog den Korken mit den Zähnen heraus und schenkte sich ein. Der scharfe Dunst trieb Luker die Tränen in die Augen. »Also, wie lange ist es jetzt her?«, fragte Jenna. »Drei Jahre? Vier?«

»Zwei.«

»So, wie du aussiehst, hätte ich auf mehr getippt.«

Luker betrachtete ihre Wunden und Prellungen. »Es gelingt nicht allen, sich ihr gutes Aussehen unbeschadet zu erhalten. Was ist mit deinem Gesicht passiert?«

»Ich bin ausgerutscht, als ich mich gerade schminken wollte. Was glaubst du wohl, was passiert ist?«

»Eines deiner Ziele hat sich gewehrt, was? Wie unhöflich von ihm.«

Jennas Augen blitzten. »Von ihr, genauer gesagt. Und ich habe dafür gesorgt, dass sie sich anschließend wünschte, sie hätte sich in aller Stille verabschiedet.«

»Sieht dir gar nicht ähnlich, bei einem Auftrag so nahe ranzugehen, dass so etwas passieren konnte.«

Die Assassine kippte den Schnaps runter und füllte ihr Glas erneut. »Ich hatte keine Wahl. Mein Auftraggeber verlangte eine *Trophäe.*« Sie spie das Wort geradezu aus. »Ich hatte die blöde Kuh mit der Armbrust an der Schulter erwischt, und dann war sie mit einem Ruck vom Pferd gestürzt. Sie lag da so still, dass ich sie für tot hielt.«

»Und sie hat dir nicht einmal die Möglichkeit gegeben, es mit einem zweiten Schuss zu versuchen?«

»Schön, dass du das lustig findest.«

Lukers Kopfschmerzen wurden schlimmer, und er ließ die Schultern kreisen, um die Spannung zu lockern. »Offenbar hat sie sich ganz schön gewehrt. Wer war sie? Auch ein Profi?«

»Das willst du nicht wissen.«

»Lass es einfach drauf ankommen.«

Jenna schüttelte den Kopf. »Selbst du würdest dich nicht mit diesen Leuten anlegen wollen.«

»Wieso dann du?«

Der Würfelspieler, der die Eingangstür bewachte, hatte sich jetzt wieder zu Gol gesetzt, dem Kerinec-Stammesbruder, und nun brach ein Streit über die Größe eines Münzstapels aus. Auf Lukers Frage hin antwortete die Assassine nun: »Mein Agent hat am falschen Ende gespart – hat nicht so viele Fragen gestellt, wie nötig gewesen wäre. Pech für ihn. Das hat er schon bald bereut …«

»Erspare mir die Einzelheiten. Ich kann mir schon vorstellen, wie diese Geschichte zu Ende ging.«

Jenna zuckte die Achseln. »Es war abzusehen. Ich konnte nicht riskieren, dass mich die Freunde dieser Frau über ihn aufspüren würden. Keine losen Enden.« Sie schien bemüht, das Thema zu wechseln. »Du hast mir noch immer nicht erzählt, wohin du verschwunden bist.«

»Nach Taradh Dor.«

Die Assassine wartete darauf, dass er weitersprach. Als Luker nichts mehr sagte, stürzte sie noch ein Glas Schnaps hinunter und fragte: »Das ist alles? Zwei Jahre, erklärt mit drei dürren Worten?«

»Da gibt es nicht viel mehr zu erzählen.«

»Ich dachte, der Ort, an dem sich augenblicklich alles abspielt, sei Arandas. Seltsam, dass du dieses Mal nicht inmitten des Geschehens bist.« Sie zeigte das schiefe Lächeln, an das er sich so gut erinnerte. »Was ist los, Luker? Wirst du allmählich zu alt für diese Sachen?«

Er verzog das Gesicht. »Ich bin sechsunddreißig und nicht sechsundsechzig.«

»Wenn du es sagst.«

In diesem Augenblick wurde die Tür zur Straße aufgestoßen. Gol erhob sich so schnell, dass er dabei seinen Stuhl umwarf. Jenna war auch sofort auf den Beinen und hielt plötzlich einen Dolch in der rechten Hand. Eine Windbö blies Regen durch den Eingang und ließ die Fackeln flackern. Draußen war nichts als Dunkelheit.

Ein paar Herzschläge verstrichen, aber niemand trat ein.

Dann war der Bann gebrochen, und Gol schritt zur Tür und schlug sie zu. Jenna ließ den Atem aus den Lungen weichen und setzte sich wieder an den Tisch.

»Wir sind wohl etwas angespannt, wie?«, bemerkte Luker. »Du hast offenbar so lange in Dunkelheit gelebt, dass du jetzt jeden Schatten anspringst.«

Die Assassine rammte ihre Klinge in die Tischplatte und sah ihn von der Seite an, als ob sie ihn verdächtigte, mit seinem Willen selbst die Tür geöffnet zu haben. »Wieso bist du zurückgekehrt, Luker? Das hast du mir noch immer nicht verraten.«

Er zuckte die Achseln. »Das, wonach ich auf Taradh Dor suchte, habe ich nicht gefunden.«

»Und was war das?«

»Hab ich nie herausbekommen. Ich hatte gehofft, ich würde es merken, sobald ich es gefunden hätte.«

»Die Sucherei hätte ich dir ersparen können. Taradh Dor ist ein Dreckloch.«

»Da will ich dir nicht widersprechen. Die ganze Shroud-verwünschte Insel stinkt nach Fisch. Und was die Bewohner angeht … schlecht gelaunte Drecksäcke, alle miteinander. Für die ist das Wörtchen ›Fremder‹ gleichbedeutend mit ›Erzfeind‹.«

Jenna kippte noch einen Schnaps; ihre Wangen färbten sich allmählich rosig. »Und was passiert jetzt? Gehst du wieder zu den Bewahrern?«

Luker berichtete ihr von seinem Treffen mit Gill. Die Assassine hörte mit ausdrucksloser Miene zu und unterbrach ihn nicht. Als er geendet hatte, sagte sie: »Du willst nach diesem Buch suchen?«

In ihrer Stimme lag etwas, das er nicht einordnen konnte, aber inzwischen hämmerte es in seinem Kopf so stark, dass ihm klare Gedanken schwerfielen. »Ich werde nach Kanon suchen«, berichtigte er sie. »Falls mich seine Spur zu dem Buch führt, dann ist es eben so. Wenn nicht …«

»Und wenn sie zu Kanons Grab führt?«

Der Streit zwischen Gol und seinem Kameraden wurde immer hitziger. Luker musste lauter sprechen, um die Männer zu übertönen. »Auf keinen Fall. Kanon ist viel zu schlau, um sich in den Krieg mit den Kalanesern hineinziehen zu lassen.«

»Was ist mit diesem Magier, den er verfolgt?«

»Du meinst, Mayot Mencada könnte ihn erledigt haben?« Luker schüttelte den Kopf. »Kanon hat alle Kräfte überlebt, mit denen der Schwarze Turm in der Nacht des Verrats gegen ihn gekämpft hat. Mir ist noch kein Magier begegnet, der ihm gewachsen gewesen wäre.«

Jenna schürzte die Lippen. »Wann geht's los?«

»Morgen.«

»Schon so bald?«

»Wenn ich darf?« Luker bereute die Worte, kaum dass er sie ausgesprochen hatte.

Die Assassine warf ihm einen grimmigen Blick zu, und ganz kurz glaubte der Bewahrer, sie würde aufstehen und gehen. Stattdessen griff sie nach der Branntweinflasche und schenkte sich noch einmal ein. Das Schweigen wurde immer länger. Jenna zog ein Haarband aus einer Tasche und fasste sich den Schopf zu einem Pferdeschwanz zusammen. Sie machte ein nachdenkliches Gesicht. Als sie Luker schließlich ansah, erkannte er, dass sie einen Entschluss gefasst hatte. »Ich komme mit.«

Einige Herzschläge vergingen, bis er die Bedeutung dieser Worte begriff. *Und ich hatte doch wirklich geglaubt, für heute schon genug Überraschungen erlebt zu haben.* »Warum?«, fragte Luker. »Du kennst Kanon nicht mal.«

»Es geht nicht um Kanon. Aber ich habe schon länger darüber nachgedacht, Arkarbour zu verlassen. Jetzt scheint die Zeit gekommen.«

»Aber nicht, um nach Arandas zu gehen.«

»Das ist auch nicht mein Ziel.«

»Was denn dann?«

Jenna sah weg. »Lass das mal meine Sorge sein.«

Sie weiß es nicht, wurde Luker klar. *Sie läuft davon, und wohin, das ist ihr egal.* Die Vorstellung, in Arkarbour festzusitzen, war für die Assassine offenbar bedrohlicher, als auf der Gollothir-Ebene einem kalanesischen Seelenfänger in die Arme zu laufen. *Worauf hat sie sich nur eingelassen, Shroud-verflucht noch mal?* Luker wollte etwas sagen, überlegte es sich dann aber wieder. Er wusste, dass es keinen Sinn hatte, Jenna mit Fragen zu löchern, wenn sie in einer solchen Stimmung war wie jetzt. *Sie hat immer gern Geheimnisse gehabt.* »Du solltest wissen, dass ich nicht allein unterwegs sein werde«, sagte er. »Es sind noch zwei andere dabei.«

»Hast du Angst, mit mir gesehen zu werden?«

»Sollte ich?«

»Sie müssen ja nicht wissen, wer ich bin.«

»Und wenn sie dich erkennen?«

»Bei mir gibt es keine Zeugen«, fuhr Jenna ihn an. »Und ein Nein lasse ich nicht gelten!«

Luker blickte ihr eine Weile in die Augen, dann lehnte er sich zurück. *Dann wäre das wohl geklärt.* Wenn er jetzt darüber nachdachte, war es vielleicht auch gar nicht schlecht, Jenna dabei zu haben. Die schicksalhafte Reise in den Süden von Mercerie lag jetzt drei Jahre zurück. Luker war dorthin entsandt worden, um Keebar Lana auszuschalten, einen Senator aus Erin Elal, der zum Verräter geworden war. Bis zu einem Haus im Tempelviertel war er dem Mann gefolgt, aber als er dann auf das Dach des gegenüberliegenden Senderschreins klettern wollte, stieß er auf Jenna, die auf dem einzigen Fleck hockte, der volle Sicht auf den Hauseingang gewährte. Vermutlich war es nur deswegen nicht zu einer handfesten Schlägerei zwischen ihnen gekommen, weil Lana plötzlich vor seiner Eingangstür erschien.

Jenna hatte darauf bestanden, den tödlichen Schuss auf ihn abzugeben. Danach, als die Nacht von den Schreien seiner Wachleute widerhallte, waren Luker und Jenna ohne ein weiteres Wort auseinander gegangen. Rein zufällig waren sie sich dann wieder begegnet, auf der Straße nach Koronos, auch wenn Luker die Assassine erst mit viel Mühe davon hatte überzeugen können, dass er ihr nicht absichtlich gefolgt war. Später fand er heraus, dass man sie bei ihrer Flucht vom Schrein des Senders gesehen hatte; sie war gezwungen gewesen, Mercerie zu verlassen, als Lanas Hexenmeister Peledin Kan damit begann, alle weiblichen Assassinen in der Stadt zu töten. Die Dämonen, die er Jenna nachsandte, spürten sie gerade auf, als sie bei einem namenlosen Dorf ihre Bekanntschaft mit Luker erneuerte – oder vielmehr, ihre Armbrust auf ihn gerichtet hielt. Drei Jahre später hatte sie sich noch immer nicht dafür bedankt, dass er ihr gegen ihre

Verfolger beigestanden hatte, und selbst nachdem die Dämonen erledigt waren, war es auf ihrer Reise nach Arkarbour immer wieder ein wenig ungemütlich geworden.

Aber letztlich war alles angenehmer, als allein mit einem Zauberbrecher und einem Magier unterwegs sein zu müssen.

»Wir brechen im Morgengrauen auf«, sagte Luker schließlich. »Dir bleibt nicht viel Zeit zur Vorbereitung.«

»Ich bin bereits fertig«, gab Jenna zurück. Dieses Mal wirkte ihr schiefes Lächeln gezwungen. »Und tränenrührige Abschiedsszenen kann ich sowieso nicht ausstehen.«

Was bedeutet, dass du ungefähr ebenso viele Freunde in dieser Shroud-verfluchten Stadt hast wie ich. Luker leerte seinen Humpen und erhob sich ungelenk, die Kniekehlen gegen die Sitzbank gedrückt. »Wir treffen uns heute Nacht beim zehnten Glockenschlag. Bei den Stallungen des Imperators in der Nähe des Nordtors. Ich werde mich noch ein wenig ausruhen.« Sein Blick fiel auf die beinahe leere Branntweinflasche auf dem Tisch. »Das solltest du auch tun.«

»Ja, Vater«, brummte Jenna. Sie sah zur Tür. »Und falls da draußen noch jemand unterwegs ist, der dir folgt …«

»Dann kümmere ich mich um ihn. Wenn er mich hier aufgespürt hat, dann wird er vermutlich auch dich gesehen haben. Pass auf dich auf.«

»Immer.«

Romany fand Wälder grässlich: die Wurzeln und Brombeerranken, die sie zu Fall brachten, den Matsch, der an ihren Sandalen saugte, die Nadelfliegen, die sich von ihrer Haut offenbar so angelockt fühlten, als hätte sie sich überall mit Bluthonig eingeschmiert. Es war bemerkenswert, überlegte sie, dass so viele Bäume in einem derart heißen Klima gediehen, aber andererseits wusste sie von ihren Studien als Akolythin, dass die Ketar- und Wolsattabäume, die hier im Seufzerwald wuchsen, sich mit ihren tief in die Erde reichenden Wurzeln und den wächsernen Blättern perfekt an diese Trockenheit und Hitze angepasst hatten. Die Priesterin seufzte. Es erschien ihr jetzt seltsam, dass sie, als sie zum ersten Mal in der Tempelbibliothek von diesen Bäumen las, so fasziniert von ihrer Physiologie gewesen war. *Die Natur ist eben stets interessanter, wenn man sie von einem gemütlichen Sessel aus betrachtet*, sagte sie sich.

Sie fühlte sich noch immer etwas orientierungslos nach der Reise über die Fäden des Zaubernetzes, das die Spinne webte; in nur wenigen Herzschlägen hatte sie viele Wegstunden zurückgelegt. Es war keine Erfahrung, die sie gern öfter machen wollte – es fühlte sich an, als sei ihr Körper auseinandergerissen und anschließend in einem von den Furien persönlich angefachten Sturm davongewirbelt worden, um dann zerschlagen und völlig durcheinander im Wald zu landen und in unziemlicher Hast von der Göttin wieder zusammengeflickt zu werden. Romany wollte es erscheinen, als hätte sich ihr Herz jetzt direkt in ihrer Kehle materialisiert. Noch unangenehmer war, dass ihre Taille wesentlich fülliger ausgefallen war, als es ihrer Erinnerung entsprach. *So etwas findet die Spinne wahrscheinlich lustig.*

Um sicherzugehen, dass Romanys Ankunft unentdeckt blieb, hatte die Göttin sie ein großes Stück von ihrem eigentlichen Bestimmungsort entfernt abgesetzt. Der Weg führte nun natürlich stetig bergauf, und bald schon taten der Priesterin die Beine weh. Da sie ihre Robe zusammenraffen musste, damit sie nicht durch den Schmutz fegte, waren ihre Knöchel und Schienbeine schnell blutig zerschrammt vom Nesselklau, der hier in dicken Placken wuchs. Nach einer gefühlten Ewigkeit erreichte sie schwer atmend die Außenbezirke der toten Stadt, in der Mayot Mencada sich verschanzt hatte. Estapharriol, so hatte die Spinne diesen Ort genannt, ein Wort, das in der Sprache der Menschen, die hier einst gelebt hatten, »Zuflucht« bedeutete – ein unglücklich gewählter Name, wenn man die Geschichte dieser Stadt bedachte. Von den Gebäuden war nicht mehr übrig als verfallende Mauern und Schuttberge, zwischen denen Bäume wuchsen. Ein paar Stämme reckten sich sogar mitten auf den Straßen in den Himmel und brachen die Steinplatten um sie herum mit ihren Wurzeln auf.

Die Anordnung der Ruinen ließ vermuten, dass die Gebäude hier einst eng nebeneinander gestanden hatten. Sie waren auch recht klein, kleiner als die Tempel-Quartiere von Romanys Dienerinnen – Akolythinnen, berichtigte sie sich schnell. Auch gab es hier keinen Marmor, sondern nur einen grob geäderten weißen Stein, der das Sonnenlicht blendend grell reflektierte. Schweiß rann der Priesterin in die Augen, und sie fragte sich, ob es an diesem gottverlassenen Ort wohl ein Badehaus gab. Höchstwahrscheinlich nicht; bisher hatte sie überhaupt noch kein einziges Haus gesehen, das auch nur ein intaktes Dach aufwies.

Die Bäume lichteten sich, als sie sich der Mitte der alten Stadt näherte, und schon bald sehnte sie sich nach etwas Schatten. Die Luft war vom Klang rauschenden Wassers erfüllt. Schließlich kam Romany an den ersten von vielen Dutzend steinernen Kanälen, die sich zwischen den Ruinen dahinschlängelten, alle halb voll Wasser und gerade schmal genug, um mit einem großen Schritt überquert zu werden. Es dauerte eine Weile, bis sie erkannte, was da eigentlich vor ihr lag: der Fluss Amber, der in viele kleine Wasserläufe geteilt und mitten durch die Stadt geführt worden war. Einer der Bäche war über die Ufer seiner steinernen Rinne getreten und floss breit über den Rand dahin. Um nicht durch das dreckige Wasser waten zu müssen, beschloss Romany, sich einen anderen Weg zu suchen. Etwas weiter flussaufwärts sah sie sich noch einmal um und entdeckte, dass der Wasserlauf von einem toten Duskenreh blockiert war. Dahinter waren zahllose Kadaver von Korallenvögeln und Ruskits angeschwemmt worden.

Also hat es begonnen.

Plötzlich spürte Romany die unsichtbaren Fäden der Todesmagie um sie herum. Wenn sie ihre Haut berührten, war es, als ob Eiseskälte trotz der erstickenden Hitze bis in ihr Innerstes drang. Die Luft war von Fäulnis erfüllt, und Romany entfaltete ein parfümiertes Taschentuch, das sie sich vor die Nase hielt. Nun sah sie zwischen den Baumwipfeln ihr Ziel: ein hohes, von einer Kuppel überwölbtes Gebäude, das sich neben einem dicht bewaldeten Hügel erhob, etwa eine Achtelwegstunde entfernt. Um die vielen Jahrtausende überlebt zu haben, musste diese Rotunde einst von mächtiger Magie erfüllt worden sein. Allerdings wusste Romany nicht zu sagen, welche Bedeutung sie für die Menschen gehabt haben mochte, die hier einst lebten. Die Spinne hatte sie wie immer nur sehr sparsam an ihrem Wissen über die Stadt teilhaben lassen.

Eine Viertelglocke später stand Romany vor der Rotunde. Die Grundmauern waren so geschaffen, dass sie einem felsigen Ufer glichen, das von Wellen umbrandet wurde. Durch diese schäumenden Wasser ringelten sich die Windungen einer riesigen, stachligen Seeschlange, und weiter oben erkannte die Priesterin das Relief eines Dreimasters unter vollen Segeln. Das Bild ließ unangenehme Erinnerungen an ein Erlebnis vor fünf Jahren in ihr aufsteigen, an das einzige Mal, dass sie so unvorsichtig gewesen war, das sichere, trockene Land aufzugeben …

Sie verzog das Gesicht und schob die Gedanken beiseite.

Der Grund für die Langlebigkeit der Rotunde war deutlich erkennbar am Hauch dahinsiechender Hexenkunst, der von den Mauern ausging. Diesmal war es keine Todesmagie, sondern … etwas anderes. Die Zauberkraft schien auch in die Umgegend gesickert zu sein, denn die Gebäude waren hier besser erhalten als jene am Stadtrand. Romany ging in östlicher Richtung an der Mauer der Rotunde entlang, bis sie einen überwölbten Eingang erreichte. Dahinter öffnete sich ein Korridor. Ein leichter Wind strich ihr übers Gesicht. Auf beiden Seiten waren die Wände mit einer scheinbar zufälligen Anordnung von Löchern bedeckt. Wenn der Wind durch diese Öffnungen fuhr, ertönte ein rhythmisches Zischen, das dem Schmatzen kleiner Wellen glich. Romany drehte sich der Magen um.

Hinter dem Gang tat sich nach einigen Schritten eine riesige, düstere Kammer auf. Licht fiel durch einige sternförmige Öffnungen im Dach, so hoch oben, dass die Priesterin beinahe erwartete, die Wolken hindurchziehen zu sehen. An den Seiten der Halle befanden sich die Überreste steinerner Bankreihen, während sich in der Mitte ein viereckiges Podest erhob, zu dem von allen Seiten Stufen hinaufführten. An jeder Ecke des Fundaments stand ein Ketarbaum, der scheinbar aus dem Stein herauswuchs. *Ein falscher Boden*, schloss Romany, da sie überirdisch keine Wurzeln entdecken konnte. Über dem Podest vereinten sich die nackten Äste der vier Bäume zu einem verschlungenen Baldachin. Der Boden der Rotunde war von Laub bedeckt, in das raschelnd der Wind hineinfuhr.

Auf einem rostigen Thron, der sich etwa in der Mitte des Podests erhob, saß ein verschrumpelter, weißhaariger alter Mann in schwarzer Robe. Sein Blick folgte Romany, als sie näher kam und am Fuß des Podests stehen blieb. Vielleicht hatte er ihr Eintreffen erwartet, jedenfalls war in seinen blutunterlaufenen Augen keinerlei Verwunderung zu erkennen. An dem Schweißgestank, der von ihm ausging, erkannte sie, dass ihm die Kunst des Badens offenkundig nichts bedeutete. Er brauchte wohl auch einen neuen Schneider, wenn man genauer betrachtete, wie seine Robe den ausgemergelten Körper verschluckte. Mit der linken Hand streichelte er ein ledergebundenes Buch, das auf seinem Schoß lag. Todesmagie strömte aus seinen Seiten.

Romany zwang sich zu einem Lächeln und sagte dann in der allgemeinen Sprache: »Ah, Fürst Mayot, vermute ich.« Zwar bezweifelte sie, dass er dieses Ehrentitels würdig war, aber sicherlich war er mit ein wenig Schmeichelei leichter einzuwickeln, so wie alle Männer. »Ich freue mich, Eure Bekanntschaft zu machen.«

Mayot ließ sich so viel Zeit mit einer Antwort, dass die Priesterin sich nach einem Stuhl umzusehen begann. »Wer bist du, Weib?«

»Eine berechtigte Frage. Leider verbietet es mir die Bescheidenheit, meine wahre Identität zu enthüllen. Betrachte mich daher lediglich … als Freundin.«

»Als *Freundin*«, wiederholte Mayot, und aus seinem Mund klang es, als sei ihm das Wort völlig fremd. »Mir scheint, dass ich mich dir gegenüber dann wohl im Nachteil befinde, Freundin. Offenbar weißt du, wer ich bin, doch ich weiß nichts über dich.«

»Ein trauriger Schlag für meinen Stolz.«

»Ich gehe davon aus, dass unser Treffen hier kein … Zufall ist«, fuhr Mayot fort. »Es wäre wohl ein seltsamer Ort für eine ungeplante Begegnung, meinst du nicht?«

»Eine unwiderlegbare Logik, Gebieter. Mein Glückwunsch …«

Mayots rechter Arm zuckte nach vorn, und eine Welle grobkörniger, schwarzer Hexenkunst schoss Romany entgegen.

Sie versteifte sich, es blieb keine Zeit zur Abwehr …

Dennoch wurden ihre magischen Schutzwälle nicht zu stark in Anspruch genommen; sie leiteten die Macht des Magiers sofort ab, und sie blieb unverletzt. Hinter ihr ertönte eine Explosion, gefolgt von einem Knirschen wie von mahlendem Stein. Das Laub auf dem Boden war durch die Hexerei in die Luft gewirbelt worden, und jetzt fielen die Blätter langsam wieder zu Boden, von Mayots Todesmagie geschwärzt.

Romany schniefte. »Was sind das für schlechte Manieren«, schalt sie den alten Mann. »Und närrisch noch dazu, mich anzugreifen, bevor ich überhaupt den Grund meines Erscheinens nennen konnte.«

Mayots Gesichtsausdruck zeigte weder Überraschung noch Bedauern. »Ich denke, eine Erklärung ist tatsächlich vonnöten, wenn du diese Unterhaltung auf höflichere Weise fortsetzen willst. Also, wer hat dich geschickt? Avallon? Der Schwarze Turm?«

Romany kannte diese Namen von ihren Gesprächen mit der Spinne. »Klingt mein Akzent, als käme ich aus Erin Elal?«

»Die Fragen stelle ich. Wie hast du mich aufgespürt?«

»Nun, dadurch natürlich.« Die Priesterin deutete auf das Buch in seinem Schoß.

»Erkläre dich deutlicher.«

»Man kann die Magie, die von diesem Ding ausgeht, nicht übersehen, ebenso wenig wie die Auswirkungen, die es auf den Wald draußen hat. Habt Ihr geglaubt, Eure Pfuscherei würde nicht bemerkt?«

»Pfuscherei?«, fragte Mayot leise.

»Nun, wenn ich so unverblümt sein darf, dann haben sich Eure ungeschickten Versuche, die Geheimnisse des Buchs zu entschlüsseln, wohl bisher als wenig erfolgreich erwiesen, habe ich recht?«

Das linke Augenlid des Magiers begann zu zucken. »Vorsichtig, Weib.«

Romany bewunderte unwillkürlich, wie ruhig er angesichts ihrer Provokation blieb, und gleichzeitig wurde sie neugierig, wie weit sie ihn würde reizen können, bevor er die Beherrschung verlor. »Ihr habt festgestellt, dass die entscheidenden Passagen verwischt oder unleserlich sind, nicht wahr? Dass die Sprache sich einer verständlichen Deutung verschließt? Dass Ihr manche Sätze lest und am Ende feststellen müsst, Ihr habt schon wieder den Anfang vergessen?«

»Und du bietest mir jetzt deine Hilfe an, wenn ich das recht verstehe?«

Die Priesterin zeigte ihr gewinnendstes Lächeln, musste aber feststellen, dass es keinerlei Eindruck hinterließ. »Genau. Das Lesen des Buchs der Verlorenen Seelen gleicht einem Gang durch ein großes Labyrinth. Man kann dort jahrelang herumirren, ohne das zu finden, was man sucht. Das Entziffern selbst der schlichtesten Passage wird mehr Zeit verschlingen, als Euch zur Verfügung steht.«

»Zeit?«, fragte Mayot. »Ich habe so viel Zeit, wie ich brauche.«

»Wenn es denn nur so wäre. Leider bin ich nicht die Einzige, die das … Wiedererwachen des Buches bemerkt hat. Euer nächster Besucher wird Euch vielleicht nicht so wohlgesonnen sein wie ich.«

»Dann wird er durch meine Hand sterben.«

Romany rollte mit den Augen. Die Überheblichkeit der Männer! »Und wenn Shroud höchstselbst sich für diese Sache interessiert? Und seine Diener gegen Euch aussendet?«

Mayot schluckte den Köder. »Wieso sollte er das tun wollen?«

»Vielleicht, weil er sich bedroht fühlt.«

Die Augen des Magiers schillerten. »Eine solche Macht würde mir das Buch verleihen?«

Romany antwortete nicht darauf. Stattdessen verzog sie dramatisch das Gesicht. Sollte der alte Mann doch glauben, dass er auf einen Gedanken gekommen war, den sie lieber geheim gehalten hätte.

Mayot betrachtete sie eine Weile, dann fuhr er fort: »Und du erwartest, dass ich glaube, du würdest mir eine solche Macht in die Hände geben? Wieso? Was springt für dich dabei heraus?«

»Vielleicht ist es im Sinne meiner eigenen Interessen, dass ich Euch stärke.«

»Und welche Interessen wären das?«

»Das hat nichts mit Euch zu tun, Gebieter.«

Mayot überlegte. »Du sagst, es würde Jahrhunderte brauchen, die Geheimnisse des Buches zu ergründen. Wie kann es dann sein, dass du sie zu kennen behauptest?«

Das war natürlich eine berechtigte Frage, aber Romany war darauf vorbereitet. »Ich kenne sie nicht, ich weiß lediglich, wie man sie entschlüsseln kann.«

»Dennoch, die Frage bleibt dieselbe. Ich spüre, dass einer der Unsterblichen seine Hand im Spiel hat.«

Kein Muskel rührte sich im Gesicht der Priesterin. »Ihr schmeichelt mir.«

»Das habe ich nicht gemeint, wie du sehr wohl weißt.«

Jetzt setzte Romany jene Stimme ein, die sie sich für ihre schwierigeren Akolythinnen aufhob. »Erdreistet Euch nicht, mir zu sagen, was ich weiß und was ich nicht weiß.« Das war natürlich ein Ausweichmanöver, gehörte aber auch zum Spiel dazu. Ihre Reserviertheit würde nicht dazu beitragen, Mayots Misstrauen zu besänftigen, aber dennoch hatte sie schon genug Köder ausgeworfen, um diesen ganz besonderen Fisch anbeißen zu lassen. Jetzt musste sie nur noch warten, bis der Ehrgeiz des Alten zuschlug, um den Fang an Land zu ziehen.

Und so war es dann auch der Magier, der das Schweigen brach. »Ich vermute, die Hilfe, von der du da sprichst, kannst du mir nur gewähren, wenn ich dir das Buch aushändige.«

»Ganz und gar nicht. Ihr müsst nur die Schutzwälle senken, die Ihr rund um das Podest errichtet habt. Nur wenige Augenblicke ...«

Mayot unterbrach sie mit einem leisen Lachen. »Ah. Jetzt verstehe ich.«

»Nein, das tut Ihr nicht!« Romany stampfte mit dem Fuß auf. »Wenn ich das Buch selbst besitzen wollte, würde ich es dann nicht an mich nehmen, *bevor* ich Euch seine Macht erschlossen habe?«

»Ich sehe keine Veranlassung, es darauf ankommen zu lassen.«

»Und wenn ich Eure Verteidigungswälle einfach selbst einreiße?«

Der Magier drückte das Buch an sein Herz. »Wenn du das könntest, hättest du es schon längst getan.«

Das stimmte nicht, aber wenn sie selbst gegen die Schutzschilde des Alten vorging, dann würde das mindestens ebenso laut von ihrer Anwesenheit künden wie Mayots eigene Aktionen. »Das wäre wohl kaum eine gute Art und Weise, um zwischen uns Vertrauen aufzubauen, Gebieter. Vertrauen, das wir brauchen werden, wenn wir in dieser Angelegenheit zusammenarbeiten wollen.«

Der Magier schnaubte. »Du erwartest, dass ich dir vertraue?«

»Ich sehe für Euch keine andere Möglichkeit. Ohne meine Hilfe werdet Ihr Eure Augen noch immer an der ersten Seite von diesem Ding da abnutzen«, sie nickte zu dem Buch hinüber, »wenn Shroud Euch auf die Schulter tippt.«

»Sagst du.«

Die Priesterin stieß ein frustriertes Schnauben aus. *Spinne, gib mir*

Kraft! Begriff der Alte denn nicht, dass dieses Buch ohne ihre Hilfe für ihn wertlos war? Überstieg seine Sturheit sogar noch seinen Geiz? *Zu überheblich, um zu erkennen, dass er einer überlegenen Kraft gegenübersteht, und zu stolz, um angebotene Hilfe anzunehmen.* Aber das waren nur die Eröffnungszüge in diesem Spiel, und Romany hatte noch viele andere Strategien in petto, um ihnen zu begegnen.

Die erste hieß Gleichgültigkeit.

»Es scheint«, sagte sie, »dass Ihr noch nicht erkannt habt, in welch misslicher Lage Ihr Euch befindet. Ich werde Euch jetzt verlassen, damit Ihr Euch mein Angebot überlegen könnt. Wenn ich zurückkomme …«

»Du kannst diesen Ort nicht verlassen, Weib. Nicht jetzt. Nicht, solange ich nicht weiß, was du vorhast.«

Eine leere Drohung, die sie gerade deshalb verärgerte. »Ich habe doch gesagt, dass ich zurückkommen werde, oder nicht? In der Zwischenzeit werde ich ein Bad nehmen.« Die Priesterin sah sich um. »Wo sind Eure Diener?«

»Diener?« Mayot schielte zu ihr rüber. »Ich habe keine Diener.«

Romany starrte ihn ungläubig an.

Mit ausgestreckter Hand tastete Parolla sich an der Wand entlang, als sie die Wendeltreppe hinunter in die Dunkelheit stieg. Es hatte länger gedauert, als sie erwartet hatte, die Zaubersprüche aufzulösen, die den Eingang der Krypta verschlossen. Die äußerst ausgefeilten Verteidigungswälle des Hohepriesters ließen erkennen, dass sie in tagelanger, sorgfältiger Arbeit und mit beinahe fieberhaftem Eifer errichtet worden waren. Parollas Hände zitterten, als sie diese Strukturen auseinandernahm, und ihre Aufregung wuchs mit jeder neuen Schutzschicht, die verschwand. Was konnte es sein, das der Hohepriester mit so viel Aufwand vor neugierigen Augen hatte verbergen wollen? Konnte Parolla zu hoffen wagen, dass sie nach langen Jahren des Suchens endlich ans Ziel gelangt war?

Ihre Atmung hallte rau und abgehackt auf der schmalen Treppe wider. Zwar hatte sie eine der Fackeln aus dem Tempel mitgenommen, aber ihr Licht begann zu schwinden, als würde die Flamme von dem Gewicht der lauernden Dunkelheit erstickt. Die Stufen wurden immer rissiger und ausgetretener, und sie musste schließlich langsamer gehen. Kurz darauf hörten die Stufen auf, und sie blieb wie angewurzelt stehen.

Hinter dem engen Treppenschacht tat sich eine gähnende Leere auf. Das Licht der Fackel drang nur wenige Schritte über den schmalen Vorsprung zu ihren Füßen hinaus. Rechts von ihr stieg ein Wald aus Säulen aus der dämmrigen Tiefe und verschwand weiter oben in völliger Schwärze. Die nächstliegende Säule, nur wenige Armlängen von ihr entfernt, war mit Schnitzereien bedeckt. Parolla hob die Fackel, um die Bilder zu betrachten, doch die Flamme flackerte kurz und verlosch.

Schatten drängten sich von allen Seiten heran.

Mit einem leisen Fluch warf Parolla die Fackel in den Abgrund und zählte innerlich. Sie kam bis fünf, bevor ein dumpfes Klappern zu ihr heraufdrang. Eilig zog sie ihren Mantel enger um sich und wartete, bis sich ihre Augen an die Dunkelheit gewöhnten. Von rechts war ein leichter Schimmer wahrzunehmen, dessen Ursprung von den Säulen verdeckt wurde. Parolla überlegte. Zwar war kein Weg erkennbar, der nach unten führte, aber der Hohepriester würde sich nicht die Mühe gemacht haben, diesen Ort zu versiegeln, wenn er ohnehin nicht zu erreichen gewesen wäre. Und da sie auf der Treppe keinerlei Abzweigungen gesehen hatte …

Sie kniete sich auf den Boden und begann blindlings an der steilen Felswand entlangzutasten, bis sie eine Kerbe fand, die man dort hineingeschlagen hatte. An dieser Stelle drehte sie sich um und schwang die Beine über den Rand. Ihr linker Stiefel rutschte über Steine, bis sie den ersten unsicheren Vorsprung fand. Der zweite befand sich weiter unten, als sie gehofft hatte, und war kaum mehr als eine kleine Ausbuchtung im Felsen.

Mit einem geflüsterten Gebet an den Äther begann sie mit dem Abstieg.

Als ihre Füße wieder sicheren Boden berührten, waren ihre Finger blutig, und ihre Nerven lagen blank. Sie wandte sich um und lehnte sich gegen die Wand. Der Ausgangspunkt des Schimmers, den sie zuvor bemerkt hatte, lag jetzt direkt vor ihr: ein rechteckiger Durchgang in etwa fünfzig Schritten Entfernung, aus dem ein blasses Licht drang. Auf beiden Seiten erhoben sich Reihen von Säulen, jede einzelne von einem Durchmesser, der Parollas Körpergröße entsprach, und sie zogen sich hinein in die Dunkelheit. Von rechts ertönte ein Geräusch, und sie wandte den Kopf, sah aber nichts. Dann neigte sie den Kopf und lauschte. Alles war still, abgesehen vom Pochen des Bluts in ihren Ohren …

Nein, da war es wieder – es klang wie das Schlagen lederner Schwingen. *Fledermäuse?* Parolla atmete wieder aus und schalt sich innerlich für ihre Schreckhaftigkeit.

Vorsichtig ging sie weiter. Steinbrocken und geborstene Bodenfliesen knirschten unter ihren Füßen. Die Luft war von einer staubigen Trockenheit, die schnell das Innere ihres Mundes überzog, und sie hustete so gedämpft wie möglich in ihre Hand. Vor ihr in den Schatten zeichneten sich allmählich Formen ab – zwei riesige Statuen flankierten einen gewaltigen Altar, von dem ein pulsierendes Echo von Todesmagie ausging. Seine steinernen Seiten waren mit Reliefs versehen. Auf der anderen Seite war das Licht am hellsten, daher ging sie um den Block herum und beugte sich dann vor, um sich die Bilder genauer anzusehen. Sie zeigten eine Reihe von Gestalten mit Tierköpfen und verzückten Mienen, die in einen wahren Blutrausch verfallen waren. In dem Licht, das über die Steinfiguren glitt, sahen sie aus, als ob sie sich bewegten. Als seien die Seelen dieser Wesen im Stein eingeschlossen!

Das ist keine Krypta, erkannte Parolla schlagartig. Sie stand auf geheiligtem Boden. Es musste ein weiterer Tempel sein, aber welchem

Gott war er geweiht? Und wieso hatte Shroud seinen Schrein darüber errichtet? Nun betrachtete sie die Statuen, die den Altar flankierten. Beide waren eindeutig männlich. Die linke, die auf einem Berg aus Schädeln stand, ragte so hoch auf, dass Schultern und Kopf in der Dunkelheit nicht mehr auszumachen waren. In der leeren, rechten Hand hatte sich vermutlich einmal ein Speer befunden. Von der zweiten Statue waren nur der Torso und die Beine geblieben, um die sich steinerne Flammenzungen schlängelten. Der obere Teil des Körpers war von der linken Schulter bis zur rechten Hüfte abgeschlagen worden. Welche Hand könnte einen solchen Streich geführt haben? Und vor allem, wer traute sich wohl, das Abbild eines Gottes in seinem eigenen Tempel zu schänden?

Parolla wandte sich zu dem rechteckigen Durchgang, von dem das Licht ausging.

Aus der Dunkelheit, die sie umfing, ertönte urplötzlich ein grauenhafter Lärm. Etwas strich ihr übers Gesicht.

Sie warf sich nach links, rollte sich zusammen, stützte sich dann auf ein Knie und schlug mit der rechten Hand in die Richtung, aus der das Geräusch ertönt war. Todesmagie brach aus ihren Fingern hervor. Der Zauber teilte die Luft zwischen den beiden Statuen, bevor er grollend in das Herz des Tempels drang.

Um dort von Dunkelheit verschluckt zu werden.

Vor Parolla war nichts, niemand.

Sie ließ den Zauber verebben. Ein wenig später ertönte ein steinernes Klacken, gefolgt von einem Donnerschlag, und eine der Säulen stürzte um, gefolgt von einer Reihe kleinerer Aufschläge. Parollas Augen huschten hin und her und versuchten, in der Dunkelheit über sich etwas zu erkennen; sie fürchtete, dass das Dach des Tempels einstürzen würde. Eine Staubwolke wälzte sich über sie dahin, und sie drehte den Kopf zur Seite und verengte die Augen zu Schlitzen. Dann geriet ihr eine kräftige Portion Steinstaub in den Mund, und sie hustete, bis ihre Augen tränten. Wieder senkte sich Schweigen über sie.

Dann, ganz leise und weit oben, hörte Parolla den Schlag kleiner Flügel.

Kopfschüttelnd kam sie wieder auf die Beine. *Geschickt gemacht.*

Es hatte keinen Sinn, jetzt noch leise weiterschleichen zu wollen – falls irgendetwas auf sie lauerte, dann hatte ihr Theaterdonner sie längst verraten. Parolla ließ ihre Kraft ausströmen und hob die linke Hand. Ein Schimmer hüllte sie ein, der die Dunkelheit zurücktrieb.

Kurz vor dem Durchgang hielt sie inne und spähte in die Kammer, die sich dahinter auftat. Sie maß wohl nur zwanzig Schritte im Durchmesser, und sie war leer, abgesehen von einer Kanzel, die sich in der Mitte erhob. Brocken zerschmetterten Steins und Tonscherben bedeckten den Boden. An jeder der drei anderen Seiten des Raumes befand sich eine Tür. Aus der rechten quoll ein großer Haufen Schutt, links war das stetige Tropfen von Wasser zu hören. Das Licht, dem sie gefolgt war, drang aus dem Durchgang gegenüber.

Sie ging darauf zu, blieb wieder an der Schwelle stehen und blickte in den nächsten Raum. Er hatte eine ähnliche Größe wie der vorige. Die gegenüberliegende Wand wurde von einem ovalen Portal beherrscht, das von einem Metallrahmen eingefasst wurde. Die Oberfläche des Portals schimmerte wie Öl auf Wasser. Parolla fühlte, wie sich ihr Puls beschleunigte, und sie tat wieder einen Schritt. Und blieb stehen. Die Luft um sie herum kräuselte sich leicht, und es roch nach nassem Fell.

Sie war nicht allein.

»Zeig dich«, sagte sie.

Der Nachhall ihrer Stimme war fast verklungen, als sich das Licht zu der hohen, geisterhaften Gestalt eines Mannes verdichtete, der in blutbespritzte Felle gekleidet war und einen Speer in der rechten Hand trug. Sein langes, schwarzes Haar, in das kleine Talismane hineingeflochten waren, hing ihm verfilzt bis auf die Schultern. Zugefeilte Zähne ragten aus dem vorstehenden Unterkiefer und schoben sich über die Oberlippe. Als er sprach, klang seine Stimme so rostig, als sei sie lange nicht gebraucht worden. »Du keinen Schritt weiter gehen.«

Parollas Brauen zogen sich zusammen. Die Sprache, die der Neuankömmling gebrauchte, war eine Abwandlung eines alten mirillianischen Dialekts, den sie nie zuvor gesprochen gehört hatte. Allerdings war die Beherrschung archaischer Sprachen nur eine der … Gaben, die ihr gewissermaßen im Blut lagen. »Was ist das für ein Ort, *sirrah*?«, fragte sie und passte sich dabei seiner Sprechweise an.

»Umkehren jetzt«, erwiderte der Mann. »Geheiligter Boden.«

»Welchem Gott geheiligt?«

»Name dir nichts sagt.«

»Weil er tot ist?« Parolla nahm sein Schweigen als Bestätigung. »Wann wurde er getötet?«

»Zweites Zeitalter.«

Ihre Augen weiteten sich. »In der Zeit der Uralten? Das ist vierzigtausend Jahre her. Du bist die ganze Zeit über hier gewesen?« *Allein?*

Der Mann mit dem Speer zuckte die Achseln. »Befehl, Portal zu bewachen.«

Parolla verzog das Gesicht. *Als ob das als Antwort genügte.* So war die Tyrannei der Götter; sie nutzten die Ergebenheit der Menschen aus, bis ein Opfer wie ein Privileg erschien, bis aus Treue nichts anderes als Sklaverei geworden war, die nur einen anderen Namen trug. Und was boten die Unsterblichen dafür? »Dein *mekra* ist nicht mehr da, *sirrah*. Ich würde sagen, deine Treue ist nicht mehr vonnöten.«

»Du nicht verstehen. Befehl des Herrn noch immer in Kraft.«

»Dennoch, glaubst du im Ernst, du könntest mich aufhalten, wenn ich wirklich hindurchwollte?«

Ganz plötzlich begann die Gestalt des Kriegers hell zu schimmern. Er packte den Speer mit beiden Händen und richtete ihn nun auf ihre Brust. »Wir sehen werden.«

Parolla blinzelte gegen das Licht. »Und wenn ich dich von deiner Verpflichtung entbinden würde?«

Der Mann mit dem Speer stand stocksteif da. »Deine Kraft so groß wie die der Götter?«

»Nein«, gab sie zu. »Aber Hexenkunst verblasst irgendwann. Ganz gleich, welche magischen Ketten dein *mekra* um dich geschlungen hatte, sie werden über die Jahrtausende schwächer geworden sein. Vielleicht kann ich sie brechen.«

Der Speer des Fremden blieb weiter waagerecht ausgestreckt.

»Ist dein Gefängnis so anziehend, *sirrah*, dass du dich der Möglichkeit verschließen willst, ihm zu entfliehen? Soll ich dich dann der Ewigkeit überlassen?«

Der Mann sah sie ohne erkennbare Regung an. Stattdessen bewegte er die Hände über den Griff des Speers, schob sie erst auseinander und führte sie dann wieder zusammen, und er wippte auf den Fußballen, als wollte er jeden Augenblick angreifen. Ein Dutzend Herzschläge verging, bevor er sich endlich entspannte und die Waffe so aufrichtete, dass die Spitze zur Decke zeigte. »Was du wollen?«

Schon besser. »Wie heißt du?«

»Olakim.«

Parollas Blick glitt zu dem Portal an der Wand hinter ihm. »Nun, Olakim, du könntest mir zunächst einmal erzählen, wohin dieses Portal führt.«

»Erst frei. Dann Antwort.«

»Du bist nicht in der Position, etwas zu fordern.«

Olakim dachte darüber nach und sagte dann: »Führt zu Totenlanden.«

Parollas Herz setzte einen Schlag aus. »Bist du sicher? Ins Totenreich?«

»In eines davon.«

»Du willst mich wohl zum Besten halten. Es gibt nur eine Unterwelt.«

»Nein«, sagte Olakim fest, und zum ersten Mal verriet seine

Stimme einen Hauch von Gefühl. »Alte Unterwelt – Königreich des Meisters – von Usurpator zerstört.«

»Usurpator? Wie heißt er?«

»Shroud.«

Parollas Verstand raste. »Du sagst, Shroud hätte deinen *mekra* abgesetzt? Und seinen Platz als Herr der Toten eingenommen?«

Olakim nickte. »In zweitem Zeitalter, Götterwelt von Krieg zerrissen. Shroud verriet Meister. Nahm Buch der Verlorenen Seelen an sich. Totenlande verwüstet in Kämpfen danach.«

»Und das Portal hier … es führt zu dieser zerstörten Welt?«

Er nickte wieder.

Parolla wandte sich angewidert ab. Offenbar war das hier doch nicht das Tor, nach dem sie suchte … Dann hielt sie inne. Immer vorausgesetzt natürlich, dass Olakim die Wahrheit sagte. Sie sah den Speerträger wieder an und suchte in seinem Gesicht nach Anzeichen von Doppelzüngigkeit. Konnte sie es riskieren, seinem Wort zu trauen? Was, wenn er tatsächlich einer von Shrouds Dienern war? Was, wenn er wusste, dass er sie nicht daran hindern konnte, das Portal zu durchschreiten, und sich daher auf diesen Trick berief, um sie aufzuhalten? »Tritt beiseite, *sirrah*«, sagte sie. »Das möchte ich mit eigenen Augen sehen.«

Wieder senkte sich die Spitze von Olakims Speer, und er nahm eine geduckte Kampfhaltung ein. »Kann nicht vorbeilassen. Du gesagt, mich befreien.«

»Das habe ich gesagt.« Parolla tastete mit ihren Sinnen nach ihm. Der Zauber, der den Krieger umfing, trug dieselbe Handschrift wie jener, der vom Altar in der großen Kammer ausgegangen war. Die unsichtbaren Bande waren längst ausgefranst und brüchig, und Parolla durchtrennte sie mit einer schnellen Bewegung ihres Verstands. »Es ist geschehen.«

Kaum dass der Bann gebrochen war, verwandelte sich Olakim in ein Wesen aus Fleisch und Blut. Der Schimmer, der ihn umgeben hatte, verblasste. Sein Bild wurde dunkler und solider. Eine gesunde Röte kehrte in seine Wangen zurück. Als er tief Atem holte und sich seine Brust hob, ertönte ein Geräusch wie von knarrendem Leder. Dann blickte er sich um, als sähe er die Welt mit neuen Augen.

Parolla straffte sich in der Erwartung eines Angriffs.

Doch stattdessen sah der Krieger sie breit lächelnd an. »Große Dankbarkeit.«

Sie erwiderte sein Lächeln. »Und nun tritt beiseite.«

Das tat er.

Parolla näherte sich dem Portal. Die Vorrichtung erschien recht simpel – es gab keine Auswahl an Zielen, und in die Glyphen, die den Rahmen schmückten, waren keine Fallen hineingewoben. Sie musste nichts weiter tun als … das Portal erwecken. Parolla hob die Hand, und kleine Wellen kräuselten die Oberfläche des Portals, als ihre Kraft dagegen strömte. Farbwirbel entstanden und formten Muster, die von der Mitte zum Rahmen schwammen. Die Dunkelheit, die sie zurückließen, verblasste wie ein Morgenhimmel, auf dem verwaschene Schatten immer klarer hervortraten und schließlich als Wolkenfetzen zu erkennen waren.

Doch dann ertönte plötzlich ein Brüllen wie von sturmgepeitschter See, und ein chaotischer Strom von Zauberei brach aus dem Portal hervor. Mit einem verzweifelten Schrei riss Parolla hastig ihre Schutzschilde hoch. Gerade noch rechtzeitig! Trotz ihrer Geistesgegenwart warf sie der Zauberstrom von den Beinen und schleuderte sie gut zwanzig Schritte weiter gegen die rückwärtige Wand. Ihr Kopf schlug krachend gegen den Stein, und sie rutschte auf den Boden; Lichtpunkte flimmerten vor ihren Augen. Sie versuchte, sich aufzusetzen, sank aber gleich wieder zurück. *Wie dumm!*, schalt sie sich. Das war sicherlich von Anfang an Olakims Plan gewesen: sie das Portal öffnen zu lassen und zuzuschlagen, nachdem sie außer Gefecht gesetzt war. Sie glaubte, einen Schritt zu hören, rollte sich zur Seite und erwartete, die Spitze seines

Speers dort auf den Stein schlagen zu hören, wo sie gerade eben noch gelegen hatte.

Nichts.

Allmählich klärte sich ihr Blick, und als sie den Kopf hob, entdeckte sie, dass der Krieger noch immer neben dem Portal stand, das Gesicht ausdruckslos.

Innerlich lachte er garantiert.

Mit schmerzverzerrtem Gesicht kam Parolla wieder auf die Beine. Eine Welle der Übelkeit überwältigte sie, und sie krümmte sich zusammen und würgte. Noch immer schlug der Kraftstrom gegen ihre Verteidigungswälle, aber ihr Blut war ihr in der Stunde der Not zu Hilfe gekommen, und jetzt floss ihre Kraft wie Säure durch ihre Adern. Sie drängte den Mahlstrom der Zauberkunst zurück bis hinter das Portal und schloss es hinter einer Barriere unsichtbarer Schutzwälle ein.

In der plötzlichen Stille dröhnten ihre Ohren.

Sie übergab sich auf den Boden. Ihr Hinterkopf kribbelte, und als sie ihn vorsichtig betastete, fühlte sie eine Schwellung, groß wie das Ei eines Mitravogels. Die Wunde begann jedoch bereits zu heilen, der Höcker unter ihren Fingern wurde spürbar kleiner, und schließlich war da nur noch das Blut, das ihr Haar verklebte. Sie ließ die Hand sinken und sah Olakim grimmig an. »Vielen Dank für die Warnung.«

Der Speerträger ließ keinerlei Schuldbewusstsein erkennen. »Habe gewarnt. Habe gesagt, Welt von Hexenkünsten verwüstet. Du nicht zuhören.«

Brummend stolperte Parolla zurück zum Portal. Auf der anderen Seite sah sie eine gestaltlose Wildnis aus gesprengtem Gestein und verhextem Gewölk. Kein einziger Baum lockerte die Eintönigkeit dieser Landschaft auf. Olakim hatte also die Wahrheit gesprochen. Ein wüstes Land, schon lange tot.

Und zumindest für den Augenblick das Ende ihrer Hoffnungen. Shrouds Reich blieb unerreichbar.

Parolla seufzte. »Ist es überall so?«

Olakim antwortete nicht, aber das war auch nicht nötig. Wenn diese Stürme tatsächlich von dem Kampf ausgelöst worden waren, den Shroud gegen seinen Vorgänger geführt hatte, dann tobten sie schon seit Jahrtausenden. Nichts hätte dort überleben können …

Dann kam ihr ein Gedanke. »Weißt du, wo dein *mekra* fiel, *sirrah*? War es nahe diesem Portal?«

Olakim zuckte die Achseln. »Du noch immer hindurchwollen?«

»Vielleicht.«

»Warum?«

Parolla zögerte. Es gab für sie keinen Grund, diesem Mann zu trauen, aber vielleicht konnte er ihr dennoch nützlich sein. »Ich suche einen Weg in Shrouds Reich.«

»Du glauben, ihn in Totenlanden finden?«

»Wo große Mengen Zauberkunst losgelassen wurden, brennen sie manchmal einen Weg frei bis zu der Quelle, von der die Kraft des Hexenmeisters stammt. So etwas habe ich schon erlebt, in Toren, die zu Dämonenwelten führen. Vielleicht ist hier dasselbe geschehen. Vielleicht wurde durch Shrouds Hexenkunst ein Portal zur Unterwelt geschaffen.«

»Du ganze Welt danach absuchen?«

Das war ein guter Einwand. Wenn Parolla das Portal durchschritt, wie lange würde sie dem Ansturm der dort wütenden Zauber widerstehen können? Einen Tag, vielleicht auch zwei? War das genug Zeit, um zu finden, wonach sie suchte? Der Sturm verdunkelte alles, was mehr als dreißig oder vierzig Schritte entfernt lag. Falls eine Passage zu Shrouds Reich wirklich existierte, war es gut möglich, dass sie einen Steinwurf entfernt daran vorüberging, ohne sie zu erkennen. Und falls sie später wieder hierher zurückkehren wollte, wie groß war die Chance, dass sie den Rückweg fand? Parolla zischte verärgert. Und überhaupt, konnte sie Olakim soweit vertrauen, dass er den Weg hinter ihr nicht etwa verschloss? Und falls er es nicht tat, würde es vielleicht einer von Shrouds Priestern tun?

Sie wollte sich gerade abwenden, da erstarrte sie.

Hinter dem Portal hatte sich etwas bewegt. Auf einem felsigen Grat ganz in der Nähe sammelten sich einige geisterhafte Gestalten. Wie eine Nebelbank schwebten sie zu ihr herüber.

Olakim trat neben sie.

»Was sind das, *sirrah*?«, fragte sie.

»Geister der Toten.«

»Warum sind sie dann hier und nicht in Shrouds Reich?«

»Weiß nicht. Vielleicht hier geblieben, als Welt zerstört. Vielleicht hierher geschickt zur Strafe.«

»Sie sind hier eingeschlossen? Für die Ewigkeit?«

Olakim schüttelte den Kopf. »Seelen irgendwann sterben. Manche länger überleben als andere.«

Die unglücklicheren. Parolla beobachtete die Geister kurz, bevor sie sich wieder an den Speerträger wandte. »Sie spüren das Portal.«

»Sicher. Fluchtmöglichkeit. Willst du ihnen Weg öffnen?«

»Wieso sollte ich?«

Olakim antwortete nicht.

Die Geister waren inzwischen so nahe an das Portal herangekommen, dass sie es hätten berühren können, aber sie konnten an den Schutzwällen, die Parolla errichtet hatte, nicht vorüber. Ihr Blick war auf einen Mann in der vordersten Reihe geheftet – ein Jekdal mit den vernarbten Wangen eines Kriegers, der gerade erst die Riten des Erwachsenwerdens hinter sich gebracht hatte. Mit hochgezogenen Schultern stand er da, ließ die Arme hängen und hatte die toten Augen auf nichts Bestimmtes gerichtet. Die Umrisse seiner Gestalt waren leicht verwischt, als ob seine Seele sich allmählich auflöste.

Parolla betrachtete nun die vielen Dutzend Geister hinter ihm. Sie hatte keine Vorstellung davon, was diese Leute getan haben mochten, um hier unten eingesperrt zu werden, oder was sie den Bürgern von Xavel antun würden, wenn man sie befreite. Aber dann überlegte sie: Würden diese Seelen tatsächlich entkommen, dann würde Shroud sicherlich davon erfahren. Mit etwas Glück würde ihn das sehr verärgern. Parolla lächelte fein. Wenn sie den Gott schon nicht persönlich stellen konnte, so konnte sie ihm doch zumindest eine Botschaft schicken. *Eine, die er zur Abwechslung mal nicht ignorieren kann.*

»Ich werde meinen Schild nicht senken«, sagte sie schließlich zu Olakim. »Aber der Zaubersturm wird ihn allmählich schwächen. Irgendwann wird er sich dann ganz auflösen.« *Bis dahin sollte ich längst verschwunden sein.*

»Und wenn andere kommen, um Portal zu schließen?«

»Du wirst es einfach noch etwas länger bewachen müssen, *sirrah.*«

War es ein Blick der Missbilligung, den ihr der Speerträger jetzt zuwarf? Oder der Resignation? Es war so schwer, in seinem Gesicht zu lesen. Würde er es riskieren, hier zu bleiben, bis ihr Zauber verblasste? Falls die Priester aus Shrouds Tempel hierher kämen, um die Öffnung des Portals zu untersuchen, dann würde er vielleicht wieder versklavt werden oder ein noch schlimmeres Schicksal erleiden. Mit einem Achselzucken wandte Parolla sich ab. Sie hatte ihre Aufgabe erfüllt. Der Rest lag nun in seinen Händen.

Dann drängte sich ihr ein anderer Gedanke auf. Da das Portal für sie nutzlos war, würde sie diesen Ort auf demselben Weg verlassen müssen, den sie gekommen war.

Und das brachte sie auf den nächsten Gedanken.

Die Jagd.

Parolla schloss die Augen.

Jetzt konnte sie nur beten, dass Ceriso di Monata ihr so viel Zeit verschafft hatte, wie er ihr versprochen hatte.

4

Als Ebon merkte, wohin Mottle ihn führte, wurde er wirklich neugierig. Es handelte sich nicht um den Thronsaal, wie er erwartet hatte, sondern um ein Vorzimmer der Königlichen Gemächer. Also kam vermutlich nur eine kleine Runde zusammen und nicht der ganze Kronrat, wie Mottle zuvor angedeutet hatte. Ebons Blick ruhte auf dem Rücken des Magiers. Eine absichtliche Irreführung von dem Alten? Was Mottle anging, war er sich niemals sicher. Der Magier hatte deutlich Spaß an der ganzen Sache, wie an seinem hüpfenden Schritt und dem unmelodiösen Pfeifen unschwer zu erkennen war.

Mottle stieß die Tür zu den Königlichen Gemächern auf und trat dann zurück, um Ebon zuerst eintreten zu lassen. Der Raum war von dem Rauch eines Feuers erfüllt, das in einem Kamin auf der linken Seite brannte. Nahe bei den Flammen stand ein hoher Stuhl aus Holz, und dort saß der König, die Schultern von einer Decke umhüllt. Isanovir starrte ins Feuer, und die Zackenkrone lag vergessen in seinem Schoß. Es war, als sei das Fleisch von seinem Schädel geschmolzen und er in jeder Woche, die Ebon unterwegs gewesen war, mindestens um ein Jahr gealtert. Der Prinz fühlte, wie sich eine schwere Last auf ihn senkte. *Ein gnädiges Geschick, dass ich nicht hier war, um seinen Verfall mit anzusehen.*

Ebenfalls anwesend waren Prinz Rendale, General Reynes und Königin Rosel. Ebons Mutter saß in einem Sessel, der so weit vom König entfernt stand, wie der Anstand es eben zuließ. Sie trug ein langes, blaues Gewand, das bis zum Hals geschlossen war, und ihr zurückgekämmtes Haar gab ihrem Gesicht einen strengen Ausdruck. In der rechten Hand hielt sie eine Feile, die über die Nägel ihrer Linken schoss. *Schärft wieder einmal ihre Krallen.* Rosel spürte offenbar seinen prüfenden Blick und sah auf. Als sie die Wunde an seiner Schläfe entdeckte, runzelte sie die Stirn; dennoch schien sie die Verletzung nicht mehr zu irritieren als seine staubige Kleidung.

General Reynes stand rechts von Ebon. Wie immer hatte sich sein Zunderhund zu seinen Füßen zusammengerollt, und der Soldat bückte sich, um das Tier hinter den Ohren zu kraulen. Sein Gesicht verdüsterte sich, als Mottle zu ihm eilte und mit ihm sprach.

Von Domen Janir oder dem Kanzler war nichts zu sehen.

Schließlich sah Ebon zu seinem Bruder hinüber. Rendale tat so, als ob er voller Interesse die Wandteppiche betrachtete. Sein Hemd und seine Hosen waren voller Soßenflecken, und sein ungekämmtes, welliges schwarzes Haar hing ihm bis über die Augen. Als er Ebon erblickte, schlenderte er zu ihm rüber.

»Ebon«, sagte Rendale. »Ich kann gar nicht sagen, wie sehr es mich beruhigt, dich hier zu sehen.«

»Und wie sehr mich deine Anwesenheit überrascht. Sind die Schenken noch nicht offen?«

»Zugegeben, man musste mich schlagend und schreiend aus einer raustragen. Dem Wächter sei Dank, dass du nicht Zeuge dieser erniedrigenden Szene wurdest.«

Ebon fühlte, wie ihm das Blut die Wange herunterlief; er zog ein Taschentuch hervor und drückte es an seine Schläfe. »Weißt du, worum es hier geht?«

»Unsere geliebte Mutter sagte mir lediglich, dass ich mich hier einzufinden hätte. Vielleicht braucht sie anschließend jemanden, der die Stühle wieder an ihren rechten Ort rückt.« Er hob angesichts von Ebons Wunde fragend eine Augenbraue.

»Wir hatten in der Nähe des Waldes eine Begegnung mit den Kinevar«, erklärte Ebon.

»Ich dachte, du seiest im Grenzland und würdest dort dafür sorgen, dass die Welt wieder ins rechte Lot kommt.«

»Ein wackliger Waffenstillstand, mehr konnte ich nicht erreichen. Ich habe Yemar und Cenil befohlen, ihre Erstgeborenen nach Majack zu entsenden, um dafür zu sorgen, dass sie auch weiterhin keine Schwierigkeiten machen.«

Rendale zwinkerte leicht. »Soweit ich mich erinnere, hat Domen Yemar nur Töchter gezeugt. Seine Älteste, Maria, soll eine wahre Erscheinung sein.«

»Ich erinnere mich nicht.«

»Ah, aber nur, weil Lamella dich für alle anderen blind gemacht hat. Meine Augen jedoch wissen Schönheit stets zu schätzen.«

Bevor Ebon antworten konnte, öffnete sich die Vorzimmertür, und Kanzler Tamarin kam hereinspaziert. *Kalkuliert zu spät, wie immer.* Ebon vermutete allmählich, dass es Tamarin gefiel, andere Leute warten zu lassen – möglicherweise spiegelte sich darin sein wachsendes Selbstbewusstsein, jetzt, da es mit der Gesundheit des Königs bergabging. Der Kanzler schritt durch den Raum und blieb hinter Isanovirs Stuhl stehen. Als er sich nach vorn beugte, um dem König etwas ins Ohr zu flüstern, schimmerte der Feuerschein auf seinem kahlen Schädel. Isanovir schien ihn gar nicht wahrzunehmen.

Nach einigen Herzschlägen richtete sich der Kanzler auf. »Meine Gebieter und Gebieterinnen. Vielen Dank, dass Ihr gekommen seid.«

Ebon schürzte die Lippen. Offenbar wollten sie ohne Domen Janir anfangen, und das konnte nur bedeuten, dass man seinen Onkel nicht eingeladen hatte. *Das könnte interessant werden.*

»Ein Botschafter traf heute Morgen ein«, fuhr Tamarin fort, »und brachte Neuigkeiten aus dem Norden. Es scheint, dass Consel Garat Hallon von Sartor beabsichtigt, uns einen Besuch abzustatten. Er wird am Schwarzheiligentag eintreffen, also in zwei Wochen.«

Die Nagelfeile ruhte kurz in Rosels Händen. »Hat er gesagt, *wieso* er kommt?«

General Reynes streichelte weiter seinen Zunderhund und sah nicht einmal auf. »Das können wir uns wohl denken. Krieg.«

»Nun ja, wenn er nach einem Grund sucht, um gegen uns ins Feld zu ziehen, dann wird er ihn schnell finden. Schließlich sammeln sich unsere Streitkräfte ganz in der Nähe der sartorischen Grenze.«

Reynes zuckte die Achseln. »Der Consel wird auf seiner Reise nichts erfahren, was ihm seine Spitzel nicht schon längst erzählt haben werden.«

»Dennoch wird er den Aufmarsch der Truppen als Provokation begreifen.«

»Besser, er bekommt den Eindruck, dass wir zum Krieg rüsten, als wenn er glaubte, wir wären nicht auf einen Angriff vorbereitet.«

»Und wenn wir ihm damit genau die Rechtfertigung geben, die er sucht, um als Erster zuzuschlagen?«

Ebon hob die Hände. »Das reicht. Wir haben das alles schon einmal erlebt. Wenn die Sartorianer Krieg wollen, dann werden sie losschlagen, ganz egal, was wir tun oder sagen. Die Frage ist, ob wir unsere Vorbereitungen verstärken müssen. General, wo genau stehen unsere Heere im Augenblick?«

Reynes überlegte kurz. »Die Bronzegarde ist nach Norden marschiert, um Kolamin zu stützen. General Ton hat begonnen, die Festungen am Samettafluss zu verstärken. Die Blauschilde und die Feldgarde haben dort bereits Kontingente stationiert. Vor Ende des Jahres werden weitere folgen.«

»Und die Sartorianer?«

Jetzt antwortete der Kanzler. »Berichten zufolge hat Consel Garat Hallon eine Entscheidungsschlacht gegen den Almarianischen Bund gewonnen. Die Stadt Villandry ist gefallen, und der Bund hat zu Friedensverhandlungen aufgerufen. Sartorianische Truppen kehren in großer Zahl von Westen zurück.«

General Reynes erklärte: »Wir können wohl davon ausgehen, dass sie nicht lange untätig herumsitzen werden. Die Offensive wird im Frühling beginnen.«

In den Gesichtern der anderen Anwesenden erkannte Ebon sein eigenes Unbehagen. Die verstärkten Feindseligkeiten zwischen Sartor und dem Almarianischen Bund hatten Galitia eine willkommene Atempause verschafft, was die Bedrohung durch den nördlichen Nachbarn betraf. Nun schien das Ende der Friedensjahre gekommen. »Sind wir bereit?«

»Wir werden es sein müssen. Sartorianische Truppen sammeln sich bei Camessil. Sie werden es nicht wagen, die Mercerienser zu reizen, indem sie den Sametta bei Kolamin überqueren; also wird ihr Angriff von Norden erfolgen. Wir sind den Sartorianern zahlenmäßig nicht gewachsen und werden daher vor allem auf Schläue setzen müssen. Überall in den Wildlanden und in den Wäldern nördlich von Linnar wurden versteckte Vorrats- und Waffenlager angelegt, die ausreichen, um eine Vielzahl kleiner Kampfverbände zu unterstützen. Wenn die Sartorianer kommen, werden wir das Land vor ihnen niederbrennen, ihre Versorgungslinien stören und hoffen, dass sie schon geschwächt sind, wenn sie den Sametta erreichen.«

»Und die Brücken?«

»Eingerissen oder so weit beschädigt, dass sie jeden Augenblick einstürzen.« Reynes' Zunderhund rollte sich auf den Rücken, und der General kraulte ihm den Bauch. »Im Frühjahr wird der Fluss nach der Schneeschmelze in den Weißen Bergen angeschwollen sein. Wir haben ein paar Überraschungen für die Sartorianer vorbereitet, wenn sie ihn überqueren wollen.«

Und die Sartorianer haben sicherlich auch einige für uns.

Der Kanzler räusperte sich. »Was ist mit den Ländern nördlich des Sametta? Wollt ihr damit andeuten, wir sollten sie kampflos aufgeben?«

»Ob wir um sie kämpfen oder nicht«, erklärte Reynes, »wir werden sie verlieren.«

»Und Linnar?«, fragte Ebon. »Die Stadt wird dann von uns abgeschnitten sein.«

Der General zuckte die Achseln. »Die Verteidigungsanlagen werden verstärkt. Janir glaubt, dass er sie halten kann.«

Und wie immer ist mein Onkel nicht bereit, seine einmal gefasste Meinung zu ändern. »Die Sartorianer werden nicht zulassen, dass eine feindliche Stadt uneingenommen hinter ihren Linien verbleibt. Der Consel wird sie mit allen Kräften, die ihm zur Verfügung stehen, angreifen.«

»Dann wird Janir alleinstehen«, sagte Rosel. »Wir können seiner Starrköpfigkeit keine Truppen opfern.«

Eine Dienerin trat ein, und alle schwiegen. Als das Mädchen merkte, dass es zum Mittelpunkt der Aufmerksamkeit geworden war, stolperte es hastig zum Feuer hinüber und warf eine Handvoll von einem Pulver hinein, bevor es wieder verschwand. Der betörende Duft von Ganda-Gewürz durchzog den Raum.

Ebon sah den Kanzler an. »Wie sieht das Machtgefüge in Sartor aus? Der Aufstieg dieses Garat Hallon war wirklich bemerkenswert.«

»Theoretisch ist der Patrizier noch immer an der Macht, aber es besteht kein Zweifel daran, dass der Consel inzwischen alle Fäden in der Hand hält. Höchstwahrscheinlich beabsichtigt er, den Patrizier als Galionsfigur in Amt und Würden zu halten, bis er offiziell die Macht ergreifen kann. Währenddessen bringt er Sartor immer stärker unter seine Knute, indem er seine Anhänger auf einflussreiche Posten hievt.«

»Hat sich niemand seinen Machenschaften entgegengestellt?«

»Niemand von Rang oder Namen. Der Krieg mit dem Almarianischen Bund hat Garats kometenhaften Aufstieg befördert. Inzwischen ist er der Oberbefehlshaber des sartorianischen Heeres, und jeder Erfolg auf dem Schlachtfeld stärkt seine Macht.« Tamarin sah zu Mottle hinüber. »Auch erzählt man sich, dass er eine mächtige Hexenmeisterin in seinen Reihen zählt. Eine Frau namens Ambolina.«

Mottle nickte bedächtig. »Ihr Name kräuselt die Windströme und ...«

Ebon unterbrach ihn mit einer Handbewegung. »Später.« Dann wandte er sich wieder an den Kanzler: »Der Titel ›Consel‹ – was bedeutet er?«

»Es ist eine alte Ehrenbezeichnung, die Garat Hallon wieder aufnahm, als er erstmals von sich reden machte. Inzwischen bedeutet sie vermutlich alles, was er damit verbinden möchte.«

»Was wissen wir über ihn?«

»Er ist der Erstgeborene eines kleineren Edelmanns, der vor einigen Jahren unter verdächtigen Umständen starb. Man sagt, er sei ehrgeizig, intelligent, gebildet ...« Der Kanzler hielt inne. »Und bevor wir es vergessen: Er war zudem der Lehnsherr des sartorianischen Dorfes, das Domen Janir ... auslöschte.«

Ebon atmete langsam aus. »Das ist fünf Jahre her.«

»Ich halte es dennoch für unwahrscheinlich, dass der Consel diese Geschehnisse vergessen hat.«

»Falls er eine Wiedergutmachung fordern will, verschwendet er seine Zeit. Nach Irrellas Tod ... Mein Onkel wird ihm nicht einmal eine Entschuldigung anbieten.«

»Zweifelsohne erwartet der Consel aber genau das.«

Ebon versuchte zu erkennen, ob Isanovir das Gespräch überhaupt verfolgte. Doch der Blick des Königs war allein auf das Feuer gerichtet. Ebon hätte zu dem, was gerade gesagt worden war, den Rat seines Vaters gut gebrauchen können, aber offenbar hatte Isanovirs Krankheit nicht nur seinen Körper, sondern auch seinen Geist gebrochen.

Mottle trat in die Mitte des Raumes und zog sein Gewand glatt, als sei er sich seiner heruntergekommenen Erscheinung bewusst. »So sehr es ihm auch widerstrebt, der Überbringer schlechter Nachrichten zu sein, so muss euer bescheidener Diener dennoch eine weitere betrübliche Angelegenheit zur Sprache bringen. Aufruhr im Seufzerwald! Wirren von schlimmster Vorbedeutung! Die Verwundung von

Prinz Ebon mag die Wahrheit von Mottles Worten bezeugen, falls ihr sie bezweifeln wolltet, was ihr natürlich nicht tun werdet …«

»Als ich vom Grenzland nach Norden ritt«, unterbrach ihn Ebon, »stieß ich auf ein Rudel plündernder Kinevar, das mehr als hundert Krieger zählte.« Er wandte sich wieder an Reynes. »Bei Tageslicht griffen sie ein Dorf an, nur wenige Glocken von hier entfernt.«

Der General erhob sich aus der Hocke. »Das war zu erwarten, Euer Hoheit. Vor vier Tagen habe ich drei Patrouillen in den Wald gesandt. Nicht ein Mann ist zurückgekehrt.«

»Patrouillen? Wieso?«

»Das Wasser des Amber wurde vergiftet. Das müsst Ihr auf Eurem Ritt durch die Stadt doch bemerkt haben.«

Jetzt sprach wieder der Kanzler. »Seuchen breiten sich in den Armenvierteln aus. Das ist an sich nicht weiter beunruhigend, zugegeben, aber seit im letzten Jahr die Gelbe Pest ausbrach …«

Ebon dachte darüber nach, den Blick immer noch auf Reynes geheftet. »Einen Fluss wie den Amber zu vergiften, dazu wäre nur eine große Kraft in der Lage.«

»Ich weiß, was Ihr denkt, aber das könnt Ihr vergessen. Auch wenn wir ein paar Kundschafter verloren haben – wäre ein ganzes Heer im Anmarsch, hätten wir davon erfahren.«

»Was steckt dann hinter dem Giftanschlag?«

Alle Augen richteten sich nun auf Mottle. Der Magier seufzte. »Die elende Befleckung des Waldes durch die Erdmagie macht es Mottles Künsten leider unmöglich, seine Grenzen zu durchdringen – Erde ist mächtiger als Luft, ja, so wie Luft mächtiger ist als Wasser, Wasser mächtiger als Feuer und Feuer mächtiger als Erde. Aber die Windströme warnen vor einem Zusammenfluss im Süden und Westen.«

»Ein Zusammenfluss?«, fragte Reynes. »Wovon?«

»Von Macht. Etwas dort zieht Energien an wie ein Magnet.«

»Ist es eine Bedrohung?«

»Bisher ist das nicht bekannt. Das Muster bildet sich erst langsam heraus.«

Reynes schnaubte. »Das ist alles? Mehr wisst Ihr nicht?« Er kniete sich wieder hin, um seinen Zunderhund zu streicheln. »Wie immer redet der Magier viel, sagt aber wenig. Bis er uns einmal etwas Wichtiges mitzuteilen hat, wird der Krieg vorbei sein.«

Mottle kratzte sich unter der Achsel. »Der General glaubt vielleicht, die Zukunft sei ein offenes Buch, in dem jeder nach Belieben blättern darf? Welch grobe Fehleinschätzung! Die Windströme tragen nur Bruchstücke dessen, was ist und was war, und nicht dessen, was noch kommen wird.«

Rosel zeigte mit dem Finger auf ihn. »Magier, könnte dieser Zusammenfluss etwas mit Consel Garat Hallon zu tun haben?«

»Ganz sicher nicht! Eine solche Kraft beherrscht er nicht. Eine solche Kraft ist vielmehr völlig unbeherrschbar.«

»Ist sie gegen uns gerichtet?«

»Unbekannt.«

»Was schlagt Ihr also vor, was sollen wir dagegen tun?«

Mottle sah verwirrt aus. »Was wir tun sollen? Tja, gar nichts, meine Königin. Was kann man tun, wenn sich ein Sturm zusammenbraut, außer die Fensterläden zu schließen und zu hoffen, dass seine schlimmste Kraft sich an anderer Stelle Bahn brechen wird?«

Reynes brummte. »Da sind wir uns ausnahmsweise einmal einig.«

»Dennoch«, sagte Ebon, »sollten wir die Patrouillen am Rand des Waldes verstärken und die Garnisonen in den Dörfern aufstocken. Wenn ein Schlag fällt, dürfen wir nicht unvorbereitet sein.«

Der General verzog das Gesicht, sagte jedoch nichts. Es musste auch nicht ausgesprochen werden: Wenn sie von Westen und von Norden gleichzeitig angegriffen würden, dann würde ihnen auch die beste Vorbereitung nichts mehr helfen.

Der Kanzler hob die Hände. »Ich würde vorschlagen, dass wir mit weiteren Erwägungen warten, bis der vollständige Kronrat zusammenkommt. Wir haben zwei Wochen Zeit, um uns auf die Ankunft des Consel vorzubereiten. Ich werde Delegationen aus Mercerie und Koronos zu diesem Empfang einladen. Vielleicht wird sich Garat Hallon weniger angriffslustig geben, wenn Zeugen zugegen sind. Der König empfängt den Consel also in …«

»Nein.«

Ebon zuckte zusammen. Das war die Stimme seines Vaters gewesen.

Tamarin wandte sich dem König zu. »Euer Majestät?«

»Ich werde Garat Hallon nicht empfangen«, sagte Isanovir. »Das wird Ebon tun.«

Ebon tauschte einen Blick mit dem Kanzler. »Ist das weise, Vater? Der Consel wird das als Beleidigung verstehen. Er wird erwarten, dem König vorgestellt zu werden.«

»Und das wird er auch.« Isanovir nahm die Krone mit bebender Hand und warf sie Ebon zu, der sie ungeschickt fing. »Sie gehört dir, nimm sie.« Damit sank er auf seinem Stuhl zusammen.

Ein gewaltiges Schweigen breitete sich aus, nur unterbrochen vom Knistern und Knacken des Feuerholzes. Die Krone lag kalt und schwer in Ebons Händen. »Warum?«, fragte er. »Warum jetzt?«

Bitterkeit lag in Isanovirs Stimme. »Wäre es dir lieb, dass unsere Feinde mich so erleben? Sieh mich an! Ein Königreich ist nur so stark wie sein König. In mir wird der Consel ein Volk erkennen, das er sich pflücken kann wie eine reife Frucht.«

»Die Ärzte …«

»Nein! Meine Zeit ist fast vorbei, Ebon. Du weißt es ebenso gut wie ich. Das kann ich in deinen Augen lesen.« Er hob die Stimme. »In Euer aller Augen.«

Bevor Ebon antworten konnte, war Unruhe aus dem Nebenzimmer zu vernehmen. Die Tür wurde mit so viel Gewalt aufgestoßen, dass sie gegen die Wand krachte und davon bebend zurückprallte. Reynes' Zunderhund sprang auf und knurrte.

Domen Janir füllte den Türrahmen beinahe ganz aus, aber hinter ihm konnte Ebon noch eine Dienstmagd auf dem Boden liegen sehen, deren Wange eine heftige Schwellung zeigte. Janirs Gesicht war zornesrot, und an seiner Schläfe pochte eine Ader. »Was hat das zu bedeuten? Wieso wurde ich nicht von diesem Treffen unterrichtet?« Nun fiel sein Blick auf Ebon, der die Krone in Händen hielt. Alle Farbe wich aus seinen Wangen. »Isanovir«, stieß er hervor, »was hast du getan?«

»Was ich schon vor langer Zeit hätte tun sollen.«

Janir deutete auf Ebon. »Du willst das Königreich in die Hände dieses … dieses *Jungen* geben?«

Ganz kurz flackerte die alte Stärke in Isanovirs Augen auf. »Dieser Junge, wie du ihn nennst, ist vierundzwanzig …«

»Er ist besessen!«

Ebon blickte gleichmütig drein. Janir konnte nicht wissen, dass die Geister zurückgekehrt waren, aber andererseits hatte sein Onkel auch nie daran geglaubt, dass sie je verschwunden waren. *Ausnahmsweise waren seine Zweifel einmal berechtigt.*

Isanovir versuchte aufzustehen, sank aber wieder auf seinen Stuhl, und sein Atem ging in harten Stößen. »Du gehst zu weit, Janir. Er ist mein Sohn.«

Jetzt ergriff Königin Rosel das Wort. »Die Geister sind verschwunden, Domen, das wisst Ihr sehr wohl.«

»Verschwunden?«, wiederholte Janir. »Wie könnt Ihr da so sicher sein?«

»Weil Ebon es sagt. Könnt Ihr das Gegenteil beweisen?«

Der Domen sah sich im Zimmer um, und seine Stimme schlug nun einen vernünftigeren Ton an. »Wir alle haben Menschen erlebt, von denen die Geister Besitz ergriffen hatten. Wie viele davon kennt Ihr, die völlig gesundeten? Nicht einen!« Er deutete mit einer Handbewegung in Ebons Richtung. »Wieso sollte er die Ausnahme sein?«

»Ich habe genug gehört«, sagte Rosel.

Janir trat ihr entgegen. »Ich bin noch nicht fertig! Schon möglich, dass der Junge im Augenblick ganz er selbst zu sein scheint. Aber woher wissen wir, dass sein Kopf wirklich nur ihm selbst gehört? Vielleicht haben die Geister auf genau diesen Augenblick gewartet, um ihn wieder in ihre Gewalt zu bringen.«

»Habt Ihr einen Vorschlag, Domen?«, fragte der Kanzler.

»Vielleicht sollte ein Truchsess den Befehl übernehmen, bis wir uns sicher sind, dass der Junge bei Verstand ist.«

»Und ich nehme an, Ihr würdet anbieten, diesen Posten zu übernehmen?«

»Wer hätte wohl einen größeren Anspruch darauf?«

»Und wie lange würde es dauern«, erkundigte sich nun die Königin, »bevor Ihr sicher wärt, dass keine Gefahr mehr besteht? Fünf Jahre? Zehn? Ihr erwartet doch wohl nicht, dass wir glauben, Ihr würdet die Macht je wieder aus den Händen geben.«

»Zweifelt Ihr an meiner Ehre? Isanovir, hör mich an. Der Junge wurde nicht auf die Probe gestellt.«

Jetzt sprach der Kanzler. »Und sind in diesem Raum nicht genug Menschen mit Erfahrung, um ihn anzuleiten, Domen?«

Ebon hob die Augenbrauen. Aus dieser Richtung hatte er keine Unterstützung erwartet, aber sicherlich verfolgte der Kanzler insgeheim eigene Interessen, wie immer. Nicht, dass Ebon Tamarins Beistand gebraucht hätte. Die Königswürde war sein Anrecht, seine Bürde, und niemand würde sie ihm abnehmen. »Ich habe genug davon, dass hier über mich geredet wird, als sei ich nicht anwesend«, erklärte er und stellte sich Janirs Blick. »Sagt mir, Onkel, habt Ihr schon von Consel Garat Hallons Besuch gehört?«

Einige Herzschläge schwieg Janir verblüfft. »Er kommt hierher? Diese Schlange gibt sich in meine Hände?«

»Er kommt zum Reden.«

»Und Ihr wollt mit ihm verhandeln? Dann seid Ihr ein noch größerer Narr als er. Er kommt, um einen Krieg zu beginnen!«

»Und wenn Ihr Euch irrt?« Ebon sah sich im Raum um. »Was, wenn wir uns alle irren? Was, wenn der Consel um Frieden werben will?« Wieder wandte er sich an Janir. »Würdet Ihr ihn dann abweisen? Ich war dabei, als Irrella starb, vergesst das nicht. Ihr habt geschworen …«

»Ich weiß, was ich gesagt habe!«

»Dann erklärt uns, Onkel, wie der Consel mit uns sprechen soll, wenn sein Kopf auf der Spitze eines Speers steckt. Wenn Garat Hallon Frieden will, könntet Ihr dann Eure Feindschaft vergessen und mit ihm verhandeln?«

Ein verhaltenes Lächeln zeigte sich in Janirs Gesicht. »Hebt Euch Eure schönen Worte für diese Dirne auf, mit der Ihr verkehrt.« Er sah sich um. »Der Kronrat soll Isanovirs Nachfolger bestimmen.«

»Der Rat hat keinen Einfluss, wenn es um Dinge geht …«

»Dann wäre es vielleicht an der Zeit, dass er sie bekommt!«

Ebon betrachtete ihn misstrauisch. Noch nicht einmal sein Onkel war so verblendet zu glauben, dass er sich auf die Unterstützung der Domen würde verlassen können, aber hier stand mehr auf dem Spiel als nur die Frage, wer über die größere Anhängerschaft verfügte. Ein König herrschte nicht durch seinen Rat. »Das reicht. Jahrhundertealte Konventionen können nicht einfach beiseite geschoben werden, nur weil es Euren Interessen …«

»Und ebenso wenig kann man sich hinter ihnen verstecken, weil es Euren Interessen dient!«

»Wenn Ihr mich noch einmal unterbrecht, lasse ich Euch in Eisen legen.«

Janir stieß ein ersticktes Schnaufen aus. »Ihr droht mir?«

»Ich bin Euer König«, sagte Ebon. »Ob Ihr damit einverstanden seid oder nicht, das ist mir egal. Jetzt habe ich genug mit Euch geredet. Ich will Euren Schwur hören. Hier, vor diesen Zeugen. Kniet nieder und schwört mir Eure Treue.«

Sein Onkel lachte bellend, dann wirbelte er herum und ging auf die Tür zu.

»Mottle«, sagte Ebon. »Sei so gut.«

Die Tür fiel ins Schloss.

Janir kam stolpernd zum Stehen, dann sah er wieder Ebon an, die Hände zu Fäusten geballt.

Ebon nahm die Zackenkrone in die linke Hand und zog mit der rechten sein Schwert. »Wie sieht es aus, Onkel? Ich denke doch, ich muss Euch nicht darlegen, welche Möglichkeiten es gibt. Trefft Eure Wahl, oder ich treffe sie für Euch.«

»Ihr würdet es nicht wagen …«

»Wählt!«

Die Brust seines Onkels hob und senkte sich, und unter seinen Armen zeigte sein Hemd Schweißflecken. Wieder sah er sich nach Unterstützung um, und seine Miene verdüsterte sich immer weiter.

Ebons Blick glitt zu seinem Vater. Höchstwahrscheinlich hatte Isanovir dieses Treffen wichtiger Würdenträger nicht nur einberufen, um über Garat Hallon zu sprechen, sondern auch, um sicherzugehen, dass Ebons Anspruch auf den Thron gesichert blieb. Und während Janir die Dinge mit seinem ungeplanten Erscheinen deutlich verkompliziert hatte, blieb sein Onkel in dieser Gesellschaft doch ein Außenseiter und hatte niemanden, der für ihn gesprochen hätte. Er war isoliert, und er saß in der Falle. Das wusste er selbst sehr wohl. Sein hilfloser Zorn zeigte sich in seinem Blick, und ganz kurz glitt seine rechte Hand zum Griff seines Schwertes. *Tu es*, drängte Ebon ihn wortlos. Dann wäre diese ganze Sache wenigstens ein für alle Mal vorüber gewesen. Denn selbst wenn Janir ihm hier wirklich die Treue schwor, dann würde dieser Schwur nur so lange halten, bis er wieder nach Linnar zurückgekehrt war.

Doch unvorhergesehenerweise stieß Janir ein wortloses Knurren aus und fiel auf ein Knie. Er sah Ebon nicht an, sprach aber die Worte so klar und deutlich, dass alle Anwesenden es hörten.

Aus dem Augenwinkel nahm Ebon eine Bewegung wahr. Als er aufsah, stellte er fest, dass auch Mottle kniete, und ein leichtes

Lächeln umspielte die Lippen des Alten. Einen Augenblick später folgten ihm Rendale, General Reynes, Rosel und schließlich auch der Kanzler.

Isanovir blieb auf seinem Stuhl sitzen und starrte ins Feuer.

Dann stand Janir mit einem Schnaufen wieder auf und stolzierte aus dem Zimmer.

Verborgen in den Schatten einer kleinen Gasse beobachtete Luker die Tore zu den Stallungen des Imperators. Seine Laune war so finster wie die Sturmwolken am Himmel. Nachdem er Jenna verlassen hatte, war er ins Sacrosanctum zurückgekehrt und hatte festgestellt, dass in seinem alten Zimmer nur Staub und Erinnerungen auf ihn warteten, an die man besser nicht gerührt hätte. Er hatte sich auf den Boden gesetzt, die Augen geschlossen und eine Seelenreise unternommen, in der Hoffnung, dabei vielleicht Kanon aufzuspüren, aber bis Arandas war es zu weit. Eigentlich war ihm das schon vorher klar gewesen. Trotzdem hatte er es versuchen müssen, oder nicht? Aber was hatte er wirklich erwartet – Kanon vor sich zu sehen, wie er neben einem shroudverfluchten Feuerstoß saß und nur darauf wartete, ihn zu sich zu winken? Stattdessen war Luker draußen in der dunklen Leere auf eine fremde Präsenz gestoßen, die ihn gezwungen hatte, sich wieder in seinen Körper zu flüchten. Nach diesem Erlebnis war er angespannt und nervös, und er war durch die kalten Korridore des Sacrosanctums getigert, bis die Glocke zehn schlug.

Wo zur Hölle steckst du, Kanon?

Ein Knarren ertönte, als sich hinter ihm ein Fenster öffnete, und mit einem Platschen wurde etwas auf das Pflaster geleert. Vor ihm rumpelte ein Karren vorüber, und ein paar abgemagerte Hunde liefen ihm hinterher. Luker rieb sich die verklebten Augen. Rechts von ihm waren hinter dem Regenschleier das Nordtor und die Zinnen der Stadtmauer zu erahnen. Einige Gestalten drängten sich in den Schatten des Torhauses aneinander. Luker fragte sich, ob Gill ein paar Bewahrer dazu abgestellt haben mochte, jeden zu beobachten, der die Stadt verließ, und ob diese Leute so dumm sein würden, sich ihm in den Weg zu stellen, wenn er wirklich zu verschwinden versuchte. *Ich wünschte, ich könnte es.* Zunächst aber musste er herausfinden, was dieser Merin Gray über Kanon wusste.

Jenna hatte sich noch nicht gezeigt, aber das musste nicht heißen, dass sie nicht schon da war – sie ließ sich nur sehen, wenn sie gesehen werden wollte. Niemand hatte die Stallungen betreten oder verlassen, seit er hier wartete. Zwei mit Speeren gerüstete Bratbaks standen am Tor, die Köpfe unter ihren Kapuzen gesenkt. Einer der beiden trug eine Laterne, und der andere versuchte, sich daran einen Schwarzkrautstengel anzuzünden.

Eigentlich hatte er sich mit Merin zur zehnten Glocke treffen sollen, und nun würde es schon gleich elf schlagen. Das war spät genug, entschied er.

Bringen wir es hinter uns.

Er löste sich aus den Schatten der Gasse und ging auf die Soldaten zu. Der Raucher bemerkte ihn als Erster. Er warf den Schwarzkrautstengel weg und stieß seinen Kameraden an. Sofort nahmen sie Haltung an und kreuzten die Speere, um Luker den Zutritt zu verwehren. Der Raucher war kleiner als der andere, und der obere Teil seines Gesichts wurde von einem dichten Haarschopf verdeckt. Jetzt sah Luker, dass es sich bei dem zweiten Wachhabenden um eine Kerinec-Stammesschwester handelte, die einen ähnlichen Flickenmantel trug wie Jennas Leibwächter Gol, sowie einen eingedellten Helm, dem der Federbusch fehlte.

Luker blieb vor ihnen stehen. »Ich komme zu einem Treffen mit Merin Gray.«

Die Augen der Frau wurden schmal. »Ein Bewahrer, was? Du bist spät dran.«

»Und du stehst mir im Weg.«

Die Stammesschwester brummte etwas und deutete dann hinter sich. »Der Tyrin wartet im Hauptgebäude auf dich.«

Die Bratbaks hoben die Speere und ließen Luker passieren. Der Raucher bückte sich gleich wieder, um nach dem weggeworfenen Schwarzkrautstengel zu suchen.

Kies knirschte unter Lukers Stiefeln, als er den Weg zu den Stallungen einschlug. Er kam in einen halbrunden Vorhof, in dessen Mitte sich die Statue eines Pferdes erhob, das sich auf den Hinterbeinen aufbäumte. Dahinter befand sich ein geduckter Bau aus schwarzem Stein. Das einzige Licht drang aus der Eingangstür, die offen stand. Der Bewahrer beachtete sie nicht, sondern ging um das Gebäude herum, bis er einen Hof erreichte, der auf drei Seiten von Ställen eingefasst wurde; es stank nach Pferdedung und nassem Stroh. Ein schon fast kahler, einarmiger Mann stand neben einer Stalltür, erhellt vom Licht einer Laterne, die von der Traufe herunterhing. Er gab einem Pferd aus der Hand zu fressen. Das Tier maß sicherlich achtzehn Handspannen in der Höhe und hatte ein knochenfarbenes Fell.

»Beeindruckend«, sagte Luker. »Ein Palimar, nicht wahr?«

Der Einarmige neigte den Kopf. »Du bist der Erste, der das sofort erkannt hat.«

»Ich habe ganze Herden in den Steppen nördlich der Weißen Berge gesehen. So nahe bin ich allerdings nie an eines herangekommen.«

»Sonst würdest du jetzt auch nicht hier stehen.« Er zeigte Luker die Reste des blutigen Tierkadavers, den er an das Pferd verfütterte. »Sie mögen besonders gern Menschenfleisch.«

»Dann pass auf deine Hand auf, damit die Stute sie nicht womöglich für ihre nächste Mahlzeit hält.«

Der Einarmige antwortete nicht.

»Bist du der Stallbursche?«

»Ja. Und du suchst nach Merin Gray.«

Luker blinzelte. »Das spricht sich ja schnell herum.«

»Man hat mir gesagt, dass jemand kommen würde. Er ist im Haus.«

»Soll er noch etwas warten.«

Der Einarmige spuckte aus. »Das wird dem Tyrin nicht gefallen. Er hält viel auf Disziplin, dieser Merin Gray.«

»Kennst du ihn?«

»Hab bei Helin im fünften Kriegszug gegen die Kalaneser unter ihm gedient. Schon vor langer Zeit, bevor ich meinen Arm verlor. Der Tyrin ist ein harter Mann, aber fair. War bei den Jungs immer beliebt. Er hat ein Händchen dafür, dass seine Truppen überleben. Verliert halt nicht gern.«

Zumindest das haben wir offenbar gemeinsam. »Das werde ich mir merken.«

Der Einarmige warf dem Palimar die Schlachtreste zu und kniete sich dann hin, um sich die Hand in einem Wassereimer zu waschen. »Suchst du ein Reittier?«

»Ja.«

»Schon eins gesehen, das dir gefällt?«

»Ich hatte gehofft, du könntest mir helfen.«

»Was brauchst du denn? Was Schnelles oder was Ausdauerndes?«

»Beides.«

Der Stallbursche lachte leise. »Hab ich mir fast gedacht.«

»Und es sollte auch ein ausgeglichenes Gemüt haben.« *Das wird es brauchen, damit es mit mir zurechtkommt.*

»Gut, ich werde sehen, was ich tun kann. Hast du eigenes Sattelzeug?«

Luker breitete die Arme aus. »Ich besitze nicht mehr als das, was ich am Körper trage.«

»Dann werde ich dir was besorgen.«

»Danke, das weiß ich zu schätzen.« Der Bewahrer wollte schon gehen, da fiel ihm Jenna ein. »Oh, und eine Freundin von mir kommt mit auf die Fahrt. Könntest du auch sie ausstatten?«

Der Einarmige richtete sich auf. »Davon hat Merin Gray mir nichts gesagt.«

»Weil er noch nichts davon weiß.«

Wieder lachte der Mann leise. »Ich sehe schon, ihr zwei werdet hervorragend miteinander auskommen.«

»Bestimmt, solange er tut, was er gesagt bekommt.«

Der Einarmige grinste.

Luker ging zur Vorderseite des Gebäudes zurück und schritt durch den Haupteingang. In der Halle dahinter saß ein uniformierter Schreiber, der sich über ein ledergebundenes Buch beugte. Ohne aufzusehen, deutete er mit seiner Tintenfeder auf eine Tür gegenüber. Von der anderen Seite drangen Stimmen, und Luker trat ein, ohne anzuklopfen. Sofort erstarb das Gespräch. Luker stand in einem Dienstzimmer. In allen vier Zimmerecken waren Lampen auf Ständern montiert, die für Beleuchtung sorgten, und eine Sammlung abgewetzter Sessel umringte einen Schreibtisch, auf dem eine Landkarte ausgebreitet worden war.

Auf einem der Sessel hatte sich ein junger Mann ausgestreckt, auf dessen Schoß ein Stab aus Holz ruhte. Er war in schwarze Gewänder gehüllt und trug einen dünnen Kinnbart.

Ein älterer Mann, vielleicht Anfang fünfzig, saß auf der Tischkante, die Ärmel seines Hemdes bis zu den Ellenbogen aufgerollt. Gesicht und Unterarme waren wie gegerbtes Leder, sein kurz geschorenes Haar stahlgrau. Der obere Teil seines linken Ohres fehlte. Kurz erwiderte er Lukers Blick, dann kam er ihm entgegen und schüttelte ihm die Hand. Sein Griff war eisenhart. »Luker Essendar, vermute ich. Ich bin Merin Gray.« Dann deutete er auf den Mann in dem Sessel. »Das ist Don Chamery Pelk vom Schwarzen Turm. Schön, dass Ihr zu uns stoßt.«

Luker war sich nicht sicher, ob das ein Rüffel für sein Zuspätkommen sein sollte. »Das hatte ich mir schon gedacht«, sagte er mit Blick auf den Magier und nahm auf dem Sessel Platz, der am nächsten an der Tür stand.

Merin tauschte einen Blick mit Chamery. »Wir sprachen gerade über die Belagerung von Cenan«, erklärte er dann Luker. »Offenbar sind Chamery und ich uns schon einmal begegnet, obwohl ich zugeben muss, dass ich mich nicht daran erinnere.«

Der Bewahrer sah den Magier verblüfft an. Der Kampf um die Stadt lag zehn Jahre zurück, und der Junge vor ihm sah aus, als sei er noch nicht einmal jetzt alt genug für den Bart, den er trug.

Chamery erriet wohl seine Gedanken, denn er sagte: »Ich war damals noch Lehrling.« Er sprach mit einem weichen Lispeln. »Mein Meister hieß Laon Kaltin. Vielleicht habt Ihr von ihm gehört.«

»Kann ich nicht sagen.«

»Nun, das solltet Ihr aber«, fuhr ihn der Magier an. »Er zählte zum Konklave, das von den Bewahrern in der Nacht des Verrats getötet wurde.«

»Das soll mir einen näheren Hinweis geben?«

Merin räusperte sich. »Ihr wart auch in Cenan, wie ich hörte«, sagte er dann, an Luker gewandt.

Da hat jemand seine Hausaufgaben gemacht. »Bei der Belagerung selbst nicht. Ich zog den kurzen Strohhalm und verfolgte schließlich die Sacristen, die nach dem Fall der Stadt flohen.«

»Und Ihr konntet sie auch stellen?«

»Ja, an einem Wasserloch weiter im Norden. Drei Tage hatten sie bis zu der Oase gebraucht. Die Dreckskerle stolperten aus der Wüste direkt zur Schlachtbank wie Novizen. Wahrscheinlich hatten sie sich bereits in Sicherheit gewähnt. Stattdessen mussten sie feststellen, dass ich auf sie wartete.«

Merin sah aus dem Fenster, die Arme hinter dem Rücken. »Ich erinnere mich an diesen Ort. Ich war eine Tagesreise hinter den Sacristen, mit einer Truppe, die aus den Überresten der Zweiten Armee zusammengestellt worden war. Als wir dort ankamen, fanden wir nichts außer sauber abgenagten Knochen.«

»Ihr habt sie quer durch die Wüste verfolgt? Wie ist Euch das gelungen?«

»Wir hatten eine Luftmagierin bei uns. Eine aus dem Kreis des Imperators. Eine harte Frau – eine der wenigen, die überlebten. Aber trotz ihrer Kräfte war es schwer, der Spur zu folgen.« Wieder sah er Luker an. »Aber Ihr habt ja offenbar genau gewusst, wohin die Sacristen fliehen würden.« Aus dem Mund des Tyrin klang es wie eine Anschuldigung.

»Ich bin in der Nähe von Talen aufgewachsen«, sagte Luker. »Kenne mich dort aus. Bei Cenan gibt es nur eine Oase in erreichbarer Nähe. Hat mich allerdings überrascht, dass sie es überhaupt bis dorthin schafften.« Er nickte zu Merin hinüber. »Dass es Euch gelang, überrascht mich auch. Das war ein Todeskommando, zu dem Avallon Euch da ausgesandt hatte.«

Der Tyrin zuckte die Achseln. »Irgendwann hätten die Sacristen eine Rebellion angezettelt. Der Imperator wollte sie um jeden Preis tot wissen.«

Luker brummte etwas. *Ja, ich habe gesehen, welcher Preis dafür gezahlt wurde.* Er hatte die Gräueltaten miterlebt, die auf die Belagerung folgten, als er mit den Köpfen der Sacristen in der zuvor belagerten Stadt aufgekreuzt war. Die Sandsteinmauern der uralten Zitadelle waren vom Blut der Toten rot getränkt. Die Zweite Armee war bis fast auf den letzten Mann niedergemetzelt worden, und die Vierte hatte lähmende Verluste erlitten. Die Leichname der Toten, Freund wie Feind, wurden entkleidet und außerhalb der Stadtmauern aufgestapelt, damit sich die Wüstengeschöpfe an ihnen labten. Neun Tage lang wurde der Sand von den Sandklauen und Rothen aufgewirbelt, und die Aasvögel stiegen zu einer Wolke auf, die über viele Wegstunden hin sichtbar war. Und das alles, damit der Imperator eine Nadel in seine Landkarte stechen und so tun konnte, als gehörte die Stadt ihm.

Es klopfte an der Tür. Auf Merins Ruf hin trat der wuschelköpfige

Bratbak vom Eingangstor ein. Er ging auf den Tyrin zu und flüsterte ihm etwas ins Ohr, dann ging er wieder.

Mit gerunzelter Stirn wandte Merin sich an Luker: »Draußen ist eine Frau, die nach Euch fragt. Ist man Euch gefolgt?«

»Nein. Ich hatte ihr gesagt, sie solle mich hier treffen.«

»Wieso?«

»Weil sie mit uns kommen wird.«

Merin bedachte Luker mit einem kalten Blick. »Davon hat man mir nichts gesagt.«

»Dafür sage ich es Euch ja jetzt.«

»Das habe ich nicht gemeint. Ihr seid auf Befehl des Imperators hier. Es ist nicht an Euch, die Reisegefährten zu bestimmen.«

Offenbar war es an der Zeit, dem Tyrin einige Dinge begreiflich zu machen. »Das ist es sehr wohl, wenn Ihr wollt, dass ich auf diese Shroud-verfluchte, irrsinnige Unternehmung mitkomme.«

Merin stützte sich auf den Schreibtisch. »Habt Ihr dieser Frau von unserer Mission erzählt?«

Es lag etwas in der Stimme des Tyrin, das Luker zögern ließ. »Nein«, log er.

»Wieso kommt sie dann mit?«

»Sie hat ihre Gründe. Die allesamt nichts mit Euch oder dem Buch zu tun haben. Ohnchin«, fügte der Bewahrer dann hinzu, »wird sie uns nur einen Teil des Weges begleiten.«

Merin strich sich übers Kinn. »Wer ist sie?«

»Eine Freundin.«

»Hat diese Freundin auch einen Namen?«

»Jenna.« Luker beobachtete ganz genau, ob der Tyrin daraufhin eine Reaktion zeigte, aber er schien sie nicht zu kennen.

»Kann man ihr vertrauen?«

»Ja.«

Das Schweigen wurde immer länger.

Luker hielt den Blick direkt auf Merins dunkle Augen gerichtet, die nicht ein einziges Mal blinzelten. Zweifelsohne war es der Tyrin gewöhnt, dass seine Untergebenen immer kleiner wurden, wenn er sie so ansah, aber Luker war nicht bereit, sich davon beeindrucken zu lassen. *Als Nächstes wird der Dreckskerl noch verlangen, dass ich ihn mit »sirrah« anspreche.*

»Wenn sie aus der Reihe tanzt«, erklärte Merin schließlich, »dann werde ich Euch dafür verantwortlich machen.«

Wieder beschlich den Bewahrer eine böse Vorahnung. Das war zu einfach, aber er würde sich später darüber Gedanken machen, was der Tyrin wirklich im Sinn hatte. »Wenn ich glaubte, dass sie uns aufhielte, hätte ich sie nicht mitkommen lassen.«

Merin wandte sich wieder der Karte auf dem Schreibtisch zu. Er winkte die anderen beiden zu sich, und Luker stand auf, während Chamery sich weiter in seinem Sessel räkelte.

Die Landkarte war die größte, die Luker je gesehen hatte: Sie zeigte alle Länder von Brena im Süden bis Majack im weit entfernten Norden. Und sie enthielt auch unglaublich viele Details, beispielsweise den genauen Verlauf der Weißen Straße einschließlich der Stelle, wo sie nördlich von Arandas durch den Seufzerwald schnitt, und verzeichnete sogar die Gewürzstraßen, die sich durch die Einöde von Kal zogen. Beim Anblick der Gebiete, die Arkarbour von Arandas trennten, zog sich die Brust des Bewahrers zusammen. Falls die Tatsache, dass seit Kanons letzter Botschaft Schweigen herrschte, auf Probleme hindeutete, dann war Luker viel zu weit weg, um seinem Meister rechtzeitig zu Hilfe kommen zu können.

Merin sagte: »Ich habe darüber nachgedacht, welchen Weg wir nach Arandas nehmen werden. Mayot Mencada hat einige Monate Vorsprung, und das bedeutet, für eine Vergnügungsreise haben wir keine Zeit. Wir werden der Knochenstraße nördlich zur Hohen Festung folgen, dann den Schildwall überqueren, an Turmblick vorbei, und dann wieder bergab bis …«

»Ja, gute Idee«, unterbrach ihn Luker. »Die Kalaneser überwachen vom Wolkenpass aus die Straße.«

Merin überhörte das. »Von Turmblick aus halten wir uns nach Osten zu den Schwarzen Klippen und wenden uns dann wieder nach Norden. Wir wissen nicht, welche Bereiche der Gollothir-Ebene inzwischen an die Kalaneser gefallen sind, aber wenn wir uns am Rand der Ödnis entlangbewegen, sollten wir von ihren Kundschaftern weitgehend unbemerkt bleiben.«

»Gleichzeitig haben wir die Wüste im Rücken. Wenn wir in Schwierigkeiten geraten, bleibt uns kein Fluchtweg.«

»Und Ihr habt eine bessere Idee?«

»Helin«, erklärte Luker und tippte auf die Karte. »Um diese Jahreszeit sollte es doch noch ein paar Schiffe geben, die sich über die Straße der Winde trauen.«

»Die Kalaneser haben den Hafen abgeriegelt.«

»Ein kleines Boot könnte vielleicht hindurchschlüpfen …«

»Ich bin noch nicht fertig«, unterbrach Merin ihn. Eine Ecke der Karte hatte sich eingerollt, und er strich sie wieder glatt. »Nach Helin zu gelangen wäre das kleinste Problem. Laut den jüngsten Kundschafterberichten rücken die Kalaneser auf Arandas zu. Ihr Heer läge dann zwischen uns und der Stadt.«

Jetzt meldete sich Chamery zu Wort, der sich immer noch auf dem Sessel ausstreckte. »Dann umrunden wir sie. Wir reisen von Helin östlich nach Turmblick und kommen von Süden auf Arandas zu.«

Merin schüttelte den Kopf. »Die Kalaneser werden erwarten, dass Avallon sich für Maleks Niederlage rächt. Sie erwarten den Schlag von Helin, und sie werden die Stadt wie Rallenfalken bewachen. Dort kommen wir auf keinen Fall ungesehen hindurch.«

Luker ließ die Schultern kreisen und hörte, wie sie knackten. Eigentlich war es ihm egal, welchen Weg sie einschlugen, denn die Kalaneser lagen überall auf der Lauer. »Habt Ihr noch irgendetwas von Kanon gehört?«, fragte er Merin.

Der Tyrin verzog seinen Mund zu einer strichdünnen Linie. »Nein. Wir sollten Neuigkeiten erfahren, sobald wir Arandas erreichen.«

Chamery rollte seinen Stab auf der Armlehne des Sessels hin und her. »Und was tun wir, falls die Stadt schon gefallen ist, wenn wir dort ankommen?«

»Das wird nicht geschehen sein«, erklärte Merin. »Der Imperator hat versucht, Arandas einzunehmen, bevor die Stadt der Konföderation beitrat. Und sich dabei nur eine blutige Nase geholt. Das ist ein echtes Schlangennest. Es wird den Kalanesern niemals kampflos in die Hände fallen.«

»Die Stadt wird allerdings belagert werden«, bemerkte Luker. »Und was geschieht dann?«

»Dann setzen wir uns mit einem der imperialen Agenten in den umliegenden Städten in Verbindung.«

»Geht aus Kanons letztem Bericht hervor, wohin Mayot gehen wollte?«

Der Tyrin verschränkte die Arme. »Ich habe Euch alles mitgeteilt, was ich kann.«

»Warum?«

»Weil das so meinen Befehlen entspricht.«

Und weil du immer tust, was man dir sagt. Luker richtete seinen Willen auf den Tyrin, so unauffällig, dass der nichts davon merkte, aber er musste feststellen, dass Merins Gedankenwelt ebenso unnachgiebig hart war wie sein Händedruck. Im Laufe der Zeit würde Luker vielleicht in der Lage sein, ihm einige Informationen abzuringen, aber nicht, ohne dauerhaften Schaden anzurichten. *Wollen wir um seinetwillen hoffen, dass es nicht dazu kommen muss.*

Der Bewahrer sah Chamery an. »Wohin wird Mayot dieses Buch bringen wollen?«

Chamery machte eine schlaffe Handbewegung. »So weit weg von hier wie möglich.«

»Er weiß dann also, dass er verfolgt werden wird?«

»Ha! Bis in den Abgrund selbst.«

»Warum?«, hakte Merin nach. »Was kann dieses Buch bewirken?«

Chamery verzog abfällig das Gesicht. »In Mayots Händen? Nichts. Er hat nicht die Geisteskräfte, um es zu benutzen.«

»Und falls Ihr Euch da irrt? Ich muss wissen, womit ich es zu tun habe.«

»Nein, das müsst Ihr nicht. Eure Aufgabe ist es, Mayot zu finden, das ist alles. Wenn wir ihn haben, kümmere ich mich um ihn.«

Das nun folgende Schweigen wurde von einem neuerlichen Klopfen unterbrochen.

Gerade, als es interessant zu werden versprach …

Merin warf Chamery einen grimmigen Blick zu und brüllte dann: »Herein!«

Der wuschelköpfige Bratbak überbrachte wieder eine geflüsterte Botschaft und hielt kurz inne, um mit dem Daumen auf die Tür zu deuten. Der Tyrin lauschte schweigend und mit ausdrucksloser Miene. Als der Wachmann endete, erhob sich Merin. »Meine Herren«, sagte er. »Wir werden dieses Gespräch später beenden müssen. Mein Schreiber hat uns Unterkünfte in der Torhaustaverne besorgt. Ich werde Euch dorthin bald folgen.«

Damit verließ er den Raum.

Hinter der Tür erhaschte Luker noch einen kurzen Blick auf eine kleine Gestalt in dunkler Robe – eine Frau, nach dem weißen Überzug ihrer Fingernägel zu urteilen. Sie hatte olivfarbene Haut, und an beiden Händen fehlte ihr der kleine Finger. *Eine Remnerol.* Das Gesicht der Frau blieb in den Schatten ihrer Kutte verborgen, aber Luker spürte trotzdem, dass sie ihn ansah.

Dann schloss Merin die Tür.

Luker sah zu Chamery hinüber. Der Magier hatte sich aufgesetzt und machte ein berechnendes Gesicht. *Ja, das spürt sogar dieser Junge.*

Irgendetwas war im Busch.

5

Ebon hing dunklen Gedanken nach, als er Lamellas Haus erreichte. Die offensichtliche Hinfälligkeit seines Vaters ließ ihm keine Ruhe. Isanovir hatte Schwächen bei anderen stets verabscheut, und sich selbst bedachte er nun sicherlich mit derselben Verachtung. Schon jetzt war er der Grübelei verfallen und ließ seine Gedanken ständig um sich selbst kreisen. Wenn das Ende kam, würde es für ihn eine Erlösung sein – und bis dahin konnte es nicht mehr lange dauern. Wenn die Königlichen Ärzte recht behielten, war es nur noch eine Frage von Wochen, aber das ließ Ebon zumindest Zeit, um seinen Frieden mit dem König zu machen. *Nein, er war kein König mehr.* Nur noch ein Vater, vielleicht zum ersten Mal in Ebons Leben. Hatte es je eine Zeit gegeben, fragte er sich, da er für Isanovir etwas anderes als der Thronfolger gewesen war?

Er fühlte sich ein wenig schuldig, weil er den anderen bei der Versammlung etwas vorgespielt hatte. Zwar hatte er nicht direkt widersprochen, als Janir den Verdacht äußerte, dass er besessen sei, aber er hatte auch nicht die Wahrheit gesagt, was die Geschehnisse am Waldrand betraf. Würde er es verbergen können, dass die Stimmen zurückgekehrt waren? Er musste es versuchen, das zumindest war klar, denn sollte Ebon gezwungen werden, dem Thron zu entsagen, würde mit Sicherheit ein Bürgerkrieg die Folge sein. Sein Bruder konnte auf die Anerkennung des Kronrats ebenso wenig zählen wie Janir. Von den anderen Domen würden vielleicht Hebral Pallane oder Dorala Feriman einen Anspruch auf den Thron erheben wollen. Auch der Kanzler hatte aus seinem Ehrgeiz niemals ein Hehl gemacht. Keiner von ihnen würde sich den anderen unterordnen, nicht einmal dann, wenn sich die öffentliche Meinung gegen sie stellte. Schon seit Jahren war es lediglich Isanovirs Anstrengungen zu verdanken gewesen, dass sich die zerstrittenen Fraktionen immer wieder zusammengerauft hatten. Diese Aufgabe würde nun Ebon übernehmen müssen.

Schon jetzt hatte das Gerangel um Posten und Positionen begonnen. Nach der Auseinandersetzung in den Königlichen Gemächern hatte Ebon weitere Besprechungen mit einer Reihe von Domen, den Getreuen des Königs und den Oberhäuptern der Gilden geführt. Allesamt hastig von der Königin anberaumt, um Ebons Position zu sichern – und damit natürlich auch ihre eigene. Mehr als zwei Glocken lang hatte er umworben und gelockt, Treueversprechen gehört und sie mit Freundschaftsbeteuerungen beantwortet. Nach einer Weile waren die Gespräche zu einem verschwommenen, verworrenen Murmeln geworden, das sich vom Flüstern der Geister in seinem Kopf nicht unterschied. Als Ebon schließlich darauf gedrungen hatte, die offiziellen Gespräche für diesen Tag zu beenden, konnte er an Rosels missbilligendem Blick ablesen, dass sie genau wusste, wohin er ging.

Vor Lamellas Haus angekommen, hörte der König von drinnen den Klang einer Harfe. Er öffnete das Tor und betrat den schmalen Weg dahinter. An beiden Seiten waren Kerzen aufgestellt worden, deren Licht die Vorderseite des Gebäudes umspielte. Ein kleines Stück vom Tor entfernt stand eine Pantheonwächterin. Durch den Helm, der den Kopf und das Gesicht bedeckte, blieben lediglich die Augen frei, aber Ebon erkannte sie trotzdem an der Taube, die in den linken Wangenschutz graviert worden war.

»Alles ruhig, Korporalin Balia?«

Die Stimme der Soldatin drang dumpf unter dem Helm hervor. »Wie Jiralis Grab, mein Herr.« Damit trat sie zur Seite.

Ebon fühlte, wie die Mauern die über den Tag aufgestaute Hitze abgaben. Dutzende von Gelbfußeidechsen klammerten sich an die Fassade, huschten aber davon, als der König näher kam. Die Eingangstür war unverschlossen, und er trat ein und zog sie hinter sich zu. Dann ging er durch den dämmrigen Flur und schob an seinem Ende einen schweren Vorhang beiseite. Der Raum dahinter wurde von weiteren Kerzen erhellt, die überall auf den Tischchen zwischen den Diwanen und den aufgetürmten Kissen standen. Die Fenster waren wegen der Wärme weit geöffnet, und ein ganz leichter Windhauch bewegte die Gazevorhänge.

Die Musik erstarb.

Lamella saß auf einem Stuhl neben ihrer Harfe, die Hände verharrten bewegungslos über den Saiten. Ihr langes, rotblondes Haar war zurückgekämmt und mit beinernen Kämmen gebändigt. Sie trug eine weiße Susha-Robe, die in der Taille von einem Gürtel gerafft wurde. Ein durchscheinendes Fransentuch lag über ihren Schultern. Als er eintrat, sah sie auf.

Ihre Augen waren wieder gerötet.

Sie erhob sich ungelenk und humpelte zu ihm herüber, das verkrüppelte rechte Bein leicht nachschleppend. Die Narben am Knie wurden durch das Kerzenlicht ungewöhnlich grell hervorgehoben. Ebon schloss sie in die Arme und atmete den Duft ihres Haares ein, bevor er sie hochhob und herumwirbelte. Sie lachte atemlos und befahl ihm dann, sie wieder abzusetzen. Das tat er, dann lehnte er sich ein wenig zurück, um ihr in die Augen zu sehen.

»Ich wusste, dass du kommen würdest«, sagte sie. Dann fiel ihr Blick auf die Wunde an seiner Schläfe. Mit einer Hand fasste sie sein Kinn und drehte seinen Kopf ein wenig ins Licht. »Wieso hast du das nicht versorgen lassen?«

»Ich wollte zuerst einmal dich sehen.«

Ihr Gesicht wurde weicher. »Komm.« Sie führte ihn zu einem der Diwane. Noch bevor er sich setzen konnte, legte sie ihm eine Hand auf die Brust. »Zieh dein Hemd aus.«

Er lächelte ein wenig. »Du weißt aber schon, dass ich am Kopf verletzt bin.«

Lamella errötete. »Na gut. Dann kannst du das Blut vom Sessel wischen, wenn wir hier fertig sind.«

Ebons Lächeln wurde breiter. Er knöpfte sein Hemd auf, zog es über die Schultern und ließ es auf den Boden fallen. Lamellas Augen weiteten sich, als sie die Insektenstiche auf seinen Armen und am Oberkörper sah. Sie trat zu einem Schränkchen, das neben der Harfe stand, und kehrte dann mit einem kleinen Beutel und einer mit Wasser gefüllten Holzschüssel zurück. Die Schüssel stellte sie auf den Tisch und schüttete einige Pülverchen hinein, dann ließ sie sich auf den Diwan sinken und bedeutete Ebon, sich zu ihr zu setzen. Der beißende Geruch, der von dem Gebräu aufstieg, würgte ihn. Lamella tauchte ein Tuch hinein, wrang es aus und legte es dann auf die Wunde.

Ebon biss die Zähne zusammen, als er das scharfe Brennen fühlte.

»Was ist passiert?«, fragte sie.

Also erzählte er ihr vom Überfall der Kinevar, erwähnte aber nichts von den Geistern. Als er endete, hatte Lamella seine Wunde fertig versorgt. Wieder ging sie zu dem kleinen Schränkchen, um nun mit einem Tontopf sowie Nadel und Faden zurückzukehren. Die Nadel hielt sie nach dem Einfädeln so lange in eine der Kerzenflammen, bis die Spitze rot glühte. Ihre Hand zitterte, als sie seine Schläfe berührte.

Ebon stieß beim ersten brennenden Stich ein Zischen aus. Er sah zur Harfe hinüber. »Ich habe dich spielen hören, als ich kam. Du wirst immer besser.«

»Ich hatte viel Zeit zum Üben.«

Er versuchte den Kopf zu drehen und sie anzusehen, aber sie hielt ihn fest. »Ich habe dich auch vermisst.«

Die Nadel verharrte kurz. »Ich weiß. Eines Tages wirst du dennoch nicht mehr zu mir zurückkehren.«

»Was meinst du damit?«

»Balia erzählt mir von Wesen, die über die Ebenen wandern. Davon, dass das Licht des Wächters langsam in den Tempeln verlischt. Sie verschließen jetzt nachts die Stadttore, hast du das gehört? Balia sagt, ich kann nicht mehr im Seufzerwald ausreiten.«

»Was ist mit dem Königsforst?« Noch während er die Worte sprach, hätte Ebon sie am liebsten schon wieder zurückgenommen. Sein Blick fiel auf ihr Bein. »Tut mir leid, ich wollte keine alten Wunden aufreißen.«

Lamella antwortete nicht. Sie verknotete den Faden und legte die Nadel beiseite. Dann nahm sie den Deckel des Tontopfs ab und tauchte drei Finger in die stechend riechende Masse, die sich darin befand. »Ich habe gehört, dass dir die Königswürde verliehen wurde«, sagte sie. »Wolltest du es mir erzählen?«

»Warum sollte ich nicht?«

Lamella strich etwas von der Salbe auf die Insektenstiche auf seinen Armen und Schultern. Sofort ließ der heftige Juckreiz nach. »Es tut mir leid. Das mit deinem Vater, meine ich.«

Ebon runzelte die Stirn. Lamellas Worte klangen an diesem Abend eigentümlich gestelzt, als befände sie sich in einer peinlichen oder unangenehmen Situation. »Mein Vater hat seine Macht stets genossen. Nun, da die Krankheit ihn ergriffen hat … ich fürchte, seine Seele ist gebrochen.«

»Es ist nicht leicht, mit Schwäche zu leben, wenn man zuvor nichts anderes als Stärke gekannt hat.«

»Er hat nicht deinen Mut.«

Lamella ließ sich Zeit mit ihrer Antwort. »Mein Mut, ja.« Sie verschloss den Salbentopf und wischte sich dann die Hände mit einem Lappen ab. Mit einem Ruck zog sie sich auf die Beine, humpelte zu dem Diwan, der Ebon gegenüberstand, und setzte sich, die Hände im Schoß gefaltet. Sie mied seinen Blick. Ebon wurde bewusst, dass er den Atem anhielt. »Ist es vorbei zwischen uns?«, fragte sie mit einem Mal. »Ich muss es wissen.«

»Wieso sagst du so etwas?«

»Rosel hat mich bisher hingenommen ...«

»Meine Mutter?«, unterbrach Ebon sie. »Was hat sie damit zu tun? War sie hier?«

»Ein König braucht eine Königin, Ebon. Und wir wissen beide, dass ich das niemals sein werde.«

»Da spricht meine Mutter aus dir, nicht du selbst.«

»Tatsächlich? Was wird sein, wenn Mercerie oder Koronos einen Boten schicken und ein Bündnis anbieten, das mit der Hand der Tochter irgendeines Padischahs besiegelt werden soll? Wie wird dann deine Antwort lauten?«

Ebon rutschte auf dem Diwan hin und her. »Meine Mutter gönnt mir lediglich nicht das, was sie selbst niemals hatte.«

Lamella machte ein resigniertes Gesicht, aber in ihren Augen lag noch etwas anderes, was sie vor ihm zu verbergen suchte. »Du tust stets deine Pflicht.«

Seine Augen wurden schmal. Glaubte sie wirklich, dass sie für ihn nichts weiter war als eine Pflicht, die es zu erfüllen galt? Eine Möglichkeit, für das zu büßen, was vor zwei Jahren im Königsforst geschehen war? Bevor er das jedoch fragen konnte, fuhr Lamella fort: »Ich wusste, dass dieser Tag kommen würde. Wir wussten es sicherlich beide. Ich bedaure nichts.«

Ebon stockte der Atem. Er setzte sich neben sie.

»Du musst mich gehen lassen«, sagte Lamella.

»Das kann ich nicht.«

»Je länger wir es hinauszögern, desto schwerer wird es. Wenn es schon enden muss, dann sollten wir wenigstens die Zeit selbst bestimmen.«

»Nein!«

Lamella erstarrte und wich dann zurück.

»Was ist?«, fragte Ebon, dessen Zorn jetzt ebenso schnell verrauchte, wie er aufgeflammt war. »Lamella?«

Sie sah ihm prüfend in die Augen. »Ich weiß nicht. Ganz kurz rührte sich etwas hinter deinen Augen. Als sei dein Gesicht nur eine Maske.«

Eine Welle der Erschöpfung schlug über Ebon zusammen, und er senkte den Kopf. Es war dumm gewesen zu glauben, dass er die Geister vor ihr verbergen konnte. Lamella war es gewesen, die ihm letztes Mal geholfen hatte, die Besessenheit zu überwinden, aber konnte er sich noch einmal auf sie stützen? Er holte tief Luft. »Es sind die Stimmen. Sie sind wieder da.« Er sah, wie die verschiedensten Regungen über ihr Gesicht glitten: Mitleid, Verwirrung, Verletztheit – weil er versucht hatte, die Wahrheit vor ihr zu verbergen, wie er jetzt erkannte. Das schmerzte ihn am meisten.

Nach einer Weile zog sie ihn in ihre Arme und bettete seinen Kopf an ihre Brust. Er konnte den schnellen Schlag ihres Herzens hören. »Wer weiß noch davon?«, fragte sie.

»Vale, Mottle, sonst niemand. So muss es auch bleiben.«

Lamella schien erst etwas sagen zu wollen, überlegte es sich dann aber anders. Schließlich fragte sie: »Warum, Ebon? Wieso sind sie wieder da?«

»Ich vermute, sie sind niemals gänzlich verschwunden, sondern waren nur eine Weile blasser geworden und … schliefen.«

»Was hat sie dann geweckt?«

»Ich weiß es nicht.« Nun berichtete er ihr von seinem Gespräch mit Mottle. »Es sind diesmal nicht nur Stimmen. Ich sehe Bruchstücke verschwommener Bilder, Schatten, die nicht da sein sollten, als betrachtete ich die Welt mit den Augen eines anderen.«

Die Schritte von Korporalin Balia waren zu hören, die draußen im Garten patrouillierte. Als Lamella sich wieder aufsetzte, hatte die Heilsalbe von Ebons Haut ein paar Flecken auf ihrer Susha-Robe hinterlassen. »Du hast die Geister schon einmal überwunden«, sagte sie. »Das kannst du wieder schaffen.«

Ebon hatte nicht die Kraft, dem zu widersprechen. »Manchmal

frage ich mich … die Stimmen, die Visionen … Sind sie überhaupt echt oder reine Wahnvorstellungen? Was, wenn mein Kopf …«

»Schscht«, machte Lamella und legte ihm einen Finger auf die Lippen. »Zweifel haben Zeit bis morgen. Du musst dich ausruhen.«

Ebon fuhr sich mit der Hand über die Augen. »Ausruhen, ja. Bisher hatte ich Angst davor, die Augen zu schließen, weil ich fürchtete, die Geister würden mich überwältigen. Aber hier, bei dir, sind die Stimmen still. Hier habe ich meinen Frieden.«

»Dann bleib bei mir.«

»Das werde ich. Bis zum Morgengrauen.«

Ein Schatten legte sich auf Lamellas Gesicht. »So lange, wie du willst.«

Am Eingang des Tempels blieb Parolla stehen und spähte hinaus. Der unnatürliche Schatten des Schreins erstreckte sich nun quer über den Runden Platz. Über die Mauern der hohen Wohnhäuser auf der anderen Seite zogen sich Risse, und eines der Gebäude neigte sich bereits so stark, als wollte es jeden Augenblick einstürzen. Auch die Bewohner würden die Todesmagie zu spüren bekommen, das wusste Parolla, aber sie konnte kein Mitleid für Leute aufbringen, die so dumm waren, in Spuckweite eines Schreins für den Herrn der Toten zu leben.

Sorgfältig beobachtete sie alle Gässchen, die vom Runden Platz abgingen, aber nichts rührte sich. Also trat sie nach draußen, wandte sich nach rechts und folgte dann der Tempelmauer; über den Leichnam des Bettlers, der auf dem Weg lag, stieg sie hinweg. Als sie den Schatten des Schreins verließ, umfing sie erstickende Hitze. Schweiß trat ihr auf die Stirn. Die Sonne blickte inzwischen nur noch ein kleines Stück über die Dächer der Gebäude, die den Platz säumten, und das Licht spiegelte sich auf den Fliesen, als stünde der ganze Himmel in Flammen. In einiger Entfernung schlug ein Schmied mit so großer Regelmäßigkeit auf seinen Amboss, dass sie unwillkürlich an Glockenschlage denken musste.

Wie viel Zeit war vergangen, seit sie den Tempel betreten hatte? Zwei Glocken vielleicht? Wenn sie damit gerechnet hätte, zurück denselben Weg nehmen zu müssen, hätte sie nie so lange mit Olakim gesprochen. Inzwischen hatte Ceriso di Monata dem Hohepriester des Gehörnten Gottes sicherlich seine Nachricht überbracht, und die Jagd würde begonnen haben. Aber wo waren die Jäger? Parolla verzog grimmig das Gesicht. Wahrscheinlich zogen sie gerade jetzt den Kreis um sie zusammen, während sie noch nach ihnen ausspähte.

Sie hielt sich weiter im Schatten, den die Wohnblöcke warfen, und machte sich auf den Weg zur Inneren Mauer.

Als sie eine Viertelglocke später das Feuertor erreichte, lagen ihre Nerven völlig blank. Ihr war keine Menschenseele begegnet. Auf dem Hinweg hatten ihre Ohren noch gedröhnt vom Lärm der Menge, aber jetzt war Xavel wie eine Seuchenstadt, still und leer. Das Dach des Feuertors, vor dem sie stand, war schon vor langer Zeit eingestürzt, und die unbefestigte Straße, die zwischen den noch aufrecht stehenden Säulen verlief, war mit Steinblöcken gesäumt, allesamt größer als Parolla selbst. Das Tor an sich war mit Löchern übersät, die eine Schwarzkropfkolonie beherbergten; viele der zänkischen Vögel hatten sich auf den Säulen niedergelassen.

Doch plötzlich flogen sie in einer laut kreischenden Wolke auf, und Parolla huschte schnell in eine Seitenstraße. Ihr Herz schlug ihr bis zum Hals. Hatte sie die Vögel aufgeschreckt? Vermutlich, überlegte sie schließlich, denn als sie vorsichtig um die Ecke schielte und zum Tor sah, war die Straße noch immer leer.

Aber wieso kehrten die Vögel dann nicht zurück?

Ein heulender Schrei durchschnitt die Dämmerung und wurde einige Herzschläge später von einem weiteren beantwortet. Parolla fluchte. Dieses Geräusch war ihr vertrauter, als ihr lieb war. *Ein Dactil.* Den Rücken dicht an die Mauer gepresst, sah sie auf. Ein Flügelschlag wie ein Peitschenknall ertönte, dann segelte ein riesiges Wesen über die Dächer; sein stachliger Schwanz wand sich schlangengleich hinter ihm her. Der sehnige, lange Hals des Dactils bog sich von einer Seite zur anderen, während das Untier den Boden absuchte, aber es konnte sie nicht gesehen haben, denn es flog nach Süden und war bald außer Sicht.

Ein Kundschafter.

Parolla hatte schon oft genug mit der Jagd zu tun gehabt und wusste genau, wie die Getreuen des Gehörnten Gottes vorgingen. Berittene zogen in kleinen Trupps durch die Städte, während Dactils die Beute aus der Luft zu erspähen hofften. Sobald Parolla sich auf offenes Gelände wagte, würden sie die anderen Jäger zu ihr führen. Dass der Hohepriester Späher einsetzte, deutete darauf hin, dass er nicht wusste, wo sich Parolla befand, aber er würde zweifelsohne erwartet haben, dass sie aus Shrouds Tempel floh, kaum dass sie Cerisos Botschaft erhalten hatte. Wenn das so war, dann würde dieser Teil Xavels – nahe am Schrein – der letzte Ort sein, an dem man sie vermutete. Das gab ihr Zeit, ihre Möglichkeiten zu überdenken.

Also, was jetzt?

Verstecken? Nein. Das hatte sie in Axatal versucht, und die Jagd hatte ihr Schlupfloch nur allzu schnell aufgespürt. Kämpfen? Möglich, dass es schließlich zu einer Auseinandersetzung kam, aber sie wollte es nicht darauf anlegen. Der Hohepriester selbst führte die Jagd an, begleitet von einer ganzen Schar von Priestern, *magi*, Kriegern und anderen Mitläufern, die sich alle das Wohlwollen des Gottes sichern wollten, indem sie ihr Blut vergossen. Und dennoch, hatte der Hohepriester Ceriso nicht gewarnt, sie sei gefährlich? War es ihm egal, wenn Hunderte von Unschuldigen in einen solchen Konflikt mit hineingerieten? Oder hatte er gerade deshalb diesen Ort für die Jagd gewählt, weil er darauf hoffte, dass Parolla in einer belebten Stadt nicht ihre ganzen Kräfte einsetzen würde, wenn man sie angriff?

Damit blieb nur die Flucht. Das Problem war allerdings, dass Parolla erst am Vortag in Xavel angekommen war. Wenn sie jetzt einfach loslief, würde sie blindlings durch die Straßen irren, bis sie am Ende doch an eine Gruppe Jäger geriet. Und selbst, wenn sie sich im Labyrinth der Gässchen hätte zurechtfinden können, wohin sollte sie sich wenden? Vielleicht zum Serpentinenbazar? Zum Verkünderberg? Es war zu hoffen, dass nicht die ganze Stadt so verlassen war wie dieser Teil: In einer Menschenmenge konnte sie vielleicht untertauchen. Aber würde die Anwesenheit anderer den Hohepriester davor zurückhalten, gegen sie vorzugehen? Dieses Risiko konnte Parolla nicht eingehen.

Natürlich gab es immer noch die xavellianische Kaserne nahe dem Palast, irgendwo im Norden der Stadt. Der Padischah wäre sicherlich wenig begeistert, wenn Jäger in seiner Stadt Amok liefen, aber würde er den Zorn des Gehörnten Gottes auf sich laden wollen, indem er dagegen einschritt? Parolla glaubte nicht daran. Wenn sie in den Kasernen Zuflucht suchte, dann bestand durchaus die Möglichkeit, dass man sie in Gewahrsam nahm und der Jagd gegen ein Lösegeld überantwortete. Am klügsten war es, aus der Stadt zu fliehen. Aber wie?

Plötzlich fiel ihr wieder ein, welchen Weg sie bei ihrer Ankunft genommen hatte: Sie war von Nordwesten gekommen, durchs Gildenviertel, am Ralstempel vorbei, über den Fluss …

Den Fluss.

Das Wassertor lag nicht mehr als eine Viertelwegstunde weiter östlich, wenn man der Inneren Stadtmauer folgte. Von dort würde sie unweigerlich an die Ufer des Xintha gelangen, wenn sie sich nach Norden hielt. Aber was, wenn im Norden auch die Jagd lauerte?

Sie musste es riskieren. Aber sie würde warten, bis das Licht noch weiter verging, bevor …

Ein triumphierender Schrei ertönte aus der Luft, und als Parolla den Kopf hob, sah sie einen Dactil, der geradewegs zu ihr herabstürzte, die klauenbewehrten Füße ausgestreckt, die beinahe durchscheinenden Flügel eingefaltet, um nicht mit den Dachüberständen der Gebäude zu kollidieren. Ihr rechter Arm schoss nach vorn, und sie ließ ihrer Kraft freien Lauf. Wellen von Zauberkunst trafen das Geschöpf, und sein jubilierender Schrei verwandelte sich in ein schmerzerfülltes Kreischen. Kurz versuchte es, mit den brennenden Flügeln zu schlagen, um den Sturz noch irgendwie aufzuhalten, dann verschwand sein Umriss in einem weißen Blitz.

Ein paar versengte Federn segelten zu Parolla herab; sie richtete sich auf, glättete ihre Kleidung und fluchte unterdrückt. Ein sinnloser Sieg, denn auch, wenn niemand den Sturz des Dactils mitbekommen haben sollte – die *magi* der Jagd würden ihre Zauberei gespürt haben und ihre Begleiter jetzt in ihre Richtung führen. Tatsächlich hörte sie von Süden bereits Hufschlag herannahen.

Zeit zu verschwinden.

Also beschwor sie ein klein wenig ihrer Kraft herauf, gerade genug, um sich in Schatten zu hüllen, und dann huschte sie halb geduckt, halb rennend nach Osten zum Wassertor hinüber, unsicher, was wichtiger war: unentdeckt zu bleiben oder sich zu beeilen. Zweifelsohne würde ihr beides nicht gelingen. An einer Kreuzung vergewisserte sie sich, dass die Straßen noch immer verlassen waren, dann eilte sie hinüber. Ihr Herz schlug wie wild, und durch ihre Angst stieg die Dunkelheit in ihr auf. Sie nahm die nächste Biegung nach links, dann nach rechts, dann wieder nach links und wählte dabei jeweils die engsten und dunkelsten Gassen, in denen ihr Schattenzauber sie am besten vor neugierigen Augen verbarg.

Aber der Hufschlag kam näher. Parolla hörte nun auch Stimmen, die nur noch wenige Straßenzüge entfernt waren. Jetzt rannte sie nur noch. Erst nach rechts, dann wieder nach links, vorbei an einem von Nadelfliegen umschwärmten Brunnen, über eine weitere Kreuzung. Parolla hatte zwar kein Gebell gehört, aber für den Fall, dass die Jäger Hunde bei sich hatten, um ihre Fährte aufzunehmen, planschte sie durch einen Abwasserkanal, der durch eines der Gässchen floss.

Und dennoch kam der Hufschlag immer näher.

Schwer atmend blieb Parolla stehen und sah auf. Es schwebten keine Dactils über ihren Köpfen, aber trotzdem gelang es den Jägern offenbar, ihrer Spur zu folgen. Die Möglichkeit bestand, dass sie einen *magus* bei sich hatten – jemanden, der genug Kraft besaß, um ihren Tarnzauber zu erkennen. Aber wenn sie den Zauber auflöste, dann machte sie es den anderen Jägern leichter, sie zu entdecken. Was hatte sie jedoch für eine Wahl? Der Hufschlag erklang schon von der Straßenecke hinter ihr.

Fluchend nahm sie ihre Zauberkraft zurück und duckte sich in einen Hauseingang.

Zu ihrer Linken kam ein Dutzend Berittene die Straße herunter, bewaffnet mit Speeren, Armbrüsten und Netzen. Auf ihren Brustpanzern glänzte das Wappen des Hirsches, und die konischen Helme, die sie trugen, waren mit Geweihen geschmückt. Als sie ihre Verfolger entdeckte, legte sich ein Schatten über Parollas Blickfeld. Es wäre einfach gewesen, sie jetzt zu töten, aber stattdessen zog sie sich immer weiter in die Düsternis zurück, und die Jäger ritten vorüber, begleitet vom Lärm klappernder Rüstungen, und ließen den Geruch gewachsten Leders zurück.

Ein paar Dutzend Herzschläge vergingen, dann ertönten verwirrte Rufe von Osten. Es würde nicht lange dauern, bis der *magus* die Truppe umkehren hieß und sie Parollas Versteck entdeckten. Sie musste sich schnell etwas einfallen lassen. Wenn sie den Schattenzauber aufrief, würde der Hexenmeister ihn natürlich sofort wahrnehmen, aber wie weit würde sie ohne Zauber kommen, bevor man sie entdeckte?

Denk nach!

Parolla sah zu den Dachrinnen des Hauses auf der anderen Seite empor. Vielleicht würde sie bis aufs Dach klettern können, aber was dann? Sie würde wohl kaum von einem Haus zum nächsten springen können, und falls sie das doch versuchte, dann würden die Dactils sie sicherlich schnell aufspüren.

Aus dem Gässchen zu ihrer Rechten war ein leises Schnuppern zu hören, und sie erstarrte. Ein dreibeiniger Hund humpelte auf sie zu – war es derselbe, den sie schon vor Shrouds Tempel gesehen hatte? Er verharrte ein paar Schritte vor dem Eingang, in dem sie sich versteckte, und sah sie an. Dann knurrte er mit gebleckten Zähnen.

Parolla lächelte. *Das Glück der Weißen Lady.*

Aber sie würde schnell handeln müssen, wenn sie die Anwesenheit des Tieres ausnutzen wollte. Also beschwor sie ihre Kraft und wob einen Schattenzauber um den Hund. Seine Umrisse verschwammen. Fast war er im Dämmerlicht der engen Gassen überhaupt nicht mehr zu sehen. Die Jäger würden ihre Finte natürlich bald bemerken, aber bis das geschah, würde sie schon weit weg sein.

Sie versetzte dem Hund einen Tritt, der sich daraufhin aufbellend trollte.

Weiter rechts ertönten noch mehr Rufe, schrill und aufgeregt, und dann war ein durchdringendes Hornsignal zu hören. Offenbar hatte der *magus* sein neues Ziel entdeckt. Jetzt galt es, ganz schnell möglichst weit von dem Hund wegzukommen, und dieses Mal musste Parolla nicht lange darüber nachdenken, welche Richtung sie einschlagen wollte. Die Innere Stadtmauer war im Norden hinter den Dächern gut zu sehen – wenn sie ihr nach Osten folgte, würde sie bald am Wassertor sein.

Ganz einfach.

Sie rannte in die entgegengesetzte Richtung davon, in die der Hund verschwunden war, und huschte dann in den ersten Durchgang, der sich vor ihr auftat. Die Stadtmauer immer zu ihrer Linken, lief sie im Zickzack durch die Gassen. Schon bald wurde der Lärm der Jagd leiser und leiser.

Eine ereignislose halbe Glocke später erreichte sie das Wassertor und betrat die Höhe. In diesem Viertel gab es statt unbefestigter Straßen schön gepflasterte, baumbestandene Alleen, und anstelle von baufälligen Bruchbuden standen hier zunehmend Villen in gepflegten Gärten. Hinter gut gesicherten Toren patrouillierten Wachleute, die ihr nachsahen. Sie waren, wie ihr plötzlich klar wurde, die ersten Menschen, von der Jagd einmal abgesehen, die ihr in der Stadt begegneten, seit sie den Tempel verlassen hatte.

Vor sich hörte sie lärmendes Treiben: das Muhen der Temlocks auf dem Viehmarkt und die Rufe eines Jadi-Sehers, der lautstark vom Weltuntergang kündete. Kein Hörnerklang. Kein Hufschlag. Dennoch konnte Parolla sich noch nicht entspannen, denn der Gehörnte Gott hatte viele Anhänger, und nicht alle trugen sie Geweihhelme. Ceriso di Monata hatte sie als von seinem Gott gezeichnet erkannt, aber er hatte nicht gesagt, warum. Würden alle Diener des Unsterblichen das Zeichen an ihr wahrnehmen?

Sie hob die Kapuze ihres Mantels.

Ein paar Leute waren noch immer unterwegs: vor allem Sklaven, wie Parolla an den Tätowierungen auf ihren Handrücken erkannte. Mit gesenktem Blick huschten sie durch die immer länger werdenden Schatten. Wenn Parolla sich einfach immer nach Norden hielt, würde sie irgendwann zwangsläufig den Fluss erreichen, aber vielleicht konnte sie es riskieren, jemanden nach dem schnellsten Weg zu fragen. Ein junges Mädchen, barfuß und in einem schlecht sitzenden, gelben Gewand, kam ihr auf dem Bürgersteig entgegen. Im Vorübergehen ließ die Kleine die Finger der linken Hand über die Stämme der Bäume gleiten, die am Straßenrand standen. Als sie Parolla kommen sah, wollte sie auf die andere Straßenseite wechseln.

Parolla hob die Hand. »Bitte, *mestessa*«, sagte sie in der allgemeinen Sprache. »Ich werde dich nicht lange aufhalten, aber ich suche den Weg zum Fluss.«

Das Mädchen hob den Blick nicht vom Boden. Sie war höchstens zehn, schätzte Parolla, obwohl ihr jemand die Lippen mit Rot nachgezogen hatte, damit sie älter aussah. Als sie nicht antwortete, wiederholte Parolla ihre Frage auf Xavellianisch. Das Mädchen zögerte, dann deutete es auf eine Nebenstraße. Auf ihrem Handrücken war ein Hirschkopf mit Geweih tätowiert.

Noch während Parolla die Bedeutung dieser Einzelheit begriff, sah ihr das Mädchen plötzlich ins Gesicht. Seine goldenen Augen wurden groß, und es wollte davonrennen.

Halt! Instinktiv packte Parolla das Kind am Ärmel. Dann spürte sie einen Schlag, als ein Zauber wie ein Schock zwischen ihnen hin und her lief und sich knisternd am Arm der Kleinen verlor. Licht blitzte hinter den Augen der Sklavin auf. Sie öffnete den Mund, aber statt einem Schrei erklang nur ein Stöhnen. Ganz kurz hielt sie sich noch auf wackligen Beinen, dann brach sie zusammen, und ihr Ärmel rutschte aus Parollas Hand.

Mit einem Knacken schlug ihr Kopf aufs Pflaster.

Parollas Magen verkrampfte sich, als sie sich neben der Kleinen hinkniete. *Nein,* mestessa*! Das habe ich nicht gewollt…* Blut rann aus ihrer Nase, und ihre Augen sahen blicklos in den Himmel. Parolla packte sie an den Schultern und schüttelte sie, aber der kleine Körper war völlig schlaff. Ein Urinfleck breitete sich rund um Knie und Schenkel über das Gewand aus. Dennoch nahm Parolla die zarte Hand und ließ ihre Kraft mit Wucht in sie hineinfließen. Einen kleinen Herzschlag, mehr brauchte sie nicht, einen winzigen Funken, um das Leben wieder anzufachen. *Atme,* mestessa*, atme!*

Der Körper des Mädchens zuckte, als litte es an Krämpfen. Parolla konnte den Herzschlag sehen, wie er den Stoff des Kleides erzittern ließ, als er in der kleinen Brust tobte. Am Hals erbebte die Haut unter einem unregelmäßigen Puls. Aber Parolla wusste, dass es nur ihre Zauberkunst war, die kurz die Illusion von Leben aufrechterhielt. Die Seele des Mädchens hatte sich schon längst in Shrouds Obhut begeben. Nach einiger Zeit erwärmte sich die Haut der Sklavin, dann wurde sie unangenehm heiß. Parolla sah, wie die schönen goldenen Augen schmolzen und sich die Haarspitzen kräuselten. In der Luft hing der süßliche Geruch von verbranntem Fleisch.

Jetzt nahm Parolla ihre Kraft zurück, hob den kleinen Körper und zog ihn fest an sich. Ihre Augen trübten sich.

Wieso, verdammt?

Eine Dienerin des Gehörnten Gottes.

Ein kleines Mädchen!

Parolla hatte nur verhindern wollen, dass sie weglief. Aber dann war ihr beflecktes Blut in ihr aufgewallt, und sie hatte es nicht zügeln können. Wie viele Menschen würden noch sterben, bevor sie endlich lernte, sich im Griff zu behalten? Wieso erschien ihr Shrouds Tor stets so unerreichbar, während jene, mit denen sie in Kontakt kam, unweigerlich in seine Nähe rückten?

Sie wiegte die Sklavin in ihren Armen.

Vergib mir, mestessa.

Parolla wusste nicht, wie lange sie mit dem Mädchen im Arm auf dem Pflaster gekniet hatte. Doch schließlich weckte sie ein Geräusch aus ihrer Starre. Ein Mann beobachtete sie von der anderen Straßenseite, halb versteckt hinter einem Baum. Noch ein Diener des Gehörnten? Parolla war das jetzt völlig gleich. Als ihre Blicke sich trafen, wandte sich der Fremde um und rannte davon.

Eine Nadelfliege ließ sich auf der Wange der Toten nieder, und Parolla scheuchte sie weg. Die *magi* der Jagd würden ihren Zauber gespürt und einen Eindruck davon bekommen haben, wozu sie in der Lage war. Würden sie jetzt endlich vernünftig sein und sie in Ruhe lassen? Wahrscheinlich nicht. Wenn die Jagd einmal begonnen hatte, konnte man sie nicht abblasen. Schlimmer war, dass der Hohepriester jetzt sicherlich wusste, wo Parolla sich befand. Vielleicht würde er anhand der Richtung, die sie eingeschlagen hatte, auch erraten, welches Ziel sie ansteuerte. Ihre Gedanken richteten sich wieder auf den Fluss; hier lag die Hoffnung auf Flucht und ein Ende des Tötens.

Sie hatte sich hier viel zu lange aufgehalten.

Langsam ließ Parolla das Mädchen auf die Straße sinken, blinzelte die Tränen weg, stand auf und lief weiter.

Allmählich bekam Luker den Verdacht, dass es nicht nur reines Glück gewesen war, bei seiner Ankunft in der Torhaustaverne diesen leeren Tisch vorgefunden zu haben. Das Sägemehl auf dem Boden sah aus, als sei es kürzlich erst neu zusammengefegt worden, aber trotzdem waren noch Blutspritzer und andere Flüssigkeiten zu sehen, außerdem stank es nach Exkrementen. Und jetzt saß Jenna neben ihm und starrte ihn an, als ob sie glaubte, dass dieser Geruch von ihm ausging. Sie rollte sich einen Schwarzkrautstengel und zündete ihn sich dann an einer der Fackeln an, die in den Wandhaltern hingen. Chamery saß ihnen gegenüber und kraulte sich den weichen Flaum am Kinn, der bei ihm als Bart durchging.

Mit einem kleinen Stupser des Tiefen Willens machte Luker den Kneipenwirt auf sich aufmerksam, und der Mann schob seinen massigen Körper durch das Gedränge in der Schankstube. Er nahm ihre Bestellung auf, dann schnappte er sich die Münze, die Luker auf den Tisch gelegt hatte, und biss darauf; offenbar befriedigt steckte er sie in seine Tasche.

»Stimmt so«, sagte Luker. Der Imperator zahlte, da konnte er es sich leisten, großzügig zu sein.

Er ließ den Blick durch den Raum schweifen. Bisher hatte er noch nie einen Fuß in diese Schenke gesetzt, aber er verstand schon jetzt, wieso sie einen so schillernden Ruf genoss. Rechts von ihm stand ein junger Mann mit blutroten Tätowierungen auf der Kopfhaut, der immer wieder mit den Fingern durch die Flamme einer Wandfackel fuhr. Seine Lippen bewegten sich geräuschlos, während Rauchfiguren über der Fackel aufstiegen. An einem Tisch neben der Tür saß ein Kommando Bratbaks und vertrank seinen Lohn. Ein Schankmädchen kam gerade mit der nächsten Runde, und einer der Soldaten schob ihr die Hand unter den Rock, woraufhin sie zusammenfuhr und das ganze Tablett mit den Humpen fallen ließ. Es krachte auf den Boden, und das Bier sickerte ins Sägemehl. Die Männer grölten.

Die Bratbaks waren jedoch nicht die einzigen Soldaten hier, das wusste Luker. Die anderen trugen zwar keine Uniformen, aber er hatte oft genug die Klingen mit vernarbten Altgedienten gekreuzt, um sie nicht nur an ihrer Kleidung zu erkennen. Es saßen genug Gestalten in den dunklen Ecken, die Gesichter mit Kapuzen beschattet, und beobachteten ihn. Manche starrten ihn dabei ausdruckslos an, andere erwiderten seinen Blick mit einer wortlosen Herausforderung. Vor nicht allzu langer Zeit hätte niemand es gewagt, sich offen dem Blick eines Bewahrers zu stellen. Oder vielleicht hatte es auch nur an Luker gelegen. *Gute Zeiten.*

Chamerys leichtes Lispeln unterbrach seine Gedanken. »Das ist ja ein faszinierender Ort, den der Tyrin für uns gewählt hat, meint Ihr nicht auch?«

»Offenbar möchte Merin Gray uns im Auge behalten.«

»Ha! *Wir* sollten *ihn* beobachten! Da läuft doch etwas, das wisst Ihr genauso gut wie ich. Wir sind noch nicht einmal raus aus der Stadt, und schon wird getrickst und gelogen.«

Jenna blies einen Mundvoll Schwarzkrautrauch aus. »Ein Magier, der andere der Doppelzüngigkeit bezichtigt? Habe ich mir die Nacht des Verrats nur eingebildet, oder was?«

Chamery verzog verächtlich den Mund. »Was wisst Ihr denn davon?« Wieder sah er Luker an. »Die Geschichte wird stets von den Siegern geschrieben. Der wahre Verrat wurde in jener Nacht am Schwarzen Turm begangen. Leugnet Ihr das, Bewahrer?«

»Nein«, erklärte Luker. Er hatte schon lange begriffen, dass der Streit des Imperators vor zwei Jahren mit dem Magier-Konklave von Avallon inszeniert worden war, um sich der Unterstützung der Bewahrer zu versichern. Es war, bei Licht betrachtet, eine sehr schlaue Finte gewesen. Ein Informant aus den Reihen der Magier hatte durchblicken lassen, dass der Schwarze Turm Kontakt zu den uralten Gegenspielern des Imperators suchte, den Augeranern – als sei das Konklave ein gemästetes Kalb, das selbst in die Axt des Metzgers stürzte. Und während der Imperator sich alle Mühe gegeben hatte, angesichts dieser Behauptungen skeptisch zu erscheinen, hatte er sein Begehren, den Obersten Magier höchstselbst deswegen zu befragen, respektlos genug übermitteln lassen, um den Zorn der Magier zu wecken.

Rückblickend war es schwer zu glauben, dass sich so viele Bewahrer auf Avallons Seite geschlagen hatten, aber die Schwere der Anschuldigungen und die undurchsichtige Haltung des Konklave hatten den größten Teil des Ordens zu der Einsicht gebracht, dass ihnen keine andere Wahl blieb. Die Nacht des Verrats hatte dann sowohl den Schwarzen Turm als auch das Sacrosanctum stark geschwächt. Der einzige Gewinner war Avallon selbst gewesen, der mit einem einzigen Schlag die Reihen jener beiden Gruppierungen gelichtet hatte, die seine Macht hätten begrenzen können. Und dann war passenderweise der besagte Informant verschwunden, so dass es keine Möglichkeit mehr gab, dem Imperator die eigene Beteiligung an diesem ganzen Spiel nachzuweisen.

Ein paar Herzschläge lang war Chamery von Lukers Eingeständnis verblüfft. Dann setzte er wieder seine abfällige Miene auf. »Und dennoch haben sich die Bewahrer mit Avallon solidarisiert.«

»Nicht alle.«

»Meint Ihr etwa, Euer Widerstand mindert Eure Schuld? Ihr wart doch beim Angriff auf den Schwarzen Turm dabei, oder nicht? Das Blut der Konklave klebt ebenso an Euren Händen wie an denen Eurer Brüder und Schwestern.«

Luker warf ihm einen kurzen Blick zu. »Ja, ich war dort. Kanon war ebenfalls dort. Glaubt Ihr, ich hätte meinen Meister allein kämpfen lassen, so wie Ihr den Euren?«

Chamerys Gesicht wurde weiß. »Ihr wagt es, mir vorzuwerfen … Ich war auf einer Schattenentsendung in Trote!«

»Die ganze Zeit über, was?«

»Zu Eurem Glück.«

»Ihr meint, es wäre anders gekommen, wenn Ihr dort gewesen wärt? Ihr hättet ebenso leicht geblutet wie die anderen.«

»Aber ich tat es nicht! Und eines Tages wird der Imperator es bedauern, dass ich überlebt habe, dafür werde ich sorgen!«

Luker beugte sich vor, bis sein Gesicht nur noch wenige Handspannen von Chamery entfernt war. »Vorsichtig«, sagte er und sah bedeutungsvoll über die Schulter des Magiers in den Schankraum. »Es könnte hier jemand so dumm sein, Eure Drohungen für bare Münze zu nehmen.«

»Glaubt Ihr etwa, das schreckt mich?«, gab Chamery zurück, der aber seine Stimme dennoch ein wenig senkte.

Der Kneipenwirt kam jetzt mit einer Flasche Juripa-Branntwein, zwei angeschlagenen Kelchen und einem Glas Rotwein für den Magier zurück. Jenna schnappte sich die Flasche, füllte einen Kelch bis zum Rand und schob ihn Luker hin. Obwohl er inzwischen bereute, dass er die Assassine für sich hatte mitbestellen lassen, nahm er einen kleinen Schluck und verzog das Gesicht, als die brennende Flüssigkeit durch seine Kehle floss. »Sagt einmal«, wandte er sich wieder an Chamery, »hat jemand vom Schwarzen Turm Kanon auf seiner Fahrt nach Norden begleitet?«

Der Magier schwieg kurz, bevor er antwortete. »Nein.«

Das hatte Luker vermutet. Sein Meister hatte für die Gesellschaft anderer ebenso wenig übrig wie er selbst. Dennoch machte ihn das Zögern des Magiers neugierig. »Warum nicht?«

»Weil wir von seiner Aufgabe seinerzeit nichts wussten. Und ich wette, wir hätten auch nie davon erfahren, wenn Euer Meister Erfolg gehabt hätte.«

»Ihr meint, Avallon will das Buch für sich?«

»Das wisst Ihr wohl besser als ich. Ihr seid es doch, der seine Befehle ausführt.«

Am Tisch nahe der Tür war jetzt ein Streit zwischen einem Bratbak und einem anderen Gast ausgebrochen. Während die Kameraden des Soldaten ihren Kumpan anfeuerten, fing der sich einen schwungvollen Haken von seinem Gegner ein und flog quer über den Tisch. Das rief den Kneipenwirt auf den Plan, der eine Keule schwang.

Luker fuhr fort: »Wenn der Imperator das Buch hätte haben wollen, dann hätte er zunächst einmal darüber Bescheid wissen müssen. Wer hat ihm also davon erzählt?«

Chamerys Stimme verriet seine Unsicherheit. »Mayot Mencada. Er muss es gewesen sein.«

»Mayot erzählt Avallon von dem Buch, und dann nimmt er es sich selbst? Das klingt natürlich sehr vernünftig.«

»Es war aber Mayot! Niemand außerhalb des Schwarzen Turms hat wissen können, dass es das Buch gab.«

»Ihr wolltet es geheim halten? Warum?«

Der Magier nahm einen Schluck Wein und schwieg.

»Ihr wisst es also nicht.«

»Natürlich weiß ich es! Das Buch der Verlorenen Seelen wurde schon vor dem Exil im Schwarzen Turm verborgen. Nach dem Tod meines Meisters war ich es, der die Schutzzauber wob, um das Buch zu verbergen.«

Es war viel zu leicht, den Jungen zu reizen und zum Reden zu verleiten. »Was erklärt, wieso es Mayot gelang, es in die Hände zu bekommen.«

Chamery starrte ihn zornig an.

»Und was geschieht jetzt, da dieses Ding irgendwo unterwegs ist? Wenn es so mächtig ist, wie Ihr sagt, werden sich dann nicht noch andere dafür interessieren?«

»Was glaubt Ihr, weswegen ich hier bin? Der Imperator braucht die Hilfe des Schwarzen Turms, um das Buch zurückzuerlangen.«

»Und Ihr werdet es ihm einfach so geben, wenn Ihr es in die Hände bekommen habt?«

Chamery lächelte.

Ein kleiner Stups von Jenna machte Luker auf Merin Gray aufmerksam, der gerade durch die Tür trat. Der Tyrin bewegte sich mühelos durch die Menge und nickte kurz einem verborgenen Beobachter zu. Am Tisch der Bratbaks war es still geworden. Merin blieb hinter Chamerys Stuhl stehen und machte keine Anstalten, sich zu setzen. Stattdessen sah er Jenna an und schüttelte den Kopf, als sie ihm die Flasche Juripa-Branntwein hinüberschob.

»Ärger?«, fragte Luker.

»Es wurde berichtet, dass sich Überlebende der Siebten Armee über den Schildwall nach und nach zur Hohen Feste durchschlagen. Die letzten kamen vor weniger als einer Woche dort an.«

»Geordneter Rückzug?«

»Nein, nur versprengte Grüppchen.«

»Was bedeutet, dass die Kalaneser jetzt die Gollothir-Ebene kontrollieren.«

»Was bedeutet, dass der größte Teil der Überlebenden nach Helin geflohen ist.«

»So oder so, ich würde sagen, dass eine Änderung des Plans …«

»Der Plan bleibt, wie er ist«, unterbrach Merin ihn. »Wir treffen uns im Morgengrauen bei den Stallungen und brechen dann auf.« Er ließ den Blick noch einmal durch den Schankraum schweifen, dann drehte er sich auf dem Absatz um und ging zur Treppe.

Luker sah ihm nach. Vor seinem inneren Auge tauchte wieder die Frau aus Remnerol auf, die sie bei ihrem Gespräch in den Stallungen unterbrochen hatte. Irgendwie zweifelte er daran, dass sie lediglich gekommen war, um Merin über Truppenbewegungen am Schildwall auf dem Laufenden zu halten. Er kratzte sich an seiner Narbe. Merin ließ sich von niemandem in die Karten sehen, aber das musste nicht heißen, dass sein Spiel überhaupt etwas mit Luker zu tun hatte.

Aber anders herum gab es auch keinen Grund, das nicht anzunehmen. Ihm ging es wie Jenna – auch er würde froh sein, wenn er Arkarbour wieder verlassen konnte.

Wenig später hatte Chamery sein Weinglas geleert und zog sich ebenfalls zur Nacht zurück.

Luker lehnte sich gegen die Wand. Er spürte, dass Jenna nicht reden wollte, und daher schloss er seine Hände um den Kelch und lauschte dem anschwellenden und abebbenden Strom der Stimmen um ihn herum. Nach einer Weile erklang auch Musik, und er sah durch die verrauchte Schankstube zum Tresen, wo eine Frau saß, das Gesicht von ihm abgewandt. Sie stimmte eine Leier, die sie sich in den linken Arm geklemmt hatte. Stille senkte sich über den Raum. Nun begann sie zu singen, die »Exilballade« – erst zögernd noch, dann mit immer kräftigerer Stimme. Das Lied hatte etwas Beruhigendes, und bald fühlten sich Lukers Augenlider schwer an.

Bevor ihre Darbietung endete, entschuldigte Jenna sich und ging zur Treppe, die halbvolle Branntweinflasche in der Hand.

Luker zögerte, dann folgte er ihr.

Als sie gerade ihre Zimmertür erreichte, holte er sie ein. »Lass uns kurz reden«, sagte er.

Jenna hob eine Augenbraue, nickte aber.

Ihr Zimmer war kühl und karg möbliert. Der Lärm aus der Schankstube drang wie ein Summen aus dem Untergeschoss und wurde übertönt von den Regentropfen, die gegen das große Fenster trommelten. Jenna streifte ihren Mantel ab und legte ihn über eine Stuhllehne. Dann setzte sie sich auf den Rand des Bettes, löste ihren Pferdeschwanz und schüttelte ihr Haar. »Da befindest du dich ja in spannender Gesellschaft.«

Luker setzte sich rittlings auf einen zweiten Stuhl. »Habe ich mir nicht ausgesucht.«

»Wer ist dieser Merin Gray?«

»Ein Mann des Imperators. Wahrscheinlich ein Zauberbrecher.«

Die Fältchen um Jennas Augen vertieften sich. »Er traut mir nicht, ebenso wenig wie der Magier – das habe ich in ihren Blicken gelesen. Aber dir trauen sie noch weniger.«

»Es ist was dran an dem alten Sprichwort, dass man seine Feinde am besten immer in seiner Nähe wissen sollte, damit man sie im Auge behalten kann.«

Jenna zog den Korken aus der Branntweinflasche und trank. »Da werden wir wohl nie einer Meinung sein.«

»Meinst du, dass deine Bewunderer dir folgen werden, wenn wir Arkarbour verlassen?«

»Wenn sie wissen, wohin ich verschwunden bin, dann ja.«

Luker nahm ihr die Flasche ab. »Wäre nicht das erste Mal, dass wir Freunde von dir im Nacken hätten. Seinerzeit in Mercerie …«

»Ich hatte mich schon gefragt, wann du wieder davon anfangen würdest«, fuhr Jenna ihm dazwischen.

»Und ich hatte dich gewarnt, dass Peledin Kan sich nicht an irgendwelche Regeln halten würde, wenn er Jagd auf dich macht.«

»Ich brauchte deine Hilfe nicht.«

»Natürlich nicht.« Luker nahm einen Schluck. »Mir war gar nicht klar, dass dir die ganze Sache noch so unter die Haut geht.«

»Nicht mehr, als es dich immer noch ärgert, dass ich Keebar Lana erledigt habe.«

»Den Schuss hätte ich auch selbst abgeben können.«

»Das kann nachher jeder sagen.«

»Vielleicht war ich ganz froh darüber, dass du die Schuld daran auf dich nahmst. Vielleicht wollte ich, dass du die Gejagte bist.«

Jenna nahm ihm die Flasche wieder aus der Hand. »Und noch lieber hast du dich mit meinem Schuss gebrüstet. Dafür schuldest du mir immer noch was.«

»Ich dachte, das sei damit erledigt, dass ich den Dämonen entgegentrat, die dich suchten.«

»Dann hast du dich geirrt. Wie gesagt, ich hätte deine Hilfe nicht gebraucht.«

Luker suchte ihren Blick und sah ihr in die Augen. »Eines Tages wird es dich einholen, weißt du. Zu viele mächtige Feinde.«

»Ich weiß.«

»Warum machst du dann weiter? Es geht dir doch bestimmt nicht ums Geld.«

Jenna wandte den Kopf. »Das ist nicht nur meine Arbeit. Das ist es, was ich bin.«

Offenbar hatte die Musikerin in der Schankstube aufgehört zu spielen, denn von unten brandete nun plötzlicher Applaus und Getrampel auf. Als der Lärm wieder erstarb, sagte Luker: »Weißt du, wir sind gar nicht so unterschiedlich. Kanon hat stets an das geglaubt, was die Bewahrer taten. Er hatte eine Mission, ich hingegen habe keine. Und deswegen bin ich nichts weiter als ein gedungener Mörder.«

»Wieso bist du dann zurückgekommen? Nach Arkarbour, meine ich.«

»Wegen Kanon.«

»Du wusstest doch gar nicht, dass er in Schwierigkeiten ist, bevor du hier ankamst.« Sie hielt inne, dann fuhr sie fort: »Vielleicht hast du auch nichts anderes als deine Arbeit, so wie ich.«

Mit gerunzelter Stirn deutete Luker auf die Flasche in Jennas Hand, aber sie schüttelte den Kopf und setzte sie wieder an die Lippen. Das Schwarzkraut und der Branntwein machten sich allmählich bemerkbar; sie bekam einen leicht verschleierten Blick. Luker betrachtete sie nachdenklich. »War ja nicht immer so«, sagte er dann. »Als ich mit Kanon unterwegs war, reichte sein Glauben für uns beide. Ich habe für ihn gekämpft, nicht für die Bewahrer, nicht für den Imperator. Aber als wir getrennte Wege gingen, kamen die Zweifel. Der Wille ist ein launisches Ding. Meine Kraft begann kurz vor dem Ende zu schwinden – es lag keine Überzeugung in dem, was ich tat. Der Überlebensdrang allein kann einen Menschen nur eine gewisse Zeit weiter antreiben, und wenn auch der allmählich erlischt …«

»Immerhin hast du noch Kanon.«

»Ja, das ist wohl so. Aber es ist nur die halbe Wahrheit. Denn ob es mir gefällt oder nicht: Als ich den Bewahrern den Rücken kehrte, wandte ich mich auch von Kanon ab.«

Das Schweigen, das nun folgte, wurde wieder vom Applaus aus der Schankstube unterbrochen.

Und dann zerbarst mit einem lauten Krachen das Fenster.

Zwei schwarz gekleidete Männer schwangen sich an Seilen ins Zimmer, und hinter ihnen fegte laut heulend der Sturm herein. Als sie auf den Boden aufkamen, ließen sie die Seile los und zogen Wurfmesser aus den breiten Lederriemen, die sie quer über die Brust geschlungen hatten.

Jenna reagierte als Erste und schleuderte einem der beiden ihre Branntweinflasche ins Gesicht. Sie prallte an seinem Kinn ab und schlug ihm den Kopf nach hinten; sein Messer glitt ihm aus der Hand. Luker wollte hastig aufstehen, stieß dabei aber gegen ein Stuhlbein und kam ins Stolpern. *Scheiße, Scheiße, Scheiße.* Ein Wurfmesser schoss auf ihn zu, und er riss den umgestürzten Stuhl an der Lehne hoch, um ihn als Schild zu nutzen.

Der Dolch bohrte sich in die Unterseite der Sitzfläche.

Der Kerl, den die Flasche getroffen hatte, zog ein weiteres Messer und griff nun Jenna an.

Noch immer mit dem Stuhl bewaffnet, richtete Luker sich auf und attackierte den zweiten Mann. Der wiederum zog ein Schwert und fuchtelte damit herum. Die Klinge trennte eines der Stuhlbeine ab, aber mit den anderen dreien gelang es Luker, den Angreifer einzuklemmen und zurückzutreiben. Sein Gegner versuchte, sich einen festen Stand zu verschaffen, aber Lukers schnelles Vorwärtsdrängen hatte ihn aus dem Gleichgewicht gebracht, und ein schneller Stoß des Bewahrers reichte, damit er schreiend aus dem Fenster stürzte. Der Stuhl flog hinterher.

Luker wirbelte herum.

Jenna hatte inzwischen ebenfalls ein Messer gezogen und wehrte sich gegen ihren Angreifer. Erst wollte Luker ihr zu Hilfe eilen, erkannte aber schnell, dass das nicht nötig war. Die Flasche hatte dem Mann das Kinn aufgeschlitzt, und mit jedem Herzschlag, der verging, blühten weitere Schnitte auf seinen Schultern und seiner Brust, da Jenna jede Lücke in seiner Verteidigung auszunutzen verstand. Luker hatte geglaubt, der Juripa-Branntwein würde ihre Reaktionsfähigkeit einschränken, aber ihre Bewegungen waren präzise und nicht überhastet. Ihr Gegner schlug verzweifelt mit seinem Messer nach ihr.

Jenna drehte sich leicht, um dem Angriff auszuweichen, und nutzte den Schwung der Bewegung geschickt, um hinter den Mann zu gelangen. Luker sah den tödlichen Streich nicht einmal, aber plötzlich griff sich der Mann an die Kehle. Blut quoll zwischen seinen Fingern hervor, er ließ seine Klinge fallen und kippte nach vorn.

Luker und Jenna tauschten einen Blick. Das waren garantiert nicht alle Gegner gewesen.

Über das Brüllen des Sturms hörte er Schritte draußen auf dem Flur.

Noch während er seine Schwerter zog, flog die Tür auf, und ein Mann stürzte ins Zimmer. Mit einer geübten Bewegung landete er auf einem Knie. In jeder Hand trug er eine kleine Armbrust. Auf Luker zischten dunkle Zwillingsbolzen zu.

Er schlug sie mit seinen Klingen beiseite.

Eine zweite Gestalt trat jetzt ein: eine Remnerol-Frau mit olivfarbener Haut und schulterlangem, flammend rotem Haar. *Die aus den Stallungen.* Obwohl sie dem Bewahrer gerade bis zur Schulter reichte, gelang es ihr, den Eindruck zu erwecken, als blicke sie auf ihn herab. Ihre Hände hoben sich, und Feuerströme flogen von ihren Fingern.

An einer kleinen Unterhaltung war sie offenbar nicht interessiert.

Luker nutzte den Willen, um einen Schutzschild aufzubauen, und keuchte, als der Zauber dagegenschlug. Die Luft um ihn herum entzündete sich; das Bett und die Stühle standen plötzlich in Flammen. Hinter ihm schrie Jenna auf, dann hörte er, wie sie mit einem lauten Aufschlag zu Boden stürzte. Ein Dutzend Herzschläge lang tobte die

Zauberkunst weiter und leckte an den Rändern von Lukers Willensschild. Er verzog das Gesicht, als das Feuer seine Haut berührte.

Aber sein Schutzwall hielt.

Die Zauberkunst der Remnerol erstarb, und sie senkte die Hände. Die Flammen, die aus dem Mobiliar schlugen, erloschen in dem Regen, der durch das zersplitterte Fenster drang. Luker räusperte sich und spuckte aus. Die Hexenmeisterin schien überrascht, dass er noch aufrecht stand, aber ihre überhebliche Miene blieb davon unbeeindruckt. Als sie sprach, musste sie sich Mühe geben, den heulenden Wind zu übertönen. »Das ist nicht dein Kampf, Bewahrer. Tritt beiseite, dann darfst du am Leben bleiben.«

Luker antwortete nicht. Ohne den Blick von den beiden Kämpfern zu lösen, bückte er sich und tastete hinter sich nach Jennas bewegungsloser Gestalt. Mit dem Kopf war sie ein Stück unter das Bett gerutscht. Er fühlte am Hals nach ihrem Puls.

Die Remnerol fuhr fort: »Letzte Gelegenheit. Tritt beiseite.«

Luker holte tief Luft, um die Wut zu bezähmen, die in ihm aufwallte, denn Zorn würde die Beherrschung des Willens nur schwächen. Er schwankte, als er sich erhob. Vielleicht hatte er doch mehr Branntwein genossen, als gut für ihn war, aber für diese shroudverfluchten Narren war er trotzdem eine Nummer zu groß. Vermutlich hatten sie erwartet, Jenna allein vorzufinden, und hatten jetzt gemerkt, dass sie einen bedauernswert schlechten Zeitpunkt für ihren Angriff gewählt hatten. Für einen Rückzug war es nun zu spät.

Die Hexenmeisterin hob die Hände. »Du lässt mir keine andere Wahl.«

Feuerspeere schlugen gegen Lukers Schutzwälle, tauchten den ganzen Raum in einen grellen Schein und versprühten Flammen wie Funkenflug von einem Wetzstein. Luker trat der Schweiß auf die Stirn. Ein umgekippter Stuhl fing wieder Feuer, und Luker schleuderte ihn mit einem Tritt der Hexenmeisterin entgegen. Zum ersten Mal flackerte Zweifel in ihren Augen auf. Luker fühlte bereits, dass die Kraft ihres Angriffs nachließ. Die blöde Kuh war eine Feuermagierin. Wenn es ihr nicht möglich war, die Energie der Sonne anzuzapfen, würde sie schnell schwächer werden.

Jetzt bin ich an der Reihe.

Mit der gesammelten Kraft seines aufgestauten Willens schlug Luker zurück. Sein Gegenangriff schnitt eine Schneise in die Feuerwellen der Zauberin und ließ sie mit voller Wucht gegen die Wand krachen. Bevor sie wieder auf die Beine kommen konnte, riss Luker den rechten Arm zurück und schleuderte eines seiner Schwerter nach ihr. Es traf sie am Hals; die Spitze drang durch ihr Fleisch und schlug metallisch klappernd dahinter gegen den Mauerstein. Sie gab ein ersticktes Gurgeln von sich und rutschte, eine rote Blutspur hinterlassend, an der Wand herunter.

Luker wirbelte zu ihrem Begleiter herum. Der Mann war glattrasiert und kahl, und er hielt das linke Auge ständig halb zusammengekniffen. Einen Augenblick lang starrte er mit offenem Mund die tote Remnerol an, dann stürzte er sich mit verbissenem Gesicht auf Luker. In einer Hand hielt er einen Krummsäbel, in der anderen einen gezackten Dolch. Das Metall beider Klingen war geschwärzt, und ihre Spitzen zeichneten ein kompliziertes Muster, als er sie durch die Luft wirbeln ließ.

Luker streckte den rechten Arm aus und ließ den Tiefen Willen ausgreifen. Das Schwert, das den Hals der Hexenmeisterin durchbohrt hatte, kam frei und flog zurück in seine Hand.

Sein Gegner trat näher. »Schauen wir doch mal, was du kannst.«

Luker griff an.

Ihre Klingen schlugen aufeinander. Der andere war schnell, seine Waffen zuckten blitzschnell hin und her, und er hatte einen sicheren Stand.

Aber Luker hatte schon Besseren gegenüber gestanden.

Als der Säbelfechter den nächsten Schlag tat, fing der Bewahrer ihn ab und ließ die Klinge an seinem linken Schwert hinuntergleiten, bis sein Angreifer ihm ganz nahe kam. Damit bot er genau die Blöße, auf die Luker gewartet hatte, aber bevor er sie ausnutzen konnte, versuchte sein Gegner ihn mit einer ungeschickten Anwendung des Willens zurückzuschlagen. Für einen Wimpernschlag war der Bewahrer überrumpelt, aber in diesem Angriff lag nicht mehr Kraft als in einem Windhauch, und er drängte ihn mit einer Reihe blitzartiger Schläge zurück, die der Mann verzweifelt zu parieren versuchte. Luker täuschte einen Hieb mit links an. Während sein Gegner auf die Finte hereinfiel, stach Luker mit rechts zu. Seine Klinge drang direkt ins Herz.

Oder vielmehr dahin, wo sich das Herz befunden hätte, wäre der andere bei seinem Ausweichversuch nicht gestolpert. Und so wurde es kein tödlicher Streich, sondern nur ein Stich in die linke Schulter, der den Mann immerhin gegen die Mauer warf und dafür sorgte, dass ihm der Dolch aus den zuckenden Fingern fiel und seine Beine nachgaben. Luker wartete, bis er am Boden lag, und trat ihm dann den Krummsäbel aus der Hand.

»Warte!«, rief der Mann. »Ich habe Informationen!«

Der Bewahrer schnitt ihm die Kehle durch. »Keine, die ich noch nicht wüsste.«

Nachdem er seine Schwerter wieder in die Scheiden geschoben hatte, kniete er sich neben Jenna hin. Bei ihrem Anblick holte er hart Luft. Die Magie der Hexenmeisterin hatte die Haut ihres Gesichts aufplatzen lassen, und ihre Züge waren blutverschmiert. Kleine schwarze Rauchwölkchen stiegen von ihrer versengten Kleidung auf.

Aber ihre Brust hob und senkte sich noch immer, ihr Herz schlug schwach und unregelmäßig.

Luker schickte ein stilles Dankesgebet zur Schutzpatronin und wandte sich dann um, als er ein Knarren hörte. Chamery stand in der Tür, mit wachsam fragendem Blick. »Ich spürte Zauberei …«

Luker erhob sich. »Rettet sie«, unterbrach er den Magier und deutete auf Jenna, während er sich aus der Tür drängte. »Wenn sie sterben sollte, sterbt Ihr auch.«

6

Die nächtliche Finsternis war beinahe undurchdringlich; Mond und Sterne verbarg ein dichterWolkenschleier. Romany zog sich zum Schutz gegen den Nieselregen, der in der Luft hing, ihre Kapuze über den Kopf. Zuvor hatte sie zwei Glocken damit zugebracht, die Stadt nach einem Haus abzusuchen, das noch ein unversehrtes Dach besaß, und sich schließlich mit einer Ruine zufriedengegeben, die zumindest von den herabhängenden Zweigen eines Wolsatta-Baums geschützt wurde. Da es keine Sitzgelegenheiten gab, musste sie sich ein Stückchen Fußboden von Schutt und Trümmern freiräumen – sie! Eine Hohepriesterin! Schließlich saß sie im Schneidersitz auf den Fliesen, die unter dem ganzen Dreck wieder zum Vorschein gekommen waren, hatte aber Mühe, eine Haltung zu finden, die auch nur annähernd bequem gewesen wäre. Ihr Rücken schmerzte entsetzlich, und alle paar Augenblicke machten sich ein paar Steinbröckchen, die sie übersehen hatte, unter ihrem weichen Hinterteil bemerkbar.

Ihr Magen knurrte. Die Spinne hatte sie gewarnt, dass sie an diesem Ort weder etwas zu essen noch zu trinken finden würde, und sogar gemeint, sie solle dankbar die gute Gelegenheit nutzen, etwas von ihrem Übergewicht zu verlieren! Sicher, durch die Zauberkunst der Göttin würde Romany während ihres Aufenthalts keinerlei Nahrung brauchen, aber begriff die Spinne denn nicht, dass Essen und Trinken mehr war als nur etwas, das den Körper am Leben hielt? Die Priesterin gab sich kurz ihren Gedanken hin. Süßigkeiten aus Balshazar, ein Glas gekühlter Koronos-Wein … Andererseits, selbst wenn solche Delikatessen hier zu haben gewesen wären, die Vorstellung, sie sich selbst kredenzen zu müssen, war unvorstellbar beleidigend. Keine Dienstboten! Welche anderen unangenehmen Wahrheiten hatte ihr die Spinne noch vorenthalten?

Inzwischen war mehr als genug Zeit vergangen, damit Mayot von der eigenen Gier überwältigt wurde, aber Romany hatte gute Lust, ihn noch etwas länger schmoren zu lassen, bevor sie zur Rotunde zurückkehrte. Sollte er doch glauben, dass sie wieder verschwunden war und es damit auch keine Möglichkeit mehr gab, das Buch zu entschlüsseln! Je mehr seine Anspannung wuchs, desto eher würde er die Chance ergreifen, wenn sie sich ihm wider Erwarten ein zweites Mal bot. Welch ein abscheulicher Mann! In gewisser Weise hoffte Romany sogar, dass er ihre Unterstützung ablehnte, denn schon bald würde er seine Sturheit bereuen – wenn er nämlich allein gegen Shrouds Jünger antreten musste. Selbst dann, wenn er ihre Hilfe annahm, würde die Kraft des Buches das Unvermeidliche natürlich auch nur eine Weile hinauszögern, denn gegen den Herrn der Toten gab es keinen Sieg. Romany seufzte zufrieden. *Eine Abwärtsspirale in die völlige Auslöschung.* Sie musste nur dafür sorgen, dass Mayot den ersten Schritt auf dieser gefährlichen Straße tat. Wenn sie am Ende in diesem Spiel über Shroud siegte, würde das auch den Sieg über Mayot bedeuten.

Einstweilen schob die Priesterin diese Gedanken jedoch weg. Sie hatte damit begonnen, ein Spinnennetz aus Zauberfäden über Estapharriol und den nahe gelegenen Wald zu weben. Es war eine ermüdende Aufgabe, denn die Ranken der Todesmagie, die vom Buch ausgingen, verzerrten und verknoteten das Netz überall dort, wo sie es berührten. Im Norden hatte sie eine Vielzahl von Kinevar-Siedlungen entdeckt, einige davon schon länger verlassen, andere wurden gerade geräumt. Die Todesmagie des Buches hatte die heiligen Haine dieser Wesen erfasst, verkrüppelte die Bäume und vergiftete den Fluss. Romany strich sich über das Kinn. Seltsam, dass sie sich zur Flucht entschlossen hatten, anstatt Mayot anzugreifen, aber ganz offensichtlich waren die Kinevar zu geistesschwach, um überhaupt zu begreifen, worin die Ursache der Bedrohung lag, die ihren Lebensraum zerstörte.

Einige Wegstunden südöstlich von Estapharriol war der Wald von Geistern durchdrungen – alles, was von dem Volk geblieben war, das Estapharriol und die nahe gelegenen Siedlungen einst bewohnte. *Die Vamilianer.* Seit Jahrtausenden schon tot, aber wohl dazu verflucht, auf ewig durch das Land zu streifen. Sie waren offenbar in der Lage, Romanys ätherische Präsenz zu spüren, denn ihre leeren Blicke folgten ihr, wenn sie auf den Fäden ihres Netzes unter ihnen wandelte.

Und inmitten der Geister, den Wald in einem sanften Bogen durchtrennend … *Die Weiße Straße.* Frei von allen Blättern und Wurzeln und selbst dann weiß leuchtend, wenn der Mond sich hinter Wolken verbarg. Hier gab es Magie, das fühlte Romany, tief im Boden begraben, als führte die Straße auf einer uralten Kraftlinie entlang. Es war etwas Urzeitliches an diesem Zauber, der zweifelsohne noch älter war als die Vamilianer, vielleicht sogar älter als der Seufzerwald. Aber was auch immer ihr Ursprung gewesen war, die Geister fühlten sich deutlich von ihr angezogen. Oder warum sonst hielten sie sich nicht mehr in den Städten auf, in denen sie früher gelebt hatten? Gleichzeitig waren sie offenkundig selbst nicht in der Lage, einen Fuß auf die Straße zu setzen. *Faszinierend.* Sie wollte daran denken, die Spinne das nächste Mal danach zu fragen.

Nicht, dass ich dann eine Antwort bekäme.

Von Nordwesten lief ein Zucken über das Netz der Priesterin. Oder eher ein kleines Beben. Mit gerunzelter Stirn folgte sie ihren Fäden bis zum Auslöser der Störung.

Und erstarrte. Ein Reiter kam heran und wurde dabei von allen Seiten von einem heulenden Knäuel aus Geistern bestürmt. Das Pferd des Fremden war so schwarz wie Shrouds Seele, und seine Hufe waren mit einem Metall beschlagen, das vor weißem Feuer glühte. Mit rollenden Augen schnappte es nach den Vamilianern, die um Ross und Reiter herumschwärmten. Als es sich aufbäumte, rissen die blitzenden Hufe eine Schneise der Zerstörung durch die stofflosen Wesen.

Der Reiter war von Kopf bis Fuß in die zerbeulteste Rüstung gekleidet, die Romany je gesehen hatte. Er – denn es war ganz klar ein Mann – trug einen Helm mit Federbusch und schmalem Sehschlitz für die Augen. Dahinter entdeckte die Priesterin ein flackerndes, blaues Licht, als ob dort ein Gewittersturm tobte. Derselbe infernalische Schimmer lag auf dem Schwert des Mannes, und dort, wo die Waffe niederfuhr, schienen sich die Geister aufzulösen. Dann erkannte Romany: Die Spektralwesen warfen sich nicht etwa dem Reiter entgegen, sondern seiner Waffe. *Sie sehnen sich nach der Auslöschung.* Und der Reiter schien nur zu gern bereit, sie ihnen zu geben. Die Priesterin spürte, wie er die Ranken aus Todesmagie anzapfte, um sein Handwerk zu vollbringen. Sie schürzte die Lippen. Nur einer von Shrouds Schergen hatte die Kraft, den Toten ein solches Ende zu bereiten.

Sie zog sich vor der Erscheinung zurück und flüchtete auf den Fäden ihres Netzes zurück zu ihrem Körper, dann öffnete sie die Augen. Der Ritter war nur wenige Wegstunden von Estapharriol entfernt, und die Geister würden ihn nicht lange aufhalten. Vielleicht war seine Ankunft ein Segen, sagte sie sich, denn jetzt würde Mayot vernünftig werden müssen und ihr Hilfsangebot annehmen. Aber dennoch, selbst wenn es ihr gelänge, die Geheimnisse des Buches zu entschlüsseln – würde der Alte diese Hexenkunst beherrschen lernen, bevor der Ritter sie erreichte?

Nur so wenig Zeit!

Romany rappelte sich auf und machte sich auf den Weg zur Rotunde.

Sie brauchte eine halbe Glocke, um stolpernd und fluchend im Dämmerlicht wieder zu Mayots Versteck zurückzufinden. Drinnen war es still, nur ein leises Flüstern von Wellen lief durch das Gebäude, viel leiser als zuvor, denn der Wind war inzwischen eingeschlafen. Auf dem Podest regte sich nichts. Hatte Mayot sich davongemacht? Nein. Als ihre Augen sich an die Dunkelheit gewöhnten, sah sie den Umriss des Magiers auf seinem Thron. Beinahe hatte sie erwartet, dass er hin und her tigernd unruhig ihre Rückkehr erwartete, aber stattdessen saß er einfach nur da, ruhig wie ein Leichnam. Romany blieb am Fuße der Stufen stehen, die zum Podest hinaufführten, und rief: »Ich bin gekommen, um deine Entscheidung zu hören, Gebieter. Es ist Zeit.«

»Für dich vielleicht, Weib«, erklärte Mayot. »Nicht für mich.«

Die Priesterin knirschte mit den Zähnen. *Wenn er mich noch einmal »Weib« nennt …* »Ein Diener Shrouds ist auf dem Weg hierher. Ohne Zweifel hast du seine Nähe auch bereits gespürt.«

»Und du meinst, ich bräuchte die Kraft des Buches, um ihn zu besiegen? Du vergisst, ich bin ein Nekromant. Das Sterben des Waldes setzt genug Energie frei, die ich für mich nutzen kann. Ich bin hier in meinem Element.«

»Ebenso wie dein Gegner.«

»Wenn es dann also wirklich ein Kampf ist, auf den er es anlegt, dann werden wir einander wohl gewachsen sein.«

Romany schüttelte ungläubig den Kopf. War der Alte wirklich so ein Narr? In der Düsternis konnte sie seinen Gesichtsausdruck nicht erkennen, aber zumindest an seiner Stimme ließ sich keinerlei Angst erkennen. *Er glaubt wirklich, er könnte diesen Kampf gewinnen.* »Und wenn du siegst?«, fragte sie. »Was ist mit dem nächsten Schergen, den Shroud aussendet, und dem nächsten und dem wieder nächsten?«

»Was soll mit ihnen sein?«

Über die Fäden ihres Netzes spürte die Priesterin, dass der Ritter sich den Außenbezirken der Stadt näherte. Es blieb keine Zeit, um das Spiel so weiterzuspielen, wie sie es gern getan hätte. Sie würde anders vorgehen müssen. »Genug«, sagte sie zu Mayot und legte erheblich mehr Schärfe in ihre Stimme. »Selbst wenn du in der Lage wärst, ganz allein Shrouds Heer von Dienern zu besiegen – das hier ist deine letzte Gelegenheit, mein Hilfsangebot anzunehmen. Oder hattest du das Buch der Verlorenen Seelen ganz vergessen? Wenn du jetzt nicht einschlägst, werde ich gehen. Die Geheimnisse des Buches werden für dich auf ewig unerreichbar bleiben.«

»Tatsächlich? Mir scheint, Weib, du brauchst meine Hilfe in dieser Sache mindestens ebenso sehr wie ich die deine. Wenn ich mich weigere, dann scheitert dein Plan, wie auch immer er aussehen mag.«

Romany war dankbar, dass die Dunkelheit ihr grimmiges Gesicht verbarg. »Der Unterschied liegt in unserem Einsatz. Für mich steht nicht mein Leben auf dem Spiel.«

»Mir scheint zudem«, fuhr Mayot fort, als hätte er sie nicht gehört, »dass ich verliere, ganz gleich, welchen Weg ich einschlage. Wenn ich diesen Schergen auslösche, mache ich mir den Herrn der Toten zum Feind.«

»Dann gib das Buch einfach auf, alter Mann«, sagte Romany mit vor Verachtung triefender Stimme. »Wirf dich Shrouds Diener zu Füßen, wenn du nicht anders kannst. Aber verschwende nicht länger meine Zeit.«

Der Magier antwortete nicht.

Die Priesterin wandte sich auf dem Absatz um und schritt zum Ausgang.

Mayots Stimme holte sie ein, kurz bevor sie den Durchgang betrat. »Warte. Welchen Preis hat deine Hilfe, gesetzt den Fall, ich nähme sie an?«

»Wir haben keine Zeit ...«

»Welchen Preis, verdammt!«

Romany ging sein Ton mächtig gegen den Strich. »Gar keinen, Gebieter. Wie ich dir schon sagte, gewähre ich meine Unterstützung aus freien Stücken.«

»Es hat alles seinen Preis.«

Die Priesterin schwieg. Mayots letzte Bemerkung war so leise erfolgt, dass sie den Verdacht hatte, sie sei gar nicht für ihre Ohren bestimmt. Sie hielt den Atem an, denn sie spürte, dass die Entscheidung des Alten auf Messers Schneide stand. Ein falsches Wort, und das Spiel wäre vorbei, bevor es überhaupt begonnen hatte. Und wie demütigend würde das für sie sein.

Während sie wartete, richtete sie ihre Aufmerksamkeit auf die Fäden ihres Netzes. Shrouds Ritter hatte die Stadt erreicht und ritt über eine der Hauptstraßen. Die Fasern der Todesmagie würden ihn wie ein Leuchtfeuer direkt zur Rotunde geleiten. Er war nur noch wenige Herzschläge davon entfernt, Mayot die Entscheidung aus den alten Händen zu nehmen.

»Nun gut«, erklärte der Magier schließlich. »Ich werde die Schutzwälle um das Podest auflösen. Aber ich warne dich, Weib, nur ein Anzeichen für falsches Spiel, und ich bringe dich um.«

Romany atmete langsam aus. »Eine weise Entscheidung, Gebieter.« Es blieb keine Zeit, ihren Triumph auszukosten. Jetzt, da der Ritter sie fast erreicht hatte, war der Augenblick gekommen, da die Spinne das Ruder übernehmen musste.

Sie schickte einen Gedanken in ihr Inneres. *Gebieterin.*

Nichts.

War das Hufschlag, den sie vor dem Gebäude hörte?

Gebieterin, versuchte sie es wieder.

Noch immer keine Antwort.

Romany stieß einen äußerst undamenhaften Fluch aus. Ihr Verstand arbeitete fieberhaft. War die Spinne von diesem Spiel schon gelangweilt und hatte sich etwas Neues gesucht? Oder hatte Shroud vom Interesse der Göttin erfahren und bereits Schritte unternommen, um ihr Eingreifen zu verhindern? Die Spinne würde nicht lange zögern, Romany ihrem Schicksal zu überlassen …

Plötzlich war die Göttin in ihren Gedanken, eine enorme, erstickende Präsenz. Der Schmerz war überwältigend, eine zehnfache Steigerung der schlimmsten Migräne, die Romany je durchlitten hatte. Sie presste die Hände an die Schläfen. Blitze zuckten vor ihren Augen, und sie spürte, wie ihr Bewusstsein ihr entglitt.

Der geistige Anstupser der Spinne war wie eine Ohrfeige. Abrupt ließ der Schmerz nach, und die Stimme der Göttin erfüllte ihren Kopf. »Du hast dir Zeit gelassen.«

Das könnte ich wohl auch von dir sagen. Aber dieses Mal brachte Romany nicht den Willen für eine Entgegnung auf. Die Spinne war natürlich auch schon früher in ihre Gedanken eingedrungen, ihr dabei aber noch nie so nahe gekommen. Ihre eigenen Gedanken tarnte die Göttin mit stählernen Schutzwällen, aber dennoch konnte Romany geflüsterte Gefühlsschattierungen wahrnehmen: Entschlossenheit, Sicherheit, aber auch … Vorfreude. Nun fiel ihr ein, dass sie ihre Gedanken am besten auf dieselbe Weise abschirmte, und sie spürte, dass die Göttin von dieser Vorstellung amüsiert war.

»Welche Geheimnisse möchte eine Hoheprrriesterin wohl vor ihrer Herrrrin verbergen?«

»Wenn ich Euch das sagte, wären es keine Geheimnisse mehr.«

Die Spinne hatte ihre Aufmerksamkeit bereits anderen Dingen zugewandt. Sie griff mit ihren Sinnen nach dem Buch der Verlorenen Seelen, und Romany beobachtete mit widerwilliger Bewunderung, wie sie sich daran machte, einen Schutzzauber nach dem anderen um das Buch zu lösen. Wer auch immer dieses Ding zuletzt besessen hatte, er hatte keine Mühe gescheut, um dessen Geheimnisse zu bewahren, denn es waren Fallen über Fallen, die dieses Buch umgaben, eine tödlicher und heimtückischer als die andere. Sobald eine entschärft wurde, löste sie die nächste aus; jede entfernte aktivierte eine neue. Und so ging es immer weiter. Finten und Illusionen, Schläge und Gegenschläge, wie zwei Klingenmeister beim Zweikampf. Tatsächlich zeigte die Spinne eine enorme Geistesschärfe, das musste Romany anerkennen – beinahe kam sie ihrer eigenen gleich.

Mit jedem Schutzwall, der fiel, wuchs die Kraft des Buches. Die Migräne kehrte zurück, ein pochender Schmerz begleitete jeden aufgelösten Zauber. Die Kraft, die noch im Buch eingeschlossen war, drängte nun gegen die Magiekonstruktionen, die sie noch im Zaum hielten. Romany kam ein Gedanke. Wollte sie es wagen, die Konzentration der Göttin zu stören?

Mir bleibt keine Wahl.

»Vielleicht solltet Ihr noch etwas übriglassen, Gebieterin. Wir werden vielleicht später noch ein Pfund zum Wuchern brauchen.«

»Ja, danke, Hohepriesterin«, sagte die Spinne. »Der Gedanke war mir auch schon gekommen. Es gibt hier einige Geheimnisse, die ich Mayot nicht in die Hände geben will, so groß die Not auch ist. Shroud mag mein Feind sein, aber zumindest weiß er um die Verantworrrtung, die mit der Macht einhergeht.«

Ein Dutzend Herzschläge später löste sich die Göttin aus dem Verteidigungskampf des Buches. Und dann war sie verschwunden, ohne ein Wort des Abschieds, aber mit einem so heftigen Ruck, dass sich in Romanys Kopf plötzlich alles drehte. Die Priesterin wartete, bis der Schwindel sich verflüchtigt hatte.

Es war insgesamt kein besonders guter Tag gewesen.

Allerdings würde es bald noch schlimmer kommen, wenn Shrouds Jünger sie hier antraf. Wieder spürte sie ein Erzittern ihres Netzes. Der Ritter war nur noch eine Straße entfernt. Romany warf einen Blick auf Mayot. Der Magier hatte seine Schutzzauber um das Podest erneuert und hielt das Buch an seine Brust gepresst, und er murmelte in der Dunkelheit immer wieder etwas vor sich hin, als sei er nicht mehr bei Sinnen. Kein besonders ermutigendes Zeichen, aber Romany hatte alles für den Alten getan, was in ihrer Macht stand. Jetzt würde er Shrouds Schergen allein gegenübertreten müssen.

Immerhin bestand die Möglichkeit, dass sie sich bei diesem Kampf gegenseitig umbrachten.

Ihre Stimmung hellte sich wieder ein wenig auf.

Verborgen in den Schatten einer Gasse, sah Parolla links und rechts das Ufer hinunter. Ihr stockte der Atem. Die Jagd hatte, wie befürchtet, erraten, wohin sie wollte, und war vor ihr am Fluss angelangt. Auf der Straße wimmelte es vor Reitern mit Geweihhelmen. Wenn ihre Ortskenntnis sie nicht trog, dann lag der Hafen weiter stromaufwärts, und nach der Zahl von Dactils zu urteilen, die in einiger Entfernung am dämmrigen Himmel kreisten, konzentrierte der Hohepriester seine Suche genau auf diesen Teil der Stadt. Flussabwärts bewachten vier Reiter den Zugang zu einer Brücke, einem sanft geschwungenen Bogen aus weißem Stein, der von drei Pfeilern getragen wurde, die in gleichem Abstand aus dem Wasser ragten. Soweit Parolla das erkennen konnte, war das die letzte mögliche Querung, die östlich von ihrem Aufenthaltsort noch innerhalb der Stadtgrenzen lag.

Das brachte sie auf eine Idee.

Für ihren Plan brauchte sie einen besseren Ausgangspunkt, deshalb zog sie sich weiter in die dunkle Gasse zurück. Dann zögerte sie, denn etwas verursachte ihr Gänsehaut. Etwas ganz in der Nähe. Sie hielt kurz den Atem an und lauschte. Nichts. *Nur meine Einbildung.* Hätte die Jagd gewusst, wo sie sich befand, sie wäre mit Triumphgeschrei auf sie zugestürmt. Zumindest hätte Parolla näher kommenden Hufschlag oder das Knarren der Dactilschwingen gehört, aber stattdessen war da lediglich das leise Rauschen des Flusses.

Sie zog die Kapuze wieder über den Kopf, durchquerte die Gasse und bog an der nächsten Kreuzung nach links. Der schmale Gang roch wie eine Latrine, und das Pflaster fühlte sich unter den Füßen schmierig an. Sie würde einen Halbkreis nach Osten schlagen müssen, um die Brücke zu erreichen …

Von hinten erscholl ein Ruf.

Parolla wirbelte herum und sah eine Gruppe von Jägern durch die Gasse auf sie zu laufen. Noch waren sie hundert Schritte entfernt, aber sie näherten sich schnell. Parolla fluchte. Bei den hundert Höllen, woher kamen die denn jetzt? Der Gang war völlig leer gewesen, als sie abgebogen war. Einer der Krieger blies ein donnerndes Hornsignal, auf das von Westen sogleich ein zweites antwortete. Die Dunkelheit kochte in Parolla hoch und verlangte mit jeder Faser danach, dass sie ihr freien Lauf ließ. Ihre Hände deuteten bereits auf die Jäger, aber sie konnte sie mit etwas Anstrengung weiter zur Seite biegen, sodass die Welle von Zauberkraft ein verlassenes Lagerhaus traf. Mit einem Krachen brach ein großes Stück der Außenmauer ein, und Schutt und Trümmer stürzten auf die Straße zwischen ihr und ihren Feinden.

Parolla sah sich nicht noch einmal um, ob der Weg damit völlig versperrt war. Schnell webte sie einen Schattenmantel um sich – ihr blieb nichts anderes übrig, sie konnte jetzt nur noch darauf hoffen, dass kein *magus* in der Nähe war. Dann floh sie in die entgegengesetzte Richtung. Während die Rufe hinter ihr leiser wurden, rannte sie rechter Hand an einer Einmündung vorüber, kam dann an eine Kreuzung und blieb stehen. Zwar war sie nur ein kurzes Stück gelaufen, aber trotzdem völlig außer Atem. Von links hallten Schritte herüber, und sie drückte sich gegen eine Wand. Zwei Jäger bogen in die Gasse und kamen ihr so nahe, dass sie den Luftzug fühlte, als sie vorbeiliefen. Trotz des Schattenzaubers hatte sie das Gefühl, dass sie ihnen nicht verborgen bleiben würde, aber sie rannten einfach weiter auf das eingestürzte Lagerhaus zu.

Sie bog nach links in die Straße, aus der die Männer gekommen waren.

Konzentriert versuchte sie sich mit tiefen Atemzügen zu beruhigen. Auf der einen Straßenseite befanden sich Läden, und im Schatten der ausgefransten Markisen schlich sie vorsichtig weiter. Die Brücke lag jetzt direkt vor ihr, nur einen Steinwurf entfernt, und da standen auch die vier Jäger, die den Übergang bewachten. Einer von ihnen umklammerte ein Netz und einen Speer, zwei waren mit Armbrüsten bewaffnet. Der vierte Reiter war offensichtlich der Anführer, denn die Geweihspitzen an seinem Helm waren mit Silber beschlagen. Dort, wo sich sein Mantel am Hals ein wenig teilte, schimmerte ein Stück seiner Rüstung hervor, und er hielt in einer Hand ein Schwert und in der anderen eine Wurfaxt.

Und er sah sie unvermittelt an.

Parolla erstarrte. Hatte er sie entdeckt? Nein, nicht auf diese Entfernung. Schließlich hatten die zwei Jäger in der Gasse ihren Schattenzauber noch nicht einmal aus nächster Nähe aufgedeckt; aber dennoch erwog sie, sich in dunklere Schatten zurückzuziehen. Doch was, wenn der Reiter ihre Bewegung wahrnahm? Nein, sie wartete besser, bis seine Aufmerksamkeit sich auf etwas anderes richtete. Hinter Parolla erscholl ein neuerliches Hornsignal, dann Rufe, die von anderswo beantwortet wurden. Aber offenbar erklärten die beiden Jäger, die sie übersehen hatten, ihren Kameraden lediglich, dass ihre Beute sich nicht mehr in der Nähe befand, denn die Stimmen entfernten sich allmählich.

Der Blick des Reiters folgte ihnen nach Süden.

Parolla kroch bis an die Ecke des letzten Gebäudes. Die Häuserzeile am Ufer wurde hie und da von Fackeln erhellt, und der ölige Rauch, der von ihnen aufstieg, erinnerte sie an die schmelzenden Augen des Sklavenmädchens. *Nein,* dachte sie und schob das Bild wieder weg. Es hatte keinen Sinn, in dieser Wunde zu bohren. Für derartige Selbstvorwürfe war später noch mehr als genug Zeit.

Als sie nach Westen zum Hafen sah, entdeckte sie in der Ferne Reiter, die am Ufer entlang galoppierten. Viele Dutzend. *Bei den Neun!* Mit einem solchen Aufgebot hatte die Jagd sie seit Texiki nicht mehr verfolgt, und damals war sie durch reines Glück entkommen, weil sie auf ein Merigan-Portal gestoßen war. Dieses Mal würde es anders aussehen, das wusste sie. Falls ihr Plan scheiterte, blieb ihr keine Möglichkeit mehr zur Flucht.

Sie sah wieder zum Fluss. *Kommt schon, kommt schon.*

Die Reiter waren keine dreißig Schritte mehr entfernt. Der mit dem Netz sagte etwas, aber es war zu leise, als dass Parolla es hätte verstehen können. Der Anführer antwortete: »Wenn der Herr uns gewogen ist, wird sie das. Jetzt schweig.« Hinter ihnen lag der Fluss wie ein Tuch aus schlammigem Schwarz, durchsetzt mit Fackelflecken. Schwärme von Federmotten flatterten über die Wasseroberfläche. Ein Junge saß in einem kleinen Boot, das kaum größer war als er selbst, und paddelte mit den Händen gegen die schwache Strömung flussaufwärts. Parollas Blick verfolgte seinen Kurs in der Dämmerung.

Und dann sah sie es.

Mit einem Mal ließ sie den Schattenzauber fallen und sprang den Jägern entgegen.

Der Anführer stieß einen Warnruf aus, und zwei Armbrustsehnen sangen. Einer der Bolzen schoss links an Parolla vorbei, der andere prallte von ihren magischen Schutzwällen ab. Dann schleuderte der Anführer seine Wurfaxt. Die Waffe war offenbar mit Hexenkunst aufgeladen, denn sie schnitt durch die Schutzwälle und schlug gegen ihre linke Schulter. Eine heiße Welle von Schmerz durchfuhr sie, und ihr Schlüsselbein brach. Aber dennoch war sie noch so geistesgegenwärtig, ihren nächsten Zauber nicht gegen ihre Angreifer zu richten, sondern auf eine Stelle über ihren Köpfen, und er explodierte mit einem Knall, der den Boden erzittern ließ. Die Jäger schrien und hielten sich noch die Ohren zu, als ihre Pferde bereits über die Uferstraße preschten. Einer der Reiter stürzte aus dem Sattel und blieb auf der Straße bewegungslos liegen. Blut floss aus seinen Augen und aus seiner Nase.

Parolla umrundete ihn, den linken Arm gegen den Körper gepresst. Ein warmer, roter Fleck breitete sich auf ihrem Hemd aus. Jeder Schritt fuhr wie ein Stich durch ihre verletzte Schulter, aber sie hatte schon schlimmere Schmerzen erduldet und würde das sicherlich auch wieder tun, wenn sie sich jetzt nicht beeilte. Endlich hatte sie die Brücke erreicht. Federmotten hatten sich auf jedem Fleckchen

Stein gesammelt; als sie sich näherte, stoben sie auf und bildeten eine dicke Wolke wie eine Schneelawine. Linker Fuß, rechter Fuß, sie zwang sich weiterzulaufen. Erst als sie auf der Mitte der Brücke kurz anhielt, entdeckte sie die Jäger, die ihr vom anderen Ufer entgegengerannt kamen.

Sie trat an die steinerne Brüstung und sah hinunter.

Gerade in dem Augenblick, als die Barke, die sie zuvor von ihrem Versteck aus entdeckt hatte, unter dem Brückenbogen unter ihr hervorkam.

Parolla schwang die Beine über das Geländer. Von beiden Seiten kamen die Rufe näher, aber sie wandte nicht den Kopf. Unter ihr kam der Steven in Sicht, zwei Männer standen an der Reling, hinter ihnen erstreckte sich das Deck. Aus diesem Blickwinkel erschien die Entfernung bis zu ihnen hinunter plötzlich sehr groß, aber jetzt gab es kein Zurück mehr.

Mit dem gesunden Arm stieß sie sich ab, und die Holzplanken schossen ihr entgegen. Ihre Beine gaben nach, als sie landete, und sie fiel auf die Knie. Ein scharfer Stich schoss durch ihren linken Fuß, als ob sie auf einen Dorn getreten sei, aber das war nichts gegen den Schmerz in ihrer Schulter. Zwar war ihr Schlüsselbein schon wieder leicht zusammengewachsen, aber durch den Aufprall brach es mit einem hohlen Knacken ein zweites Mal. Ihr Atem fuhr pfeifend durch ihre Nase.

»Was in Shrouds Namen …?«

Parolla hob den Kopf. Ein Mann mit zurückgehendem Haar, vermutlich der *casanto* des Schiffes, starrte sie vom Bug aus an. Seinen Atem roch sie selbst aus dieser Entfernung: Bier und Schwarzkrautrauch. Links von ihm schoss ein jüngerer Mann ein Seil auf. Seine Wangen waren von Metallbolzen durchbohrt, und dort, wo einmal sein rechtes Auge gewesen war, befand sich nur noch eine Narbe.

Der *casanto* musterte sie von oben bis unten, und etwas Lüsternes mischte sich in seinen ablehnenden Blick. »Sieh mal einer an, was haben wir denn hier? Wir sind ziemlich streng mit blinden Passagieren auf der *Stromvogel*, nicht wahr, Leute?«

Raues Lachen ertönte hinter Parolla. »In Deckung, *sirrah*«, sagte sie.

Die Antwort des Mannes ging im Zischen eines Armbrustbolzens unter, der sich neben Parollas Fuß in die Planken bohrte. Ein zweiter Bolzen prallte an ihrem Schutzwall ab. Dann ging ein ganzer Hagel von Geschossen auf sie nieder; vier, fünf, sechs schlugen in das Deck. Der *casanto* fluchte und stürzte an Parolla vorbei zum Heck, wobei er sie beinahe umriss. Sein einäugiger Kamerad bekam einen Bolzen in den Oberschenkel, brach zusammen und hielt sich das Bein.

Parolla rappelte sich auf und stolperte zum Mast. Die Barke hatte sich von der Brücke entfernt, und mit jedem Herzschlag trieb sie weiter davon. Ein Jäger kletterte auf die Brüstung und versuchte, bis aufs Schiff zu springen. Zwar konnte sie seinen Fall nur so lange verfolgen, bis er hinter dem Ruderhaus verschwand, aber offenbar hatte er es nicht geschafft, denn sie hörte ein Aufplatschen hinter dem Heck. Auf der Brücke rannten mehrere gehörnte Gestalten herum. Eine Frau deutete den Fluss hinauf, und durch einen Brückenbogen sah Parolla eine Galatine im Strom treiben, deren dreieckiges Segel von der untergehenden Sonne rot gefärbt wurde. Ein weiterer Jäger stieg auf die Brüstung und schwang die Beine darüber, so wie Parolla es getan hatte; offenbar beabsichtigte er, die Galatine zu entern und mit ihr die Jagd aufzunehmen.

Jetzt war es an der Zeit, den letzten Teil ihres Plans umzusetzen.

Sie hob ihren gesunden Arm und ließ all ihre Kraft hinausströmen. Eine Welle von Todesmagie schwappte zum linken Brückenpfeiler hinüber. Die Federmotten, die davon berührt wurden, gingen in Flammen auf und fielen wie Feuertropfen in den Fluss. Als die Zauberkraft den Pfeiler traf, ertönte ein brutzelndes Zischen, als ob sich die Steine auflösten. Risse taten sich auf und breiteten sich aus. Dann brach ein Teil der Brücke ein, und einige der schreienden Jäger stürzten mit ihr in den Fluss. Die verbliebenen Gehörnten rannten zum Nordufer. Zwar hatten sie nichts getan, um Parollas Zurückhaltung zu verdienen, aber sie wartete trotzdem, bis sie alle sicheren Boden erreicht hatten, bevor sie die anderen beiden Pfeiler zerstörte. Die Brücke brach zusammen und versank in der schäumenden Gischt.

Ein Lichtblitz flammte rechts von ihr auf, und sie sah einen brennenden Pfeil, der vom Ufer hoch in die Dunkelheit stieg, bevor er einen steilen Bogen beschrieb und kurz vor dem Schiff ins Wasser fiel. Ein zweiter Pfeil folgte, der aber so weit über das Ziel hinausschoss, dass er ein Dutzend Armspannen hinter der Steuerbordreling landete. Dass ihr eines dieser Geschosse gefährlich wurde, das war ungefähr so wahrscheinlich, wie jetzt und sofort von einem Blitz getroffen zu werden, und so blieb Parolla stehen und sah zu den Jägern hinüber, die noch rund um die Überreste der Brückenpfeiler im Wasser schwammen. Ein paar Männer hatten sich auf die Trümmer gerettet und streckten nun helfende Hände nach den Kameraden aus, die durch das Gewicht ihrer Rüstung unterzugehen drohten.

Parolla sah ihnen zu, bis sie eine Flussbiegung erreichten und ihre Gegner außer Sicht gerieten.

Es ist vollbracht.

Sie rieb sich die Augen. Ihr Plan hatte funktioniert. Es war nicht zu erwarten, dass die Jäger schnell genug ein Schiff finden würden, um die Verfolgung aufzunehmen, und vor ihnen lagen keine Brücken mehr, die ihnen einen Hinterhalt ermöglicht hätten. Sie hätte sich erleichtert fühlen sollen, vielleicht sogar ein wenig triumphierend. Aber stattdessen war sie nur erschöpft, und sie lehnte sich gegen den Mast. Shrouds Tempel lag hinter ihr, und was hatte sie in Xavel erreicht, außer einer schmerzenden Schulter und noch mehr Toten, die durch ihre Träume geisterten? Was sollte sie nun tun? Wohin sollte sie gehen? In den langen Monaten vor drei Jahren, als sie die staubigen Schriftrollen der Großen Illicanthischen Bibliothek studiert hatte, waren ihr nur wenige gute Ideen eingefallen, und die hatte sie nun allesamt ausprobiert. Die Wächter der Tausend Hügelgräber schützten weiter nichts als die Erinnerungen an eine uralte Abscheulichkeit der Fangalar, die Zitadelle von Carin war lange schon verfallen, und im Schrein der Zeitalter nistete nur noch ein namenloser Krakalschatten.

Natürlich gab es immer noch andere Reiche, andere Welten. Schließlich hatte Parolla gerade erst begonnen, die Merigan-Portale zu erforschen. Vielleicht war die Zeit reif, sie noch einmal zu nutzen, um diesen Kontinent hinter sich zu lassen – und mit ihm den Gehörnten Gott und seine Anhänger. Irgendwo gab es einen Weg in Shrouds Reich, und wenn sie nur genug Kraft aufbrachte, würde sie ihn eines Tages finden. Vor der Ewigkeit konnte sich kein Geheimnis verbergen, und Parolla hatte eine Ewigkeit für ihre Suche Zeit. Sie würde weitermachen. Sie *musste* weiter, und wenn es hinunter in den Abgrund gehen sollte.

Das plötzliche Aufflammen eines Zaubers riss sie aus ihren düsteren Gedanken. Ihre Muskeln spannten sich, ihr Blick glitt zum Ufer. Aber nein, die Kraft, die sie spürte, war anders als die der *magi* des Gehörnten Gottes. *Todesmagie.* Sie kam aus dem Osten, weit weg …

Ein Netz aus funkelnder Magie schloss sich um sie und drang wie tausend stachlige Haken in ihr Fleisch. Sie schrie und schlug um sich, versuchte das Netz zu packen und abzustreifen, aber die Haken hielten fest. Überall, wo sie ihre Haut berührten, verbrannten sie ihr Fleisch, als hätte man sie mit einem heißen Eisen gebrandmarkt. Dann spürte sie einen Ruck und stolperte nach vorn. Verzweifelt streckte sie die Arme aus, um sich festzuhalten, aber ihre Hände fassten durch die leere Luft, und sie stürzte. Die Kraft, die an ihr zerrte, verstärkte sich und riss sie übers Deck zur Steuerbordreling. Parolla schlang die Beine um eine der Streben. Irgendwie musste sie diesem Zauber widerstehen, aber der Schmerz war so stark, dass er jeden klaren Gedanken auslöschte. Mit dem nächsten Ruck drehte sich ihr

Körper so weit um die Strebe, bis ihr Kopf und Oberkörper über die Bordwand hingen.

Das Holz knarrte und bog sich.

Doch nun bäumte sich ihr verdorbenes Blut auf. Sie versuchte es niederzukämpfen, aber ihre Kraft ließ sich nicht verleugnen. Ein Schatten legte sich über ihr Blickfeld.

Das Netz aus Magie, das sie umfangen hatte, löste sich auf.

Sie lächelte. Die Dunkelheit war wie ein kühles Tuch auf ihrem versengten Fleisch, und die Schmerzen ließen nach. Warum hatte sie diesem Drang zuvor nie nachgegeben? Da gab es einen Grund, das spürte sie, aber der spielte jetzt keine Rolle mehr.

Sie schob sich unter der Reling zurück aufs Schiff und rappelte sich auf.

Gerade rechtzeitig, bevor ein Feuerball über den Fluss auf sie zugeflogen kam und in einer weißen Wolke im Wasser verdampfte. Mit einem Aufschrei schickte Parolla ihm einen Schwall schwarzes Feuer entgegen. Die zwei Zauber neutralisierten sich gegenseitig kurz vor der Bordwand, und der laute Knall der Detonation brachte die Barke zum Schlingern. Flammen liefen über das Deck und zischten über Parollas Haut. Sie spürte es kaum. Dann ertönte ein Krachen, und der Mast stürzte auf das Ruderhaus. Die Seeleute sprangen entsetzt in alle Richtungen davon.

Parolla lachte.

Jetzt wandte sie sich dem Ufer zu, von dem der Angriff gekommen war. Eine gebeugte Gestalt hob sich vor einem der Gasthäuser an der Uferstraße ab, und das Licht der Fackeln glänzte auf dem goldenen Geweih, das seinen Helm krönte. *Ah, der Hohepriester.* Trotz der Schatten über ihrem Blickfeld strahlte seine Kraft so hell wie ein Signalfeuer. Doch jetzt hatte Parolla ihn auf die Probe gestellt und war dabei zu dem Schluss gekommen, dass er ihr nicht gewachsen war.

Zauberkraft strömte durch ihre Adern. Dann wollte der Gehörnte

Gott seine *bakatta* also weiterführen? Natürlich hatte sie seinen Tempel in Axatal zerstört. Natürlich hatte sie zwanzig seiner Priester abgeschlachtet. Aber doch nur, weil die *fekshas* versucht hatten, Parollas Kraft für sich selbst auszunutzen. Hatte der Herr der Jagd etwa erwartet, sie würde sich das gefallen lassen? Hatte er gedacht, sie würde sich einfach jagen lassen, ohne zurückzuschlagen?

Nein, Parolla *wollte* zurückschlagen. Sie hatte es satt, immer wieder zu fliehen. Jetzt würde sie ans Ufer zurückkehren und die Diener des Gottes verfolgen, wie sie selbst verfolgt worden war, und sie würde den letzten winselnden Atem aus jedem dieser Verdammten herauspressen, bevor sie Ruhe gab.

Angefangen mit dem Hohepriester und seinem hübschen goldenen Geweih.

Sie streckte die Arme aus.

»Nein.«

Es dauerte einen Augenblick, bis Parolla erkannte, dass es ihre eigene Stimme gewesen war, die da sprach. Sie holte Luft und versuchte sich wieder in den Griff zu bekommen, aber die Verlockung ihres Blutes war stark. Es schien so einfach, ihr nachzugeben und sie alle Zweifel beiseite wischen zu lassen. Der Hohepriester stand allein am Ufer. Er hatte sie mit all seiner Kraft bedroht, und sie hatte ihm widerstanden. Jetzt war sie an der Reihe. Jetzt würde sie sich für die Leben rechtfertigen, die sie bis zu diesem Tag hatte auslöschen müssen.

Und wenn es bei diesem Zusammenstoß noch mehr Tote gibt? Parolla bohrte sich die Nägel in die Handflächen. Der Hohepriester war geschlagen. Sie war der Jagd entkommen und würde schon bald aus Xavel verschwunden sein.

Es ist vorbei.

Die Dunkelheit wich von ihr.

Schmerz strömte in die Leere, die dahinter zurückblieb, und Parolla unterdrückte einen Aufschrei. Ihr Mantel qualmte, und die Haut an ihren Händen war mit dicken Blasen bedeckt, aber das leichte Kribbeln, das sie überall spürte, verriet ihr, dass ihr Körper bereits mit der Heilung begonnen hatte, und sie wartete mit zusammengebissenen Zähnen darauf, dass der Prozess bald abgeschlossen sein würde.

Als sie wieder zum Ufer hinübersah, war der Hohepriester verschwunden.

Ein Herzschlag verging, dann kamen die Seeleute aus ihrer Deckung, wuselten über das Deck und versuchten mit Decken die Flammen zu ersticken, die sich ins Holz und das Tauwerk gefressen hatten. Die Fenster des Ruderhauses waren geborsten, die Segel zu Asche verglüht.

Jetzt fand auch der *casanto* seine Stimme wieder. »Bei Shrouds Gnade!«

Sie zwang sich, die verbrannten Lippen zu bewegen. »Warte kurz, *sirrah*«, krächzte sie, »dann kümmere ich mich um deine Verwundeten.«

»Die sind mir scheißegal! Was ist mit meinem Schiff?«

Wieder fühlte Parolla, wie sich ihr verdorbenes Blut regte. Sie fuhr herum und sah dem Mann ins Gesicht, der erbleichte, als er ihre versengten Gesichtszüge sah. Hastig machte er ein Schutzzeichen.

»Du wirst mich bis zur Küste bringen«, fuhr sie ihn an.

»Beim Abgrund, das hättest du wohl gern! Der Mast ist gebrochen. Ich muss erst mal an Land und den Schaden richten.« Wieder flammte Zorn in seinen Augen auf. »Du schuldest mir eine ganze Menge, Weib.«

Das hätte er mal besser nicht gesagt! Parolla packte ihn an seinem Hemd und zog ihn so nahe zu sich heran, dass sie ihr Spiegelbild in seinen Augen sehen konnte. Ranken schwarzer Hexenkunst schlangen sich um ihre Arme und wuchsen ihm entgegen. »Bis zur Küste, *sirrah*«, wiederholte sie. »Du bringst mich bis nach Folar. Es sei denn, dass uns auf dem Weg ein schnelleres Schiff begegnet.«

Der *casanto* fuhr sich mit der Zunge über die Lippen. »Drei Tage wird das dauern. In diesem Zustand werden wir kaum nennenswert Fahrt machen können.«

Parollas verbrannte Haut juckte, aber sie widerstand dem Drang, sich zu kratzen. »Dann kannst du dich glücklich schätzen, dass ich dich nicht zwinge, deine Ladung über Bord zu werfen, damit wir schneller vorankommen.«

Seine Augen weiteten sich. Dann warf er einen Blick über seine Schulter zum Ufer; ganz offensichtlich fragte er sich, ob die Jäger sie weiter verfolgen würden.

»Falls ja, dann kümmere ich mich um sie«, antwortete Parolla, als ob er seinen Gedanken laut ausgesprochen hätte.

Ganz kurz zögerte der *casanto*, dann nickte er.

Sie entließ ihn aus ihrem Griff, und er hastete zurück zum Ruderhaus.

Parolla verbannte ihn aus ihren Gedanken und wandte sich innerlich wieder nach Osten, zu dem geheimnisvollen Aufflackern von Todesmagie, das sie vor dem Angriff des Hohepriesters gespürt hatte. Seitdem war der Zauber stärker geworden, und sie runzelte die Stirn. Höchstwahrscheinlich war der Ausgangspunkt dieses Magieausbruchs viele hundert Wegstunden entfernt. Nur die Götter verfügten über eine Kraft, die aus einer solchen Entfernung wahrgenommen werden konnte, und da es sich um Todesmagie handelte, konnte das doch nur bedeuten, dass Shroud selbst am Werk war …

Parolla schüttelte den Kopf. Nein, der Herr der Toten würde niemals den Fuß auf sterblichen Boden setzen und damit seine Auslöschung riskieren.

Aber was sonst konnte dieses Phänomen ausgelöst haben? Der Tod eines Unsterblichen? Vielleicht, aber hätte sie dann nicht etwas von dem Kampf gespürt, der sicherlich stattgefunden hatte, bevor der entscheidende Schlag erfolgte? Der Zauber war so plötzlich erschienen, als ob … ja, als ob *was*?

Parollas Herz schlug schneller.

Als ob ein Portal geöffnet worden war?

Die Unterwelt. Konnte das sein? Immerhin hätte es erklärt, wieso ein Todeshauch in dieser Kraft mitschwang. Aber wieso nahm sie diesen Zauber nach dem ersten Aufflackern noch immer wahr? Hätte derjenige, der das Portal benutzt hatte, es nicht anschließend geschlossen? Parolla tastete mit ihrem Verstand an einem der Zauberfäden entlang …

Dann zwang sie sich, damit aufzuhören. Vielleicht konnte sie später, wenn die Dunkelheit in ihr sich wieder ganz und gar gelegt hatte, diese Fäden genauer verfolgen oder sogar in Geisterform bis zu ihrer Quelle reisen. Im Augenblick musste sie einfach abwarten. Sie störte sich nicht einmal an den brennenden Blicken der Seeleute in ihrem Rücken. Erst vor Kurzem hatte sie sich verzweifelt gefragt, ob sie je einen Weg in die Unterwelt finden würde. Und sie hatte nicht gewusst, welchen Schritt sie bei ihrer Suche nach Shroud als Nächstes tun sollte.

Jetzt hatte sie ihre Antwort.

Eine Dienstmagd sprang Luker aus dem Weg, als er, erfüllt von seinem konzentrierten Willen, über den Flur schritt. Seine Schritte ließen den Boden vibrieren, und auf beiden Seiten klapperten die Türen in ihren Rahmen. Seine Gedanken brannten. Dass Jenna lebte, hätte das Feuer in seinem Blut ein wenig kühlen sollen, aber der Juripa-Branntwein glühte noch in seinen Adern, und sein Gesicht war so heiß, als ob er noch immer die Flammen der Hexenmeisterin auf seinen Wangen spürte. Er tastete mit seinen Sinnen umher und erforschte die Zimmer auf beiden Seiten des Korridors, bis er fand, was er gesucht hatte: *Du hättest fliehen sollen, solange du noch konntest.*

Vor einer der Türen blieb er stehen, und dann ließ er dem Willen freien Lauf. Die Tür knarrte, bog sich und barst mit einem Krachen nach innen.

In dem Zimmer saß Merin Gray an einem Schreibtisch und las in einem Buch. Sein Oberkörper war nackt, sein nasses, graues Haar zurückgekämmt, ein Handtuch lag um seine Schultern. Auf dem Bett hatte er sein Reisegepäck ordentlich ausgebreitet. Als Luker eintrat, klappte er sein Buch zu und stand auf. Auf seinem Gesicht waren weder Überraschung noch Angst zu erkennen, aber zweifelsohne wähnte er sich in Sicherheit, da seine Schläger in Rufweite in der Wirtsstube saßen. Angesichts der Tür, die zitternd an nur noch einer Angel hing, hob er eine Augenbraue. »Komm rein.«

Luker bog seinen Willen wie eine Seilschlinge um den Hals des Tyrin und riss ihn in die Luft.

Dann *drückte er zu.*

Eine Armeslänge über dem Boden schwebend, griff Merin nach der unsichtbaren Kraft, die ihn gepackt hielt. Seine Hand zuckte nach links und nach rechts und versuchte verzweifelt, dem Grund für seine Luftnot irgendwie beizukommen, aber es waren keine Hände, die ihn zu erwürgen suchten, und so sehr er sich auch bemühte, es gelang ihm nicht, Lukers Griff zu schwächen.

Der Bewahrer erhöhte den Druck.

»Noch irgendwelche letzten Worte?«, fragte er.

Das Handtuch rutschte von Merins Schultern zu Boden. Er rang nach Luft und versuchte, mit dem Fuß den Stuhl zu sich heranzuziehen, auf dem er eben noch gesessen hatte.

O nein, kommt nicht in Frage.

Eine kurze Bewegung Lukers, und der Stuhl rutschte außer Reichweite. Der Bewahrer sah zu, wie das Gesicht des Tyrin allmählich rot anlief. Merins Augen waren starr und wütend auf Luker gerichtet. Er versuchte, etwas zu sagen, aber der Wille hielt ihn zu stark umklammert, und es kam nur ein heiseres Keuchen über seine Lippen.

»Wie war das?«, fragte Luker. »Lauter.«

Merins Brust hob und senkte sich. Wieder hangelte er nach dem Stuhl, aber sein zuckender Fuß schlug lediglich durch die Luft. Sein

Blick streifte durchs Zimmer und fiel auf das Schwert, das am Schreibtisch lehnte, aber auch das war zu weit entfernt. Dann glitten seine Hände an seine Gürteltasche, und seine Finger fassten nach den Schnallen. Wollte er Luker Geld anbieten? Versuchte er, sich sein elendes Leben zu erkaufen?

Statt einer Münze zog er jedoch eine kleine Glaskugel hervor, hob den Arm und schleuderte sie in Lukers Richtung.

Der Wurf ging nach rechts. Luker fing das Geschoss eine Handbreit über dem Boden ab, ließ es an Ort und Stelle in der Luft hängen und sah Merin an.

Die Gegenwehr des Tyrin wurde jetzt schwächer. Die Adern an seiner Stirn traten hervor, und die Augen quollen ihm aus dem Kopf. Aber sein Gesichtsausdruck hatte nichts von seinem Widerstandsgeist verloren. Luker trat bis auf eine Armlänge an Merins zappelnden Körper heran, so nahe, dass er seinen Atem in seiner Kehle rasseln hörte und beobachten konnte, wie das Licht in seinen Augen allmählich erlosch.

Erst jetzt lockerte der Bewahrer den Willen.

Sei dankbar, dass die Assassinen gescheitert sind.

Der Tyrin stürzte matt zu Boden und lag nach Luft ringend da. Seine Glieder zuckten immer noch. Dann würgte er und erbrach die Reste seiner letzten Mahlzeit auf den Fußboden. Offenkundig würde es eine Weile dauern, bis Luker etwas Vernünftiges aus ihm herausbekommen würde, daher wandte er seine Aufmerksamkeit wieder der Glaskugel zu und rief sie mit dem Willen in seine Hand. Das Glas war blau gefärbt und enthielt einen wirbelnden Nebelschleier. Der Bewahrer tastete sie mit seinen Sinnen ab. *Wassermagie.* Eine tiefe Quelle der Kraft, das Gewicht der Meeresgezeiten, die elementare Kraft der offenen See – so konzentriert in dem Glas eingesperrt wie Lukers Zorn in seinem Ich. Energien von einer solchen Wucht in einer zerbrechlichen Glashülle derart zu verdichten, das war eine Leistung, die nur die mächtigsten Magier vollbringen konnten. Dass der

Imperator dem Tyrin eine solche Waffe anvertraut hatte, ließ erkennen, wie viel Bedeutung Avallon dieser Mission beimaß.

Luker wandte sich wieder an Merin. Der Tyrin hatte sich auf einen Ellenbogen aufgestützt und robbte jetzt zum Bett hinüber, drehte sich leicht und lehnte sich schließlich mit dem Rücken gegen das Gestell. Ein kleiner Faden Spucke rann ihm übers Kinn, und er wischte ihn mit zitternder Hand weg.

»Das ist ja ein interessantes Spielzeug«, bemerkte Luker. »Ein Geschenk von den Lieblingsmagiern des Imperators, nehme ich an? Das Feuerwerk geht sicherlich dann los, wenn das Glas zerbrochen wird.«

Merin antwortete nicht.

»Eine solche Kraft«, fuhr der Bewahrer fort, »hätte das Wirtshaus zerstört und alle, die sich darin befanden.«

»Immerhin hätte ich Euch mit mir in den Tod genommen.«

Luker nickte. An Merins Stelle hätte er nicht anders gehandelt. »Habt Ihr noch mehr davon?«

»Vielleicht.«

»Hoffentlich sorgfältig weggepackt.«

Wieder keine Antwort.

»Passt auf sie auf«, sagte der Bewahrer und warf Merin die Kugel wieder zu. Der Tyrin griff danach und konnte sie erst beim Nachfassen richtig festhalten. Mit grimmigem Gesicht steckte er sie wieder in seine Gürteltasche. Luker erkannte, dass das Behältnis von innen mit einer Art stählernem Futter eingefasst war, und das Metall war mit einem Schutzzauber verstärkt. »Sind wir fertig?«, fragte Merin.

»Noch nicht ganz. Die Zauberbrecher. Ihr habt sie auf Jenna angesetzt.«

»Das musste ich gar nicht. Sie wussten schon, dass sie hier war.«

»Als Teil unserer Gruppe? Aber warum …«

»Diese Frau hat einen ihrer Befehlshaber getötet«, fiel Merin ihm ins Wort. »Von daher musste sie damit rechnen. Meint Ihr etwa, die Zauberbrecher hätten einfach zugesehen, wie sie die Stadt verließ?

Hättet Ihr das getan, wenn es sich um einen Eurer Leute gehandelt hätte?«

Bevor Luker antworten konnte, waren von draußen Schritte zu hören. Er spürte eine Präsenz im Durchgang hinter sich, drehte sich aber nicht um; höchstwahrscheinlich war es einer von Merins Wächtern aus der Wirtsstube. Der Tyrin sah zur Tür und schüttelte dann kurz den Kopf. Prompt entfernten sich die Schritte wieder.

Luker wartete, bis sie ganz verklungen waren, dann sagte er: »Ich habe kein Problem mit den Zauberbrechern, sondern mit Euch. Ihr hättet mich warnen sollen, dass sie kommen.«

»Wieso? Sie ist verdammt noch mal Eure Freundin, nicht meine.«

»Ihr wart einverstanden, dass sie mit uns kommt.«

»Und das war auch schon alles, womit ich einverstanden war!« Die Röte, die schon wieder aus Merins Gesicht gewichen war, kehrte zurück. »Wisst Ihr, was sie ist? Eine Assassine. Noch dazu eine der besonders gefürchteten …«

»Spart Euch Euren Atem.« So, wie ihre Unterhaltung verlief, würde der Tyrin schon bald wieder nach Luft ringen. »Solange sie mit mir zusammen ist, steht sie unter meinem Schutz. Warnt diese Leute.«

»Ich bin kein Zauberbrecher.«

Luker machte einen Schritt auf ihn zu. »Versucht nicht, mich für dumm zu verkaufen! Ihr steht im Dienst des Imperators, da werden sie schon auf Euch hören! Oder wollt Ihr, dass ich es ihnen selbst sage?«

Merin hatte sich so weit aufgerichtet, dass er sich aufs Bett setzen konnte; die sorgfältig ausgebreitete Ausrüstung schob er mit einer Armbewegung beiseite. »Es spielt keine Rolle, was ich sage. Ihr wisst, wie es ist. Soldaten kümmern sich um ihre Kameraden.«

»Genau wie ich. Wenn so etwas noch einmal vorkommt, dann warte ich nicht mehr ab. Dann suche ich selbst nach ihnen.« Es würde nicht schwer sein, zur Sturmfeste vorzudringen, von der Gill gesprochen hatte. Vielleicht sollte er wirklich einmal nachsehen, ob sie große Fortschritte in der Beherrschung des Willens gemacht hatten.

Der Tyrin überdachte das mit unbewegtem Gesicht. Er fuhr sich mit der Hand über den Hals. »Ich habe Erkundigungen über Euch eingeholt, Bewahrer, als ich erfuhr, dass Ihr bei dieser Mission dabei sein würdet. Man sagte mir, dass man Euch respektiert, aber Euch nicht vertraut. Ein Außenseiter. Offenbar war der Bewahrerrat nicht davon in Kenntnis gesetzt worden, dass Kanon Euch als Schüler angenommen hatte. Und als man es dort herausfand, stimmte der Rat dafür, Euch zu exekutieren. Keiner aus der Fenilar-Kaste, hieß es. Unreines Blut.«

»Na und?«

»Dann setzte sich der Imperator für Eure Rettung ein und überredete den Rat, seine Entscheidung noch einmal zu überdenken.«

»Was Avallon tat, tat er nur für sich. Er glaubte, sich damit meine Treue zu erkaufen.«

»Hat er Euch das erzählt?«

»Nein, Ihr habt natürlich recht, er wollte sicherlich nur shroudverfluchte Milde walten lassen.«

Merin runzelte die Stirn. »Eins habe ich über den Imperator gelernt – seine Beweggründe sind nie vorhersehbar.«

»Zu den Neun Höllen mit seinen Beweggründen! Ich habe keine Lust mehr, das Werkzeug eines anderen zu sein!«

»Ihr verdankt Avallon das Leben.«

»Eine Schuld, die ich schon hundertfach zurückgezahlt habe.«

»Das hat der Imperator zu entscheiden und nicht Ihr. Jetzt geht mir aus den Augen.«

»Dann werdet Ihr den Zauberbrechern meine Nachricht übermitteln?«

»Raus, habe ich gesagt!«

Luker hielt Merins Blick ein paar Herzschläge lang stand und überlegte, ob er dem Tyrin noch einmal seine Kräfte demonstrieren sollte, damit der begriff, was er zu tun hatte. Doch dann wandte er sich zum Gehen.

»Oh, und … Luker, falls so etwas wieder vorkommt … Das nächste Mal solltet Ihr mich besser erledigen.«

»Ganz bestimmt, wenn Ihr mir Grund dazu gebt.«

In diesem Augenblick spürte der Bewahrer den Ausbruch einer fernen Kraft, so schwach, dass sie kaum wahrzunehmen war. Er erstarrte. *Todesmagie.* War Chamery in Schwierigkeiten? Nein, die Energiequelle war zu weit weg, als dass es etwas mit dem Jungen hätte zu tun haben können. Es war von Norden gekommen. Vielleicht ein Kampf zwischen zwei Hexenmeistern, irgendwo vor den Grenzen der Stadt.

Vom Flur hörte er wieder eilige Schritte. Chamery erschien in der Tür, und sein Gesicht war, abgesehen von den brennend roten Flecken auf beiden Wangen, wachsbleich.

Lukers Gesicht verfinsterte sich. »Ich hatte Euch aufgetragen, Jenna zu bewachen.«

»Ich habe für sie getan, was ich konnte«, erklärte der Magier. »Wir haben jetzt andere Sorgen. Das Buch der Verlorenen Seelen ist aktiviert worden.«

Merins raue Stimme brach das Schweigen. »Wie? Woher wisst Ihr das?«

»Weil ich es spüren kann!«, rief Chamery aus. »Bewahrer, sagt es ihm!«

Lukers Augen weiteten sich. *Diese Welle von Zauberkraft?* Nach dem, was Gill gesagt hatte, war Mayot mit dem Buch nach Arandas geflohen, vielleicht sogar noch weiter nördlich. Dass diese Kraft über eine solche Entfernung zu spüren gewesen war … Seine Gedanken wanderten zu Kanon, und in seinem Magen begann es zu kribbeln. Sein Meister war irgendwo dort draußen und hatte das sicherlich auch gespürt. In was für einen Albtraum geriet er da gerade hinein? *Und es geht nicht nur um Kanon.* Denn so viel Luker auch davon gesprochen hatte, seinen Meister finden zu wollen und nicht Mayot, so war da doch etwas, das ihm sagte, dass er mit dem einen auch den anderen aufspüren würde.

Chamerys Blick bohrte sich in Lukers Augen. »Wir müssen aufbrechen. Sofort!«

»Bis Arandas ist es ein Ritt von drei Wochen«, warf Merin ein.

»Und das bedeutet, jeder Augenblick zählt.« Der Magus sah Luker jetzt flehentlich an. »*Sagt* es ihm!«

Der Bewahrer zögerte. Merin hatte recht. Sie würden drei Wochen brauchen, bis sie Arandas erreichten, und das auch nur, wenn sie die Wildnis von Remnerol und die Gollothir-Ebene ohne größere Schwierigkeiten durchqueren konnten. Und wann war Luker das letzte Mal dort unterwegs gewesen, ohne sein Schwert in Blut zu tunken? Er dachte wieder an den Augenblick, als ihn Gills Botschaft auf Taradh Dor erreicht hatte. Er hatte sie wieder und wieder gelesen, fünf Tage lang. Fünf Tage, in denen er darüber nachgedgrübelt hatte, ob er Gills Aufforderung nachkommen oder aber das Pergament ins Feuer werfen sollte. Fünf vergeudete Tage! Plötzlich spürte er das drängende Bedürfnis zu handeln.

»Der Junge hat recht«, sagte er zu Merin. »Wir brechen sofort auf.«

Lange, bevor Romany den Jünger Shrouds näher kommen sah, hatte sie schon das Klippklapp der Pferdehufe auf dem Pflaster gehört. Ein Schimmer breitete sich in den Ruinen aus und wob sich ihr durch die Dunkelheit entgegen. Wenig später erreichte der Ritter die Rotunde. Die Waldgeister schienen ihm nichts angetan zu haben, nur Fäden grauen Nebels hingen noch an seinem Schwert, als ob sich noch ein paar Fetzen von Vamilianerseelen an die Klinge klammerten. Das blasse Licht, das von der Waffe ausging, beleuchtete die Steinmetzarbeiten der Kuppel, und einen kurzen Augenblick schien der Dreimaster aus dem Wandrelief auf den Wellen zu schaukeln. Romany rutschte der Magen in die Kniekehlen.

Als der Ritter sein Pferd zügelte, glitt sein Blick kurz über ihr Versteck, und sie duckte sich schnell hinter eine niedrige Mauer. Ein paar Schweißtropfen rannen ihr über den Rücken – nur die Hitze, versicherte sie sich. Es gab keinen Grund zur Sorge, denn dank ihrer Schutzzauber würde Shrouds Jünger sie auf keinen Fall entdecken. Und sowieso war er nicht hinter ihr her, sondern hinter Mayot. Und dem Buch. Solange sie sich nicht in seinen Kampf mit dem alten Mann einmischte, hatte sie nichts zu befürchten.

Sie riskierte einen Blick zurück zur Rotunde. Der Ritter hatte seine Lanze aus der Halterung am Sattel gezogen, packte sie jetzt mit der linken Hand und lenkte sein Reittier zum Torbogen. Todesmagie strömte aus dem Eingang, und das Schwert des Jüngers, zunehmend aufgeladen von der Zauberkraft, schimmerte immer heller. Die Magiefäden, die sich über die Gebäude spannten, hatten sich hundertfach vermehrt, seit die Spinne das Buch geöffnet hatte, aber der Ritter zögerte keinen Augenblick, bevor er das dämmrige Gebäude betrat. Wusste er, dass die Kraft des Buches entfesselt worden war? Kümmerte es ihn? Immerhin war es ihm sowieso nicht möglich, einem Kampf mit Mayot auszuweichen, denn der Herr der Toten war ein strenger Meister, der Zaghaftigkeit hart bestrafte. Romany fühlte ein erwartungsvolles Kribbeln. Wie würde Mayot einen solchen Mann besiegen können? Würde nicht jede Art der Zauberei, die er im Kampf einsetzte, seinen Gegner stärker machen?

Als der Ritter den Eingang betrat, verblasste das Licht seines Schwerts.

Romany löste ihren Geist von ihrem Körper und folgte ihm ins Dunkel. Sie suchte sich einen guten Aussichtspunkt oberhalb des Podests, um den Kampf zu beobachten. Der Schimmer, der vom Schwert des Ritters ausging, war jetzt blendend hell und leuchtete bis in die entferntesten Winkel des Raumes. Doch die Schatten, die das Podest umlagerten, konnte er nicht durchdringen. Der Strudel von Todesmagie, der von dem Buch ausging, war wie eine Wunde im

Gewebe der Schöpfung – ein Mahlstrom, in den alles Leben hineingerissen wurde. Selbst in ihrer geisterhaften Form spürte Romany seinen Sog. Wie ging es da wohl erst Mayot, der sich direkt im Zentrum dieser Kraft befand?

Der Ritter durchquerte den Raum gemessenen Schrittes. Das war sicherlich Absicht, vermutete die Priesterin, um das wachsende Entsetzen Mayots zu erhöhen. Der Magier beobachtete ihn schweigend, das Buch an die Brust gepresst. Klein und zerbrechlich sah er aus, wie er so ins Licht blinzelte, und Romany fragte sich, was hinter seinen dunklen Augen vorgehen mochte.

Höchstwahrscheinlich nicht sehr viel.

Shrouds Jünger blieb vor dem Podest stehen und hob sein Visier. Von dort, wo sie schwebte, konnte Romany sein Gesicht nicht sehen, aber sie sah, dass Mayot zusammenzuckte. Sein linkes Augenlid begann zu flattern, und die Priesterin lächelte. Der dumme alte Mann! Begriff er erst jetzt, welches Format die anderen Teilnehmer dieses Spiels hatten? Hatte er erwartet, sie alle würden ein so angenehmes Antlitz haben wie Romany? *Unmöglich!* Würde Mayot die Nerven behalten, nachdem er das Weiße im Auge des Feindes gesehen hatte? Oder würde er vor Shrouds Jünger auf die Knie fallen, so wie sie es ihm spöttisch prophezeit hatte?

Mayot sah eine Weile zu dem Reiter hinunter, und seine Hände umklammerten das Buch so fest, dass die Knöchel weiß hervortraten. Dann schien er sich zu entspannen, und seine ausdruckslose Miene kehrte zurück.

Der Ritter hob dröhnend an zu sprechen. »Ich bin Lorigan Teele, Ritterkommandant des Belliskaner-Ordens. Übergib mir das Buch der Verlorenen Seelen, Herr. Im Namen Shrouds befehle ich es dir.«

Als Mayot antwortete, klang seine Stimme schrill im Vergleich. »Das Buch gehört mir. Mir, hast du gehört! Mit welchem Recht beansprucht dein Meister es für sich?«

»Ich bin nicht gekommen, um mit dir zu streiten – ich bin der Überbringer von Shrouds Urteil, nicht sein Unterhändler. Mein Meister beansprucht das Buch für sich, weil es in seiner Macht steht.«

Mayot beugte sich leicht nach vorn. »Er hat dich also ausgesandt, um es mir zu *stehlen*? Ah, aber dazu ist es zu spät. Die Kraft des Buches wurde bereits in meine Hände gegeben.«

»Was? Von wem?«

Mayots Mundwinkel zuckten, und kurz fürchtete Romany, er würde ihre Anwesenheit verraten. Doch dann sagte er: »Die Regeln des Spiels haben sich geändert, Herr Ritter. Dein Meister ist nicht länger in der Lage, etwas von mir zu verlangen. Wenn ich mich bereit erkläre, ihm das Buch zu übergeben, was würde er mir dafür bieten?«

Romany erstarrte. Das gehörte nicht zu ihrem Plan! *Verrat! Und das nach allem, was ich für ihn getan habe!* Rückblickend wäre es vielleicht eine gute Idee gewesen, wenn sie darauf bestanden hätte, dass Mayot als Gegenleistung für ihre Hilfe gegen den Ritter kämpfte, aber damit hätte sie zu viel von ihren Absichten enthüllt. Davon abgesehen war sie nicht so naiv zu glauben, dass der Alte einen solchen Schwur nicht auch gebrochen hätte, wenn es ihm geboten erschien.

Lorigan kam ihr zu Hilfe. »Shroud verhandelt nicht mit Sterblichen«, erklärte er. »Und er ist auch jenen nicht gewogen, die seine Geduld auf die Probe stellen. Jetzt gib mir das Buch, Herr, sonst wirst du deine Unverschämtheit eine Ewigkeit lang bereuen.«

»Du wagst es, mir zu drohen? Ich halte die Unsterblichkeit in meinen Händen! Erwartet dein Meister, dass ich einen solchen Preis einfach so aufgebe?«

»Unsterblichkeit?« Ein leises Lachen drang unter dem Helm des Ritters hervor. »Shroud ist ein geduldiger Gott, Sterblicher. Eine Weile magst du ihn täuschen, aber eines Tages wird er doch deine Seele in den Händen halten.«

»Vielleicht werde auch ich es sein, der die seine hält. Die Kraft, die in meinen Händen ruht, kommt der deines Herrn gleich.«

Lorigan stieß ein dröhnendes Gelächter aus. Romany musste sich zusammenreißen, nicht mit einzustimmen.

Mayots Stimme wurde härter. »Mir scheint, diese Unterhaltung ist zu Ende.«

Der Ritter ließ sein Visier mit einem Klacken wieder zuschnappen. »So sei es. Verteidige dich!«

Noch bevor er zu Ende gesprochen hatte, erwachte die Zauberkunst rund um Mayot brüllend zum Leben. Ein wirbelnder Strom aus Schwärze schoss aus seinen Händen, und Romany sah mit weit aufgerissenen Augen, dass die Verteidigungszauber, die Lorigan um sich aufgebaut hatte, augenblicklich auseinandergerissen wurden. Er wurde rücklings aus dem Sattel geschleudert. Sein Pferd wieherte schreiend auf, als ihm das Fleisch von den Knochen schmolz, dann brachen ihm die Beine ein. Als es auf den Boden schlug, war es kaum mehr als ein zu Asche zerfallendes Skelett.

Der Ritter lag in einer Wolke aus aufgewirbelten Blättern ausgestreckt auf dem Rücken und hielt mit einer Hand immer noch sein Schwert umklammert, mit der anderen seine Lanze. Eine Welle Todesmagie nach der anderen hämmerte auf ihn ein und nagelte ihn an den Boden. Winzige, in seine Rüstung eingravierte Symbole glühten rot in der Dunkelheit. Die Zauberkraft, die in das Metall hineingeschmiedet worden war, hatte ihm bis dahin Schutz vor Mayot gewährt, doch Romany spürte, dass diese Zauber unter den Angriffen des alten Mannes schwächer wurden.

Aber dann gelang es Shrouds Jünger dennoch, sich noch einmal aufzurichten. Einen Herzschlag brauchte er, um wieder sicheren Stand zu finden, und er stemmte sich gegen den Sturm aus Zauberkunst wie gegen einen heftigen Wind. Dann riss er den Arm zurück und schleuderte seine Lanze nach Mayot.

Ein Lichtblitz zuckte durch die Dunkelheit.

Mayot hob die Hand. Ein Stoß Todesmagie fing die Waffe ab und erstickte das Licht.

Die Lanze löste sich schmelzend auf. Nichts blieb von ihr zurück.

Lorigan trat mit einem Fuß auf die erste Stufe der Treppe, die zum Podest hinaufführte. Die Todesmagie, die sich ihm entgegenwälzte, intensivierte sich und krallte sich mit spürbarer Gier um ihn. Ein Kreischen drang an Romanys Ohren, als kratzten Klauen über Metall. Die Rüstung des Ritters krümmte sich mit hellem Funkenflug nach innen. Er hielt sich dennoch weiter auf den Beinen. Und mit einem Gebrüll, das den dröhnenden Metalllärm übertönte, trat er Mayot einen Schritt entgegen.

Noch einen Schritt und noch einen.

Shrouds Jünger umklammerte sein Schwert jetzt mit beiden Händen. Es verströmte einen unglaublich hellen Schein und trieb Mayots Schatten fast bis zu ihm selbst zurück. Romany schützte ihre Augen mit der Hand. Die Himmel mochten verhüten, dass die Schwärze völlig hinweggebrannt würde; womöglich würde sie Mayots wieder ansichtig. Lorigan tat den nächsten Schritt und war schon halb zum Podest hinaufgestiegen.

Mayots Zauberkunst ballte sich noch einmal zu einer großen Welle.

Kleine Ausläufer von Todesmagie, die dieser Kampf freisetzte, schlugen gegen Romanys Geistergestalt, und sie zog sich weiter nach oben unter das Dach zurück. Im Raum unter ihr verlor die Helligkeit des Ritterschwerts schnell ihre Dichte und leckte von allen Seiten in die Dunkelheit hinein. Die Luft schimmerte. Dann ertönte ein gequältes, metallisches Knirschen, und das Schwert explodierte. Licht schoss wie viele tausend Kometen in alle Richtungen.

Der Sturm aus Todesmagie schloss sich um den Jünger Shrouds, bis nur noch die Symbole, die auf seiner Rüstung eingraviert waren, der Schwärze widerstanden. Lorigan schrie den Zaubern seine Verachtung entgegen, aber zum ersten Mal erkannte Romany einen Hauch von Schmerz in seiner Wut. Er hob den Fuß für den nächsten Schritt und senkte ihn langsam und qualvoll, Stück für Stück, auf die nächste Stufe. Metall schrammte über Stein. Dann gab sein Bein nach, und er fiel mit einem Krachen auf Hände und Knie.

Steh auf!, drängte Romany ihn tonlos.

Das erschreckte sie selbst. Hatte sie gerade einen von Shrouds Jüngern angefeuert? Was hatte sie sich nur dabei gedacht?

Plötzlich erloschen die brennenden Symbole auf Lorigans Rüstung, als ob man eine Kerze ausbläst, und die Priesterin musste die Augen zusammenkneifen, um noch etwas erkennen zu können. Mondlicht schimmerte auf Metall, dann wurde es vom nachrückenden Grauschleier Mayots erstickt.

Der Ritter schrie. Es klang so mitleiderregend, dass Romany unwillkürlich eine Gänsehaut bekam. Der Schrei wollte nicht aufhören, und er klang so gequält, dass die Luft erbebte. Romanys Migräne war mit ihrem Körper hinter ihr zurückgeblieben, aber jetzt kehrte der Schmerz dennoch zurück – ein scharfer, brennender Schmerz, als ob ihr jemand eine Nadel in den Kopf rammte. Sie presste sich die Hände auf die Ohren, aber das half nichts, und sie musste die Zähne zusammenbeißen, um nicht in Lorigans Schrei einzustimmen. Mit ihrem Geisterblick sah sie dieses kleine, schimmernde Ding, die Seele des Ritters, wie sie schwarz wurde und zusammenschrumpelte, bis sie mit einem letzten Schrei von den Schatten ausgelöscht wurde, die sie umringten.

Mayots Zauberkünste wüteten noch einen Augenblick weiter. Dann flammte die Todesmagie ein letztes Mal auf und erstarb, und die Ranken aus Dunkelheit wurden dünner und lösten sich auf. Romany holte tief Luft. Der Wind flaute langsam ab. Die Stufen, die der Ritter hinaufgeschritten war, waren geschmolzen, und das heiß glühende Orange flüssigen Gesteins kühlte langsam ab und wurde grau. Die Blätter, die der Kraftsog emporgewirbelt hatte, schwebten wieder zum Boden. Jene, die den brennend heißen Stein berührten, verglühten sofort.

Von Lorigan Teele war nichts mehr zu sehen.

Romany ließ sich bis unter das Kuppeldach treiben, wo die sternförmigen Löcher etwas mehr Licht hindurchließen. Eine Zeitlang sah sie durch eine Wolkenlücke zu den Sternen hinauf und wartete, bis sich ihr rasender Herzschlag wieder verlangsamte. Ihr Kopf fühlte sich an, als würde er gleich zerplatzen, und sobald sie nur wieder daran dachte, glaubte sie immer noch das Echo des schrecklichen Schreis zu hören.

Dennoch zwang sie sich, ein Lächeln aufzusetzen. Sie würde es nicht zulassen, dass irgendetwas den Triumph des heutigen Tages schmälerte. Gut, es hatte ein paar Überraschungen gegeben, aber mit dem Tod des Ritters war der erste Zug in diesem Spiel wie geplant gelungen. Romany hatte zwar erwartet, dass Lorigan Teele mehr Gegenwehr leisten würde, aber es kam schließlich öfter vor, dass Männer große Worte machten, denen sie dann nicht gerecht wurden. Wahrscheinlich wünschte sich jetzt sogar Shroud selbst, eine Frau an seiner Stelle geschickt zu haben.

Allerdings hatte der Herr der Toten auch nicht voraussehen können, dass die Spinne in das Geschehen eingriff und sein Ritter einer wesentlich mächtigeren Gewalt gegenüberstehen würde. Wie lange würde es dauern, bis weitere Diener hierher entsandt werden würden, damit sie Mayot erneut angriffen? Einige Tage? Vielleicht sogar Wochen? Schließlich hatte Shroud kein solches Netz zu seiner Verfügung wie die Spinne, die ihre Anhänger schnell von einem Ort zum anderen bringen konnte. Während er seine Spielfiguren in Stellung brachte, hatte die Göttin Zeit, den nächsten Zug zu planen, und Mayot konnte sich mit dem Buch vertraut machen. Wenn Shrouds Getreue schließlich in diesem verlassenen Landstrich aufkreuzten, würden sie einer Herausforderung gegenüberstehen, die sogar noch größer war als jene, an der Lorigan Teele gescheitert war.

Romany rieb sich die Hände. Alles lief nach Plan. *Nun, es war auch nie zu bezweifeln gewesen, dass sie Erfolg haben würde,* sagte sie sich.

Dennoch war da etwas, das an ihr nagte. Die unwahrscheinlichen

Erlebnisse, die sie gerade hatte mit ansehen müssen, hatten eine seltsame Anspannung in ihr ausgelöst. Mayot hatte versucht, sie zu hintergehen. Das war natürlich ärgerlich, aber nicht völlig überraschend. Beunruhigender war jedoch, wie leicht er mit dem Ritter fertig geworden war, immerhin einem von Shrouds Elitekämpfern; vor allem, wenn man bedachte, dass der Magier gerade erst begonnen hatte, sich mit den Kräften des Buches zu befassen. Wie sehr würden sich seine Kräfte noch steigern? Über welche anderen Fähigkeiten würde er dann vielleicht verfügen? Ganz kurz fragte sich die Priesterin, ob sie und die Spinne eine Waffe geschaffen hatten, über die sie keine Kontrolle mehr besaßen.

Sie schnaubte. Als ob das möglich sein könnte!

Die letzten Echos der Zauber verhallten, und allmählich erfüllte wieder das Geräusch der schmatzenden Wellen die Rotunde.

Und dann hörte Romany plötzlich Mayots schallendes Gelächter, das sich trocken und rau darüber erhob.

ZWEITER TEIL

Schwarze Schattenlande

7

Luker duckte sich hinter einen Felsvorsprung und kniff wegen des unbarmherzigen Windes die Augen zusammen. Die Straße, die vom Vorgebirge des Schildwalls hinabführte, verlor sich im Norden in dem zimtfarbenen Dunst, der über der Gollothir-Ebene lag, einem weiten, offenen Land aus verbrannter Erde und versengtem Fels, das nur hier und da von einzelnen Rodandabäumen aufgelockert wurde. Rote Staubwolken hingen in der Luft, als sei erst kürzlich ein Heer von Reitern dort entlanggeprescht. Doch so verlassen die Ebene auch vor ihnen liegen mochte: Luker hatte sie oft genug durchquert, um zu wissen, dass das Land niemals so menschenleer war, wie es auf den ersten Blick schien.

Sieben Jahre zuvor hatte er am gleichen Ort gestanden und auf die Vorhut des imperialen Eroberungsheers geblickt, das sich zum Marsch auf Arandas rüstete. Ihm war die Aufgabe zugefallen, der Neunten Armee als Kundschafter vorauszugehen und Kontakt mit jenen Einheiten aufzunehmen, die sich um die Nahrungs- und Wasservorräte kümmerten, welche entlang der Marschroute versteckt worden waren. Genau, wie es in Fusters Lehrbuch über Truppenversorgung stand. Merin Gray hätte wahrscheinlich sogar gewusst, auf welcher Seite. Aber es war unmöglich, ganze Wagenladungen mit Vorräten in die Gollothir-Ebene zu bringen, ohne dass einer der Wüstenstämme das mitbekam, und als Luker die Verstecke erreichte, waren sie natürlich allesamt ausgeräumt; und die Wachposten hatte man ausgeweidet und Pflöcke durch ihre Körper bis in den Boden geschlagen, damit sich die Feuerameisen an ihnen laben konnten.

Diese Erkenntnis kam zu spät, um den Marsch der Neunten Armee zu stoppen, denn der Imperator war noch nie von einem Ansinnen abgerückt, wenn die Würfel einmal gefallen waren. Die Stämme der Ebene hatten das Heer auf seinem Weg durch Staub und Hitze Tag und Nacht immer wieder angegriffen und ausgeplündert. Nach zwei Wochen hatte es die Neunte schließlich bis zur Stadtmauer von Arandas geschafft, mit nur noch wenig Verpflegung und geschwächt von zahllosen Wunden. Der Ausgang der Belagerung war besiegelt, noch bevor sie begonnen hatte.

Dass der Staub der Ebene so rot war – zumindest hatte Luker die Stammesbrüder das sagen hören –, lag am Blut der Menschen von Erin Elal, das hier vergossen worden war.

Dennoch war Luker gern hier. Überall auf der Ebene fand man die Knochen zahlloser vergangener Völker, ausgebleicht und zernagt von der Sonne und dem beißenden Wind. Auf seinen Reisen war er auf Ruinen von Städten gestoßen, die einst größer gewesen waren als Xavel oder die anderen Metropolen des Qaluit-Imperiums im Westen; er hatte Statuen von vergessenen Tyrannen gefunden, zwanzig Manneslängen hoch, oder erhobene Sandwälle, in denen Knochen wie Blasen in einem See an die Oberfläche stiegen und dann wieder versanken. Das Land barg Geheimnisse, das wusste er. Er fühlte es in dem aufgeladenen Schweigen, das die Stunden rund um Mitternacht erfüllte, im Beben uralter Zauberkunst, die wie ein Herzschlag unter dem Erdboden spürbar war.

Aber es war nicht die geheimnisvolle Atmosphäre, die ihn an diesen Ort lockte. Als er die versteckten Vorratslager hatte aufspüren sollen, war er manchmal tagelang unterwegs gewesen, ohne einer Menschenseele zu begegnen, und jede Glocke, die verging, war ein neuerlicher, herrlicher Kampf ums Überleben. Herrlich deswegen, weil er bei dem Bestreben, Shroud auf Abstand zu halten, völlig von der Grübelei darüber abgelenkt war, wieso er damals, vor neun Jahren, die Bewahrer verlassen hatte, um jenseits der Weißen Berge zu wandern. Oder darüber, wieso er zwei Jahre später zum Orden zurückgeschlichen war, nachdem ihm seine Reisen nichts weiter eingebracht hatten als ein Paar ausgetretener Stiefel und die Erkenntnis, dass er immer noch nicht wusste, wie er die Ruhelosigkeit überwinden sollte, die ihn quälte.

Die Spur der Todesmagie vom Buch der Verlorenen Seelen führte nördlich quer durch die Ebene. Nach Arandas? Luker zweifelte allmählich daran. Die Stadt war über fünfzig Wegstunden entfernt, aber es hatte sich angefühlt, als sei der Ausgangspunkt der Kraft noch weiter weg. Er ließ die Schultern kreisen. Nach zwei Wochen Ritt lag zwar der Schildwall hinter ihm, aber Kanon war nach wie vor unerreichbar. Es war Luker ein kleiner Trost, dass er jetzt, da das Buch aktiviert war, allein zuschlagen konnte, wenn es sein musste, und ihn die Fäden der Todesmagie zuverlässig zu Mayot führen würden. Allerdings wollte er noch eine Weile warten, bevor er sich überlegte, wie er weiter vorgehen wollte. Es war schließlich nicht sicher, dass er, wenn er zu Mayot gelangte, damit zwangsläufig auch Kanon finden würde. Aber vielleicht verfügten die Spione des Tyrin tatsächlich über Informationen, die ihm weiterhelfen würden.

Hinter ihm rollten klappernd ein paar kleine Steine über den Hang, und als Luker sich umsah, kam Merin gerade den Pfad zur Kuppe herauf; Jenna und Chamery waren noch ein Stück weiter unten. Der Tyrin band seinem Pferd einen Strick so um die Vorderbeine, dass es nicht weit ausgreifen konnte, und kletterte dann zum Bewahrer hinauf. Er hatte es abgelehnt, sich von Chamery die Wunden heilen zu lassen, die Luker ihm in der Torschänke zugefügt hatte, und ein Ring aus gelben Schatten um den Hals zeugte noch immer von den Quetschungen, die er davongetragen hatte. Sein müdes Gesicht und die tiefliegenden Augen waren jedoch eher auf das mörderische Tempo zurückzuführen, das Luker vorgelegt hatte, seit sie Arkarbour verlassen hatten, aber im Gegensatz zu Chamery hatte Merin sich nicht über die Anstrengungen der Reise beklagt. Er blickte ins Tal hinunter.

Luker sah ihn an und sagte: »Vergesst jetzt Euren Stolz. Wir nehmen den direkten Weg nach Arandas, quer durch die Ebene.«

Merins Augen ruhten eine Weile auf dem Bewahrer. »Der stete Strom von Überlebenden der Siebten Armee ist versiegt, seit wir den Wolkenpass überquerten. Daraus schließe ich, dass dort draußen Kalaneser unterwegs sind, die sie jagen.« Mit einer Kopfbewegung deutete er hinunter zur Ebene.

»Die höchstwahrscheinlich selbst gejagt werden. Kein Stamm der Ebene wird ihnen eine Sonderbehandlung angedeihen lassen.«

»Glaubt Ihr, unbemerkt an beiden vorüber zu kommen?«

»Das werden wir versuchen müssen«, sagte Luker. »Bis Arandas sind es fünf Tage, wenn wir diese Straße nehmen, und wenn wir die Ebene meiden, dauert es vielleicht doppelt so lange. So viel Zeit haben wir nicht.«

Merin bedachte das mit der Miene eines Befehlshabers, der über den Vorschlag eines Untergebenen nachdenkt. *Der Tyrin spielt hier immer noch Soldat.* Wie lange würde es noch dauern, bis er endlich begriff, dass nicht er hier die Entscheidungen fällte? »Kennt Ihr Euch in diesem Gebiet aus?«, fragte Merin nun.

»Gut genug.«

»Wie ist es mit Wasser?«

»Gut genug, habe ich gesagt!«

»Und was passiert, wenn wir da draußen auf Kalaneser stoßen oder auf einen Wüstenstamm? Aller Wahrscheinlichkeit nach werden wir zahlenmäßig unterlegen sein.«

»Schwierigkeiten können uns auf jedem Weg begegnen, den wir einschlagen.«

Vom Hang unter ihnen drang Chamerys fragender Ruf zu ihnen

hinauf, aber Merin achtete nicht auf ihn. »Gibt es dort irgendwo Deckung, falls wir welche brauchen?«

»Hier und da. Ruinen, Schluchten, tief ausgewaschene Bachläufe.«

»Die natürlich auch gut dazu genutzt werden könnten, einen Hinterhalt zu legen.«

Der Bewahrer verkniff sich eine scharfe Entgegnung. Der Tyrin sagte damit nichts, was er nicht auch selbst wusste. So, wie die Dinge lagen, würde es Luker tatsächlich leichter gelingen, die Ebene ungesehen zu durchqueren, wenn er allein reiste. Merin war kurz davor, sich um seinen Begleitschutz zu reden. »Ich kann die Gegend auskundschaften, wenn es nötig sein sollte, und meinen Geist auf unserer Route vorausschicken …«

Er verstummte. Ganz kurz war in dem Dunst vor ihnen etwas aufgeblitzt. Der Bewahrer fasste Merin am Arm und deutete in die Richtung.

»Ich sehe es«, sagte der. »Sonnenlicht auf einer Rüstung?«

»Verdammt unvorsichtig von denen, falls Ihr recht haben solltet.«

Ein neuerliches Flackern zuckte durch den Staub. Luker wandte sich um und ließ den Blick über den Hügelkamm hinter ihnen schweifen. In einiger Entfernung ragten die schwarzen Türmchen und Zinnen von Turmblick auf, der großen Festung, die in eine Bergflanke des Schildwalls hineingehauen worden war. Weiter westlich …

Da! Ganz kurz blitzte es erneut von einem Felsvorsprung, der über das letzte Stück des Wolkenpasses blickte.

Luker fluchte. »Signale. Man hat uns gesehen.«

Merin sah auf die Ebene hinaus. »Ich kann in dem Dunst überhaupt nichts erkennen.«

»Wer auch immer dort sein mag, unsere Leute sind es nicht.«

»Und auch hinter uns? Kommen sie von Turmblick?«

»Nein, von weiter westlich.«

»Sie werden uns einkreisen, damit uns keine Möglichkeit zum Rückzug bleibt. Wir müssen uns jetzt beeilen.«

Luker fluchte wieder. Er hasste es, die Flucht zu ergreifen, aber solange sie nicht sagen konnten, mit wem sie es zu tun hatten … Er nickte.

»Und wir halten uns an den ursprünglichen Plan«, fuhr Merin fort. »Wir folgen dem Vorgebirge bis zur Ödnis.«

»Sobald wir dort unten sind, werden sie uns nicht besser sehen können als wir sie«, erwiderte der Bewahrer. »Vielleicht kommen wir im Schutz des Wüstenstaubs ungesehen an ihnen vorüber.«

Die Zweifel des Tyrin waren an seinen erhobenen Augenbrauen abzulesen.

Plötzlich erschien Arandas viel weiter entfernt als zuvor.

Ebon rutschte auf dem Eisernen Thron hin und her. Das Herrscherwappen, das die Lehne zierte, bohrte sich in seinen Rücken, und egal, wie er sich hinsetzte, die Sitzfläche blieb kalt und unbequem. Gut, das Kissen war auf Ebons eigenen Wunsch hin entfernt worden, denn selbst jetzt reichten seine Beine kaum bis zum Boden, obwohl er so groß gewachsen war. Ein Umstand, der ihn ständig daran erinnerte, dass es sich um den Thron seines Vaters handelte. Als ob das nötig gewesen wäre.

Er war es gewohnt gewesen, zur Rechten seines Vaters zu sitzen, auf dem Platz, den jetzt sein Bruder Rendale eingenommen hatte, und obwohl sich sein Blickwinkel dadurch nur unwesentlich verschob, führte es ihm doch deutlich vor Augen, dass seine Position jetzt eine andere war. Ein paar Schritte vor dem Thron führten einige Stufen zum Boden des großen Saals hinunter. Auf der anderen Seite, einen Steinwurf weit entfernt, ragte eine Flügeltür aus schwarzem Stahl bis zur Decke empor. Links und rechts von Ebon säumten Pantheonwächter die Wände. Auf den schwebenden Galerien über ihnen hatten die weniger bedeutenden Domen und andere Würdenträger Platz genommen, und kein einziger Stuhl war unbesetzt; selbst auf den Treppenstufen dazwischen saßen gespannte Zuschauer. Ihr

Gemurmel ließ vermuten, dass sie sich darauf freuten, die Standhaftigkeit ihres neuen Königs vom sartorianischen Consel geprüft zu sehen.

Die Zackenkrone drückte schwer auf Ebons Kopf.

Wie immer zog das Skelett an der östlichen Mauer des Saales seinen Blick auf sich. Durch den Schatten, den eine der Galerien darüberwarf, sah es aus, als ob der Schädel eines riesigen Geschöpfes aus dem Boden ragte, als sei irgendwann der Boden geschmolzen und habe sich dann rund um das darin gefangene Untier wieder verfestigt. Als Junge war Ebon gern auf die Kieferknochen geklettert. Jeder Zahn darin war damals ebenso lang gewesen wie er selbst. Nicht einmal Mottle wusste, um was für eine Art von Wesen es sich handelte oder welches Schicksal ihm zuteil geworden war. Die Windströme hatten offenbar darauf keine Antwort – die kleinen Wellen waren zu schwach, als dass man sie hätte lesen können.

Ein Khalid-Esgaril. Der Name erschien wie von selbst in Ebons Kopf. *Drachenfluch.*

Das Flüstern der Stimmen schwoll an, und der Thronsaal verdunkelte sich. *Nein! Nicht hier, nicht jetzt.* Ebon versuchte, die Visionen zurückzudrängen, presste den Rücken gegen das Herrscherwappen, bis er glaubte, dass ihm ein Blutstropfen über die Haut lief, aber dennoch entglitt ihm seine Umgebung. Flackernde Bilder legten sich über den Saal, als ob er doppelt sehen würde. Eine Szene nahm vor seinen Augen Gestalt an: Der Raum war derselbe, aber alles darin schien verändert. Teppiche bedeckten den Boden, und eine Sammlung aus Schädeln aller Formen und Größen, von Menschen und Tieren, zierte die Wände. Als er den Blick nach oben richtete, sah Ebon in den Fenstern oberhalb der jetzt leeren Galerien die Spitzen hoher Bäume. War dies also eine Vision des Thronsaals vor vielen hundert Jahren? Hatte der Seufzerwald einmal bis hierher gereicht?

Eine geisterhafte Gestalt bewegte sich am Rand seines Blickfelds – eine blasshäutige Frau, die einen Kettenpanzer trug, der ihr fast bis an die Knie reichte. Ihr Bild war zu verschwommen, als dass er ihr Gesicht hätte erkennen können, aber er hatte dennoch das Gefühl, sie zu kennen. Ihr Mund öffnete und schloss sich, aber Ebon verstand nicht, was sie sagte. Am liebsten hätte er heftig den Kopf geschüttelt, um ihn wieder freizubekommen, aber das wagte er nicht; auf keinen Fall wollte er die Aufmerksamkeit seiner Getreuen im »echten« Thronsaal auf sich lenken. *Lass mich in Ruhe!*, befahl er der Erscheinung lautlos, aber da sie überhaupt nicht reagierte, vermutete er, dass sie ihn ebenso wenig hörte wie umgekehrt. Als es ihm gelang, den Blick von ihr zu lösen, stellte er fest, dass seine Augen wieder auf dem Khalid-Esgaril ruhten. Das riesige Maul des Geschöpfs schien zu lächeln, und in seinen Augenhöhlen nahm er eine Bewegung wahr …

Mit einem Ruck kam der König wieder zu sich, und er holte tief Luft. Die Bilder seines zweiten Gesichts verblassten, und er erkannte, dass Mottle in einem Auge des großen Schädels saß und die Beine baumeln ließ. Offenbar bemerkte er, dass Ebon ihn entdeckt hatte, denn er sah zu ihm herüber und winkte.

Die letzten Überbleibsel der Vision verschwanden.

Rechts von ihm sprach jemand: Der Kanzler, der hinter dem Thron stand, hatte sich vorgebeugt und flüsterte ihm etwas ins Ohr. Ebon konzentrierte sich auf die Worte. Tamarin erklärte – langsam und überdeutlich, als spräche er mit einem Kind – dass die Delegation von Mercerie nicht kommen würde. Offenbar war ein Bote eingetroffen und hatte die Entschuldigung des Gesandten überbracht, der auf dem Weg nach Majack erkrankt sei. Überflüssigerweise setzte der Kanzler hinzu, dass er das für eine Ausrede hielt. Die Mercerienser teilten ganz klar Ebons Bedenken, was den Grund für den Besuch des Consel betraf, und hatten beschlossen, dem Treffen lieber fernzubleiben, bevor sie in einen Konflikt hineingezogen wurden.

Während Tamarin monoton weiterflüsterte, wandte Ebon den

Kopf nach links. Seine Mutter saß auf der Kante ihres Throns und hielt die Armlehnen fest umklammert. Neben ihr streichelte General Reynes den Zunderhund auf seinem Schoß. Dann folgte Vale und dahinter ein Dutzend Domen, die ihre Plätze je nach ihrem Rang zugewiesen bekommen hatten. Ebon ließ nun den Blick über die Ratsmitglieder auf der rechten Seite wandern. Zu seiner Erleichterung stellte er fest, dass Domen Janir seiner Anordnung entsprechend der Versammlung ferngeblieben war.

Ein donnerndes Klopfen ertönte von der anderen Seite des Saales, und alle Gespräche verstummten.

Jetzt geht es also los.

Wächter zogen energisch an Seilen, und die Türen schwangen auf. Im dämmrigen Raum dahinter standen etwa zwanzig Leute, aber Ebon widerstand dem Impuls sich vorzubeugen, um sie besser erkennen zu können. Die Gesandtschaft aus Sartor schritt in den Saal. Angeführt wurde sie von einem Mann, der die typisch rostrote Hautfarbe aller Sartorianer hatte und sich mit der federnden Geschmeidigkeit eines Fechters bewegte – Consel Garat Hallon vermutlich. Er wurde auf jeder Seite von vier riesenhaften Kriegern flankiert, die den Consel allesamt noch einmal um die Hälfte seiner Körperlänge überragten und von Kopf bis Fuß gepanzert waren. Das dumpfe Krachen ihrer metallenen Schritte erfolgte in völligem Gleichklang.

General Reynes' Zunderhund stieß ein Knurren aus, und ein Raunen ging über die Galerien, als Mottle vom Khalid-Esgaril heruntersprang und der Gesandtschaft entgegeneilte, wobei er sich noch im Gehen das zerknitterte Gewand glattstrich.

»Was macht dieser Narr?«, raunte Rosel.

Ebon antwortete nicht. Der Consel war stehen geblieben. Er sprach ein paar Worte mit Mottle, die Ebon aus dieser Entfernung allerdings nicht hören konnte. Der Sartorianer verschränkte die Arme, dann bedachte er die Pantheonwächter, die links und rechts die Wände des Saales säumten, mit einem langen Blick.

Die Atmosphäre im Saal war angespannt wie eine Bogensehne.

»Ich gehe davon aus, dass du dafür einen guten Grund hattest, Mottle«, flüsterte Ebon in dem Bewusstsein, dass der Magier ihn hören würde.

Noch während er die Worte sprach, zuckte der Consel die Achseln und machte eine wegwerfende Handbewegung. Die vier gepanzerten Riesen lösten sich von der Gesandtschaft, drehten sich um und marschierten zurück zur Tür. Garat neigte leicht den Kopf und sah Mottle an, seine Lippen bewegten sich geräuschlos, und ein leises Lächeln lag auf seinem Gesicht. Daraufhin trat der Magier zurück und schwang einladend den Arm.

Nun, da er näher kam, sah Ebon den Consel deutlicher. Er war groß und von schwerem Körperbau, aber wohl nur wenige Jahre älter als Ebon selbst. Das braune Haar hatte er nach Art der sartorianischen Krieger geölt und zurückgekämmt; über dem linken Auge, wo die Braue hätte sein sollen, prangte eine Narbe. An seinem Gürtel hing ein Langschwert, dessen Knauf und Scheide mit der sich aufbäumenden Flintkatze von Sartor verziert waren. Auch dem Kanzler war das aufgefallen, und wieder begann er zu flüstern. *Das ist wirklich ein kühner Beweis seiner Ambitionen.*

Garat Hallon blieb vor den Stufen stehen, die zum Thron hinaufführten. Ganz kurz kreuzte sein Blick den des Königs, dann wanderten seine Augen zur Zackenkrone empor. Als er nun die Augenbraue hob, sollte das vermutlich Überraschung signalisieren, aber der König ließ sich nicht davon blenden – ganz sicher hatte der Consel auf dem Weg hierher bereits von Isanovirs Abdankung erfahren.

»Consel Garat Hallon«, grüßte Ebon. »Willkommen in Majack.«

»Ich danke Euch … Euer Majestät«, erwiderte Garat. »Vergebt mir meine Offenheit, aber war nicht Euer Vater König, als ich in Camessil aufbrach?«

»Die Ehre obliegt nun mir.«

»Ich verstehe.« Der Consel klang, als hätte Ebon gerade etwas

Anstößiges zugegeben. Dann hob er die Stimme, bis er auch auf den Besuchergalerien gut zu hören war, und fuhr fort: »Es betrübte mich sehr zu hören, dass es Isanovir so schlecht geht. Einen Mann seiner Erfahrung zu verlieren, zumal in derart schweren Zeiten, das ist sicherlich ein harter Schlag.«

Schwere Zeiten? Sollte das eine Warnung sein? Ebon hatte gehofft, das Treffen hinter sich zu bringen, ohne dass sich beide Parteien in die Brust warfen und gegenseitig einzuschüchtern versuchten, aber wenn Garat es unbedingt so wollte, dann würde Ebons Gefolge von seinem König natürlich erwarten, dass er sich nicht übertreffen ließ. »Ich werde ihm Euer Bedauern mitteilen. Aber Ihr seid doch sicherlich nicht den ganzen Weg gekommen, um Euch nach der Gesundheit meines Vaters zu erkundigen. Ich vermute, Ihr bringt eine Botschaft des Patriziers?«

Garats Lächeln verblasste; Ebons Stich hatte gesessen. »Ich bin kein Botschafter.« Sein Blick glitt nun durch den ganzen Thronsaal und verharrte auf dem Skelett des Khalid-Esgarils. »Welch ein bemerkenswerter Saal. Erbaut im Ersten Zeitalter von einem der alten Völker, wie ich hörte. Meine Gelehrten haben nur wenige weitere Dinge von Bedeutung darüber in Erfahrung bringen können, was jedoch, wie ich Euch versichern kann, nicht daran liegt, dass sie sich nicht bemüht hätten.«

»Das mag sein. Und wie kommt es, dass Ihr ein so großes Interesse an dieser Festung hegt?«

»Oh, das ist rein wissenschaftlicher Natur. Ich halte mich für einen geschichtlich gut bewanderten Menschen, aber eine Anlage wie diese habe ich noch nie gesehen; ihre Architektur ist äußerst ungewöhnlich. Schon allein die Größe lässt sich vom menschlichen Verstand kaum begreifen. Zweifelsohne könnte man die gesamte Bevölkerung der Stadt hier unterbringen, wenn es nötig wäre?«

»Zweifelsohne.«

»Stimmt es, dass es auch noch einige unterirdische Geschosse gibt?«

»Davon gehen wir aus, obwohl wir bisher keinen Zugang zu ihnen erlangen konnten.«

»Weil sie durch Zauberkraft geschützt sind?«

Ebon nickte.

»Und die Befestigungen des Palastes? Sie sind sicherlich sehr mächtig.«

»Natürlich. Um sie auf die Probe zu stellen, müsste ein feindliches Heer allerdings zunächst die äußeren Mauern der Stadt einnehmen. Und das wird nie geschehen.«

Zustimmendes Raunen ertönte von den Galerien.

Garat lachte wieder. »Ah, Vorsicht, Euer Majestät. Sonst nehme ich das womöglich als Einladung, es einmal auszuprobieren.« Er sah kurz über seine Schulter und winkte jemanden aus seinem Gefolge zu sich heran. Ein rotgesichtiger Mann in der Livree eines Bediensteten trat vor. Er trug ein Schwert. »Ich habe Euch ein Geschenk mitgebracht«, erklärte Garat, nun wieder an Ebon gewandt. »Ein Korbschwert, in Oskirrins Feuer geschmiedet. Die Waffe Eures Vaters, wenn ich recht weiß. Aber natürlich verfügt nicht jeder über seine unglaubliche Kraft …«

Diese letzte Bemerkung ließ er offen wie eine Herausforderung. Ebon spürte, dass alle Augen auf ihn gerichtet waren. Einen Augenblick betrachtete er den Consel, dann erhob er sich und schritt die Stufen hinab. Er kämpfte am liebsten mit dem Säbel, jedenfalls nicht mit einer derart monströsen Klinge, die vermutlich genauso viel wog wie er selber. Während er die juwelenbesetzte Scheide inspizierte, flüsterte er: »Mottle, jetzt könnte ich ein wenig Hilfe gebrauchen.« Dann legte er die Hand um den Griff und zog die Waffe mit einer einzigen, schwungvollen Bewegung. Sie war plötzlich federleicht, als ob sie auf einem Luftkissen ruhte. Ebon schwang sie probeweise einige Male, bevor er sich wieder dem Blick des Consel stellte. »Schön ausbalanciert.«

Garat Hallon hatte sich schnell wieder gefasst. »Es freut mich, dass sie Euch gefällt.«

Ebon schob das Schwert zurück in die Scheide. »Ich fürchte, ich habe kein Geschenk, das ebenso erlesen wäre wie das Eure, Consel, aber vielleicht mögt Ihr mich später in unsere Stallungen begleiten. Wie ich weiß, bewundert Ihr schon lange die Pferde aus galitianischer Zucht. Mein Stallmeister hat einen Hengst ausgesucht, der Euch sicherlich nicht enttäuschen wird.«

»Später, ja«, erklärte der Consel in herablassendem Ton. »Erlaubt mir jetzt erst einmal, meine Gesandtschaft vorzustellen. Das hier ist mein Bruder Falin.« Er zerstrubbelte das Haar eines pickligen Jungen, der versuchte, ein ernstes Gesicht zu machen. »An seiner Seite meine Hexenmeisterin, Ambolina Alavist.« Dabei deutete er auf eine Frau, die eine blaue Robe mit weißem Saum trug. Sie hatte ihr langes schwarzes Haar zu einem Pferdeschwanz gebunden, und ihre Fingernägel waren ebenso lang wie die Finger. Ihr stählerner Blick ging geradewegs durch Ebon hindurch. »Zu meiner Rechten mein oberster Berater, Pellar Hargin.« Hargin war ein dicker Mann mit trägem Blick, dessen Haut in der Hitze zu schmelzen schien. »Und neben ihm Tarda Gen Sulin, Befehlshaber meiner Garde ...«

Es folgte eine Reihe weiterer Namen, die Ebon vergaß, kaum dass Garat sie genannt hatte. Dann stellte der König seinen eigenen Hofstaat vor. Der Consel horchte nur ein einziges Mal auf, als nämlich Vales Name fiel. »Ah ja«, sagte er. »Der Endorianer. Von Euch habe ich eine Menge gehört. Es heißt, Euer Volk könnte die Geschwindigkeit verändern, mit der sie sich durch die Zeit bewegen.«

Vale antwortete nicht.

»Ich traf einen Eurer Landsleute bei Villandry«, fuhr der Consel fort. »Er war schnell.« Eine kleine Pause. »Aber nicht schnell genug.«

Vales Stimme klang schroff. »Dann war er schwach.«

»Meint Ihr, Ihr würdet besser abschneiden? Dann freue ich mich auf eine ... Kostprobe.«

Ebon antwortete, bevor Vale die Herausforderung annehmen konnte. »Ein anderes Mal vielleicht.« Er wandte sich ab und schritt wieder zum Thron hinauf. Der Kanzler umklammerte sein Szepter und versuchte, Ebons Blick auf sich zu lenken, aber der König ignorierte ihn. Er reichte Rendale das Korbschwert, bevor er wieder auf dem Thron Platz nahm. »Wenn ich recht informiert bin, dann darf man Euch gratulieren, Consel, was Euren Kriegszug im Westen betrifft. Man sagte mir, die Stadt Villandry sei gefallen.«

»Villandry?« Garat schüttelte den Kopf und lächelte. »Ah, Euer Majestät, Eure Spitzel arbeiten leider ausgesprochen langsam. Villandry fiel vor mehr als zwei Monaten. Seitdem haben wir auch Melandry, Geradry und Amadry eingenommen.«

Ebon ließ sich seine Überraschung nicht anmerken. Die Feindschaft zwischen Sartor und dem Almarianischen Bund bestand seit Jahrzehnten. Und nun hatte der Consel seine Gegner in einem einzigen Kriegszug geschlagen? »Beeindruckend. Aber nach so viel Blutvergießen sehnt sich das sartorianische Volk sicherlich nach Frieden.«

Garat nickte übertrieben bedeutungsvoll. »Natürlich. Mir ist bewusst, dass unsere Nationen in der Vergangenheit ihre Zwistigkeiten hatten. Tatsächlich war und ist es Sinn und Zweck meines Besuches, dieses Thema zur Sprache zu bringen. Aber was musste ich auf meinem Weg nach Süden entdecken? Ein Königreich, das sich für den Krieg rüstet.« Er breitete die Arme aus. »Ihr könnt Euch meine Bestürzung vorstellen.«

»Ihr bezieht Euch, wie ich annehme, auf die galitianischen Truppen, die sich in den Nordlanden zusammenziehen?«

»Es sei denn, es gäbe noch etwas anderes, was Ihr mir vielleicht mitteilen wollt.«

»Ich kann Euch versichern, Consel, unsere Truppenbewegungen sind nicht gegen Sartor gerichtet. Die Kinevar geben uns mehr und mehr Grund zur Sorge. Unsere Kundschafter berichteten uns, dass ihre Zahl stetig wächst …«

»Das sagte auch ich meinem Obersten Berater«, unterbrach ihn Garat. »Pellar Hargin weiß jedoch besser als ich um die Geografie dieser Lande, und er erinnerte mich daran, dass der Seufzerwald sich nicht nur nördlich von hier erstreckt, sondern auch bis an die südlichsten Provinzen Eures Königreiches heranreicht. Ist es da nicht seltsam, dass Eure Kräfte sich ausschließlich zwischen dem Sametta und dem Amber zusammenziehen?«

»Das ist leicht zu erklären. Wir haben Grund zu der Annahme, dass die Kinevar nach Norden abwandern.«

»Nach Sartor? Und da habt Ihr es nicht für nötig gehalten, uns zu warnen?«

»Ein Botschafter wurde vor über einer Woche entsandt. Vielleicht haben sich Eure Wege gekreuzt.«

Garat antwortete nicht. Er lauschte konzentriert seinem Obersten Berater, der ihm etwas ins Ohr flüsterte.

»Und überhaupt«, fuhr Ebon fort, »wenn wir einen Krieg gewollt hätten, dann hätten wir euch sicherlich schon zu der Zeit angegriffen, da Ihr noch gegen den Almarianischen Bund gekämpft habt.«

Hargin schwieg jetzt, und Garat sah Ebon wieder an. »Da würde ich Euch beinahe zustimmen, wenn es da nicht noch eine Kleinigkeit gäbe. Seinerzeit war Euer Vater an der Macht, jetzt sitzt Ihr auf seinem Thron. Mein Volk wird fragen: Dieser neue König, was plant er? Und man wird sagen: In seinem Hofstaat wird es doch sicherlich Männer geben, die seine Unerfahrenheit für ihre eigenen Zwecke ausnutzen wollen.« Garat ließ den Blick über die Reihen der Domen auf beiden Seiten des Throns wandern, als wollte er damit andeuten, er wüsste, wer diese Verschwörer seien. »Was, wenn der neue König in den Krieg ziehen will, um einen zerstrittenen Hofstaat zu einen?«

Ebon ließ sich davon nicht provozieren. »Dann ist es ja wahrlich Glück, dass Ihr hier seid. In den nächsten Tagen werde ich ohne Zweifel Gelegenheit haben, Euch in dieser Hinsicht zu beruhigen.«

»Wie Ihr meint. Ich war allerdings immer der Ansicht, dass Worte von Taten untermauert werden müssen. Daher muss ich darauf bestehen, dass sich Eure Streitkräfte umgehend aus allen Ländern nördlich des Amber zurückziehen.«

Auf den Galerien breitete sich unruhiges Gemurmel aus. Ebon hob eine Hand und wartete, bis das Raunen verebbte. »Wie ich sehe, haben wir viel zu besprechen.«

»Wohl wahr.« Wieder hob Garat seine Stimme über den ganzen Saal. »Und es gibt noch eine andere Angelegenheit, die der Klärung bedarf.« Demonstrativ ließ er den Blick erneut über die anwesenden Domen schweifen. »Mir fiel auf, dass Domen Janir Callidar heute nicht hier ist.«

Endlich kommen wir zum entscheidenden Punkt. »Leider nicht. Er muss sich um wichtige Angelegenheiten kümmern.«

Garat lächelte wissend. »Wenn Ihr das sagt. Sicherlich aber ist Janir bewusst, dass er sich nicht ewig vor mir verstecken kann. Es ist an der Zeit, dass er für seine Verbrechen geradesteht.«

»Die Ereignisse, die Ihr ansprecht, liegen fünf Jahre zurück. Wollen wir alle Konflikte der Vergangenheit wieder hervorkramen?«

Nun meldete sich zum ersten Mal der Oberste Berater Pellar Hargin zu Wort, dessen Doppelkinn beim Sprechen schwabbelte. »Verliert eine Gräueltat ihre Abscheulichkeit, Euer Majestät, nur weil ein paar Jahre verstrichen sind?«

Garat breitete wieder die Hände aus. »Seht Ihr, welchen Schwierigkeiten ich gegenüberstehe?«, fragte er Ebon. »Pellar Hargin vergisst es nie, mich daran zu erinnern, dass ich im Dienste meines Volkes stehe …« Rechts neben Ebon schnaubte jemand, aber Garat überhörte das. »Und das Volk dürstet nach Rache. Ich vertraue darauf, dass Janir inzwischen bereit ist, der Gerechtigkeit Genüge zu tun.«

Im Thronsaal war es völlig still geworden. Erwarteten die Domen, dass Ebon seinen Onkel den Wölfen vorwarf? Würden sie überhaupt protestieren, wenn er es tat? »Der Gerechtigkeit, ja. Ich bin mir sicher, dass Janir dasselbe verlangte, wäre er heute hier.«

Garats Augen schimmerten. »Wie das?«

»Muss ich Euch an die Tatsachen erinnern, Consel? Ein Grüppchen Banditen greift im Wald bei Linnar eine schwer bewachte Reisegruppe an. Ein einziger Pfeil wird abgeschossen, und er trifft nicht etwa einen der Soldaten, sondern Domen Janirs Gattin. Der einzige Bandit, der gefasst wird, schluckt Gift, bevor er einem Verhör unterzogen werden kann. Ihr vergesst, Consel, ich war dabei.«

»Und wart Ihr auch dabei«, fragte Garat sanft, »als Janir das sartorianische Dorf überfiel und jeden Mann und jede Frau und jedes Kind abschlachtete?«

Ebons Miene verhärtete sich. »Nein, ich war nicht dabei. Dennoch gibt es immer noch Fragen, die geklärt werden müssen. Wieso führten zum Beispiel die Spuren der Banditen zu dem Dorf, das Janir überfiel? Und dann ist da noch der Pfeil, mit dem Irrella getötet wurde. Die Befiederung bestand aus ineinander verwobenen Gelinfedern – eine Technik, die nur von sartorianischen Truppen verwendet wird, wenn ich recht weiß.«

»Wollt Ihr damit andeuten, sartorianische Soldaten seien in den Vorfall verwickelt?«

»Ich möchte lediglich vorschlagen, dass wir uns aller Urteile enthalten, solange wir nicht alle Einzelheiten geklärt haben.«

»Und wie wollt Ihr das anstellen? Zufälligerweise hat Janir schließlich alle Zeugen getötet.«

Ebon sah zu Mottle hinüber. »Das überlasse ich meinem Magier. Und auch Vale versteht sich darauf, die Zeit zu beeinflussen. Sie würden natürlich Eure Erlaubnis benötigen, um das Dorf aufzusuchen.«

Der Blick des Consel glitt zu seiner Hexenmeisterin. Die Frau betrachtete eingehend ihre langen Fingernägel. Auf Garats unausgesprochene Frage hin zuckte sie die Achseln; ihr Gewand schillerte bei dieser Bewegung. »Eine interessante Überlegung«, sagte der Consel. »Wärt Ihr einverstanden, wenn Ambolina als Zeugin zugegen wäre?«

»Vertraut Ihr mir nicht, Consel?«

Leichte Belustigung flackerte in Garats Augen auf. Der Sartorianer genoss es offensichtlich, vor Publikum aufzutreten, und Ebon hatte den Verdacht, bisher nur den ersten Akt des Schauspiels erlebt zu haben. »Ah, Euer Majestät, Vertrauen braucht Zeit, um zu wachsen. Und angesichts der jüngsten Entwicklungen …«

Ebons Augen wurden schmal. »Ich habe Euch schon erklärt …«

»Ich meinte damit«, unterbrach Garat, »euren Botschafter in Camessil.«

»Domen Fillon Bett? Was ist mit ihm?«

»Habt Ihr noch nichts davon gehört? Er wurde festgenommen.«

Wieder ging ein zorniges Raunen über die Galerie, und dieses Mal tat Ebon nichts, um es zu unterbinden. »Was wirft man ihm vor?«

»Verschwörung gegen den Staat. Wir haben Nachrichten abgefangen, die Bett mit der Chamäleon-Priesterschaft in Camessil ausgetauscht hat und die darauf abzielten, den Patrizier zu stürzen. Die Beteiligung des Botschafters steht außer Frage.« Doch nun schien Garat ein Gedanke zu kommen. »Er ist ein Freund von Domen Janir, oder nicht?«

»Er ist unser aller Freund.«

»Ja, ja, so ein schrecklicher Absturz. Was mag nur dazu geführt haben, dass ein so ehrenhafter Mann vom Weg abkommt?« Der Consel hielt kurz inne, dann fügte er hinzu: »Vielleicht werden die Gründe bei seiner … Befragung zutage treten.«

Ebon fühlte, wie ihm die Röte ins Gesicht stieg. Und als ob sie auf einen Zorn reagierten, schwoll auch das Flüstern der Geister in seinem Kopf wieder an; ganz kurz überdeckten die schattenhaften Bilder seines zweiten Gesichts den Thronsaal. Er drängte sie zurück.

Seine Mutter sprang auf. »Ihr wagt es, den Domen zu befragen, ohne dass ein Mitglied dieses Hofes zugegen ist?«

»Leider erschien das notwendig«, sagte Garat. »Ihr versteht sicherlich, dass wir jede Form von Verrat ausrotten müssen, bevor sie um sich greift. Es wird ohne Zweifel interessant sein, wen der Botschafter als Intimus seiner Pläne nennt, nicht wahr?«

Kanzler Tamarin ergriff das Wort. »Dennoch ist das ausgesprochen unüblich. Vielleicht sollte jemand aus dem Kronrat ihm beistehen.«

»Ihr dürft gern jemanden bestimmen, der uns begleitet, wenn wir zurückkehren.«

Bis dahin wird natürlich alles vorüber sein. »Nein«, sagte Ebon. »Jetzt.« Er sah nach rechts. »Domen Jeniver, wollt Ihr gehen?«

Jeniver erhob sich. »Gern, Euer Majestät.«

»General Reynes«, fuhr Ebon fort. »Stellt eine angemessene Eskorte zusammen. So viele Leute, wie Ihr es für richtig haltet.«

Garats Augen funkelten belustigt. »Ist das weise? Der Weg nach Camessil ist lang und gefährlich, und, wie Ihr mir sagtet, muss man mit Überfällen durch die Kinevar rechnen. Ich fürchte um die Sicherheit Eurer Reisegesellschaft.«

Ebon holte tief Luft und atmete langsam wieder aus. Diese Entwicklung hatte der Consel ganz klar vorausgesehen. Jeniver würde sehenden Auges in eine Falle gehen und wusste das auch, erwiderte den fragenden Blick des Königs aber dennoch mit großer Gelassenheit. Ebon wandte sich wieder an Garat und erklärte: »Domen Jeniver weiß um die Gefahren, die Ihr ja nun sehr deutlich angesprochen habt.«

Der Sartorianer antwortete mit einem kalten Lächeln.

Der Kanzler war es, der schließlich das Schweigen brach. »Consel, Ihr müsst nach der langen Reise erschöpft sein. Wir haben eine Unterkunft für Euch vorbereitet …«

Garat unterbrach ihn mit erhobenem Finger. »Das wird nicht nötig sein. Ich habe beschlossen, unser Lager außerhalb der Stadt aufzuschlagen.«

Er vertraut uns nicht, dachte Ebon. *Er hält uns für so skrupellos, wie er selbst es ist.*

»Wie Ihr wünscht, Consel«, sagte Tamarin. »Allerdings muss ich Euch warnen; die Stadttore werden um Mitternacht geschlossen. Die Kinev...«

»Ich glaube, wir können auf uns selbst aufpassen«, fiel Garat ihm erneut ins Wort. »Wenn Ihr mich dann bitte entschuldigen würdet.« Er neigte den Kopf. »Euer Majestät, ich freue mich darauf, unsere Unterredungen morgen fortzusetzen.«

Die Hügel bestanden nur noch aus Geröll. Parolla schleppte sich über geborstenes Gestein, das ihr immer wieder unter den Füßen wegrutschte. Einige der Brocken glühten in sanftem Rot, und sie konnte die Wärme spüren, die durch die Sohlen ihrer Stiefel drang. Allerdings war diese Hitze eine willkommene Abwechslung von den Erdgeistern, die sie in den vorangegangenen Tagen unter den Füßen gespürt hatte. Gestern hatte es auf der Ken'dah-Steppe nur so gewimmelt von den Seelen toter Schamanen, die den Clans gedient hatten, welche früher diese Ebenen heimsuchten. Diese Geisterwesen hatten Parolla bei jedem Schritt verfolgt, und der Zorn über ihre Anwesenheit schwang im Heulen des Windes ebenso mit wie in der Widerspenstigkeit des hohen, gelben Grases, das jeden Schritt schwer machte. Aber jetzt waren sie verschwunden – vermutlich vertrieben von dem Zauberduell, das Parolla am Vorabend aus der Ferne miterlebt hatte.

Es war eine Nacht gewesen, die sie nicht so schnell vergessen würde. Eingerollt in ihren Mantel hatte sie den Energiefontänen zugesehen, die den Himmel im Osten erleuchteten, dämonische Zauberkunst im Kampf mit ineinander verwobenen Schichten aus Erde und Luft. Obwohl sie viele Wegstunden vom Geschehen entfernt war, hatte sich der Boden unter ihren Füßen heftiger aufgebäumt als bei allen Erdbeben, die sie je erlebt hatte, und der Wind war in solchen Böen über das Land gerauscht, dass er sie beinahe von den

Beinen riss. Das Morgenlicht zeigte dann das ganze Ausmaß der Zerstörung der vor ihr liegenden Landstriche, und es rief ihr deutlich in Erinnerung, welche Gefahren vor ihr lagen: Ganz sicher hatte dieses magische Duell an dem Merigan-Portal stattgefunden, zu dem sie jetzt unterwegs war.

Aber jetzt war es zu spät, um einen anderen Kurs einzuschlagen, selbst, wenn sie das gewollt hätte. Sie hatte von Xavel aus drei Tage gebraucht, bis sie das Inlandmeer bei Folar erreicht hatte, dann noch einmal zwei Tage, bis sie einen Platz auf einem Handelsschiff fand, das nach Enikalda ging, und weitere drei, bevor sie schließlich dort ankam. Doch richtig schwierig war es erst geworden, seit Parolla die Steppe durchquerte, um sich jenem immer noch weit entfernten Punkt zu nähern, von dem die Fäden der Todesmagie ausgingen. Immer wieder war sie mit Clankämpfern aneinander geraten, die zweifelsohne von den Erdgeistern im Boden auf ihre Anwesenheit aufmerksam gemacht worden waren. Zwar hatte Parolla die Wilden jedes Mal zurückgeschlagen, aber sie kehrten stets in noch größerer Zahl zurück.

Bei der letzten Begegnung hatte sie ihr Pferd verloren. Ein Pfeil, den sie nicht hatte kommen sehen, hatte das Tier ins Auge getroffen und getötet. Das war nun zwei Tage her. Seitdem hatten die Clankämpfer keine weiteren Übergriffe mehr gewagt; sie beschränkten sich darauf, ihr in einiger Entfernung zu folgen und darauf zu hoffen, dass irgendwann ihre Kraft versiegte. Damit war schon bald zu rechnen. In dem sicheren Wissen, dass ihre Peiniger sie angreifen würden, sobald sie die Augen schloss, hatte Parolla zwei Nächte lang nicht mehr geschlafen. Diese elende Gegend bot keinerlei Versteck, und es gab keine Ansiedlung, in der sie hätte Schutz suchen oder ihre Vorräte aufstocken können. Ihre Augenlider waren inzwischen schwer wie Grabsteine, und sie stolperte mehr vorwärts, als dass sie ging. Die Erschöpfung setzte ihr ebenso gnadenlos zu wie die Clankämpfer, mehr noch: Sie trug Shrouds grausames Grinsen.

Der Ruf eines Raubvogels erscholl, und als Parolla den Kopf hob, sah sie zwei Rotschnäbel am Himmel kreisen. Sie fuhr sich mit der Zunge über die Lippen. Für einen winzigen Augenblick hatte sie die Vögel für Dactils gehalten. Seit der Flucht aus Xavel hatte sie von der Jagd nichts mehr bemerkt, aber Parolla glaubte nicht daran, dass sie die Verfolgung aufgegeben hatte. Der Hohepriester hatte sicherlich begriffen, dass er ihr nicht gewachsen war, und daraufhin Assassinen ausgesandt, um ihre Spur aufzunehmen. Sie sah über ihre Schulter. Bisher war nur ein Dutzend Clankrieger hinter ihr her, die sie von einem Hügel aus beobachteten, der eine halbe Wegstunde entfernt lag. Wie lange würde es dauern, bis auch die Jäger dort oben erschienen? Wie weit lagen die Assassinen noch zurück?

Parolla gönnte sich ein grimmiges Lächeln. Was spielte das für eine Rolle? Bald schon würde sie einen Weg einschlagen, auf dem ihr nicht einmal die Diener des Gehörnten Gottes folgen würden.

Jetzt erreichte sie einen Hügelkamm, der auf eine schüsselförmige Vertiefung hinunterblickte, die einen Durchmesser von vielleicht zweihundert Schritten besaß. Die Senke war in Schwärze gehüllt, wie ein Stückchen Nacht, das die Sonne nicht hatte hinwegbrennen können. *Die Schattenlande.* An diesem Ort, das wusste Parolla, überlagerte die Welt der Kerralai-Dämonen das Reich der Sterblichen. In der Mitte waren die Schatten am tiefsten, zu den Seiten verblasste das Schwarz zu Grau. Am Rande der Dunkelheit ragten die Wurzeln eines glimmenden Baums aus der aufgeworfenen Erde. Kurz dahinter erhob sich ein steinerner Torbogen – das Merigan-Portal. Der Bogen war umgeben von einem Ring aus sieben Obelisken, von denen nur noch einer aufrecht stand.

Innerhalb des Steinkreises lag ein Mann in gelbem Gewand bäuchlings auf der Erde. Sein langes, blondes Haar war wie ein Fächer rund um seinen Kopf ausgebreitet. *Ein Fangalar, ein Angehöriger eines der älteren Völker.* Links von ihm lagen die Überreste eines Pferdes mit schneeweißem, blutbespritztem Fell, und über den Kadaver beugte sich ein schwarzhäutiger Kerralai-Dämon, der in der Düsternis kaum auszumachen war. Nach dem Feuerwerk der letzten Nacht hatte Parolla zwar erwartet, dass die Senke bewacht sein würde, aber die Anwesenheit des Dämons bedeutete tatsächlich, dass sie ihren Weg auf keinen Fall ungesehen würde fortsetzen können. Sie dachte noch darüber nach, als der Kerralai den Kopf hob und sie mit seinen riesigen, roten Augen anstarrte. Seine Schnauze und die Reißzähne waren blutverschmiert.

Kleine Steinchen lösten sich unter ihrem Schritt und rollten davon, als Parolla den Hang hinunterschritt, ihre Kraft schützend um sich geschlungen. Am Rand der Schatten blieb sie stehen, zehn Schritte von dem Dämon entfernt. Zehn Schritte? Es fühlte sich viel weniger an. Selbst jetzt, da er neben dem Pferd in die Hocke gegangen war, überragte sie der Kerralai. Einer seiner Flügel hing schlaff herunter; die Flughaut war zerfetzt, die Knochen gebrochen, und ein Keuchen begleitete jeden Atemzug des Dämonen.

Parolla neigte den Kopf. »*Glesha*«, sagte sie grüßend.

Der Kerralai schien sich nicht darüber zu wundern, dass sie seine Sprache beherrschte. »Willkommen, *angella*«, erwiderte er mit kehliger, grollender Stimme.

Parollas Haut prickelte. *Angella.* Engel des Todes. »Wieso nennst du mich so?«

»Der Tod geht in deinem Schatten. Bist du keine Seelenschnitterin?«

»Ich gehöre nicht zu Shrouds Jüngern, falls du das meinst.«

Der Dämon riss noch ein Stück Fleisch von dem Pferdekadaver und kaute geräuschvoll. »Weshalb bist du dann gekommen? Wie du siehst, ist der Kampf hier vorbei.«

Parolla deutete auf die Wand aus Dunkelheit, die sich eine Armeslänge von ihr entfernt erhob. »Als ich diese Lande zuletzt bereiste, maß dieser Zwiespalt nur einen Bruchteil seiner jetzigen Größe, und er umfasste noch nicht das Land, auf dem das Merigan-Portal liegt.«

Das Lächeln des Kerralai gab den Blick auf schimmernde Fangzähne frei. »Das Gewebe deiner Welt ist zerrissen. Die Zauberkraft, die hier in der letzten Nacht entfesselt wurde, wird seine Auflösung weiter beschleunigen. Der Zwiespalt wird jeden Tag größer.«

Parolla betrachtete den Leichnam des Fangalar. »Dieser Mann war sich dessen zweifelsohne nicht bewusst, als er dieses Portal wählte.«

»Jetzt weiß er es.«

»Dennoch drang er sicherlich unabsichtlich in dein Reich ein. Du weißt, *sirrah*, dass die Gefolgsleute des Fangalar spüren werden, was hier geschehen ist. Sie werden kommen und sich rächen wollen.«

Die lange, gespaltene Zunge des Dämons schoss hervor und leckte Blut von den Fangzähnen. »Dann werde ich das Portal vielleicht zerstören. Es ist nicht wichtig. Wenn die Grenzen unseres Reiches verletzt werden, kann es nur eine Antwort darauf geben.«

»Du kannst dich glücklich schätzen, dass wir von dieser Welt in dieser Hinsicht nicht ebenso … empfindlich sind.« Parolla deutete auf die Senke. »Dieser Zwiespalt ist schließlich ebenso sehr Teil unserer Welt wie der deinen.«

Animalische Schläue trat in die Augen des Kerralai. »Ich merke schon, worauf du hinauswillst, *angella*. Du bittest um Erlaubnis, den Zwiespalt zu betreten, damit du das Portal benutzen kannst.«

Parolla schüttelte den Kopf. »Das Tor hier nützt mir nichts – ich wüsste kein anderes Portal in der Nähe des Ortes, an den ich reisen will. Nein, *sirrah*, ich möchte vielmehr *dein* Reich betreten.«

Sie hatte lange überlegt, bevor sie sich dazu entschlossen hatte. Ihrer Schätzung nach befand sich der Ausgangspunkt der Todesmagie viele Wegstunden weiter östlich – ein langer Weg durch die Ken'dah-Steppe. Aber innerhalb der Schattenlande verhielt es sich mit Entfernungen anders. Während es Wochen dauern würde, die Ebene zu durchqueren, würde Parolla in der Dämonenwelt nur ein paar Glocken benötigen. Und nicht weit entfernt, westlich des Seufzerwaldes, gab es einen ähnlichen Zwiespalt wie diesen hier.

Der Dämon warf den Kopf in den Nacken und lachte. Es klang, als ob Steine aneinander mahlten. Parolla packte der Drang, einen Schritt zurückzuweichen. Binnen weniger Herzschläge konnte der riesenhafte Kopf nach vorn schnellen und zuschnappen …

»Hat das Schicksal des Fangalar dich überhaupt nicht berührt, *angella?*«, fragte der Kerralai. »Es ist wahr, meine Wunden würden mich daran hindern, mich dir entgegenzustellen, aber andere meiner Art werden dich für dein Eindringen bestrafen. Niemand, der unsere Welt betritt, kommt lebend wieder heraus.«

»Ich war schon dort.«

»Du lügst.«

»Nein. Damals wusste ich noch nicht, wie feindselig dein Volk Eindringlingen gegenübersteht. Dein *mekra*, Mezaqin, hatte Erbarmen mit mir. Ich habe deine Welt durch ebendiesen Zwiespalt hier verlassen.«

Die Erinnerung war noch sehr lebendig. Sie war über den Spalt in der Nähe des Seufzerwalds gekommen, in der Hoffnung, dass er einen Weg zu Shrouds Reich darstellte. Stattdessen fand sie sich in den Schattenlanden wieder. Ohne zu wissen, in welcher Gefahr sie sich befand, war sie eine Glocke lang umhergeirrt, bevor sie auf den Herrn der Dämonen höchstselbst stieß. Mezaqin hatte ihr gesagt, welche Strafe auf sie wartete, sie dann jedoch ausführlich danach befragt, weshalb sie seine Welt betreten hatte. Am Ende hatte er ihr Leben verschont, aus einer Laune heraus, wie sie vermutete … obwohl vielleicht auch ihre Abstammung eine Rolle gespielt haben mochte.

Der Kerralai war still geworden, als Mezaqins Name fiel. »Und hat dir mein Herr gestattet, in unser Reich zurückzukehren?«

»Er sagte, er würde mich sofort töten, falls ich das täte.«

Der Dämon sah sie an.

»Ich hatte gehofft, es sei ein Witz.«

»Mezaqin ist nicht gerade für seinen Humor bekannt.«

»Vielleicht sollte ich dann zuerst einmal ihn fragen.«

Der Kerralai schnaubte. »Und wie würdest du das anstellen wollen? Meinst du etwa, du könntest ihn hierher zitieren, damit er deiner Bitte lauscht?«

»Das hätte wohl ebenso wenig Zweck, wie dich zu bitten, dass du ihm eine Botschaft von mir überbringst.«

Seufzend blickte Parolla durch den Spalt. Die Dunkelheit in den Schattenlanden war tiefer als die in der Senke, und sie konnte nur ein paar Schritte weit sehen. Wer konnte sagen, was sie erwartete, wenn sie es wagte, das Dämonenreich zu betreten? Würde sie sich überhaupt noch an den Weg erinnern, der zu dem Zwiespalt beim Seufzerwald führte? Sie blickte über ihre Schulter. Aber welche andere Wahl blieb ihr? Zwar waren die Clankrieger vom Boden der Senke aus im Augenblick nicht zu sehen, aber sie war sicher, dass sie in der Nähe lauerten.

Also wandte sie sich wieder an den Dämon und sagte: »Dann werde ich es wohl einfach drauf ankommen lassen müssen.«

8

Romany nahm einen Schluck Weißwein und kostete den Geschmack eine Weile aus, bevor sie schluckte. Reiner Nektar! Vollmundig, seidig, dennoch voll fruchtigem Aroma und herrlich erfrischend an diesem heißen Tag. Nun gut, er war ein wenig teurer als andere, aber für die Priesterin gab es keine bessere Verwendung der Tempelgelder. Rückblickend war es vielleicht sogar ein Segen, dass ihr alter Weinhändler in Ungnade gefallen war. Allein die Vorstellung, dass er ihre Koronos-Flaschen mit billigem Maru-Spülwasser befüllt hatte in dem Glauben, sie würde das nicht bemerken! Wie absurd! Das würde sie diesem Halunken noch irgendwie heimzahlen; dass er sie als Kundin verloren hatte, war bei Weitem nicht genug.

Sie lehnte sich in ihrem Sessel zurück und stieß einen zufriedenen Seufzer aus. Ihr Blick glitt über den Kreuzgang. Die Gärten boten ein überwältigendes Farbenspiel, obwohl sie leicht verstimmt entdeckte, dass einige Blumen aufgrund der Hitze bereits welkten. Die Luft war erfüllt vom Duft der Malirangen- und Cavillenbäume, die den Innenhof säumten. Romany fragte sich träge, ob wohl schon einige der Früchte reif genug zum Essen waren. Sie würde einen der Gärtner fragen.

War es wirklich schon zwei Wochen her, seit die Spinne sie aus Estapharriol zurückgebracht hatte? Erst ganz allmählich erholte sich Romany von den Strapazen. Nach ihrer Rückkehr in den Tempel hatte sie einen ganzen Tag im Bad zugebracht und versucht, sich den Wald von der Haut zu schrubben, und der Gedanke daran, wie

Mayots Blicke auf ihrem Körper ruhten, ließ sie immer noch unwillkürlich nach dem nächsten Stück Seife greifen. Die Spinne hatte seitdem nicht mehr mit ihr gesprochen, und die Priesterin verspürte nicht die geringste Lust, von sich aus Kontakt zu ihrer Göttin aufzunehmen. Mit jedem Tag, der verging, wurde es unwahrscheinlicher, dass sie noch einmal in den Seufzerwald würde zurückkehren müssen. Vielleicht hatte die Spinne ihre Aufmerksamkeit inzwischen größeren und besseren Dingen zugewandt. Vielleicht hatte Mayot die Aussichtslosigkeit seines Vorhabens erkannt und Shroud das Buch übergeben. Oder vielleicht war der alte Mann auch schlicht und ergreifend an seinem eigenen Ego zugrunde gegangen. Was immer der Grund sein mochte, Romany wollte sich den Nachmittag jedenfalls nicht davon verderben lassen, dass sich der Magus weiter in ihre Gedanken schlich.

Dann drängte sich etwas anderes in ihr Bewusstsein, das ihre Ruhe störte. Ein Geräusch … nur leise erhob es sich über das Rauschen der Blätter und die Rufe der Schleusenwärter am Kanal der Aussätzigen. *Da weint jemand.* Ein Mädchen. Es kam aus einem offenen Fenster zu ihrer Linken. *Ah, das erklärt einiges.* Dort befanden sich die Unterkünfte der Novizinnen.

Romany schloss die Augen und versuchte ihre Gelassenheit zurückzugewinnen. Die Hitze im Kreuzgang wurde immer drückender, und sie tupfte sich die Stirn mit ihrem Ärmel, nahm dann noch einen Schluck Wein und dachte kurz darüber nach, woher dieser Tropfen stammen mochte. Ganz offensichtlich von den Weinstöcken, die weit oben auf den Koronosbergen nach Osten blickten. Wahrscheinlich von der Lese vor zwei Jahren. Die aus dem letzten Sommer war einen Hauch eleganter …

Es hatte keinen Zweck. Das Weinen des Mädchens wollte nicht aufhören – leise, erstickte Schluchzer. So weinte man nicht, wenn man Aufmerksamkeit oder Mitleid erheischen wollte. Es war ein Laut ganz intimer Traurigkeit. *Sie fühlt sich verloren.* Demnach war die

Kleine keine Waise; die Straßenkinder von Mercerie waren bekanntermaßen bereit, sich die Augen dafür auszustechen, damit sie im Tempel aufgenommen wurden. Die Priesterin seufzte. Nach und nach, wenn die Erinnerungen an das alte Leben verblassten, würde auch der Schmerz nachlassen. Nachlassen, aber nie ganz verschwinden. *Nein, das nie.*

Eine schimpfende Stimme erklang, und das Fenster der Novizinnenquartiere wurde mit einem Knall geschlossen.

Romany umfasste das Glas mit beiden Händen.

»Wie stets bin ich beeindrrruckt von deiner asketischen Disziplin, Hohepriesterin«, sagte eine vertraute Stimme hinter ihr.

Romany verzog das Gesicht, als die Spinne sich zeigte. Wieder einmal hatte es nicht die kleinste Erschütterung in ihrem Netz gegeben, um sie vor dem Eintreffen der Göttin zu warnen. *Das macht sie doch mit Absicht, um mich zu ärgern.* »Ich würde Euch etwas Wein anbieten, Gebieterin, aber leider habe ich nur ein Glas.«

»Das macht nichts.« Die Spinne schnippte leicht mit ihren unruhigen Fingern, und ein Glas erschien in ihrer linken Hand.

Romany blieb einen Augenblick unbeweglich sitzen, um ihren Ärger kundzutun. Dann nahm sie die Weinflasche, die im Schatten neben ihrem Sessel stand, und schenkte der Göttin ein. Natürlich kein volles Glas, nur so viel, um dem Anstand Genüge zu tun. Die Spinne schnupperte am Wein, dann trank sie vorsichtig. »Nicht übel.«

»An diese Sorte muss man sich erst ein wenig gewöhnen. Wenn Ihr wünscht, kann ich eine der Akolythinnen etwas bringen lassen, das die Geschmacksknospen weniger herausfordert.«

Die Göttin hob eine Augenbraue. »Weniger? Ah, du meinst Wasser. Eine wunderbare Idee.« Wieder schnippte sie mit den Fingern, und die Flüssigkeit verlor ihre goldene Farbe.

Es dauerte einen Augenblick, bis Romany ihre Sprache wiederfand. »Ich hatte angenommen, es würde eine Weile dauern, bevor ich Euch wiedersehen würde«, brachte sie schließlich heraus.

»Angenommen oder gehofft?«

»Nun, da Ihr zuletzt ohne Erklärung verschwandet ...«

Die Göttin winkte lässig mit der freien Hand. »Es kam etwas dazwischen.«

Das ist ja immer so.

Hinter der Göttin öffnete sich eine der Türen, die auf den Kreuzgang hinausführten, und eine Priesterin trat heraus. Als sie die Göttin erblickte, fiel die Frau auf die Knie und berührte mit der Stirn den Boden. Romany sah angewidert weg. Eine derart übertriebene Zurschaustellung von Unterwürfigkeit! Schämte sich diese Priesterin überhaupt nicht?

Die Spinne hatte sie nicht einmal bemerkt. »Es frrreut mich zu sehen, dass du die Zeit gut genutzt hast, Hohepriesterin«, sagte sie. »Du hast dich sicher wieder errrholt.«

Romany versuchte nicht, ihr Stöhnen zu unterdrücken. »Dann soll ich also in den Seufzerwald zurückkehren?«

»Natürlich. Shroud hat länger gebraucht als erwartet, um seine Truppen in Marsch zu setzen, aber er hat jetzt eine beeindruckende Auswahl von Spielfiguren auf unser Brett gestellt. Gerade jetzt bewegen sich einige auf die Grenzen des Waldes zu.« Die Spinne lächelte. »Wenn ich es nicht besser wüsste, dann hätte ich gesagt, dass ihn der Verlust seines Ritters wirklich heftig verärgert hat. Du wirst dich ziemlich anstrengen müssen.«

Romany schniefte. Das meinte die Göttin doch sicherlich nicht ernst. Sorgte sich eine Spinne um die Fliegen, die sich in ihrem Netz verfingen? Und dennoch ... »Ich muss zugeben, dass der Gedanke nicht besonders angenehm ist, Mayot Mencada bei seinem Kampf zu unterstützen.«

»Tss tss. *Mayot* unterstützt *uns.* Wir leiten das Spiel, nicht er.« Der Blick der Göttin wurde hart. »Und ich habe die Absicht zu gewinnen.«

»Und wenn der Magier von unseren Bemühungen profitiert?«

»Was dann? Du vergisst: Je mächtiger Mayot wird, desto schwerer wird es für Shroud, ihm das Buch zu entreißen.« Die Spinne schlürfte ihr Wasser. »Aber im Augenblick braucht der Magier unsere Hilfe.«

»Im Augenblick?« Romanys Ton verriet ihre Geringschätzung. Der Alte würde stets eine Krücke brauchen. Kraft allein genügte nicht, wenn man nicht über die Geistesgaben verfügte, um sie weise einzusetzen.

»Mache nicht den Fehler, ihn zu unterschätzen. Mich hat seine Kreativität tatsächlich sehr angenehm überrascht. Er hat eine Reihe höchst einfallsreicher Züge getan, während du weg warst.«

»Zum Beispiel?«

Die Göttin lächelte selbstzufrieden. »Was, soll ich dir die Überraschung verderben? Du wirst es ja doch bald sehen.«

Romany rollte mit den Augen. Die Verschwiegenheit der Spinne war ein einziges Ärgernis, wenn auch nur allzu vertraut. »Und wenn er wieder versucht, uns zu hintergehen?«

»Du wirst ihm einen Schritt voraus sein müssen. Aber wenn du natürlich meinst, dass du nicht mit ihm umgehen kannst …«

»Am liebsten würde ich ihn ganz und gar umgehen.«

»Ach, komm schon, wo bleibt dein Sinn fürs Abenteuer? Vielleicht wird es sogar lustig.«

»Lustig?« Offenbar war der Göttin die Hitze zu Kopf gestiegen. »Werdet Ihr dann also bei diesem … Spaß dabei sein?«

Die Spinne schüttelte den Kopf. »Ich denke, dieses Mal solltest vor allem *du* deinen Spaß haben. Während du die Füße hochgelegt hast, war ich in Arandas und habe einen Gegner außer Gefecht gesetzt, der sich sonst vielleicht als echtes Problem für Mayot hätte erweisen können.« Die Göttin leerte ihr Glas. »Ich vermute, dass Shroud es noch bereuen wird, so viel seiner Stärke in dieses Unterfangen gesteckt zu haben. Auf diese Weise muss er an anderen Stellen haushalten, und ich gedenke, das auszunutzen. Jetzt.« Eine schnelle

Handbewegung, und das Glas der Spinne war verschwunden. »Es ist Zeit, um aufzubrechen.«

Romany riss die Augen auf. *Jetzt?* »Einen Augenblick noch, bitte …«

Aber schon verschwamm die Welt um sie herum. Schnell griff sie noch nach der Flasche und lächelte, als ihre Hand sich um den gläsernen Hals schloss. Doch ihr Triumphgefühl verging schnell wieder, als sie feststellte, wie wenig sie nur noch enthielt.

Niemals hätte ich der Spinne ein Glas anbieten dürfen.

Lukers Geist schwebte über den Himmel. Weit unter ihm auf der Gollothir-Ebene blies der Wind roten Staub über das Tiefland und erstickte die felsigen Rinnen und Türmchen aus windzerfressenem Stein in einem feurigen Dunst. Er sah sich um. Es war nichts zu sehen außer den Rodandabäumen, die wie skelettierte Hände aus der Düsternis ragten. Dieser Ausflug war nicht seine beste Idee gewesen. Solange er kaum den shroudverfluchten Boden erkennen konnte, wie sollte er da herausfinden, wer ihn und seine Mitreisenden vom Wolkenpass hatte herunterkommen sehen?

Als er sich nach links treiben ließ, wurde sein Geist von wirbelnden Energien hin und her geworfen, die vom Land emporstiegen. Es handelte sich nicht um Wind, denn der konnte seiner Geistergestalt nichts anhaben, sondern eher um Schwingungen einer lange zurückliegenden Katastrophe, die sich einmal auf der Ebene ereignet hatte. Die wechselvolle Geschichte stand in den dunklen Windströmen geschrieben – zumindest für jene, die sich darauf verstanden, sie zu lesen. Vor vielen Jahrhunderten war hier ein Gott gefallen – Luker spürte den Widerhall seines Todeskampfes in den Aufwinden –, und die Erde erzitterte noch immer unter dieser Erinnerung. Der Bewahrer verzog das Gesicht. Das war typisch. Selbst wenn sie schon tausend Jahre tot waren, fanden solche Unsterbliche noch immer irgendeine Möglichkeit, ihn anzupissen.

Doch nun wandte er seine Aufmerksamkeit nach Süden und schwebte über das Vorgebirge des Schildwalls, über dessen Hügel er und seine Begleiter ein paar Glocken zuvor geritten waren. Vor ihm schwebten Feuersegler am Himmel und stießen hin und wieder in den Dunst hinunter, um mit zappelnden schwarzen Wesen in den Klauen wieder aufzutauchen, aber als Luker näher kam, entdeckte er nur den Kadaver eines Alamandra, um den sich unzählige Witterschlangen wanden. Er atmete geräuschvoll aus. Je höher er sich hinauftreiben ließ, desto weniger konnte er durch den Staub erkennen, aber wenn er sich zu nahe am Boden hielt, würde er den größten Teil des Tages brauchen, um die Ebene wirklich gründlich abzusuchen. *Ich verschwende hier meine Zeit.*

Ein letzter Blick über das Vorgebirge des Schildwalls, das sich aus der Düsternis erhob …

Luker versteifte sich. Auf einem der Bergkämme, die nach Westen führten, machte er eine Bewegung aus.

Es dauerte nur einen Herzschlag, bis er den Boden gründlich taxiert hatte. Eine Gruppe von Reitern kam einen felsigen Hang herunter. *Kalaneser.* Sie ritten ohne Sattel auf sandfarbenen Pferden und trugen graue Gewänder und Kopftücher. Speere lagen über ihren Schenkeln, und sie trugen aus Weidengeflecht gefertigte Schilde, die sie sich mit Riemen auf den Rücken geschlungen hatten. Die Gruppe hatte eine Pfeilformation eingenommen und zählte insgesamt neunzehn Reiter.

Neunzehn, nicht achtzehn.

Dieser überzählige Reiter verhieß nichts Gutes. Und tatsächlich ritt ganz vorn ein Mann mit einer Haut so dunkel wie Schreckenholz. Sein langes, blondes Haar war mit einem goldenen Faden zum Zopf geflochten, und über seinem Schoß lag kein Speer, sondern ein Stab aus Knochen. Luker fluchte. Was in den Neun Höllen machte ein Seelenfänger so weit im Osten?

Als der Goldlockige am Fuß des Hügels angekommen war, hob er die geballte Faust, und die Reiter hinter ihm blieben stehen. Die Krieger von den letzten Plätzen rückten nach innen, bis die Formation nicht mehr einem V, sondern einem Karo glich. Der Seelenfänger sah nicht hoch, doch bestand kein Zweifel daran, dass er Luker gespürt haben musste. Was aber wollten sie gegen ihn unternehmen? Seiner Schätzung nach befanden sich die Kalaneser zehn Wegstunden hinter seinen Reisegefährten, also einen halben Tagesritt entfernt. Keine unmittelbare Gefahr, aber auch kein Grund, um sich entspannt zurückzulehnen. Mit einem Vorsprung von nur einem halben Tag würde Luker es nicht schaffen, die Ebene zu durchqueren. *Shroudverfluchtes Pech, dass dieser Drecksack auf unsere Spur gestoßen ist.* Er lächelte leise. *Sein Pech, nicht meins.*

Hier ist Schluss.

Luker kämpfte sich durch die böigen Aufwinde, bis er etwa zwanzig Schritte über den Reitern schwebte. Goldhaar bellte einen Befehl, und die Truppe schlug ihren Reittieren daraufhin die Fersen in die Flanken und stellte sich, den Seelenfänger in der Mitte, in einem Kreis auf. Nur eine Soldatin reihte sich nicht ein, sondern ließ ihren Speer in den Staub fallen und begab sich an die Seite des Anführers. *Das Opferlamm.* Luker überraschte es jedes Mal wieder, wie unzeremoniös das nun Folgende ablief. Die Frau nickte dem Seelenfänger einfach nur zu, als sei ihr Name aufgerufen worden, und sank dann vornüber auf den Hals ihres Pferdes. *Tot.*

Eine Kalanesin weniger. Und Luker hatte nicht einmal sein Schwert ziehen müssen.

Er errichtete nun eine Willensbarriere unter sich, um sich auf Goldhaars Angriff vorzubereiten. Die erste Runde würde er freiwillig an die Kalaneser gehen lassen, denn er wollte seine Kraft nicht auf einen Angriff verschwenden, bevor er nicht herausgefunden hatte, aus welchem Holz sein Gegner geschnitzt war.

Er brauchte nicht lange zu warten. Hart schlug ihm der Energiestoß des Seelenfängers entgegen, und Luker ließ sich von Goldhaars

Kraft wie von den Katastrophenschwingungen kreisend in den Himmel tragen. Höher und höher stieg er, bis er die Reiter nur noch als kleine Punkte in der Düsternis ausmachen konnte. Wenig später verschwanden sie ganz aus seinem Blickfeld. Dabei merkte er, dass sich sein Willenschild aufzulösen begann, und er webte eine neue Schutzschicht, um ihn zu verstärken. Doch auch die franste schnell aus. Ein Kopfschmerz pochte hinter seinen Augen. Und immer noch prasselte die Zauberkraft seines Feindes auf ihn ein.

Nicht schlecht, kleiner Mann.

Endlich ließen die Wellen der Kraft, die Goldhaar zu ihm heraufschickte, ein wenig nach, und Luker stieg nicht mehr so schnell wie zuvor. Zitternd holte er Luft. Glücklicherweise hatte er keine Höhenangst; inzwischen blickte er bereits auf die niedrigeren Berggipfel des Schildwalls hinab. Tief unter ihm lenkte sicherlich einer der Kalaneser sein Pferd neben den Seelenfänger, um bereitzustehen, falls der Bewahrer sich noch einmal nähern würde. Aber Luker hatte nicht die Absicht, noch eine Breitseite zu provozieren. Er wusste jetzt, dass Goldhaar stark war. Zu stark, als dass Luker ihn hätte erledigen können, während er noch allein im Geiste und weit von seinem Körper entfernt unterwegs war. Natürlich war es verführerisch, eine Weile hierzubleiben und zu warten, bis der Seelenfänger noch ein paar seiner Gefolgsleute verbraucht hätte, um Luker in Schach zu halten. Aber was würde das dem Bewahrer selbst abverlangen? Nein, es war besser, den geordneten Rückzug anzutreten und seine Kraft aufzusparen, bis er Goldhaar in Fleisch und Blut gegenübertreten konnte. Denn wenn das geschah, würde die Sache anders ausgehen, das schwor sich Luker.

Nun schloss er gewissermaßen die Augen seines Geistes und konzentrierte sich auf seinen Körper. Nach einer Weile spürte er den versengten Boden unter seinen Fingerspitzen, und der heiße Atem des Windes fuhr über seine Haut. Seine Seele flog über die Wegstunden, die Geist und Körper voneinander trennten.

Als er seine Augen öffnete, erblickte er über sich Jennas Gesicht, das sich vor dem dunkelblauen Himmel abhob. Chamery sah unter gesenkten Lidern zu und drückte sich dabei ein feuchtes Tuch aufs Gesicht.

Jenna lächelte ein wenig schief. »Na, wieder zurück?«

Luker stützte sich auf einen Ellenbogen, räusperte sich und spuckte aus. »Wie lange war ich weg?«

»Eine halbe Glocke«, sagte Jenna und reichte ihm eine Wasserflasche.

Luker zog den Stopfen heraus und nahm einen Schluck.

Von hinten erklang Merins Stimme. »Und?«

»Ein paar Kalaneser folgen unserer Fährte«, berichtete der Bewahrer und sah sich um. »Und sie haben einen Seelenfänger dabei.«

Der Tyrin rieb gerade sein Pferd mit einer Decke ab, hielt jetzt aber inne. »Seid Ihr sicher, dass sie *uns* folgen?«

Luker nickte. Falls sie das nicht sowieso schon getan hatten, dann taten sie es ganz sicher jetzt. Er stand auf und bürstete den Staub von seiner Kleidung. Nach einem letzten Schluck gab er Jenna die Wasserflasche zurück.

»Und jetzt, Bewahrer?«, fragte Chamery.

»Wir reiten weiter. Einen Seelenfänger kann man nicht in einen Hinterhalt locken. Außerdem ist seine Schar zu groß.«

»Können wir nicht schneller sein als sie?«

Luker zuckte die Achseln. »Das können wir immerhin probieren.«

Die Stimme des Magiers war wie in Säure getaucht. »Wunderbar. Und ich hatte schon gedacht, Ihr hättet die Dinge unter Kontrolle.«

Der Bewahrer starrte ihn an. *Vielleicht sollte ich den Jungen auf eigene Faust weiterlaufen lassen und abwarten, wie er sich schlägt.* Chamery nahm das feuchte Tuch vom Gesicht, und ein Wassertropfen rann von seiner Nasenspitze. In den letzten Tagen hatte er doppelt so viel Wasser verbraucht wie jeder andere von ihnen, aber als Luker versucht hatte, das zu unterbinden, hatte Chamery sich stattdessen bei der Ration seines Pferdes bedient. Er sah Merin an. »Wir sollten uns östlich halten und weiter zur Ödnis hinüberreiten. Dort ist die Möglichkeit geringer, dass wir noch mehr ungebetene Gesellschaft bekommen.«

Der Tyrin blickte finster über die Wüste zum Horizont und dem Himmel, der sich dort dunkel färbte. »Diese Staubwolken sehen gefährlich aus.«

»Das werdet Ihr anders beurteilen, wenn sie uns als Deckung dienen können.«

»Wie viel Vorsprung haben wir vor den Kalanesern?«

»Vielleicht einen halben Tag.«

Merin sah ihn unverwandt an.

Stimmt, das reicht nicht. Die Pferde der Kalaneser waren den harten Witterungsbedingungen der Gollothir-Ebene besser gewachsen, und wahrscheinlich waren sie auch noch nicht so ermattet. Goldhaar würde sie einholen, lange bevor sie die Sonnenstraße erreichten.

»Es gibt noch eine andere Möglichkeit«, erklärte Luker. »Wir trennen uns. Jenna und ich, Ihr und der Junge. Der Seelenfänger folgt höchstwahrscheinlich mir. Ich werde ihn in diesen Sturm hineinführen. Gebt mir einen Tag, dann habe ich ihn von unserer Fährte weggelockt.«

»Wie finden wir uns anschließend wieder?«

»Ich werde euch schon aufspüren.«

Der Tyrin bedachte ihn mit einem abschätzenden Blick.

Er glaubt, ich will ihn abhängen. Luker kratzte sich an seiner Narbe. *Keine dumme Idee.*

»Nein«, sagte Merin schließlich. »Die Kalaneser könnten sich genauso trennen wie wir. Und dann besteht noch immer die Gefahr, auf Wüstenstämme zu stoßen. Wir haben bessere Chancen, wenn wir zusammenbleiben.«

Der Bewahrer brummte etwas. Du *hast bessere Chancen, meinst du wohl.*

Parolla kickte einen Stein vor sich her, während sie einem trockenen Flussbett folgte. Sie hatte nicht erwartet, so weit voranzukommen, ohne in der Dämonenwelt auf Widerstand zu stoßen. Inzwischen war sie vermutlich seit sechs Glocken in den Schattenlanden unterwegs und in dieser kargen Wüstenei noch immer niemandem begegnet. Was aber natürlich nicht bedeutete, dass sie nicht längst entdeckt worden sein konnte. An den Hängen des Tals reihte sich auf beiden Seiten eine Höhle an die andere, und hier konnten sich zahllose Augen verbergen. Aber falls man auf sie aufmerksam geworden war, wieso war dann niemand auf sie losgegangen? Hatte man vielleicht schon einen Hinterhalt vorbereitet und wartete nur auf sie?

Der kohlenstaubgraue Himmel hatte seine Farbe nicht verändert, seit Parolla in den Zwiespalt getreten war, und sie fragte sich allmählich, ob in diesem verdammten Land überhaupt jemals die Sonne aufging. Hier in den Schattenlanden wünschte sie sich geradezu wieder in die Ken'dah-Steppe zurück. Das wenige Licht, das es gab, stammte von zwei kleinen Monden; einer stand hinter ihr links am Himmel, der andere schon tief zu ihrer Rechten. Die Luft schmeckte abgestanden und schal, als ob sie sich seit Tagen nicht bewegt hätte, und Parolla fiel das Atmen immer schwerer, während sie höher und höher die Berge hinaufstieg. Brüchiger Fels gab unter ihren Füßen nach, und als sie sich umdrehte, sah sie eine Staubwolke, die genau anzeigte, welchen Weg sie genommen hatte. Sie verzog das Gesicht. Es war, als ob ein großer Pfeil auf sie wies, der alle Dämonen in der Nähe auf sie aufmerksam machte. Sie fragte sich, wieso sie sich überhaupt mit einem Schattenzauber umgeben hatte.

Allerdings war sie nicht die einzige, die hier eine Spur hinterließ. Seit sie den Zwiespalt betreten hatte, war sie auf zwei andere gestoßen, die vermutlich ebenfalls von Eindringlingen stammten. Das erste Paar Fußabdrücke war klein und trat stets gemeinsam mit einer runden Ausformung auf, die vom Ende eines Stocks hätte stammen können. Zwischen den einzelnen Abdrücken war die Erde wie abgeschliffen, was nahelegte, dass derjenige, der sie hinterlassen hatte, ein Bein nachzog. Eine alte Frau vielleicht? Die zweite Spur hingegen wies auf jemanden mit ausgesprochen großen Füßen hin, und derjenige hatte so große Schritte gemacht, dass Parolla auf derselben Länge zwei brauchte.

Für eine Weile hatten beide Spuren ihr auf ihrem Weg Gesellschaft geleistet. Doch jetzt lief nur noch die der alten Frau neben ihr her. Die des Riesen hatte eine halbe Wegstunde zuvor an einer Felsnadel aufgehört. Der Boden um den Felsen war blutgetränkt und von zahlreichen klauenbewehrten Füßen aufgewühlt. Den Riesen selbst hatte Parolla nicht entdeckt, nur eine Schleifspur im Staub, die einen Hang hinauf zu einer Reihe von Höhlen führte. Parolla war hastig weitergegangen, die Augen starr auf die Eingänge gerichtet, und war bei jedem Windhauch zusammengezuckt; ihre Nerven lagen jetzt immer noch blank. Aber nichts hatte sich gerührt. Das war immerhin das Gute an dieser öden Gegend: Wenn es Ärger gab, würde sie ihn zumindest kommen sehen.

Allerdings – das hatte dem Riesen offenbar auch nicht geholfen.

Die Spuren des großen Mannes und der alten Frau waren ihr gleich aufgefallen, als sie in das Tal eingebogen war, und sie hatte eine Weile über die seltsame Fügung nachgedacht, dass zwei weitere Eindringlinge offenbar ebenfalls den Weg zu dem Zwiespalt nahmen, der nahe dem Seufzerwald lag. Woher wussten sie, welcher Weg dorthin führte? Dann fiel ihr ganz plötzlich die Antwort ein: *die Fäden der Todesmagie.* Selbst hier in den Schattenlanden waren sie spürbar. Es war sicherlich auch für den Riesen und die alte Frau einfach gewesen, den Fäden zu folgen, die aus der Dämonenwelt herausführen mussten. Und woher hatten sie das gewusst? *Offenbar bin ich nicht die Einzige, die zum Ausgangspunkt der Todesmagie gelangen will …*

Unvermittelt blieb sie stehen.

Etwas hatte sich verändert, aber sie brauchte einen Augenblick, bis ihr klar wurde, was es war. Die Spuren der alten Frau waren verschwunden. Parolla ging ein Stück des Weges zurück, bis sie die letzten Abdrücke fand, und blinzelte verblüfft. Sie hörten einfach auf. Dabei war der Boden nicht von Klauen zerwühlt, es gab keine Anzeichen eines Kampfes. Es war, als sei die alte Frau mitten im Ausschreiten verschwunden. Parolla richteten sich die Nackenhaare auf. *Es sei denn ...*

Sie sah zum gähnenden grauen Himmel hinauf.

Er war leer.

Mit leichtem Erschauern betrachtete sie nun wieder die Fußspuren. Da lag etwas im Staub – ein Stab, in drei Teile zerbrochen, das Holz von Feuer geschwärzt. War die alte Frau vielleicht eine Feuermagierin gewesen? *Eine Feuermagierin in einem Land ohne Sonne.* Falls es so gewesen war, dann war es kein Wunder, dass sie denen, die auf sie gelauert haben mochten, nicht gewachsen gewesen war.

Ein Stück weit vor ihr war ein ungewohntes Geräusch zu hören: Klauen, die über Steine schrammten. Ein kleines Wesen huschte über den Boden und bewegte sich dabei so schnell, dass Parolla ihm mit den Augen kaum folgen konnte. Mit klopfendem Herzen bereitete sie sich auf einen Angriff vor und sammelte ihre Kraft, während ihr Blick die Düsternis zu durchdringen suchte. Der Schatten bewegte sich allerdings von ihr weg, einen Hang hinauf zu einer Reihe von Höhlen, wo er schließlich hinter einem Felssims verschwand. Aufmerksam versuchte Parolla festzustellen, ob sich sonst irgendwo im Tal noch etwas bewegte, aber alles war ruhig. Schließlich verstummte auch das leise Klappern der rollenden Kiesel, und wieder senkte sich Stille über das Land.

Sie atmete aus. War es Zufall, dass der Dämon davongeeilt war, als sie hier entlangging? Wohl kaum. Es war wahrscheinlicher, dass er sie gesehen hatte, aber für zu mächtig hielt, um sie allein anzugreifen. Dieser Aufschub würde allerdings nicht allzu lange währen, wenn das Wesen, wie sie fürchtete, jetzt Unterstützung holte.

Ihre Zeit lief ab.

Sie versuchte es mit einem Sprint über das trockene Flussbett, aber die Ken'dah-Steppe hatte ihr die Kraft aus den Beinen gesaugt, und schon bald fiel sie wieder in eine langsamere Gangart. Der Boden stieg immer stärker an, und das Tal wurde allmählich schmaler. Vor sich entdeckte sie Zwillingssäulen aus Stein. Hatte sie die das letzte Mal auch gesehen, als sie durch die Schattenlande gekommen war? Der Zwiespalt war schon nahe, dachte sie, aber das hatte sie sich während der ganzen letzten Glocke schon gesagt. Und während die Fäden der Todesmagie ihr zwar bestätigten, dass sie in die richtige Richtung lief, so gaben sie keinerlei Hinweis darauf, wie weit es noch bis zu ihrem Ziel sein mochte.

Immer mehr Felsen und Steine verstopften jetzt den Flusslauf, und Parolla beschloss, lieber einem Pfad zu folgen, der sich steil und kräftezehrend einen Hang hinaufwand. Als sie die Kuppe erreichte, zitterten ihr die Beine, und ihr Hemd war auf dem Rücken und unter den Armen schweißgetränkt. Hier oben rührte sich nichts, und sie blieb stehen und versuchte, vornübergebeugt und die Hände auf die Knie gestützt, wieder zu Atem zu kommen. Ihre Kehle fühlte sich so trocken an, als hätte ihr dort jemand die Haut abgezogen. Vor ihr senkte sich der Boden hinunter in ein Meer aus Schwärze. Am Horizont war eine Bergkette auszumachen, die sich vor dem Licht des kleineren Mondes abhob, und nun lächelte Parolla: Dieser Anblick war ihr vertraut. Genau diese Gipfel hatte sie vor sich gesehen, als sie die Schattenlande vor acht Jahren zum ersten Mal betreten hatte. Türmchen und Zinnen erhoben sich von den Felsnadeln, und über ihnen kreisten …

Ihr Lächeln verblasste. Am Himmel schossen geflügelte Dämonen zu Hunderten dahin. *Nein, zu Tausenden.* Die meisten waren auf diese Entfernung so groß wie Nadelfliegen, andere so groß wie Spinnenhäher.

Dann stob eine Schar auseinander.

Mit einem Grollen zeichnete sich in der Dunkelheit zwischen den Türmchen ein Umriss ab. Allein einer der mächtigen Flügel genügte, um den Mond zu verdecken. Das Wesen hatte einen gehörnten Kopf und eine lange, flache Schnauze wie ein Krokodil; es stieg in den Himmel, um nach einer Weile mit sparsamen Flügelschlägen seine Höhe zu halten. Die Entfernung war zu groß, um es mit Sicherheit zu sagen, aber dieses Wesen schien direkt auf Parolla zuzufliegen.

Hastig setzte sie sich in Bewegung.

Auf der anderen Seite der Kuppe, die sie gerade hinaufgestiegen war, führte ein Pfad über den Berghang zu einer Reihe von Höhlen. Sie stolperte hinunter und rutschte dabei auf den losen Kieseln immer wieder aus, doch die Fäden der Todesmagie führten sie zu dem richtigen Loch. Wenn sie es recht wusste, dann lag das Portal genau auf der anderen Seite. Der Eingang war schmaler, als sie ihn in Erinnerung hatte, ein zerklüfteter Spalt von nicht einmal zwei Schritten in der Breite. Auf alle Fälle zu schmal, als dass der Dämon ihr hätte folgen können. Sie sprang in die Schwärze, die Hände vorgestreckt. Ihre rechte Hüfte schrammte gegen den Fels, der hart gegen ihren Knochen schlug, und sie fluchte. Ein starker Wind fuhr ihr ins Gesicht, geradezu tröstlich warm nach der Kälte der Dämonenwelt.

Ein paar Herzschläge später öffnete sich die Passage, und die Wände wichen auf beiden Seiten einem sternenübersäten Nachthimmel. Sie blickte direkt auf ein Dutzend Pfähle, die im Halbkreis in die Erde gerammt worden waren und jeweils von einem verschrumpelten Kopf gekrönt wurden. Etwas weiter entfernt sah sie hohes Gras, das sich im Wind wiegte, und ein kleines Wäldchen, das von einem flackernden Feuer erhellt wurde.

Die Ken'dah-Steppe.

Sie ließ den Schattenzauber erlöschen. *Ich habe es geschafft.*

»Willkommen«, sagte die Stimme eines Mannes.

Parolla erstarrte.

Aus den Schatten trat eine Gestalt, auf deren Stirn etwas silbern glänzte, das vielleicht eine Krone hätte sein können. Sie trat zwischen Parolla und den Ausgang. Die Gesichtszüge waren in der Dunkelheit nicht zu erkennen, nur die Augen leuchteten blutrot und blinzelten.

»Lord Mezaqin.« Parolla bemühte sich, möglichst ruhig zu klingen. »Ich hatte mich schon gefragt, wann Ihr erscheinen würdet.«

»Natürlich, meine Liebe«, schnurrte der Dämonenfürst. »Möchtest du mir auch noch einreden, dass du dich freust, mich zu sehen?«

»Ich war nicht so dumm zu glauben, dass ich ungesehen durch Euer Reich gelangen könnte«, log sie.

»Aber du warst dumm genug, um zurückzukehren. Vielleicht hatte ich mich bei unserer letzten Unterhaltung nicht klar genug ausgedrückt.«

Parolla zögerte. Mezaqin klang entspannt, beinahe freundlich. War er so großmütig, wie er sich anhörte, oder wollte er sie nur narren? Sie brauchte mehr Zeit, um seine Stimmung einzuschätzen. »Ihr habt Menschengestalt angenommen, um mich zu begrüßen, *sirrah*, wie beim letzten Mal, als wir uns begegneten. Sollte ich mich geehrt fühlen?«

Der Dämonenfürst zuckte die Achseln. »Ich fürchte, meine wahre Erscheinung könnte dich … verstören.«

»Wie entgegenkommend. Allerdings überschätzt Ihr meine Empfindsamkeit, glaube ich. Ich bin nicht mehr das Kind, das ich noch vor acht Jahren war.«

»Deine Kräfte sind gewachsen«, räumte Mezaqin ein. Er trat einen Schritt auf sie zu. »Aber wir sind in *meinem* Reich, vergiss das nicht. Hier stehst du immer noch wie ein Kind vor mir.«

Parolla schluckte. Diese Unterredung verlief gar nicht so, wie sie es sich erhofft hatte. »Ihr missversteht mich. Meine Worte sollten keine Drohung sein.«

Der Dämonenfürst seufzte. »Parolla, Parolla, was soll ich nur mit dir machen? Das letzte Mal, als du hier warst, ließ ich dich am Leben und machte damit eine riskante Ausnahme. Und nun nutzt du meine Zurückhaltung aus.«

»Ich hatte keine andere Wahl …«

»Die Gründe, die dich hierhergeführt haben, spielen keine Rolle. Auf das Eindringen in unsere Welt steht die Todesstrafe, wie du weißt.«

»Worüber reden wir dann noch?«, erwiderte Parolla schärfer, als sie es beabsichtigt hatte.

Mezaqin lachte leise, und die Luft in der Höhle erbebte. Parollas Blut regte sich, als ihre Angst wuchs, und ihr Blickfeld verdunkelte sich. Sie sollte zuschlagen! Jetzt, bevor der Dämonenfürst seine Schutzschilde errichtete! Ihre Fingernägel bohrten sich in ihre Handflächen, als sie die wachsende Blutgier in sich niederkämpfte. Mezaqin hatte seine Kräfte noch nicht geweckt, und Parolla wollte ihn nicht dazu veranlassen, solange sie sich über seine Absichten nicht im Klaren war.

Der Dämonenfürst betrachtete die aufgespießten Köpfe. »Wie gefällt dir meine Trophäensammlung? Ein wenig derb vielleicht, aber offenbar mussten wir in aller Deutlichkeit daran erinnern, wie wir mit uneingeladenen Gästen umgehen. Du warst in letzter Zeit nicht die Einzige, die so leichtsinnig war, mein Reich zu betreten.«

»Auf dem Weg hierher habe ich Fußspuren entdeckt«, sagte Parolla vorsichtig. »Die eines Riesen und die einer Feuermagierin.«

»Es gab noch andere. Leute, die es besser wissen sollten. Ein Ewigkeitsfürst. Ein Erwählter der Weißen Frau. Sogar ein Erlöser.« Ein leichtes Lächeln klang in Mezaqins Stimme an. »Ebenso wie bei dir erforderte das Eindringen des Erlösers meine persönliche Aufmerksamkeit.«

»Habt Ihr ihn nach seinen Gründen gefragt?«

Der Dämonenfürst wandte ihr den Rücken zu und sah auf die Ken'dah-Steppe hinaus. Parollas Blick wanderte zu dem kleinen Feuer in dem fernen Wäldchen. Wenn sie es schaffte, aus dem Zwiespalt herauszukommen, würde sich das Machtverhältnis zwischen ihr und Mezaqin umkehren. Aber falls es wirklich eine Fluchtmöglichkeit gegeben hätte, dann hätte er sie ihr nie offen gelassen.

Jetzt kam der Dämonenfürst auf ihre Frage zurück. »Du meinst, warum der Erlöser es gewagt hatte, hierher zu kommen? Das musste ich ihn nicht fragen. Die Fäden von Todesmagie … ich fühlte sie ebenso sehr wie du.« Er hielt inne. »Ihre Berührung ist erschütternd, nicht wahr?«

Dieses Bekenntnis beunruhigte Parolla auf seltsame Weise. »Welche Auswirkungen hat diese Zauberkunst auf Euer Reich, *sirrah*?«

»Bisher nur wenig. Von deiner Welt kann man das allerdings nicht sagen. Aber das wirst du schon noch sehen, wenn der Morgen anbricht.«

Parolla hob eine Augenbraue. *Werde ich das also noch erleben?* »Und Ihr fürchtet, dass etwas Ähnliches auch bei Euch geschehen wird?«

»Ich fürchte gar nichts«, sagte Mezaqin und wandte sich wieder zu ihr um. »Aber ich bin vielleicht gezwungen, zu handeln, wenn die … Verunreinigung … weiter anhält. Eine Verletzung meiner Grenzen dulde ich nicht, was auch immer der Auslöser dafür sein mag.«

»Und was ist der Auslöser?«

»Das weißt du nicht? Warum bist du dann dorthin unterwegs?«

»Weil ich Antworten suche«, erwiderte Parolla. Bei ihrer ersten Begegnung hatte sie Mezaqin erzählt, dass sie einen Weg in Shrouds Reich finden wollte. »Die Magie ist vom Tod durchdrungen, oder nicht? Vielleicht ist es ein Portal zur Unterwelt.«

Mezaqin schwieg lange, bevor er weitersprach. »Ein Portal. Vielleicht hast du recht. *Irgendetwas* wurde tatsächlich geöffnet, dessen bin ich mir sicher.« Sein Blick bohrte sich in ihre Augen. »Und jetzt muss es wieder geschlossen werden.«

Die Scharen über den Bergen … »Versammelt sich deswegen Euer Volk?«

Die Augen des Dämonenfürsten blitzten. Seine Gestalt schien sich auszudehnen und ihre Festigkeit zu verlieren, und für einen Augenblick war der Sternenhimmel hinter ihm wie ausgelöscht. »Vorsicht, meine Liebe«, sagte er. »Der nächste Schuss trifft vielleicht ins Mark.«

»Entschuldigung«, brachte Parolla heraus. »Ich wollte nicht neugierig sein.«

»Was willst du dann?«

Kurz betrachtete sie ihn mit ausdruckslosem Gesicht. Dann fiel ihr ein, was er eben über das Portal gesagt hatte. *Jetzt muss es wieder geschlossen werden.* Und da das Dämonenvolk offenbar mit anderen Dingen beschäftigt war … »Vielleicht sind meine Ziele mit den Euren gar nicht so unvereinbar. Vielleicht könnte ich Euch einen Dienst erweisen.«

Mezaqin nickte. »Ich denke, wir verstehen einander. Deine Fehde mit Shroud interessiert mich nicht. Falls es sich wirklich um ein Portal handelt, passiere es zuerst, wenn du möchtest, aber dann muss der Weg geschlossen werden. Falls es keines ist: Tu, was immer nötig ist, um die Quelle dieser Verunreinigung zu zerstören.«

»Ihr habt mein Wort.«

Der Dämonenfürst nickte wieder, gab den Weg aber nicht frei. Noch immer sah er ihr ins Gesicht, und sie spürte, wie sie unter seinem Blick dahinschwand. Hatte er in ihrer Stimme etwas gehört, das ihn an ihr zweifeln ließ? Überlegte er, sie doch nicht gehen zu lassen? Oder fragte er sich, ob sie ihr Versprechen überhaupt erfüllen konnte? Vielleicht hätte sie etwas sagen sollen, um ihn zu beruhigen, aber sie war sich nicht sicher, ob sie überhaupt einen Ton herausbringen würde. Ihr verdorbenes Blut rührte sich wieder.

Dann trat Mezaqin beiseite und zog sich in die Schatten zurück.

Parolla brauchte keine zweite Aufforderung, sondern huschte an ihm vorbei, wobei sie einen so weiten Bogen um den Dämonenfürsten machte, wie es der enge Spalt eben zuließ. Sein Blick lastete schwer auf ihrem Rücken. Nach ein paar Schritten hatte sie die blutgetränkten Holzpfähle mit ihren grausigen Trophäen erreicht. Der

Kopf, der ihr am nächsten war, zeigte mit dem Gesicht zu ihr hin. Es war ein Mann mit einem dichten, schwarzen Bart; Maden wimmelten durch seine leeren Augenhöhlen. Unter anderen Umständen hätte das auch ihr Kopf sein können.

In dem Bewusstsein, dass sie immer noch ihren ungeschützten Rücken darbot, verlangsamte Parolla ihre Schritte erst, als die Dämonenwelt ein gutes Stück hinter ihr lag.

Ebon wusste, dass es ein Traum war, aber dennoch konnte er sich nicht aus ihm befreien.

Vor dem Hirsch, zwischen den Bäumen, nahm er eine schnelle Bewegung wahr. Er lenkte sein Pferd mit dem Druck seiner Knie in die Richtung und preschte hinterher. Sein Atem fuhr dampfend in die Luft. In einer Hand hielt er einen Speer, mit der anderen versuchte er sein Gesicht vor tief hängenden Zweigen zu schützen. Als der Wallach über eine Lichtung galoppierte, erhob sich ein Schwarm Eisflügelschmetterlinge wie eine Wolke. Dahinter sah Ebon den Hirsch in einem Dickicht verschwinden und trieb sein Pferd weiter an. Sie setzten über einen umgestürzten, moosbewachsenen Baum, bevor es einen steilen Abhang hinunterging. Der Wallach schnaubte, als seine Hufe auf der nassen, weichen Erde ausglitten.

Plötzlich erschien eine Gestalt auf einem der Waldwege, die vor ihnen lagen – eine junge Frau mit langem, rotblondem Haar. Sie hatte die Augen weit aufgerissen und stand wie angewurzelt da, während das Pferd auf sie zuhielt. Als sie nur noch wenige Schritte entfernt war, ließ Ebon den Speer fallen und riss an den Zügeln, obwohl er wusste, dass es schon zu spät war. Der Wallach stieß die Frau zu Boden, und Ebons Bemühungen, das Pferd anzuhalten, führten nur dazu, dass es vorn aufstieg. Als seine Hufe wieder auf den Boden trafen, ertönte das Knacken von Knochen, als ob Holz zersplitterte. Lamella schrie, und in seinem Traum schien sich der Schrei bis in die Ewigkeit auszudehnen.

Ebon hatte diese Szene unzählige Male neu durchlebt und dabei jedes Mal versucht, ihren Fortgang zu ändern. Er rief Lamella eine Warnung zu, bevor er den Abhang hinunterritt, er riss die Zügel nach links oder rechts, er sprang sogar aus dem Sattel, als der Wallach losgaloppierte. Das Ende blieb trotzdem stets dasselbe.

Dennoch hätte ich eine Möglichkeit finden sollen.

Der Traum veränderte sich, und Ebon kniete jetzt auf dem Boden. Lamellas Blut befleckte seine Hände, als er ihr verletztes Bein versorgte. Sie lag auf einem Teppich aus Silberfunken, deren Blüten wie Raureif glitzerten. Zersplitterter Knochen ragte aus dem aufgerissenen Fleisch. Ebon erinnerte sich, dass er die Nadelfliegen verscheucht hatte, die sich auf die Wunde setzen wollten, dass die fragenden Rufe seiner Jagdgefährten zu ihm drangen, als die anderen zu ihm aufschlossen, und dass er den Kopf hob und sah, dass Vale ihn noch grimmiger anblickte als sonst. Aber vor allem erinnerte Ebon sich an Lamellas stille Tapferkeit. Wie sie die Tränen weggeblinzelt und ihm gedankt hatte, als er ihr seinen Mantel um die Schultern legte; sie hatte sogar ein wenig gelächelt, als er sie aufhob und zu seinem Pferd trug. Auf dem Ritt nach Majack hatte sie keinen Ton von sich gegeben, obwohl an ihrem verzerrten Gesicht abzulesen war, welche Schmerzen ihr jeder Schritt des Wallachs verursachte.

Es war eine bittersüße Erinnerung. Ohne diesen Unfall hätte er Lamella niemals kennengelernt, aber die Erfüllung, die er seit jenem Augenblick erfahren hatte, bezahlte sie mit ihrem lahmen Bein. Hätte er, wenn es ihm möglich gewesen wäre, den Lauf der Ereignisse geändert, auch wenn es bedeutet hätte, sie aufzugeben? *Ich würde keinen Augenblick zögern,* sagte er sich.

Wieder änderte sich die Szenerie. Ebon kniete auf der Erde zwischen den Blumen und hielt Lamella in seinen Armen. Ihre verkrampfte Miene wich einer grinsenden Geisterfratze, dann löste sich ihr Bild wie Nebelschwaden auf. Ebon erstarrte und sah sich um. Die Dunkelheit zog herauf. Die Silberfunken verdorrten und zerfielen zu

Staub, die Bäume warfen Blasen und wurden schwarz, und ihre Blätter fielen in stetigem Strom zu Boden. Die Schatten erwachten mit flüsternden Stimmen zum Leben. Gestalten erschienen zwischen den Bäumen, und sie trugen lange, fließende Gewänder über ihrer blassen, beinahe durchscheinenden Haut. Ebon wurde bewusst, dass er dieses Volk schon einmal gesehen hatte. Die Geister von der Weißen Straße. *Die Vamilianer.* Er biss die Zähne zusammen. Gab es keinen Teil seines Inneren mehr, in den sie nicht eindringen konnten, keine Erinnerung, die sie nicht besudelten?

Die Geister sahen ihn leidenschaftslos an, als warteten sie auf einen Befehl. Ein Anführer war nicht auszumachen, aber Ebon spürte eine andere Präsenz, die in den Schatten lauerte, uralt, kalt und so weit wie der Himmel. Kein Teil des Traumes, überlegte er. Ein stiller Beobachter. Wer aber war das? Das geheimnisvolle Wesen, das Mottle schon vor Wochen in ihm wahrgenommen hatte? Er tastete mit all seinen Gedanken danach, spürte aber lediglich, dass es sich zurückzog, bis er es nicht mehr fassen konnte.

Plötzlich umringten ihn die Geister von allen Seiten und bedrängten ihn, aber ohne dass ihre Schritte die kleinen Laubhaufen aufgewirbelt hätten. Fluchend griff Ebon nach seinem Säbel, musste aber feststellen, dass die Scheide leer war. Die Horden fielen heulend über ihn her und verschmolzen dabei zu einer geisterhaften Wand. Hände zerrten an ihm, und jede Berührung sandte einen eisigen Stich durch seinen Körper. Er musste sich wehren, doch sobald er nach seinen Angreifern schlug, spürte er nichts als Luft. In der Düsternis sah er bruchstückhafte Gesichter, eingesunkene Augen, aufklaffende Münder. Er konnte ihnen nicht entgehen. Vor vier Jahren im Seufzerwald hatte er sich mit Hilfe der vertrauten Konzentrationsübungen für Schwertkämpfer einen Schutzwall errichtet, aber in diesem Traum waren seine Gegner bereits in seinem Kopf. Er stolperte nach vorn, halbblind im Geisternebel, und hatte dabei keine Ahnung, wohin er lief oder was er dort zu finden hoffte. Seine Beine waren so schwer, als ob er durch tiefes Wasser planschte. Die Schatten wurden dunkler. Das letzte bisschen Tageslicht verging, und mit ihm verschwand der Wald. Die Geister zerrten an ihm. Er zitterte vor Kälte und fühlte das Leben aus sich herausfließen, als hätte ihm jemand die Pulsadern geöffnet. Sein Widerstand wurde schwächer.

Dann hörte er, dass ihn jemand rief, so leise, dass es auf der anderen Seite der Welt hätte sein können. *Lamella.* Er schloss die Augen vor den Wesen um sich herum, musste dann aber feststellen, dass sie auch durch die geschlossenen Lider sichtbar blieben. Wieder ertönte Lamellas Stimme, lauter und drängender, und langsam lösten sich die Vamilianer um ihn herum auf, und ihre Schreie wurden zu einem Flüstern. Gleichzeitig verstärkten sie ihren Angriff, als spürten sie, dass ihre Beute entwischte, aber jetzt glitten ihre Hände durch Ebon hindurch, ohne dass er etwas spürte. Die Kälte löste sich, und sein Zittern ließ nach.

Sein Traum zerbrach, die Bilder fielen beiseite wie gesplittertes Glas.

Ebon öffnete die Augen und sah in eine andere Dunkelheit.

Jetzt hörte er Lamella deutlicher, wie sie immer wieder seinen Namen rief. Ihre Arme waren um ihn geschlungen, aber nach der Bedrängnis in seinem Traum empfand er diese Nähe als erstickend, und er löste sich aus ihrer Umarmung. Dann schwang er die Beine aus dem Bett. Eine Weile blieb er sitzen, zitternd und schweißüberströmt, den Kopf in die Hände gestützt, und lauschte lediglich seinen Atemzügen.

Lamellas Stimme bebte. »Kannst du mich hören?«

Er nickte.

»Ich konnte dich nicht aufwecken.«

Ebon konnte dazu nur stöhnen. Das Zimmer drehte sich, aber er traute sich nicht, die Augen zu schließen. Was, wenn die Geister noch immer auf ihn warteten? »Wo ist das Ossariumkraut?«

Nach kurzer Pause sagte Lamella: »Ebon, bitte …«

»Ich finde es schon selbst.« Der Raum neigte sich ruckartig, als er aufstand, und er stützte sich gegen die Wand. Ein Dutzend Herzschläge wartete er, dann raffte er sich auf, ging langsam zu den schweren Vorhängen, die Schlafgemach und Wohnzimmer voneinander trennten, und zog sie beiseite. Der Raum dahinter war dunkel, nur wenig Licht sickerte durch die Fenster zu beiden Seiten. Lamellas Harfe und ihr Stuhl zeichneten sich schwarz vor den Diwanen in der Mitte des Zimmers ab. Links in der Ecke befand sich der Schrein für die Waldgötter, und daneben stand der kleine Holzschrank. Er ging auf nackten Füßen über den kalten Steinfußboden dort hinüber.

Die kleinen Fächer des Schränkchens enthielten eine Vielzahl kleiner Säckchen, die verschiedene intensive Gerüche verströmten. Ebon schnupperte an einem nach dem anderen, bis er das Ossariumkraut gefunden hatte, und machte sich am Zugband zu schaffen.

Plötzlich lagen Lamellas Hände auf seinen. »Lass mich das tun«, bat sie. Ebon ließ sich das Säckchen abnehmen. Sie nahm einen Kelch von dem Schränkchen und schüttete ein wenig Kraut hinein.

»Mehr«, verlangte Ebon.

Lamella überhörte das, zog das Säckchen wieder zu und legte es zurück an seinen Platz. Dann hinkte sie zu einem der Diwane und setzte sich. Aus dem Krug, der auf einem Tischchen in Reichweite stand, schüttete sie etwas von der Flüssigkeit in den Kelch und stellte ihn dann vor sich auf den Tisch.

Ebon setzte sich zu ihr.

Als Lamella ihn ansah, verbargen die Schatten ihr Gesicht. »Lass es eine Weile ziehen.«

Sie saßen schweigend da.

»Rede mit mir«, sagte Lamella schließlich.

Ebon wollte sie auf keinen Fall an die Ereignisse im Königsforst erinnern. »Nur wieder ein Albtraum. Die Geister …«

»Es ist doch nicht nur das«, unterbrach ihn Lamella. »In den letzten Tagen … es fühlt sich an, als ob du dich von mir zurückziehst.«

Er beobachtete, wie die Gazevorhänge sich in der Brise bauschten. *Als ob ich mich zurückziehe, ja.* Er zog sich vor allem zurück. »Im Thronsaal habe ich heute jemanden gesehen, den ich nicht erkannte. Wie sich herausstellte, war es Domen Geffin, ein langjähriger Gefolgsmann meines Vaters. Ich kenne ihn seit zwanzig Jahren.«

»Wir vergessen alle einmal etwas …«

»Er ist nicht der Einzige. Mit jedem Tag wird ein weiterer Freund zum Fremden, oder man spricht mich wegen eines Gesprächs an, an das ich mich nicht erinnere.« Ebon griff nach dem Kelch. »Wie viel habe ich schon verloren? Wie lange noch, bevor ich … all das hier vergesse?«

Lamellas Stimme war tonlos. »Wieso hast du mir das nicht schon vorher erzählt?«

Ebon wich ihrem Blick aus. Er schwenkte die Flüssigkeit in dem Kelch und setzte ihn dann an die Lippen. Der Trank war bitter, aber er trank ihn dennoch in einem Zug. »Meine Tage sind erfüllt von Wachträumen – Menschen und Orte, die ich nie zuvor gesehen habe, oder aber Orte, die ich durch die Augen eines anderen wahrnehme. Und die Nächte … es sind nicht nur Albträume, Lamella. Ich habe Angst davor, dass mich die Geister mit sich reißen. Dass ich eines Tages nicht mehr aufwache.« Jetzt sah er sie an. »Oder dass jemand anders an meiner Stelle erwacht.«

»Ossarium sorgt zwar eine Zeitlang für einen klaren Kopf, aber wenn die Wirkung nachlässt …«

»Ich weiß.«

»Die Arznei kann die Geister nicht vertreiben.«

»Ich weiß!« Ebon stellte den Kelch wieder auf den Tisch. »Was soll ich deiner Meinung nach tun?«

»Die Stimmen kehrten zurück, als du dich dem Seufzerwald genähert hast. Wenn du dich vielleicht eine Weile woanders aufhieltest …«

»Ich soll gehen, solange der Consel hier ist? Das würde er als ein

Zeichen von Schwäche begreifen. Und wer sollte an meine Stelle treten? Rendale? Janir? Vielleicht sollte ich meinen Vater zwingen, vom Totenbett aufzustehen.«

»Der Consel wird ja nicht lange hier bleiben.«

»Und wenn ich nach seiner Abreise verschwinde? Wie soll ich das dem Kronrat erklären? Alle werden wissen, dass die Geister zurück sind.« Ebon schüttelte den Kopf. »Ich sitze in der Falle, Lamella. Ich kann nicht gehen.«

»Und wenn das Ossarium von dir Besitz ergreift? Ich will dich nicht wieder an die Droge verlieren, so wie beim letzten Mal.«

»Sollte ich mich eher den Geistern ergeben?«

Lamellas Antwort ging unter, als von der Vorderfront des Hauses laute Stimmen erschallten. Eine Faust schlug gegen die Eingangstür, und Ebon hörte Schritte im Atrium. Er sprang auf und sah sich nach seinem Säbel um; dann wurde ihm klar, dass eine Assassine wohl kaum vor dem Eindringen anklopfte. Licht drang ins Zimmer, als jemand den Vorhang an der Wand gegenüber beiseite zog, und der König kniff die Augen leicht zusammen.

Vale trat ein, in einer Hand ein Schwert, in der anderen eine brennende Fackel. Er nickte Lamella zu und sah dann Ebon an.

»Du solltest besser kommen«, sagte er. »Das Lager des Consel wird angegriffen.«

9

In einer Entfernung von etwa hundert Schritten flackerte ein Feuer unter einer Gruppe von Bäumen, der einzige Lichtpunkt in der schwarzen Leere der Ken'dah-Steppe. Mezaqin hatte Parolla gesagt, dass die Ranken der Todesmagie ihre Spuren im Land hinterlassen hatten, und selbst in der Dunkelheit spürte sie, was er meinte. Zwar war sie erleichtert, dass sie die Schattenlande hinter sich gelassen hatte, aber es war etwas hier draußen auf der Steppe, das sie stark an die Dämonenwelt erinnerte – das Gefühl, als ob sie an einem Ort, an dem es vor Leben hätte wimmeln sollen, völlig allein unter den Sternen stand. Nur ein einziges Geräusch drang durch das tödliche Schweigen: das Surren von Insektenflügeln, als sich die Gelatas um das Feuer scharten. *Gelatas.* Die Verkünder des Todes.

Parolla zitterte. Nach dem anstrengenden Marsch durch die Dämonenwelt war ihr Hemd schweißgetränkt und klebte klamm an ihrer Haut. Sie zog den Mantel enger um die Schultern. Während ihres Zusammentreffens mit Mezaqin hatte ihr allein die Anspannung Kraft verliehen, aber die ließ jetzt nach. Wie lange war es her, seit sie zuletzt geschlafen hatte? Drei Tage und zwei Nächte, überlegte sie. Sie musste sich dringend ausruhen, aber wo? Die Erdgeister der Steppe sammelten sich bereits im Boden unter ihren Füßen, und es würde nicht lange dauern, bevor sie die Clans zu ihr führten. Sie konnte zum Zwiespalt zurückkehren; dort würden die Erdgeister sie sicherlich nicht stören. Aber wenn sie ihren Fuß in die Schattenlande setzte, zog sie Mezaqins Zorn erneut auf sich …

Parolla sah zu dem Feuer, das in der Mitte des Wäldchens brannte. Auf ihrer Reise von Enikalda zum ersten Zwiespalt hatte sie eine Reihe Baumgruppen wie diese gesehen. Das Wäldchen war von einem schmalen Graben umgeben, der mit Knochen gefüllt war, und weitere Knochen hingen an zu Ketten geflochtenen Kleidungsresten in den Ästen. Es war offenkundig ein Ort, der den Clans heilig war, aber dennoch hatte jemand diesen Hain entweiht, indem er ihn betreten und sogar noch ein Feuer darin angezündet hatte. Die Flammen waren sicherlich meilenweit in jede Richtung zu sehen. Dass sich derjenige, der jetzt dort rastete, offenkundig so wenig darum scherte, ob er die Clans auf sich aufmerksam machte, ließ zwei Schlüsse zu: Entweder war er ein Narr, oder aber so mächtig, dass er sich deswegen nicht die geringsten Sorgen machte. In beiden Fällen legte Parolla keinen Wert darauf, den Eindringling kennenzulernen.

Dann entdeckte sie eine kleine Gestalt, höchstens halb so groß wie sie, die sich vor dem Feuer bewegte, bis sie sich schließlich mit dem Rücken zu ihr auf den Boden setzte. Sie hielt den Atem an. *Ein Kind?* Es musste ein Kind sein. Aber allein hier draußen in der Steppe? Vielleicht der Sohn oder die Tochter eines Clankriegers? Nein. Ein Eingeborener hätte die Grenzen des Heiligen Hains sicherlich nicht verletzt.

Von hinten hörte Parolla ein unangenehmes Geräusch. Ein Knurren. Vielleicht ein Bannwolf. Sie hielt inne und lauschte. Da war es wieder, jetzt noch näher. Als sie sich umsah, nahm sie eine Bewegung in der Dunkelheit wahr, die sich schnell näherte. Ihr Puls beschleunigte sich. Die Wölfe der Steppe wurden groß wie Pferde und konnten einen einsamen Reisenden ohne Weiteres töten. Bisher sah Parolla nur einen Schatten, aber Bannwölfe jagten selten allein. *Doch sind sie hinter mir her oder hinter dem Kind?*

Kurz entschlossen lief sie zum Feuer hinüber, sprang über den knochengefüllten Graben und trat in den Kreis der Bäume.

Als sie ihren Fehler erkannte, war es schon zu spät.

Die kleine Gestalt, ein Mann, fuhr herum, als Parolla sich näherte. Unvermittelt blieb sie stehen. *Ein Jekdal.* Der Zwerg trug nichts außer einem Lendentuch, und dichtes, weißes Haar wuchs auf seiner Brust und den muskulösen Schultern. Auf Stirn und Wangen hatte er sich mit schwarzer Farbe spiralförmige Muster gemalt. Parollas Blick fiel auf einen Fingerknochen, den er an einer Kette um den Hals trug.

Auf der anderen Seite des Feuers lag der reglose Körper eines riesigen, vierarmigen Mannes, dessen Haut sich durch Zauberei schwarz verfärbt hatte. Ein Speer stak in seinem rechten Auge und hatte seinen Kopf an den Boden genagelt. Gelatas wuselten über den Leichnam.

Egal, wie viele Wölfe draußen auf der Ebene unterwegs sein mochten, hier würde Parolla nicht bleiben. Sie verneigte sich. »Entschuldigung, *sirrah*«, sagte sie in der allgemeinen Sprache. »Ich wollte dich nicht stören.« Damit wandte sie sich wieder um.

»Dafür ist es jetzt zu spät«, erwiderte der Jekdal und deutete mit einer Handbewegung auf den Boden neben sich. »Leiste mir doch Gesellschaft.«

Es war keine Bitte.

Parolla sah über ihre Schulter und stellte fest, dass sich aus der Steppe etwas näherte, das wie ein See aus Schwärze wirkte.

»Beruhige dich«, sagte der Zwerg. »Im Augenblick werden sie dir nichts tun.«

Sie? Parolla spähte in die Dunkelheit, konnte aber keine Gestalten erkennen. Ebenso wenig konnte sie die Schatten durchdringen, die dieses … Geschöpf umgaben, das dort direkt hinter dem Wäldchen herumwaberte. Es reichte bis hinauf zur Spitze eines der kleineren Bäume und schien über den Knochengraben dahinzufließen, während es sich so ausstreckte, dass es Parolla den Rückweg versperrte. *Und so schnappt die Falle zu.* Eine Falle, in die Parolla hineingestolpert war wie der dümmste Grünschnabel. Sie holte tief Luft, ging an dem Zwerg vorbei und setzte sich ans Feuer, den Rücken an einen Baum gelehnt.

Die Augen des Jekdal waren nicht länger auf sie gerichtet. Er hatte ein Stück Holz zur Hand genommen und bearbeitete es mit einem Schnitzmesser. »Höchst unerwartet, deine Ankunft«, sagte er. »Ich muss zugeben, ich habe dein Nahen nicht gespürt. Du bist doch durch den Zwiespalt gekommen, oder?«

Parolla sagte nichts.

»Ich muss sagen, ich bin beeindruckt, dass du es geschafft hast, lebend aus den Schattenlanden zu entkommen. Dein Triumph wird jedoch nur von kurzer Dauer sein.« Holzspäne flogen von der Schneide seines Messers. »Die Kerralai werden dich jagen.«

Wieder antwortete Parolla nicht; sie vermutete, dass es für sie noch von Vorteil sein konnte, wenn der Jekdal glaubte, die Dämonen seien hinter ihr her. Sie sagte stattdessen: »Du bist weit entfernt von deiner Heimat, *sirrah*. Ich habe das Land deines Volkes besucht. Vor fünf oder vielleicht sechs Jahren.«

Der Zwerg legte das Holzstück beiseite, das er in Form gebracht hatte, und nahm ein neues. »Bei mir ist es weit länger her, dass ich dort war.«

»Bist du ein Ausgestoßener?«

»Ich ging aus freien Stücken. Kleingeistig ist mein Volk. Es mangelt ihm an Ehrgeiz.« Er spuckte aus. »Es ist nicht länger mein Volk.« Er stand wieder auf und ging zum Feuer. Aus den geschnitzten Holzstücken errichtete er über den Flammen einen groben Rahmen. Dann trat er zum Leichnam des vierarmigen Mannes und begann damit, Fleisch in Streifen aus seinem Schenkel zu schneiden.

Parolla wandte den Blick ab.

Als der Jekdal wieder ans Feuer trat, waren seine Hände blutverschmiert. Er schob das Fleisch auf Holzspieße, die er über die Flammen legte. Hinter ihm war die wabernde Dunkelheit, die Parolla zuvor bemerkt hatte, bis an den Rand des Feuerscheins vorgerückt, aber sie sah noch immer keine weiteren Gefährten. Dann brach hinter ihr knackend ein Zweig. Unter Aufbietung ihrer ganzen Willenskraft gelang es ihr, sich nicht umzusehen.

»Wollen deine Freunde sich nicht zu uns gesellen?«, fragte sie.

Der Zwerg leckte sich die Finger. »Meine Tierchen haben also dein Interesse geweckt.«

»Tierchen?«

»Heraufbeschworene.«

Parolla fluchte innerlich. *Noch mehr Dämonen.* Bei den Göttern, wie dumm war sie gewesen! Sie war von einer Hölle in die nächste getappt. Und warum? Nur weil sie glaubte, einem Kind helfen zu können? So wie sie der *mestessa* in Xavel geholfen hatte? »Du bist ein Beschwörer?«

»Nicht bloß ein Beschwörer«, sagte der Zwerg. »Ich bin ein Dämonenfürst.«

Schade, dass Mezaqin nicht hier ist, um deine Prahlerei zu hören. »Und aus welcher der Neun Höllen stammst du, wenn ich fragen darf?«

»Darfst du nicht.« Er wandte sich wieder dem Feuer zu. Das Fett, das vom Fleisch heruntertropfte, zischte. Der Jekdal schnappte sich ein Spießchen, riss sich ein wenig Fleisch ab und schlug die Zähne hinein, dann deutete er auf die übrigen Spieße. »Iss!«, sagte er zwischen zwei Bissen.

Parolla stellte beschämt fest, dass ihr Magen bei dem Gedanken an Nahrung knurrte. »Leider habe ich keinen Appetit.«

»Was auf vier Beinen läuft, das esst ihr, aber das, was auf zweien geht, nicht? Was ist da für ein Unterschied?«

»Wenn ich das erklären muss, dann verschwende ich meinen Atem.«

Der Zwerg schnaubte.

»Es war nicht klug von dir, hier Blut zu vergießen, *sirrah*«, fuhr Parolla fort. »Dieser Hain steht auf heiligem Boden.«

»Und wenn?«

»Spürst du nicht die Erdgeister unter deinen Füßen? Ihren Zorn?«

Der Jekdal zuckte die Achseln und biss erneut ab. Blutiger Saft rann ihm über das Kinn. »Schwach, das sind diese Geister. Ans Land gekettet.«

»Vielleicht, aber sie werden die Clans benachrichtigen.«

»Und du denkst, das wäre unbeabsichtigt?«

»Wie meinst du das?«

Der Zwerg warf den ersten Spieß beiseite und griff nach dem nächsten. »Das Land um uns herum stirbt, und mir gehen die Vorräte aus.« Er grinste. »Jetzt muss ich nicht nach Nahrung suchen. Sie kommt zu mir.«

Parolla erschauerte trotz des warmen Feuers. Die Worte waren von eiskaltem Selbstbewusstsein durchdrungen. Glaubte der Jekdal wirklich, eine Schneise in jeden Stamm von Steppenkriegern schlagen zu können? *Immerhin hat er es bis hierher geschafft.* Sie deutete auf den verstümmelten Körper des vierarmigen Mannes. »Wer war er?«

»Ein Gorlem.«

»*Was* er ist, das sehe ich. Aber was war der Grund für deinen Angriff?«

Der Zwerg schnippte mit den Fingern.

Parolla war erst halb auf den Beinen, als drei Seen aus Dunkelheit von den Bäumen glitten und sich über den Leichnam legten. Selbst dort, wo der Feuerschein direkt auf sie fiel, konnte Parollas Blick das tiefe Schwarz nicht durchdringen, das die Dämonen umgab. Die Gelatas, die über den Gorlem huschten, flohen in einer zischenden Wolke, und der Körper verschwand in den mahlenden Schatten. Knochen knackten. Blut sprühte nebelfein durch die Luft. Binnen weniger Herzschläge war alles vorüber, die Schatten zogen sich zurück. Allein ein paar Fetzen der Kleidung waren geblieben. Die Gelatas kehrten und zurück und sammelten sich jetzt in großer Zahl auf dem blutgetränkten Boden.

Parolla lehnte sich wieder gegen den Baumstamm und blinzelte sich den Schweiß aus den Augen. Die Geschwindigkeit, mit der die

Dämonen den Körper entsorgt hatten, war geradezu unheimlich. Hätten sie über Parolla herfallen wollen, hätte sie niemals schnell genug reagieren können.

Der Jekdal hatte seine Mahlzeit beendet und saß da, die Hände über dem Bauch gefaltet. Jetzt kam er auf ihre Frage zurück: »Der Grund für den Angriff? Der Gorlem war auf dem Weg zum Ausgangspunkt der Todesmagie.« Er hielt inne und fügte hinzu: »Genau wie du.«

»Du scheinst ja sehr genau über meine Pläne Bescheid zu wissen.«

»Könnte es einen anderen Grund für deine Anwesenheit geben? Ein großer Zusammenschluss kündigt sich an. Macht zieht Macht an sich.«

»Und welches Interesse hast du daran?«

Der Zwerg sah sie eine Weile an. »Wiederauferstehung.«

»Wiederauferstehung?«, wiederholte Parolla. *Durch das Portal? Er will eine Seele durch Shrouds Tor zurückholen.*

»Deine Unwissenheit ist amüsant. Und bemitleidenswert.« Der Jekdal spielte mit dem Objekt, das an seinem Hals hing. »Ich wünsche die Wiedergeburt des Menschen, dem einst dieser Knochen gehörte.«

»Ein Freund?«

»Nein. Es gibt zwischen uns noch etwas zu klären.«

Parolla hob eine Augenbraue. »Und was hat er getan, um deine Feindschaft zu verdienen?«

»Nicht er, sie. Sie hat sich mir verweigert. Und glaubte, sie könnte mir entkommen, indem sie sich selbst tötete. Ich würde ihr gern das Gegenteil beweisen.«

Parolla sprang auf. Eine plötzliche Dunkelheit flutete über ihren Verstand und legte sich über ihr Gesichtsfeld, so dass selbst der Feuerschein schwächer zu werden schien. Die nekromantischen Energien, die der Tod des Gorlem freigesetzt hatte, lagen noch in der Luft und sickerten in ihr Fleisch. Einer der schattenhaften Dämonen trat an die

Seite seines Meisters, und Parolla hörte hinter sich wieder das Knacken von Ästen. Die Gelatas flohen.

Der Zwerg saß da und sah sie ungerührt an. »Welch eine unkluge Zurschaustellung eines reizbaren Temperaments«, sagte er. »Viel hast du mir von dir enthüllt. Deine Kraft. Ich bin versucht, dich zu töten, aber wieso sollte ich mir die Mühe machen, wenn die Kerralai das ohnehin für mich erledigen werden?«

»Und wenn ich beschließen sollte, *dich* am Leben zu lassen?«

Der Jekdal warf den Kopf zurück und lachte.

»Was wird geschehen«, fuhr Parolla fort, »wenn du und deine Heraufbeschworenen hier von den Kerralai entdeckt werden, die mich jagen wollen?« Sie betrachtete die fließende Dunkelheit hinter dem Jekdal. »Deine Tierchen sind keine Kerralai, nicht wahr? Dämonen sind gewöhnlich gegenüber Artgenossen aus anderen Reichen nicht sehr freundlich. Was, wenn meine Jäger sich bereits an uns anschleichen?«

Der Zwerg verengte die Augen. »Ich würde sie spüren.«

»So, wie du mich gespürt hast? Wir sind nur hundert Schritte vom Zwiespalt entfernt. Würdest du die Kerralai auch wittern, solange sie noch in ihrer eigenen Welt unterwegs sind? Wie lange werden sie wohl brauchen, um vom Zwiespalt bis hierher zu kommen?«

»Du drohst mir? Mit deinem eigenen Tod?«

»Ich könnte dafür sorgen, dass du mein Schicksal teilst.«

»Dann töte ich dich jetzt vielleicht trotzdem.«

»Und nimmst den Kerralai ihre Beute weg? Bestimmt nicht.«

Ganz kurz fürchtete Parolla, den Bogen überspannt zu haben. Der Zwerg starrte sie mit einem berechnenden Gesichtsausdruck an, während er mit dem Finger nachdenklich die schwarzen Muster auf seiner rechten Wange nachzog. *Er fragt sich, weshalb ich keine Angst vor den Kerralai habe*, erkannte sie. *Wieso ich nicht versucht habe zu fliehen.* Gelassen erwiderte sie seinen Blick. Ganz offensichtlich ahnte der Jekdal, dass die Lage sich anders darstellte, als sie auf den ersten

Blick erschien, aber von ihrer Übereinkunft mit Mezaqin konnte er unmöglich wissen. Als seine Augen kurz zum Zwiespalt wanderten, wusste sie, dass sie gewonnen hatte.

»Dann verschwinde«, sagte der Zwerg.

Parolla reckte sich und setzte sich wieder hin. »Verschwinden, *sirrah*? Ich bin doch gerade erst gekommen.« Sie streckte ihre Hände dem Feuer entgegen und merkte dabei, dass sie zitterten. »Mir gefällt es hier. Ich werde bleiben.«

»Die Dämonen werden kommen und dich holen.«

»Wieso bist *du* dann noch da?«

Der Jekdal betrachtete sie einen langen Augenblick, dann erhob er sich. Seine Lippen verzogen sich zu seiner verächtlichen Fratze. »Du wirst deine Begegnung mit den Kerralai sicher genießen.«

»Die Zeit läuft«, sagte Parolla sanft.

Während sie die Augen schloss, lauschte sie den Schritten des Zwergs, die in der Nacht verhallten.

Das Stadttor ragte vor Ebon auf; mächtige Zwillingstürme flankierten die zwei aus Holz gefertigten Türflügel. Mit Vale an seiner Seite schritt er unter dem ersten Fallgatter hindurch in einen breiteren Gang. Wegen des Ossariumkrauts, das er zuvor eingenommen hatte, erschien ihm das Licht, das durch die kleinen Scharten im Dach fiel, blendend grell. Bisher war es der Droge nicht gelungen, die Geister zum Schweigen zu bringen; im Gegenteil, ihr Flüstern war auf dem Weg zum Tor eher noch lauter geworden. Der Hauch von Irrsinn war noch immer gegenwärtig, aber er bemerkte in den Stimmen darüber hinaus eine wachsende Erregung und … noch irgendetwas anderes. *Trauer?* Aus irgendeinem Grund waren sie über den Angriff auf das Lager des Consel beunruhigt, aber warum?

Ebon beschleunigte seine Schritte. Aus einiger Entfernung waren hinter der Stadtmauer Schreie zu hören, das Aufeinanderschlagen von Metall, das Wiehern von Pferden. Ein Magiestoß – von der

Hexenmeisterin des Consel? – erschütterte das Stadttor, und der König stolperte, als er den Raum betrat, in dem sich die Wächter hätten aufhalten sollen. Er war leer. Von einem Kohlebecken in der Ecke ging ein rötlicher Schimmer aus. In der Mitte stand ein Tisch, auf dem Tonkrüge, halb aufgerauchte Schwarzkrautstengel sowie ein Stapel Karten und Münzen lagen. Der Raum stank nach Bier und Schweiß.

Ebon stieg die Treppe empor, die von der Wachstube zur Spitze des Turms führte. Als er ins Freie trat, blies ihm ein heißer, trockener Wind über die Zinnen ins Gesicht und ließ die galitianischen und sartorianischen Standarten flattern. Links stand Reynes, der über die Ebene zum Seufzerwald hinübersah. Sein Zunderhund hatte sich zu seinen Füßen zusammengerollt, und er war von einem Grüppchen Pantheonwächter umgeben. Ebon folgte ihren Blicken. Einige hundert Schritte entfernt erhoben sich die Schatten der Zelte, die der Consel hatte errichten lassen. Da sich der Mond hinter ein paar Wolken versteckte, lag alles andere im Dunkel.

Dann erhellte ein Magieblitz den Himmel, und Ebon kniff die Augen zusammen. Die Explosion beleuchtete das sartorianische Lager, und jetzt sah er die vielen Zelte genau, die einen Kreis um einen Pavillon in der Mitte schlossen. Vor diesem Pavillon wurde heftig gekämpft. Einer der riesigen, gepanzerten Krieger des Consel schwang seine Axt mit mächtigen Schlägen gegen die kleineren Gestalten, die ihn umschwärmten. Aus dem Seufzerwald stürmten weitere Angreifer hervor.

Das Licht erstarb, und wieder legte sich die Nacht über das Lager.

Ebon runzelte die Stirn. Auf diese Entfernung war es unmöglich zu sagen, wer die Angreifer sein mochten. Vielleicht Janirs Soldaten, vom Domen ausgesandt, um Rache für Irrellas Tod zu nehmen? Nein. Sein Onkel hatte nicht wissen können, dass das Consel vor den Mauern der Stadt lagern würde, und falls er am Nachmittag davon erfahren hatte, wäre doch die Zeit zu kurz gewesen, um einen Überfall zu planen.

Damit blieben die Kinevar. Aber dass sie es mit einer so schwer bewaffneten Schar direkt vor Majacks Toren aufnehmen würden …

Er schritt zu Reynes hinüber; die Pantheonwächter traten beiseite, um ihn durchzulassen. Der General trug seine zerknitterte Uniformjacke offen, und sein kurz geschnittenes, graues Haar stand zu allen Seiten ab.

»Reynes«, sagte Ebon.

»Euer Majestät.«

»Was wissen wir?«

»Dieses Theater läuft seit einer Viertelglocke. Wir wurden erst auf das Geschehen aufmerksam, als einer dieser Magieblitze den Himmel erschütterte.«

»Ich gehe davon aus, dass Ihr nicht die Absicht habt, die ganze Zeit nur zuzusehen.«

Reynes schüttelte den Kopf. »Eine Schwadron von der Tarqeen-Kaserne ist auf dem Weg hierher. Grimes befehligt sie.«

»Nicht mehr.«

Der General hob die Augenbrauen. »Ihr geht selbst hinaus?«

Mit einem Mal stand Vale neben Ebon. »Auf ein Wort, Euer Majestät.«

»Später«, sagte Ebon. Dann wandte er sich wieder an Reynes: »Haben Leute aus dem Lager des Consel versucht, die Stadt zu erreichen?«

»Falls ja, dann sind sie nicht weit gekommen.«

Das überraschte Ebon nicht; Garat Hallon war sicher nicht der Mann, der einen schnellen Rückzug befürwortete.

»Ich habe ein wenig nachgedacht«, fuhr Reynes fort. »Wer auch immer hinter dem Angriff stecken mag, er tut uns möglicherweise sogar einen Gefallen. Vielleicht sollten wir noch einen Augenblick abwarten, bevor wir helfend eingreifen.«

Ebon warf ihm einen ungehaltenen Blick zu. Gedanken wie diese durfte man allenfalls hinter verschlossenen Türen im Kronrat äußern, und das hätte der General ja wohl wissen sollen. »Und wenn der Consel zu Tode kommt? Glaubt Ihr, irgendwer in Sartor würde uns abnehmen, dass wir nicht selbst hinter dem Angriff steckten?«

Reynes brummte etwas.

Wieder zerriss eine magische Explosion die Luft. Ebon hörte, wie in der Straße hinter ihnen die Läden eines Hauses aufgestoßen wurden und jemand fragend etwas rief, aber er achtete nicht darauf, sondern sah zur Tarqeen-Kaserne hinüber. Eine Reihe Lichter schlängelte sich am Colosseum vorbei über die Amberbrücke. Er wandte sich wieder zur Treppe. »Vale, zu mir.«

Reynes' Stimme hallte hinter ihm her. »Wartet!« Und dann: »Hört doch!«

Ebon blieb stehen. Noch immer drang der Kampfeslärm vom Lager des Consel herüber, der erstickte Schrei einer Frau, das Klappern von Klingen auf Rüstungen. Aber da war noch ein anderes Lärmen, das ständig lauter wurde. Es kam von Westen. *Wie Trommelschlag.* Ebons Atem ging schneller. *Nein, keine Trommelschläge. Schritte.* Es klang wie ein Heer auf dem Vormarsch. Er sah Reynes an und las die Bestätigung seiner Befürchtung in dessen Augen. *Das ist kein bloßer Überfall.*

Wieder sah er zum Lager hinüber. Zwei Zelte brannten jetzt, die Flammen zuckten wie ausgefranste Banner im Wind, aber sie gaben nicht genug Licht, als dass man hätte erkennen können, was da vom Wald herannahte.

Reynes bellte seine Befehle. »Andresal, sorgt dafür, dass diese shroudverfluchten Leuchtfeuer angezündet werden. Mertil, Ihr holt mir Hauptfrau Hitch. Die anderen Offiziere versammeln sich in einer Glocke in der Wachstube.« Zwei der Pantheonwächter eilten davon. »Jamer, sucht nach diesem Wurm Mottle. Und auf jedem Turm will ich einen Adepten haben …«

»General!«, unterbrach ihn einer der verbliebenen Wächter. Er deutete über die Zinnen. »Wir bekommen Gesellschaft!«

Ebon hatte sie bereits gesehen. Aus dem Lager der Sartorianer strömten Leute; darunter ein Reiter, der von einem Knäuel Verteidiger umgeben war. Sein Pferd war in Panik geraten, und er kämpfte mit den Zügeln, um es wieder zurück ins Lager zu lenken. Dann überrollte ihn die Welle der Angreifer.

Ebon hatte genug gesehen. »Vale«, rief er. Auf dem Weg zur Treppe zog er die Riemen seiner Lederrüstung straff.

»Was im Namen des Wächters soll das werden?«, raunte der Endorianer. »Wie soll Grimes seine Aufgabe erfüllen, wenn er sich vor allem darum kümmern muss, dein Leben zu beschützen?«

»Dazu bist du ja da.«

»Ein verirrter Pfeil …«

»Genug! Ich habe mich entschieden.« Ein Befehlshaber verlangte von seinen Männern nicht, dass sie sich Gefahren stellten, denen er selbst aus dem Weg ging.

Als er in die Wachstube kam, erschollen die ersten Glockenschläge von der Stadtmauer. Er war noch nicht durch den Raum geschritten, als der Warnruf von allen Wachttürmen aufgenommen wurde und über der ganzen Stadt erklang. Er verließ das Stadttor und ging zum Marktplatz. Die Truppe von Sergeant Grimes hatte sich vor dem Tor aufgestellt, und die Soldaten trafen die letzten Vorbereitungen mit beruhigender Versiertheit. Zusätzlich zu ihren Lanzen trugen ein Dutzend der Reiter noch ein paar Fackeln.

Ebon ging zu Grimes hinüber. Der Sergeant rückte den Helm zurecht, der sein ganzes Gesicht bedeckte. In den linken Wangenschutz war das Bild eines Ebers eingraviert.

»Sergeant«, sagte Ebon. »Ich brauche zwei Pferde.«

Der Soldat erwiderte den Blick seines Königs eine Weile, bevor er zu Vale hinübersah.

»Spar dir deinen Atem«, sagte der Endorianer. »Ich habe es schon versucht.«

Grimes' Stimme klang dumpf unter dem Gesichtsschutz seines Helms hervor. »Er ist dein Schützling, Zeitverdreher.«

»Ja, wie immer.«

Ebon verschränkte die Arme. »Wenn wir dann soweit wären, meine Herren?«

Grimes blickte über seine Schulter. »Skip, Turtle – Ihr meldet euch zum Schaufeln. Gebt den Männern eure Pferde.«

Der König ging zu einem der Soldaten hinüber, der gerade abgestiegen war, nahm die Lanze, die ihm der Mann hinhielt, und schwang sich in den Sattel. Das Schlachtross schnaubte und tänzelte, während der Wächter die Steigbügel justierte.

»Womit haben wir es denn überhaupt zu tun, Euer Majestät?«, fragte Grimes jetzt. »Reynes' Bote hat uns überhaupt nichts gesagt.«

»Der Consel wird angegriffen. Vielleicht sind es Kinevar, vielleicht auch nicht. Die Sartorianer haben ihr Lager verlassen und sind auf dem Weg hierher.«

»Und wir sollen jetzt ihren Rückzug decken?« Ein Hauch von Belustigung schwang in Grimes' Stimme mit.

Ebon nickte, dann hob er seine Stimme und wandte sich an die Soldaten. »Wählt eure Ziele sorgfältig aus. Ich möchte nicht, dass da draußen Fehler passieren.«

»Klar«, war jemand von hinten zu hören. »Wäre ja auch shroudverfluchtes Pech, wenn wir am Ende den Consel aufspießten.«

Die Soldaten lachten leise.

»Das habe ich nicht gehört«, brummte Ebon. Dann rief er laut: »Öffnet die Tore!«

Die Holztore schwangen auf. Der König spornte sein Pferd an und senkte die Lanze, als er durch das Stadttor ritt; auf der anderen Seite hob er sie wieder. Am Straßenrand lag ein Karren, dessen vordere Achse neben einem gebrochenen Rad auf den Steinfliesen ruhte. Ebon ritt daran vorüber und lenkte sein Streitross nach Westen zum Lager. Das Klappern der Pferdehufe verwandelte sich in dumpfe Aufschläge, als das Tier die befestigte Straße verließ.

Als das Licht vom Stadttor allmählich verblasste, trieb Ebon das

Pferd zum Galopp. Schattenhafte Gestalten waren in der Dunkelheit vor ihm zu erkennen, und kurz fragte er sich, ob er in eine Falle ritt. War es möglich, dass Garat Hallon den Angriff auf das Lager nur vortäuschte, um ihn aus der Stadt zu locken? Würde ihn ein verirrter Pfeil treffen, so wie viele Jahre zuvor Janirs Frau, bevor die Angreifer wieder im Wald verschwanden? *Nein,* sagte sich Ebon. Einen solchen Verrat würde der Consel auf galitianischem Gebiet nicht wagen.

Inzwischen war ein drittes Zelt in Brand geraten, und die Silhouetten vieler Dutzend Krieger zeichneten sich vor den Flammen ab. Vor ihm lösten sich drei Sartorianer aus dem Dunkel; ihre rostfarbene Haut war im Licht der Fackeln, die Ebons Begleiter trugen, gut zu erkennen. Zwei Frauen versuchten, einen Mann zu stützen, dem das bärtige Kinn auf die Brust gesackt war. Sie blieben stolpernd stehen, als sie die Galitianer sahen, die ihnen entgegenpreschten.

»Lasst sie zwischen uns hindurchgehen!«, brüllte Ebon, der nicht wusste, ob ihn die Männer über dem donnernden Hufschlag überhaupt hören würden.

Als er die beiden Frauen erreicht hatte, sah er vor sich einen sartorianischen Reiter mit nackter Brust, der mit einer Axt drei Angreifer niederschlug. Die Feinde trugen Kettenhemden, die ihnen bis an die Knie reichten, und schwangen Krummsäbel. Ebon blinzelte. Das waren nicht Janirs Männer, aber auch keine Kinevar. Aber sie waren doch aus dem Wald gekommen … *Jetzt haben wir wohl die Antwort darauf, wieso die Kinevar nach Norden fliehen.* Ebon wurde plötzlich klar, dass er die Angreifer kannte, aber woher?

Mit wachsender Anspannung senkte er seine Lanze.

Abrupt schwollen die Stimmen in seinem Kopf zu einem zornigen Raunen an, und er merkte, dass er dem Drang widerstehen musste, die Waffe zur Seite zu wenden. *Bei den Neun Höllen, was soll das?* Die Spitze schob sich nach rechts, und sein Arm zitterte, als er sie gerade wieder vor sich strecken wollte. Er wählte sein Ziel und richtete die Lanze auf die Brust seines Gegners. Die Spitze drang direkt oberhalb des Herzens ein; der Mann wurde emporgerissen und ein paar Armlängen durch den Staub geschleudert.

Ebon fühlte, dass die Geister vor Wut schäumten, und ein bohrender Schmerz schoss durch seinen Kopf. Er unterdrückte ein Stöhnen, ließ die gesplitterte Lanze fallen und legte die Hände an den Kopf. Bilder zuckten vor seinen Augen: ein brennender Wald, Bäume, die in sengender Hitze zu weißer Asche zerfielen, rote Flammen, die unter Schreien in den nächtlichen Himmel stiegen. Dann setzten die Geister in den dunklen Klüften seines Kopfes wieder zu lautem Kreischen an; fauchend und schnappend und krallend versuchten sie, ihn zurück in die Dunkelheit zu ziehen. Aber das war kein Traum, wie Ebon ihn zuvor in Lamellas Haus hatte ertragen müssen. Hier, in der wachen Welt, hatte er seine Gedanken im Griff, und er leerte seinen Kopf und versuchte es mit derselben Konzentrationsübung, mit deren Hilfe er den Geistern schon mehr als einmal widerstanden hatte. Langsam verebbten ihre Schreie, und ihr Angriff wurde schwächer. Die Feuerbilder verblassten.

Als er endlich wieder klar sehen konnte, stellte er fest, dass sein Streitross etwa fünfzig Schritte vor den Zelten des Consel stehen geblieben war. Der Ausfall seiner Schwadron hatte die Gegner bis an die Grenzen des Lagers zurückgetrieben, aber jetzt stockte ihr Vormarsch. Ebon konnte unter den Kämpfenden kleine Grüppchen Sartorianer entdecken, von denen einige noch ihre Nachtkleider trugen, aber Garat Hallon war nicht unter ihnen. Die vier gepanzerten Krieger des Consel kämpften gemeinsam im Herzen des Gemenges und richteten mit ihren Äxten ein wahres Blutbad an. Doch die große Zahl der Angreifer drängte sie trotzdem immer weiter zurück, und wie eine schweigende Flut strömten weitere Feinde aus dem Wald.

Eine schweigende Flut … Jetzt fiel Ebon auf, dass diese Krieger tatsächlich völlig geräuschlos kämpften und starben. Keine Angst- oder Schmerzensschreie, kein Betteln um Hilfe oder Gnade.

Ein krachender Zauber zu Ebons Linken ließ seine Ohren dröhnen und übertönte kurzzeitig das Raunen der Geister. Er zog seinen Säbel. Ganz offensichtlich wollten die Geister nicht, dass er sich an diesem Kampf beteiligte, aber das bestärkte ihn nur in seiner Entschlossenheit. Zu seiner Rechten schlug sich Vale durch ein Knäuel von Angreifern, die ihn umringten, und Ebon drängte sein Pferd weiter voran. Eine Frau trat ihm in den Weg und stach mit ihrem Schwert nach seinem Bauch. Er fing die Waffe mit seinem Säbel ab und zügelte dann sein Pferd, das prompt vorn aufstieg und die Frau mit einem seiner Vorderhufe seitlich am Kopf traf. Sie brach zusammen, und als sie fiel, sah Ebon kurz ihr Gesicht: hohe Stirn, tiefliegende Augen, blutleere Haut.

Sein Mund war trocken, als ihm bewusst wurde, wo er solche Züge schon einmal gesehen hatte. *Die Geister aus meinen Träumen …*

Nein, das kann nicht sein.

Zwei Schwertkämpfer kamen aus dem Dunkel auf ihn zu. Dem ersten Mann fehlte das halbe Gesicht. Ihre Miene zeigte keinerlei Schmerz, und kein Zögern lag in ihren Bewegungen. *Und da ist kein Blut.* Es blieb keine Zeit, um darüber nachzudenken. Ebon blockte einen Schwertstreich des ersten Angreifers ab und drehte die Waffe schnell, um sie dem Mann in den Hals zu rammen. Als seine Klinge in das Fleisch des Gegners drang, fühlte er einen Stich in seinem Kopf, der ihm ein Keuchen abforderte. Er sah die Waffe nicht, die auf der rechten Seite gegen seine Rüstung prallte, und auch nicht die Hände, die versuchten, ihn aus dem Sattel zu ziehen. Jemand schrie: »Zum König! Schützt den König!« Aber Ebon wollte nicht warten, bis Hilfe kam. Mit dem Druck seiner Knie ließ er das Schlachtross im Kreis herumwirbeln. Das Pferd prallte gegen einen Angreifer, den er nicht gesehen hatte, und die Hände ließen los.

Als er sich umsah, wurde Ebon Zeuge, wie ein Pantheonwächter ein Schwert in den Bauch bekam und nach hinten aus dem Sattel stürzte. Vale war nirgendwo zu entdecken. Dann bemerkte er aus dem Augenwinkel, dass einer seiner Gegner – der Kerl mit dem halben Gesicht – wieder auf die Beine kam.

Höchste Zeit für den Rückzug. »Zurück zur Stadt!«, brüllte Ebon und ließ seinen Säbel durch die Luft pfeifen. »Zur Stadt!«

Andere Stimmen nahmen den Ruf auf.

Ebon lenkte sein Pferd zu einer Sartorianerin, die sich gegen einen einäugigen Schwertkämpfer wehrte. Das Schlachtross ritt den Mann nieder, und Ebon streckte der Frau seine freie Hand entgegen. Schnell packte sie zu und zog sich hinter ihm in den Sattel, dann klammerte sie sich an seiner Brust fest, während er das Pferd anspornte und dem Stadttor entgegenpreschte.

Dutzende von Sartorianern flohen bereits zu Fuß in dieselbe Richtung, flankiert von Grimes' Soldaten. Wo Vale steckte, wusste Ebon immer noch nicht, aber der Consel war dort, ritt neben seinen Leuten hin und her und rief etwas, das Ebon nicht verstand. Er sah zur Stadt hinüber. Ein Leuchtfeuer war auf dem höchsten Türmchen des Stadttors entzündet worden und tauchte die Mauern in helles Licht. Als der König näher kam, sah er, dass die Zinnen auf beiden Seiten mit Bogenschützen besetzt waren, die Pfeile auf die Sehnen ihrer Bögen legten.

Kurz darauf zügelte er sein abgekämpftes Pferd neben dem kaputten Wagen an der Straße vor dem Tor. Zwei Wächter in roten Mänteln eilten zu ihm, um die Sartorianerin aufzufangen, die erschöpft vom Pferderücken rutschte. Ein anderer Soldat griff nach den Zügeln des Streitrosses, aber Ebon winkte ihn beiseite, ließ das Tier eine Drehung vollführen und wandte sich wieder zum Lager.

Grimes ritt an ihm vorüber und rief Ebon zu, er solle ihm in die Stadt folgen. Der Sergeant hatte seinen Helm verloren, und sein linkes Ohr war blutüberströmt. Von Vale war noch immer keine Spur. Ein Grüppchen Sartorianer stolperte vorüber, gefolgt von einigen Pantheonwächtern. Dann kamen wieder Sartorianer, schließlich auch die Hexenmeisterin des Consel, Ambolina, und die riesigen Krieger, die offenbar allesamt unverletzt waren. Als sie an ihm vorbeigingen, scheute Ebons Streitross.

Nun erschien auch Garat Hallon; er saß noch immer auf dem Rücken seines Pferdes und sah sich unablässig zum Lager um. Ein einziger Sartorianer humpelte hinter ihm her, nicht mehr als zehn Schritte von einer unordentlichen Linie Angreifer entfernt.

»Bogenschützen!«, rief Ebon.

Eine Pfeilsalve pfiff durch die Luft und fand ihr Ziel.

Die vordere Reihe der Kämpfer war nun zwar gespickt wie Nadelkissen, wurde aber kaum langsamer. Der humpelnde Sartorianer stolperte, und die feindliche Schar fegte über ihn hinweg.

Bei den Tränen des Wächters!

Garat lenkte sein Pferd neben Ebon und sah grimmig zum Lager hinüber. Sein Mantel und sein Wams waren an der linken Schulter aufgerissen, und die blaue Seide zierte ein schwarzer Fleck. An seinem Schwert hingen verfilzte Haare und Knochensplitter.

Die nächste Pfeilsalve schlug in die sich nähernde Feindesschar. Die Vorhut war höchstens noch sechzig Schritte entfernt. Ebons Blick fiel auf eine Frau, die ganz vorn lief. Ihre Gewänder und ihr Haar standen in Flammen, aber es gelang ihr dennoch, mit ihren Kameraden Schritt zu halten.

Der König schob seinen Säbel mit einem Ruck in die Scheide. »Consel, die Zeit drängt!«

Garat antwortete nicht. Er bedachte die Feinde mit einem derart giftigen Blick, dass Ebon fast fürchtete, er wolle sie noch einmal angreifen. Seine Augen glitten die ganze Zeit über unruhig hin und her, erst über die Reihe der anrückenden Schwertkämpfer, dann in die Dunkelheit hinter ihnen, zu den Stadttoren und schließlich wieder zurück zu den feindlichen Linien.

Fünfzig Schritte.

Noch immer machte er keine Anstalten, in die Stadt zu reiten.

Vierzig Schritte.

»Consel«, fuhr Ebon den Genannten jetzt an, »wir sind in Reichweite ihrer Speere!«

Erst jetzt nahm Garat die Zügel auf und lenkte sein Pferd durch die Tore. Ebon folgte ihm.

Hinter ihnen schlossen sich die hölzernen Torflügel mit einem Knarren.

Der Marktplatz war von Fackeln erhellt, und die umliegenden Straßen wurden von Pantheonwächtern abgeriegelt. Die Schreie der Verwundeten drangen durch die Luft und mischten sich mit den Befehlen der Offiziere und dem Stampfen der Pferde. Nicht weit von ihnen stiegen Grimes' Soldaten ab und wurden von ihrem Sergeanten empfangen, der ihnen Fragen entgegenbellte. Eines der Schlachtrösser war in die Knie gebrochen und schnob Blut auf das Pflaster; einer der Soldaten kniete sich mit gezogenem Schwert daneben.

Ebon wandte den Blick ab.

Die überlebenden Sartorianer versammelten sich ebenfalls, und ein königlicher Medicus in blauem Gewand machte die Runde unter den Leuten. Der Oberste Berater des Consel, Pellar Hargin, saß da, den Rücken an eine Mauer gelehnt, die Augen starr, und er fuhr zusammen, als der Feind auf das Stadttor einzuschlagen begann. Zu denen, die sich in die Stadt gerettet hatten, zählten auch die vier gepanzerten Krieger und Garats Hexenmeisterin. Sie spürte offenbar Ebons Blick, jedenfalls wandte sie sich um und sah ihn an. Als er daraufhin grüßend den Kopf neigte, erwiderte sie diese Geste nicht.

Nun schwang er sich aus dem Sattel und reichte die Zügel einem wartenden Wächter.

»Hier«, rief eine Stimme. Als er sich umwandte, sah er Vale, der an der Mauer der Wachstube lehnte und die Schneide seines Langschwerts mit einem Wetzstein schärfte. Er schob die Waffe in die Scheide, als Ebon zu ihm herüberkam. »Du hast bis zum letzten Moment abgewartet«, sagte der Endorianer.

»Ich habe dich da draußen aus den Augen verloren.«

»Ich dich nicht.«

Der König beobachtete sechs Männer, die einen Balken wie einen Riegel in die dafür vorgesehene Halterung an den Toren schoben. »Verluste?«

»Vier, soweit wir bisher wissen. Ein paar werden noch vermisst.«

»Und bei den Sartorianern?«

Vale schnaubte. »Da ist es ein Wunder, dass überhaupt jemand überlebt hat. Die Hälfte der Leute sind Dienstboten und Diplomaten. Warum in Shrouds Namen hat er sie so lange da draußen kämpfen lassen?«

»Hast du vergessen, was er im Thronsaal gesagt hat? ›Ich denke, wir können auf uns selbst aufpassen‹ – war es nicht so?«

In den Zügen des Endorianers ließ sich noch das Grauen ablesen, das er soeben erlebt hatte. »Ja, aber gegen einen solchen Feind …«

Er musste den Gedanken nicht vollenden. Vor Ebons geistigem Auge erschienen die Gesichter derer, die er erschlagen hatte. Sie hatten so sehr den Vamilianern geglichen, in ihrer Kleidung ebenso wie in ihren Gesichtern. Unmöglich natürlich, aber … es wäre eine mögliche Erklärung dafür gewesen, dass die Geister so heftig reagiert hatten, als er die Fremden angriff. *Als ob sie ihre eigenen Leute beschützen wollten.* Wenn man jedoch Mottle Glauben schenken konnte, dann war der letzte Vamilianer vor vielen Tausend Jahren gestorben. Etwas, das diese Angreifer offenbar ganz und gar nicht vorhatten.

Vale deutete mit einem Blick auf Garat, der zwischen seinen Landsleuten herumlief und Fragen brüllte. Fragen, auf die er offenbar keine Antwort erhielt. Schließlich befahl er Ambolina, mit ihm zu kommen, als er zur Wachstube marschierte.

»Das möchte ich sehen«, sagte Ebon. Begleitet von Vale, der einen Schritt hinter ihm blieb, folgte er den Sartorianern ins Torhaus und stieg die Treppe hinauf.

Als er den Wehrgang erreichte, stand Garat schon an den Zinnen und sah mit zusammengekniffenen Augen auf die große Schar, die sich vor den Mauern versammelt hatte. Gut zwanzig Krieger schlugen mit Fäusten gegen das Tor, und viele weitere versuchten erfolglos, die Mauern zu erklimmen. Bei anderer Gelegenheit hätte Ebon diesen Anblick vielleicht sogar lustig gefunden.

Reynes stand immer noch an derselben Stelle wie zuvor, neben Sergeant Ketes und einem weiteren Offizier, den Ebon nicht erkannte. Die versammelten Pantheonwächter schwiegen wie vor den Kopf geschlagen; es war wie in den fassungslosen Augenblicken nach einer verlorenen Schlacht. Dabei war der Ausfall so erfolgreich gewesen, wie man nur hatte hoffen können. Die Bogenschützen hatten die Waffen gesenkt und sahen zum Feind hinab, die Gesichter blass im hellen Licht des Signalfeuers.

»Reynes«, sagte Ebon und trat neben den General. »Wie steht es an den anderen Mauern?«

Reynes spuckte über die Zinnen. »Im Norden und Süden genauso wie hier, Euer Majestät, obwohl es scheint, als hätten sich an diesem Tor besonders viele von diesen Drecksäcken versammelt. Sie schwärmen nach Osten aus. In einer Viertelglocke werden wir umzingelt sein.«

»Ihr habt sicherlich zuvor noch Boten ausgesandt?«

»Ja, nach Culin und Kolamin. Der Stützpunkt in Jagel sollte zudem unsere Signalfeuer sehen.«

Es sei denn, das Dorf ist schon gefallen. »Mottle, was spürst du in den Windströmen? Sind wir die Einzigen, deren Stadt angegriffen wird?«

Der Magier ließ nicht erkennen, ob er die Frage überhaupt gehört hatte. Mit beinahe kindlichem Staunen sah er auf die unten tobenden Truppen.

»Mottle!«

»Majestätisch, nicht wahr?!«, stieß der Alte hervor. »Eine solche Kraft, mein Junge! Ein Leichentuch der Zauberkunst hüllt diese schreckliche Schar ein.«

»Was ist für eine Art der Magie ist das?«

»Nun, natürlich Todesmagie. Ein Heer von Untoten, nicht wahr?« Jetzt rappelte der Alte sich auf. »Es ist, wie Mottle es vorausgesagt hat. Ein Sturm wird kommen, hatte er gesagt. Ein Zusammenfluss böser Kräfte. Das Land ist befleckt vom Blut zahlloser Generationen. Uralte Völker, lange schon vergangene Zivilisationen, die nun wieder auferstehen.«

»Uralte Zivilisationen«, sagte Reynes, »wären jetzt nur noch Knochen.«

»Wiederbelebt, das wurden sie, die Vamilianer. Sie erhielten Körper, wenn auch kein Leben …«

Reynes unterbrach ihn mit einem Schnauben. »Spart Euch Eure Geschichten fürs Lagerfeuer, alter Mann.«

Mottle neigte den Kopf. »Misstraut der General etwa dem, was er mit eigenen Augen sieht? Vielleicht hat er ja eine andere Erklärung für das, was uns bedroht.«

»Ich habe einen von ihnen aufgespießt, Reynes«, meldete sich jetzt Vale zu Wort und tippte sich auf eine Stelle direkt über dem Herzen. »Der hatte ein Loch in der Brust, groß wie meine Faust. Und er ist aufgestanden und hat weitergekämpft.«

Mottle nickte. »Was tot ist, kann nicht sterben.«

Der General wollte etwas sagen, aber Ebon gebot ihm mit einer Handbewegung Schweigen. Er sah zu dem Heer aus Untoten hinunter. Der Schein des Signalfeuers oben auf dem Turm reichte vom Stadttor etwa einen Steinwurf weit ins Land. Innerhalb dieses Bereichs befanden sich Hunderte Vamilianer, aber auch zwei Dutzend Sartorianer und sogar drei Pantheonwächter mit ihren roten Mänteln – Soldaten aus Grimes' Truppe, die beim Rückzug gefallen waren. In der Dunkelheit konnte Ebon jedoch nur Schatten ausmachen. »Mottle«, sagte er. »Mit wie vielen haben wir es hier zu tun?«

»Eine gute Frage, mein Junge. Leider können Mottles Künste nicht …«

»Du bist doch ein Luftmagier, oder nicht? Teile diese Wolken und lass uns sehen, was uns das Mondlicht offenbart.«

Der Alte blinzelte. »Mottle wollte gerade vorschlagen …«

Ein Ausruf des Consel unterbrach ihn. »Hexenmeisterin!« Garat rief nach Ambolina. »Ich sehe ihn! Dort, unter diesem Pöbel!« Er deutete zu den feindlichen Linien.

Als die dunkle Frau antwortete, war ihre Stimme ebenso tief wie Garats. »Er wurde getötet, Consel. Ich sah ihn mit eingeschlagenem Kopf dort liegen.«

»Aber wo ist dann diese Wunde? Ich sehe keine an ihm!«

»Er ist tot. Höchstwahrscheinlich wurde er von derselben Macht erweckt, die auch die anderen belebt. Denn warum sonst würden ihn die Untoten nicht angreifen?«

»Vielleicht sollte ich dich dort hinunterschicken, damit du sie fragst.«

Mottle räusperte sich. »Vielleicht könnte Mottle sich als nützlich erweisen, um diesen unangenehmen Streit beizulegen. Wenn der Consel so freundlich wäre, auf den fraglichen Mann zu deuten …«

Garat starrte ihn kurz an, bevor er wieder auf die Ebene hinausblickte. »Dort!«, rief er und zeigte nach unten. »Der Junge in der sartorianischen Uniform.«

Der Junge? Jetzt sah Ebon, wen der Consel meinte – einen pickligen Jüngling mit braunem Haar, einige Reihen hinter denen, die sich gegen die Mauern warfen. *Ah ja, Falin, der Bruder des Consel. Das hatte ich ganz vergessen.*

»Das wird schnell erledigt.« Mottle machte eine Handbewegung, und der Junge hob sich vom Boden und schwebte zu den Zinnen herauf. Ebon trat einen Schritt beiseite, um für ihn Platz zu schaffen.

Falins Haut war von geisterhaftem Grau, durchbrochen von Flecken getrockneten Blutes auf seiner Stirn und seinen Wangen. Seine Füße hatten kaum den Wehrgang berührt, da sprang er den nächstbesten Mann an – den Consel – und bog die Finger zu Krallen. Garat schlug ihm mit dem Handrücken so heftig gegen das Kinn, dass Falin hintenüber fiel. Aber noch im gleichen Augenblick war er wieder auf den Beinen. Ambolina trat zwischen die Brüder und packte den Jüngeren an den Handgelenken. Der Junge wand sich unter ihrem Griff, aber die Hexenmeisterin hob ihn in die Luft und ließ ihn eine Handbreit über dem Boden schweben. Ebon staunte, mit welcher Kraft sie ihn so festhielt.

»Holt Stricke, verdammt noch mal!«, fuhr Reynes seine Soldaten an. Sein Zunderhund bellte aufgeregt.

Ein Bogenschütze trat vor und schlang eine Bogensehne um die Handgelenke des Jungen. Dann ließ Ambolina ihn wieder auf den Wehrgang sinken. Falin kämpfte so heftig gegen seine Fesseln, dass sie bis auf den Knochen ins Fleisch schnitten. Inzwischen waren einige Pantheonwächter auf dem Wehrgang erschienen, die neugierig verfolgten, was geschah, aber Reynes schickte sie sofort wieder auf ihre Posten.

»Falin«, sagte Garat, »kannst du mich hören?« Es lag keine Trauer in seiner Stimme, nur Zorn. Als Falin ihm nicht antwortete, verpasste ihm der Consel eine Ohrfeige. »Antworte mir!«

»Ich höre dich«, sprach der Junge jetzt leise; fast war es nur ein Flüstern.

»Warum, Falin? Wieso hast du mich angegriffen? Wieso hast du dich zu unseren Feinden gesellt?«

»Es tut mir leid, ich kann nicht … Ich habe versucht, dagegen anzukämpfen …«

»Anzukämpfen? Wogegen denn? Wovon redest du?«

Ambolina antwortete an seiner Stelle. »Alles Leben ist aus ihm gewichen, Consel, aber seine Seele wurde an seinen Körper gekettet durch eine Kraft, wie ich sie noch nie zuvor erlebt habe.«

Mottle klatschte in die Hände. »Ein Faden von Todesmagie, nicht wahr? Der den Jungen mit jener Kraft verbindet, die ihn wiederauferstehen ließ …«

»Jemand kontrolliert ihn?«

»Wie eine Marionette, nicht wahr?«

Der Consel fuhr wieder herum und sah den Jungen an. »Wer? Wer steckt hinter all dem?«

»Ich – ich weiß es nicht.«

»Du lügst!« Wieder schlug Garat zu.

»Bitte ...«

»Ruhe!«

Ebon trat vor. Erst hatte er beabsichtigt, dem Consel sein Beileid auszusprechen, aber das war offenbar nicht nötig. »Was ist mit dir geschehen, Falin? Dort im Lager?«

Der Junge richtete seinen leeren Blick auf ihn. »Ich erinnere mich an einen Speer ...«, sagte er und führte die gebundenen Hände an seine Stirn. »Dann war Blut in meinen Augen. Ich fiel ... Schatten waren um mich herum. Ein Tor aus Knochen. Plötzlich packte mich etwas, wie eben, als ich auf die Zinnen gehoben wurde.«

Tiefes Schweigen folgte seinen Worten. Ebon sah Mottle an. »Wurde er von Shrouds Schwelle gerissen? Was sind das für Kräfte, die so etwas vermögen, Magier?«

Die Augen des Alten glänzten. »Dem Totenfürsten vorzuenthalten, was ihm zusteht? Das vermag nur eine göttergleiche Kraft.«

»Aber die Gewalt, die ihn beherrscht – dieser Faden, wie du ihn nennst ...«

»Ein Faden, ja. Eine höchst bemerkenswerte Konstruktion. Magische Energien lassen sich von Natur aus kaum eine höhere Ordnung auferlegen, aber die Zauberkräfte, die den Jungen in ihren Besitz genommen haben, beherrschen das meisterlich und sind großartig in ihrer ...«

»Wohin führt er?«

»Nun, natürlich in den Wald.«

»Kann der Bann gebrochen werden?«

»Dadurch könnte lediglich seine Seele befreit werden«, sagte

Ambolina, an Garat gewandt. »Damit würde Shroud ihn bekommen. Den Jungen zurückzuholen ist nicht möglich.«

»Tu es«, befahl Garat ohne Zögern.

»Wie Ihr wünscht.«

»Nicht hier.« Der Consel wandte sich bereits zum Gehen. »Nehmt ihn mit.«

Ebon hob die Hand. »Halt. Mottle, begleite sie.«

»Das wird nicht nötig sein«, widersprach Garat.

»Wir sollten jetzt zusammenstehen und uns gemeinsam …«

Der Consel beachtete ihn nicht, sondern schritt zur Treppe, die zur Wachstube hinunterführte; die Wächter machten ihm hastig Platz. Ambolina warf sich den Jungen über die Schulter und folgte ihm. Als sie die Stufen hinunterging, schlug Falins Kopf gegen den gemauerten Türsturz.

Ebon sah ihnen starren Blickes nach. Zwar hatte er nicht erwartet, dass der Consel sich für die Rettung seiner Leute bedanken würde, hatte jedoch gehofft, ein gemeinsamer Feind würde sie dazu bringen, zumindest für kurze Zeit am gleichen Strang zu ziehen. Aber das schien nicht der Fall zu sein.

Auf einem der Türme im Osten, auf der anderen Seite der Stadt, wurde ebenfalls ein Signalfeuer entzündet. Der Wind fuhr so heftig in die Flammen, dass Ebon kurzzeitig dachte, sie würden erlöschen. Doch dann griffen sie um sich, und wenig später brannte der Signalstoß lichterloh. Auch die Zelte des Consel draußen vor dem Stadttor flackerten noch.

Plötzlich meldete sich Reynes mit drängender Stimme zu Wort. »Euer Majestät, mir scheint, wer auch immer den Jungen wiederbelebt hat, könnte mit unseren Leuten dasselbe anstellen. Wir sollten unsere Verwundeten im Auge behalten.«

10

Die Spinne saß vermutlich irgendwo und lachte.

Nach ihrer Ankunft im Seufzerwald stellte Romany als Erstes fest, dass die Göttin sie noch weiter von Estapharriol entfernt abgesetzt hatte als das letzte Mal. Einen halben Tag hatte sie deshalb damit zugebracht, durch den Dreck und das knöchelhohe tote Laub zu stapfen, das sich auf dem Waldboden angesammelt hatte. Es war, als sei seit ihrem letzten Besuch der Winter über das Land gekommen, denn die Äste der Bäume waren jetzt kahl. Die Fäden der Todesmagie waren allgegenwärtig, sie saugten das Leben aus jedem Stamm, jedem Knäuel Nesselklau und jedem Grashalm. Wusste Mayot überhaupt, welche Auswirkungen das Buch auf den Wald hatte? *So ein Mangel an Disziplin!* Da wurde eine Kraft entfesselt, ohne auch nur im Geringsten über die Folgen nachzudenken, aber was war von dem alten Mann auch anderes zu erwarten gewesen?

Vor ihr brach ein Ast von einem der Ketarbäume und fiel krachend zu Boden; eine Wolke aus Blättern wirbelte in die Luft. Erst als der Aufschlag verhallt war, wurde sich die Priesterin bewusst, dass eine unheimliche Stille über dem Wald hing. Sie hielt inne und lauschte. *Nichts.* Kein Vogelzwitschern, kein Zirpen der ekelhaften Ruskits, nicht einmal das Sirren einer Nadelfliege – ein Geräusch, von dem Romany nie erwartet hatte, dass sie es je vermissen würde. Und die Luft! Ihre Augen brannten davon, und sie hinterließ einen bitteren Geschmack in ihrer Kehle, als hätte sie die fauligen Dünste der Aussätzigengruben in Mercerie eingeatmet. Aber am schlimmsten war, dass diese Atmosphäre ihren Wein verdorben hatte! Nachdem sie tatsächlich eine Sechstelglocke gewartet hatte, bis sie daranging, ihren Durst zu stillen, war ihr nur noch der beißende Geruch von Essig in die Nase gestiegen, nachdem sie den Korken aus der Flasche gezogen hatte. So eine fürchterliche Verschwendung! Es dauerte fast den ganzen Abend, bis ihr Zorn darüber verraucht war.

Die Göttin war natürlich schnell wieder verschwunden, dabei hatte Romany so viele Fragen über Mayot und das Buch gehabt, die nun wieder nicht beantwortet wurden. Bevor sie ging, hatte die Spinne jedoch noch vorgeschlagen, darauf zu wetten, wie viele von Shrouds Jüngern Romany wohl erledigen würde, bevor Mayot umkam. Die Priesterin hatte dieses Ansinnen empört abgelehnt, weil es bei diesem Spiel lediglich um Zahlen ging, nicht um Fähigkeiten oder Geschick. Ohnehin hatte sie die Absicht, die Lämmer aus Shrouds Herde Mayot zu überlassen, während sie sich auf die Jagd nach größerem Wild machte. Letztlich hatte die Spinne sich Romanys klugen Überlegungen anschließen müssen, aber die Göttin hatte dennoch unbeirrt darauf hingewiesen, dass sie dieser Angelegenheit so viel ihrer Zeit gewidmet hatte, um nun auch ein akzeptables Ergebnis erwarten zu dürfen. Aber wie groß die Zahl toter Schergen sein musste, damit sie als »akzeptabel« galt … darüber hatte die Spinne sich natürlich wieder nicht weiter ausgelassen.

Es dämmerte bereits, als Estapharriol in Sicht kam, und als Romany die Rotunde erreichte, war es bereits völlig dunkel. Der Eingang verströmte einen Hauch von Verderbnis, wie eine offene Wunde. Sie hielt auf der Schwelle inne und spähte in die Schwärze, konnte aber nicht erkennen, was drinnen auf sie warten mochte. Der Wind frischte auf, und das Wispern schmatzender Wellen, das aus den Löchern in den Wänden drang, erinnerte an das Zischen geisterhafter Stimmen. Romany erschauerte. Shrouds Tor hätte nicht finsterer sein können als dieses makabre Portal, aber einfach stehen zu bleiben, das kam für sie nicht infrage. Wenn sie mit Mayot sprach, durfte sie keine Schwäche zeigen.

Mit einem Ruck trat sie in die Schatten.

Die Rotunde war vom Mondlicht erhellt, das durch die sternförmigen Öffnungen im Dach hineinfiel. Allerdings reichte das nicht aus, um die dicksten Stränge von Todesmagie zu durchdringen, die sich über den Boden reckten und überall dort Flecken von Dunkelheit hinterließen, wo die Zauberkunst am stärksten war …

Die Priesterin fuhr zurück. *Bei der Gnade der Spinne.* Ein Meer blutleerer Gesichter sah sie aus dem Dunkel an; zahllose Gestalten standen in ordentlichen Abständen aufgereiht rund um das Podest.

Eine Falle!

Aber wie konnte das sein? Im Tempel hatte die Spinne ihr gesagt, dass sich Shrouds Diener gerade erst dem Wald näherten. Wie hatten sie es geschafft, Romany zuvorzukommen? War die Göttin getäuscht worden? Die Priesterin sah mit zusammengekniffenen Augen zum Podest. Auf dem Thron, der dort stand, saß zusammengesunken und in Schatten gehüllt eine ausgemergelte Gestalt. *Mayot Mencada?* Sie hätte es schwören mögen. Aber das ließ sich dann noch weniger erklären. Wenn das hier Shrouds Schergen waren, wie hatte der Alte dann seinen Platz behaupten können? Und wenn nicht, wer im Namen der Spinne waren sie dann? Der Gedanke, dass der Magier Verbündete gefunden haben mochte, war schlicht zu unwahrscheinlich, um ihn ernsthaft in Erwägung zu ziehen.

Romany sah die Gestalt an, die ihr am nächsten war: ein Mann mittleren Alters mit hoher Stirn und kantigen Kieferknochen. Sein langes Haar war an den Schläfen zurückgekämmt und zu Zöpfen geflochten, die mit silbernen Nadeln zusammengehalten wurden. Er war eine Handbreit kleiner als die Priesterin und trug ein elfenbeinfarbenes Gewand, das streng zugeknöpft und mit aufwändiger Silberfadenstickerei verziert war. Vor Romanys Seelenblick verschwamm sein Umriss plötzlich, und sie schrak zusammen, als sein Gesicht von einem zweiten mit grausam verzerrten Zügen überlappt wurde, dessen Mund wie in einem stummen Schrei weit aufklappte. *Als ob sich eine Seele krampfhaft zu befreien sucht.* War der Mann besessen? Hatte sich ein Krakal-Schatten in seinem Körper eingesperrt?

So schnell, wie das Bild gekommen war, so verschwand es auch wieder hinter dem kalten Blick des Fremden.

Erst jetzt bemerkte Romany den Zauberfaden, der sich in seine Brust gebohrt hatte. Die Ranke war ähnlich fein gesponnen wie jene, die ihr eigenes Netz ausmachten, aber diese Verbindung führte dem Mann einen stetigen, kranken Strom von Todesmagie zu. Ihr Blick glitt an dem Faden entlang, zurück zu dem Podest ... *Das Buch der Verlorenen Seelen.*

Jetzt ergab sich ein stimmiges Bild. *Untote.* Die Spinne hatte sie gewarnt, dass Mayot nicht untätig geblieben war. *Er hat einige Vamilianer wieder auferstehen lassen. Oh, Gebieterin ...*

Allerdings hatte das auch seine guten Seiten: Jetzt würde sie immerhin genügend Dienerinnen haben.

Romany ging zum Podest. Die Untoten ließen sie durch, um dann, wie sie leicht beklommen bemerkte, hinter ihr die Reihen wieder zu schließen. Sie blieb vor den Stufen stehen. Rechts von ihr befanden sich die Steine, die bei Mayots Kampf gegen Lorigan Teele geschmolzen waren. Inzwischen war die Masse wieder abgekühlt und hatte einen unförmigen Felsklumpen hinterlassen.

Oben auf dem Podest war Mayot nicht mehr allein. Vier Vamilianer flankierten seinen Thron, zwei Männer und zwei Frauen, die goldene Kettenpanzer trugen. Hinter ihnen hatten sich sieben junge Mädchen aufgestellt, in dünne, weiße Mexin-Hemdchen gekleidet, die für Romanys Geschmack viel zu viel von ihren makellosen Körpern preisgaben.

Der Anblick Mayot Mencadas war ein weiterer Schock. Der alte Mann sah aus, als sei er seit ihrer letzten Begegnung um ein Dutzend Jahre gealtert. Dabei war er schon vorher nicht gerade ein Jungspund gewesen. Er hockte da, über das Buch gebeugt, und lange Strähnen weißen Haars umrahmten sein Gesicht. Seine Augen waren so dunkel und lagen so tief in ihren Höhlen, dass sie genauso gut Löcher in seinem Kopf hätten sein können. *Die Todesmagie frisst ihn auf.* Würde er überhaupt lange genug leben, um gegen Shrouds Schergen antreten zu können? Oder würden seine Feinde einfach das Buch aus seinen toten Fingern ziehen können, wenn sie hier ankamen?

Es stank nach Urin.

Romany neigte den Kopf. »Gebieter.«

Erst nach einer Pause antwortete Mayot: »Ich dachte, du würdest nicht wiederkommen.«

»Das war sicherlich eine quälende Vorstellung. Aber sorgt Euch nicht länger. Wie Ihr seht, bin ich zurück.«

»Warum?«

»Nun, um Euch in den Kämpfen, die Euch bevorstehen, zu unterstützen. Seid Ihr Euch überhaupt bewusst, dass Shrouds Diener sich dem Wald nähern?«

»Und du meinst, ich bräuchte deine Hilfe, um sie zu zerstören?« Mayot machte eine weit ausholende Armbewegung, die das Heer von Untoten umfasste. »Falls du es nicht bemerkt hast, ich habe ein paar neue Freunde gefunden, während du unterwegs warst. Ich würde sagen, ich brauche dich nicht mehr.«

Deine Dankbarkeit ist ja überwältigend. Romany warf einen Blick in die Runde und legte eine ordentliche Portion Verachtung in ihre Worte. »Du willst dich mit *denen da* Shrouds Schergen stellen?«

»Nicht nur. Inzwischen liegt ein ganzes Imperium vor mir auf den Knien.«

Die Priesterin sah ihn verblüfft an. »Die Vamilianer? Ihr habt sie *alle* wiedererweckt?« Der Alte übertrieb doch sicherlich. Romany hatte auf ihrem Weg zur Rotunde niemanden gesehen oder gehört. Allerdings war es auch dunkel gewesen, und vielleicht hatte sie ihrer Umgebung nicht die nötige Aufmerksamkeit geschenkt.

Ein bellender Husten schüttelte Mayots Körper. »Ich brauche nur einen Knochensplitter oder einen Krümel Asche, um die Zauberkunst des Buches einzusetzen. Mein Heer zählt jetzt schon Zehntausende, und ich habe damit begonnen, andere für meine Sache zu rekrutieren.«

Rekrutieren? Es war eine ungewöhnliche Wortwahl, aber Romany würde später darüber nachdenken. »Eine Vielzahl von Mitstreitern allein wird Euch nicht retten, wenn Shrouds Schergen hier eintreffen. Der Herr der Toten wird erfahren haben, dass Ihr seinen Ritter erledigt habt. Er wird seine besten Leute schicken.«

»Und du glaubst, meine Anhänger wären denen nicht gewachsen?« Mayot deutete auf einen der vier Krieger mit den goldenen Kettenhemden. »Hast du von den Vortrefflichen gehört? Nein? Das waren die Elitekämpfer der Vamilianer. Manchmal vergingen Jahrhunderte, ohne dass ein einziger Krieger zu diesem Rang aufstieg, denn die Prüfungen, die dafür bestanden werden mussten, waren außergewöhnlich schwer. Vier von ihnen habe ich schon gewonnen, und ich werde noch andere finden.«

Romany griff nach einem der unsichtbaren magischen Fäden. »Und Ihr beherrscht sie über diesen Weg? Diese Stränge sind so … zart.«

»Du kannst ja gern versuchen, einen zu zerreißen.«

Ja, vielleicht war es an der Zeit, der Eitelkeit des Alten einen heftigen Dämpfer zu verpassen. Nur ein Schwachkopf würde den Kampf mit dem Herrn der Toten mit einem Heer aufnehmen wollen, das von Todesmagie zehrte. Romanys Sinne fuhren sanft über den Faden und suchten nach einer Schwachstelle. Schon von dem kurzen Kontakt wurde ihr leicht schwindlig, denn die Zauberkraft des Buches verschlang bei der Berührung gierig ihre eigene Energie. Und während die Fäden ihres eigenen Netzes eher ätherisch und elegant wirkten – wie sonst war es möglich, dass niemand sie bemerkte? –, hatten die Ranken, die von dem Buch ausgingen, eine beinahe körperliche Präsenz, als ob Mayot eine Materie aus reiner Energie gesponnen hätte.

Romany schrak voll Staunen zurück. *Welch eine Kraft. Welch eine Kunstfertigkeit.*

»Du siehst also«, sagte der Magier, »die Fäden können nicht durchtrennt werden.«

»Vielleicht nicht von mir«, räumte die Priesterin ein, »aber Shrouds Schergen ...«

Mayot fuhr fort, als hätte sie nichts gesagt. »Die Vamilianer wehren sich gegen meine Herrschaft, aber im Laufe der Zeit werden sie begreifen, dass ihre Bemühungen zum Scheitern verurteilt sind. Und während ihre Seelen durchaus über ein Bewusstsein verfügen, bleiben die Körper, in denen sie eingesperrt sind, völlig gefühllos. Verstehst du jetzt, über welche Macht ich befehlige? Ein Heer, das mir ohne Fragen die Treue hält, das niemals müde wird und keinen Schmerz kennt.« Seine Mundwinkel hoben sich leicht. »Jedenfalls keinen körperlichen.«

Romany versuchte ihre angespannten Nerven zu beruhigen. »Und der Wald, Gebieter? Die Todesmagie zerstört ihn.«

»Das ist ein notwendiges Opfer. Das Buch muss sich von irgendetwas ernähren.«

»Und wenn du keine Bäume mehr findest?«

Mayot zeigte ein dünnes Lächeln. »Es war unklug von dir, hierher zurückzukehren, Weib. Ich habe nicht vergessen, dass es zwischen uns noch Dinge zu klären gibt. Niemand verleiht einem anderen freiwillig so große Macht.« Bei seinen Worten flossen Zauberranken vom Buch zu Romany hinüber. Plötzlich wurde sie sich der großen Zahl von Untoten bewusst, die hinter ihrem Rücken lauerten. »Ich bin nicht so dumm, zu glauben«, fuhr Mayot fort, »dein Eingreifen sei zu meinem eigenen Besten erfolgt. Du planst etwas, und ich will wissen, worum es sich handelt.«

Romany zuckte zusammen, als seine Zauberkunst sie einhüllte. Allerdings war es eine Kraft, die nicht dazu ausgesandt war, ihr zu schaden, sondern die sie lediglich ausforschen sollte; jedenfalls vermutete sie das. Ihre Haut prickelte bei dieser Berührung. Seit ihrer letzten Begegnung war Mayots Kraft gewaltig gewachsen, aber wenn es um Verstohlenheit und Täuschung ging, dann war die Priesterin von niemandem zu übertreffen. Ihre Schutzschilde schirmten sie gegen seinen ungeschickten Angriff ab, lenkten seine Kraft von ihr weg oder wandten sie gegen ihn selbst, bis sie sich wie Wolkenfetzen auflöste.

In hochfahrendem Ton erklärte sie: »Wie ich sehe, sind Eure Manieren seit unserem letzten Treffen nicht besser geworden.«

Mayots unruhiges Augenlid flatterte. »Du weißt, ich kann dich zerstören.«

Nun, da seine Zauberkraft sie berührt hatte, wusste Romany, dass er die Wahrheit sprach. Sie konnte nur darauf hoffen, dass der Magier es nicht darauf anlegen würde, seinem Hochmut zum Trotz. »Ihr habt gesehen, wie ich die Geheimnisse des Buches entschlüsselte, etwas, das *Euch* nicht gelingen wollte, und dennoch zweifelt Ihr an meiner Macht. Schon zweimal habt Ihr mich geprüft, und beide Male habe ich Eure ungeschickten Tastversuche abgeschmettert. Wie oft muss ich diese Lektion wiederholen, bis Ihr das begreift?«

Mayots Augenlid flatterte jetzt so schnell wie die Flügel eines Schwebevogels. »Du meinst, du seist noch immer ein ungelüftetes Geheimnis für mich? Es stimmt, meine Zauberkunst kann deine Schutzschilde nicht durchdringen. Sie kann noch nicht einmal die Art der Magie erkennen, aus denen sie gewebt sind. Aber schon allein das verrät mir eine ganze Menge. Sich so zu verbergen, wie du es tust, ist eine einzigartige Kunst.«

Romany versuchte die Unruhe zu verbergen, die sie bei seinen Worten beschlich. Wenn der Magier diesen Gedankengang weiter verfolgte, würde er zwangsläufig auf die Spinne stoßen. Wenn er nicht schon längst auf diese Verbindung gekommen war. Vielleicht war er nicht so dumm, wie sie geglaubt hatte – allerdings auch nicht annähernd halb so schlau, wie er sich selbst einschätzte. »Es verrät Euch, dass ich mein Innerstes vor fremdem Zugriff schützen möchte. Mehr nicht.«

Auf eine Geste Mayots hin legten die vier Vortrefflichen die

Hände auf die Griffe ihrer Schwerter. Der alte Mann war rot angelaufen. »Ich habe andere Möglichkeiten, dich zum Reden zu bringen. Meine untoten Diener haben keine Geheimnisse vor mir. Vielleicht sollte ich dich in ihre Reihen aufnehmen.«

Jetzt war es an der Zeit, den Magier die Peitsche schmecken zu lassen. »Und vielleicht sollte ich die Macht zurücknehmen, die ich Euch verliehen habe. Dazu ist es nicht zu spät, müsst Ihr wissen.«

»Ich fühle mich versucht, es darauf ankommen zu lassen.«

»Aber das werdet Ihr nicht tun. Denn trotz all Eurer großen Worte wisst Ihr genau, dass Ihr allein Shrouds Schergen nicht besiegen könnt. Ihr braucht den weiten Blick, den nur *ich* besitze.«

»Das behauptest du zumindest.«

»Und dann sind da ja auch noch die anderen kleinen Geheimnisse«, fuhr Romany fort, »die nach wie vor im Buch verborgen sind.«

»Die kann ich selbst entschlüsseln.«

»So wie die anderen?«

»Du hast die Tür aufgestoßen, Weib. Jetzt kann ich hindurchgehen, wann es mir beliebt.«

Die Priesterin verschränkte die Arme. »Und wenn ich Schritte unternommen hätte, um das zu verhindern?«

Mayot antwortete nicht. Die Vortrefflichen ließen die Hände an den Griffen ihrer Schwerter.

Die erste Warnung einer nahenden Gefahr erreichte sie in Gestalt einer unbestimmten Vorahnung. Es war ein Wunder, dass sie es überhaupt spürte, bei all der Todesmagie, die durch die Rotunde waberte, aber schließlich war Romany an sich ein Wunder, wie sie sich bei dieser Gelegenheit selbst wieder einmal versicherte. Einen Augenblick später hörte sie das Schlagen von Flügeln. Und nach der Lautstärke zu schließen, waren es nicht nur ein paar Vögel, die sich näherten, sondern eine ganze Menge. Hunderte vielleicht. In einem Wald, der unter dem Joch der Todesmagie ächzte, konnte das nur eines bedeuten: *Ärger.* »Gebieter«, sagte sie, »wir haben Gesellschaft.«

Unabhängig davon, was sich da jetzt nähern mochte, wäre es ungünstig gewesen, wenn sie mit Mayot gesehen worden wäre. Daher umgab sie sich schnell mit einem Verdeckungszauber, der sie äußerlich wie eine von den Vamilianerinnen erscheinen ließ, neben denen sie stand.

Und nun strömten zahllose kleine, dunkle Wesen durch die Öffnungen im Dach. Sie verdeckten das Mondlicht, und die Rotunde war plötzlich in Dunkelheit gehüllt. Mayot und das Podest verschwanden in den Schatten, und auch von den vielen Vamilianern sah sie nur noch jene, die in unmittelbarer Nähe zu ihr standen. Romany blinzelte. Dann brach wieder ein kleiner Schimmer Mondlicht durch und zeigte einen Strudel herumwirbelnder Wesen. Schrille Rufe zerrissen die Luft, und Romany duckte sich, als Flügel über ihr Haar strichen. Die Vögel, die sich zu nahe an das Podest wagten, fielen jedoch tot zu Boden, und die Stufen waren schnell mit gefiederten Kadavern bedeckt.

Mayot erhob seine Stimme über den Lärm. »Heute scheinen sich ständig ungebetene Gäste anzukündigen.«

Romany schniefte. »Das sind sicherlich die Vertrauten eines Hexenmeisters.«

»Spione, meinst du wohl. Es ist längst an der Zeit, dass ich mich vor neugierigen Augen schütze.«

Noch während er sprach, legte er die Handflächen auf das aufgeschlagene Buch der Verlorenen Seelen, und seine Lippen bewegten sich tonlos. Romany fühlte, wie eine große Kraft pulsierend über die Fäden von Todesmagie wanderte und darüber die ganze Stadt erfasste. Das Halblicht innerhalb der Rotunde verlosch erneut. Dann sah die Priesterin durch die Öffnungen im Dach, wie sich dahinter etwas anderes herausbildete – eine Dunkelheit, die tiefer war als der Nachthimmel. Todesmagie erhob sich zu allen Seiten in glänzendem Schwarz, um … *eine zweite Kuppel zu errichten!* War das möglich? *Sie scheint die ganze Stadt zu überwölben!* Romany stand der Mund weit offen, aber sie klappte ihn schnell zu.

Die Vögel hatten das magische Konstrukt nun wohl auch bemerkt, denn sie flogen zum Dach hinauf und kreischten. Ganz kurz herrschte wieder völlige Dunkelheit unter der Kuppel. Dann verschwanden die Vögel in die Nacht, ihre Schreie verebbten, und das Mondlicht kehrte zurück. Über ihnen war vom sternenübersäten Himmel nur noch ein kleiner grauer Kreis übrig, der schnell zusammenschrumpfte. Die Vögel flatterten hastig darauf zu.

Zu spät. Das Netz zog sich zu.

»Es hat den Anschein, als seien die Vögel in die Falle gegangen«, sagte Mayot und warf Romany einen bezeichnenden Blick zu.

Sie tat so, als hätte sie seine Bemerkung nicht gehört. Falls er glaubte, dass das auch auf sie zutraf, dann war er tatsächlich so dumm, wie sie zunächst gedacht hatte. Hoch über ihnen flammten schwarzmagische Blitze auf, als einige Vögel versuchten, die Zauberbarriere zu durchdringen und daraufhin vom Himmel stürzten. Romany hörte, wie sie wenig später auf das Dach prallten. Die verbliebenen Geschöpfe zogen sich kreischend in die trügerische Sicherheit der Ruinenstadt zurück; die Todesmagie, die alles durchdrang, würde ihnen schon bald die Lebensenergie aussaugen. Die Priesterin wandte sich wieder an Mayot. »Es ist so, wie ich Euch warnend sagte: Wer auch immer diese Vögel ausgesandt hat, er ist kein Jünger Shrouds. Der Herr der Toten ist nicht der Einzige, der sich für das Buch interessiert. Auch andere zieht es an diesen Ort.«

»Lass sie kommen. Wenn ich sie getötet habe, werden sie mir ebenso dienen wie die Vamilianer.«

»*Falls* Ihr sie tötet. Oder habt Ihr Shrouds Schergen vergessen? Ihr könnt sie nicht alle besiegen.«

Mayot zögerte, bevor er antwortete. »Mit jedem Tod werde ich stärker. Bald werde ich unbesiegbar sein.«

Romany nahm das erste Wort wieder auf. »*Bald,* mein Gebieter? Vergebt mir, aber das ist etwas anderes als *jetzt,* oder? *Bald* könntet Ihr vielleicht wirklich all dem widerstehen, was Eure Feinde gegen

Euch einsetzen. Aber *jetzt* bräuchtet Ihr meine Hilfe, oder etwa nicht?« Mayot wollte etwas sagen, aber sie schnitt ihm mit einer Handbewegung das Wort ab. »Nein, mein Gebieter, die Sache ist entschieden. Ich will nichts mehr davon hören!« Schnell lenkte sie das Gespräch in ein anderes, sichereres Fahrwasser und deutete auf die stillen Gestalten, die sie umringten. »Wenn ich mich hier umsehe, unter Euren neuen Untertanen, dann scheint es mir, Ihr hättet jetzt ein Übermaß an Dienern. Da bin ich sicher, dass Ihr mir etwas Unterstützung anbieten könntet.« Ihr Blick fiel auf die Frauen hinter dem Thron. »Vielleicht eine von denen …«

»Nein!«, fauchte Mayot und ballte die Hände zu Fäusten. »Sie gehören mir!«

In seiner Stimme lag eine Härte, die Romany zurückweichen ließ. Seine Augen glänzten voller Begehren, und die Priesterin unternahm keinerlei Anstrengungen, ihren Ekel zu verbergen. *Ich hoffe, Shroud hat etwas besonders Hässliches für dich vorgesehen, Alter.* »Gut, dann eine andere«, sagte sie. »Wählt Ihr sie aus. Aber eine Frau muss es sein. Und nicht zu jung …«

Ein Kreischen unterbrach sie, mitten aus der Gruppe der Vamilianer. Mayot drehte sich sofort danach um und machte dann eine Handbewegung, als zöge er einen Vorhang zurück. Die Reihen der Untoten teilten sich. Zwischen ihnen trippelte ein Vogel im Kreis herum – ein Stachelkamm, nach dem Federbüschel auf dem Kopf zu schließen. Er versuchte immer wieder aufzufliegen, aber einer seiner Flügel war gebrochen. Lächelnd deutete Mayot auf das Tier, das daraufhin wie von Geisterhand in die Lüfte gehoben wurde und zum Podest hinüberschwebte. Als es auf Mayots ausgestreckter Hand zu liegen kam, hackte es mit dem Schnabel nach dem Alten.

Ein Messer erschien in der Hand des Magiers. Er sah Romany an. »Wie du, Weib, hat sich derjenige, der diesen Vogel aussandte, übernommen. Welches Leid, so frage ich mich, wird der Meister wohl erfahren, wenn sein Vertrauter stirbt?«

Romany ließ ein missbilligendes Geräusch hören und wandte sich zum Gehen. Dieses Mal machten die Vamilianer ihr keinen Platz, und sie erduldete es schweigend, dass sie sich recht würdelos einen Weg durch die stille Schar suchen musste.

Der Stachelkamm begann zu schreien, noch bevor sie den Ausgang erreicht hatte.

Parolla nahm einen Stock und stocherte im Feuer. Sie war in düsterer Stimmung. Der Zwerg hatte sie mit Recht dafür gescholten, dass sie ihren Zorn so offen zeigte, aber anscheinend konnte sie ihre Gefühle heute ebenso wenig im Zaum halten wie an jedem anderen Tag, seit ihre Mutter gestorben war. Wie sehr sie sich auch bemühte, die bitteren Gefühle der Vergangenheit abzuspalten, der Schmerz blieb doch, wo er war, ganz dicht unter der Oberfläche. In Wahrheit war sie nicht einmal annähernd mit dem Verlust fertig geworden. In gewisser Hinsicht hatte sie das auch gar nicht versucht. War das alles, was ihrem Rachefeldzug gegen Shroud zugrunde lag? War es nur ihre Art, ihre Trauer zu verbergen? *Nein*, sagte sie sich. *Ich dürste nach Gerechtigkeit. Gerechtigkeit für das, was mir genommen wurde.*

Aus dem Augenwinkel nahm sie eine Bewegung wahr und wandte den Kopf. Eine gespensterhafte Gestalt materialisierte auf der anderen Seite des Feuers, und ganz kurz glaubte Parolla, einen Erdgeist der Steppe vor sich zu haben. Doch dann wurde das Bild klarer, und als sie entdeckte, dass die Erscheinung mit vier muskulösen Armen ausgestattet war, erinnerte sie sich an den Gorlem, den der Zwerg getötet hatte. Er überragte Parolla um eine Armlänge und trug eine ärmellose Lederweste und eng anliegende Hosen. Das untere Paar seiner Arme hatte er über der Brust verschränkt, das obere streckte er vor sich aus, die Fingerspitzen aneinander gelegt, und seine Stirn war gefurcht, als ob er höchst konzentriert nachdachte.

Eine Stimme ertönte in Parollas Kopf. »Ich entbiete Euch meinen Gruß, Gebieterin«, sagte sie in der allgemeinen Sprache.

Parolla betrachtete das Geisterwesen misstrauisch. »Was macht Ihr hier, *sirrah*? Eure Seele hätte Shrouds Tor längst durchschreiten sollen.«

Der Gorlem breitete nun alle vier Arme aus. »Nun, in dieser Hinsicht irrt Ihr Euch. Es erscheint wohl vielmehr, dass ich derzeit an diesem Ort gefangen bin, obwohl ich hoffte ... Gebieterin, ich erschien an dieser Stelle, um einen Gefallen von Euch zu erwirken.«

»Ich kann Eure Seele nicht erlösen, falls es das ist, wonach Ihr verlangt.«

»Ich verstehe. Es ist wahr, ich vermag Euch keine Gegenleistung anzubieten.«

»Das meine ich nicht. Wenn es in meiner Macht stünde, würde ich es tun, aber ich bin keine von Shrouds Dienerinnen.«

Die Miene des Mannes verfinsterte sich weiter. »Ich wusst' wohl, Euch richtig einzuschätzen. Und wolltet Ihr mir meinen voreiligen Schluss vergeben, so glaube ich, Ihr hättet doch die Macht, mir meine Bitte zu erfüllen. Nur mag es vielleicht sein, dass Euch das Wissen darum fehlt.«

»So oder so, meine Antwort bleibt dieselbe. Und jetzt entschuldigt mich bitte.«

Parolla starrte ins Feuer. Sie wollte keine Gesellschaft. Der Morgen würde bald heraufziehen, und das Seufzen des Windes in den Bäumen klang tröstlich. Ihre Augenlider wurden schwer. Vielleicht konnte sie doch eine Glocke Schlaf riskieren. Offenbar schien der Gorlem aber nicht gewillt, sie ihren Gedanken zu überlassen, denn als sie wieder aufblickte, sah er sie immer noch an.

Schließlich trat er einen halben Schritt auf sie zu. »Erlaubt mir, dass ich mich vorstelle. Tumbal lautet mein Name.« Damit verbeugte er sich tief.

»Tumbal?«

»So ist es. Tumbal Qerivan.« Als Parolla dazu schwieg, fügte er hinzu: »Und würdet Ihr mir wohl die Ehre zuteil werden lassen, Euren Namen zu erfahren?«

»Parolla.« Da sie in dieser Nacht wohl ohnehin keine Ruhe mehr finden würde, ergab sie sich in ihr Schicksal und fragte: »Wie kommt es, dass Eure Seele hier gefangen ist? Was bindet Euch an diesen Ort?«

»Was mich bindet? Nun, nichts, jedenfalls nichts, was ich zu erkennen vermochte. Derowegen vermute ich, dass meine missliche Lage Shrouds Dienern zu verdanken ist.«

»Wie meint ihr das?«

Der Mann sah zu Boden. »Ich muss Euch ein Geständnis machen. Zu der großen Zahl meiner Verfehlungen zählt auch die Neugierde, und so begab es sich, dass ich Euer Gespräch mit dem Jekdal belauschte. Ihr könnt Euch sicherlich die Vielzahl an Fragen vorstellen, die ich Euch zu stellen hätte. Dürfte ich Euch ergebenst um einen Austausch unseres Wissens bitten?«

»Ich fürchte, ich habe nur sehr wenig Wissen, das sich auszutauschen lohnte.«

»Das Bekenntnis Eurer Bescheidenheit lehrt mich Demut, und daher muss ich euch beschämt dasselbe eingestehen. Wenn also kein Austausch des Wissens, so doch möglicherweise ein Austausch wohldurchdachter Annahmen?«

Parolla lächelte leise und stocherte wieder im Feuer. »Dann also nach Euch. Ihr habt Shrouds Jünger erwähnt.«

»So ist es.« Tumbal sah zum Zwiespalt hinüber. »Im Gegensatz zu Euch wurde mir das zweifelhafte Vergnügen zuteil, diese Lande auf der herkömmlichen Weise zu durchqueren. Auf den Steppen wimmelt es allerorten vor verlorenen Seelen, so wie ich jetzt eine bin. Zweifelsohne eine Folge der, sagen wir, zwielichtigen Gestalten, die fremde Lande heimsuchen.«

Parolla hob eine Augenbraue. *Es wimmelte vor verlorenen Seelen?* »Es ist doch eher unüblich, dass Shrouds Jünger in ihrer Pflichterfüllung so lax sind.« Der Herr der Toten verlor niemals Zeit, wenn es darum ging, eine Seele einzufangen, die er für sich beanspruchte.

»Höchst bedauerlich, Gebieterin, höchst bedauerlich. Jedoch mag es sein – nur ein Verdacht, das sei dazu gesagt – dass die Schuld nicht allein bei Shrouds Schergen zu suchen ist. Möglicherweise wurden sie … wie soll man das ausdrücken? … von ebenjener Kraft abgelenkt, die uns zu sich lockt.«

Parolla legte ein paar dünne Zweige aufs Feuer. »Dennoch sind wir noch immer weit von der Quelle der Todesmagie entfernt. Ihr Einfluss ist hier zu schwach, um tatsächlich etwas zu bewirken …«

»Vergebt mir, wenn ich Euch unterbreche, aber Ihr habt mich missverstanden. Ich meinte vielmehr, dass Shrouds Haus im Augenblick in Aufruhr ist. Und dass sich die Aufmerksamkeit des Gottes und seiner Jünger auf andere Dinge richtet.«

»Ihr meint, uns steht ein Konflikt bevor?«

Der Gorlem breitete wieder alle vier Hände aus. »Da die natürliche Ordnung so grundlegend gestört wurde …«

»Kein Sterblicher, nicht einmal ein Imperium, ist so dumm, sich Shroud entgegenzustellen. Und ich denke, wir wüssten es, wenn die Götter miteinander im Streit lägen.«

»Eure Schlussfolgerungen sind von bestechender Logik, Gebieterin, aber dennoch bleiben viele meiner Fragen unbeantwortet. Welch ein Anliegen mag Shroud so wichtig sein, dass …«

»Shroud kümmert sich nur um sich selbst, um nichts sonst«, unterbrach ihn Parolla. »Er würde sich in gar nichts einmischen, wenn man ihn nicht dazu zwingt.«

Tumbal sah sie an, als könne er ihre Gedanken von ihren Augen ablesen. »Ihr sprecht wahr. Und so erscheint eine Bedrohung der Autorität des Gottes durchaus möglich. Doch möchte es vielleicht auch sein, dass es ein teures Gut gibt, welches er um jeden Preis für sich gewinnen will.«

Parolla verengte die Augen. »Der Zwerg sprach von Wiederauferstehung.«

»Eine faszinierende Aussicht, meint Ihr nicht auch? Die Macht,

Shrouds Klauen eine Seele zu entreißen? Doch sicherlich Grund genug für den Gott, entgegen aller Gewohnheit tätig zu werden.«

»Könnte es ein Portal sein, das uns anlockt? Ein Tor zum Reich der Toten?«

»Möglicherweise«, sagte der Gorlem, klang dabei jedoch skeptisch. Er setzte sich ans Feuer. Im warmen Schein der Flammen wirkte seine Geistergestalt noch durchscheinender als zuvor. Parolla konnte durch ihn hindurchsehen und die Blutflecken und die Kleidungsfetzen auf dem Boden erkennen, die einzigen Überreste, welche die Dämonen des Zwergs von Tumbals sterblicher Hülle übrig gelassen hatten.

Als sie ihn nun wieder direkt ansah, stellte sie fest, dass seine Augen starr auf sie gerichtet waren. Er streckte die Hände zu den Flammen aus.

»Mir war nicht klar, dass auch Geister Wärme fühlen können«, sagte Parolla verblüfft.

Tumbal schien davon überrascht, und er betrachtete jetzt seine Hände. »Um der Wahrheit die Ehre zu geben, ich kann es nicht. Und dennoch … da war etwas, das ich spürte. Faszinierend.«

»Faszinierend?« Parollas Lippen zuckten. »Wenn mir eines Tages das Ende bevorsteht, dann hoffe ich, mich ebenso so würdig zu schlagen wie Ihr.« Erst überlegte sie, ihn nach seinem Kampf mit dem Zwerg zu fragen, entschied sich dann aber dagegen. Der Gorlem schien zwar nicht überaus erschüttert von seinem Tod, aber Parolla wollte seine Gelassenheit auch nicht auf die Probe stellen.

Tumbal holte tief Luft. »Gebieterin, da wir nun Eure Frage hinsichtlich Shrouds Schergen besprachen … da frage ich mich, ob es wohl möglich wäre, wenn ich im Rahmen des gerechten Ausgleichs …«

»Ihr wollt mir eine Frage stellen?

Tumbal strahlte. »So ist es. Ihr wolltet zuvor wissen, wieso ich hier geblieben bin. Nun wüsste ich gern dasselbe von Euch. Ihr seid doch aus dem Zwiespalt hervorgetreten, oder nicht? Warum dann habt Ihr diesen Ort noch nicht verlassen?«

»Die Kerralai werden mich nicht jagen. Ich habe einen Pakt mit dem Fürst ihres Reiches geschlossen, mit Mezaqin.«

»Dabei sagtet Ihr doch dem Jekdal …« Ein entzücktes Lächeln zog über das Gesicht des Gorlem. »Ah, nun verstehe ich. Ich verneige mich vor Eurem Erfindungsgeist. Aber, wenn Ihr mir meine Neugier verzeihen möget, wie war das möglich? Wie konntet Ihr freies Geleit für Euch aushandeln?«

»Mezaqin wusste, dass ich zur Quelle der Todesmagie reisen will. Was auch immer es ist, woraus sie entspringt – ich habe mich bereit erklärt, es zu vernichten.«

»Und der Dämonenfürst glaubte, Ihr seiet fähig?« Die Augen des Gorlem glänzten. »Wer seid Ihr, Gebieterin?«

Parolla drohte ihm mit dem Zeigefinger. »Das gehört nicht zu unserer Abmachung, *sirrah*. Mein Name muss genügen.«

Tumbal rang beide Handpaare. »Welch grausames Rätsel, doch die Hoffnung auf Erleuchtung bleibt bestehen. Ich werde voll Ungeduld auf das Morgengrauen warten.«

Das Feuer entwickelte eine immer größere Hitze. Parolla rückte ein wenig davon ab, und sie warf den Zweig, mit dem sie zuvor herumgestochert hatte, in die Flammen. Schatten zuckten um den kleinen Hain. »Wohin wollt Ihr nun gehen, *sirrah*?«

»Nun, ich werde natürlich meinen Weg fortsetzen. Vielleicht werde ich einem von Shrouds Dienern begegnen und durch ihn Erlösung erfahren. Und wenn ich in dieser Welt verbleiben muss, dann werde ich versuchen, Antworten auf die Fragen zu finden, die mich plagen.«

»Wenn Ihr *müsst*? Ihr klingt, als wäre das ein bedauerlicher Ausblick.«

»So ist es denn auch. Welch größeres Geheimnis gäbe es, wenn nicht die Frage, was hinter Shrouds Tor liegt? Lange schon habe ich mich danach gesehnt, das Schreckensportal vor mir zu sehen und jenes Reich zu betreten, welches sich dahinter erstreckt.«

Da haben wir etwas gemeinsam. »Dann wünsche ich Euch Glück bei Eurer Suche.«

Tumbal hielt einen Augenblick inne, tief in Gedanken versunken. Er sah von Parolla auf seine Hände und wieder zurück. »Mein Glück soll auch das Eure sein«, sagte er schließlich, »denn ich habe beschlossen, diese Reise mit Euch gemeinsam zu unternehmen.«

Parolla warf ihm einen misstrauischen Blick zu. »Warum?«

»Das ist eine Frage der Ehre. Ich kann Euch schwerlich im Stich lassen, damit Ihr diesen gefährlichen Weg allein verfolgt.«

»Ich bin eine schlechte Reisegefährtin.«

»Das bezweifle ich, Gebieterin. Das bezweifle ich sogar sehr.«

Der Schrei einer Frau hallte durch die Nacht, weit entfernt im Südwesten. Er dauerte ein paar Herzschläge an und verhallte dann, übertönt vom Knacken des Feuers. Parolla reckte sich leicht empor und versuchte zwischen den Ästen und Stämmen der Bäume etwas zu erkennen, aber in der Schwärze war nichts auszumachen. Ihre ersten Gedanken galten dem Zwerg und seinen Dämonen. Waren sie über eine andere arme Seele hergefallen, nachdem es Parolla gelungen war, sie mit List und Tücke aus dem Wald zu vertreiben? *Nein,* sagte sie sich und setzte sich wieder, *der Ausgangspunkt der Todesmagie liegt östlich von hier, und dort wollte der Jekdal hin.*

»Ich muss mich eine Weile ausruhen«, sagte sie. »Nur ein paar Glocken.« Dem Gorlem hingegen war die Neugier an den Augen abzulesen.

»Leider ist der Schlaf mir nun auf ewig verwehrt. Vielleicht werde ich die Umgegend ein wenig erforschen.«

»Mit anderen Worten, Ihr wollt der Ursache des Schreis auf den Grund gehen.«

Tumbal seufzte. »Ihr habt natürlich recht. Die Neugierde war stets mein größtes Laster. Und nun gesellt sich offenbar auch noch Vorhersehbarkeit dazu.« Er erhob sich. »Ruht Euch aus, Gebieterin. Ich werde über Euch wachen.«

Parolla schürzte die Lippen. Sie wusste, dass sie das Angebot eigentlich hätte ausschlagen sollen, denn letztlich brauchte es mehr als ausgesuchte Höflichkeit, bevor sie Vertrauen fasste. Aber in dieser Nacht war sie einfach zu müde, um wachsam zu bleiben, und zu müde, um zu streiten. Am nächsten Morgen, wenn ihr Kopf wieder klarer war, würde sie über alles nachdenken, was der Gorlem ihr gesagt hatte. »Aber sei vorsichtig dort draußen, *sirrah*. Selbst die Toten sind nicht vor jedem Schmerz gefeit.«

»So ist es, Gebieterin. Die Seele ist am Ende unendlich viel zerbrechlicher als der Körper.«

Parolla wandte sich ab, um seinem durchdringenden Blick zu entgehen.

Staubteilchen schwebten durch die Luft und funkelten in den Strahlen der Morgensonne, die durch das einzige Fenster der Wachstube drangen. Durch die dreckverschmierte Scheibe blickte Ebon über den Marktplatz. Auf der anderen Seite des Gevierts waren mehrere Leiterwagen umgeworfen worden, um auf diese Weise die Westtorstraße abzusperren. Eine in braune Gewänder gehüllte Frau mit flammenden Augen – eine Hamoun-Priesterin – fuchtelte mit dem Zeigefinger vor der Nase eines Pantheonwächters herum, der die Barrikade bewachte. Ihre zornige Auseinandersetzung ging im Flüstern der Geister unter, die durch Ebons Kopf spukten.

Aus dem improvisierten Lazarett hinter der Mauer zu seiner Linken erscholl ein Ruf. Vor einer halben Glocke war er zwischen den Lagern der Verwundeten herumgegangen und hatte versucht, Grimes' Truppe mit allen Worten zu trösten, die ihm einfielen. Dorthin hatte man auch die Sartorianerin gebracht, die er aus dem Lager des Consel gerettet hatte, und deren Uniform an der linken Seite rund um einen tiefen Schnitt zerfetzt und blutig war. Wie alle, die schwere

Verletzungen davongetragen hatten, war auch sie an ihre Pritsche gefesselt worden. Ebon stand neben ihr und beobachtete, wie ihre Brust schließlich zusammenfiel und das Licht ihrer furchtsamen Augen erlosch. Doch nur wenige Herzschläge später hatte sich die Haut um ihre Wunde wieder geschlossen und ein ganz anderer Glanz glomm in ihren Augen.

Er war gegangen, als sie begann, gegen ihre Fesseln anzukämpfen.

Um das Bild aus seinem Kopf zu verbannen, sah er sich in der Wachstube um. Rund um den Tisch in der Mitte standen mehrere nicht zueinander passende, ramponierte Stühle. Auf einem fläzte sich Rendale, der ununterbrochen eine Münze von einer Hand in die andere wandern ließ. Der Kettenpanzer unter seinem Mantel hatte den hellen Glanz eines Paradestücks. Ihm gegenüber saß Domen Janir, der die Hände auf die Tischplatte gestützt hatte, als ob er jeden Augenblick aufspringen wollte. Neben einer kalten Kohlepfanne stand Mottle mit dem scharfen Blick eines Rallenfalken. Ihn flankierten zwei Adeptinnen mit müden Augen, deren makellos weiße Roben neben Mottles zerlumptem, speckigem Gewand doppelt sauber wirkten.

Ein Donnern erscholl, als die Schar der Untoten vor den Toren ihren Ansturm auf die Stadttore wieder aufnahm. Die Münzen, die auf dem Tisch lagen, klirrten sanft bei jedem Stoß des Rammbocks. Als sich die Tür zum Gang öffnete, drang ein Schwall von Lärm in die Stube, schnell gefolgt von Reynes' Zunderhund, dem General selbst und einer Frau mit einem Gesicht wie eine Axt – Hauptfrau Hitch, wie Ebon wusste. Kanzler Tamarin bildete die Nachhut. Er blieb auf der Schwelle stehen und rümpfte die Nase, bevor er eintrat. Hitch warf hinter ihm die Tür ins Schloss.

Reynes ließ sich auf einen Stuhl fallen, zog einen kleinen Flachmann aus der Hemdtasche und genehmigte sich einen Schluck. Eine Weile herrschte Schweigen.

Wir sind alle in einer völlig veränderten Welt erwacht. Jedenfalls jene von uns, die überhaupt ein wenig Schlaf gefunden haben.

»Bevor wir anfangen«, hob Janir schließlich an, »wüsste ich gern einmal, wie es einem shroudverfluchten Heer gelungen ist, uns derart zu überraschen, ohne dass wir nur eine einzige Warnung erhielten.«

Ebon runzelte die Stirn. »Das haben wir in den Gemächern meines Vaters besprochen.«

»Ein Treffen, zu dem *ich* nicht eingeladen wurde.« Janir sah von Reynes zu Mottle. »Hören wir doch einmal, was diese Narren zu sagen haben. Verdammt noch eins, ich würde jetzt wirklich gern einmal eine lustige Geschichte hören.«

»Diese Ratsversammlung wurde nicht zu Eurer Erheiterung einberufen«, sagte Ebon. Er zog einen Stuhl zu sich heran und setzte sich. »General, zunächst würde ich gern erfahren, wie Ihr unsere Feinde einschätzt.«

Reynes erhob sich. »Ich würde sagen, sie zählen vielleicht achttausend, wobei allerdings ununterbrochen weitere aus dem Wald nachrücken.« Er nahm noch einen Schluck aus der Taschenflasche. »Außerdem werden ihre Reihen verstärkt durch jene, die sich von den Totenäckern der Stadt erheben.«

Ebon verzog das Gesicht. Dass Majacks Grabfelder erwacht waren, zählte zu den vielen gruseligen Entdeckungen in dieser längsten aller Nächte, aber immerhin lagen die meisten Friedhöfe außerhalb der Stadtmauern. Noch glücklicher erschien der Umstand, dass der mysteriöse Zauber, der die Toten lenkte, jene Schutzwälle nicht zu durchdringen vermochte, die in die Wände des Thronsaals gewebt worden waren. Der Khalid-Esgaril war von daher noch immer nichts weiter als ein Skelett. »Lässt sich eine Befehlsstruktur erkennen?«

»Kein bisschen. Keine Offiziere, keine Kommandozentralen, keine Hornbläser, überhaupt keine Signale, gleich welcher Art. Draußen ist es still wie in Jiralis Grab, aber von irgendwoher haben sie ja wohl ihre verdammten Befehle erhalten. Bei Sonnenaufgang brach der Angriff auf die Mauern mit einem Schlag ab.«

»Euer Majestät«, sagte Hauptfrau Hitch, »wer auch immer da das Sagen hat, versteht jedenfalls nichts von Kriegsführung. Die Blassgesichter schlagen ihre Klauen gegen die Mauern, als wollten sie sich hindurchkratzen. Wo sind die Belagerungsmaschinen? Die Leitern? Diese Dreckskerle haben sich nicht einmal die Mühe gemacht, die Zweige von den Stämmen abzuschlagen, die sie als Rammböcke hernehmen.«

»Haben sie Bogenschützen?«

»Weder Bögen noch Pfeile jedenfalls.« Hitch berührte ihre Stirn und setzte dann hinzu: »Gelobet sei der Wächter.«

»Offenbar sind sie dann nicht für eine Belagerung ausgestattet worden.«

»Sie wurden für überhaupt nichts ausgestattet«, sagte Janir. »Die meisten haben keine Rüstungen, manche nicht einmal Waffen.«

»Und dennoch, falls sie die Mauern überwinden sollten ...« Ebon überließ es jedem der Anwesenden, sich seine eigenen Vorstellungen zu machen. »Die Tore müssen halten.«

Mottle räusperte sich. »Euer treuer Diener hat Luftschutzzauber über alle vier Zugänge zur Stadt gewebt. Die Rammböcke des Feindes werden keinerlei Spuren auf dem Holz hinterlassen.«

»Und wenn die Schutzzauber gebrochen werden?«

»Unmöglich! Undurchdringlich sind sie! Undurchdringlich!«

Janir schlug mit den Händen auf den Tisch, dass die Münzen in die Höhe sprangen. »Beim Abgrund, jemand hat ein Heer aus shroudverfluchten *Leichen* zum Leben erweckt! Und da meint Ihr, ein bisschen *Luft* hält ihn auf?«

Der Alte kratzte sich in der Achselhöhle. »Wenn Mottle dem Feind auch nicht gewachsen sein mag, was rohe Kraft betrifft – und das will er gern zugeben –, so macht er das doch mit List, Schlauheit und Durchtriebenheit wieder wett ...«

Er salbaderte weiter, während Janir die Röte ins Gesicht stieg.

»Genug!«, fuhr Ebon dazwischen. »Es ist wohl so, dass wir nicht wissen, wozu dieser Feind in der Lage ist. Von daher müssen wir uns wieder den Toren widmen. Falls die Untoten sie aufbrechen, dann haben wir keine andere Wahl, als uns in den Palast zurückzuziehen.«

»Die Straßen, die vom Marktplatz wegführen, wurden abgesperrt«, merkte Hauptfrau Hitch an.

»Mit Leiterwagen, ja. Das reicht nicht. Die Fenster, die auf den Platz hinuntersehen, müssen zugenagelt und die Einmündungen der Straßen mit Steinmauern abgeriegelt werden. Dann können wir aus dem Marktplatz eine Falle machen, in der wir sie abschlachten können. Und so müssen wir auch bei den anderen Toren verfahren.«

Hitch zuckte die Achseln. »Wie Ihr wollt.«

Das Raunen der Geister in Ebons Kopf wurde lauter, aber er achtete nicht darauf. »Was haben wir vergessen? Den Fluss? Wurden die Wassertore runtergelassen?«

Reynes, der seinen Zunderhund streichelte, sah auf. »Ja, obwohl wir noch keinen Hinweis darauf haben, dass der Feind über Boote verfügt.«

»Was ist mit den Bedrohungen aus der Stadt selbst? Mit der Nekropolis?«

»Das Gelände wurde abgeriegelt. Ein paar Blassgesichter waren schon ausgerissen, aber Vale und Sergeant Ketes spüren sie gerade auf. Aber dann bleibt trotzdem ein Problem. Was tun wir mit den Untoten, wenn wir sie einmal haben?«

Janir schnaubte. »Schmeißt sie in den Fluss. Dann hoch mit dem Wassertor und …«

»Ich glaube kaum«, unterbrach ihn der Kanzler, »dass die Mercerienser es uns danken werden, wenn dieser spezielle Fang an ihren Ufern angeschwemmt wird.«

Ebon sprach in kühlem Ton. »Vor allem, Domen, handelt es sich hier um Galitianer, untot oder nicht. Wir spülen unser Volk nicht weg wie Unrat. Vielleicht findet sich noch ein Weg, um ihnen zu helfen.« Er wandte sich an Mottle. »Magier, wie ist es mit den Erderschütterungen während der Nacht? Sind auch sie das Werk der Untoten?«

Der Alte neigte den Kopf. »Es rührt sich etwas, mein Junge, tief unter unseren Füßen. Die Stadt um dich herum ist nichts weiter als eine Haut über den sich bewegenden Knochen unzähliger Generationen. Wir müssen darauf hoffen, dass das Gewicht der Zeitalter genügt, um die Kräfte, die darunter schlummern mögen, an einem Aufstieg in unsere Zeit zu hindern.«

Für Ebon wurde es immer schwieriger, die Worte des Magiers über das monotone Raunen der Geister zu verstehen. In ihr Gejammer hatte sich ein neuer Ton eingeschlichen, wie er jetzt feststellte. *Angst.* Fürchteten sie sich also vor dem, was unter der Erde lauerte?

Jetzt sprach Janir wieder. »Was ist mit den Getreidespeichern und den Brunnen? Da der Fluss bereits vergiftet ist ...«

»Vorräte sind nicht das Problem«, unterbrach der Kanzler. »Ein großer Teil der Ernte wurde bereits eingebracht, und bisher zeigen die Brunnen keine Spur von der Verunreinigung, die den Fluss heimgesucht hat.«

Holz schrammte über Stein, als Janir von seinem Stuhl aufstand und begann, in der Wachstube auf und ab zu tigern. »Und im Palast? Falls ein Rückzug nötig wird, wie viele Brunnen befinden sich innerhalb der Festung?«

Ebon tauschte einen Blick mit Tamarin. »Zwei«, sagte er. *Nicht annähernd genug.* »Wie wäre es, wenn wir anfingen, die Menschen über den Fluss aus der Stadt zu bringen? Wenn sie den Weg durch das östliche Wassertor nähmen, wären sie nur einige Augenblicke so ungeschützt, dass es zu einem Angriff kommen könnte; dann würde sie die Strömung davontragen.«

»Wir haben gerade einmal eine Handvoll Boote in der Stadt«, widersprach Reynes, »und kaum Holz, um weitere zu bauen.«

»Dann würde ich vorschlagen, dass wir welches auftreiben. Indem wir Gebäude auseinandernehmen oder Brücken. Alles, was halbwegs schwimmt.«

»Dennoch könnten wir höchstens ein paar Hundert auf diesem Weg retten. Damit bewirken wir kaum etwas.«

»Wie ist es mit der königlichen Familie, Euer Majestät?«, fragte der Kanzler. »Vielleicht wäre es angezeigt, Eure Anverwandten und einige andere hohe Würdenträger in Sicherheit zu bringen.«

Wie zum Beispiel Euch selbst, was? Ebons Gedanken glitten zu Lamella. Wenn die Stadtmauern fielen, hatte sie kaum Chancen, den Untoten zu entgehen. Er würde sie jetzt in den Palast holen müssen, gleichgültig, was seine Mutter darüber dachte. Aber dennoch wäre es für sie außerhalb der Stadt immer noch sicherer. Er hielt inne, dann sagte er: »Nein, die königliche Familie bleibt hier.«

»Mir erschließt sich nicht, was sie zum Krieg beitragen könnte.«

»Darum geht es nicht, Kanzler. Wir müssen auf alle Fälle vermeiden, Ängste in der Bevölkerung zu schüren.«

Tamarin sah Ebon eine Weile an, dann nickte er.

Ebon wandte sich an General Reynes, musste aber die eigene Stimme heben, damit er sie über das Stöhnen der Geisterstimmen hörte. »Wie steht es mit Unterstützung von außerhalb? Wer befiehlt in Culin?«

»Arin Forbes«, antwortete Reynes. »Aber der Bote, den wir ausgesandt haben, hat ihn sicherlich noch nicht erreicht.«

»Dann wird es mindestens noch einen Tag dauern, bis Forbes hierher gelangen kann.« *Zeit. Wir brauchen Zeit.* »Culins Garnison, wie groß ist sie? Sechshundert Leute?«

»Ja, ungefähr. Bei einer normalen Belagerung könnte Forbes immer wieder angreifen und sich zurückziehen, um den Gegner zu zermürben. Aber bei Blassgesichtern …«

Ebon nickte. »Wir werden einen anderen Weg finden müssen. Mottle, wir müssen mehr über den Gegner erfahren, dem wir gegenüberstehen.«

Der alte Mann strich sich das zerknitterte Gewand glatt. »Das Füllhorn von Mottles unbeschreiblichem Genie steht dir stets zur Verfügung, mein Junge. Tatsächlich zog sich dein bescheidener Diener in der letzten Nacht in die Palastbibliothek zurück.«

»Was hast du entdeckt?«

»Eine wahre Schatztruhe! So viele Wunder erlesener Gelehrsamkeit …«

»Die Fakten, Magier. Nur die Fakten.«

»Wenn es denn nur so einfach wäre. Wie Ihr wisst, besteht das feindliche Heer vor allem aus einem uralten Volk, den Vamilianern, deren Zivilisation im zweiten Zeitalter vernichtet wurde. Das genaue Datum ist umstritten, aber unter Gelehrten herrscht nur selten Einigkeit, wenn …«

»*Wer* sie waren, spielt überhaupt keine Rolle«, sagte Janir. »Wir können ja wohl davon ausgehen, dass sie sich nicht selbst wieder zum Leben erweckt haben. Die Frage ist, wer lenkt sie? Wieso sind sie hier?«

Der Magier seufzte. »Leider ist Mottle nicht allwissend, obwohl es gelegentlich so erscheinen mag …«

Die Stimmen der Geister schwollen in Ebons Kopf weiter an, aber er durfte sich das nicht anmerken lassen, solange Janir zugegen war. »Oben an der Mauer hast du gesagt, dass wir einer göttergleichen Kraft gegenüberstehen. Spürst du, dass einer der Unsterblichen hier die Hand im Spiel hat?«

»Mottle gibt sich keinen Spekulationen hin, wie du wohl weißt. Aber jeder Gott, der sich in den Landen der Sterblichen einmischt, muss davon ausgehen, dass seine Pläne durchkreuzt werden.«

»Das ist der Zusammenfluss der Kräfte, von dem du sprachst.«

»Genau.«

»Ist es dir gelungen, die Fäden zu durchtrennen, mit denen die Untoten gelenkt werden?«

Mottle fuhr sich mit der Zunge über die Lippen. »Ah, was das angeht … um der Wahrheit die Ehre zu geben – und Mottle nimmt es in dieser Hinsicht stets sehr genau –, dann haben diese Verbindungen bisher all seinen Bemühungen widerstanden. Dennoch gibt Mottle die Hoffnung nicht auf. Und er bleibt zuversichtlich.«

Janir hob fassungslos die Hände. »Er kann nicht mal *einen* von diesen verdammten Fäden durchschlagen. Wie wahrscheinlich ist es dann wohl, dass er es bei einem ganzen *Heer* schafft?«

Ebon hörte nur halb zu. Die Geister schnatterten vor Angst, und ihr Entsetzen sprang allmählich auf ihn über. Seine Hände zitterten, und er verbarg sie unter dem Tisch. Nur Rendale schien bemerkt zu haben, wie unwohl er sich fühlte, aber als er ihm einen fragenden Blick zuwarf, schüttelte Ebon nur den Kopf. »Was ist mit der Hexenmeisterin des Consel?«, fragte er Mottle. »Hatte sie mehr Erfolg?«

»Mottle spürt in ihr nicht die Fähigkeit, dort zu bestehen, wo Euer bescheidener Diener zeitweise … eine Niederlage eingestehen musste. Ganz offensichtlich liegen die Talente dieser Frau anderswo. Ihre Kraft ist auf Dämonen ausgerichtet.«

Dämonen. Ebon machte große Augen. *Die vier gepanzerten Krieger des Consel.*

»Wo ist sie *jetzt*?«, verlangte Janir zu wissen und ließ den Blick durch den Raum schweifen. »Hat irgendwer den verdammten Consel gesehen?«

Leere Blicke.

Das Gesicht des Domens verdüsterte sich. »Bei Shrouds Gnade. Ich bin von Idioten umgeben! Hat niemand daran gedacht, diese Schlange zu beobachten? Zieht denn niemand in Erwägung, dass er eines der Tore öffnen könnte, um den Feind hineinzulassen?«

Dieses Mal war Ebon dankbar für die dröhnende Stimme seines Onkels, denn sonst hätte er vermutlich kaum etwas von dessen Worten verstanden. »Der Consel ist hier ebenso gefangen wie wir. Wenn er die Tore öffnete, müsste er auch um sein Leben fürchten.«

Janir beugte sich über ihn. »Nicht, wenn es ihm gelänge, sich dabei den Weg nach draußen freizuschlagen. Das Ganze ist für ihn doch ideal. Lassen wir die *Untoten* über die Stadt herfallen, dann können wir uns die Arbeit im Frühjahr sparen! Bezweifelt hier wirklich jemand, dass er dazu in der Lage wäre?«

Ebon zögerte, dann nickte er. »Mottle, sorge dafür, dass der Consel bewacht wird, aber unauffällig.«

»Mottle ist stets unauffällig, obwohl es sein Gewissen arg auf die Probe stellt, andere zu bespitzeln.«

»Du stellst meine Geduld auf die Probe mit deinem endlosen Gewäsch«, grollte Janir.

»Mottle fällt es schwer zu schweigen, wenn er so viel Weisheit mitzuteilen hat …«

Wieder schwoll das Heulen der Geister an. Mottles Lippen bewegten sich, aber Ebon bekam nicht mehr mit, was er sagte. Die Angst seiner Peiniger schwappte in Wellen über ihn hinweg, und er merkte, dass er gegen den Impuls ankämpfte, aus der Wachstube zu fliehen … *weg von den Mauern.* Ihm wurde es eng in der Brust. *Da nähert sich etwas.*

Mottle sah ihn nun an, und Ebon holte Luft, um sich ein wenig zu beruhigen. Dann flüsterte er: »Magier, du musst dafür sorgen, dass wir auf die Zinnen hinausgehen. Ich spüre … etwas …«

Der alte Mann hob die Hände. »Liebste Freunde. Bitte vergebt mir meine ungehörige Unterbrechung, aber Mottle würde vorschlagen, dass wir uns schnellstmöglich zur Stadtmauer begeben.«

Reynes sah ihn an. »Wieso? Die Posten hätten uns gewarnt …«

Ebon hielt die Angst der Geister noch so in ihrem Bann, dass er eine Weile brauchte, bis er merkte, dass das *wamm-wamm-wamm* des Rammbocks verklungen war.

Mit einem Ruck schob er den Stuhl zurück und rannte zur Treppe.

11

Luker ließ den Blick über die Gebäude gleiten, die auf beiden Seiten der schuttbedeckten Straße standen. Die Sonne hatte das Rot der Lehmziegelhütten zu einem hellen Rostton ausgebleicht, und von den Strohdächern hatten sich ganze Büschel gelöst, die jetzt wie Präriegras im Wind wogten. Die Straße vor ihnen flimmerte in der Hitze, und der Wind wirbelte den Staub in Strudeln bis zu den Hausgiebeln empor, bevor er ihn dann wieder zu Boden sinken ließ. Luker vernahm links von der Straße das Rollen kleiner Steinchen, aber als er den Kopf wandte, sah er nur eine Witterschlange, die über das lose Gestein glitt. Dennoch ließ der Bewahrer die Hand auf dem Griff seines Schwertes ruhen. Zwar fühlte sich dieser Ort nicht unbedingt wie eine Falle an, aber er konnte sich dennoch nicht entspannen. Gut, ihm selbst konnte ein Pfeil oder ein Armbrustbolzen nichts anhaben, dafür sorgten seine Schutzwälle, aber über ähnlich starke Zauber verfügte Jenna, die neben ihm ritt, nicht.

»Was ist das hier für ein Ort?«, fragte die Assassine.

»Er hieß Ontep«, erwiderte er. »War früher mal ein Treffpunkt für Sklavenjäger, die auf dem Schildwall ihr Unwesen trieben.«

»Und?«

Luker lenkte sein Pferd um die Trümmer eines Hauses; Tonscherben knackten unter den Hufen seiner Stute. »Der Imperator hat damit aufgeräumt. Schon vor Jahren, bevor der Kriegszug gegen Arandas begann.«

»Warum sind wir dann hier?«

Luker deutete auf die andere Straßenseite. »Da ist ein Tempel. Auf der anderen Seite vom Marktplatz.«

»Ein Tempel?« Ein Hauch von Humor klang in Jennas Stimme an. »He, Luker, ich wusste ja gar nicht, dass du gläubig bist.«

Der Bewahrer antwortete nicht.

Als Siebenjähriger war er an der Seite seines Vaters genau diese Straßen entlanggeschritten, nachdem die Sandklauen sich auf den Marsch begeben hatten und die Menschen bis an die westlichen Grenzen der Ödnis trieben. Noch immer konnte er sich an den Gestank der Sklavenquartiere erinnern, er hörte das Brüllen der Zuschauer in den Kampfgruben und fühlte die Spannung, die in der Luft lag, wenn Sklavenhändler und Stadtbewohner auf Stammesbrüder aus der Ebene trafen. Meist genügte ein Funke, damit sich diese explosive Mischung entzündete. Mehr als einmal war Lukers Vater daran schuld gewesen, wenn er wieder einmal zu viel Juripa-Branntwein genossen hatte, weil er einfach nicht über den Verlust von Lukers Mutter hinwegkam. Der Bewahrer räusperte sich und spuckte aus. Schade, dass er auf der anderen Seite der Weißen Berge unterwegs gewesen war, als der Imperator den Befehl gegeben hatte, diese Stadt einzuebnen. Zu gern hätte er dabei zugesehen; vielleicht hätte er sogar selbst einen Spaten zur Hand genommen.

In der Mitte der Ansiedlung entdeckte Luker Spuren, die darauf hindeuteten, dass kürzlich Menschen hier gewesen waren: In einigen Eingängen fanden sich Reste von Lagerfeuern, die Sonne trocknete auf der Straße ein paar Haufen Pferdedung, und zu den geschützten Seitenstraßen führten gut sichtbare Trampelpfade hinunter. Vermutlich waren es die Spuren von Stammesbrüdern oder Überlebenden der Säuberungsaktionen des Imperators, die zurückgekehrt waren, um ihr Hab und Gut zu bergen. *Bloß, wo sind sie jetzt?* Zwar wiesen die Mauern vieler Gebäude Risse auf, aber trotzdem wirkten die Häuser noch solide. *Irgendwer hätte sich doch hier einrichten müssen.*

Er kam zu einer staubigen Mulde, die von verfallenden Hütten gesäumt wurde und voller Holzstücke und Stroh lag. Ein Hauch von Fäulnis zog durch die Luft, aber bei dem böigen Wind war nicht genau zu sagen, woher er kam. Der Tempel erhob sich etwa hundert Schritte entfernt oberhalb einer hohen Treppe. Der Eingang gähnte wie eine hineingerissene Wunde in der Fassade, als ob sich etwas Riesiges durch eine Öffnung gedrängt hatte, die viel zu schmal gewesen war. Große Steinblöcke lagen überall auf den Treppenstufen verstreut.

Luker zügelte sein Pferd. Der Boden war mit Abdrücken übersät, und er stieg ab, um sie sich genauer anzusehen. Sie stammten von Klauenfüßen, die vorn drei Krallen aufwiesen sowie eine vierte, die nach hinten und zur Seite zeigte. Sowohl die Größe als auch die Tiefe der Spuren deutete auf ein shroudverdammt großes Vieh hin.

Und sie waren frisch.

Am glockenhellen Läuten eines Zaumzeugs erkannte Luker, dass Merin und Chamery sich näherten. Die Stimme des Tyrin klang so trocken wie der Staub unter Lukers Fingernägeln. »Was ist das?«

»Spuren«, erwiderte Luker. »Und zwar von keinem Geschöpf, das hier in der Ebene zuhause wäre …«

Chamerys Lispeln unterbrach ihn. »Spuren, Bewahrer? Sind wir etwa hier, um uns an der Natur zu erfreuen?«

Luker sah ihn an. Chamerys Pupillen waren geweitet, und seine Hände bebten, während sie die Zügel hielten. Der Junge war völlig im Rausch. *Natürlich, der Verwesungsgeruch.* Der Magier bediente sich bei den Energien, die freigesetzt wurden, wenn ein Wesen starb. »Wo ist der Leichnam?«, fragte Luker. »Woher kommt dieser Gestank?«

»Aus dem Tempel.«

Natürlich.

Chamerys Ton klang spöttisch. »Was ist denn? Habt Ihr Angst vor den Toten?« Und bevor Luker antworten konnte, spornte er sein Pferd an und ritt zum Schrein hinüber.

Merin folgte ihm.

Der Bewahrer spürte Jennas Lächeln in seinem Rücken. Er erhob sich und ließ die Schultern kreisen. Es war nur noch eine Frage der Zeit, bis er den Jungen auf seinen Platz verweisen würde – und dann war es gut möglich, dass dieser Platz eine Spatentiefe unter der Erde lag.

Luker nahm sein Pferd am Zügel und ging zu Fuß zum Tempel. Die steinernen Stufen unterhalb des Gebäudes waren zerkratzt und gesprungen. Oben angekommen, band er seine Stute an einen herabgefallenen Steinblock und trat zu Merin und Chamery, die am Eingang standen. Als er in die Dunkelheit spähte, konnte er eine Kammer erkennen, in deren gegenüberliegender Wand sich ein zweiter Durchgang öffnete. Der Boden war in der Mitte eingebrochen, und die Fliesen rund um das Loch waren blutverschmiert; aus den Schatten in der Tiefe drang der grauenhafte Gestank. Die Wände und die Überreste des Bodens waren mit Reif bedeckt, und die Luft war so kalt, dass sie die Wärme aus Lukers Atem sog, kaum dass der über seine Lippen kam. Der Widerhall von fremdartiger Zauberkunst verursachte dem Bewahrer Übelkeit.

»Offenbar haben wir einen Kampf verpasst«, bemerkte Merin.

»Jetzt erkenne ich den Mief«, sagte Luker. »Das ist ein Pentarrion. Wir können wohl davon ausgehen, dass er tot ist.«

»Vielleicht hatte der Gott, um welchen auch immer es sich handeln mag, etwas dagegen, dass dieses Vieh es sich hier gemütlich macht.«

Der Bewahrer schüttelte den Kopf. »Der Tempel ist nicht geweiht. Schon seit Jahren nicht mehr.« Er schnüffelte wieder. »Diese Art der Zauberkunst ist mir nicht vertraut.«

»Mir schon«, erklärte Chamery. »Das war ein Titan.«

»Wo in Shrouds Namen habt Ihr denn schon einmal mit einem Titanen zu tun gehabt?«

Der Magier lächelte, sagte aber nichts.

Merin runzelte die Stirn. »Ich habe nichts davon gehört, dass in diesem Landstrich ein Titan sein Unwesen treibt. Der Imperator nimmt es mit solchen Dingen sehr genau.«

»Vielleicht hat er den Titanen ja jetzt zu sich einbestellt«, sagte Luker spöttisch.

Merin überhörte die Bemerkung. »Könnt Ihr den Unsterblichen in der Nähe spüren?«

»Nein. Allerdings wäre es auch ein Leichtes für ihn, sich vor mir zu verbergen.«

Chamery lachte. »Aber nicht vor mir. Der Titan ist weitergezogen, da bin ich mir sicher.« Er sah Luker an. »Ihr könnt hinein, dort lauert keine Gefahr. Es sei denn natürlich, es wäre Euch lieber, wenn ich vorgehe.«

»Du willst da rein?«, fragte Jenna von hinten. »Wieso?«

»Wir brauchen Wasser«, sagte Luker. »Da drin ist ein Brunnen.«

Merin verschränkte die Arme. »Haben wir dafür Zeit, Bewahrer? Wie weit liegt der Seelenfänger noch zurück?«

»Vielleicht drei Glocken. Wir haben die Wahl zwischen diesem Brunnen oder einem Wasserloch im Osten.«

»Also näher an der Ödnis.«

»Genau. Und das mag inzwischen längst vom Sand verschüttet sein.«

Der Tyrin sah noch einmal in den Eingang, dann nickte er.

Jenna schnaubte und wandte sich ab. »Jemand muss die Pferde bewachen. Seht zu, dass ihr da schnell wieder rauskommt.«

Parolla verschränkte die Arme, als die Reiter über den Hang kamen. Erdgeister rotteten sich unter ihnen zusammen, und ihr wütendes Grollen vermischte sich mit dem Donnern der Pferdehufe, bis es klang, als sei es ein großes Heer, das gegen Parolla anrückte, und nicht nur etwa zwanzig Clankrieger.

Überall auf dem Bergrücken lagen große Felsblöcke verstreut, aber die Reiter lenkten ihre Tiere so geschickt um sie herum, wie es nur Leute vermögen, die geradezu auf dem Pferderücken aufgewachsen sind. Sie trugen Lederrüstungen, Speere und kurze Jagdbögen. Aus den Köchern, die sie sich vor die Brust gebunden hatten, ragten schwarzgefiederte Pfeile. Ein Mann ritt ihnen voraus, auf einem grauen Pferd mit einer weißen Brust; vermutlich war er der Anführer. Seine Augen waren geschlossen, aber mitten auf seiner Stirn prangte die Tätowierung eines dritten Auges, dessen Lider einen Spalt geöffnet waren. Ein Schamane also. Sein Gesicht war so ausgemergelt, als stünde er kurz vor dem Verhungern, und seine Haut hatte einen fiebrigen Glanz. *Er stirbt*, erkannte Parolla. Seine Lebensenergie wurde zweifelsohne von den Fäden der Todesmagie aufgezehrt.

Noch hatten die Reiter keine Pfeile auf die Sehnen gelegt, aber Parolla wusste, dass das binnen weniger Herzschläge geschehen konnte. Und es gab keinen Grund zu der Annahme, dass dieser Stamm Fremden gegenüber weniger feindselig sein würde als jene, mit denen sie zuvor zusammengetroffen war. Sie entfesselte ihre Kraft und wob einen Schattenzauber um sich herum. Vor ein paar Tagen noch hätte die Ankunft von zwanzig Reitern ihr Herz schneller schlagen lassen, aber das war vorbei. Denn während die Tentakel der Todesmagie für die Stammeskrieger giftig zu sein schienen, hatten sie auf Parolla die genau entgegengesetzte Wirkung. Ihre Kraft war stetig gewachsen, seit sie aus den Schattenlanden getreten war. Auf beunruhigende Weise.

Als seine Leute bis auf dreißig Schritte herangekommen waren, hob der Schamane seinen Speer und rief einen Befehl. Die Clankrieger teilten sich in zwei Gruppen. Eine wandte sich nach links, die andere nach rechts, und kurz darauf war Parolla von zwei Kreisen Reitern umringt, die sich in entgegengesetzte Richtungen bewegten. Die Staubwolke, die von den Pferdehufen aufgewirbelt wurde, legte sich über sie, und sie musste mehrmals zwinkern, um ihre Augen wieder freizubekommen. Die Krieger waren nur noch verwischte Schemen im Nebel. Ein einzelner Pfeil pfiff Parolla von rechts vorn entgegen. Er fing Feuer, als er in ihre Zauberschatten eindrang, und löste sich dann auf. Ein Knistern hinter ihr verriet, dass ein zweites Geschoss verbrannt war, dann noch eines und noch eines. Die Reiter verschwendeten einen Pfeil nach dem anderen bei dem Versuch, ihren Schutzschild zu durchdringen.

Parolla hörte einen der Clankrieger etwas rufen, und ein Dutzend Stimmen schrie eine Antwort. Die Rufe wiederholten sich, sie wurden dabei jedes Mal lauter, und bald merkte Parolla, dass es sich bei den Gesängen um eine Art Ritual handelte. Die Dunkelheit in ihr erwachte wieder. Durch den Staub konnte sie erkennen, dass die Wilden ihr immer noch ihre Speere entgegenstreckten; die Spitzen zeichneten schimmernde Symbole in die Luft. Der Boden unter ihren Füßen erbebte, und dann lief ein Kribbeln über ihre Haut, als die Kraft, die die Krieger heraufbeschworen, gegen ihre Schutzwälle brandete. Sie hatte sich versteift, um dem Aufprall zu begegnen, doch die Zauberkunst der Clankrieger war schwach, und es war ihr ein Leichtes, sie abzuschütteln.

Es war an der Zeit, einen Schuss zu ihren Bögen hinüberzuschicken.

Sie ließ ihrer Kraft freien Lauf, und Schatten wogten nach außen und verstärkten die Düsternis. Als die Dunkelheit auf die Stammeskrieger zukam und auf den Schutzwall ihrer Zauber traf, wurde sie kurz langsamer. Doch als Parolla ihren Zauber mit etwas mehr Nachdruck versah, brach die Barriere zusammen wie fauliges Holz. Ihr verdorbenes Blut wollte sie dazu verleiten, jetzt weiter vorwärtszudrängen, aber sie hielt sich zurück.

Plötzlich brachen die Reiter an allen Seiten aus und preschten unter lautem Geheul davon. Wieder wurde Parolla von einer Staubwolke eingehüllt. Die Reiter waren nicht mehr zu sehen, aber sie hörte die Hufe ihrer Pferde, wie sie über den Hang galoppierten. Die Erdgeister grollten wütend und setzten ihnen nach. Parolla spürte die Verachtung, die sie den fliehenden Clankriegern hinterherschleuderten, aber es war natürlich einfach, tapfer zu sein, wenn man sowieso schon tot war. Als der Hufschlag verhallte, tastete sie mit ihren Sinnen über den Hang, um sicherzugehen, dass keiner der Wilden zurückgeblieben war, um ihr aufzulauern. Die Hügelkuppe war verlassen.

Parolla nahm ihre Kraft zurück, und die Düsternis löste sich. Vor ihr lag ein Kreis von vierzig Schritten im Durchmesser, in dem das Gras verdorrt und geschwärzt war. Außerhalb des Kreises hatte ein Reiter seinen Bogen fallen lassen, und das Holz verformte sich, während der letzte ihrer Schatten darüberglitt. Die Staubwolke löste sich zögerlicher auf als die Dunkelheit. Ihre Kleidung war wie mit weißem Pulver bestäubt, und sie bürstete sich notdürftig ab. Eigentlich hatte sie nicht erwartet, dass sich die Clankrieger so schnell zurückziehen würden, denn auf ihrer Reise von Enikalda zu den Schattenlanden hatte sie die Erfahrung gemacht, dass ihre Angreifer erst dann aufgaben, wenn Blut geflossen war. Doch dann erinnerte sie sich an den Zwerg und seine Dämonen, und sie hörte Tumbal Qerivan von anderen Mächten erzählen, die auf der Steppe ihr Unwesen trieben und von der weit entfernten Quelle der Todesmagie angezogen wurden. Offenbar waren die Clans schon jemandem begegnet, der sie gelehrt hatte, Vorsicht walten zu lassen.

Hinter sich hörte sie jemanden husten. Nicht weit von ihr entfernt stand Tumbal. Als er sich näherte, breitete er alle vier Hände aus, als wollte er ihr beweisen, dass er keine Waffen trug. »Einen guten Tag entbiete ich Euch.«

»Und ich Euch, *sirrah*. Vergebt mir, dass ich heute Morgen ohne Euch aufbrach, aber als Ihr von Eurem Kundschaftergang nicht zurückkehrtet …«

War es möglich, dass ein Geist errötete? Ganz kurz schien es, als ob sich Tumbals gespenstisch blasse Wangen färbten. »Der Schrei, den wir hörten … es verhielt sich nicht so, wie wir, äh, angenommen hatten. Vielmehr handelte sich um zwei Clanmitglieder, die, äh, meine Störung eher unwillig aufnahmen.«

Parolla unterdrückte ein Lächeln. »Kein Wunder, dass Ihr Euch so gern umsehen wolltet.«

»Gebieterin! Niemals würde ich doch wohl …«

»Natürlich nicht, *sirrah*. Dennoch muss ich feststellen, dass Ihr nicht in den Hain zurückkehrtet, um über mich zu wachen, so wie Ihr es versprochen hattet.«

Der Gorlem senkte den Kopf. »Meine tausendmalige Entschuldigung. Ich versenkte mich in ein Gespräch mit den Erdgeistern dieses Landes, eine anstrengendere Unternehmung, als man annehmen möchte. Danach hoffte ich, mit ihnen darüber verhandeln zu können, dass sie uns unbelästigt passieren ließen, aber offenbar haben diese Geister nicht genug Verstand, um sich vernünftigen Argumenten zugänglich zu zeigen.«

Parolla sah den fliehenden Reitern hinterher. »Die Geister vielleicht nicht, aber die Stammeskrieger könnten etwas offener sein.«

»Fürchten sie Euch, Gebieterin?«

Sie antwortete nicht.

Jetzt endlich legte sich die Staubwolke, und Parolla blickte über die Ebene, die sich vor ihr erstreckte. Das Land wirkte wie nach einer großen Dürre, denn ein kränklicher Schleier lag über dem Boden, und das hohe, wogende Gras war braun verdorrt. Im Südosten löste sich eine große Schar aus dem Nebel. Zuerst wurde ein Treck von fünfzig Wagen sichtbar, die von Reitern flankiert wurden. Ihnen folgte eine Herde Lederel, geschützt von weiteren Reitern und Erdgeistern tief im Boden. Hunde rannten kläffend an dem Treck entlang. *Das ist ein ganzer Stamm.* Floh er vor der Quelle der Todesmagie, nach der sie suchte?

Die Reiter, die sie beschossen hatten, hielten jetzt auf ihre Stammesbrüder zu. Parolla hätte gern versucht, bei ihnen ein Pferd zu erhandeln, aber sie vermutete, dass ein Clan, der auf die große Wanderung gegangen war, keines übrig haben würde. *Wenn sie mich überhaupt so nahe heranließen, dass ich sie fragen könnte.* Die Schar bewegte sich jetzt auf einen breiten, steinernen Pfeiler zu, der eine horizontale Steinplatte trug; eine Grenzmarkierung. Die Flüchtlinge standen offenbar kurz davor, das Gebiet eines anderen Stammes zu betreten, aber Parolla bezweifelte, dass ihre Nachbarn sich über diese Gesellschaft freuen würden. Die Clankrieger der Steppe standen in dem Ruf, rivalisierenden Stämmen noch feindseliger zu begegnen als Fremden. Über ihren Köpfen kreisten einige Rotschnäbel. *Das wissen sogar die Aasvögel.*

Sie zog den Stopfen aus ihrer Wasserflasche und nahm einen Schluck. Im Augenwinkel sah sie, dass Tumbal sich neben ihr bewegte; seine Umrisse verschwammen leicht. Als sie den Kopf bewegte, um ihn richtig anzusehen, stellte sie fest, dass sich der Gorlem an einem Steinhaufen hingekniet hatte und wieder und wieder eine seiner Geisterhände um einen Stein schloss.

»Was macht Ihr da, *sirrah*?«

Tumbal blickte nicht auf. »Ich traf einmal einen Mann, der seines Armes durch einen Schwertstreich verlustig gegangen war. Er sagte mir, dass er das fehlende Glied gelegentlich noch fühlte. Bei mir ist es nun genauso. Wenn meine Finger einen Stein packen, dann ist da etwas in mir, das sich zu begreifen weigert, wieso er sich nicht mehr aufheben lässt.«

»Das ist eine Körpererinnerung. Sie wird vergehen.«

Tumbal richtete sich auf. »Genauso verhält es sich mit Viktualien. Zu den Essenszeiten zieht sich mein Magen zusammen, obwohl ich ihn nicht mehr besitze. Seltsam.«

Der Gorlem machte dabei ein derart feierlich nachdenkliches Gesicht, dass Parolla unwillkürlich lächelte, und sie spürte einen Stich bei dem Gedanken, dass sie nicht früh genug aus dem zweiten Dämonenzwiespalt getreten war, um ihn vor dem Jekdal zu retten. Doch der Augenblick ging schnell vorüber, und ihr Gesicht verfinsterte sich wieder. *Tu doch nicht so. Du hättest keinen Finger krumm gemacht, um ihm zu helfen.* »Offenbar müsst Ihr noch viel über das Dasein als Geist lernen.«

»So scheint es.« Tumbal nickte. »Leider gibt es eine Seite an meinem jetzigen Zustand, an die ich mich vermutlich niemals gewöhnen werde.« Er legte alle vier Hände auf seinen massigen Bauch. »Wenn ich geahnt hätte, dass ich die Ewigkeit so außer Form verbringen müsste …«

»Ich würde sagen, es steht Euch ganz gut.«

»Ich hatte mich selbst nie als so … ausufernd wahrgenommen.«

»Seid ihr sicher? Schließlich hat Euer Geist doch gar keine körperliche Gestalt. Das Bild, das vor meinen Augen erscheint, zeigt vermutlich vielmehr, wie Ihr selbst Euch seht.«

»Ihr meint, ich könnte mich so erscheinen lassen, wie es mir selbst gefällt?« Tumbal dachte darüber nach. »Eine faszinierende Vorstellung. Dem muss ich weiter nachgehen.«

Parolla verschloss ihre Wasserflasche wieder. Ihr Blick streifte die muskulösen Unterarme des Gorlem. »Erzählt mir doch von Euch. Wart Ihr ein Krieger?«

»Nein, Gebieterin. Ich bin ein Gelehrter und von Haus aus Konstrukteur.«

»Und was habt Ihr erbaut?«

»Städte. Nun, Unterkünfte, um der Wahrheit die Ehre zu geben. Und auch nur für gewisse Zeit.« Tumbal blickte zu Boden. »Nur wenige meiner Bauwerke erwiesen sich als solide und haltbar. Als meine Dienste zunehmend weniger in Anspruch genommen wurden, beschloss ich, Erfinder zu werden.«

»Und was habt Ihr dabei entdeckt, *sirrah*?«

»Oh, vor allem, dass ich letztlich auch zu dieser Beschäftigung nicht berufen war.«

Parollas Mundwinkel zuckten. »Ich habe Euer Volk stets für eine Legende gehalten. Nur in wenigen Schriften werdet Ihr erwähnt, und selbst in diesen seltenen Texten heißt es, Ihr seiet schon seit Jahrhunderten ausgestorben.«

»Das mag auf mein Volk an sich tatsächlich zutreffen, aber einige von uns sind noch übrig, wenn auch inzwischen über alle uns bekannten Lande verstreut. Ich fürchte, Gebieterin, dass ich zu den letzten zähle – oder vielmehr zählte. Es ist viele, viele Jahre her, dass ich zuletzt jemandem von meiner Art begegnet bin.«

»Seitdem seid Ihr allein gereist?«

»Ja.«

Eine Wolke schob sich vor die Sonne, und Parolla erschauerte. »Wie seid Ihr damit zurechtgekommen? Mit der Einsamkeit, meine ich?«

Tumbal bückte sich, um sein Glück mit einem kleineren Stein zu versuchen. »Mein Volk ist in vieler Hinsicht von sehr zurückhaltender Natur, und im Laufe der Zeit gewöhnte ich mich daran, mir selbst Gesellschaft genug zu sein.« Er hielt inne. »Auch lernte ich, jene Dinge hinzunehmen, die ich nicht ändern kann.«

Parolla wandte sich noch einmal zu der Grenzmarkierung um. Einige Lederel hatten sich von der Herde abgesondert und wurden jetzt von laut rufenden Reitern eingekreist. »Ich wünschte, das ginge so einfach.«

»Gebieterin?« Und als sie nicht reagierte, fuhr Tumbal fort: »Dann ist auch Euch die Einsamkeit nicht unvertraut?«

Zwar war sich Parolla bewusst, dass sie Tumbal gegenüber nicht davon sprechen sollte, aber die Worte brachen plötzlich aus ihr heraus. »Könnt Ihr fühlen, was mit der Steppe geschieht, *sirrah*? Welche Auswirkungen die Fäden der Todesmagie haben? Das Land verödet, die Luft wird vergiftet. Bald schon wird alles sterben. So ist es auch mit mir.«

»Ich verstehe nicht.«

Die Anführer des umherziehenden Stammes hatten jetzt die Markierung erreicht, und eine Gruppe Reiter sammelte sich um die Steine, spuckte sie an und stach mit Speeren auf sie ein.

»In meiner Nähe kann kein lebendes Wesen lange überleben«, sagte Parolla. »Im Laufe der Zeit werden alle krank. Ihre Haut bekommt Blasen und Schwellungen, das Blut wird schwarz, Wundbrand befällt die Glieder. Das Siechtum kann sich über einen langen Zeitraum erstrecken, und ich habe Jahre gebraucht, um zu erkennen, dass ich für die Krankheit jener um mich herum verantwortlich war.«

Tumbal rückte näher an sie heran. »Bestünde keine Möglichkeit, diesem Makel zu begegnen?«

»Meint Ihr denn, ich hätte es nicht versucht? Vor einer Weile traf ich jemanden, der … mir sehr wichtig wurde. Selbstsüchtig, wie ich war, gestattete ich es mir, eine Zeitlang in seiner Nähe zu bleiben. Dann wurde er eines Tages krank. Ich floh. Seitdem hatte ich nicht den Mut, zurückzukehren. Um nachzuschauen, ob er überlebt hat. Um zu erklären, warum ich ihn verließ.«

»Aber Ihr seid doch eine Nekromantin, oder nicht? Und was sind Leben und Tod, wenn nicht zwei Seiten derselben Medaille? Kann Eure Kraft nicht auch genutzt werden, um zu heilen?«

Einer der Clankrieger hatte ein Seil um den breiten Stein oben auf der Säule geschlungen und zerrte nun daran, um die ganze Grenzmarkierung umzuwerfen. Ein Dutzend anderer stieg ab, um ihm zu helfen.

»Doch, das ist möglich«, antwortete Parolla schließlich. »Wunden, Seuchen, all das kann ich heilen. Ich kann sogar Fleisch oder Knochen nachwachsen lassen. Doch ob ich den … Verfall … rückgängig machen kann, den ich selbst verursacht habe … das bezweifle ich.«

»Aber Ihr wisst es nicht mit Sicherheit.«

Endlich sah Parolla den Gorlem an. »Wolltet Ihr, dass ich es darauf ankommen ließe? Und wenn es nicht klappt? Wie viele Menschen müssten sterben, bevor ich meiner Antwort sicher wäre? Nein, so ist es besser. Allein.«

Tumbal streckte die Schultern. »Nicht mehr, Gebieterin. Tumbal wird es an Eurer Seite aushalten.«

Eine Weile musterte Parolla ihren Begleiter, dann nickte sie. »Den Toten kann ich zumindest keinen Schaden mehr zufügen.«

Von Westen erklangen leise Hufschläge, und Parolla wandte ihren Blick dorthin. Zwei Reiter kamen aus dem Dunst, der über der Ebene lag, und peitschten ihre Pferde mit den Zügeln. Einen Herzschlag später erschienen viele andere hinter ihnen, keine Viertelwegstunde mehr entfernt. Erdgeister wimmelten durch den Boden unter ihnen.

Sie hielten genau auf Parolla zu.

Mit einem Fluch entfesselte sie wieder ihre Kraft und legte den Schattenzauber um sich. Instinktiv hätte sie sich beinahe hinter einen Felsblock geduckt, aber die Reiter hatten sie vermutlich längst gesehen. Offenbar war der Rückzug des Schamanen und seiner Leute eine Finte gewesen. Sie hatten lediglich auf Verstärkung gewartet. Parolla bdauerte, dass sie nicht geflohen war, solange sie noch die Möglichkeit dazu gehabt hatte.

Dann entdeckte sie, dass die Neuankömmlinge im Gegensatz zu den vertriebenen Stammesbrüdern Schädelkappen aus Metall und Mäntel aus Lederel-Häuten trugen.

Sie lenkten ihre Reittiere nach Süden, den anderen Stammeskriegern entgegen.

Die Flüchtlinge, das konnte Parolla jetzt erkennen, rüsteten sich zum Kampf. Unter lauten Rufen und Hundegebell bildeten die Wagen einen Kreis, in dessen Mitte die Lederel getrieben wurden. Einige Clankrieger verschanzten sich zwischen den Wagen, andere schickten den Angreifern eine Pfeilsalve entgegen. Während der tödliche Hagel auf die Reiter niederging, kündigte ein lautes Grollen an, dass sich auch die zwei rivalisierenden Gruppen von Erdgeistern bekämpften, die zu den Stämmen gehörten.

Parolla wandte sich ab. »Kommt, *sirrah*, verschwinden wir hier.«

Luker durchquerte die Eingangshalle des Tempels und versuchte dabei, sich so nahe wie möglich an der Wand zu halten, obwohl der Stein eine fürchterliche Kälte ausstrahlte. Das, was noch vom Boden übrig war, machte einen einigermaßen haltbaren Eindruck, trotz des klaffenden Lochs in der Mitte, aber Luker wollte kein Risiko eingehen und prüfte sorgfältig jeden Stein, bevor er sein ganzes Gewicht damit belastete. Vor ihm gähnte ein zerklüfteter Spalt, mehr als eine Handspanne breit. Die Fliesen ringsherum bröckelten, und darunter …

Licht flammte hinter ihm auf, und er schrak zusammen. Chamery stand nur einen Schritt hinter ihm, und die Spitze seines Stabes schimmerte. Er folgte ihm mit viel zu wenig Abstand. Ein kleiner Stups zur falschen Zeit, und Luker würde ins Dunkel stürzen.

»Wollt Ihr mir in die Tasche steigen oder was?«

Chamery erwiderte die Frage mit einem spöttischen Gruß und trat ein wenig zurück.

Der Bewahrer riskierte einen Blick in den Spalt. Etwa zwanzig Armlängen unter ihnen lag der Kadaver des Pentarrions. Sein schwarzer Chitinpanzer war mit Eis überzogen, und Wasser rann in kleinen Bächen über seine Flanken. Von der unterirdischen Kammer war nichts weiter zu erkennen, abgesehen davon, dass dort offenbar zahlreiche Amphoren gelagert worden waren, die sich in langen Reihen in der Dunkelheit verloren – einige noch heil, die meisten jedoch zerbrochen. Der Boden rund um den Pentarrion kräuselte sich wie kleine Wellen auf einem See, und Luker hörte das Zischeln von Witterschlangen.

Dann erklang ein ganz ähnliches Geräusch direkt in seiner Nähe, und als er sich umsah, entdeckte er eine Schlange direkt zwischen seinen Füßen. Reflexartig wich er zurück und geriet dabei mit dem linken Ellenbogen an die Wand. Ein kalter Stich fuhr durch seinen Arm, und als er sich losriss, blieben Hemd und Haut am Stein zurück. Fluchend trat er nach dem Reptil, und die Schlange flog zuckend durch die Luft, bevor sie in dem Spalt verschwand. Chamery kicherte.

Gut, dass der Magier ein Stück hinter Luker zurückgetreten war, sonst hätte er vielleicht selbst noch einen Schubs bekommen.

Der Bewahrer trat über den Riss im Boden und näherte sich dem

Durchgang auf der anderen Seite des Raumes. Dahinter lag eine mit Säulen begrenzte Kolonnade und ein Innenhof, der vor einer hoch aufragenden Sandsteinmauer endete, die mit feiner Steinmetzarbeit verziert war und sich nach oben hin leicht nach hinten neigte. Der Boden war überfroren, und in dem weißen Reif führten Fußspuren aus dem Hof hinaus, aber nicht hinein. Ganz offensichtlich hatte der Titan den Pentarrion überrascht, als er den Tempel wieder verlassen wollte, aber wie war er überhaupt hineingekommen, wenn nicht durch diese Kammer?

Luker schob sich zwischen zwei Säulen hindurch und blieb am Rand der Kolonnade stehen. In der Mitte der Wand klaffte eine rechteckige Öffnung, von der aus eine Rampe in die Dunkelheit dahinter führte. Weiter links tat sich ein schmalerer Durchgang auf, während sich im Schatten der Säulen zu seiner Rechten der Brunnen befand, wegen dem er die anderen in diesen Tempel gebracht hatte.

»Die Spuren des Titanen gehen hier entlang«, sagte Chamery. Eis knirschte unter den Sohlen seiner Sandalen, als er auf die kleinere Tür zuhielt.

Luker beachtete ihn nicht weiter, sondern ging zum Brunnen. Daneben lag noch ein Holzeimer mit einem Seil am Henkel. Die Steinblöcke, die den Brunnen umgaben, waren völlig vereist, und der Bewahrer grinste unwillkürlich: das erste kühle Getränk seit der Überquerung des Schildwalls, wirklich eiskalt. Doch dann stieg ihm der Geruch von Fäulnis in die Nase, und er bemerkte eine Wolke Fliegen, die über dem Schacht schwirrte. Mit einem verärgerten Fauchen wandte er sich um und ging zu Merin und Chamery, die noch immer vor der Wand standen.

Das, was Luker zunächst für eine kleine Tür gehalten hatte, entpuppte sich nun als ein unregelmäßiges Loch, vor dem gefrorene Sandsteinblöcke lagen. *Der Titan … er ist einfach durch diese Wand gegangen.* In der Dunkelheit dahinter lag ein Merigan-Portal. Luker stieß einen leisen Pfiff aus. Er war solchen Toren natürlich schon anderswo begegnet, war aber noch nie so nahe an eines herangekommen, denn die Reiche, in denen sie sich befanden, pflegten diese Zugänge streng zu bewachen, um sich vor unangekündigten Besuchern zu schützen. In den Türsturz waren viele Hundert Runen eingraviert, von denen eine blau leuchtete. Die Schwärze hinter dem Rahmen funkelte, als läge der sternenübersäte Nachthimmel dahinter.

»Wem ist dieser Tempel geweiht?«, fragte Merin.

Luker ließ den Blick über das Relief an der Wand gleiten. Über ihm schoss eine maskierte und gehörnte Gestalt einen Pfeil auf einen unsichtbaren Angreifer, während rechts von ihm ein Wesen mit kapuzenbedecktem Kopf und Flügeln auf einem Thron saß und über furchtsame Untertanen mit Tierköpfen herrschte. Ähnliche Bilder hatte er einmal in einem Schrein in Balshazar gesehen. »Der Herr der verborgenen Gesichter.«

»Ha«, rief Chamery, »eine Täuschung! Der Gott ist nichts weiter als ein Schleier, hinter dem eine andere Macht lauert.«

»Es sei denn, genau das ist es, was der Gott Euch denken lassen will.«

Der Magier hörte ihm nicht zu. Er hob seinen schimmernden Stab näher an den Türsturz des Portals und sagte: »Faszinierend, meint Ihr nicht auch? Diese Symbole … das ist eine Variante der Fangalar-Schrift, würde ich sagen.«

Merin kniff die Augen zusammen. »Könnt Ihr diese Zeichen deuten?«

»Aber natürlich! Der Imperator ist von ihnen besessen.« Chamerys Blick glitt von Merin zu Luker und zurück. »Aber wieso sollte Avallon meine Hilfe benötigen, um diese Geheimnisse zu entschlüsseln, wo er doch schon die Bewahrer hat, die ihm dabei helfen könnten?«

Luker sah ihn finster an. »Was wollt Ihr damit sagen?«

»Habt Ihr das nicht gewusst? Während Ihr Euch schmollend nach Taradh Dor zurückgezogen hattet, haben die Lieblingsmagier des

Imperators ein zweites Merigan-Portal in Amenor entdeckt, das zu dem in Bastion passt. Um die geheime Bedeutung der Schriften zu entziffern, hat Avallon einige Bewahrer zwischen den Toren hin und her geschickt.«

Luker sah Merin an. Der Tyrin runzelte die Stirn und schien verärgert, dass der Junge diese Informationen preisgab. »Wer?«, fragte Luker. »Wer wurde ausgesandt?«

»Senar Sol. Jeng Elesar. Andere.«

Bewunderer des Imperators, allesamt. Kein Wunder, dass Gill sich bedrängt fühlte. »Und wie viele sind zurückgekehrt?«

»Bisher keiner«, meldete Merin sich zu Wort.

Chamery lachte. »Das werden sie auch nicht.« Er deutete mit seinem Stab auf das einsam schimmernde Symbol auf dem Türsturz. »Dieses Zeichen deutet auf das Ziel hin, das man von hier aus erreicht, aber nichts lässt erkennen, wo man sich befindet. Daher kann man nicht einfach durch ein Portal gehen, sich umdrehen und denselben Weg zurücknehmen. Ha! Die Bewahrer könnten viele Tausend Wegstunden entfernt sein.«

»Wenn man zwischen den Toren hin und her reisen könnte, wäre das für das Imperium von größtem strategischem Wert«, sagte Merin, der nicht im Geringsten bedauernd oder gar entschuldigend klang, was das Schicksal der Bewahrer betraf.

Und in der Zwischenzeit hat Avallon auch noch Gelegenheit, ein paar unliebsame Gesichter loszuwerden. »Wie hat der Imperator das am Rat der Bewahrer vorbeilaviert?«

»Das musste er gar nicht. Man gehorcht Avallons Befehlen, man diskutiert sie nicht.«

Luker schob seine Schwerter mit einem Ruck wieder in ihre Scheiden. Der Ton des Tyrin ging ihm zunehmend auf die Nerven. Aber schließlich war er auch schon so lange damit beschäftigt, Avallon den Hintern zu lecken – da war es nicht verwunderlich, dass er inzwischen Blödsinn redete.

Merin ließ ihm keine Zeit zu antworten. »Genug davon! Wir wissen jetzt also, *wie* der Titan hierher gelangte. Die Frage ist nur immer noch, warum?«

»Der Zusammenfluss der Kräfte«, sagte Luker.

»Ihr meint, der Titan wurde vom Buch der Verlorenen Seelen angezogen? Ein Nekromant demnach?«

»Muss nicht unbedingt sein. Ich bin kein Leichenküsser, und dennoch spüre ich das Buch wie eine Nadelfliege, die durch meinen Kopf summt.« Er sah Chamery an. »Die Zauberkraft wird stärker, nicht wahr? Und zwar nicht nur, weil wir ihr näher kommen, stimmt's?«

Der Magier nickte.

»Ich habe gespürt, dass ihr nach dem Buch getastet habt. Was habt Ihr herausgefunden?«

»Bisher nichts«, sagte Chamery. »Wir sind noch zu weit weg, als dass ich die Fäden zu ihrem Ursprung zurückverfolgen könnte.«

»Aber Mayot benutzt das Buch, oder nicht? Was hat er vor?«

»Ha! Ihr müsst Euch schon etwas Besseres einfallen lassen, wenn Ihr mich dazu verleiten wollt, etwas preiszugeben ...«

»Wird er angegriffen?«

Die Augen des Magiers glänzten. »Vielleicht. Es wird andere geben, die an der Kraft des Buches interessiert sind und sie für ihre eigenen Zwecke nutzen wollen.«

»Und wenn der Titan es in die Hände bekommt? Ich würde gern einmal sehen, wie Ihr dem dieses Ding dann entreißen ...«

»*Ich*, Bewahrer?«, unterbrach ihn Chamery. »Meint Ihr nicht vielmehr, *wir*?«

»Ihr habt mich schon verstanden.«

»Wie viel Vorsprung mag der Titan vor uns haben?«, fragte Merin nun.

Luker überlegte kurz. »Ein paar Glocken, würde ich vermuten, mehr nicht.«

»Können wir ihn überholen?«

»Natürlich. Sobald uns ein paar Flügel gewachsen sind.«

Der Tyrin betrachtete noch einmal das Relief an der Wand, und sein Gesicht verfinsterte sich. »Magier«, sagte er. »Wäre Mayot in der Lage, sich gegen einen Titan zu behaupten?«

»Hoffentlich nicht«, murmelte Chamery.

»Erklärt mir das.«

Aber der Magier wandte sich ab und antwortete nicht.

Romany hatte die ganze Nacht und noch einige Stunden des Vormittags damit zugebracht, ihr Netz zu spinnen und ihre Sinne tief zu allen Seiten in den Wald dringen zu lassen. Mit jedem Faden, den sie spann, enthüllte ein neuer Teil von Mayots knospendem Reich seine Geheimnisse, doch während sie mit den Bereichen beschäftigt war, die am weitesten entfernt lagen, löste sich das Netz in der Nähe von Estapharriol schon wieder auf. Daran waren die Fäden des Buches schuld, wie sie wusste: Sie waren Gift für alles, was sie berührte.

Die Kuppel aus schwarzer Magie, die Mayot errichtet hatte, erwies sich als besonders störend, denn Romanys Spinnenfäden verdorrten sofort, wenn sie damit in Kontakt kamen. Schließlich hatte sie ein paar unauffällige Löcher gebohrt, durch die ihr Netz hinausgelangen konnte, aber trotzdem mussten die Fäden ständig gepflegt werden, damit sie hielten. Eine ermüdende Arbeit für jemanden von Romanys hohem Rang, aber leider notwendig, wenn sie Mayots Ränke im Blick behalten wollte. Der alte Mann hielt seine Untergebenen wirklich in Atem. Rund um Estapharriol wurde viel Wald gerodet, um Brennmaterial für die Schmieden zu gewinnen, die Tag und Nacht in Betrieb waren, und mit den Trümmern der eingestürzten Gebäude wurden die großen Straßen abgeriegelt, die in die Stadt führten. Romany erschien das ein sinnloses Unterfangen; schließlich dauerte es nur ein paar Herzschläge länger, um diese Barrieren herumzugehen.

Die Priesterin ließ ihr Bewusstsein über ihr Netz wandern. Natürlich klafften noch immer große Lücken in ihrem Wissen, aber die würden sich in den kommenden Tagen schon noch schließen lassen. Nach dem, was sie bisher gesehen hatte, bestand das Königreich der Vamilianer aus sechs Städten und einer Reihe kleinerer Siedlungen, und es wurde im Osten von der Weißen Straße und im Süden von der Gollothir-Ebene begrenzt. Nach Norden und Westen dehnte sich der Seufzerwald so weit aus, dass ihr Netz ihn nicht in Gänze erfassen konnte.

In einer der Städte, die sie sich genauer ansah, wurde sie auf eine Gruppe Vamilianer aufmerksam, die auf der Erde knieten und offenbar … *gruben?* Als sie näher heran war, stellte sie fest, dass eine Vielzahl von Todesmagie-Fäden im Boden verschwand. Dazwischen krallten sich die grabenden Untoten in die Erde und rissen Soden und Steine empor in dem Bemühen, etwas freizulegen, das dort gefangen lag. Romany erschauerte, als sie einen Vamilianer erblickte, der mit versteinertem Gesicht aus seinem schlammigen Grab gezogen wurde. Wie viele Untote befanden sich noch unter der Erde, in Dunkelheit eingesperrt? Wie lange würde es dauern, bis Mayot zu dem Schluss kam, dass es sich nicht lohnte, die noch Verbliebenen ebenfalls zu befreien?

Zweifelsohne hatte der Alte seine Suche inzwischen vertieft, um effektivere Diener aufzuspüren, und wer konnte schon ahnen, welche uralten Schrecken sich unter dem Waldboden verbargen? Glücklicherweise war Romany ihm in dieser Hinsicht so wie in jeder anderen zuvorgekommen. Ihre diskreten Nachforschungen hatten sie zu nichts Geringerem als dem Gerippe eines Tiktars geführt, gar nicht weit von Estapharriol entfernt, und die Überreste dieses uralten Wesens lagen nun gut versteckt hinter einem Schleier undurchdringlicher Schutzzauber. Bis jetzt hatte sie sich noch nicht entschieden, ob sie Mayot davon erzählen wollte, aber wenn überhaupt, dann nur zu ihren Bedingungen und zu einem von ihr gewählten Zeitpunkt.

Bisher hatten nur zwei von Shrouds Schergen den Seufzerwald betreten, aber sie waren zu schwach, um Romanys Aufmerksamkeit würdig zu sein …

Ein eigenartiges Geräusch störte ihre Konzentration – eine Wahrnehmung, die sie nicht über ihre seelische Existenz erreichte, sondern über ihre körperliche, die in Estapharriol verharrte. Neugierig hastete sie die Fäden ihres Netzes entlang zu dem verfallenen Haus, in dem ihr Körper wartete. Dann öffnete sie ein Auge und blinzelte in die Sonne. Vor ihr stand eine junge Vamilianerin mit dem typisch leeren Gesichtsausdruck, der nur den Untoten eigen war – eine Miene, die in großem Gegensatz zu den Lachfältchen in ihren Augenwinkeln stand, wie Romany fand. Das Mädchen schien es nicht eilig zu haben, ihre Anwesenheit zu erklären, und Romany wusste, dass es keinen Zweck hatte, die Geduld eines wandelnden Leichnams auf die Probe zu stellen. Doch welcher Sprache bediente sie sich am besten? Sie war dem Vamilianischen auf einigen alten Schriftrollen begegnet, war aber bisher noch nie in die Verlegenheit gekommen, es tatsächlich sprechen zu müssen. Aber hatte sich diese Sprache nicht aus dem Hoch-Celemischen entwickelt? Das würde das Mädchen sicherlich auch verstehen. »Sag mir, wer bist denn du, meine Liebe?«, fragte sie also.

»Der Meister hat mich geschickt«, erwiderte die Vamilianerin in derselben Sprache. Ihre Betonung war so flach wie ihr Busen.

»Du verstehst mich? Hervorragend!« Romany stand auf und musterte die Kleine von Kopf bis Fuß. Keinen Tag älter als achtzehn, ganz sicher. Oder vielmehr: So alt war sie vermutlich gewesen, als sie vor vielen tausend Jahren starb. Beinahe hätte man sie hübsch nennen können, wären da nicht die überlange Nase und der kräftige Kiefer gewesen. Ihr cremefarbenes Gewand war voller Schlammflecken, Erde klebte in ihrem Haar, und die Arme zeigten zahlreiche Kratzer. »Wie heißt du?«

»Danel.«

»Nun, Danel, ich freue mich, deine Bekanntschaft zu machen. Du darfst mich ›Gebieterin‹ nennen.«

Das Mädchen erwiderte nichts darauf.

»Hast du schon einmal jemandem gedient?«

»Nein.«

Romany verdrehte die Augen. Es konnte doch wohl nicht sein, dass Mayot sich außerstande sah, in einem Volk, das viele Tausend Köpfe zählte, ein Dienstmädchen aufzuspüren? »Gibt es ein Badhaus in der Stadt?«

»Nein.«

»Ich würde trotzdem gern ein Bad nehmen.«

»Es gibt kein Badhaus.«

»Dann wirst du dir etwas einfallen lassen müssen, meine Liebe! Vielleicht befindet sich in einem der besser ausgestatteten Häuser etwas Geeignetes ...« Romany sah sich um. »Und wenn du damit fertig bist, dann sorgst du in diesem Dreckloch für Ordnung. Fege den Boden, räume die Wurzeln und die Trümmer beiseite, derlei Dinge eben.«

Danel stand bewegungslos da.

Die Priesterin machte eine weit ausholende Handbewegung. »Nun? Ab mit dir!«

Dann lauschte sie, wie sich die Schritte des Mädchens entfernten, und setzte sich seufzend wieder hin.

Wo war ich? Sie schloss die Augen, entspannte sich und ließ ihre Sinne wieder über die Fäden ihres Netzes wandern. Jedes Zittern übermittelte ihr eine Nachricht, jedes Zucken war ein neuer Zug in diesem Spiel. Romany musste nichts weiter tun, als die vielen Eindrücke in ihrem Unterbewusstsein zu filtern und ihm dorthin zu folgen, wohin es sie führte.

Sie spürte, wie sie nach Norden glitt.

Die Untoten versammelten sich in großer Zahl in diesem Teil des Waldes. Mayot hatte sie ausgesandt, die wenigen noch bewohnten

Kinevar-Siedlungen anzugreifen, die in der Reichweite von Estapharriol lagen. Als sie sich näherte, wurde sie Zeuge, wie Hunderte von Vamilianern über die primitiven Barrikaden strömten. Die Magier der Kinevar schleuderten den Angreifern einen Schwall von Zaubern entgegen, aber es waren einfach zu viele Untote, die über sie herfielen. Am Ende dieses Massakers erhoben sich die toten Kinevar, um die Reihen der Vamilianer zu verstärken.

Romany gähnte. Es war doch wohl nicht dieses unbedeutende Scharmützel gewesen, das ihre Aufmerksamkeit geweckt hatte. Da gab es doch bestimmt noch etwas anderes …

Nun schau mal einer an. Was haben wir denn hier?

An den äußersten Ausläufern ihres Netzes spürte sie, dass sich an mehreren Punkten große Kraft zusammenballte. Das erste und stärkste dieser Zentren davon lag tief in den Wäldern im Nordwesten, und Romany legte die vielen Wegstunden bis dorthin wie der Blitz zurück.

In diesem Teil des Waldes standen die Bäume so dicht, dass das Blätterdach kein Sonnenlicht durchließ, und die Luft war schwer vor Erdmagie. Hier war der Wald noch nicht von der zerstörerischen Kraft des Buches gezeichnet, aber das allein war es nicht, was die Priesterin hierher gelockt hatte. Etwas weiter vor ihr kämpften Todesmagie und Erdmagie so entfesselt gegeneinander, dass sie erschreckt zurückwich. Ganz offensichtlich fand hier eine Auseinandersetzung zwischen Mayots Heer und einem unbekannten Gegenspieler statt, aber um wen mochte es sich dabei handeln? Shroud vielleicht? Nein, das hätte nicht erklärt, wieso Erdmagie die Oberhand behielt. Die Kinevar? Sicherlich war der Großteil dieser Kreaturen schon nach Norden geflohen. *Geduld*, ermahnte sich Romany. Dieses Geheimnis konnte sicherlich an einem anderen Tag gelüftet werden.

Die zweite große Kraft konzentrierte sich im Nordosten, in einer großen Stadt am Rande des Waldes. Majack, wenn sie sich recht erinnerte. Vor ihren Mauern stand ein Heer von vielen Tausend Vamilianern, und die Priesterin schüttelte ungläubig den Kopf. *Spinne, gib mir Kraft.* Was dachte Mayot sich nur dabei? Statt sich auf Shrouds Angriff vorzubereiten, fing er offenbar Streit mit den benachbarten Völkern an. Wie lange würde es dauern, bis jedes Königreich auf dieser Seite des Sabianischen Meeres wusste, welche Gefahr er darstellte? Und als sei das nicht genug, schien es zudem, als ob der Magier nicht das Geringste über die Grundlagen der Kriegsführung wusste. Die Untoten standen einfach da und sahen zu den Stadtmauern empor, als ob sie darauf warteten, dass man sie einließ. Glaubte Mayot wirklich, er könnte einfach …

Ihre Gedanken wurden unterbrochen, als sich zwischen den vamilianischen Kämpfern, die dem Wald am nächsten standen, etwas bewegte. Die Schar der Untoten teilte sich, um eine Gestalt in purpurroter Robe durchzulassen.

Romany spürte, wie sie blass wurde.

Ist das etwa …?

Nein, das konnte doch nicht sein.

»Ach du gute Güte!«

Als Ebon den Wehrgang erreichte, zitterten seine Beine so stark, dass er kaum noch aufrecht stehen konnte. Er stolperte zur Brustwehr und lehnte sich gegen die Zinnen. Sein Blick glitt über das feindliche Heer vor der Stadt. Eine Frau kam vom Seufzerwald herüber. *Das ist keine Vamilianerin.* Das offene, strohfarbene Haar hing ihr bis zur Hüfte, und sie trug purpurne Roben, die bei jeder Bewegung schimmerten. Was aber vor allem Ebons Aufmerksamkeit weckte, war der birnenförmige Kopf, der an der Oberseite des Schädels deutlich breiter war als am Kinn.

Das Entsetzen der Geister formte sich zu einem Knoten in seinem Magen. Seine Hände wurden weiß, so fest umklammerte er die Zinnen. Als der Drang zu fliehen immer stärker wurde, schloss er schließlich die Augen und musste feststellen, dass er trotzdem merkte, wie dieses Geschöpf näher kam, so wie man ein helles Licht auch hinter geschlossenen Lidern wahrnimmt. Aber diese Präsenz war nicht die einzige, die er spürte. Das fremdartige Wesen aus seinem Albtraum war zurück und lauerte in seinem Hinterkopf. Dieses Mal war da keine kühle Distanziertheit mehr; glühender Hass war an ihre Stelle getreten und nahm Ausmaße an, die Ebon nicht erfassen konnte. Er richtete sich nicht gegen ihn, das begriff er, sondern gegen die Frau dort unten. Er tastete nach diesem Wesen, suchte nach irgendetwas, um sich daran zu orientieren. Das Wesen hielt sich allerdings außerhalb seiner Reichweite und verblasste mit jedem Augenblick mehr.

Wer bist du?

Schweigen.

Als er die Augen wieder öffnete, befand sich die Frau bereits auf einer Höhe mit dem Stadttor. Auf einen unausgesprochenen Befehl hin bildeten die Vamilianer eine Gasse von gut zwanzig Schritten. Der Rammbock lag vergessen da, offenbar hatten die Untoten dafür keine Verwendung mehr. Ebons Magen krampfte sich zusammen. Er holte tief Luft, um sich zu beruhigen, aber die Geister ließen das nicht zu, und das eilig runtergeschlungene Frühstück aus getrockneten Früchten wollte wieder heraus. Er beugte sich würgend über die Zinnen. Eine Hand fasste nach seiner Schulter. Jemand sprach mit ihm, aber die Stimme war so gedämpft, als stünde der Sprecher weit entfernt.

Ebons Blick verschleierte sich. Genau wie bei dem Kampf in der letzten Nacht zogen Bilder blitzartig durch seinen Kopf, so verschwommen, dass er nur gelegentlich einmal Einzelheiten ausmachen konnte: ein aus weißem Stein errichtetes Gebäude, das unter einer Welle von Zauberkunst zusammenbrach, Bäume, die wie flammende Säulen brannten, eine Reiterin in gelbem Gewand, die sich mit Schwertern in den Händen und dem Tod in ihren Augen auf ihn stürzte – eine Frau mit übergroßem Kopf, so wie jene, die sich der Stadt näherte. Er krallte sich noch stärker an der Mauer fest und drängte seine Visionen zurück.

Als er wieder klar sehen konnte, hatte die Frau in der purpurnen Robe ihre Arme erhoben. Die Ärmel des Gewands glitten zurück und enthüllten milchweiße Haut.

Das Heulen der Geister verblich zu einem Wimmern.

Ein Windstoß fasste von hinten nach Ebon und presste ihn gegen die Brustwehr. Überall auf der Stadtmauer wurden warnende Rufe laut, und zur Rechten des Königs stürzte ein Pantheonwächter zwischen die Zinnen. Ein verzweifelter Schrei, und er fiel. Die Frau neben ihm wollte ihn festhalten.

Und griff daneben.

Der Wächter verschwand aus ihrem Blickfeld.

Die Wolken am Himmel änderten plötzlich ihre Richtung und ballten sich zu einem Gewitter zusammen. Das Licht wurde schwächer, und die Luft rund um Ebon kühlte sich ab, als ein Grollen die Erde erschütterte. Die Frau zog Kraft an sich, erkannte er. Erde, Luft und Feuer, alles auf einmal. *Bei den Göttern der Unterwelt, ist das denn überhaupt möglich?* Die meisten Magier waren lediglich in der Lage, die Energien ihres eigenen Elements anzuzapfen und zu nutzen, und selbst Erzmagier beherrschten höchstens zwei.

Abrupt legte sich der Wind wieder, und Ebon stellte fest, dass Mottle neben ihm stand. Der Magier sah wie gebannt zum Himmel. *Er kämpft darum, die Hoheit über die Luft zu erlangen.* Der Alte schien den Kampf auch zu gewinnen, denn die Wolken lösten sich auf und ließen wieder Lichtstrahlen durch.

Aber wer sollte sich um die anderen Elemente kümmern?

Eine Feuerwand erhob sich vor der Hexenmeisterin. In den Flammen sah Ebon geschmolzenes Gestein und brennende Wurzeln, alles in Rauch gehüllt. Ein Pfeil flog in hohem Bogen von den Zinnen und landete weit vor den Füßen der Frau.

»Nicht schießen!«, ertönte Reynes' Stimme hart.

Ebon fluchte stumm. Der General hatte natürlich recht, es war sinnlos, Munition zu verschwenden, aber es fuchste ihn, dass sie nichts tun konnten, um die Hexenmeisterin bei ihren Vorbereitungen zu stören. Es war längst zu spät für einen Ausfall und Angriff, selbst wenn sie die Möglichkeit gehabt hätten, sich durch die Reihen der Untoten zu schlagen.

Rund um die Frau taten sich Spalten im Boden auf, die wie Speichen eines Rades von ihr wegführten. Die meisten waren höchstens handbreit, aber eine, die sich nach Westen zum Wald erstreckte, war so groß, dass sie die Untoten verschlang, die dort gestanden hatten. Der Wehrgang erzitterte, und ein Riss erschien in der Zinne neben Ebons rechter Hand. Die Feuerwand vor der Hexenmeisterin flammte höher und höher auf. Die Kälte war völlig verschwunden, und Hitzewellen brandeten über Ebon hinweg. Die Rüstung jener Vamilianer, die der neuen Waffe am nächsten standen, begann rot zu glühen, dann fingen ihr Haar und ihre Kleider Feuer. Die unglücklichen Untoten standen schweigend und wie erstarrt da, während ihre Haut verkohlte.

Mottle wandte sich an Ebon und rief ihm zu: »Flieh, mein Junge. Rette dich!«

Bevor Ebon auch nur antworten konnte, riss Rendale ihm die Hände von der Mauer und zerrte ihn den Wehrgang entlang.

»Warte«, keuchte der König, aber sein Bruder achtete nicht auf ihn. Als er sich noch einmal umsah, waren Mottle und seine beiden Adeptinnen die Einzigen, die noch oberhalb der Tore standen.

Die Wand aus Feuer und Erde schob sich unbarmherzig dem Stadttor entgegen und riss hinter sich wie ein riesiger Pflug den Boden auf. Die Untoten, die sich direkt davor befanden, wurden von der glühenden Dunkelheit verschlungen, und ihre Körper schienen die Zauberkraft zu verstärken, denn die Feuerwand schwoll noch weiter an und rückte immer schneller auf die Stadt zu.

Ein Dutzend Herzschläge später schlug sie gegen die Tore.

Der Aufprall war so hart, dass Ebon auf die Knie fiel. Der obere Rand der Feuerwalze floss über die Zinnen und sog Mottle und seine Adeptinnen ein. Ein Kreischen ertönte, als die erste der drei weißgekleideten Gestalten von den Flammen erfasst wurde. Mit einem spuckenden Zischen prallten die widerstreitenden Zauberkräfte aus Erde und Feuer gegen Mottles Luftzauber, die er über die Tore gewebt hatte, und dann folgte eine Stille, als hielte die Welt den Atem an.

Mit einem ohrenbetäubenden Krachen barst das Stadttor auseinander.

Die Explosion warf Ebon auf den Rücken, und kurz lag er wie betäubt da und starrte in den sich drehenden Himmel, während überall Steine und Trümmer durch die Luft wirbelten. Manche landeten vor den Toren, andere schlugen, begleitet von lauten Schreien und einstürzenden Häusern, in den nahe gelegenen Vierteln ein. Ein Steinblock krachte auf den Wehrgang, dorthin, wo Ebon kurz zuvor noch gestanden hatte, und zerschmetterte die Brüstung.

Dann hüllte ihn eine Staubwolke ein.

Mottle.

Ebons Ohren dröhnten, und er schmeckte etwas Pulvriges im Mund. Als er wieder auf die Beine kam, gab die Mauer unter ihm nach. Das Stadttor – oder das, was von ihm geblieben war – ließ sich in der Düsternis nicht mehr ausmachen. Hinter der Mauer ertönte das Stampfen zahlloser Füße, und als Ebon über die Brüstung blickte, sah er, wie das Heer der Untoten auf die Stelle zuhielt, an der sich das Tor bis eben noch befunden hatte. Es gab keinen Befehl zum Vormarsch, sondern eine formlose Masse von Gestalten, denen der Staub den unwirklichen Schein von Geistern verlieh. Die Untoten strömten durch die entstandene Bresche.

Wieder war Rendale neben Ebon. Er packte einen Arm des Königs und legte ihn sich um die Schultern. Gemeinsam stolperten sie an der

Mauer entlang bis zum nächsten Turm, wo sich bereits viele Soldaten vor der Treppe nach unten drängten. Von überall ertönten Schreie, ein wildes Durcheinander von Stimmen, das ebenso lärmend schien wie das Toben der Geister in Ebons Kopf. Irgendwo weiter unten brüllte Reynes seine Befehle, aber die Worte verloren sich in dem Getöse. Domen Janir oder der Kanzler waren nirgendwo zu sehen. Waren sie Ebon auf den Wehrgang gefolgt, oder waren sie in der Wachstube geblieben?

An der Treppe angekommen, stolperte der König die Stufen mit zitternden Knien hinunter und fand sich in völligem Chaos wieder. Soldaten und Stadtbewohner rannten hierhin und dorthin. Ein Mann hastete um eine Ecke und kreuzte den Weg einer Frau; beide stießen so hart mit den Köpfen zusammen, dass Ebon es trotz des Lärms krachen hörte. Von dort, wo das zerstörte Stadttor sich befunden hatte, drang Kampfeslärm. Ebon zog seinen Säbel und hielt darauf zu, getragen von der Menge, die ihn umgab, und gleichzeitig auch behindert von dem Menschenstrom, der in die entgegengesetzte Richtung unterwegs war. Als er den Marktplatz erreichte, wurden seine Schritte langsamer. Das Stadttor und ein etwa vierzig Schritte breiter Mauerstreifen waren verschwunden; nur noch ein paar Steine ragten aus dem Boden. Die Vamilianer strömten durch die Bresche. Einige von ihnen standen noch in Flammen, andere waren in Staub gehüllt.

Auf den Straßen, die zum Marktplatz führten, erschienen versprengte Einheiten von Pantheonwächtern.

Eine Stimme erscholl über den Lärm. »In Reih und Glied! Auf eure Posten, verdammt noch mal!«

Reynes. Der General stand nicht weit von ihm entfernt unter der Markise eines Ladens. Sein Zunderhund war verschwunden, aber er war von einer Gruppe aus Boten und Offizieren umgeben, zu denen auch Hauptfrau Hitch und Sergeant Grimes gehörten.

Ebon blickte wieder über den Marktplatz. Wächter versuchten, einen Schildwall zu bilden, aber sie waren zu wenige, um den Platz in seiner ganzen Breite zu sperren, und die Verteidiger zogen sich zur Westtorstraße zurück, bevor ihre Flanke angegriffen wurde. Unter den Untoten, die ihnen nachsetzten, war ein vierarmiger Krieger, der in jeder Hand einen Speer schwang. Er stach einen bärtigen Soldaten in den Hals, und der Mann brach unter seiner Wunde zusammen, um nur einen Augenblick später aufzustehen und den Kameraden an seiner Seite anzugreifen.

Bei den Tränen des Wächters. Bald werden wir Freund und Feind nicht mehr voneinander unterscheiden können.

Ebon drängte sich zu Reynes hindurch. »General«, rief er. »Wir müssen zum Rückzug blasen.«

»Es kommen Männer von den anderen Mauern zu uns. Wenn wir die Blassgesichter wieder durch die Bresche zurücktreiben können …«

»Dazu ist es zu spät. Die Stadt ist verloren.«

»Ja, das stimmt wohl«, knirschte Reynes. »Wenn wir die Mauern aufgeben.«

Ebon stutzte leicht bei seinem Ton. »Halten die anderen Tore noch?«

»Im Augenblick ja.«

»Dann zieht Euch zum Fluss zurück und richtet Euch dort auf eine Verteidigung ein. Immer eine Straße nach der anderen – Ihr wisst ja, wie das geht. Nutzt die Zeit, die uns noch bleibt, um so viele Brücken zu zerstören, wie Ihr könnt.«

Reynes sah zu den Kämpfenden hinüber. Aus der Brust des vierarmigen Kriegers ragte ein Speer, aber er stapfte trotzdem weiter voran. Die Karren vor der Koronstraße waren von einem der brennenden Untoten in Brand gesteckt worden, und die Wächter an dieser Barriere wurden durch das Feuer zurückgedrängt. Vamilianer kletterten über die Wagen, ohne sich von den Flammen aufhalten zu lassen. Der General bleckte die Zähne, dann wandte er sich an Hauptfrau Hitch. »Ihr habt den Mann gehört! Sucht ein paar Adepten und macht Euch über die Brücken her! Andressal! Ich will einen Schildwall an jeder Straßenkreuzung …«

Ebon spürte, dass Grimes' Augen auf ihm ruhten. Der Sergeant sprach so leise, dass nur der König es hörte. »Der Fluss wird sie nicht lange aufhalten, Euer Majestät. Man kann ihn an zu vielen Stellen überwinden.«

»Das weiß ich, Sergeant. Und Reynes weiß das auch. Aber wenn er dem Ansturm noch ein oder zwei Glocken widerstehen kann, dann haben die Menschen eine Möglichkeit, sich in den Palast zu flüchten.«

Grimes' grimmige Miene ließ seine Zweifel deutlich erkennen. »Wird die Festung dem Feuerwerk dieser Hexe standhalten …« Seine Stimme erstarb. Er starrte etwas an, das sich hinter Ebons Schulter befand. »Beim schlagenden Herzen des Wächters.«

Ebon wirbelte herum und sah eine Gestalt durch die Staubwolken zu ihnen herunterschweben.

Mottle.

Das dreckige Gewand des Magiers war versengt, und eine dunkle Schwellung zierte seine linke Gesichtshälfte. Er kam ein paar Schritte entfernt auf den Boden und kratzte sich im Schritt.

Ebon lächelte zumindest ein kleines bisschen. »Tatsächlich kommst du einmal zur rechten Zeit, Magier. Ich nehme an, du hast die Frage des Sergeanten gehört. Können die Zauberschilde, die in die Mauern des Palastes gewebt wurden, dem Angriff der Hexenmeisterin widerstehen?«

»Eine Zeitlang.«

»Wie lange?«

Mottle breitete die Hände aus. »Das ist schwer zu sagen, ohne die Stärke der Hexe wirklich genau zu kennen, nicht wahr? Mottles Schätzung? Vielleicht einen Tag.«

»Dann reiten wir jetzt hinaus. Und töten sie, bevor sie die Stadt betritt.«

Der Alte nickte. »Ganz genau, mein Junge, ganz genau. Mottle wird natürlich an deiner Seite sein. Der Tod seiner Adepten verlangt eine geziemende Antwort.«

»Kannst du es mit ihr aufnehmen?«, erkundigte sich Grimes. »Mir scheint, sie ist dir über.«

»Wegen der Tore? Pah! Reines Glück! Ein Tiefschlag, als Mottle gerade nicht aufpasste!«

»Wer ist sie, Magier?«, fragte Ebon. »*Was* ist sie?«

»Eine Fangalar, Angehörige eines uralten Volkes, das angeblich für das Ende der Vamilianer verantwortlich war. Meine Studien legen nahe …«

»Ist sie die Kraft hinter den Untoten?«, unterbrach ihn Ebon. »Können wir all dem ein Ende machen, indem wir sie töten?«

»Leider nein. Seht Ihr nicht den Faden der Todesmagie, der sie leitet? Diese Frau ist nur eine weitere Figur in diesem Spiel. Wenn die Strippen der Puppen nicht durchtrennt werden können, dann müssen wir die Hand abschlagen, die sie steuert.«

»Immer eines zur Zeit, Magier. Erst kümmern wir uns einmal um die Hexenmeisterin.« Ebon wandte sich an Grimes. »Wie sieht es aus, Sergeant?«

Grimes sah ihn grimmig an. »Ich soll dabei sein?«

»Es sei denn, Ihr hättet etwas anderes zu tun.«

»Nicht direkt. Also zur Tarqueen-Kaserne. Ich werde dort eine Truppe zusammenstellen.«

Ebon nickte. »Eine Viertelglocke, nicht länger.« Er sah dem Sergeanten nach, der davoneilte.

Neben ihm stand noch immer Rendale, der sich jetzt zu Wort meldete. »Ich komme mit.«

Ebon hatte seinen Bruder ganz vergessen. Rendales Gesicht war mit Staub verschmiert, und ein dünner Blutfaden lief aus einem Nasenloch. Ebon packte ihn bei den Schultern und zog ihn zu sich heran. »Nein. Du musst etwas anderes für mich erledigen. Geh zu Lamella. Bring sie in Sicherheit.«

Rendale verzog das Gesicht. »Du musst mich nicht beschützen. Jeder Wächter …«

»Bitte«, unterbrach ihn Ebon. »Ich brauche jemanden, dem ich vertrauen kann. Sie wird allein sein … Ihr Haus liegt im Marobi-Viertel – weißt du, wo es ist? Bringe sie über den Fluss aus der Stadt, falls das möglich ist. Wenn nicht, bring sie in den Palast.«

Rendale sah ihn einen Augenblick abschätzend an. Dann zog der Hauch eines Lächelns über sein Gesicht. »Also soll ich die zarte Jungfer beschützen? Das ist endlich mal eine Aufgabe, die meinen Fähigkeiten entspricht.«

Sie umarmten sich kurz, dann wandte Rendale sich um und lief die Straße hinunter, dem Strom der Soldaten entgegen; nur wenige Augenblicke später war er nicht mehr zu sehen.

Ein erstickter Schrei ertönte nicht weit von Ebon entfernt, und als er sich umwandte, sah er einen Pantheonwächter, den der vierarmige Krieger mit einem Speer durchbohrt hatte. Der Soldat wurde in die Luft geschleudert und landete zwischen seinen Kameraden. Ein Pfeil stak zwischen den Augen des Untoten, aber das schien ihm nichts auszumachen. Der Feind hatte den Marktplatz erobert, und die Wächter in ihren roten Mänteln zogen sich in die angrenzenden Straßen zurück. Mit jedem Herzschlag strömten mehr Vamilianer durch die Bresche in der Stadtmauer.

»Komm, Mottle«, sagte Ebon. »Wir haben uns hier schon zu lange aufgehalten.«

12

Luker saß, an einen schlanken Felsen gelehnt, da und sah in die Mulde hinunter, die sich vor ihm erstreckte. In ihrer Mitte befand sich ein kleiner Teich mit trübem Wasser, der in der Breite vielleicht zwanzig Schritte maß. Merin kniete auf dem eingetrockneten Schlamm und den verwitterten Moosen am Rand und filterte Wasser in seine Flasche; dazu verwendete er ein altes Hemd, das früher einmal weiß gewesen sein mochte, aber längst dasselbe Grau angenommen hatte wie der Schlamm. Als ob das Wasser dadurch sauberer würde! Chamery stand an der anderen Seite des Teichs, hatte sich das Hemd ausgezogen und schrubbte seinen Oberkörper ab. Die teigige Haut seiner haarlosen Brust bildete einen starken Kontrast zu der heftigen Rötung, die sein Gesicht und seinen Hals überzog.

»Was für ein charmanter Anblick.« Erschreckt fuhr Luker zusammen, als Jenna ihn unvermittelt von hinten ansprach. »Ich kann das brutzelnde Fleisch schon fast riechen.«

Der Bewahrer zog ein grimmiges Gesicht. Die Assassine besaß die entnervende Fähigkeit, sich völlig geräuschlos an ihn anzuschleichen. Aber das war schließlich ihre Spezialität, oder nicht? Als sie sich neben ihn setzte, fuhr eine Windbö in ihre Kapuze und schob den Stoff zurück, und Luker betrachtete sinnend Jennas Gesicht. Zwar hatte Chamerys Heilkunst die schlimmsten Verletzungen kurieren können, die sie bei dem Angriff in der Schänke erlitten hatte, aber ein Netz blasser Narben war geblieben. Vermutlich würden sie nie wieder ganz vergehen, aber sie verliehen ihr einen verletzlichen

Ausdruck. Als sei etwas zerbrochen und dann nur ungeschickt repariert worden.

Luker sah wieder zu Chamery hinunter und sagte: »Genieße den Anblick, solange du kannst. Der Junge heilt sich selbst mehrmals am Tag, glaube ich.«

»Mit Zauberkunst? Aber wird dadurch nicht der Seelenfänger auf uns …«

»Natürlich. Das lockt ihn an wie Scheiße eine Fliege.«

»Wieso hast du ihn dann nicht daran gehindert?«

Luker zuckte die Achseln. »Was hätte das geändert? Mit oder ohne den Jungen kann uns der Seelenfänger ebenso verfolgen wie ich ihn.«

Jenna fächelte sich mit einer Hand Kühlung zu. Es war noch früh am Morgen, aber die Hitze prickelte bereits auf der Haut. »Kann man der verdammten Sonne denn nirgendwo entkommen?«

»Du könntest etwas anziehen, das nicht ausgerechnet schwarz ist.«

»Leider ist meine Garderobe in dieser Hinsicht etwas eingeschränkt. Ein typischer Nachteil, wie mein Beruf ihn eben mit sich bringt.«

»Dann sei froh, dass die heißesten Sommertage schon vorbei sind. Vor ein paar Wochen war dieser Teich da unten höchstens eine Pfütze.«

Jenna machte ein nachdenkliches Gesicht. »Wie weit ist es bis zur nächsten Wasserstelle?«

»Eineinhalb Tage vielleicht.«

»Wenn die Kalaneser hier also nicht trinken könnten …«

Luker gefiel das Funkeln in ihren Augen nicht. »Woran denkst du?«

Mit einer Kopfbewegung deutete sie zu ihrem Gepäck. »Ich habe ein paar Überraschungen dabei, die unsere Verfolger etwas aufhalten könnten. Nur ein paar Tropfen eines ganz simplen Gebräus … Mit etwas Glück benetzen sie alle ihre Lippen, bevor sie das Gift bemerken.«

Luker zögerte. »Ich werde es mir überlegen.«

Die Assassine lächelte ihr schiefes Lächeln. »Machst du dir Sorgen, dass es auch Unschuldige treffen könnte? Also, Luker, ich hoffe doch mal, dass du auf deine alten Tage nicht noch weichherzig wirst.«

Er murmelte etwas und stand auf. »Ich muss mir mal die Beine vertreten. Kommst du mit?«

»Warum nicht.«

Der Bewahrer führte sie auf einen felsigen Grat. Oben angekommen, hielt er inne und blickte über die Ebene. Ein neuerlicher Sturm zog über der Ödnis auf. Im Süden erstreckte sich ein flaches Land, dessen einzige Erhebungen die Steingräber der toten Stammesführer waren, die sich im ockerfarbenen Dunst erhoben. Vielleicht hatte Luker ein oder zwei von ihnen sogar selbst unter die Erde gebracht.

Jenna ging ein Stück voraus. Am Fuß des Abhangs bückte sie sich und untersuchte etwas, das halb vom Sand bedeckt war, und als Luker zu ihr trat, sah er Knochen daraus hervorragen – die gebogenen Rippen eines Maultiers vielleicht, an denen Zähne bereits deutliche Spuren hinterlassen hatten. Etwas weiter entfernt entdeckten sie einen menschlichen Schädel mit eingedrückten Augenhöhlen. Zwischen den Skeletten lag eine Spirale aus angelaufenem Silber, in die gelbe Edelsteine eingesetzt waren: der Armreif eines talenesischen Stammesältesten.

Jenna deutete auf den Schädel. »Nur ein paar Schritte von dem Wasserloch entfernt. Ob er wohl wusste, wie nahe er ihm war?«

»Den hat nicht der Durst erledigt. Das waren höchstwahrscheinlich Bannwölfe. Die wussten, dass der Teich Beute für sie anlockt. Schlaues Dreckspack – die zögern nicht, einen Stammeskrieger anzugreifen, wenn der allein unterwegs ist.«

»Dann hast du ja Glück, dass ich als Begleitschutz mit dir mitgekommen bin.« Die Assasine griff nach dem Armreif und wollte ihn sich über das Handgelenk streifen.

»Nicht!«, fuhr Luker sie an und packte ihren Arm. Ihre Augen blitzten, aber er ließ nicht los. »Das Ding weiß genau, wem es gehört. Wenn du es überziehst, zieht die Spirale sich zusammen, bis sie auf den Knochen dringt. Stammesmagie. Hab an einem Handelsposten bei Karalat mal gesehen, wie das dem Leibwächter eines Kaufmanns passiert ist. Der Narr hat am Ende den ganzen Arm eingebüßt.«

Jenna verzog das Gesicht und riss sich los, ließ das Armband aber fallen und trat es mit dem Stiefelabsatz in den Sand. »Und ganz kurz dachte ich noch, ich würde diese Gegend gar nicht mehr so hassen.«

»Du wusstest doch, was auf dich zukommt. Oder wärst du lieber in Arkarbour geblieben?«

»Mir gefallen diese offenen Flächen nicht. Da ist man viel zu ausgeliefert. Die einzigen Schatten hier sind unsere eigenen. Und in denen kann ich mich ja wohl schlecht verstecken, oder?«

»Gewöhn dich dran. Drei Tage, und wir erreichen die Sonnenstraße. Dann sind es noch einmal drei bis Arandas. Immer vorausgesetzt, dass wir nicht noch Ärger bekommen.« Oder hätte er »noch mehr Ärger« sagen sollen?

»Wie weit liegt der Seelenfänger noch hinter uns zurück?«

»Als ich zuletzt nachgesehen habe, genauso weit wie zuvor – drei Glocken.«

Jenna hatte die Unsicherheit in seiner Stimme offenbar gespürt. »Oder vielleicht auch nur noch zwei?«

Luker schürzte die Lippen. »Die kalanesischen Pferde sind an dieses Terrain besser gewöhnt. Sie könnten durchaus in der Lage sein, die unseren einzuholen.«

Eine Bö trieb eine Welle Sand über sie hinweg, und Jenna hielt sich schützend die Hand vor die Augen. »Du hast gesagt, ihr Anführer hat dich gespürt. Vielleicht will er dann auch Abstand halten. Vielleicht mag er dich genauso wenig wie wir andern.«

Luker sah sie schief von der Seite an. Was, die Leute mochten ihn nicht? Dabei hatte er sich doch immer so viel Mühe gegeben, zu allen nett zu sein! »Wieso sollten sie uns dann überhaupt verfolgen? Nein, der Seelenfänger hat etwas vor.«

»Ist es was Persönliches?«

»Du meinst, ob er mich kennt?« Luker schüttelte den Kopf. »Glaub ich nicht. Aber er erkennt einen Bewahrer, wenn ihm einer begegnet. Wir waren stets die Speerspitze, wenn Avallon sich mit den Kal Mecath herumgestritten hat.«

Jenna warf den Sand rund um den Schädel mit dem Fuß auf, um zu sehen, ob sich dort noch weitere Schätze des Toten verbargen. »Was ist das für einer, dieser Seelenfänger?«

»Ein Seelenmagier. Ähnlich wie ein Nekromant, aber während ein Leichenküsser sich vom Tod ernährt, saugt der Seelenfänger die Seelen der Lebenden aus. Er nutzt die Lebensenergie seiner Feinde für den Kampf. Es sei denn, dass sie stark genug sind, um ihm zu widerstehen. Dann bedient er sich bei seinen eigenen Truppen.«

Die Assassine hob die Augenbrauen. »Und die lassen das so einfach zu, nehm ich an?«

»Japp. Fanatiker, allesamt. Der Seelenfänger saugt sie völlig leer. Ihre Seelen gelangen niemals bis an Shrouds Tor.«

Jenna hatte einen Dolch mit abgebrochener Spitze gefunden. Während sie den juwelenbesetzten Griff betrachtete, bekam ihr Blick etwas Verträumtes. »Ich kann schon verstehen, dass manche das ganz reizvoll finden.«

Luker sah sie prüfend an, aber er erkannte nicht wieder, was er in ihren Augen las. »Falls du die ewige Auslöschung suchst, dann werden die Zauberbrecher bestimmt gern bereit sein, sie dir zu bringen.«

»Vielleicht bin ich einfach zu stur und will es ihnen nur nicht leicht machen.«

»Stur, ja, das würde ich nicht bestreiten.«

Bevor Jenna antworten konnte, trug der Wind ein ungewöhnliches Geräusch heran. Luker neigte leicht den Kopf. Zuerst hörte er nur das Zischen des fliegenden Sandes. Aber dann, ganz leise … *Hufschlag.* Er und Jenna tauschten einen Blick, dann wandten sie sich um und rannten zum Abhang zurück. Steinchen rollten unter Lukers Füßen davon. Auf der Spitze des Hügels suchte er die Ebene ab. Am Horizont zeigte sich ein verschwommener Fleck unter wirbelnden Sandwolken. *Reiter.* Noch dazu in Pfeilformation. *Noch mehr Kalaneser?* Er war sich dessen sicher. *Der Seelenfänger hat uns die ganze Zeit über in ihre Arme getrieben.*

Gefolgt von Jenna rannte er zum Wasserloch.

Merin, der gerade seine Satteltaschen durchforstete, sah auf.

»Reiter«, rief Luker. »Nicht einmal eine halbe Wegstunde entfernt.«

Das Gesicht des Tyrin verdüsterte sich. »Bei den Göttern, Mann, Ihr habt von drei Glocken gesprochen.«

»Nicht der Seelenfänger. Eine andere Gruppe, die sich von Westen nähert.«

»Kalaneser?«

»Wollt Ihr hierbleiben, um das herauszufinden?«

Merin packte die letzte seiner Wasserflaschen ein und verschloss die Satteltasche. »Wie viele?«

»Genug«, erklärte Luker und packte sein Pferd am Zaumzeug.

Chamery warf sich seine Gewänder über, während er vom Teich zu ihnen herüberkam. »Unsere Pferde sind erschöpft. Wir werden nicht weit kommen.«

»Stimmt. Wir reiten nach Osten in diesen Sandsturm.«

»In die Ödnis.«

»Zunächst einmal. Wenn wir sie im Sturm abgeschüttelt haben, können wir uns wieder nach Norden halten und am Rand der Ebene weiterreiten.«

»Und wenn die Kalaneser uns in den Sturm folgen?«

Luker schwang sich in den Sattel. »Betet, dass sie genau das tun, Magier. Betet.«

Ebon verlangsamte seinen Schritt, als er durch die Tore der Tarqeen-Kaserne schritt. Überall im Innenhof lagen zerbrochene Dachziegel, weggeworfene Waffen und Pferdegeschirr. Die Messe war offenbar am schwersten von herabstürzenden Trümmerteilen getroffen worden, denn im Dach klaffte ein Loch, und der Fahnenmast war auf halber Höhe abgebrochen und umgestürzt. Die roten Flaggen des Pantheons lagen vor Ebon am Boden im Dreck. In einem der leeren Pferdeställe lag ein Dutzend zuckender Körper neben- und übereinander – Stadtbewohner offenbar; zumindest trugen sie keine Uniformen. *Und jetzt Untote.* Die Gefangenen waren an Handgelenken und Knöcheln gefesselt. Blutspuren im Hof ließen erkennen, auf welchem Weg man sie in den Stall geschleift hatte.

Links von Ebon sattelten dreißig Soldaten aus Sergeant Grimes' Schar ihre Pferde. Hinter ihnen befand sich eine weitere Gruppe von Reitern, und der König blinzelte überrascht, als er den Consel erkannte. Garat wurde von seiner Hexenmeisterin, seinem Obersten Berater und etwa zwanzig Leibwächtern begleitet. Die vier gepanzerten Dämonen standen beieinander und stützten sich auf ihre Äxte. Vom Bruder des Consel fehlte jede Spur.

Grimes trat zu Ebon, den Helm unter den Arm geklemmt. »Euer Majestät.«

Ebon sah zu den Gefesselten im Stall hinüber. »Was ist hier passiert, Sergeant?«

»Ein paar Zivilisten haben die Kaserne gestürmt. Waren wohl hinter den Pferden her. Wollten sich nicht abweisen lassen. Wir mussten leider ein paar erledigen, bevor die anderen es kapierten.«

»Und der Consel?«

»Der ist gerade vor Euch hier aufgetaucht und hat sich bedient. Hätte ich ihn aufhalten sollen?«

Ebon hob leicht die Mundwinkel. »Wartet einen Augenblick«, sagte er und schritt zu den Sartorianern.

Garat verzog das Gesicht, als er ihn kommen sah.

»Was ist denn das, Consel?«, fragte Ebon. »Ihr wollt uns schon verlassen?«

Garat lächelte schmallippig. »Ich fürchte ja, Euer Majestät. Seit meiner Ankunft musste ich feststellen, dass Eure Gastfreundschaft leider stark zu wünschen übrig lässt.«

»Wie ich sehe, ist Euer Bruder nicht bei Euch.«

Ein Hauch von Ekel zog über das Gesicht des Consel. »Der Faden von Zauberkunst, der ihn in seinem Bann hält, ist nicht zu zerstören, oder zumindest behauptet meine Hexenmeisterin das.«

»Die Bemühungen meines Magiers verliefen ähnlich fruchtlos.«

»Dann scheint mir, dass mein Bruder nicht mehr zu retten ist. Jetzt bleibt mir nur noch die Rache.«

»Vielleicht sollten wir uns zusammentun. Wir reiten aus der Stadt und töten die Fangalar-Frau …«

»Diese Hexe interessiert mich nicht«, unterbrach Garat. »Nur eine weitere Puppe, die von einem Mann gelenkt wird.«

»Von einem Mann, sagt Ihr?«

»Oder von einer Frau. Das spielt keine Rolle. Die Beleidigung, die wir erfahren haben, ich und mein Volk, muss gesühnt werden.«

Ebon betrachtete ihn mit zweifelndem Blick. Falins Tod schien dem Consel weniger auszumachen als der Gesichtsverlust, den er erlitt, wenn der Tod seines Bruders ungerächt blieb. »Dann legt ihr auf den Puppenspieler an? Der Seufzerwald ist ziemlich groß.«

»Die Fäden der Hexenkunst werden uns den Weg weisen. Wenn es Euch nichts ausmacht, würden wir unsere Vorbereitungen jetzt gern beenden.«

Überlegend sah Ebon den Consel noch einige Augenblicke an und fragte sich, was der Mann verbergen mochte. »Wir geleiten Euch zu den Toren.«

»Wie Ihr meint.«

Ebon wandte sich ab. Als er über den Hof zu Grimes' Truppe schritt, sah er Mottle, dem ein Soldat in den Sattel eines Grauschimmels half. Der Magier fiel auf der anderen Seite beinahe gleich wieder herunter und schlang die Arme um den Hals des Pferdes, um sich festzuhalten. Das Tier warf den Kopf herum und schnaubte. Ebons Stimmung hob sich, als er Vale entdeckte, der gerade einen Fuchshengst sattelte, und er ging zu ihm hinüber. »Schön, dich zu sehen, mein Freund.«

Vale brummte etwas.

»Wie hast du uns gefunden?«

»Von der anderen Seite des Flusses bekamen wir mit, wie die Hexenmeisterin ihr Feuerwerk abbrannte. Dachte mir dann schon, dass du so etwas versuchen würdest.« Der Blick des Endorianers glitt zu der Gesandtschaft aus Sartor. »Bekommen wir da etwa Unterstützung?«

»Nur bis zu den Toren. Der Consel hat es sich in den Kopf gesetzt, in den Wald zu reiten.«

»Gut«, sagte Vale, ohne das weiter zu erläutern.

Ein Pantheonwächter führte ein Schlachtross am Zügel zu ihnen; Ebon übernahm das Tier und stieg in den Sattel. Der Soldat reichte ihm einen Speer, einen Schild und einen Helm. Von Westen drangen entfernte Rufe zu ihnen. Es waren die einzigen Geräusche aus einer Stadt, über die sich außerhalb der Kasernenmauern eine unheimliche Stille gesenkt hatte. Ebon wandte sich an Mottle. »Magier, kannst du die Fangalar-Hexe spüren?«

Mottles Pferd ging im Kreis, und der Alte rutschte dabei von einer Seite zur anderen. »Natürlich, mein Junge. Sie ist noch immer am gleichen Ort, vor der Stadt.«

»Wird sie bewacht?«

»Nur von wenigen Kriegern. Die Zauberschilde der Hexe sind ihre stärkste Verteidigung, aber sorge dich nicht, Mottle wird sie auszuhebeln wissen.« Der Magier zerrte an den Zügeln, bis das Pferd den Kopf heben musste. Der Grauschimmel rollte mit den Augen und versuchte dann, nach seinem Reiter zu beißen.

Ebon schnallte sich seinen Schild an den linken Arm. »Vielleicht solltest du das Pferd wechseln.«

»Was?«, stieß der Magier hervor, der sich jetzt in die Mähne seines Reittiers krallte. »Gerade jetzt, da Mottle dabei ist, dieses widerborstige Geschöpf in die Knie zu zwingen?«

Mit lautem Hufschlag näherte sich jetzt Garat. »Es ist längst an der Zeit, dass wir aufbrechen«, sagte er. »Welchen Weg nehmen wir?«

»Wir halten auf das Westtor zu«, antwortete Ebon.

Der Consel stieß ein bellendes Lachen aus. »Das zerstörte Stadttor? Ihr wollt uns dem Feind direkt in die Arme reiten lassen?«

»Wir haben keine Wahl. Noch ein anderes Tor zu öffnen, das werde ich nicht riskieren.«

»Die Stadt ist ohnehin verloren.«

»Und ich werde nichts tun, um ihren Niedergang zu beschleunigen. Mein Volk braucht Zeit, um in den Palast zu fliehen.«

»Ihr seid ein Narr!«, erklärte Garat. »Ihr werdet nicht einmal bis ...«

»Wie auch immer«, unterbrach ihn Ebon. »Mein Entschluss steht fest.«

Der Consel unterdrückte eine Entgegnung und wendete dann sein Pferd. »Dann soll es so sein. Wir werden uns einen Weg durch dieses Gesindel bahnen. Folgt uns, wenn Ihr es vermögt.«

Die vier gepanzerten Dämonen nahmen ihre Äxte zur Hand und schritten der Truppe voraus zum Krähenweg. Hinter ihnen formierte sich eine Reihe von acht sartorianischen Reitern. Ambolina ritt direkt dahinter, und Ebon stellte fest, dass sie ihn mit einem ausdruckslosen Blick bedachte. Sie saß gerade aufgerichtet in ihrem Sattel, die Hände im Schoß gefaltet, als ob sie sich auf einen kleinen Ausritt auf dem Lande vorbereitete. Unter Ebons Führung übernahm Grimes' Truppe die Nachhut. Vale ritt zur Linken des Königs, Mottle zur Rechten.

Die Straßen waren verlassen. Während sie den Krähenweg entlangritten, waren aus der Umgegend gedämpfte Schreie zu hören, hastige Schritte oder das Klappern von Rüstungen. Aber größtenteils kam der Kampfeslärm aus dem Norden. *Der Fluss.* War der Rückzug dann etwa schon gescheitert? Und was war mit Rendale? Hatte Ebons Bruder es noch geschafft, die Brücken zu erreichen, bevor die Untoten kamen?

Aus einer Seitenstraße lief eine Frau mit einem Säugling auf dem Arm direkt vor die vier Leibwächter des Consel. Als sie die gepanzerten Dämonen sah, kam sie erschrocken zum Stehen, rutschte aus und stürzte aufs Pflaster, wobei sie sich instinktiv drehte, um das Kind zu schützen. Nur einen Herzschlag später war sie wieder aufgesprungen und floh zurück in das kleine Gässchen. Als Ebon ihr nachsah, wanderten seine Gedanken zu Lamella. Lauschte sie jetzt vielleicht gerade den Kämpfen, spürte sie, dass sie immer näher rückten, und wartete sie darauf, dass er zu ihr kam? *Nein, sie weiß, worin meine Verantwortung in erster Linie besteht.* Die Pflicht kommt stets zuerst. *Vergib mir.*

Die Gruppe ritt schweigend dahin. Dieser Stadtbezirk war vor neun Tagen schwer von der Roten Flut betroffen gewesen, und die verschrumpelten Körper vieler Skorpione lagen noch im Straßenstaub. Auf der linken Straßenseite war ein Haus eingestürzt, nachdem es von den herumfliegenden Trümmern des Stadttors getroffen worden war; ein weiteres hatte das halbe Dach eingebüßt, und aus den Überresten bohrten sich die Balken ins Freie wie gebrochene Rippen. Aus einem Fenster im ersten Stock sah ein alter Mann zu Ebon heraus. Als sich ihre Blicke trafen, wich der Alte zurück und zog dann schnell die Fensterläden zu.

Der König stellte fest, dass auch Grimes ihn ansah. Auf ein Nicken des Königs hin gab der Sergeant jetzt seine Befehle. Vier Pantheonwächter fielen zurück, stiegen ab und hämmerten an die Türen der umliegenden Häuser. Bei einem Angriff durch jeden anderen Feind wäre es für die Stadtbewohner wohl wirklich das Sicherste gewesen, sich zu verstecken und abzuwarten, bis alles vorüber war. Aber jetzt, da sie einem Heer aus Untoten gegenüberstanden, gab es nur eine Hoffnung: sich in den Palast zu retten, bevor die Brücken fielen.

Ebon rückte den Helm zurecht und klappte das Visier herunter, so dass sich sein Gesichtsfeld auf den kleinen Ausschnitt beschränkte, den die Augenschlitze freiließen. Die Polsterung dämpfte den Lärm, und die Geister raunten nur leise vor sich hin. Er wischte sich die Handfläche am Hemd ab, dann packte er den Speer erneut. Die Straße vor ihnen war leer, aber das würde nicht lange so bleiben. Und noch während Ebon das dachte, kamen drei Rotmäntel um eine Straßenkurve gerannt, gefolgt von einer ungeordneten Truppe Untoter.

Grimes brüllte einen Befehl, und die Wächter bogen hastig in eine Seitenstraße.

Nun sprangen die vier Dämonen des Consel vor und griffen den Feind an. Ein einziger Axthieb teilte einen Vamilianer in zwei Hälften; das scharfe Blatt der Waffe drang unter seiner rechten Schulter ein und fuhr aus der linken Hüfte wieder heraus. Ein anderer Leibwächter ließ seine Axt, als er zum Schlag ausholte, gegen eine Häuserwand prallen, die daraufhin einstürzte. Es dauerte nicht lange, und überall auf dem Boden lagen zermalmte Körper und abgetrennte Glieder, zertrampelt von den Füßen der gepanzerten Krieger. Aber kaum waren die Dämonen an ihnen vorüber, da erhoben sich einige der Gegner erneut und fielen den Leibwächtern in den Rücken.

Auf den Befehl des Consel hin spornten nun die sartorianischen Reiter ihre Pferde an. Die vorderste Reihe senkte die Speere und stieß lautes Schlachtengebrüll aus, dann trafen sie mit einem Geräusch, das wie metallischer Donner klang, auf die Untoten. Eine Vamilianerin mit einem großen Loch im Schädel bekam mit so viel

Wucht eine Lanze in den Rücken, dass die Waffe durch sie hindurchfuhr und noch einen weiteren Untoten aufspießte, woraufhin die beiden taumelnd zu Boden gingen. Eine zweite Frau, deren Bauch offenbar von einem Dämonenstiefel eingedrückt worden war, wurde von einem Pferd umgeworfen und niedergeritten.

Ebon trieb sein Schlachtross an. Die Angst kitzelte ihn in der Kehle. Auch wenn es unmöglich schien, so erhoben sich die gefällten Untoten doch schon wieder hinter den Sartorianern. Ein Reiter wurde schreiend aus dem Sattel gerissen, von einem Mann, den er kurz zuvor noch aufgeschlitzt hatte. Einem anderen Sartorianer, der seinen Schritt verlangsamte, um seinem Kameraden zu helfen, wurde der Hals mit einem Schwert durchbohrt; er stürzte vom Pferd.

»Weiter voran, Soldaten!«, brüllte Grimes seiner Truppe zu. »Wenn irgendeiner von euch Hurensöhnen hier lockerlässt, dann bringe ich ihn persönlich um!«

Plötzlich war Ebon von Untoten umringt, und seine Welt schrumpfte auf die wenigen Armlängen rund um sein Streitross zusammen.

Eine Frau mit aufklaffender Kehle griff ihn von links mit einem rostigen Schwert an. Er fing den Schlag mit dem Schild ab, doch bevor er parieren konnte, hatte ihn sein Pferd schon an seinem Ziel vorbeigetragen. Ein Mann in der Rüstung eines Pantheonsoldaten kam von rechts, und der König zögerte kurz: Es war gut möglich, dass es sich um einen Untoten handelte, aber er wusste es nicht mit Sicherheit zu sagen. Doch dann schwang der Mann seinen Speer gegen ihn und klärte diese Frage. Ebon riss den Schild empor, da stieß Vales Pferd den Mann bereits beiseite. Vale brüllte etwas, das Ebon über den allgemeinen Lärm nicht verstand, aber er konnte sich schon denken, was er sagte: Wenn du noch einmal derart zögerst, kann es dein Tod sein. Aber das war ein Risiko, das er als König eingehen musste.

Eine Vamilianerin rannte auf ihn zu, und er stieß ihr den Speer in die Brust. Innerlich bereitete er sich bereits darauf vor, dass die Geister in seinem Kopf mit einem heftigen Aufschrei reagieren würden.

Aber nichts passierte.

Die Frau drehte sich im Fallen, und die Bewegung riss ihm den Speer aus den Händen. Er zog den Säbel.

Jetzt strömten weitere Vamilianer aus einer Seitenstraße heran. Vor ihnen kämpfte einer von Garats Dämonen mit einem vierarmigen Speerkämpfer; der untote Krieger stach mit seinen Waffen immer wieder zu und versuchte eine Schwachstelle in der Rüstung des Dämonen zu finden, bis ein Axthieb seine Verteidigung unterlief und ihm den Kopf abschlug. Rechter Hand versuchte eine mit einem Hackebeil bewaffnete Galitianerin auf Garat Hallons Pferd zu klettern. Instinktiv trieb Ebon sein Tier an und erreichte den Consel gerade in dem Augenblick, als die Frau ihre Waffe hob. Die Klinge des Königs traf ihre Flanke, und sie brach zusammen. Noch während sie fiel, spürte er, wie etwas an der rechten Seite durch seine Rüstung durchdrang. Eine Messerspitze schabte über seine Rippen; ein heftiger Schmerz fuhr ihm durch die Brust. Mit zusammengebissenen Zähnen schlug er noch einmal zu und durchtrennte den Arm, der den Dolch schwang.

Die Überreste des Westtors tauchten jetzt rechts von Ebon auf. Der Krähenweg öffnete sich zum Marktplatz hin; statt der gepflasterten Straße kämpften sie sich jetzt über festgestampfte Erde und durch dichte Staubwolken. Die Polsterung an der Innenseite von Ebons Helm wurde feucht, und sein Schwertarm schmerzte vom unaufhörlichen Zuschlagen und Zustechen. Ein Mann kam von links auf ihn zugerannt, das Schwert erhoben – wieder ein Pantheonwächter, allerdings war seine Absicht diesmal von Anfang an klar zu erkennen. Ebon sah in seine Augen – der Blick des Mannes war zwar leer, aber dennoch flackerte da kurz etwas auf, eine Art Wiedererkennen …

Einen ganz kurzen Augenblick zögerte der Wächter, dann griff er an.

Ebon stieß mit dem Schild zu. Der metallverstärkte Rand bohrte sich in die Stirn des Mannes und riss ihm den Kopf nach hinten, so dass er zu Boden stürzte.

Das zerstörte Torhaus lag jetzt zwar direkt vor ihnen, erschien aber dennoch unerreichbar. Die Dämonen des Consel kamen fast keinen Schritt mehr voran, denn noch immer strömte das Heer von Untoten in die Stadt und verschloss die Bresche wie ein Korken den Hals einer Flasche. Das Blut pochte an Ebons Schläfe, und er fühlte, dass noch mehr Blut aus der Wunde an seiner Seite sickerte und ihm das Hemd durchweichte. Bei jeder Bewegung fuhr ein Schmerz durch seine Brust, als ob er einen neuerlichen Stich erhielt. Rechts von ihm kämpfte Mottle noch immer mit den Zügeln seines Pferdes. Ein Speer, der dem Magier entgegenflog, prallte an einer unsichtbaren Barriere ab. Dann schien Mottles Reittier zu straucheln, und Ebon verlor den Alten in dem Durcheinander aus den Augen.

Ein Schlag, den er nicht hatte kommen sehen, glitt hinten an seiner Rüstung ab. Ein Vamilianer, dem ein Schwert im Hals steckte, stolperte gegen Ebons Schlachtross und verhedderte sich in den Zügeln, woraufhin der Kopf des Pferdes zur Seite gezogen wurde. Ebon schwankte im Sattel, trat um sich und erwischte den Mann mit seinem Stiefel am Kinn. Dann blickte er unwillkürlich hinter sich. Grimes' Truppe bestand nur noch aus einem knappen Dutzend Rotmänteln, die verzweifelt versuchten, ihrer kleinen Schar als Nachhut den Rücken freizuhalten. Vale war unter ihnen; er schwang das Schwert so schnell, dass seine Umrisse verschwammen, und stürzte sich mit aller Kraft auf die Untoten um ihn herum. Aber sobald er einen der Angreifer erledigt hatte, traten zwei andere an seine Stelle.

Wir sitzen in der Falle. Ein Rückzug war unmöglich, aber ebenso unwahrscheinlich war es, dass es ihnen gelingen würde, sich erfolgreich bis zum Tor durchzuschlagen. Das Ende war nur noch ein paar Herzschläge entfernt, dachte Ebon, aber zumindest konnten jene, die hier am Tor auf sie einschlugen, nicht den Kampf um die Brücken verstärken. Der Gedanke war ihm jedoch ein schmaler Trost. Er versprach sich selbst, dass er sich im Falle seines Todes von keiner Macht dazu zwingen lassen wollte, seine eigenen Leute anzugreifen. Aber sicherlich hatte sich jeder Galitianer, der an diesem Vormittag gefallen war, dasselbe gesagt, und er stellte sich vor, wie er das Schwert gegen Lamella hob und ihr das Entsetzen über seinen Verrat ins Gesicht geschrieben stand ...

Mit einem harten Ruck der Zügel lenkte er sein Schlachtross wieder zu den Ruinen des Westtors hinüber.

Er kam gerade rechtzeitig, um zu sehen, wie Ambolina eine weit ausholende Handbewegung machte. Die vier gepanzerten Dämonen schwärmten nach links und rechts, so dass sie allein vor den Untoten stand, die durch die Bresche in die Stadt strömten. Eine Welle schwarzen Feuers löste sich von ihren Händen. Die Vamilianer, die es erreichte, fingen sofort Feuer und lösten sich auf; Fleisch und Knochen verwandelten sich in dampfende Geröllhaufen. Die Dämonen des Consel sprangen in die entstandene Lücke, gefolgt von Garat und Ambolina. Ebon setzte ihnen nach, aber sein Schlachtross kam auf dem glitschigen Boden kurz ins Rutschen und brauchte einen Augenblick, bevor es wieder sicheren Tritt fand. Knochen knirschten unter seinen Hufen.

Doch die Lücke schloss sich schnell wieder – das Heer der Vamilianer strömte nach wie eine Welle, die durch einen gebrochenen Deich dringt. Die Dämonen stellten sich den Kriegern jedoch Schulter an Schulter entgegen und schwangen unermüdlich ihre Äxte, bis die feindlichen Reihen wankten. Ein Untoter kletterte auf einen Schutthaufen, der sich dort erhob, wo einmal die Wachstube gewesen war, und stürzte sich von dort auf einen Dämon. Eine Metallfaust flog ihm entgegen und traf ihn hart am Schädel; trotzdem prallte er noch mit Schwung gegen seinen Gegner, glitt an ihm ab und wurde in den Dreck getrampelt.

Plötzlich war Ebon hinter der Mauer. Links vor ihm war das Gedränge der Vamilianer am dichtesten, während sich rechts von ihm, in Richtung des Flusses, weniger Untote befanden. Auf einen Befehl Ambolinas hin wandten sich auch die Dämonen dort hinüber und erkämpften sich und den anderen einen Weg durch die feindliche Schar. Ebon richtete sich in den Steigbügeln auf und versuchte die Fangalar-Hexe zu entdecken, aber der Staub war so dicht, dass er nur ein paar Schritte weit sehen konnte.

Schließlich standen sie immer weniger Feinden gegenüber. Die Dämonen änderten ihren Kurs erneut und hielten sich nach Westen, zum Seufzerwald. Von hier konnte Ebon nun die Überreste des sartorianischen Lagers sehen, von dem noch immer dünne Rauchfäden aufstiegen. Vor ihm befanden sich nur noch wenige, versprengte Vamilianer, die vereinzelt aus dem Wald kamen. Hastig wandte er sich um, denn er erwartete, dass die Angreifer ihnen folgen würden, aber er stellte fest, dass die Untoten seine Schar offenbar freiwillig ziehen ließen. Was auch immer der Grund für den Überfall auf die Stadt gewesen sein mochte – wie es schien, waren weder Ebon noch der Consel das Ziel gewesen.

Rund um das sartorianische Lager zog sich ein Graben von etwa einer Armlänge Tiefe. Auf seiner Innenseite befand sich ein niedriger Wall, der mit Grassoden bedeckt und leicht abgeschrägt worden war. Die Dämonen überquerten den Graben auf der Straße, die durch das Lager führte, und Ebon folgte ihnen, bis sie in der Mitte der Zeltstadt hielten, die in ihrer Größe die meisten Militärlager übertraf, in denen er gewesen war. Vor ihm ragte der Pavillon des Consel auf – ein Berg aus wogendem, goldfarbenem Segeltuch, über dem die sartorianische Flagge wehte. Einige der Zelte waren vollständig abgebrannt; wo sie gestanden hatten, lagen einige verkohlte Tuchfetzen, und das Gras war schwarz. Der Boden dazwischen war übersät mit Steinbrocken und Holzstücken. Ebons Augen weiteten sich. *Das Stadttor?* Konnten Trümmer von der Explosion bis hierher geschleudert worden sein?

Auf Garats Befehl stiegen die sartorianischen Soldaten ab, packten Vorräte und Ausrüstung zusammen und holten die Flagge über dem Pavillon ein. Ambolina hatte den Ausfall unbeschadet überstanden, aber der Oberste Berater des Consel, Pellar Hargin, war verschwunden.

Vorsichtig betastete Ebon die Wunde an seiner Hüfte. Durch die blutbefleckte Rüstung fühlte er, dass die abgebrochene Spitze der Klinge noch unter der Haut stak. Jeder Atemzug erschütterte seine Brust, aber es würde eine Weile dauern, bevor er sich den Metallsplitter entfernen lassen konnte. Vale, Mottle und die Überreste von Grimes' Truppe trafen nach und nach im Lager ein. Außer dem Sergeanten selbst hatten nur sechs weitere Rotmäntel überlebt, allesamt angeschlagen und blutig. Grimes hatte seinen Helm verloren, und vier leuchtend rote Kratzer zogen sich über seine linke Gesichtshälfte.

Garat lenkte sein Pferd zu Ebon hinüber. »Ihr habt mir das Leben gerettet«, fauchte er.

Es brauchte einen Augenblick, bevor der König darauf eine Antwort fand. »Ich bitte um Entschuldigung. Wird nicht wieder vorkommen.«

»Fordert Ihr die Blutschuld ein?«

»Ich bin mit Euren Gebräuchen nicht vertraut ...«

»Blut von meinem Blut hat Vorrang. Wollt Ihr mir das verwehren?«

Für einen Herzschlag war Ebon versucht, die Schuld tatsächlich einzufordern und zu verlangen, dass Garat Ambolina und ihre Dämonen in den Kampf gegen die untote Hexenmeisterin schickte. Doch inzwischen kannte er den Consel gut genug, um zu wissen, dass der Sartorianer sich dann weigern würde. Männer wie Garat Hallon erfüllten ihre Verpflichtungen nur, solange es in ihre Pläne passte. »Ich verwehre Euch gar nichts«, erklärte er. »Und jetzt verlasst uns bitte. Wir haben noch etwas zu erledigen.«

Garats humorloses Lächeln sagte Ebon, dass er den Mann richtig eingeschätzt hatte. Der Consel wedelte mit dem Zeigefinger in seine Richtung. »Bleibt am Leben, Euer Majestät. Die Schuld ist an Euch gebunden und besteht nur, solange Ihr lebt.« Damit wendete er sein Pferd.

Ebon versuchte, die Sartorianer aus seinen Gedanken zu verbannen, und nahm den Helm ab. Der Wind blies heiß über seine Haut, und er wandte sich wieder zur Stadt um. Hinter den Überresten zweier Zelte war das Heer der Untoten zu erkennen, das noch immer durch die Bresche strömte. Von der Fangalar-Hexe war nichts zu sehen.

»Wie lautet der Plan?«, fragte Grimes nun.

Ebon sah Mottle an. »Magier, kann die Fangalar-Hexe uns wahrnehmen?«

Der Alte saß vor dem Sattel auf seinem Pferd und hatte die Beine krampfhaft um den Hals des Tieres geschlungen. »Mottle vermutet das, mein Junge. Sie hat sicherlich beobachtet, dass wir die Stadt verlassen haben, aber dennoch keine Anstalten gemacht, etwas zu unternehmen. Ihre Haltung ist, wie Mottle vermutet, von Gleichgültigkeit geprägt.« Der Magier klang leicht ungehalten.

»Offenbar erachtet sie uns ihrer Aufmerksamkeit nicht für würdig.«

»Mottle wird immer wieder unterschätzt.«

Unter lautem Hufschlag galoppierte der Trupp des Consel dem Wald entgegen.

Grimes spuckte aus. »Hätte nie gedacht, dass es mir mal leid tun würde, diesen schwarzherzigen Hurensohn von hinten zu sehen.«

Ebon ging es ganz ähnlich. »Mottle, wie macht man eine ... untote Hexenmeisterin ... unschädlich?«

»Eine spannende Frage. Mottle hat darüber nachgesonnen, seit wir die Kaserne verlassen haben. Wenn man einem Krieger den Arm abschlägt, hat man die Bedrohung, die er darstellt, neutralisiert, nicht wahr? Aber eine Hexenmeisterin braucht ihre Hände nicht, um die Energien zu schmieden, die ihre Waffen darstellen.«

»Sondern was? Ihre Augen?«

»Genau das. Ohne ihr Augenlicht kann die Hexe ihre beträchtlichen Kräfte nicht in die von ihr gewünschte Richtung lenken.«

»Und wie gehen wir bis dahin vor? Kannst du deine Schutzzauber über die ganze Einheit legen?«

Der Magier breitete die Hände aus. »Das könnte Mottle tun, mein Junge, aber wenn sie sich so weit ausdehnen, werden sie sehr dünn …«

»Und würden dann unter dem ersten Angriff zusammenbrechen«, vollendete Ebon seinen Satz. Und das bedeutete: Wenn er die Fangalar direkt angriff, dann würde seine Schar vermutlich abgeschlachtet, noch bevor sie nahe genug herangekommen waren, um überhaupt nur ein Schwert zu schwingen. Er sah sich um. Das Lager mochte eine gewisse Deckung bieten. Aber wieso sollte die Hexenmeisterin plötzlich auf sie aufmerksam werden, wenn sie ihn und seine Leute bisher so geflissentlich ignoriert hatte? »Kannst du sie hierherlocken?«, fragte er Mottle. »Kannst du sie zu uns bringen?«

»Aber natürlich. Mottle braucht sie nur zu rufen. Die arme Frau wird nicht anders können, als ihm zu gehorchen.«

Ebon wandte sich an Sergeant Grimes. »Den ersten Angriff wird der Magier führen. Ein paar Eurer Leute müssen ihm dafür Rückendeckung geben. Wir anderen teilen uns in zwei Gruppen, warten, bis die Fangalar näher kommt, und greifen dann von der Seite an.«

Mottles Stirn legte sich in Falten. »Mottle soll als Ablenkungsmanöver herhalten?«

»Nenne es, wie du willst. Tu, was nötig ist, um sie abzulenken. Sie muss nur einen Augenblick ungeschützt sein, das sollte genügen.«

»Und was«, fragte der Sergeant, »wenn der alte Mann die Schutzzauber der Hexe nicht niederreißen kann?«

»Welch eine Unverschämtheit!«, protestierte Mottle. »Welch ein Mangel an Vertrauen! Welch ein …«

»Das reicht!«, unterbrach ihn Ebon, dem plötzlich seine Erschöpfung bewusst wurde. »Der Magier weiß, was von ihm erwartet wird, so wie wir alle.«

Luker ritt im Galopp durch den Sturm, ein paar Längen hinter den anderen. Vom Himmel prasselte Sand auf ihn nieder, und im körnigen Licht flatterten, zuckten und drehten sich die schattenhaften Gestalten der Sturmwichte, die darauf warteten, über die Opfer herzufallen, die der Sandsturm ihnen hinterließ. Sie würden sich richtig den Bauch vollschlagen können, wenn diese brachiale Naturgewalt sich ausgetobt hatte, vermutete Luker. Das letzte Mal, dass er ein derart heftiges Unwetter erlebt hatte, waren westlich von Arap ganze Dörfer ausradiert worden. Wenn er dem Auge des Sturms zu nahe kam, konnte ihm dasselbe Schicksal blühen.

Als er einen Blick über seine Schulter warf, entdeckte er die Kalaneser nicht einmal einen Steinwurf weit hinter sich. Sie waren so darauf erpicht, ihren Fang einzuholen, dass er beinahe spürte, wie der Angelhaken an seinem Mund riss. Mit ihren grauen Roben und Kopftüchern waren sie nicht zu verkennen. Auch sie kamen in Pfeilformation heran und zählten vielleicht zwei Dutzend Leute, aber immerhin war kein Seelenfänger bei ihnen, sonst hätte der sich wohl schon längst bemerkbar gemacht. Während Luker noch zu ihnen hinübersah, richtete sich der vorderste Reiter in den Steigbügeln auf und schleuderte einen Speer nach ihm. Der Wind war jedoch so stark, dass das Geschoss vom Kurs abkam und sich schließlich irgendwo links von ihm in den Sand bohrte.

Der nächste Speer folgte nur wenige Augenblicke später. Wäre er auf Chamery gerichtet gewesen, dann hätte Luker vielleicht gar nichts unternommen, aber er flog direkt auf ihn selbst zu, und daher lenkte er ihn mit einer kleinen Bewegung seines Geistes beiseite. Mit der nächsten Regung seines Tiefen Willens ließ er das Pferd des Speerwerfers mit dem Tier zu seiner Rechten zusammenstoßen, und beide kamen in einem Wirrwarr aus Beinen ins Straucheln, warfen ihre Reiter ab und blockierten noch dazu einem weiteren Pferd den Weg. Der gestürzte Kalaneser verschwand unter dem wirbelnden Sand.

Nun sah Luker wieder nach vorn. Einige hundert Schritte vor ihnen spuckte eine Wand aus Dunkelheit ganze Staubkaskaden aus. Darin würden die Kalaneser Lukers Trupp auf keinen Fall aufspüren können. Er stieß seiner Stute die Fersen in die Weichen, und das Pferd sprintete davon. Die Hufe seiner Mitstreiter wirbelten zusätzlich Sand auf, und Luker kniff die Augen so weit wie möglich zusammen; sein Gesicht brannte. Zwei riesige Wälle aus weißen Steinen erhoben sich auf der Ebene, und als Luker sein Pferd zwischen diese Mauern lenkte, verlor der Wind für einen kurzen Augenblick an Schärfe.

Merin hatte die Führung übernommen, und sein Wallach galoppierte mit einer Geschmeidigkeit dahin, die erkennen ließ, dass der Tyrin in den Stallungen von Arkarbour eine echte Trumpfkarte gezogen hatte. Die Beinmuskeln des Tiers traten hervor, und es stieg in die Luft. Und da sah Luker es: eine Kluft, wohl zwei Schritte breit, die kurz vor ihnen das Land durchschnitt. Er bekam gerade noch mit, wie Chamerys und Jennas Pferde über die Spalte hinwegsetzten, bevor er auch schon selbst dort anlangte. Seine Stute wurde langsamer, straffte sich und sprang. Als er nach unten sah, erkannte Luker Staubströme, die sich wie ein Wasserfall von beiden Seiten in die Kluft ergossen. Dann kam die Stute auf der anderen Seite wieder auf den Boden und kämpfte darum, auf dem Sand und den losen Steinchen mit den Hufen Halt zu finden. Luker wurde im Sattel nach vorn geschleudert, und seine oberen Vorderzähne bohrten sich in seine Unterlippe. Fluchend spuckte er Blut aus.

Jetzt war das Kriegsgeheul der Kalaneser über dem zischenden Sand gut zu hören. Merin hatte inzwischen die Mauer aus Dunkelheit erreicht. Er wurde etwas langsamer, damit Chamery zu ihm aufschließen konnte, dann packte der Tyrin die Zügel des Magiers und schlang sie sich ums Handgelenk. Gemeinsam stürzten sie sich in den Sturmwirbel, und Jenna folgte ihnen.

Luker zog den Kopf ein und tat es ihnen gleich.

Der Sturm hämmerte von allen Seiten auf ihn ein und peitschte ihn mit Sand und Kieseln. Sein Pferd wieherte. Noch einmal zwanzig Herzschläge, und der Staub würde sie so gründlich verschluckt haben, dass die Kalaneser ihnen auf keinen Fall würden folgen können.

Aber noch einmal zwanzig Herzschläge war mehr Zeit, als ihnen zur Verfügung stand.

Luker wendete sein Pferd, den Kalanesern entgegen. Es war Irrsinn, in diesem Sturm jemanden hinterherreiten zu wollen, aber da sie ihrer Beute so nahe und auch zahlenmäßig derart überlegen gewesen waren, ging Luker davon aus, dass sie es dennoch versuchen würden. Und tatsächlich, die ersten Reiter tauchten vor ihm auf, gesichtslose Schatten in dem alles verschlingenden Staub. Er zog beide Schwerter und holte tief Luft. Einen Angriff würden sie ganz sicher nicht erwarten. Und damit war das nach Lukers Verständnis die einzige Möglichkeit, die ihnen blieb.

Er sammelte seinen Willen und entfesselte ihn dann mitten unter den Kalanesern. Die Luft entlud sich mit einem Brüllen, das selbst das Tosen des Sturms übertönte.

Pferde und Reiter stürzten schreiend.

Luker trieb seine Stute mitten in das Durcheinander hinein. Eine Frau mit einer großen, breiten Nase hob ihren Weidenschild, um einen seiner Schwertstreiche abzuwehren, aber der Bewahrer war zu schnell und rammte ihr eine Klinge in den Hals. Ein Speer flog auf ihn zu, und er wich aus und sah das Geschoss an sich vorbeifliegen, ohne dass es Schaden anrichtete. Der Angreifer griff gerade noch nach einem zweiten Speer, als ihn Lukers Schwert durchbohrte. Vor ihm versuchte ein Mann, der bei Lukers Willensangriff aus dem Sattel geschleudert worden war, sein Pferd erneut zu besteigen. Der

Bewahrer schlug dem Tier mit der flachen Klinge gegen die Flanken, und es preschte davon, mitten hinein in den Sturm, und zerrte seinen Reiter mit sich.

Plötzlich waren keine weiteren Kalaneser mehr vor ihm, und er wandte sein Pferd für einen neuerlichen Angriff.

Ein Reiter drängte sich von rechts heran und brüllte etwas, während er den Speer senkte. Luker schlug die Waffe mit dem Willen beiseite und gab ihr dabei so viel Schwung, dass der Krieger aus dem Gleichgewicht geriet. Dann schlug er mit dem linken Schwert zu, und der Kalaneser fiel aus dem Sattel, die Hände an die Kehle gepresst, während Blut zwischen seinen Fingern hervorquoll.

Ein halbes Dutzend Schritte entfernt rappelte sich eine Frau auf einen Speer gestützt auf. Nach Lukers Hieb rollte ihr der Kopf von den Schultern. Noch während ihr die Waffe aus den fühllosen Fingern glitt, schob der Bewahrer seine rechte Klinge wieder in ihre Scheide und befahl den Speer mit seinem Willen zu sich. Den Schaft fest umklammernd, ritt er nun dem nächsten Krieger entgegen. Die Spitze des Blattes glitt vom Schildrand des Gegners ab und bohrte sich in dessen linkes Auge. Luker ließ die Waffe los, als seine Stute weitergaloppierte.

Und dann war nur noch Staub vor ihm, und er trieb das Pferd mitten hinein in die wütenden Winde.

Während sie beide davonstürmten, zählte er bis fünfzig, dann zügelte er das schäumende Tier und blickte sich um. Seine Augen waren so voll Sand, dass es sich anfühlte, als habe er Splitter darin, trotzdem betrachtete er ganz genau die sich bewegenden Sandschichten in seiner Nähe – aber auf vierzig Schritte in jede Richtung rührte sich nichts. Mit seinem Willen konnte er weiter sehen als mit seinen Augen, und er war sich sicher, dass ihm kein Kalaneser mehr folgte. Nachdem er sein Schwert sauber gewischt hatte, schob er es wieder in die linke Scheide.

Aus dem Augenwinkel sah er einen Sturmwicht, der sich aus dem

Mahlstrom herauslöste, ein Flecken Dunkelheit, der nur von zwei roten Augen erhellt wurde. Er umkreiste den Bewahrer einmal, der sich im Sattel drehen musste, um das Wesen unablässig im Blick zu behalten. Dann verschwand es mit einem trägen Flügelschlag in Richtung der Kalaneser, zweifelsohne angelockt vom Geruch von Blut.

Luker stieg ab, um den Kopf seines Pferdes mit einem Tuch zu schützen. Die Flanken der Stute bebten, während sie an seiner Hand schnupperte. Wie Luker selbst würde sie sich jedoch noch eine Weile gedulden müssen, bevor sie etwas zu fressen bekam und ausruhen durfte.

Mit einem letzten Blick nach Westen schwang sich der Bewahrer wieder in den Sattel. Er tastete mit seinen Sinnen durch den Sturm, um seine Gefährten aufzuspüren, und trieb dann sein Pferd nach Osten.

»Da kommt sie«, sagte Vale.

Ebon lenkte sein Pferd zur Ecke eines Zelts und sah hinüber in Richtung Majack. Die Fangalar-Hexe befand sich auf der Kuppe einer kleinen Anhöhe und marschierte auf das Lager zu. Mottles Luftzauber surrten und rasselten wie wirbelnde Strudel gegen ihre unsichtbaren Schutzschilde, von denen sie wie Kreisel abprallten. Die Winde kräuselten nicht einmal ein Haar. Das war zwar kein gutes Zeichen, aber mit ein bisschen Glück hielt Mottle noch ein wenig seiner wahren Kraft zurück. Einen Augenblick der Schwäche, das war alles, worum Ebon gebeten hatte, und wenn der alte Mann überhaupt dafür sorgen konnte, dann würde er es tun, wenn Ebon über die Hexe herfiel, und nicht, solange er sich einen Steinwurf weit entfernt hinter einem Zelt versteckte.

Ebon zog sich zurück, bevor die Hexenmeisterin ihn sah.

Aber dann spürte er etwas, das seine Gedanken berührte. Nein, nicht *etwas, jemanden.* Er sah Vale an. *Die Fangalar.* Die Hexe hatte offenbar eine Falle gewittert und suchte nun das Lager mit übersinnlichen Kräften nach Feinden ab. Ganz sicher hatte sie ihn wahrgenommen. *Das war's dann mit dem Überraschungsangriff.* Einen Herzschlag lang überlegte er, das Ganze abzublasen, aber dann fasste er sich.

Eine solche Möglichkeit würden sie nie wieder bekommen.

Die Geister in seinem Kopf hatten sich erschreckt zurückgezogen, als die Fangalar in seine Gedanken eingedrungen war, doch nun rührte sich die geheimnisvolle Präsenz aus seinem Traum. Als sie sich näherte, wurde ihm so kalt, als ob Eis durch seine Adern flösse. Er erschauerte, und dabei fuhr ein stechender Schmerz durch seine verletzte Seite. Wie schon zuvor auf der Brustwehr versuchte er, das Wesen zu packen, aber wieder entzog es sich ihm.

Ebon spähte um die Ecke des Zelts. Jetzt hatte es ohnehin keinen Zweck mehr, sich vor der Hexenmeisterin zu verstecken. Die Frau näherte sich dem Graben, der das Lager umgab. Einer von Mottles Luftstrudeln prallte von ihren Schutzwällen ab und schlug gegen ein Zelt; die Leinwand wurde von den Stangen gerissen und hoch in den Himmel gewirbelt. Hinter der Frau marschierten drei vierarmige Krieger, die in jeder Hand einen Speer trugen. Über ihr sammelte sich ein breiter Ring aus grauen Wolken.

»Überlass mir die vierarmigen Missgeburten«, sagte Vale. Der Endorianer schwang sich aus dem Sattel und band sein Pferd an einen Zeltpflock. Dann zog er sein Schwert, seine Umrisse verschwammen, und weg war er.

Ebon wandte sich an die zwei Pantheonwächter, die bei ihm standen. »Wartet auf mein Signal, verstanden?«

Eine der beiden, Korporalin Ellea, neigte den Kopf. Aus einer Kopfwunde floss Blut, das ihr das blonde Haar an einer Seite rot gefärbt hatte. Sie schien ganz ruhig zu sein, aber Ebon konnte ihre Anspannung an ihrem zusammengekniffenen Mund ablesen. Der zweite Wächter, der dunkelhaarige und rotwangige Bettle, ließ nicht erkennen, ob er Ebons Worte gehört hatte. Er saß zusammengesunken in seinem hochlehnigen Sattel und fuhr mit der Spitze seines Dolchs über die Muster in seiner vernarbten linken Handfläche.

Ein Windstoß packte Ebon und ließ sein Schlachtross leicht tänzeln. Eine der Zelttüren löste sich und begann laut knatternd hin und her zu flattern. Ein Zischen kam von der Fangalar, und ein schwarzer Blitz fuhr in die Mitte des Lagers; mit einem *Wuuusch* gingen ein paar Zelte in Flammen auf. *Zauberei.* Offenbar war diese Attacke gegen Mottle gerichtet gewesen, aber das laute Triumphgeheul des Magiers verriet Ebon, dass sie ihr Ziel verfehlt hatte.

Der König schob sich den Helm wieder auf den Kopf; die Polsterung fühlte sich klamm an. »Gehen wir«, sagte er zu den Pantheonwächtern.

Dann wandte er sein Schlachtross um.

Die Zelte waren so angeordnet, dass zwischen ihren Reihen schmale Wege blieben, und jetzt lenkte er sein Pferd durch eine dieser Gassen und hielt dabei Ausschau nach der Hexenmeisterin, die auf der Straße zur Mitte des Lagers marschierte. Wenn der richtige Augenblick für einen Angriff kam, dann würde es auf jeden Herzschlag ankommen. Trat er vor der Hexe auf die Straße, dann würde er höchstwahrscheinlich von einem Zauberschlag ihrerseits niedergestreckt. Kam er zu spät, dann würde sie sein Nahen bemerken und konnte eine ähnliche Begrüßung vorbereiten.

Es war ein verdammt schmaler Grat, auf dem er sich bewegen musste.

Der Wind frischte weiter auf. Ebon kam an einem Zelt vorüber, dessen Rückwand der Länge nach aufgeschlitzt war; offenbar hatte hier jemand in aller Eile herauszukommen versucht. Ein blutbeflecktes Nachtkleid lag im Dreck, ein Stiefel, dem die Sohle fehlte, eine abgehackte Hand, in der noch ein Schwertgriff steckte. Ebon erhob sich in den Steigbügeln. Hinter einem zusammengebrochenen Zelt sah er kurz die vierarmigen Leibwächter. Vale bewegte sich so schnell zwischen ihnen hin und her, dass es aussah, als ob sich die Untoten gegenseitig bekämpften. Der Körper des einen war bereits von Wunden bedeckt; dann wurde ihm das rechte Bein kurz über dem Knie abgetrennt, und er stürzte. Die Hexenmeisterin war sich der misslichen Lage, in der sich ihre Beschützer befanden, scheinbar nicht bewusst; sie schritt ein Stück vor ihnen dahin, eine blasse Gestalt, eingehüllt in den Staub, den Mottles Strudel aufwirbelten.

Und sie war viel näher, als Ebon vermutet hatte!

Er trieb sein Schlachtross zu einem leichten Galopp. Die Hufe schlugen im gleichen Rhythmus wie sein Herz. Vor ihm lag die Straße, und er sah, dass Grimes und die anderen beiden Pantheonwächter von der anderen Seite auf ihn zu ritten. Ebon zog den Säbel und wünschte sich, wegen der größeren Reichweite stattdessen eine Lanze oder einen Speer zu haben. Wie absurd das alles war. Wenn die Hexenmeisterin ihn als Bedrohung betrachtet hätte, dann wäre es ihr ein Leichtes gewesen, das ganze Lager dem Erdboden gleich zu machen, nachdem sie ihn dort wahrgenommen hatte. Bei allen Höllen, bevor er seinen Säbel schwang, würde er nicht einmal wissen, ob ihre Schutzschilde gebrochen waren oder nicht. Und um das festzustellen, musste er überhaupt erst einmal nahe genug an sie herankommen.

Wie seltsam, dass man die Schwachstellen in seinen Plänen immer erst dann entdeckte, wenn es zu spät war, sie zu beheben.

Grimes musste früher losgeritten sein als Ebon, denn er erreichte die Straße jetzt, als der König noch etwa zwanzig Schritte entfernt war.

In diesem Augenblick kam die Hexenmeisterin in Sicht. Sie blieb nicht einmal stehen, während sie auf den Sergeanten und seine Begleiter deutete. Magie entlud sich um sie herum, und die Soldaten schrien auf.

Hinter der Fangalar erschien Vale. Der Endorianer war offenkundig mit den vierarmigen Leibwächtern fertig geworden, und jetzt holte er aus, um die Hexe an ihrem ungeschützten Rücken zu treffen. Doch sein Schwert schlug gegen eine unsichtbare Barriere. Ein Blitz fuhr an seiner Klinge entlang, und er fiel zuckend zu Boden.

Die Schutzschilde funktionierten also noch.

Ebons Glieder waren plötzlich schwer wie Blei. »Mottle«, flüsterte er, »wenn du noch ein paar Asse im Ärmel hast, wäre jetzt eine gute Zeit, um sie auszuspielen.«

Die toten Augen der Fangalar glitten hinüber zu Ebon, und ihre Hände hoben sich.

»Auseinander!«, brüllte er zu Ellea und Bettle hinüber und hoffte, dass es den Wächtern noch gelingen würde, rechtzeitig davonzureiten.

Eine Welle flammender Erde und Wurzelwerk floss ihm unter lautem Dröhnen aus den Fingern der Hexe entgegen und entzündete die Zelte auf beiden Seiten. Damit konnte er weder nach links noch nach rechts ausweichen, und so riss er seinen Schild hoch, obwohl er wusste, dass das völlig sinnlos war, und fuhr zusammen, als schwarzes Feuer über ihn hinwegströmte. Es umfing ihn eine so tiefe Dunkelheit, als hätte man ihm einen Sack über den Kopf gezogen. Zauberkraft knisterte in seinen Ohren, und sein Schlachtross wieherte. Er öffnete den Mund und wollte schreien, doch als er Luft holte, verbrannte ihm der Atem die Kehle. Und doch: Während die Magie um ihn herum tobte und wütete, spürte er nicht etwa glühende Hitze, sondern beißende Kälte, so stark, dass er zu zittern begann. Er fühlte mit dem linken Arm, wie das Gewicht des Schildes verschwand und wusste, dass er verbrannt war – nur der Halteriemen war noch da, den hielten seine Finger weiterhin fest umklammert. Er hätte aber eigentlich nicht einmal das fühlen sollen, sondern vielmehr rasende Schmerzen. Aber er spürte nur ein leichtes Kribbeln.

Einen Herzschlag später wich die Schwärze staubmattem Licht.

Ebon blinzelte. Seine Kleider waren versengt, und er roch, als hätte man ihn durch einen Feuerstoß gezerrt. Das alles musste ein

Fehler gewesen sein, anders konnte er sich das nicht vorstellen. Aber jetzt war keine Zeit, darüber nachzudenken. Sein Schlachtross preschte mit unverminderter Geschwindigkeit voran, und die Hexe war nur noch wenige Schritte entfernt. Ihre Schutzzauber aus Feuer- und Erdmagie waren als vielfarbiger Magieschimmer zu erkennen, doch dann lösten sie sich plötzlich auf. Sie stand schutzlos vor ihm.

Das erschien ebenso unmöglich wie alles andere, was zuvor geschehen war.

Er schwang den Säbel und verzog das Gesicht, als dabei ein stechender Schmerz durch seine verletzte Seite fuhr.

Die Fangalar konnte es offenbar ebenso wenig glauben wie Ebon selbst, dass er ihre Salve überlebt hatte; jedenfalls unternahm sie keinen Versuch, seinem Schlag auszuweichen. Die Klinge traf sie im Gesicht, gerade über ihrer Nasenwurzel, und Ebon ließ die Waffe los, als sein Pferd an seiner Gegnerin vorüberschoss.

Dann zügelte er das Ross und wendete.

Und sah, wie Vale sich hinter der Hexenmeisterin aufrichtete. Das Gesicht des Endorianers war von dem Blitz versengt, das Schwert in seinen Händen vom Feuer geschwärzt. Mit einem Sprung war er bei ihr und schlug ihr mit einem weit ausholenden Hieb den Kopf von den Schultern. Ebons Klinge steckte immer noch unterhalb der Stirn, als ihr Haupt über den Boden rollte. Dann erhob der Endorianer das Schwert mit beiden Händen und trieb der Fangalar die Klinge unterhalb der Taille in den Rücken, so weit, dass er sie schließlich damit an den Boden nagelte. Sie wehrte sich schwach, ihre Hände tasteten hinter dem Rücken nach dem Schwert.

»Weg von ihr«, rief Ebon. »Bevor sie anfängt, blindlings zu feuern.«

Vale schnaufte und trat zurück.

Ebon ließ sich aus dem Sattel gleiten. Seine Beine gaben beinahe nach, als er auf den Boden kam; ihm erschien es fast unmöglich, dass er überhaupt noch atmete. Flammen zuckten über seinen linken Ärmel, und er schlug den Arm gegen den Körper, um den Brand zu ersticken. Zu seiner Linken saßen Ellea und Bettle auf ihren Pferden und blickten ihn mit ausdruckslosen Augen an, während Grimes rechts von ihm am Boden lag, in seinen roten Mantel gehüllt …

Ein Warnruf erscholl, und er wirbelte herum.

Zwei Pantheonwächter kamen mit gezogenen Schwertern auf ihn zu – die beiden, die Grimes begleitet hatten, als die Hexe angriff. Mottle war es, der ihn gewarnt hatte, und jetzt trat der Magier hinter einem Zelt hervor und wedelte mit den Armen, als wollte er fliegen. Mit einer Handbewegung hob er die beiden untoten Soldaten in die Luft, und obwohl ihre Füße hilflos weiter zu laufen versuchten, kamen sie nicht mehr voran. Mottle kicherte.

Ebon hieß ihn mit einem Blick schweigen und sah dann zu Grimes' gefällter Gestalt.

Die rechte Gesichtshälfte des Sergeanten war verbrannt, und wo früher das Auge gesessen hatte, ragten jetzt nur noch Knochen aus dem schwärenden Fleisch. Energiewirbel zuckten um seine Wunden. Er hätte tot sein sollen, aber irgendwie war es ihm gelungen, die Hände aufzustützen und sich ein Stückchen aufzurichten.

Ebon kniete sich neben ihn und legte ihm die Hand auf die Brust. »Ganz ruhig.«

»Helft mir hoch, verdammt«, keuchte Grimes. »Mein Pferd …«

»Wo wollt Ihr denn hin, Sergeant?«

»Zum Fluss. Ich muss hier weg … ich werde keiner von denen …«

Ebon rieb sich die Augen und wusste nicht, was er sagen sollte. Der Sergeant würde seine Wunden nicht überleben, und der König wollte ihn nicht beleidigen, indem er etwas anderes behauptete. Mottle war zu ihnen getreten und begann, wie er erklärte, Luftströme um die verkohlte Haut zu weben, um den Schmerz der Verbrennungen zu lindern. Als Grimes hustete, quoll Blut über seine Lippen.

Vale brach das Schweigen. »Ihr werdet um die Stadt herum reiten müssen, Grimes. Von dieser Seite aus trägt euch der Fluss nur bis zum Wassertor.«

»Dann, bei den Tränen des Wächters, helft mir hoch, Mann!«, stieß Grimes mit brechender Stimme hervor. »Ich halte nicht mehr lange ...« Seine Worte gingen in einen Hustenanfall über.

Wie betäubt half Ebon Vale dabei, den Soldaten aufzurichten. Grimes stieß einen Schrei aus, als er schwankend aufrecht stand, und ihm sank der Kopf nach vorn. Sein totes Pferd lag ein paar Schritte entfernt; Rauch stieg von ihm auf, daher holte Ebon sein Schlachtross und hob den Wächter in den Sattel.

»Sergeant«, sagte er.

»Keine Zeit, Euer Majestät«, gab Grimes zurück. Er umklammerte die Zügel mit einer Hand und zwang sich zu einem Grinsen. »Ich will verdammt sein, wenn ich ... bloß für eine von Euren schönen Reden ... noch länger hier rumhänge.«

Ebons Brust schnürte sich zusammen, und er konnte nur schweigend zusehen, wie der Soldat das Pferd anspornte und nach Osten ritt. Als das Tier in einen leichten Galopp fiel, kam Grimes ins Schwanken, und Ebon glaubte, er würde herunterstürzen. Aber dann richtete er sich wieder auf. Würde sein Plan gelingen? Wenn er den Fluss erreichte, tot oder lebendig, würde ihn das Wasser davontragen und es ihm ersparen, an der Seite der Gegner in der Stadt zu kämpfen. Vielleicht genügte das. Ein Muskel zuckte an Ebons Wange. Es war ein bitterer Tag, wenn die größte Hoffnung eines Sterbenden darin lag, wirklich tot zu sein.

Langsam verschwanden Grimes und sein Pferd in dem heißen Dunst über der Ebene, bis nur noch ein brauner Fleck sichtbar war. Dann verblasste auch der.

Lange, nachdem Grimes verschwunden war, blickte Ebon noch in die Richtung.

Dann endlich wandte er sich um und sah zur Stadt. Der Schmerz in seiner Seite hatte sich in ein dumpfes Pochen verwandelt. General

Reynes ging offenbar mit Feuer gegen die Untoten vor, denn Rauchfäden stiegen über den Vierteln im Süden auf, und ein grauer Schleier hing über den Dächern. Weiter nördlich war der Himmel klar. *Sollte das etwa bedeuten, dass Reynes den Fluss noch immer hält?*

Vielleicht.

Die Vamilianer, die zuvor die Stadtmauern im Norden und Süden belagert hatten, stießen nun zu ihren Leuten am Westtor. Falls dadurch einige der Tore unbewacht blieben, hätte Reynes einen Ausfall wagen können, aber mit welchem Ziel? Wie lange konnten die Stadtbewohner zu Fuß vor einer Horde von Untoten fliehen, die niemals müde wurde? Welcher Ort bot mehr Schutz als der Palast? Ebon fuhr sich mit der Hand über den rasierten Kopf. Am Ende mochte der Sieg über die Fangalar-Hexe nichts bewirkt haben. Sie hatten nichts weiter getan, als ein wenig Zeit zu gewinnen.

Jetzt musste er sich überlegen, was er damit anstellen wollte.

Kampfeslärm von der anderen Seite des Lagers riss ihn aus seinen Gedanken. »Mottle«, sagte er. »Die Wächter, die dir den Rücken freihalten sollten … sieh, was du für sie tun kannst.« An Ellea und Bettle gewandt, fügte er hinzu: »Ihr zwei geht mit ihm.«

Vale wartete, bis sie allein waren, dann fragte er: »Was ist geschehen? Als du von der Hexe angegriffen wurdest, sah ich dich einfach weiterreiten …«

»Später«, unterbrach ihn Ebon. »Wenn wir hier raus sind.« Er deutete auf die Fangalar, die noch immer zuckte und sich wand. »Willst du dein Schwert hier zurücklassen?«

»Ja, soll es sie doch hier festhalten. Soll ich ihr auch die Beine abschlagen? Nur für den Fall, dass sie sich doch befreien kann?«

Ebon zögerte. Plötzlich erinnerte er sich an den Bruder des Consel, wie der auf der Brustwehr um Hilfe gefleht hatte und sich gleichzeitig gegen seine Fesseln stemmte. Vielleicht spürte die Hexenmeisterin keinen körperlichen Schmerz, aber das hieß nicht, dass sie nicht litt. »Nein«, sagte er. »Falls sie jemand befreit, könnte man sie auch tragen. Treibe die verbliebenen Pferde zusammen und sieh nach, ob im Lager noch Vorräte sind. Vielleicht haben die Sartorianer uns noch etwas übrig gelassen.«

Der Endorianer kniff die Augen leicht zusammen. »Dann kehren wir nicht in die Stadt zurück?«

Ebon schüttelte den Kopf. »Wir würden uns nicht mehr hineinkämpfen können.«

»Vielleicht an einem der anderen Tore. Oder wir warten, bis die Nacht anbricht.«

»Und dann? Selbst wenn wir die Stadtmauer überwinden, welche Chance hätten wir, den Palast zu erreichen?«

Vale sah ihn einen Herzschlag lang an, dann wandte er den Blick zum Seufzerwald. »Du willst dem Consel folgen.«

»Ja.«

»Vertraust du ihm?«

»Ich habe keine andere Wahl. Wir brauchen ihn.«

»Und wenn er zu dem Schluss kommt, dass er uns nicht braucht?«

»Das Risiko müssen wir eingehen. Der Palast wird irgendwann fallen, Vale, ob wir dabei sind und es mit ansehen oder nicht. Dass wir die Hexenmeisterin getötet haben, mag uns vielleicht ein paar Tage Aufschub gebracht haben ...«

»Immer vorausgesetzt, dass sie nicht noch einen Magier bei sich haben.«

Ebon verzog grimmig das Gesicht. »Was soll ich deiner Meinung nach tun?«

»Reite nach Culin und stelle dort ein Heer zusammen.«

»Und was geschieht in der Zwischenzeit? Majack wird fallen.«

Der Endorianer sah zum Wald hinüber. »Dann schicke mich dort hinein. Wer auch immer dahintersteckt, allein kann ich ihn schneller jagen.«

»Während ich mich hinter irgendwelchen Mauern verstecke? Nein, Vale ...«

Ebon brach ab, als er Hufschlag näher kommen hörte. Korporalin Ellea kam herangeprescht. »Da kommen noch mehr Blassgesichter, Euer Majestät«, rief sie, während sie ihr Pferd zügelte. »Von den Bäumen dort, und sie halten auf das Lager zu.«

»Habt Ihr die anderen noch erreicht, Korporalin?«

»Nein, Euer Majestät«, antwortete sie steif.

Damit wären wir zu fünft. Ebon sah Vale an, der nickte und erklärte: »Ich kümmere mich um die Pferde.«

Der König warf einen letzten Blick auf die Stadt. Reynes' Rauchsäulen schienen in den letzten Augenblicken weiter nach Norden vorgerückt zu sein, weg vom Fluss. Aber vielleicht lag das auch nur am Wind, denn die Staubwolken über dem Stadttor zogen in dieselbe Richtung. Über ihnen am ascheumwölkten Himmel sammelten sich die Rotschnäbel.

Mit grimmiger Miene wandte Ebon den Kopf ab.

Solange die Toten marschierten, würden die Vögel kein Aas finden.

DRITTER TEIL

Der Atem der Toten

13

Romany rieb sich die Hände. Nach so vielen Tagen des Wartens hatte das Spiel endlich begonnen! In den letzten Glocken war eine ganze Schar Fremder in den Wald eingedrungen, und ihr Zaubernetz erzitterte unter den unabsichtlichen Berührungen seiner Fäden. Die meisten dieser Neuankömmlinge waren keine Jünger Shrouds; diese konnte Romany getrost Mayots uneleganten Bannflüchen überlassen. Aber acht Figuren gehörten zu ihrem Spiel, ohne es zu wissen. Acht gegen Romany, die allein antrat. Das war keine besonders faire Aufteilung, aber der Priesterin ging es um den Sieg, nicht um den Anstand.

Bisher gab es noch keine Anzeichen dafür, dass Shrouds Diener gemeinsam vorgingen, aber Romany vermutete auch nicht, dass sich die Schergen des Totengottes besonders gut auf die Zusammenarbeit mit anderen verstanden. Zwischen den Anhängern eines Unsterblichen gab es stets kleinliche Streitereien darüber, wer dem Gott am nächsten war. Das konnte Romany selbst nur bestätigen: Wie unerfreulich hatten sich beispielsweise ihre Kontakte mit den Spinnenpriesterinnen aus anderen Städten gestaltet! Und in diesem Falle wurde die Rivalität noch dadurch angestachelt, dass derjenige, der Mayot das Buch aus den Händen reißen würde, mit Sicherheit großes Prestige gewann. Vielleicht hatte Shroud dem erfolgreichsten Jünger sogar eine Belohnung in Aussicht gestellt. *Der Narr*. Je mehr er seine Schergen dazu ermunterte, allein zu arbeiten, desto leichter wurde es für Romany, einen nach dem anderen auszuschalten.

Und jetzt bahnte sich ein besonders großer Fang einen Weg durch die südlichen Waldgebiete. Der leicht schwingende Gang ließ vermuten, dass es sich um ein weibliches Wesen handelte; die Gestalt trug einen schwarzen Mantel mit weiter Kapuze und einen Stab aus Ebenholz. Die Hände, die aus den Ärmeln herausschauten, waren mit schwarzen Schuppen bedeckt, und jeder Finger endete in einer langen, gekrümmten Kralle. Dort, wohin sie trat, wurde das Gras unter ihren Füßen schwarz, und die Bäume, an denen sie vorüberkam, warfen in sanftem Regen ihre Blätter ab. Das ließ in Romanys Kopf ein paar Alarmglocken läuten. Zu Beginn ihrer Studien im Tempel der Spinne hatte sie einmal von einem Wesen gehört, das einen derartigen Verfall hervorrufen konnte. *Die Witwenmacherin.* Eine von Shrouds engsten Vertrauten, zeitweise sogar seine Geliebte. Eine Wächterin des Totentores, die seit dem Aufstieg des Gottes im zweiten Zeitalter als seine rechte Hand galt. Eine Abscheulichkeit, deren Berührung unweigerlich den Tod brachte.

Reiner Blödsinn, zumindest hatte Romany das bisher gedacht. Jetzt wurde sie jedoch ein wenig unsicher.

Wer auch immer die Frau war, ihre enorme Macht war unbestreitbar. *Wenn ich sie aus dem Spiel nehmen könnte …*

Als die Priesterin Mayot vor der Ankunft der Witwenmacherin gewarnt hatte, war seine Reaktion genau so einfallsreich ausgefallen, wie sie es von ihm erwartete. Eine Horde Vamilianer war gegen Shrouds Vertraute ausgesandt worden, und sie hatte die Untoten vernichtet, ohne dafür auch nur einen Finger krumm machen zu müssen. Als sich die Untoten näherten, fielen sie leblos zu Boden, denn die Fäden der Todesmagie verkümmerten ebenso wie das Gras unter ihren Füßen. Und indem sie sich an den Energien labte, die das Buch entfesselte, wurde die Witwenmacherin immer stärker. Wenn sie Estapharriol erst einmal erreichte, würde sie unbesiegbar sein.

Romany hatte allerdings nicht die Absicht, sie so weit kommen zu lassen. Während des Vormittags war sie Shrouds Dienerin in ihrer körperlosen Form durch den Wald gefolgt. Es war nicht leicht, jemanden in eine andere Richtung zu locken, ohne dass derjenige etwas davon bemerkte, aber die Priesterin beherrschte diese Kunst meisterhaft – hier ein kleiner Wink, dort ein falscher Schatten … Die Witwenmacherin hatte den Wald im Südwesten betreten, nahe der Ausläufer der Weißen Berge, und sich dann auf den Weg nach Norden, zu Mayots Rotunde gemacht. Dann allerdings hatte Romany sie in einem sanften Bogen nach Osten geführt, zum Rand der Gollothir-Ebene, westlich von Arandas.

Die Witwenmacherin war vor einer Viertelglocke am Waldrand angekommen, stand jetzt ganz still da und starrte, wenn Romany das richtig deutete, ungläubig auf die weite Ebene vor sich hinaus. Schade, dass die Frau immer noch ihre Kapuze trug; die Priesterin hätte zu gern ihr verblüfftes Gesicht gesehen. Leider würde ein solches Täuschungsmanöver kein zweites Mal funktionieren, denn jetzt war das Misstrauen ihres Opfers sicherlich geweckt. Davon abgesehen hatte Romany schon sehr viel Zeit auf sie verwandt, und es war doch nicht gerecht, dass sie all ihre Aufmerksamkeit auf eine einzige Gegnerin verschwendete. Sie musste einen Weg finden, um diese Frau dauerhaft aus dem Spiel zu nehmen.

Während sie darüber nachdachte, welche Mittel sich dazu am besten eigneten, fuhr die Witwenmacherin herum und blickte zurück. Sie hob den Ebenholzstab, und eine Welle von Zauberkunst schoss durch den Wald. Die Bäume vor ihr gingen in Flammen auf und fielen als Wolken pulvriger Asche zu Boden. Als sie den Stab wieder senkte, hatte sie eine breite, gerade Schneise von mehreren hundert Schritten in den Wald geschlagen. Am Rand dieses Weges standen die Bäume lichterloh in Flammen.

Romany schniefte verärgert. Das verringerte ihre Möglichkeiten für weitere Täuschungsmanöver ein wenig, aber dennoch: Was die große Auseinandersetzung an sich anging, wurde sie gerade erst warm.

Sie flog blitzschnell über die Fäden ihres Netzes zurück in ihren Körper. Als sie die Augen öffnete, sah sie Danel, ihre Dienerin, vor sich, die in ihrer bescheidenen Unterkunft stand und sie anstarrte. Romany setzte sich auf. Mit einem Blick erkannte sie, dass das Mädchen noch nicht einmal damit angefangen hatte, den Boden zu fegen oder den Schutt beiseite zuräumen. Was im Namen der Spinne hatte sie dann die ganze Zeit getrieben?

Dann fiel Romanys Blick auf die Wand gegenüber. Dampf stieg aus einer Badewanne, die aus einem grau gesprenkelten Metall gefertigt war – Tarnica, vermutete sie, denn etwas anderes hätte die Jahrtausende wohl nicht so gut überdauert. Sie rappelte sich auf und ging zu dem Bottich, um ihn sich genauer anzusehen. Der Rand war mit einem ineinander verschlungenen Muster aus Blättern verziert, und an der Innenseite ließ eine Verfärbung darauf schließen, dass sie wohl einmal mit Silber beschichtet gewesen war. Sie tauchte einen Finger ins Wasser. Nicht übel. Vielleicht ein bisschen lau, aber sie war jetzt in gnädiger Stimmung.

»Dieses Wasser«, wandte sie sich an Danel, »das hast du aber nicht aus dem vergifteten Fluss geholt?«

»Nein, aus einem Brunnen.«

»Gut. Hervorragend, würde ich sogar sagen.« Durch die Vordertür erspähte Romany ein Feuer, über dem ein zerbeulter Kessel hing. »Du hast sogar das Feuer im Windschatten aufgestellt, damit der Rauch nicht hierher weht. Dein Einfallsreichtum ist wirklich löblich.« Sie deutete auf den Kessel. »Ist das schon heiß?«

Danel ging zum Feuer, holte den Kessel und goss das dampfende Wasser hinzu.

Romany zog ihre Kleider aus und stieg in die Wanne. Jetzt hatte das Wasser eine beinahe annehmbare Temperatur, und sie lehnte sich mit einem zufriedenen Seufzer zurück. Leider war die Wanne ein wenig eng. *Offenbar für ein Kind gemacht.* Wie so oft, wenn Romany ihre Seele auf Wanderschaft geschickt hatte, waren ihre Muskeln im

Nacken und an den Schultern verkrampft. »Du wirst mir die Schultern massieren müssen«, erklärte sie Danel. Dann blieb ihr Blick an der frostweißen Haut des Mädchens hängen. »Aber sei so gut und wärme dir deine Finger erst am Feuer.«

Während Danel nach draußen ging, schloss Romany die Augen. Wie schön, eine fähige Sklavin gefunden zu haben. Jemanden, der die Initiative ergriff, wenn es sein musste, und nicht dauernd das Bedürfnis spürte, sie mit unnützem Geschwätz zu belästigen. Wenn doch nur die Sklavinnen – *Akolythinnen*, verbesserte Romany sich – im Tempel ebenso anstellig gewesen wären. Schön, das Mädchen war ein wenig reserviert, aber das würde sich schon noch legen, wenn sie Romanys Gesellschaft erst einmal zu schätzen gelernt hätte.

Die Atmung der Priesterin wurde ruhiger. Wie bedauerlich, dass sie keines ihrer Öle aus Mercerie hatte mitnehmen können, aber die unziemliche Hast der Spinne hatte ihr keine Zeit für … nun, für *irgendetwas* gelassen. Ein weit entferntes Beben erschütterte ihr Netz, und das Bild der Witwenmacherin erschien vor ihrem geistigen Auge. Shrouds Dienerin war noch immer über fünfundzwanzig Wegstunden von Estapharriol entfernt, und damit blieb Romany mehr als genug Zeit, um ihr ein angemessenes Willkommen zu bereiten. Welche Form das allerdings annehmen würde … Dass die Priesterin der Witwenmacherin direkt gegenübertrat, in einem direkten Kampf, das stand außer Frage – nicht, weil sie verlieren würde, sondern weil sie es nicht riskieren konnte, in Shrouds Blickfeld zu geraten. Aber welche Möglichkeiten blieben ihr dann? Sicher, sie konnte immer noch auf den Tiktar zurückgreifen, aber Romany widerstrebte der Gedanke, schon so früh in diesem Spiel ihre mächtigste Figur zu offenbaren.

Als sie die Augen wieder öffnete, kniete Danel noch immer am Feuer und streckte ihre Hände aus.

Romany runzelte die Stirn. »Das Wasser wird kalt, meine Liebe.«

Danel richtete sich auf und kam zu ihr herüber.

Erst da entdeckte die Priesterin, dass die Hände des Mädchens verkohlt und mit Blasen bedeckt waren. Der beißende Geruch von gebratenem Fleisch zog zu ihr herüber, und ihr drehte sich der Magen um. »Bei der Gnade der Spinne«, hauchte sie. »Wieso hast du deine Hände nicht weggenommen?«

»Das habt Ihr mir nicht gesagt«, erwiderte Danel. In ihren Augen war kein Schmerz zu erkennen. Aber auch sonst nichts.

»Das Buch lässt keine eigenständigen Handlungen zu?«

»Euer letzter Befehl war, dass ich meine Hände am Feuer wärmen sollte.«

Rauch stieg von Danels Fingern auf, und Romany wandte den Blick ab. »Wird das wieder heilen? Die Kraft des Buches ...«

»Nein. Wenn der Körper einmal wiedererweckt wurde, regeneriert er sich nicht mehr.« Danel schien zu zögern.

»Aber ...?«, ermunterte Romany sie zum Weitersprechen.

»Ich habe gesehen, wie der Meister zerstörtes Fleisch geheilt hat – bei seinen Lieblingen. Er kann ... sehr grob sein.«

»Erspare mir die Einzelheiten. Ich werde mit Mayot darüber sprechen, wenn wir uns das nächste Mal treffen. Eine verkrüppelte Sklavin nützt mir nichts.« Romany lehnte sich in der Wanne zurück. »Erzähl mir etwas, Mädchen. Sag mir, welchen Beruf hast du ausgeübt?«

»Ich war eine Kräuterkundige.«

»Eine Erdmagierin?«

»Nein. Die Vamilianer spürten keine besondere Verbundenheit zum Land. Wir waren ein Volk des Meeres.«

Natürlich. Bei Menschen, die Hunderte von Meilen von der nächsten Küste entfernt lebten, war ja klar, dass es sich um eine Seefahrernation handeln musste. Oder wie? »Ich habe viel über deine Leute gelesen«, sagte Romany, »obwohl tatsächlich nur wenige Schriften aus der Zeit der Uralten erhalten sind. Wie du dir vorstellen kannst, wurde viel darüber spekuliert, was an dem Tag geschah, als eure Zivilisation unterging.«

»Was soll ich Euch erzählen? Dass ich zusehen musste, wie ein Schwert der Fangalar meinem Kind den Bauch aufgeschlitzt hat? Oder wie es sich anfühlte, als dieselbe Klinge dann mein Herz traf?«

Romany schürzte die Lippen. Das Mädchen schien fest entschlossen, ihr die Laune zu verderben. »Der Gelehrte Isabeya behauptet, euer Volk hätte gewusst, dass die Fangalar kamen, aber dennoch beschlossen, nicht zu fliehen. Stimmt das?«

»Ja.«

»Tatsächlich? Ihr hattet doch sicherlich nicht geglaubt, dass ihr diese Wilden besiegen könntet.«

Von Danels Händen tropfte Schleim zu Boden. »Unsere Vorfahren waren bereits einmal vor den Fangalar geflohen – sie hatten Schiffe gebaut und sich in aller Herren Länder verstreut. Eine Weile blieben wir mit unseren Verwandten in anderen Ländern in Verbindung. Doch irgendwann beantworteten sie unsere Nachrichten nicht mehr. Einer nach dem anderen verstummte.« Die Stimme des Mädchens war so leidenschaftslos, als läse sie eine von Abologogs sechs Abhandlungen zu den verschiedenen Formen der Ehrerbietung vor. »Die Fangalar brauchten Jahrhunderte, bis sie uns hier entdeckten, aber schließlich geschah es doch. Die ganze Zeit über lebten wir in der Gewissheit, dass es eines Tages dazu kommen würde. Das war kein Vermächtnis, das wir unseren Kindern oder Enkelkindern weitergeben wollten.«

»Was war der Grund für das Zerwürfnis deines Volkes mit den Fangalar? In den Schriften heißt es, ihr hättet eine Wahrheit über sie herausgefunden. Etwas, von dem sie es nicht ertragen konnten, dass ihr es wusstet.«

Danel nickte.

Romany setzte sich planschend im Badewasser auf. »Was war es?«

»Ich weiß es nicht.«

»Du weißt es nicht?«, wiederholte die Priesterin ungläubig.

»Es wurde beschlossen, lange, bevor ich zur Welt kam, dass jene, die das Geheimnis kannten, es mit sich ins Grab nehmen würden. Man hoffte, dann würde der Hass der Fangalar mit ihnen sterben.«

»Hat es dich nicht gereizt, etwas darüber herauszufinden?«

»Warum? Keine Erklärung hätte für das ausgereicht, was die Fangalar uns angetan haben.«

Lag da ein Hauch von Bitterkeit in Danels Stimme? Dabei hatte Romany doch geglaubt, das Mädchen sei zu Gefühlen gar nicht fähig. »Ich bin neugierig, meine Liebe. Als ich diesen Wald betrat, entdeckte ich eine Schar von Geistern nahe der Weißen Straße. Dein Volk?«

»Ja.«

»Und es spukt schon die ganzen Jahre durch den Seufzerwald? Wieso? Wieso seid ihr nicht durch Shrouds Tor gegangen?«

»Es war uns verschlossen.«

»Verschlossen?« *Welch eine faszinierende Vorstellung.*

»Als uns die Fangalar angriffen, lagen die Götter miteinander im Krieg. Shroud hatte gerade erst seinen Thron bestiegen. Die Welt seines Vorgängers wurde zerstört, die neue gerade erst geschaffen.«

»Ah, und so saßt ihr in der Falle«, sagte Romany. Dann kam ihr ein Gedanke. »Und in dem Versuch, eurem Leid zu entfliehen, versuchtet ihr, die Körper jener zu besetzen, die in euer Reich eindrangen.«

»Einige meines Volkes taten das, ja. Ich nicht.«

»Dir war es lieber, ein Geist zu bleiben?«

»Am liebsten wäre es mir, wenn dies alles zu Ende ginge. Seit Tausenden von Jahren existiere ich als Schatten. Tot, aber nicht erlöst. Wie schade, dass die Fangalar nur meinen Körper und nicht auch meine Seele zerstörten. Es wäre eine Gnade für mich gewesen.«

Romany rollte mit den Augen. *Was für eine aufmunternde Gesellschaft.* Schon allein, wenn sie diesem Mädchen in die Augen sah, lief ihr ein Schauer über den ganzen Körper … Wobei sie jetzt bemerkte, dass tatsächlich ein Luftzug von der offenen Tür hineinwehte. Sie tauchte tiefer ins Wasser und sagte: »Ich wäre jetzt gern allein. So anregend es ist, mit dir zu sprechen, brauche ich jetzt doch Stille. Du bist entlassen.«

Danel hielt inne und fragte dann: »Schickst du mich zurück zum Meister?«

Es lag ein Unterton in der Stimme des Mädchens, aber die Priesterin achtete nicht mehr darauf. Weit im Südosten spürte sie Erschütterungen an ihrem Netz. Nein, es war mehr als das ... es waren heftige Schläge. Romanys herrliche Konstruktion wurde Stück für Stück entzweigerissen. Eine neue Macht war in diesem Spiel erschienen.

Und was war das für eine Macht.

Nicht einmal die Witwenmacherin ...

Ebon saß an einen Baum gelehnt und lauschte dem Rascheln des Laubes auf dem Waldboden. Durch das Blätterdach der Bäume fiel Mondlicht auf ihren Lagerplatz. Ein paar Schritte entfernt hatte Vale sich ausgestreckt, den Kopf auf seinen zusammengerollten Mantel gebettet, und ruhte sich aus. Hinter ihm konnte Ebon die bewegungslosen Umrisse von Mottle und Korporalin Ellea erkennen. Seit einer halben Glocke schon versuchte er, ebenfalls Schlaf zu finden, aber es gelang ihm nicht, auf dem harten Boden eine halbwegs bequeme Haltung einzunehmen. Am Tag zuvor hatte Vale die Dolchspitze aus der Wunde geholt und den Schnitt genäht, aber es sickerte noch immer wässriges Blut aus der Wunde, und die dunkle Schwellung, die sich über seine Rippen und seine Brust zog, führte dazu, dass er den rechten Arm nur unter Schmerzen heben konnte. *Meinen Schwertarm.* Er rieb sich die Augen. Bei der nächsten Begegnung mit Vamilianern würde er bestenfalls ein Zuschauer sein, schlimmstenfalls eine Belastung.

Den Wald hatten sie vor zwei Tagen betreten. Seitdem waren sie dem Lauf des Amber nach Süden gefolgt, ohne zu wissen, wohin sie eigentlich gingen – oder was sie vorfinden würden, wenn sie dort ankamen. Denn obwohl die Luft von Todesmagie durchdrungen war, war doch genug Erdmagie vorhanden, um Mottles Erkundungen zu sabotieren. Es würde sogar noch länger dauern, erklärte der Magier, bevor er den Consel aufspüren oder den Wald so weit erforschen konnte, um zu wissen, was ihnen bevorstand. Bisher waren sie noch keinem einzigen Untoten begegnet, aber sie alle waren sicher, dass dieses Glück nicht ewig anhalten konnte.

Ebons Blick trübte sich plötzlich, und er schloss die Augen. Nach dem Sieg über die Fangalar-Hexe waren die Geister in Schwärmen über seinen Kopf hergefallen. Zuerst lag etwas Triumphierendes in ihrem Geplapper, aber es dauerte nicht lange, bis ihre Hochstimmung dem üblichen gequälten Gemurmel wich. Am Vortag hatte Ebon schließlich Fieber bekommen, und damit brach sich eine Flut von Geistervisionen Bahn. Eine vamilianische Jagdgesellschaft, die gegen eine Waldkatze mit grüngestreiftem Fell kämpfte, deren Tatzen groß wie Teller waren. Reihen weiß gekleideter Gestalten an beiden Ufern des Flusses, die mit einem langsam dahintreibenden Totenschiff Schritt hielten, auf dem ein Leichnam in schwarzen Tüchern aufgebahrt lag. Vamilianerkinder mit ernsten Gesichtern, die Windspiele in die Äste einiger Bäume hingen. Und bei all dem hörte man stets in einiger Entfernung Kampfeslärm, Zauberexplosionen, Schreie. Es wurde für Ebon immer schwerer zu unterscheiden, was wirklich passierte, und was er sich einbildete. Zweimal hatte er schon Warnrufe ausgestoßen, nachdem er zwischen den Bäumen Schatten bemerkt hatte, und jedes Mal hatte Vale sich umgesehen und dann erklärt, dass es keine Bedrohung gab.

Und wenn die Visionen verebbten, dann quälte ihn die Erinnerung an Lamellas Gesicht. Ebon konnte sich nicht mehr an die letzten Worte erinnern, die er zu ihr gesagt hatte; er wusste nur noch, dass sie gestritten hatten. Hatte Rendale sie rechtzeitig gefunden und in Sicherheit gebracht? Hatten sie den Palast erreicht, oder waren sie über den Fluss geflohen, bevor die Untoten kamen? *Hoffentlich ist sie über den Fluss gekommen.* Denn dann wäre Lamella nicht nur außer Reichweite der Vamilianer, sondern auch nicht dem Geflüster und den schrägen Blicken ausgesetzt, die sie im Palast zweifelsohne würde erdulden müssen. Es zwar zwei Jahre her, seit er sie nach ihrer Verletzung nach Majack gebracht hatte, und dennoch war sie am Hof eine Fremde. Und wieso? *Weil ich nicht den Mut hatte, mich für sie zu entscheiden.* Jetzt war es wahrscheinlich zu spät, um das wiedergutzumachen – für Ebon, wenn schon nicht für sie. Er konnte nur hoffen, dass seine schwindenden Kräfte zumindest noch so lange vorhielten, bis sie ihr Ziel erreicht hatten, was immer es auch sein mochte.

Trotz der Wärme zitterte er.

»Hast du wieder Fieber?«, fragte Vale.

Ebon nickte.

Der Endorianer setzte sich auf und wühlte in seinem Rucksack. Dann zog er zwei getrocknete Sissa-Blätter hervor und reichte sie Ebon.

Der König steckte sie in den Mund und begann, darauf herumzukauen.

»Morgen werde ich versuchen, noch etwas mehr Galtane oder Schwarzwurzel gegen die Entzündung zu finden.«

Es würde ihm wahrscheinlich nicht gelingen, vermutete Ebon. Der Wald starb, die Farben sickerten aus den Pflanzen, als hätte der letzte Regen sie herausgewaschen. Je weiter sie sich von Majack entfernten, desto welker wirkten die Bäume, und die Stille um sie herum wurde immer tiefer, denn immer weniger Insekten und Vögel ließen sich vernehmen. Ebon betrachtete Vales Gesicht. Die Verbrennungen, die sein Freund bei dem Angriff auf die Fangalar-Hexe erlitten hatte, waren bereits bemerkenswert gut verheilt. Er wusste, dass Vale in den Nächten seinen Gang durch die Zeit beschleunigte, um die Gesundung schneller voranzutreiben. Dennoch irritierte ihn diese Veränderung jedes Mal aufs Neue, nicht zuletzt wegen des dichten Dreitagebarts, der an jedem Morgen auf Vales Kinn und Wangen erschienen war.

Vale nahm das Schwert, das er im Lager des Consel gefunden hatte, und zog einen Wetzstein über die Schneide. »Was ist da geschehen, vor den Toren der Stadt? Das hast du mir noch immer nicht erzählt. Ich habe nur gesehen, wie dich das Feuer der Hexe überrollte …«

Ebon sah zu Mottle und Ellea hinüber, die offenbar fest schliefen, und erklärte: »Ich weiß es nicht genau. Ich erinnere mich an Dunkelheit und Feuer, und daran, dass ich trotzdem lediglich Kälte empfand. Und dann lösten sich die Schutzschilde der Fangalar vor meinen Augen auf.«

Vale wartete darauf, dass er weitersprach, dann runzelte er die Stirn. »Und was war sonst noch?«

Ebon gönnte sich ein leises Lächeln. Der Endorianer kannte ihn einfach zu gut; er wusste genau, wann Ebon etwas verschwieg. »Erinnerst du dich an den Augenblick, als wir im Lager des Consel gewartet haben? Wie das Bewusstsein der Hexenmeisterin über uns glitt? Nun, ihre Berührung hat irgendetwas in mir geweckt. Eine Präsenz, die sich bis dahin nur ganz flüchtig bemerkbar gemacht hatte.«

»Und du meinst, dass diese … diese Präsenz … dir gegen die Hexe beigestanden hat?«

»Mir fällt keine andere Erklärung ein.«

»Einer von den Geistern?«

»Das weiß ich nicht. Ich kann mich nicht erinnern, dass ich sie schon gespürt hätte, bevor die Geister zurückkehrten, aber dennoch habe ich das Gefühl, als ob …« Er unterbrach sich in dem Bemühen, die richtigen Worte zu finden. »Als ob etwas von draußen in mich hineinblickt. Es ist schwer zu erklären.«

»Ist es jetzt bei dir?«

Der König schüttelte den Kopf.

Vale schnaufte. »Tja, was auch immer es sein mag, immerhin ist es auf deiner Seite.«

»Da bin ich mir nicht so sicher.« Ebon spuckte die Überreste der Sissablätter aus. Seine Lippen und Zunge waren taub von dem Kraut, und das erschwerte ihm das Sprechen. »Ich glaube, die Fangalar und diese Präsenz hatten schon früher miteinander zu tun. Es sah eine Möglichkeit, der Hexenmeisterin Schaden zuzufügen, und es hat sie genutzt. Ob es wieder da sein wird, wenn wir in Schwierigkeiten geraten? Wer weiß. Ob ich auf seine Macht vertrauen kann? Leider nicht im Geringsten.«

Vale deutete auf Ebons Wunde. »Ich habe gesehen, wie du dir in Majack diesen Stich zugezogen hast, als du dem Consel zur Seite gesprungen bist.«

»Und missbilligst du das?«

Der Wetzstein ruhte kurz in Vales Händen. »Es ändert nichts. Wenn der Consel das alles hier übersteht, wird er uns trotzdem angreifen wollen. Vielleicht jetzt sogar noch eher, da wir durch diesen Überfall geschwächt sind. Den kannst du nicht auf deine Seite ziehen.«

»Er sprach zu mir von einer Blutschuld. Immerhin hat er eine gewisse Vorstellung von Ehre, wie verdreht die auch sein mag.«

»Dann setze das gegen ihn ein, solange es möglich ist. Schlag zu, bevor er es tut.«

Ebon nahm einen Schluck aus seiner Wasserflasche. »Du meinst, er könnte einen kleinen Unfall haben, wenn wir zu seinem Trupp aufschließen?«

»Wenn sich eine gute Möglichkeit ergibt, dann ja. Damit könnten wir den Krieg vielleicht verhindern, bevor er überhaupt ausbricht.«

»Und wenn man in Sartor davon erfährt?«

Vale zuckte die Achseln. »Wenn das tatsächlich geschieht, was ist dann verloren? Der Hof des Consel wird vermutlich viel zu sehr damit beschäftigt sein, sein Reich unter sich aufteilen zu wollen.

Selbst im schlimmsten Fall, wenn sie trotzdem gegen uns in den Krieg zögen, hättest du uns so etwas Zeit verschafft, um unsere Truppen neu aufzustellen.« Er fuhr mit dem Schärfen seiner Klinge fort. »Zumindest solltest du darüber nachdenken.«

Ebon war zu müde, um sich mit ihm zu streiten. »Wie du meinst.«

In diesem Augenblick legte Vale einen Finger an die Lippen. Zwischen den Bäumen huschte jemand hin und her – Bettle, nach dem geduckten, krebsartigen Gang und dem roten Mantel zu schließen. Der Soldat schlich bis an Vale und Ebon heran. »Wir bekommen Gesellschaft«, raunte er und deutete hinter sich.

Ebon hatte sie schon gesehen: schattenhafte Gestalten, die von Süden nahten und dabei alle Stellen des Waldbodens mieden, auf denen das Mondlicht lag. Der König rappelte sich mühsam auf. Noch mehr Schatten, jetzt von weiter westlich, die geräuschlos zwischen den Bäumen umherglitten. Offenbar hatten die Neuankömmlinge Ebons Lager gesehen, denn sie suchten nach Deckung hinter den Baumstämmen. Binnen weniger Herzschläge war der Wald völlig still. Hätte Bettle ihn nicht vor den Schatten gewarnt, Ebon hätte sie womöglich für eine seiner Geistervisionen gehalten.

Doch wer auch immer sie sein mochten, Untote waren sie nicht; die Vamilianer hätten sie sonst wohl sofort angegriffen. Dann frischte der Wind auf, und Ebon nahm einen vertrauten Verwesungsgeruch wahr.

Kinevar.

Bettle hatte Ellea wachgerüttelt, und die Korporalin kniete jetzt neben ihrem Rucksack. Ihre Hände glitten ruhig über ihre Armbrust, spannten die Feder und legten einen Bolzen in die dafür vorgesehene Rinne. Bettle, der hinter ihr stand, zog seinen Streitkolben hervor. Ebon bedeutete ihnen mit einer Handbewegung abzuwarten. Vale stand an einen Baum gelehnt und deutete zum Fluss. *Rückzug?* Wozu sollte das gut sein? Dort gab es kein Boot, mit dem sie hätten fliehen können, und auch keine Brücke. Wenn sie versuchten, zu den Pferden zu gelangen, würden die Kinevar vielleicht erst recht angreifen. Besser, sie verharrten ganz ruhig und warteten ab, was die Geschöpfe vorhatten.

Und überhaupt, mit der Verletzung an der Brust würde er bei einem Fluchtversuch nicht weit kommen.

Er bemühte sich, in der Dunkelheit etwas zu erkennen, und neigte lauschend den Kopf. Gutturale Stimmen drangen an sein Ohr. Dann ein Knarren, als sei jemand auf ein loses Dielenbrett getreten, gefolgt von einem Zischen: Etwas flog durch die Luft.

Ein weiß befiederter Pfeil schlug eine Armlänge entfernt in einen Baumstamm.

Der König zuckte zusammen, blieb aber stehen. Seltsamerweise beruhigte ihn der Pfeil. Der Schütze hätte ihn ebenso gut in Ebons Auge schicken können.

Jetzt kamen die Schatten in Bewegung und flitzten zwischen den Bäumen hin und her. Nicht zu Ebon hinüber, sondern nach Osten; dabei umkreisten sie das Lager. Schnitten sie ihnen die Fluchtmöglichkeit ab? Das war unwahrscheinlich, denn wenn die Kinevar den Trupp des Königs hätten einkreisen wollen, dann hätten sie auch auf dieser Seite einige Leute zurückgelassen. Ebon wandte sich langsam um und behielt die Kinevar im Blick. Wartete auf den nächsten Pfeil. Mit geschlossenen Augen hätte er gar nicht gemerkt, dass sie dort waren, so leise bewegten sich die Waldbewohner. Als sie das Lager hinter sich gelassen hatten, verschwanden sie in den Schatten und nahmen auch ihren fauligen Geruch mit.

Und weg waren sie, so schnell, wie sie gekommen waren.

Ebon ließ den Atem aus der Brust strömen.

Bettle kam zu ihm. »Was in den Neun Höllen war das denn gerade?«

Ebon sah zu dem Pfeil hinüber. Die weiße Befiederung war mit schwarzen Flecken übersät. Insekten wimmelten aus dem Baum, den das Geschoss getroffen hatte. »Ich glaube, wir haben gerade eine

Warnung erhalten. Für den Fall, dass wir auf den Gedanken kommen sollten, ihnen zu folgen.«

»Aber wenn sie wussten, dass wir hier sind?«

»Tot sind wir für die Kinevar gefährlicher als lebendig.«

Vale schob sein Schwert wieder in die Scheide. »Wie viele waren das, was meinst du? Hundert? Oder mehr?«

»Ein ganzer Stamm, würde ich sagen. Auf der Flucht nach Norden.«

»Ausnahmsweise haben diese Kreaturen mal den richtigen Riecher«, murmelte Bettle.

Der König sah ihn scharf an. »Wolltet Ihr etwas sagen, Soldat?«

Der Pantheonwächter hielt seinem Blick kurz stand, dann wandte er den Kopf ab und griff nach dem Pfeil.

»Hände weg!«, donnerte Vale.

Bettle erstarrte.

»Diese schwarzen Tupfer auf den Federn – das ist das Blut eines Kinevar-Magiers.«

»Na und?«

»Das heißt, der Pfeil ist aufgeladen mit Erdmagie. Der kleinste Splitter, und Ihr werdet von innen heraus von Insekten aufgefressen, genau wie dieser Baum.

Der Wächter zog die Hand zurück und stieß dann eine Reihe von Flüchen aus.

»Wenn Ihr fertig seid, Soldat«, fuhr Ebon ihm dazwischen, »dann seht Ihr Euch um, ob die Kinevar auch wirklich weg sind. Und wenn sich nächstes Mal jemand an uns heranschleicht, dann könntet Ihr uns vielleicht warnen, bevor ich unsere Feinde selbst sehe.«

Mit einem letzten Blick auf den Pfeil setzte Bettle den Schatten nach Norden nach.

Als seine Schritte verhallten, fiel Ebon ein anderes Geräusch auf. Mit gerunzelter Stirn sah er wieder zum Lager. Mottle lag immer noch ausgestreckt da, teilweise von gefallenen Blättern bedeckt. Seine

Brust hob und senkte sich, und er hatte die Arme und Beine so weit ausgestreckt wie eine achtlos weggeworfene Lumpenpuppe. Er schnarchte.

Es war nicht einmal eine Glocke nach Sonnenaufgang, und dennoch brannte die Wüstensonne schon heiß wie eine nackte Flamme auf Lukers Haut. Vor ihnen verschwand die auf einem Damm erbaute Straße nach Norden in der Ödnis; die Steinplatten waren zur Hälfte unter einer Schicht herumwirbelnden Staubs verschwunden. Auf beiden Seiten zeichnete der böige Wind ein Wellenmuster auf den Sand.

Luker fuhr sich mit der Zunge über die gesprungenen Lippen. Es war an der Zeit, einen Unterschlupf zu suchen. Wenn er sich recht erinnerte, dann gab es etwa eine Wegstunde entfernt neben der Straße einen verfallenen Talui-Wachtturm ... oder war das noch weiter nördlich? Es war schwer, das mit Sicherheit zu sagen, denn die Wüste hatte auf ihrem gnadenlosen Vormarsch nach Westen viele Markierungszeichen verschluckt, die früher in dieser Wildnis zur Orientierung gedient hatten. Alte Händlerpfade, Karmight-Minen, Talui-Hügelgräber, all das bedeckte jetzt der Sand. Das verlassene Dorf, das die Reisenden vor einer Viertelglocke durchquert hatten, versank auch bereits in der Wüste; der größte Teil der roh gezimmerten Holzbuden war ohnehin zusammengebrochen und lag wie Treibholz überall verteilt.

Während er hinter den anderen hinterherritt, bewegte der Bewahrer die geschwollene Zunge im Mund hin und her und spuckte aus. Shroudverfluchte Wüsten. Zwar kam es ihm gerade vor, als hätte er sein halbes Leben damit zugebracht, sich durch diese öden Lande zu quälen, aber das machte die aktuelle Erfahrung kein Bisschen angenehmer. Der Durst brannte wie ein Feuer in seiner Kehle, und hinter seinen Augen pochte ein hässlicher Kopfschmerz. Chamery führte die kleine Gruppe zwar im Augenblick an, aber er war auf den Hals seines Pferdes gesunken, als ob er dem Tier etwas ins Ohr flüstern wollte. Wie Luker es sich schon gedacht hatte, war es der Magier gewesen, der als Erster vor den Anstrengungen des Wüstenritts kapituliert hatte. Bei ihrem Aufbruch am Abend zuvor hatte Merin den Jungen im Sattel festgebunden, damit er unterwegs nicht vom Pferd fallen konnte. Allerdings ging es dem Tyrin und auch Jenna nicht viel besser. Es war jetzt zwei Tage her, seit sie frisches Wasser gefunden hatten, und was sie jetzt noch zu trinken hatten, mussten sie den Pferden lassen.

Lukers Stute strauchelte, kam dann aber wieder in den Tritt. Sie verlangten den Tieren viel zu viel ab, das war Luker klar, aber eine ausgedehnte Rast kam nicht in Frage – ihre Verfolger waren ihnen immer noch auf den Fersen. Jeden Tag hatte Luker sich von seinem Körper gelöst und nach ihren Jägern Ausschau gehalten. Die Überlebenden der zweiten Schar Kalaneser – jene, die sie am Rand der Wüste angegriffen hatten – waren ihnen tatsächlich in die Ödnis gefolgt, was ein seltenes Lächeln auf die Lippen des Bewahrers gezeichnet hatte. Wie wollten diese Narren wohl die Spuren ihrer Beute im Sand wiederfinden? Tatsächlich hatte es nur drei Tage gedauert, bis sie in einem ausgedörrten Bachlauf lagen und den Sandklauen als Nahrung dienten.

Die erste Schar jedoch, die mit dem Seelenfänger unterwegs war, hatte die Ebene nicht verlassen, sondern war am Rand der Ödnis entlanggeritten und hielt nun einen Kurs, der in etwa parallel zu dem Lukers und seiner Gefährten verlief. Bei einem Hinterhalt durch Stammesbrüder waren drei der Leute umgekommen – der Seelenfänger leider nicht –, und der Kampf hatte sie Zeit gekostet. Zunächst hatte Lukers Gruppe daraufhin einen halben Tag Vorsprung gehabt, aber jetzt waren ihre Jäger nur noch wenige Meilen entfernt und ritten südwestlich von ihnen dahin. Wenn es den Kalanesern gelang, sie zu überholen, dann konnten sie ihnen den Weg abschneiden, der aus der Wüste hinausführte …

Plötzlich stolperte Lukers Pferd erneut und rutschte mit den

Hufen über die sandigen Steinplatten. Er machte die Gefährten durch einen Ruf aufmerksam und zog die Zügel an. Die Stute blieb stehen, und Luker schwang sich aus dem Sattel. Schnell sah er, worin das Problem lag. Am Abend zuvor, als Luker gerade aufsteigen wollte, hatte eine Sandklaue das Tier angegriffen und dabei am Vorderbein verletzt, bevor der Bewahrer ihm zu Hilfe kommen konnte. Zwar hatte er das Bein oberhalb des Kniegelenks bandagiert, aber jetzt sickerte eine übelriechende Flüssigkeit durch den Verband. Die Stute scheute, als Luker ihn abwickelte. Von der Salbe, die er aufgetragen hatte, hatte sich die Haut rund um die Wunde blau gefärbt, aber das Gelenk war stark angeschwollen; offenbar war das Sandklauen-Gift trotzdem weiter in den Körper gedrungen.

Chamery beobachtete Luker mit zusammengekniffenen Augen.

»Kommt her«, rief Luker zu ihm herüber.

Die Stimme des Magiers drang nur noch als schwaches Krächzen zu ihm herüber. »Da kann ich nichts machen.«

»Natürlich könnt Ihr, shroudverflucht noch mal. Schließlich seid Ihr doch wohl ein verdammter Leichenküsser, oder nicht? Oder wollt Ihr mir erzählen, dass Eure Kräfte bei Pferden keine Wirkung haben?«

»Meine *Kräfte* ziehe ich aus den Energien, die freigesetzt werden, wenn etwas stirbt. Dieses Höllenloch, in das Ihr uns geführt habt, ist bereits völlig tot. Mir steht nur noch ein schwaches Rinnsal Kraft zur Verfügung.«

»Dann nutzt es.«

»Wir sollten es lieber für einen von uns aufsparen.«

Für dich, meinst du wohl. »Wenn die Pferde sterben, gehen wir auch drauf. Und jetzt kommt her, bevor ich auf den Gedanken komme, einfach mein Pferd gegen Eures zu tauschen.«

Unwillig löste Chamery die Stricke, die ihn im Sattel hielten, und ließ sich zu Boden gleiten. Schwankend kam er dann zu Luker herüber. »Ihr schuldet mir was, Bewahrer«, brummte er.

Luker schnaubte.

Der Magier fiel auf die Knie und legte dem Pferd die Hände um das verwundete Bein, eine oberhalb des Kniegelenks, eine darunter. Luker fühlte, wie er seine Kraft entfesselte. *Ein Rinnsal, wahrhaftig.* Das würde nicht reichen, um das Gift der Sandklaue herauszubrennen, also konnte er allenfalls auf eine kurzfristige Besserung hoffen. *Es sei denn, der Magier gibt nicht alles, was er hat.*

Jenna lenkte ihr Pferd zu den beiden hinüber. »Was ist das?«, fragte sie und deutete nach Osten, zur aufgehenden Sonne.

Luker folgte ihrer Handbewegung. In einigen hundert Schritten Entfernung brodelte der Wüstensand wie kochendes Wasser. Ein schwarzer Tentakel brach aus einer Düne hervor und wand sich in alle Richtungen, als wollte er prüfen, ob die Luft rein sei. »Rother«, sagte der Bewahrer. »Wüstenhaie, so nennen sie die Taluin jedenfalls. Hab nie verstanden, wieso – Rother werden viel größer als jeder Hai.«

Die Assassine warf ihm einen scharfen Blick zu, den er jedoch ganz gelassen erwiderte, und nach einer Weile sah sie wieder zu den Rothern hinüber. »Sie kommen hierher«, sagte sie. Inzwischen bohrten sich noch mehr Tentakel aus den Dünen, und eine Sandwelle rollte auf Luker zu.

»Im Augenblick sind wir sicher«, erklärte der Bewahrer jedoch. »Rother verlassen den Tiefsand nicht.« Er deutete auf ihre Umgebung. »Das Land hier war früher von Mexin-Feldern bedeckt. Diese Straße wurde so gebaut, dass sie oberhalb der Entwässerungsgräben lag.«

»Und wie lange bleibt das so?«

Luker zuckte die Achseln. »Wenn mich mein Orientierungssinn nicht täuscht, dann erreichen wir bald den alten Treiber-Gebeinehof. Rother meiden diese Gegend.«

»Weil der Sand dort flach ist?«

»Nein. Wegen der vielen Sandklauen.«

Wieder bedachte ihn Jenna mit einem bösen Blick.

»Was?«

Jetzt meldete sich Merin zu Wort. »Bewahrer, diese rötliche Färbung am Horizont … Haben wir fast das Ende der Wüste erreicht?«

Luker schüttelte den Kopf. »Das dauert noch einen Tag, würde ich sagen. Vielleicht sogar länger, so langsam, wie wir im Augenblick vorankommen.«

»Diese Straße führt nach Bethin, oder?«

»Ja.«

»Viel weiter nach Nordosten, als mir lieb gewesen wäre.«

Luker räusperte sich und spuckte aus. »Meint Ihr, ich hätte das hier gewollt? Der direkte Weg nach Arandas führt uns genau in die Speere der Kalaneser. Wenn wir die Ödnis hinter uns haben, können wir nach Nordwesten abbiegen und auf die Sonnenstraße zuhalten. Damit wären es bis Arandas noch drei Tage, oder vielleicht sogar weniger, wenn wir irgendwo frische Pferde auftreiben können.«

»Wie weit ist es bis zur nächsten Quelle?«

Luker zögerte. »Es gibt ein Wasserloch weiter nördlich, etwa einen halben Tagesritt entfernt.«

»Aber?«

»Es liegt nicht an der Straße. Wir müssten vielleicht eine Viertelwegstunde offene Sandwüste überqueren.« *Wenn es denn überhaupt noch da ist.*

Merin sah zu den Rothern hinüber. Die Tentakel glitten gerade wieder unter den Sand, und einen Augenblick später lag die Wüste wieder völlig ruhig da. »Haben wir eine Wahl?«

»Ja, wir sollten auf eine Quelle stoßen, sobald wir die Wüste verlassen. Wenn wir jetzt das Wasserloch aufsuchen, dann wird uns der Seelenfänger vermutlich überholen, bevor wir die Ebene erreichen.«

Schweigen antwortete seinen Worten.

Nach ein paar Dutzend Herzschlägen erhob sich Chamery und humpelte davon. Als Luker sich hinkniete und das Bein der Stute untersuchte, stellte er fest, dass die Schwellung zurückgegangen war. Von der Kralle der Sandklaue war jetzt nur noch eine wulstige Narbe zurückgeblieben.

Merins Stimme unterbrach seine Gedanken. »Da zieht schon wieder ein Sturm auf«, sagte er und deutete mit dem Kopf zum Horizont im Süden.

Luker wandte sich um und sah dort hinüber, dann prüfte er die Windrichtung. *Das kann man wohl sagen.*

Zwar hatte Romany noch nie zuvor einen Titanen gesehen, aber die Gestalt, die jetzt durch den Wald südlich von Estapharriol marschierte, war nicht zu verkennen. Der Unsterbliche war eineinhalb Mal so groß wie ein Mensch und hatte elfenbeinfarbene Haut. Sein Gesicht wurde von schwarzen Haarbüscheln eingerahmt, die sich wie eine Mähne bis hinunter über den Nacken erstreckten. Blutrote, bestialische Augen sahen unter wulstigen Augenbrauen hervor. Um die Schultern hatte er sich die schuppige, graue Haut eines Dämons geschlungen, und ein Streithammer pendelte an einem Riemen auf seinem Rücken.

Mayot hatte ihr erst nicht glauben wollen, als Romany ihm am Vortag von dem Titanen berichtet hatte. Als die Nachricht dann langsam einsickerte, hatte sein Augenlid so schnell zu flattern begonnen, dass er die Augen ganz schließen musste. Der Uringeruch, der den Alten umgab, war zwar stets überwältigend, in diesem Augenblick wurde er jedoch so unerträglich, dass Romany sich fragte, ob er angesichts dieser Neuigkeit alle Beherrschung über seine Körperfunktionen verloren hatte. Eigentlich hätte sie Mayot gar nichts von dem Unsterblichen erzählen müssen, denn letztlich konnte er ihr bei dem Kampf gegen dieses Ungeheuer ohnehin nicht helfen. Sie hatte es nur getan, weil sie sehen wollte, wie seine Großspurigkeit in sich zusammenbrach, und zumindest in dieser Hinsicht hatte seine Reaktion sie nicht enttäuscht.

Jetzt blickte sie wieder zu dem Titan hinüber. In seinen Bewegungen lag eine Arroganz, die ihr gegen den Strich ging. Ohne nach links oder rechts zu blicken, schlenderte er zwischen den Bäumen dahin, als sei er auf den schattigen Wegen eines Lustgartens unterwegs. Schön, die Schergen Mayots, die ihm bisher begegnet waren, hatte er mit verächtlicher Mühelosigkeit beiseitegefegt, aber glaubte er wirklich, dass es in diesem Wald keine anderen Gegner als die Vamilianer gab? Dass er sich all seiner Feinde so lässig entledigen würde?

Glücklicherweise hatte Romany viel Übung darin, den Hochmut ihrer Gegner für sich auszunutzen. Wie sich herausstellte, ließ sich der Titan genauso in die Irre führen wie zuvor die Witwenmacherin. Einen Tag und eine Nacht hatte sie ihn nach Westen gelockt, über die Weiße Straße und weg von Estapharriol …

Bis er jetzt den Pfad der Verwüstung betrat, dem die Witwenmacherin durch den Wald folgte. Shrouds Vertraute war nur noch wenige Schritte entfernt.

Der Titan blieb unvermittelt stehen und warf den struppigen Kopf herum.

Einige Herzschläge lang standen beide wie angewurzelt da.

Romany rieb sich die Hände und zog sich über ihr Netz in eine sichere Entfernung zurück, um sich ein wenig zurückzulehnen und das Spektakel zu genießen. Zwar war es unwahrscheinlich, dass der Titan und die Witwenmacherin sich schon einmal begegnet waren, aber sie würden sicher beide schnell erkennen, dass sie sich nicht zufällig in diesem Wald befanden. Und da es nur ein Buch der Verlorenen Seelen gab … Romany merkte, dass sie unwillkürlich den Atem anhielt. Würde die Witwenmacherin diesem Kampf aus dem Weg gehen wollen? Zwar war sie zweifelsohne sehr mächtig, aber selbst die Spinne würde es sich zweimal überlegen, ob sie gegen einen Titanen antrat. Doch vermutlich wusste die Witwenmacherin: Wenn sie jetzt floh, würde sie die unvermeidliche Auseinandersetzung vermutlich nur aufschieben und außerdem noch riskieren, dass Shroud ihr zürnte.

Ein Mitternachtsblitz fuhr durch die Luft, und ein Schwall von Todesmagie schoss dem Titanen aus dem Stab der Witwenmacherin entgegen. Romany konnte gerade noch den Schmerzensschrei des Unsterblichen wahrnehmen ... bevor die Energie an seinen Schutzschilden abprallte und in ihre Richtung flog. Sie brauchte einen Augenblick, bis ihr Verstand begriff, was da passierte, und sie wollte gerade fliehen ...

Da schlug die Welle bereits über ihr zusammen.

Sie kreischte, als die Welt um sie herum dunkel wurde. Die Berührung der Todesmagie brannte auf ihrer Haut wie Säure. In ihrer körperlichen Gestalt hätte sie versucht, die Energie von sich abzulenken, aber als Geisterwesen konnte sie sich nicht auf diese Weise verteidigen. Stattdessen rollte sie sich fest um die Mitte ihres Bewusstseins zusammen und ließ sich von der Welle davonreißen – es würde ohnehin nichts bewirken, wenn sie versuchte, sich ihr entgegenzustemmen. Sie musste die Woge reiten und durfte sich um keinen Preis vom Sog nach hinten ziehen lassen, denn die Todesmagie verzehrte ihr Netz überall dort, wo es die Zauberfäden berührte, und wenn ihre Verbindung zwischen Seele und Körper erst einmal unterbrochen war, dann würde sie den Rest ihres Daseins ebenso wurzellos durchs Land getrieben werden wie die Geister der Vamilianer.

Bis Mayot sie wieder beleben würde, natürlich. Sie sah die Bäume zu beiden Seiten an sich vorbeirauschen, und ihre Stämme verwitterten und verrotteten, sobald die Zauberkunst sie berührte. Eine Patrouille Vamilianer, die ihr in die Quere kam, zerfiel zu Staub. Zauberkraft knisterte und knackte in Romanys Ohren. Ihr Geist begann sich an seinen Rändern bereits aufzulösen, aber wenn sie nur noch ein kleines bisschen länger durchhielt ... Der Energiestrom verlor bereits ein wenig an Wucht, wie eine Welle, die den Strand hinaufleckt. Ein paar Herzschläge später brandete er gegen einen dicht bewaldeten Hang und spülte Romany auf dessen Kuppe.

Sie stöhnte. *Oh, wie unwürdig.* Eine Weile konnte sie nur daliegen und ihrem eigenen, keuchenden Atem lauschen. Ihre Sinne waren so betäubt, als hätte sie einen schweren Schlag auf den Kopf bekommen und käme gerade erst wieder zu sich. Außerdem fühlte sie einen Kopfschmerz, groß wie Mayots Selbstbewusstsein, aber einen Trost gab es immerhin: Ihr Geist war noch immer mit einem Faden ihres Netzes verknüpft. Allerdings war auch der bereits in Auflösung begriffen, und die Priesterin floh schnell an einen Ort, an dem das Netz noch heil war.

Atemlos verharrte sie dort. In einiger Entfernung tobte immer noch entfesselte Hexenkunst, was darauf schließen ließ, dass die Schlacht zwischen dem Titanen und der Witwenmacherin nach wie vor in vollem Gange war. Die Schockwellen dieses Kampfes schickten wellenförmige Schmerzen durch Romanys Kopf, und sie massierte sich die Schläfen. Was sollte sie jetzt tun? Nach Estapharriol zurückkehren? Die Überlegung, dass ihr Werk hier einstweilen vollbracht war, hatte zwar etwas ungemein Verlockendes, aber sie war dessen ungeachtet ausgesprochen neugierig, wie der Kampf zwischen diesen Giganten ausgehen mochte. Ihr nächster Spielzug hing immerhin davon ab, wer von ihnen den Sieg davontragen würde.

So sehr sie sich die Ruhe auch verdient hatte, sie würde sich noch eine Weile gedulden müssen.

Der Teil des Netzes, der zwischen ihr und den Kämpfenden lag, war zwar von der Todesmagie zerstört worden, aber es gab andere Fäden, die sie nutzen konnte, um wieder näher heranzukommen. Binnen weniger Augenblicke gelangte sie auf Umwegen an den Rand einer Lichtung – eine rauchende Einöde von etwa hundert Schritten in der Breite, von der nur noch Baumstümpfe aufragten. Der Boden war von Frost bedeckt, und in der Luft hing gefrierender Nebel, der Romany bei aller Körperlosigkeit die Zähne klappern ließ. In der

Mitte dieser Lichtung entfesselten die Witwenmacherin und der Titan einen Sturm weißglühender Energie. Das Haar und die Kleidung des Titanen standen in Flammen, und seine Hände waren mit roten Blasen bedeckt. Er schwang seine Kräfte wie eine Sense, schien aber die Witwenmacherin nicht ein einziges Mal treffen zu können; seine Schläge glitten an ihren Schutzschilden ab und zerstörten dafür immer mehr den Wald. Die Frau zapfte die Energien der sterbenden Bäume an, und ihr Ebenholzstab bäumte sich in ihren Händen auf, als sie eine Welle schwarzer Hexenkunst gegen den Titanen schleuderte. Die Luft erzitterte, als ihre Kraft auf die des Unsterblichen prallte.

Die Witwenmacherin wurde einen Schritt zurückgeworfen.

Ein verirrter Zauberblitz schoss auf Romany zu, aber dieses Mal gelang es ihr, rechtzeitig auszuweichen. Die zwei Kontrahenten waren einander ebenbürtiger, als sie vermutet hatte; allerdings war es nur eine Frage der Zeit, bis der Titan den Sieg davontragen würde. Oder zumindest hoffte die Priesterin das, denn die Pläne, die sie mit ihm hatte, gingen über die Vernichtung der Witwenmacherin hinaus: Wenn dieser Unhold hier fertig war, dann würde Romany ihn gegen den nächsten von Shrouds Jüngern antreten lassen, und dann gegen den nächsten und wieder den nächsten. Gut, irgendwann würde auch in diesem dummen Schädel ein gewisser Verdacht aufkeimen, aber möglicherweise erst, wenn sie seine Kräfte vollständig ausgenutzt hatte.

Es sei denn … Es sei denn, sie würde einfach tatenlos zusehen, wie der Titan ohne weitere Widerstände in das Herz von Mayots kleinem, heruntergekommenen Reich vordrang. Der Alte war dem Unsterblichen natürlich überhaupt nicht gewachsen, und wenn dieser Unhold das Buch in seine Klauen bekam, dann würde Shroud sich wirklich anstrengen müssen, um seinen Thron zu behalten.

Romany zuckte zusammen, als der nächste Donnerschlag die Luft erzittern ließ. Dann kam ihr ein beunruhigender Gedanke: Was würde geschehen, wenn die Witwenmacherin dahinging? Würde Mayot sie genauso wiederbeleben können wie die Vamilianer? Bei Lorigan Teele war ihm das nicht gelungen, allerdings war der Körper des Ritters bei ihrem Kampf in der Rotunde auch vollständig verbrannt. Romany war sich nicht ganz sicher, ob es ihr gefallen würde, wenn die Witwenmacherin zu Mayots Heer aus Dienern stieß, aber dann tröstete sie sich: Shroud würde es sicherlich nicht zulassen, dass eine seiner Jüngerinnen wieder zum Leben erweckt und auf diese Weise gegen ihn eingesetzt werden konnte.

Eine Zauberexplosion des Titanen schleuderte die Witwenmacherin jetzt durch die Luft, und sie schlug hart zwischen den Baumstümpfen auf. Der Unsterbliche trat näher, um ihr den Todesstoß zu versetzen, und zog seinen Streithammer. Aber die Witwenmacherin war noch nicht erledigt, sie rappelte sich fauchend wieder auf und stürmte über den frostharten Boden auf ihren Gegner zu. Der Titan versuchte ihrem Angriff mit dem Streithammer zu begegnen, aber sie war zu schnell für ihn. Mit einer flinken Bewegung duckte sie sich unter dem Hammerschlag weg, sprang ihm entgegen und rammte ihm ihre fingerlangen Klauen in die Brust. Todesmagie strömte aus ihren Händen, und Eiter und Blasen traten rund um die Wunden hervor. Der Titan brüllte vor Schmerz, ließ den Streithammer fallen und packte seine Gegnerin am Hals.

Die Muskeln seiner Unterarme traten hervor.

Einige Herzschläge lang schien er bei all seinen Bemühungen nichts auszurichten; die Schutzschilde der Witwenmacherin hinderten seine Finger daran, richtig fest zuzudrücken.

Dann brach ihre Verteidigung unter seiner übermenschlichen Stärke zusammen, und ihre Wirbel knackten schrecklich, als der Titan ihr den Kopf abriss. Schwarzes Blut schoss aus ihrem Hals. Romany zog die Luft durch die Zähne ein. Das musste schrecklich wehtun. Und der Körper der Witwenmacherin sank auch nicht zu Boden, sondern fiel gegen ihren Mörder, da ihre Klauen noch immer in seiner Brust steckten. Stöhnend befreite er sich und schleuderte den Leichnam zur Seite. Dann gaben seine Beine nach, und er sank mit einem lauten Krachen zu Boden. Blut strömte aus den Wunden in seiner Brust. Die Todesmagie, mit der die Luft gesättigt war, würde schnell in die Einstiche dringen und sein Fleisch verderben, das wusste Romany. Schon jetzt breitete sich ein schwarzer Fleck unter seiner elfenbeinfarbenen Haut aus.

Sie runzelte die Stirn. Das machte alles noch komplizierter. Sie musste daran denken, wie die Witwenmacherin nur einen Tag zuvor durch den Wald geschritten war und die Vamilianer tot zu Boden sanken, sobald sie ihr zu nahe kamen. Hätte sie das Duell gewonnen, hätte Mayot den Titan nicht wiederbeleben können, denn jede Faser Todesmagie wäre sofort verdorrt, sobald er wieder erweckt war. Aber nun, da es die Witwenmacherin getroffen hatte, würde der Titan, wenn er starb, in die Gewalt des Alten geraten. Und das konnte Romany nicht zulassen. Sicher, der Titan würde eine mächtige Waffe im Kampf gegen Shrouds Diener sein, aber eine Waffe in Mayots Händen und nicht in den ihren. Dann hätte sie das Spiel nicht mehr unter Kontrolle. *Und der alte Narr könnte auf den Gedanken kommen, dass er mich nicht mehr braucht.*

Was aber konnte sie tun, um das zu verhindern? Die Priesterin sah zum Leichnam der Witwenmacherin – oder vielmehr dorthin, wo er sich hätte befinden sollen. Von der Frau war nur noch die schwarze Robe geblieben, die sich an einem Baumstumpf verfangen hatte. Romanys Herz setzte kurz aus. Offenbar hatte Shroud die Leiche seiner Vertrauten schnell für sich beansprucht, aber wie konnte es sein, dass die Priesterin seine Gegenwart nicht wahrgenommen hatte? Und vor allem: War der Gott noch in der Nähe?

Am Rand der Lichtung bewegte sich etwas, und sie erstarrte. Dann trat ein Mann hervor, und sie atmete erleichtert aus. *Nur ein Vamilianer.* Mayots Rotschnäbel kreisten schon über dem Wald. Der Titan hatte den Untoten auch erspäht. Mit Mühe rappelte er sich auf und schwankte zu der Stelle, wo er den Streithammer hatte fallen lassen. Erst glaubte Romany, er würde es auf einen Kampf ankommen lassen, aber stattdessen wandte er sich nun nach Süden und trat, eine Blutspur zurücklassend, wieder zwischen die Bäume. Wenn der Unsterbliche der vom Buch verursachten Fäulnis entgehen wollte, dann musste er den Wald verlassen. Damit hatte er, wie Romany vermutete, seine Rolle ausgespielt, denn bis seine Wunden verheilt waren – wenn sie das denn überhaupt je taten –, würde sich Mayots Schicksal längst entschieden haben.

Im Augenblick musste sich die Priesterin aber vor allem darum kümmern, dass der Unhold es sicher bis zum Waldrand schaffte und nicht noch dem Magier in die Fänge geriet. Sie seufzte.

Eine Frau kann halt niemals die Hände in den Schoß legen.

»Die Quelle sollte hier sein«, sagte Luker.

Merin brummte etwas. »Sollte.«

Der Bewahrer wusste genau, was er dachte. *Ja, »sollte« kann man nicht trinken.*

Er fuhr sich mit der Hand über die schweißbedeckte Stirn und blickte hinunter in die Senke. Wo sich vor zwei Jahren noch ein kleiner Tümpel befunden hatte, erstreckte sich nun gesprungene, rotbraune Erde, flankiert von einigen verkrüppelten Rodandabäumen. Ringsum lagen die Kadaver einiger Alamandren. Fette Rotschnäbel watschelten zwischen ihnen herum und zankten sich um die ekligen Überreste. Lag es nur am Licht, oder war die Erde in der Mitte der Senke dunkler als am Rand? Luker stieg ab und führte seine Stute den Hang hinunter. Die Aasvögel flogen auf, als er sich näherte, und kreischten verärgert, aber ihre Flügel beschatteten ihn kurz vor dem brennenden Schein der Vormittagssonne. Am tiefsten Punkt des Beckens ließ er die Zügel los und fiel auf die Knie. Dann legte er die rechte Hand flach auf die Erde.

Sie war feucht.

Sein Herz begann wild zu schlagen. Hastig zog er einen Dolch und wühlte die Erde damit auf. Als er einen Finger tief gegraben hatte, wurde der Boden weicher. Jetzt warf er den Dolch beiseite und warf die Erde mit den Händen zur Seite. Schließlich war ein kleines Loch entstanden, und er hielt inne und wartete. Merin rief eine Frage zu ihm herunter, aber Luker achtete nicht auf ihn. In dem Loch sammelte sich tatsächlich eine schlammige Flüssigkeit. Er beugte das Gesicht hinunter und schnupperte.

Keine Anzeichen dafür, dass das Wasser verdorben war.

Bei den Göttern der Unterwelt, wir haben es geschafft.

Nun machte er sich daran, das Loch zu vergrößern. Plötzlich kniete auch Jenna neben ihm und half mit; Luker sah, wie Hoffnung in ihre trüben Augen trat. Als das Loch den Durchmesser von einer Armlänge hatte, hörten sie einstweilen auf.

»Wir müssen das Wasser filtern«, sagte Luker. »Und immer nur ein paar Schlucke zur Zeit.«

Jenna nickte.

Seine Beine zitterten, als er wieder aufstand und sich zu Merin umwandte; der löste gerade die Stricke, die Chamery an seinen Sattel fesselten, und half dem Magier vom Pferd. Chamerys strohfarbenes Haar klebte an seiner sonnenverbrannten Stirn, und er murmelte etwas Unverständliches. Merin holte ein überzähliges Hemd aus einer Satteltasche, dann kam er zu der Senke und drückte den Stoff ins Wasser. Anschließend fasste er die Ränder zusammen, um eine Art Tasche zu formen, hob sie hoch und lief zurück zu Chamery. Als der Tyrin sich neben ihn kniete, tropfte Wasser durch das Hemd auf Chamerys Gesicht. Der Magier schluckte die Flüssigkeit gierig und leckte mit seiner geschwollenen Zunge die verirrten Tropfen von seinen Lippen.

Als ob man einen shroudverfluchten Säugling stillt.

Luker wartete, bis die anderen ihren Durst gelöscht hatten, dann führte er die Pferde nacheinander an das Wasserloch. Erst dann nahm er die Flasche an, die ihm Jenna hinhielt, und trank von dem warmen Wasser – zunächst nur einen Schluck, aber das reichte schon, damit sich sein Magen zusammenzog. Die Flüssigkeit hatte einen metallischen Geschmack.

Der Tyrin zog Chamery in den Schatten eines Rodandabaums, dann stieß er wieder zu Luker und Jenna, die noch am Wasserloch saßen. Wieder drückte er sein Hemd ins Wasser, dann schraubte er eine leere Flasche auf und ließ die Flüssigkeit hineintröpfeln.

»Wie steht es mit dem Seelenfänger?«, fragte er.

Luker nahm den Dolch wieder an sich, den er beiseite geworfen hatte, und wischte die sandige Erde von der Klinge. »Der hat ein Lager aufgeschlagen. Ist in dem verlassenen Dorf untergeschlüpft, durch das wir vor einer Glocke gekommen sind.«

»Untergeschlüpft?«

»Wartet die schlimmste Hitze ab, würde ich vermuten. Der Dreckskerl weiß natürlich, dass wir in diesem Zustand nicht weit kommen. Aber selbst wenn er bis zur Abenddämmerung wartet, bevor er wieder aufbricht, wird er uns doch eingeholt haben, wenn es dunkel wird.«

»Also sollten wir eine Pause machen und dann zügig weiterreiten.«

»Ihr meint, eine Pause von vierundzwanzig Glocken? Wir können den Kalanesern nicht entkommen. Mein Pferd lahmt, die anderen sind völlig erschöpft. Und bei dem Zustand, in dem sich der Junge befindet …«

»Vielleicht, wenn er noch etwas Wasser bekommt …«

»Das glaubt Ihr doch ebenso wenig wie ich.«

Merin schraubte die erste Wasserflasche zu und zog eine weitere hervor. »Gibt es hier irgendwelche Siedlungen? Einen Ort, wo wir frische Pferde bekommen könnten?«

»Keinen, den wir rechtzeitig erreichen würden«, sagte Luker. »Es gibt allerdings eine andere Möglichkeit.« Er sah zu Chamery hinüber. »Damit der Kleine seine Kräfte zurückerlangt, muss etwas sterben – am besten etwas sehr Kraftvolles. Ich denke, dafür könnte ich sorgen.«

Merin blickte auf den Dolch in Lukers Hand. »Wie meint Ihr das?«

Er glaubt, dass ich ihn erledigen will. Bei anderer Gelegenheit hätte Luker zumindest so lange gezögert, bis die Zweifel ganz und gar vom Tyrin Besitz ergriffen hätten. Aber jetzt deutete er nach Süden. »Ich schleiche mich an sie an.«

Der Tyrin starrte ihn an. »Die Kalaneser?«

»Es sei denn, Ihr wüsstet noch jemand anderen, der uns jagt.«

»Ist das Euer Ernst? Bei Shrouds Gnade, wie viele Leute sind das, zwanzig? Und dann ist da auch noch der Seelenfänger.«

»Ich habe schon unter schlechteren Vorzeichen Kämpfe gewonnen.«

»Aber nicht in dem Zustand, in dem Ihr Euch jetzt befindet. Ihr solltet Euch sehen, Ihr habt doch schon einen Fuß über Shrouds Schwelle gesetzt. Wie wir alle.«

»Und jetzt werden die Kalaneser einmal zu spüren bekommen, wie sich das anfühlt. Sie haben einen Fehler gemacht, als sie nachließen, anstatt uns gleich niederzureiten. Das heißt, sie sind sich ihrer selbst viel zu sicher. Das heißt, sie werden nicht erwarten, dass ich bei ihnen vorbeischaue.«

»Aber der Seelenfänger wird Euch kommen sehen.«

»Nur, wenn er nach mir sucht. Wenn er das nicht tut, spürt er mich erst, wenn ich den Willen einsetze.« *Und dann ist es für ihn zu spät.*

»Und falls Ihr Euch irrt?«

Luker zuckte die Achseln. »Entweder er stirbt oder ich. In beiden Fällen sollte Chamery die Kraft bekommen, die er braucht. Und Ihr könnt überleben. Dafür solltet Ihr dankbar sein.«

Merin dachte darüber nach, während er die zweite Wasserflasche verschloss, dann nickte er. »Wenn Ihr es geschafft habt, dann begebt

Euch in die Stadt Hamis, östlich von Arandas. Wir werden dort zwei Tage auf euch warten, aber nicht länger.«

Luker brummte. So sah also Dankbarkeit aus, ja? Das erklärte immerhin das Gefühl von Wärme, das er empfand. »Ich nehme Chamerys Pferd. Er kann sich meines nehmen, wenn er wieder aufwacht.«

Merin griff in seine Gürteltasche und zog zwei Glaskugeln hervor. Eine davon gab er Luker. »Nehmt das. Ihr werdet es vielleicht brauchen.«

Die Kugel lag heiß in den schwieligen Händen des Bewahrers. Als er sie ans Licht hob, sah er, dass die kleinen Nebelstrudel darin eine leicht grünliche Farbe hatten. *Erdmagie.*

»Packt sie vorsichtig weg«, setzte Merin hinzu. »Wenn das Glas zerbricht …«

»Ich weiß, wie so etwas funktioniert.«

Luker stand auf. Die Glaskugel ließ er in seine Gürteltasche gleiten, dann ging er zu Chamerys Wallach und löste den Sattelgurt. Als er den Sattel auf den Boden fallen ließ, verschwamm ihm kurz der Blick, und er lehnte sich gegen das Pferd, bis der Schwindel vorüber war.

Hinter ihm ertönten Schritte. »Ich komme mit«, sagte Jenna.

Luker antwortete nicht, sondern ging zu seiner Stute, nahm ihr den Sattel ab und trug ihn zu Chamerys Pferd.

»Du brauchst mich«, fuhr die Assassine fort. »Was du da vorhast, ist mein Beruf.«

»Ich arbeite allein«, sagte Luker.

»Ich auch. Dieses Mal arbeiten wir dann eben … zusammen allein.«

»Zusammen allein, verstanden.« Der Bewahrer schob seine Wasserflasche in eine der Satteltaschen. »Hast du schon mal gegen Kalaneser gekämpft?«

»Ich will nicht gegen sie kämpfen. Ich will sie umbringen. Das ist ein Unterschied.«

Zum ersten Mal begegnete er ihrem Blick. Die Wüstensonne hatte Sommersprossen auf ihre Nase und Wangen getupft, und das Narbenmuster trat auf ihrer gebräunten Haut deutlich zutage. »Warum?«

»Warum was?«

»Wenn du jetzt davonreitest, kommst du vielleicht mit dem Leben davon.«

»Dasselbe könnte ich auch zu dir sagen.«

»Leg dich nicht mit mir an. Das hier ist nicht deine Aufgabe.«

In Jennas schiefem Lächeln lag ein Hauch von Wehmut. »Vielleicht hast du recht«, sagte sie. »Vielleicht liegt gerade darin der Reiz.«

Luker betrachtete sie genau. Da war etwas, das sie ihm nicht sagte, aber war das bei ihr nicht immer so? Tatsächlich konnte ein zweites Paar Augen sich beim Anschleichen an die Kalaneser als sehr nützlich erweisen. Und bei all dem, was er ihr gerade über das Davonreiten gesagt hatte, war sie an seiner Seite immer noch am sichersten. »In Ordnung.«

Das Lächeln vertiefte sich. »Dann machen wir uns als Erstes über den Seelenfänger her, ja?«

»Ja. Ich habe eine kleine Überraschung für ihn.«

Jenna hob eine Augenbraue. »Die Kugel, die Merin dir gegeben hat?«

»Ich weihe dich ein, sobald wir unterwegs sind.«

»Wie willst du dich ihnen nähern? Der Seelenfänger wird Kundschafter ausgesandt haben.«

»Als ich zuletzt nach ihnen sah, hatte er das nicht getan. Nur ein paar Wächter standen rund um seinen Unterschlupf. Die müssen wir geräuschlos aus dem Weg räumen.«

»Dann überlässt du sie am besten mir.«

Luker stieg in den Sattel. »Wenn es schwierig wird, dann zieh dich zurück. Such dir ein Versteck und halte mir den Rücken frei.«

»Du traust mir soweit, dass du mir den Rücken zuwendest?«

»Ich hoffe, dass du nicht darauf schießt«, brummte Luker.

Leise lachend ging Jenna nun zu ihrem eigenen Pferd. Sie band sich das Haar zu einem Pferdeschwanz zusammen, dann nahm sie ein Paar schwarzer Lederhandschuhe aus ihren Satteltaschen und zog sie über. »Fühlt sich gut an, oder?«, fragte sie und sah Luker wieder an. »Etwas tun zu können, meine ich.«

Der Bewahrer zeigte die Zähne. »Ja. Die Kalaneser haben mich lange genug gejagt. Jetzt bin ich dran.«

14

Selbst aus einigen hundert Schritten Entfernung konnte Parolla erkennen, dass der Seufzerwald starb. Die Äste hingen herab, als hätte eine schwere Dürre die Bäume befallen, und rostfarbene Blätter wirbelten um die Stämme. In seinem Todeskampf gab der Wald einen Strom nekromantischer Energien ab, die Parolla mit jedem Atemzug einatmete. Sie hatten eine berauschende Wirkung; ihr Kopf wurde leicht und ihr Herz raste donnernd in ihrer Brust; die Dunkelheit, die in ihr wohnte, wallte und siedete. Als sie an sich heruntersah, merkte sie, dass sie sich die Fingernägel in die Handflächen gebohrt hatte. Blut rann über ihre Handgelenke, aber da war kein Schmerz. Außerdem heilten die Wunden sofort; die Haut zog sich zusammen, bis nicht einmal mehr die kleinste Narbe zu entdecken war.

Die verlassene Siedlung, durch die sie ging, war weiter nichts als eine planlos zusammengedrängte Ansammlung von Hütten, die aus einem mit Häuten bespannten Holzgerüst bestanden. In der Mitte des Dorfes befand sich ein kleiner Hain, dessen Bäume ebenfalls starben. Kein Wunder, dass die Wilden, die hier einmal gelebt hatten, geflohen waren, als sie feststellten, dass ihre geheiligten Lichtungen dahinsiechten. Die Äste der Bäume waren mit ähnlichen Fetischen und Kleiderfetzen behängt wie in dem Hain, in dem Parolla dem Zwerg begegnet war. Hier allerdings war der Graben, der die Bäume umgab, seltsamerweise nicht mit Knochen gefüllt.

Im Schatten eines Hauseingangs blieb sie stehen, zog den Stopfen aus ihrer Wasserflasche und nahm einen großen Schluck. Dabei benötigte sie im Augenblick gar kein Wasser, denn die Todesmagie, die aus dem Wald strömte, gab ihrem Körper alle Energie, die er brauchte. Dennoch wollte Parolla vermeiden, sich zu sehr an diese Art der … Nahrung zu gewöhnen. Schon jetzt wirkten sich die dunklen Kräfte auf ihre Stimmung aus. Sobald sie die Augen schloss, wallte ihr Blut auf und wollte sie überwältigen, und die schwarze Flut schwemmte Erinnerungen an die Oberfläche, von denen sie geglaubt hatte, sie schon lange in abgeschlossenen Bereichen ihres Gedächtnisses vergraben zu haben. Doch jetzt befeuerten sie ihre Bitterkeit, ihren Rachedurst. Und je mehr ihr Groll erstarkte, desto schwächer wurde die Stimme, die sie zur Zurückhaltung mahnte.

Es wäre besser gewesen, jetzt umzukehren, das wusste sie. Die Auswirkungen der Todesmagie würden stärker werden, je näher sie der Quelle kam. Und während sie zum einen fürchtete, der Dunkelheit gänzlich anheimzufallen, so hatte sie noch mehr Angst davor, eines Tages den Willen zu verlieren, um überhaupt dagegen anzukämpfen. In ihrer Vergangenheit gab es so wenig, das nicht vom Dunkel verunreinigt war. Es wäre so leicht, sich ihrem Blut zu ergeben, die Zweifel und das Selbstmitleid einfach auslöschen zu lassen. Parolla lachte. Umkehren, ja? Und wohin wollte sie dann gehen? Sie schüttelte den Kopf und verschloss die Wasserflasche wieder. Für diesen Weg hatte sie sich vor langer Zeit entschieden; jetzt war es zu spät, um ihn zu verlassen. Zumal sie jetzt dem Ziel ihrer langen Fahrt endlich so nahe war. Die Quelle der Todesmagie lag irgendwo in diesem Wald, sicherlich nur ein paar Tagesreisen südöstlich.

Das war nahe genug, um das Land, das vor ihr lag, mit ihren Geisteskräften zu erforschen.

Parolla setzte sich auf den Boden und schloss die Augen, dann spürte sie ganz kurz, wie ihr schwummrig wurde, als ihr Geist ihren Körper verließ. Sie tastete nach einem Faden Todesmagie und spürte dabei ein leichtes Ziehen, als ob sie ihre Finger in schnell fließendes

Wasser tauchte. Die Ranken kanalisierten nekromantische Energien und beförderten sie an einen weit entfernten Ort. Parolla musste nichts weiter tun, als ihren Geist mit einem der Fäden zu verschmelzen, damit er sie direkt zur Quelle trug.

Sie gab sich der Strömung hin.

Es war, als ob man sich von einem tosenden Strom mitreißen ließ. Die Welt glitt in einer schwindelerregenden Geschwindigkeit an ihr vorüber, und die Farbe des Waldes veränderte sich von einem staubigen Grün zu Braun und dann zu Grau, gelegentlich von weißen Flecken unterbrochen; Parolla vermutete, dass es sich dabei um Häuserruinen handelte. Dann spürte sie, dass sich vor ihr etwas abspielte, und sie stemmte sich gegen den Sog der Todesmagie und wurde langsamer.

Jetzt war die Landschaft wieder besser zu erkennen. An seinen Rändern hatte das Sterben des Waldes gerade erst begonnen, aber hier, weiter im Inneren, war er schon völlig tot; das letzte bisschen Leben, das noch in ihm steckte, verbarg sich tief unter der Erde und verblasste auch allmählich. Die Äste der Bäume waren kahl, ihre Rinde warf Blasen, das Unterholz verdorrte. Weder Vögel noch Insekten waren zu sehen. Was hatte sie also gespürt, das sie ihre Fahrt hatte unterbrechen lassen?

Zwischen den Bäumen bewegte sich etwas. Als sie näher kam, sah Parolla einen dunkelhäutigen Mann mit Schnurrbart, der eine nietenbeschlagene Lederweste trug und der von einem Dutzend Gestalten mit weißen Mänteln bedrängt wurde, die mit Speeren bewaffnet waren. Der einsame Fremde schwang beidhändig ein Schwert, und es gelang ihm, mit einem einzigen Schlag zwei Gegnern den Kopf abzutrennen. Dann duckte er sich unter einem Speer hindurch und schlitzte einem dritten den Bauch auf, dass ihm die Gedärme herausquollen und bis auf seine Füße fielen.

Woraufhin der verletzte Speerkämpfer mit einem Stich reagierte, der den Schwertfechter an der Schulter verletzte.

Parolla fuhr der Atem zischend aus dem Mund.

Erst jetzt sah sie die Faser Todesmagie, die aus der Brust des Speerkämpfers drang. Im Gegensatz zu den Ranken, denen sie hierher gefolgt war, pumpte diese hier Zauberkraft in ein Wesen hinein, statt sie ihm zu entziehen. *Ein Untoter*, erkannte sie, und ihr Puls wurde schneller. Und Seelen, die aus Shrouds Reich zurückgeholt worden waren, konnten nur eines bedeuten.

Ein Portal in die Unterwelt. Etwas anderes war nicht möglich!

Der Schwertkämpfer hatte fast keine Kraft mehr. Er blutete bereits aus vielen Wunden, und seine Angriffe wie auch seine Abwehr wurden immer verzweifelter und erschöpfter. Während die Untoten sich dichter um ihn scharten, lehnte er sich mit dem Rücken an einen Baum und versuchte mit weit ausholenden Schwerthieben, die Angreifer auf Abstand zu halten. *Reine Zeitverschwendung.* Eine weißgekleidete Frau sank mit zerschlagenem Knie zu Boden, aber gut zwanzig neue Angreifer traten hinter dem Schnurrbärtigen hervor. Als er die Schritte hörte, sah er kurz über seine Schulter.

Ein resignierter Blick trat in seine Augen.

Parolla zögerte. Es interessierte sie, was geschehen würde, sobald er starb – ob er gleich wieder aufstehen und sich zu jenen gesellen würde, die ihn gerade getötet hatten.

Aber dann wandte sie sich ab und folgte dem Strang Todesmagie noch ein Stück weiter.

Nach einer Weile spürte sie vor sich eine große Konzentration von Macht, und sie verlangsamte ihre Reise erneut. Vor ihr erhob sich eine riesige Kuppel, die vor Magie erbebte; die Sonnenstrahlen schimmerten auf ihr wie Licht auf einem bewegten Meer. Die Bäume in der Nähe waren so geschwärzt, als wäre ein Feuersturm über sie hinweggefegt. Dort, wo die schwarze Wand entlanggewalzt war, waren Baumstämme zweigeteilt und Äste glatt abgetrennt worden. Hier und da war einer der riesigen Stämme gegen einen seiner Nachbarn gekracht und hatte dabei viele Äste abgebrochen.

Parolla näherte sich der Kuppel und ließ die Fingerspitzen darübergleiten. Eine gleichmütige Machtdemonstration, die sicherlich eher dazu gedacht war, Stärke zu zeigen, als wirklich Eindringlinge fernzuhalten. Für Parolla stellte diese Kuppel ohnehin kein Hindernis dar, denn sie war aus Todesmagie gewirkt, und in ihrer körperlosen Form konnte sie leicht hindurchschweben, ohne auch nur die kleinste Spur ihres Eindringens zu hinterlassen.

Sie fand sich am Rand einer verfallenen Stadt, die in Schatten getaucht war. Der Wald überwucherte einen großen Teil der Ruinen, und das machte es ihr schwer, die Größe der Ansiedlung einzuschätzen, aber sie musste einmal die Heimat vieler Tausend Menschen gewesen sein. Stellenweise erhoben sich die Mauern noch bis zu ihrer Hüfte, manchmal aber auch nur bis zu ihren Knöcheln. Links befand sich eine Straße, über die Dutzende weißgewandeter Gestalten eilten, die junge Bäume an den Zweigen hinter sich her zogen. Dunkles Feuer zuckte über das Holz, wenn es in Kontakt mit der Kuppel kam, und die Bäume brannten noch, als man sie in ein längliches, rechteckiges Gebäude schleppte, aus dem Rauchkringel in den Himmel aufstiegen. Das Scheppern von Metall war zu hören.

Die Ranke aus Todesmagie, der Parolla folgte, führte tiefer hinein in die Stadt, und je weiter sie sich daran entlangtastete, desto weniger verfallen waren die Häuser am Wegesrand. Vor ihr lag ein großer Kuppelbau, und darin, das spürte sie, befand sich der Ausgangspunkt der Fäden.

In nur einem Herzschlag legte sie das letzte Stück zurück und schwebte durch die Wände ins Gebäude.

Drinnen entdeckte sie ein Podest, das in Dunkelheit gehüllt und von vielen Dutzend weiß gekleideter Gestalten umgeben war. Parolla achtete nicht auf sie; ihre Aufmerksamkeit richtete sich auf den Thron, der sich auf dem Podest befand. Er wurde von vier untoten Kriegern flankiert, die goldene Kettenpanzer trugen. Auf diesem Thron hockte gebeugt ein alter Mann, umhüllt von Todesmagie.

Strähniges, weißes Haar hing ihm bis auf die Schultern, und sein Bart war verfilzt und verdreckt. Seine langsamen Bewegungen kündeten von großer Schwäche, und es war deutlich, dass sein Zustand eine Folge der Hexenkunst war, die ihn umgab.

Parolla sah sich nach einem Portal um, konnte aber keines entdecken. Sie ballte die Fäuste. Hatte sie den ganzen Weg umsonst zurückgelegt, für nichts und wieder nichts? Aber damit die Untoten zum Leben erweckt werden konnten, hatten ihre Seelen doch sicherlich Shrouds Tor durchschreiten müssen. Hatte sich hier vielleicht ein Portal geöffnet und dann wieder geschlossen? Vielleicht, aber warum war dann die Magie an diesem Ort noch immer so stark? War der alte Mann dafür verantwortlich? Es lag etwas auf seinem Schoß; was es war, konnte Parolla jedoch durch den Nebel von Zauberkunst nicht erkennen.

Sie erhob sich über die Menge weiß gekleideter Untoter und ließ sich näher herantreiben.

Der Alte sprach mit einer Gestalt, die vor dem Podest stand: eine rundliche Frau, gekleidet in ein wallendes gelbes Gewand mit eingewebtem Goldfaden. Ihr langes braunes Haar trug sie aufgesteckt; juwelenbesetzte Nadeln hielten die Frisur zusammen, und sie rang vor ihrem Gesicht die Hände. *Das ist keine Untote.* Parollas Blick trübte sich, als sie versuchte, ihre Züge klar zu erkennen. Blaue Augen … nein, grün. Runde Wangen, Doppelkinn und …

Parolla blinzelte. Nach einer Kopfbewegung der Frau schien das Fleisch von ihrem Schädel zu schmelzen. Plötzlich wölbte ihre Stirn sich vor, und die Augen – die jetzt braun waren – lagen tiefer in ihren Höhlen. Die Farbe ihres Gewands verblasste, bis sie den elfenbeinfarbenen Roben der Untoten um sie herum glich, dann verdunkelte sie sich zu einem Grau und schließlich zu Schwarz. Ganz offenbar verfügte sie über große Kraft. Ohne Zweifel eine Hexenmeisterin. *Und eine äußerst durchtriebene.*

Die Frau sprach mit dem alten Mann, und Parolla hörte, wie sie den Namen »Mayot« nannte. Dann versagte ihr die Stimme, sie neigte den Kopf in Parollas Richtung – und alterte im Gesicht sofort um zehn Jahre.

Parolla bekam eine Gänsehaut.

Der alte Mann sah sie direkt an.

Luker schlich sich mit Jenna zur Palisade, die das Dorf einfasste, und duckte sich in ihren Schatten. Seit sie am Morgen die Ödnis verlassen hatten, waren sie an vier solcher Siedlungen vorübergekommen, die allesamt aufgrund der unbarmherzig vorrückenden Wüste aufgegeben worden waren. Dieses Dorf war kleiner als die anderen und erinnerte ihn mit den von Furchen durchzogenen Straßen und den Häusern aus lachsfarbenen Lehmziegeln auf eine bedrückende Weise an seinen Geburtsort. In den kleinen Gässchen hinter dem Zaun waren keine Bewegungen wahrzunehmen, aber das hatte der Bewahrer auch nicht anders erwartet – er war erst kurz zuvor mit dem Tiefen Willen über die Siedlung geglitten und hatte dabei festgestellt, dass lediglich zwei Kalaneser auf dem Marktplatz Wache hielten. Dennoch hatte es keinen Sinn, hier noch länger herumzulungern und darauf zu warten, dass man sie doch noch entdeckte. Rechts von ihnen war ein Stück Palisade eingebrochen, nachdem einige Pfosten im lockeren Sand weggerutscht waren. Luker kletterte darüber hinweg und verzog das Gesicht, als die Pfähle unter ihm knarrten. Jenna folgte ihm.

Sie ging dann voraus, in jeder Hand eine kleine, gespannte Armbrust, und so schlichen sie sich zur Mitte der Siedlung. Am Ende einer Gasse hob Jenna die Hand und drängte sich dann an die Mauer zu ihrer Rechten. Hinter der Kreuzung sah Luker weitere Lehmziegelbauten, die einen kleinen Platz säumten. Gegenüber und weiter links erhob sich ein gedrungenes Bauwerk aus grauem Stein, daneben zwei provisorische Galgen. Zwei. Als ob in einem Dorf, das gerade einmal einen Steinwurf im Durchmesser maß, nicht auch einer genügt hätte. Jenna legte ihre Armbrüste auf den Boden, dann schob sie sich auf dem Bauch voran und spähte mit äußerster Vorsicht um die Hausecke. Einen Augenblick später glitt sie schon wieder zurück und flüsterte Luker ins Ohr: »Zwei Wachposten. Der eine auf dieser Seite des Platzes, vielleicht dreißig Schritte weiter rechts. Der andere sitzt im Schatten von diesem Steingebäude. Ich glaube, der Seelenfänger ist dort drin – da wird es kühler sein als in den Ziegelhütten.«

Der Bewahrer nickte. »Klingt vernünftig.«

»Die Posten haben sich gegenseitig im Blick, also müssen wir sie zur gleichen Zeit erledigen.«

»In Ordnung, ich drehe eine Runde ...«

Jenna schüttelte den Kopf. »Du bleibst am besten, wo du bist, alter Mann. Sonst hören die Kalaneser womöglich noch deine Knochen knacken. Ich gehe.«

Luker verzog das Gesicht. »Diese Wächter – was tun sie?«

»Der auf dieser Seite – deiner – hat einen Skorpion zu sich gelockt und nimmt ihn jetzt auseinander. Meiner ruht sich im Schatten aus.«

»War ja klar, dass du dir das leichtere Ziel aussuchst.«

»Nach dem, was in Mercerie passiert ist, dachte ich, es wäre gut, wenn ich dir wieder etwas Übung verschaffe. Hier musst du dir wenigstens keine Gedanken wegen der Dunkelheit oder dem Wind oder der Höhe machen, aber wenn du meinst, dass du trotzdem keinen sicheren Schuss zustande bringst ...«

»Bei der Gnade Shrouds, wie oft willst du noch ...«, begann der Bewahrer, verstummte aber gleich wieder, als Jenna jetzt mit blitzenden Augen den Finger an die Lippen legte und bedeutungsvoll zum Platz hinübersah.

»Dreißig Schritte entfernt, nicht vergessen«, sagte sie.

Brummend nahm Luker eine ihrer Armbrüste zur Hand. Die Waffe sah aus wie ein Kinderspielzeug und war so leicht wie ein Windhauch. Er untersuchte den Mechanismus, der die Sehne löste, dann sah er die Assassine wieder an. »Bist du immer noch hier?«

Jennas Lippen bebten amüsiert. »Ich gebe dir ein Zeichen, wenn ich auf meinem Posten bin.« Damit schnappte sie sich die zweite Armbrust und verschwand in dem Seitengässchen.

Luker sah sich um. Links neben ihm war die Wand einer Lehmhütte eingebrochen und hatte ihren Schutt über die Straße verteilt. Das dunkle Innere des Hauses beherbergte einen Holztisch, auf dem noch Teller und Kelche standen, als seien die früheren Bewohner vom Essen aufgesprungen und geflohen. Vielleicht hatte hier ein Sandklauenjäger gewohnt, jedenfalls legte das Fell, das an der Wand hing, eine solche Beschäftigung nahe. Genau wie Lukes Vater. In den Ecken des festgestampften Lehmbodens sammelte sich der Sand.

Jetzt war es an der Zeit, nach den Kalanesern Ausschau zu halten.

Luker schlich zum Ende des Gässchens. Doch bevor er es erreicht hatte, hörte er Schritte, die in seine Richtung kamen. Hatte der Posten ihn gehört? Nein, denn dann hätte der Mann wohl Alarm geschlagen. Aber was war jetzt zu tun? Wenn er den Neuankömmling tötete, sobald er in die Straße trat, bekam der andere Posten das möglicherweise mit. Also blieb nur noch eine Möglichkeit – in Deckung zu gehen. Luker sprang hastig über die lose herumliegenden Lehmziegel ins Innere des verfallenen Hauses. Die Luft stand vor Hitze. Er duckte sich in die dunkelste Ecke und überprüfte dann, ob der Armbrustbolzen noch in seiner Führung steckte. Die Bolzenspitze roch nach Rosenblättern. Roter Solent, erkannte er grimmig. Falls er die Waffe wirklich abfeuern musste, dann konnte sein Opfer sich glücklich schätzen, wenn es sofort tot war.

Jetzt bog ein Mann in die Gasse und blieb ein paar Schritte entfernt stehen. Er trug einen grauen Mantel und ein Tuch um den Kopf, und er stellte sich vor die gegenüberliegende Wand. Nach einer kurzen Pause hörte Luker ein Stöhnen, gefolgt von einem Plätschern. Der Kerl spritzte dabei nach links und rechts über die ganze Wand, als ob er ein Bild malen wollte.

Ein Windstoß fuhr durch die Gasse und brachte ein paar Lehmbrocken hörbar ins Rollen. Der Posten fuhr herum. Es war unwahrscheinlich, dass er Luker in den Schatten würde sehen können, aber der Bewahrer wollte es nicht darauf ankommen lassen. Also hob er die Armbrust und schoss. Der Bolzen drang dem Kalaneser mitten ins linke Auge, und der Aufprall schlug ihm den Kopf nach hinten. Sofort sprang Luker auf, setzte über den Ziegelschutt, landete genau neben seinem Gegner und fing ihn gerade noch auf, bevor der Mann zu Boden stürzte. Der Körper zuckte noch. Luker merkte, wie etwas auf seine Füße tropfte und fluchte innerlich. Das hatte er nun von seiner Mühe – vollgepisste Stiefel.

Er schleifte den Leichnam die Gasse hinunter, legte ihn ab und zog den Bolzen aus der Augenhöhle; dieser löste sich mit einem schmatzenden Geräusch, und milchiges Blut tropfte nach. Kein schlechter Schuss, wenn man es recht betrachtete. Na gut, er hatte auf die Stirn gezielt, aber das brauchte Jenna nicht zu wissen. Hastig wischte er das Geschoss an dem Mantel des Toten ab, dann spannte er die Armbrust wieder und schob den Bolzen in die Führung. Bisher hatte sich der andere Wächter noch nicht gerührt, aber er würde sicherlich schnell misstrauisch werden, wenn sein Kamerad nicht wiederkam.

Luker schlich wieder zum Ende der Gasse und ließ sich auf den Bauch sinken. Mit zusammengekniffenen Augen blickte er zu dem Steingebäude hinüber. Der Posten saß zusammengesunken davor, die Augen geschlossen, der Kopf war ihm zur Seite gerutscht. Das war wohl eine neue Art des Wachehaltens, von der Luker bisher noch nichts gehört hatte. Doch gleich darauf sah er die Blutlache, die sich neben dem Mann ausbreitete. In der Gasse links bewegte sich etwas. Jenna erschien geduckt in den Schatten und sah zu ihm herüber. Als sich ihre Blicke kreuzten, zog sie einen Finger über ihre Kehle. *Ein schneller, guter Schnitt.* Luker antwortete darauf mit einem Nicken und hob dann die Hand, um ihr anzuzeigen, dass sie dort drüben warten sollte.

Dann erhob er sich und machte sich durch die kleinen Gassen auf den Weg zu der Assassine.

Sie wartete in einer Straße abseits des Marktplatzes im Schatten eines Rodandabaums. »Irgendwelche Probleme?«, fragte er.

»Ein paar Straßen weiter bin ich auf einen dritten Posten gestoßen«, erklärte Jenna. »Er bewachte das Gebäude, in dem sie ihre Pferde untergestellt haben.«

Den muss ich bei meinem körperlosen Kundschaftergang übersehen haben. »Du hast ihn zum Schweigen gebracht?«

»Natürlich. Die Pferde haben sich ein wenig erschreckt, aber das hat mich auf eine Idee gebracht. Warum nehmen wir uns nicht vier Tiere und treiben die anderen auseinander? Zu Fuß ist der Weg in belebte Gebiete ziemlich lang.«

Luker überlegte. Mit frischen Pferden würden sie dem Seelenfänger tatsächlich entkommen können, aber was, wenn einer der Kalaneser hörte, wie sie die Tiere befreiten? Und würden ihre Gegner sie nicht schnell wieder einfangen können? »Nein, wir bringen das hier zu Ende.«

»Ich hatte gehofft, dass du das sagen würdest.«

Sag mir das dann, wenn wir es geschafft haben. »Hast du unsere Ziele ausgespäht?«

»Ja. Aus dem Steingebäude ist Schnarchen zu hören, und aus dem Ziegelbau daneben ebenfalls. Im Ziegelbau sind mehr Leute, würde ich sagen.«

»Wie wir vermutet haben also. Der Seelenfänger ist wahrscheinlich allein – diesen bequemen Unterschlupf würde er nicht mit dem Fußvolk teilen, oder?« Er nahm Merins Glaskugel aus seiner Gürteltasche und reichte sie Jenna.

Die Assassine nahm sie so lässig in Empfang, als handelte es sich um einen ihrer giftgetränkten Bolzen. »Und die werfe ich einfach durchs Fenster?«

»Ja, so hart, dass sie zerbricht. Bleib nicht dort stehen. Angesichts der Dichte von Zauberkraft darin würde ich vermuten, dass dieses Ding eine ziemlich große Wucht hat.«

»Was tust du?«

Luker nickte zum Ende der Straße. »Ich bleibe am Marktplatz. Wenn die Überlebenden herausgestürmt kommen, werde ich ihnen einen hübschen Empfang bereiten.«

Jenna hob die Augenbrauen. »Ihnen allen?«

»In der ursprünglichen Gruppe hatte ich neunzehn Leute gezählt. Der Seelenfänger hat einer das Leben ausgesaugt, die Stammesbrüder haben drei erledigt und wir gerade noch einmal drei. Wenn der Seelenfänger ins Gras beißt, müssen wir uns noch um elf andere kümmern.«

»Du meinst elf, wie in ›einer mehr als zehn‹?«

Luker gab Jenna die Armbrust zurück. »Zähle bis fünfzig, ja? Dann schlagen wir los.«

Parolla verneigte sich vor dem alten Mann auf dem Thron. »Ich grüße Euch, *sirrah*. Mein Name lautet Parolla Morivan. Vergebt mir, dass ich einfach so hier eingedrungen bin. Ich hatte nicht erwartet, dass dieser Ort … bewohnt ist.«

Das Schweigen zog sich so lange hin, bis Parolla daran zweifelte, dass Mayot sie überhaupt gehört hatte. »Du bringst eine Botschaft von deinem Meister?«, fragte er schließlich. »Vielleicht hat Shroud dann also seine Einstellung geändert?«

Sie versteifte sich. »Ihr verwechselt mich. Ich zähle nicht zu Shrouds Anhängerinnen.«

»Und ich bin nicht so dumm, wie dein Gebieter glaubt. Ich spüre deine Macht, Weib – und sehe das Zeichen deines Gottes an dir. Glaubst du, das bliebe mir verborgen?«

Parollas Lippen kräuselten sich. *Du siehst nur, was du sehen willst,* feksha. Ihr Blick fiel auf das Buch, das auf dem Schoß des Alten lag – zweifelsohne die Quelle, aus der die Fäden von Todesmagie entsprangen. Es pulsierte wie ein krankes Herz, und die Wellen schwarzer Hexenkunst, die von ihm ausgingen, ließen die Dunkelheit schimmern, die sich rund um das Podest ausgebreitet hatte. Die Macht des Buches schwächte den Schleier, der diese Welt von Shrouds Reich trennte. Irgendwann würde er ganz zerreißen. War es das, was der alte Mann beabsichtigte? Wusste er überhaupt, was er hier in Gang setzte? »Ihr schafft ein Portal, *sirrah*? Ich spüre …«

»Ist es das, was dein Meister fürchtet?«, unterbrach sie der *magus.* »Richtig. Ein Tor zu seinem Reich. Und somit zu all den dort versammelten Seelen, die unter meine Herrschaft geraten.«

Parolla spürte, wie ihr Blut aufwallte, und ein Schatten verdunkelte ihr Blickfeld. »Eure Wahnvorstellungen werden recht schnell ermüdend. Auf die Gefahr hin, mich zu wiederholen: Ich bin keine von Shrouds Anhängerinnen. Ich wünsche nur das Portal zu nutzen, das Ihr gerade erschafft. Und wenn Ihr mich daran nicht hindert, dann werden wir sicherlich auch gar keine Schwierigkeiten miteinander haben.«

»Du willst die Unterwelt betreten? Warum?«

»Ich habe meine Gründe.«

Der alte Mann stieß ein sarkastisches Lachen aus. »Die meisten Menschen versuchen ihre Begegnung mit Shroud so lange wie möglich hinauszuzögern, und da soll ich dir glauben …«

»Ich gebe Euch mein Wort.«

»Und allein deswegen sollte ich also einen Bannwolf in den Käfig eines Kegelvogels lassen? Nein, nein. Dein Herr muss wirklich sehr verzweifelt sein, wenn er es mit einem so billigen Trick versucht. Er hätte zugreifen sollen, als er die Möglichkeit dazu hatte.«

Parolla hielt inne und dachte nach. Hatte der alte Mann versucht, mit Shroud einen Handel abzuschließen? Falls ja, dann hatte er noch viel zu lernen, was die Hinterlist der Unsterblichen betraf. Was die Götter wollten, das nahmen sie sich, ohne lange darüber nachzudenken, ob sie dabei einen Menschen niedertrampelten. Aber dennoch, dass Mayot bereit schien, sich Shroud entgegenzustellen, machte ihn … wozu? Zu einem Narren? *Einem Verbündeten?* Parollas Blick glitt wieder zu dem Buch. Selbst in ihrer körperlosen Form konnte sie die Kraft spüren, die darin ruhte. Der alte Mann hatte offenbar gerade erst damit begonnen, seine Geheimnisse zu entschlüsseln. Und wenn Shroud dieses Buch will … *Dann will ich es auch.*

Mayot hatte wohl ihre Gedanken gelesen, denn er presste jetzt das Buch fest an seine Brust.

Parolla schwebte direkt vor ihn. »Wie ich sehe, begreift Ihr nun, in welch gefährlicher Lage Ihr Euch befindet. Ihr habt Macht, ohne jeden Zweifel, aber es ist eine Macht, die Euch genommen werden kann.«

»Da wärst du nicht die Erste, die das versuchte.« Mayot deutete auf eine Reihe von Gestalten, die sich rechter Hand am Fuß des Podests versammelt hatten. Unter ihnen befand sich eine kleine, blonde Frau, die das vielfarbige Gewand der Metiscan-Magier trug, ein riesiger Stammesbruder, an dessen Gürtel die Skalps vieler Dutzend Feinde hingen, sowie ein grauhaariger Mann mit grimmiger Miene, in dessen ruhigem Blick eine eiserne Härte lag. »All diese Narren«, fuhr Mayot fort, »gaben sich ebenfalls der irrsinnigen Vorstellung hin, sie könnten mir nehmen, was mir von Rechts wegen gehört. Jetzt sind sie meine Diener.«

»Mir scheint, Ihr habt bereits keinen Mangel an Feinden. Da wäre es nicht weise, sich einen weiteren zu schaffen.«

»Nicht weise?«, gab Mayot verächtlich zurück. »Sag mir, Weib, war es *weise*, dass du dich mir so offenbartest? Dass du mich vor deinem Eintreffen warntest?« Er lächelte dünn. »Dass du dich so weit von deinem Körper entferntest?«

Bevor Parolla reagieren konnte, schoss eine Hand des Alten nach vorn. Todesmagie strömte aus ihr heraus und hüllte Parolla ein. Schmerz bohrte sich in ihren Kopf, und sie spürte, dass sie wie in einer Spirale davonsegelte.

Romany schürzte die Lippen, als Parollas Geist verblasste. Was für eine geheimnisvolle Frau. Dass es ihr gelungen war, bis hierher vorzudringen, ohne einen einzigen Faden von Romanys Netz zu berühren, war geradezu ein Wunder – *unmöglich!* Es bedeutete, dass ihr Geist ähnlich über die Fäden von Todesmagie gewandert sein musste, wie auch Romany sich durch ihr Netz bewegte. Das vollbrachte nur jemand, der sich sehr gut mit den dunklen Künsten auskannte. Aber gehörte sie deswegen zu Shrouds Jüngern? Die Priesterin war sich da nicht sicher.

Mayot hatte natürlich wieder einmal unglaublich wenig auf die feinen Nuancen ihrer Auseinandersetzung geachtet. Wieso zum Beispiel hatte diese Parolla nicht verlangt, dass er ihr das Buch aushändigte? Wieso hatte sie keine Drohungen ausgesprochen oder eine Frist gesetzt? Ganz offensichtlich war diese arme Frau von ihrer Begegnung ebenso überrascht gewesen wie Mayot. Und was den Wunsch betraf, in die Unterwelt zu gelangen … Romanys Lippen zuckten. Die ganze Geschichte war so völlig unwahrscheinlich, dass sie fast schon wahr sein musste. Aber die Frage blieb: Wer war sie, und welches Interesse hatte sie an Shrouds Reich?

Sicher verborgen hinter ihren Schutzzaubern hatte die Priesterin Parolla genau beobachtet. Das Auffälligste an ihr waren ihre Augen gewesen, zwei Kugeln aus so tiefem Schwarz, dass sie wie zwei Fenster zum Abgrund wirkten. Und ihre Gesichtszüge hatten etwas so Altersloses, dass Romany sich unwillkürlich an die Spinne erinnert fühlte. War diese Frau vielleicht eine Göttin? Nein, sonst hätte Mayot sie nicht so leicht davonjagen können. Und trotz der Kraft, die Parolla gezeigt hatte, hatte sie sich doch sehr vorsichtig ausgedrückt, und die kleinen Linien um ihre Augen verrieten eine Verletzlichkeit wie von erlebtem Schmerz; sie kündeten von einer Menschlichkeit, die den Unsterblichen völlig fremd war.

Ein Rätsel, das zu einer anderen Zeit gelöst werden musste.

Romany spürte Mayots Blick auf sich ruhen und wandte sich zu ihm um. »Wo waren wir, Gebieter?«

Es folgte die übliche kleine Pause, die der Alte stets brauchte, um sein Gehirn zu aktivieren. »Du hast mir erklären wollen, wieso der Titan gestern entfloh.«

»Habe ich das?«

Mayot schlug mit der Faust auf die Armlehne des Thronsessels. »Jetzt reicht es mit den Spielchen! Der Unsterbliche konnte sich kaum noch auf den Beinen halten und hätte sich nicht mehr verteidigen können. Dennoch gelang es ihm irgendwie, meinen Untoten zu entkommen.«

»Das ist sicherlich höchst bedauerlich. Heutzutage ist es furchtbar schwer, verlässliche Dienstboten zu finden.«

»Dafür bist du ebenso verantwortlich wie die Vamilianer.«

Romany schnalzte verärgert mit der Zunge. Zwar hatte sie von dem Magier nichts anderes erwartet, aber sie fand es dennoch unangemessen, dass er ihr überhaupt keine Wertschätzung entgegenbrachte. »Falls Ihr es vergessen haben solltet, mein Gebieter, der Titan war nur deshalb überhaupt in Eurer Hand, weil ich dafür gesorgt hatte.«

Mayots nervöses Augenlid begann wieder zu flattern. »Das hatte ich nicht vergessen. Tatsächlich ist mir aufgefallen, dass deine … Einmischung … mit dem Unsterblichen schließlich einem anderen Jünger Shrouds ein böses Ende bereitete. Dem zweiten, wie ich meine …«

»Dem dritten!«, unterbrach ihn Romany. Glaubte der Alte etwa, sie hätte nur herumgesessen, seit die Witwenmacherin dahingegangen war?

»Denn eben dem dritten. Entschuldige, aber mir fällt allmählich ein gewisses Muster bei deiner Auswahl von Gegnern auf.«

Wie aufmerksam von dir. »Ihr meint, ich sei auf einer Art Rachefeldzug gegen Shroud? Was war dann mit dem Titanen? Oder wollt Ihr den Unsterblichen zu den Anhängern des Totenfürsten zählen?«

»Der Titan ist nicht gestorben.«

»Aber er wurde immerhin besiegt.«

»Und wenn seine Wunden heilen?«

Romany schniefte. »Ich hätte vermutet, Ihr hättet andere, dringlichere Sorgen, Gebieter. Drei von Shrouds Jüngern sind tot, ja, aber viele weitere wandern noch immer durch den Wald.«

»Meine Vamilianer werden sie vernichten.«

»Bisher hatten sie dabei nicht besonders viel Erfolg, wie Ihr zugeben müsst.«

Mayot sprach weiter, als hätte er sie nicht gehört. »Und wenn *sie* das nicht tun, dann werde ich meine Elitekämpfer auf sie ansetzen.« Damit deutete er mit einer Kopfbewegung auf die Untoten am Fuße des Podestes.

Romany fühlte, wie sich die Blicke der Genannten bohrend auf sie richteten. »Das wird nicht reichen.«

»O doch, das wird es«, stieß der Alte mit zusammengebissenen Zähnen hervor. »Jeden Tag wird mein Untoten-Heer stärker. Und du scheinst zu vergessen: Falls sich wirklich jemand bis hierher vorwagen sollte, dann muss er es immer noch mit *mir* aufnehmen.«

Romany legte einen Hauch Verachtung in ihre Stimme. »Und wenn Shroud irgendwann selbst auf der Spielfläche erscheint, was sicherlich irgendwann geschehen wird? Seid Ihr dann bereit, Gebieter, dem vollen Gewicht seines Angriffs standzuhalten?«

Ganz kurz bröckelte Mayots Fassung. »Wenn dir mein Wohlergehen so am Herzen liegt, wieso erschließt du mir dann nicht die letzten Geheimnisse dieses Buches?«

Romany lächelte ihn zuckersüß an. Wie schön, dass sich der Alte einmal selbst daran erinnerte, welch großen Wert sie für ihn hatte, bevor sie es selbst tun musste. »Vielleicht werde ich das, mein Gebieter. Vielleicht werde ich das.«

Damit wandte sie sich um und drängte sich durch die Untoten zum Ausgang. Auf dem Weg verblasste ihr Lächeln. Zwar war es immer wieder ganz erheiternd, den Alten am Bart zu ziehen, aber jetzt beschäftigte sie sich in Gedanken schon wieder damit, wie sie ihr nächstes Opfer erledigen konnte. Inzwischen befanden sich so viele Figuren auf dem Spielbrett, dass sie sorgsam vorausplanen musste. Offenbar hatte Shroud ein paar seiner Leute kräftig zurechtgestutzt, denn inzwischen taten sich seine Jünger im Kampf gegen die Vamilianer zusammen. Allerdings war es für Romany ein Leichtes, Mayots Diener an die richtigen Stellen zu lenken und damit zu verhindern, dass sich der Feind zu einer größeren, geschlossenen Truppe formierte. Ja, für jeden Schergen des Totengottes, den sie tötete, verlor Mayot Hunderte, sogar Tausende von Vamilianern, aber solche Zahlen spielten kaum eine Rolle bei einem Heer, das aus einem ganzen Volk bestand. Und bisher hatte noch keiner von Shrouds anderen Schergen die Fähigkeiten der Witwenmacherin bewiesen, die Fäden der Untoten allein durch ihre bloße Anwesenheit aufzulösen.

Natürlich gab es immer noch einige unter Shrouds Jüngern, die entweder mächtig oder aber arrogant genug waren, um allein ihres Weges zu ziehen, und auf diese unglücklichen Seelen hatte Romany es vorrangig abgesehen. Doch sobald sie einen Gegenspieler ausgeschaltet hatte, trat sofort der nächste auf den Plan. Im Augenblick war der Totenfürst noch eine weit entfernte Bedrohung, aber inzwischen näherten sich immer mehr von seinen Getreuen der Rotunde, und bald schon würde Mayot mit seinem Heer unter enormen Druck geraten. Es würde Fingerspitzengefühl erfordern, dachte Romany, um genau den Punkt zu erkennen, an dem sich das Blatt endgültig wendete. Wenn sie zu früh ausstieg, würde sie Shrouds schwachen Moment nicht ausnutzen können, wenn sie zu lange zögerte, würde sie vielleicht Mayots Schicksal teilen. Aber wenn alles so lief wie erwartet – und warum sollte es nicht? –, dann würden ihre Pläne genau dann aufgehen, wenn der Magier unaufhaltsam seinem Untergang entgegenglitt.

Wenn das Ende kam, würde Mayot allein dastehen.

Luker hielt am Rand des Platzes inne. Er zog beide Schwerter, nahm sie in die linke Hand und zückte mit der Rechten noch ein Wurfmesser. Als er sich umwandte, sah er Jenna, die unter einem Fenster des großen Steinhauses stand und wartete. Kurz zuvor hatte sie die Stelle ermittelt, an der das Schnarchen des Seelenfängers am lautesten zu hören war, und die hölzernen Fensterläden geschickt geöffnet, indem sie ein Metallstück, dünn wie ein Rasiermesser, durch die Holzlatten steckte, um innen den Riegel hochzuschieben. Jetzt beobachtete sie Luker, in einer Hand die gespannte Armbrust, in der anderen hielt sie zwischen Daumen und Zeigefinger Merins Glaskugel.

Der Bewahrer nickte ihr zu; er war bereit. Als Antwort bedachte Jenna ihn mit einem Grinsen. Das Fenster befand sich ein Stück über ihr in der Mauer, und sie musste hochspringen, um die Glaskugel hindurchwerfen zu können.

Dann rannte sie davon.

Einen Herzschlag später ertönte ein lautes Krachen, und die anderen Fensterläden in der Wand brachen mit großer Wucht nach außen. Der Boden bebte, und Luker konnte sich kaum auf den Beinen halten; er taumelte gegen die Mauer einer Lehmhütte auf der anderen Straßenseite. Die Welt drehte sich vor seinen Augen, aber er sah noch, wie Jenna in vollem Lauf mit wedelnden Armen in die Luft geschleudert wurde.

Bei Shrouds Gnade.

Dachziegel regneten auf das Gässchen herunter. Die Mauer der Lehmhütte neigte sich mit einem lauten Knirschen in Lukers Richtung. Er rappelte sich auf und hechtete mit einer Rolle bis auf den Marktplatz. Dort kam er mit dröhnenden Ohren in einer dicken Staubwolke wieder auf die Beine. Bruchstücke aus Stein und Holz prasselten auf ihn herab, und er errichtete mit seinem Tiefen Willen einen Schutzschild um sich, während er den Schaden genau begutachtete. Das Dach des Steinhauses war nach innen gestürzt, die Wände nach außen gedrückt worden. Schutt und Steintrümmer ergossen sich über den Platz und die umliegenden Straßen.

Das konnte der Seelenfänger überlebt haben.

Links von ihm bewegte sich etwas. Eine Frau kam aus einem der niedrigen Ziegelbauten neben dem Steinhaus gerannt. Lukers Wurfmesser bohrte sich in ihre Kehle, und sie fiel nach hinten in den dunklen Eingang, aus dem sie gekommen war, die Hände um den Griff der Waffe gekrallt. Der Bewahrer warf eines seiner Schwerter in die Luft, fing es mit der rechten Hand und setzte ihr nach.

Drinnen herrschte völliges Durcheinander. Schattenhafte Gestalten brüllten und griffen nach ihren Waffen. Luker drängte sich mit wirbelnden Schwertern durch sie hindurch, und drei Kalaneser ließen dabei ihr Leben. Der letzte, der übrig war, ein Mann mit Spitzbauch, der nur einen Lendenschurz trug, stach mit einem Speer nach ihm. Luker wehrte die Spitze mit dem linken Schwert ab und durchbohrte mit dem rechten seinen Gegner, der gurgelnd zu Boden stürzte.

Fünf waren damit erledigt, blieben also noch sechs.

Der Bewahrer schlich zurück zur Tür und blieb dort lauschend stehen.

Stille.

Es gibt jedoch eine Art der Stille, die sich einfach nicht richtig anfühlt. Vorsichtshalber duckte Luker sich und rollte sich nach draußen, als er auch schon einen Luftzug über sich spürte. Schnell rappelte er sich wieder auf und fuhr herum. Auf jeder Seite der Tür stand ein kalanesischer Speerkämpfer, und linker Hand lauerten drei weitere Gestalten in grauen Gewändern. Der hinterste war mit einer Armbrust bewaffnet. Insgesamt fünf, aber Luker ging immer noch von sechs lebenden Gegnern aus. Einer war also möglicherweise noch unentdeckt.

Die Kalaneser umringten ihn in einem Halbkreis und sahen sich dabei ständig um, als ob sie noch von anderer Seite einen Angriff erwarteten. Dieses kurze Zögern kam Luker gerade recht. Es gab Jenna mehr Zeit, um wieder auf die Beine zu kommen, immer vorausgesetzt, dass sie nicht unter einem Berg von Schutt begraben lag. Die fünf Gegner, denen er jetzt gegenüberstand, waren nicht so verschlafen und halb angezogen wie die anderen, die er gerade im Haus niedergestochen hatte. Ein paar trugen sogar Lederpanzer. Luker ließ die Schultern kreisen. Diese Narren wirkten tatsächlich einigermaßen selbstbewusst; ein besonders harter Bursche schleuderte dem Bewahrer sogar ein paar laute Worte entgegen, deren Wirkung jedoch dadurch geschmälert wurde, dass Luker sie nicht verstand.

Plötzlich fielen sie über ihn her. Luker parierte einen Speerstoß, der gegen seine Brust gerichtet war, noch während er sich vor einem Armbrustbolzen wegduckte. Mit derselben Bewegung wehrte er den Schlag eines anderen Gegners ab und wandte sich schnell um, damit der Streich, der gegen sein Gesicht gerichtet war, ins Leere ging.

Dann stürzte er sich auf die kalanesische Soldatin, die ganz links von ihm stand – eine muskelbepackte Frau, mit einem Speer und einem Schild aus Weidengeflecht bewaffnet. Er wehrte ihren ersten Stich ab und konterte mit der Rückhand. Sie riss ihren Schild empor, aber er verlieh seinem Schlag mit dem Tiefen Willen doppelte Kraft, und der Schild zerbarst. Luker hörte Knochen knacken und einen Schmerzensschrei. Aber da duckte er sich schon vor dem nächsten Gegner und schubste ihm die Verwundete in den Weg. Der Speer ihres Kameraden traf sie im Bauch, und sie knickte zusammen und riss ihm im Fallen die Waffe aus der Hand.

Die drei übrigen Kalaneser – zwei Männer mit rasiertem Kopf und eine Frau, die ihr Gesicht mit einem Tuch verdeckte – zögerten und schienen alle darauf zu warten, dass einer der anderen den ersten Schritt tat. Ihr Selbstbewusstsein war verflogen. Hinter ihnen bemühte sich der Armbrustschütze, seine Waffe erneut zu laden.

Jetzt griff Luker an. Mit einem Stoß seines Willens ließ er den entwaffneten Speerkämpfer, der in der Mitte stand, nach hinten taumeln. Mit einem kleinen Schritt begab sich der Bewahrer außer Reichweite seines linken Gegners und kam dabei näher an die Frau heran, die rechts stand. Sie hob den Schild, um einen hoch geführten Schlag gegen den Kopf abzuwehren, der sich dann jedoch als Finte erwies. Luker ließ sich auf ein Knie fallen und führte sein Schwert unter ihrem Schild hindurch. Es bohrte sich in ihre Hüfte und blieb dort stecken. Eine schnelle Bewegung, und er war an ihr vorüber, ließ das eine Schwert, wo es war, und schlug ihr mit dem anderen den Kopf ab.

Inzwischen hatte der entwaffnete Soldat seinen Speer aus der toten Kameradin gerissen und griff wieder an. Rechter Hand nahm ein anderer Kalaneser eine geduckte Kampfhaltung ein. Auf dem Gewand des Mannes, über seinem Herzen, war ein brennender Baum zu sehen. Also ein Offizier. Ein erstickter Schrei ließ die beiden Speerkämpfer erstarren. Hinter ihnen war der Armbrustschütze zu Boden gesunken. Ein Bolzen steckte in seiner linken Schläfe.

Jenna.

Der Bewahrer stürmte nach vorn. Er wehrte den Speer des einen Mannes ab und packte mit der freien Hand die Spitze der Waffe, die der andere trug. Mit einem harten Ruck brachte er den Krieger aus dem Gleichgewicht, und dann schlug er nach der Kehle seines Feindes. In einem verzweifelten Versuch, das Schwert abzuwehren, riss der Kalaneser den Schaft seines Speers nach oben.

Zu spät.

Scharlachrot spritzte es aus seinem Hals, und seine Beine knickten ein.

Der letzte Speerkämpfer, der Offizier, griff wieder an. Tapfer, das musste man ihm lassen, denn ein anderer hätte wahrscheinlich die Flucht ergriffen. Luker blockte den Stoß mit dem Schwert ab und drückte die Speerspitze auf den Boden. Mit einem kräftigen Tritt brach er den Schaft mitten durch. Fauchend schlug der Kalaneser mit dem zersplitterten Holz nach Luker, und fast hätte er ihn damit überrascht.

Fast.

Doch gelang es ihm, im letzten Moment auszuweichen; dann stieß er dem Gegner sein Schwert in den Bauch.

Das war doch ganz einfach.

Der Offizier rutschte langsam von der Klinge des Bewahrers und krümmte sich am Boden zusammen.

Aus einer der Gässchen hinter dem eingestürzten Steinhaus trat jetzt Jenna und kletterte über die Trümmer. Sie war von Kopf bis Fuß mit Staub bedeckt; auf ihrer Stirn, direkt unter dem Haaransatz, klaffte eine Platzwunde.

»Einer fehlt noch«, rief Luker.

Die Assassine schüttelte den Kopf. »Der ist tot. Ich habe ihn erwischt, als er versuchte, zu den Pferden zu rennen.« Sie ging zu dem Armbrustschützen, den sie getötet hatte, dann stemmte sie ihren Fuß gegen sein Gesicht und zog ihm den Bolzen aus dem Kopf.

»Und der Seelenfänger? Hast du seine Leiche gesehen?«

Jenna sah zu den Trümmern des Hauses. »Willst du ihn ausbuddeln? Nur zu.«

Damit hatte sie nicht unrecht. Luker holte sich sein zweites Schwert, das noch in der toten Kalanesin steckte, und wischte die Klinge ab, bevor er sie wieder in die Scheide steckte. Unter dem Körper der Frau sammelte sich eine Blutlache, die jedoch fast sogleich wieder im staubigen Boden versickerte. Als er aufsah, stellte Luker fest, dass Jenna die Taschen eines anderen Toten durchsuchte. »Hast du was verloren?«

Sie ignorierte seine Frage und betrat das Ziegelgebäude, in dem Luker mit seinem Gemetzel begonnen hatte. Vielleicht wollte sie seine Schlagkraft bewundern. Der Dachüberstand des Hauses bot ein wenig Schatten, und er suchte sich einen Platz an der Mauer. Die

Lehmziegel gaben noch so viel Wärme ab, als seien sie gerade erst aus dem Brennofen gekommen. Der Bewahrer wappnete sich vor dem Kopfschmerz, der auf ihn wartete. Gut, er hatte den Tiefen Willen bei seinem Kampf gegen die Kalaneser nur sehr wenig eingesetzt, aber Hitze und Flüssigkeitsmangel verstärkten den Schmerz normalerweise.

Als Jenna wieder aus dem Haus trat, hatte sie eine geöffnete Flasche in der Hand.

»Falls du Wasser suchst ...«, begann Luker.

»Ich habe Durst auf etwas anderes«, fiel Jenna ihm ins Wort. Sie nahm einen Schluck. Ihre Augen weiteten sich, dann schleuderte sie die Flasche von sich und krümmte sich hustend zusammen.

Ein scharfer Geruch drang an Lukers Nase. »Ganjafeuer?«

»Keine Ahnung, was das ist.« Die Assassine rieb sich die tränenden Augen. »Bei Shrouds Gnade, ich dachte ja vorher schon, dass mir die Kehle brennt, aber das ...«

»Das ist vergorene Lederelpisse. Wenn man sich erst mal daran gewöhnt hat, soll es ganz lecker sein, hab ich gehört.«

Jenna sah ihn an, als wüsste sie nicht, ob er sie gerade zum Besten hielt oder nicht.

Luker hörte Flügelschlagen und hob den Kopf; über ihnen kreisten Rotschnäbel. Die Vögel waren nie weit entfernt, wenn er seiner Arbeit nachging. Wie er so dastand, vor den Leichen der Kalaneser, hätte er vielleicht Bedauern fühlen sollen, oder auch Erleichterung, aber tatsächlich fühlte er gar nichts, und er vermutete, dass es vielleicht für ihn selbst so auch besser war. Leute, denen beim Anblick von ein bisschen Blut übel wurde, gaben den Posten eines Bewahrers meist nach wenigen Jahren auf. Er massierte seine Kopfhaut. »An Vorräten und Wasser nehmen wir alles mit, was sie bei sich hatten. Und auch ein paar Pferde – wenn wir unterwegs wechseln können, kommen wir schneller voran.«

»Die kalanesischen Tiere werden auffallen.«

»Dann nutzen wir sie zumindest, bis wir in Sichtweite der Stadt kommen, die Merin erwähnte, und lassen sie dann laufen.« Tatsächlich würde es ihnen wenige Freunde machen, wenn sie zu einer Zeit, da die Kalaneser Arandas angriffen, auf Kalaneserpferden nach Hamis geritten kamen.

Jenna sah noch einmal zu der Flasche hinüber, die sie weggeworfen hatte, dann kam sie zu ihm herüber. Als sie sich neben ihn setzte, verzog sie das Gesicht.

Luker betrachtete die Wunde auf ihrer Stirn. »Tut dir noch etwas weh, von der Schramme einmal abgesehen?«

»Seit Arkarbour fühle ich mich wie verkatert. Diese Remnerol-Hexe … ihre Zauber machen mir immer noch zu schaffen. Es ist, als hätte ich ein Quart Juripa-Branntwein im Leib.«

»Das überrascht mich nicht. In der Nacht des Verrats hat der Schwarze Turm mich mit dem ganzen Buch der Beschwörungen attackiert. Hat zwei Jahre gedauert, bis ich darüber weg war.«

»Soll ich mich jetzt besser fühlen?«

»Wahrscheinlich hast du keine so große Dosis abbekommen wie ich seinerzeit. Die Nachwirkungen sollten bald nachlassen.« Er schraubte die Wasserflasche auf und nahm einen Schluck. »Außerdem hat das Ganze auch sein Gutes. Man baut mit jedem Angriff mehr Widerstandskräfte auf. Das nächste Mal sollte es dich nicht mehr ganz so schlimm treffen.«

»Ich kann's kaum erwarten.«

Ein Rotschnabel ließ sich neben einer der Leichen nieder. Eine Weile starrte der Vogel Luker an, dann begann er, im Gesicht der toten Kalanesin herumzupicken.

Jenna zog sich die Handschuhe aus und warf sie neben sich auf den Boden. »Wie geht es für dich weiter? Sobald du mit Merins Agenten gesprochen hast, meine ich. Falls Kanon dem Buch gefolgt sein sollte, willst du dann allein weiterziehen?«

»Nein.«

»Nein? Erwärmst du dich etwa allmählich für unsere wunderbaren Reisegefährten?«

»Zumindest halte ich mir alle Möglichkeiten offen. Der Tyrin und der Junge halten beide irgendetwas zurück. Mag sein, dass sie noch ihren Nutzen haben werden.«

Jenna hob einen Stein auf, schleuderte ihn nach dem fressenden Rotschnabel und traf ihn am Kopf. Der Vogel flog kreischend auf, und die Assassine griff nach einem weiteren Wurfgeschoss. Aus ihrer Kopfwunde lief ihr Blut in die Augen.

»Der Kratzer da muss tiefer sein, als er aussieht«, meinte Luker. »Das muss genäht werden.«

»Willst du das vielleicht machen?«

»Warum nicht. Das kann ich allerdings erst, wenn wir wieder bei den Pferden sind – mein Besteck ist in meiner Satteltasche. Aber wir sollten die Stelle säubern.«

Jenna nickte zustimmend, und Luker stand wieder auf. Er holte die weggeworfene Flasche Ganjafeuer und kehrte damit zu der Assassine zurück. Dann kniete er sich vor ihr hin und schob ihr eine Haarsträhne aus der Stirn. »Das wird brennen wie Shrouds Atem.«

»Mach schon!«

»Ich sag's ja nur.« Der Bewahrer zog ein Stück Tuch aus einer Falte seines Mantels und goss den Rest der Flüssigkeit darauf. Jenna zuckte zurück, als er ihr den provisorischen Tupfer gegen den Kopf drückte.

»Und du?«, fragte Luker nun. »Wohin wirst du reiten?«

Die Assassine lächelte gezwungen. »Willst du mich loswerden?«

Er blinzelte. »Damals in Arkarbour, da hast du doch gesagt …«

»Was ist hier die nächste Stadt?«

»Bethin. Vielleicht eineinhalb Tage nordöstlich. Aber wenn ich du wäre, würde ich eher woanders hingehen. Bethin ist ein richtiges Dreckskaff.«

»Dann passe ich da doch wunderbar hin«, gab Jenna kurz angebunden zurück.

Luker sah sie an. Die Launen dieser Frau irritierten ihn immer wieder. »Was ist mit Mercerie? Über diese Geschichte mit Peledin Kan sollte doch allmählich Gras gewachsen sein.«

»Da zieht mich überhaupt nichts hin.«

Der Bewahrer wartete einen Herzschlag lang darauf, dass sie weitersprach. Als das nicht geschah, goss er ein wenig Wasser auf den Lappen und rieb das getrocknete Blut von ihrer Stirn. »Du redest nicht viel über deine Vergangenheit.«

»Nein, tu ich nicht. Erinnert dich das an jemanden?« Dann wurde ihre Stimme weicher. »Was weißt du über Bethin?«

»Ich kam ein paar Wegstunden südöstlich davon zur Welt – in einem Dorf, das am Rand der Ödnis lag. Zumindest damals, vor all den Jahren – heute hat der Sand es sich wahrscheinlich längst geholt.«

»Wahrscheinlich?«

»Ja.«

»Du warst nie wieder dort?«

Luker schüttelte den Kopf. Er hatte darüber nachgedacht, vor zehn Jahren, nach der Belagerung von Cenan, aber dann hatte sein klarer Verstand die Oberhand gewonnen. Nachdem seine Eltern beide tot waren, gab es für ihn dort noch weniger als im Sacrosanctum.

»Warum nicht?«

»Hat doch keinen Zweck, in kalter Asche herumzustochern. Denn das ist sie heute: kalt.« Nachdem er Jennas Wunde versorgt hatte, wusch er das Blut aus dem Lappen und stopfte ihn dann in eine Tasche, bevor er sich wieder gegen die Ziegelmauer lehnte. Das Schweigen dehnte sich aus. Und es war nicht diese Art des Schweigens, das endlos lang sein und sich dabei noch gut anfühlen konnte. Der Rotschnabel kam zurück und setzte sich auf den Leichnam, der am weitesten von Luker und Jenna entfernt lag. Dieses Mal ging Jennas Steinwurf daneben, und der Vogel begann wieder zu picken. Als Luker die Assassine ansah, blickte sie mit nüchterner Miene auf den Marktplatz hinaus.

»Mir scheint«, sagte der Bewahrer, »dass du noch Zeit brauchst, um über deinen weiteren Weg zu entscheiden. Vielleicht sollten wir noch eine Weile gemeinsam weiterreiten.«

»Vielleicht hast du recht.« Dann setzte sie hinzu: »Wir haben heute gut zusammengearbeitet.«

»Ja«, erwiderte Luker, der sich über sich selbst wunderte. »Das stimmt.«

Parolla öffnete die Augen und schloss sie gleich wieder, als eine Welle von Übelkeit über ihr zusammenschlug. Sie drehte sich auf die Seite und würgte Galle in den Staub. Die Sonne brannte heiß auf ihrem Gesicht, und eine Weile lag sie still da und lauschte einer Tür, die knarrend im Wind hin und her schwang. Ihr Schädel fühlte sich an, als ob ein Schmied mit einem Hammer darauf eindrosch. Mayot hatte recht gehabt: Sie hatte sich zu weit von ihrem Körper entfernt, als sie die tote Stadt erforscht hatte. Entfernungen waren schwer einzuschätzen, wenn man die Seele allein auf die Reise schickte, aber Parolla vermutete, dass die Rotunde mehr als fünfzig Wegstrecken südöstlich lag. Sich so weit zu strecken, das hatte sie geschwächt – kein Wunder, dass es für den alten Mann ein Leichtes gewesen war, sie zu verjagen.

Als die Übelkeit nachließ und Parolla die Augen wieder öffnete, sah Tumbal zu ihr herab. Die Stimme des Gorlem erklang in ihrem Kopf.

»Schön, dass Ihr wieder zurück seid. Eine Weile glaubte ich Euch verloren.«

»Das war ich für eine Weile auch.«

»Wo seid Ihr denn gewesen?«

»Ich habe nach Antworten gesucht«, sagte Parolla. Dann berichtete sie ihm von der Begegnung mit Mayot und sah die Flammen der Neugierde in Tumbals Augen aufflackern.

Als sie geendet hatte, seufzte er tief. »Antworten, sagt Ihr? Jede davon schafft weitere Rätsel, die mich quälen. Wer erschuf jenes Buch, das Ihr sahet? Welche anderen Geheimnisse mögen sich wohl darin befinden? Zu welchem Zwecke will Meister Mayot es verwenden? Wo habt …«

»Gehen Euch jemals die Fragen aus, *sirrah*?«

Der Gorlem verzog das Gesicht. »Das ist ungerecht, Gebieterin.«

»Ungerecht?«

»Meine Qualen zu vergrößern, indem Ihr mir eine weitere Frage stellt.«

Parolla lächelte schwach und setzte sich dann langsam auf. Das Licht stach ihr in die Augen. Sie musste über eine Glocke damit zugebracht haben, über die Fäden von Todesmagie zu reisen, denn die Sonne hatte jetzt ihren höchsten Stand erreicht. Der Weg von der toten Stadt hierher zurück hatte länger gedauert als der Hinweg, weil die Zauberkunst ihr dabei entgegengeströmt war. »Immerhin haben wir jetzt eine Erklärung dafür, weswegen dieses Dorf aufgegeben wurde, und wir wissen endlich, was den Wald befallen hat.«

Tumbal nickte. »Ich glaube, ich würde diesem Meister Mayot gern einmal gegenübertreten.«

»Und ihm Eure Fragen stellen? Was lässt Euch glauben, dass er sie beantworten würde?«

»Jeder Mensch, der sich Shroud entgegenstellt, der Kräfte eines solchen Ausmaßes entfesselt und der glaubt, er könne sie beherrschen – der muss ein Mensch von großer Selbstherrlichkeit sein.« Der Gorlem breitete beide Handpaare aus. »Und nach meiner Erfahrung haben selbstherrliche Männer ein ebensolches Vergnügen daran zu reden, wie ich das Zuhören genieße.«

»Habt Ihr die Untoten vergessen? Sie müssen einst Geister gewesen sein, so wie Ihr, und nun wurden sie wiedererweckt und sind an den Willen des *magus* gebunden. Für Euch ist es ein Risiko, den Wald zu betreten.«

»Meint Ihr das? Ist es denn aber nicht so, dass der Akt der Wiedererweckung es erfordert, dass noch ein Stück des betreffenden Körpers vorhanden sein muss, um die Seele zurückzurufen? Erinnert Ihr Euch nicht an den Jekdal und an den Fingerknochen, den er bei sich trug?«

»Wir wissen nicht, welche Grenzen der Kraft des Buches gesetzt sind oder welchen Gesetzen sie gehorcht.«

»Ein weiteres Rätsel, das unbedingt einer Antwort bedarf.«

»Selbst dann, wenn es zu Eurer Versklavung führen könnte?«

»Ich bin, so sehr ich das bedaure, bereits ein Sklave meiner Neugierde – die Macht, die sie über mich hat, vermag ich nicht zu leugnen.« Tumbals Augen glänzten. »Aber wie ist es mit Euch? Ihr geht doch dasselbe Risiko ein. Wollt Ihr diesen Weg wirklich weiter beschreiten?«

Parolla schwieg lange, und schließlich begann sie, mit einem Finger Muster in den Staub zu zeichnen. Ihre Hand fuhr über eine Tonscherbe; sie hob sie auf und drehte sie um. Auf einer Seite war ein Stück einer Zeichnung zu sehen, das offenbar den Hinterlauf eines Alamandras darstellte. Die Scherbe roch nach Malirangen-Öl. »Es gibt eine Schuld, die ich begleichen muss«, sagte sie schließlich. »Ein Tod, der gesühnt werden muss.«

»Und Meister Mayot ist der Mörder?«

»Nein. Shroud.«

Tumbals Augen ruhten einige Herzschläge lang auf den ihren. Dann zog ein Blick des Verstehens über sein Gesicht. »Ich beginne zu begreifen. Der Tod, von welchem Ihr zu sprechen beliebtet … Eure Mutter? Und Shroud … Euer Vater?«

Parolla schloss die Augen. »Meine Mutter wusste nicht, weshalb Shrouds Blick auf sie fiel«, sagte sie, »denn sie war ihm niemals zuvor begegnet, und sie sah ihn auch danach nie wieder. Zwar habe ich sie nach den … Umständen … meiner Zeugung gefragt, aber sie gab mir keine Antwort. Die Berührung des Gottes ist fatal, *sirrah.* Meine Mutter brauchte viele Jahre, bis sie starb. Während ihrer letzten Jahre litt sie schlimme Qualen.«

»Es erfüllt mich mit großer Trauer, wenn ich …«

»Ich brauche Euer Mitleid nicht«, unterbrach Parolla. *Bei allen Höllen, davon habe ich selbst genug.*

»Ist es denn falsch, Trauer über einen Verlust zu empfinden, den ein anderer erlitten hat?«

Sie schnaubte. »Auch ich fühlte eine Weile Trauer. Dann beschloss ich, etwas zu unternehmen. Shroud *wusste,* welche Auswirkung seine Berührung auf sie haben würde. Er *wusste,* dass sie leiden würde.«

Die Stimme des Gorlem war ausdruckslos. »Und so habt Ihr beschlossen, Rache zu üben.«

Parollas Augen öffneten sich ruckartig. »Wisst Ihr, wie das ist, wenn man Menschen, die einem nahe stehen, beim Sterben zusehen muss? Man versucht, jeden Tag mit ihnen zu leben, als sei er der letzte, und wenn das Ende dann kommt, ist es immer noch zu früh. Man versucht, sie vor der eigenen Trauer zu schützen, obwohl man innerlich weiß, dass mit ihnen ein Stück von einem selbst dahingeht. Auf der einen Seite möchte man ganz selbstsüchtig, dass sie weiterleben, egal, welche Schmerzen sie erdulden, und auf der anderen wünscht man sich nichts so sehr wie ein Ende ihrer Qualen.« Sie neigte den Kopf; ihr Zorn war verraucht. »Sie fehlt mir.«

»Erzählt mir von ihr.«

»Warum?«

»Weil ich gerne mehr von ihr wüsste.«

Parolla schüttelte den Kopf. »Sie ist gegangen, *sirrah.*«

Tumbal öffnete den Mund, als ob er etwas sagen wollte, schien es sich dann aber anders zu überlegen. »Wie alt wart Ihr, als Eure Mutter verblich?«

»Fünfzehn.«

»Und fühlte sie ebenso, was Shroud anging? Teilte Sie Euren Zorn?«

Parolla wandte den Kopf ab. »Nein. Sie sagte mir, sie würde die Jahre, die wir miteinander hatten, nicht ändern wollen.«

Tumbal griff nach ihrer Schulter, aber seine Geisterhand glitt durch sie hindurch. »Dann bin ich sicher, sie hätte Euch gewünscht, Ihr würdet Euer Glück finden, anstatt diesen Rachefeldzug zu unternehmen.«

Parolla warf die Tonscherbe weg. »Vielleicht habt Ihr recht. Aber ich hatte nie die Kraft, die meine Mutter besaß. Ich bin die Tochter meines Vaters. Und das Blut verlangt sein Recht.«

Der Gorlem war verstummt. Als Parolla zu ihm hinübersah, glitt sein Blick über die Straße zu ihrer Rechten. Dann flüsterte er ihr zu, während sein Bild bereits verblich: »Ich glaube, ich vernahm etwas, von Osten her.«

Parolla sah in die angegebene Richtung. Auf der Straße war nichts zu entdecken außer kaputten Möbelstücken, Überresten von Leder und Fellen, Tonscherben und Tierknochen, die alle von dem überstürzten Aufbruch zeugten, mit dem die Bewohner ihr Dorf verlassen hatten. Dahinter sah Parolla nur einige Hütten, die von den Baumwipfeln des Seufzerwalds überragt wurden. Dann drangen Stimmen an ihr Ohr.

Fluchend rappelte sie sich auf. Nach ihrem Zusammenstoß mit Mayot war sie einem weiteren Kampf nicht gewachsen. Wer auch immer diese Fremden waren, sie kamen aus dem Wald. Konnte es sich um Diener des alten Mannes handeln? Hatte er seine Untoten ausgesandt, um sie zu jagen? Nein, dann hätte sie die Fäden von Todesmagie gespürt, über die sie mit ihm verbunden waren. Aber wer war es dann? Es war schließlich auch nicht unmöglich, dass die Stammesbrüder, die einst hier gelebt hatten, das Dorf wieder für sich beanspruchen wollten.

Hundert Herzschläge vergingen, bevor Tumbal wieder erschien.

»Kinevar, Gebieterin«, sagte er. »Sie ziehen am Waldrand entlang nach Norden und sollten Euch keine Schwierigkeiten bereiten.«

Parolla atmete wieder aus. Entweder hatten die Geschöpfe nicht gehört, wie sie mit Tumbal sprach, oder sie hatten schon gegessen – das spielte jetzt auch keine Rolle mehr, da sie auf Abstand blieben. Sie zog sich wieder in die Schatten zurück. Über dieses Volk war ihr nicht viel bekannt, aber sie glaubte zu wissen, dass Kinevar den Wald unter normalen Umständen nicht verließen. Die Umstände waren jedoch nicht normal. Zweifelsohne hatte Mayots Heer von Untoten sie in die Flucht geschlagen.

Der Gorlem dachte offenbar dasselbe, denn er schüttelte den Kopf und sagte: »Wenn sogar die Kinevar ihre heiligen Lichtungen verlassen … Gebieterin, der Wald muss wirklich ein Ort des Schreckens geworden sein.«

Parolla zuckte die Achseln. »Das werden wir wohl bald mit eigenen Augen sehen.«

15

Ebons Sinne waren betäubt vom Sissa-Kraut, und er ritt durch eine Traumlandschaft aus Schatten und quälerischen Visionen; das Fieber ließ ihn tiefer und tiefer in seine Geisterträume sinken. An diesem Morgen war sein kleiner Trupp durch eine vamilianische Siedlung gekommen, und in den verfallenen Ruinen und sterbenden Bäumen hatte er Wunder erblickt: Strukturen aus Stein und Holz, die Schiffe mit vielen Decks glichen. Die Bäume, die aus den Dächern wuchsen, ragten wie Masten empor; zerrissene Tücher, die von Ästen hingen, blähten sich im Wind wie Segel, Planken aus Holz führten von einem Schiff zum nächsten oder wanden sich um die Baumstämme. Und um sie herum war die Luft vom Rauschen einer Brandung erfüllt, als ritte Ebon am Ufer eines sturmumtosten Meeres entlang.

Dann aber begannen die Schrecken: Wellen aus Zauberkraft entflammten die Luft, Vamilianer verglühten in großer Zahl zu Aschehaufen, Steingebäude brannten, als hätte man sie in Öl getaucht. In dieser zerstörerischen Szenerie erschienen plötzlich Reiter; ihre Mäntel waren hell, und ihre Schlachtrösser hatten die Farbe von Eis. *Fangalar*. Mit langen, gebogenen Säbeln brachten sie jedem Vamilianer den Tod, den die Zauberkünste verschont hatten, und während er all das vor sich sah, jammerten und schrien die Geister in Ebons Kopf vor Qual, bis ihn ein Ruck seines Pferdes oder die Stimme eines Gefährten wieder in die Wirklichkeit zurückholte.

Doch es war eine Wirklichkeit, die nicht weniger trist war als seine Träume. Seine Brust und seine rechte Seite pochten vor Schmerz, und der rechte Arm hing ihm wie totes Fleisch von der Schulter. Er war sich vage bewusst, dass jemand – Vale? – direkt an seiner Seite ritt. *Um mich aufzufangen, wenn ich falle.* Allein seine Sturheit hielt ihn noch im Sattel. Es war verrückt gewesen zu glauben, dass er sein Ziel erreichen würde, bevor ihn die Verletzung überwältigte, aber jetzt war es zu spät, um wieder umzudrehen. Schon bald würde er die anderen wegschicken, damit sie ohne ihn weiterritten, denn er wollte es ihnen nicht zumuten, dass sie ihn niederstrecken mussten, weil er sich dem Heer der Untoten angeschlossen hatte.

In den Schatten bewegte sich etwas, aber wieder war es nur eine Vision – der Geist eines vamilianischen Mädchens. Die Kleine sah hinter einem Baum hervor, als ein Fangalar-Reiter über sie herfiel. Der Wald begann sich mit seinen Albträumen zu verflechten. Alles war tot, die Äste der Bäume kahl. Eine Schicht aus zerfallenem Laub bedeckte den Boden, und die Pferdehufe wirbelte sie in dichten, pulverigen Wolken auf, bevor sie sich dann wie verrottender Schnee wieder legte. Vor ihm kämpfte Mottle mit den Zügeln seines Pferdes. Dann war die ungehaltene Stimme des Magiers zu hören, der das Tier für irgendein Fehlverhalten schalt. Genau wie Ebon hatte sich auch der Alte in eine eigene Welt zurückgezogen, seit sie vor sechs Tagen in den Wald geritten waren. Mit leerem Blick starrte er oft mehrere Glocken lang in die Ferne oder murmelte vor sich hin, bevor er den Kopf neigte, als wollte er jemandem lauschen, der nicht zu sehen war. *Vielleicht hört er dieselben Stimmen wie ich.*

Ebon fuhr sich über sein stoppliges Kinn. Seine Kleider waren schweißdurchtränkt, und der bittere Geschmack des Sissa-Krauts war noch in seinem Mund. Aus einer seiner Satteltaschen holte er seine Wasserflasche hervor und runzelte die Stirn, als er merkte, wie leicht sie sich anfühlte. Er zog den Korken heraus und nahm einen Schluck. Vor ihnen war das Murmeln des Flusses zu hören. Wenn Mottle recht behielt, dann hatte der Consel mit seinen Gefährten in der verfallenen Stadt Rast gemacht, die sie nun vor sich sahen, aber Ebon hatte die Befürchtung, dass sie dort nicht nur auf die Sartorianer stoßen würden. Seit einem halben Tag spürte er, dass ihn etwas zu dieser Siedlung zog – ein leichtes, unregelmäßiges Rucken, als sei er eine Silberflosse an einer Angel. Aber jeder Versuch, sich auf dieses Gefühl zu konzentrieren, fiel ihm ebenso schwer wie das Ausblenden der Geisterstimmen, und Ebon gab es schließlich auf. Seine Kraft reichte nicht mehr für Neugierde – und auch nicht dafür, dieser seltsamen Anziehungskraft zu widerstehen.

Zwischen den Bäumen wurden verfallene Gebäude sichtbar, von denen allerdings größtenteils nur noch die Grundmauern standen. Die Siedlung war viel kleiner als die letzte, die sie am Morgen durchquert hatten. Überall zwischen den Steinen wuchsen Bäume, und Ebons Pferd musste sich einen Weg über die dicken Wurzeln suchen, die sich über den Boden schlängelten. Wieder flackerte eine Vision auf. Geisterhafte, schiffsähnliche Gebilde ragten aus den Ruinen, und in seinen Ohren dröhnten laut rauschende Wellen und knatterndes Segeltuch.

Mottle raunte: »... noch immer kräuseln sich die Windströme. Erinnerungen, zähflüssig wie ein verschlammter Teich. Welch herrliche Geheimnisse es zu entdecken gibt! Einst schritt eine Unsterbliche durch diese Stadt. Eine Göttin? Ja, da ist sich Mottle sicher. Der Donnerhall ihrer Schritte ist noch nicht verklungen ...«

Sie folgten einer Straße mitten in die Ansiedlung hinein. Tonscherben, Steine und Metall ragten aus den Blattfragmenten. Die Straße führte über eine Lichtung, auf der sich einige Konstruktionen erhoben, die aus riesigen, rechteckigen Steinplatten gefertigt waren, die etwa die doppelte Länge eines Menschen hatten. Ebons Visionen verschwanden für einige glückliche Herzschläge. *Die Geister haben keine Erinnerung an diesen Ort.*

Etwas weiter entfernt blockierten zwei von Garats gepanzerten Dämonen die Straße. Hinter ihnen sah Ebon Lichtreflexe auf fließendem Wasser und die Überreste einer Brücke. Die geheimnisvolle Anziehungskraft, die er spürte, wurde abrupt stärker, und sein Blick richtete sich unwillkürlich auf ein weißes Gebäude am Ufer. Beinahe zuckte er zusammen, als ihm bewusst wurde, dass es sich um den ersten unbeschädigten Bau handelte, den er seit Betreten des Waldes erblickte. Das Flüstern der Geister in seinem Kopf nahm einen ehrerbietigen Ton an.

Ebon trieb sein Pferd voran. Jetzt waren auch einige Soldaten des Consel zu sehen, die sich am Straßenrand in dem wenigen Schatten versammelt hatten, den ein Mauerrest bot. An ihren herabhängenden Schultern ließ sich mühelos ablesen, wie erschöpft sie waren. Garats Hexenmeisterin Ambolina saß ihnen gegenüber auf dem Sockel einer Statue, von der nur noch ein paar Füße übrig geblieben waren. Die beiden anderen Dämonen lungerten hinter ihr herum. Auf dem Gesicht der Frau war kein einziger Schweißtropfen zu sehen. Sie sah Ebon kurz an, als er näher kam, und wandte dann gelangweilt den Kopf ab.

Die beiden gepanzerten Krieger, die Ebon den Weg versperrten, machten keine Anstalten, beiseite zu treten, als er herangeritten kam. Irritiert lenkte er sein scheuendes Pferd durch die Lücke, die sich zwischen ihnen bot, und war sich dabei der Äxte, die über ihm schwebten, nur allzu deutlich bewusst. Dann sah er den Consel, der am Fuße einer unebenen Treppe stand, die ins Erdreich hinunterführte. Die Stufen endeten vor einer steinernen Tür, deren gebogener Sturz mit verblichenen Steinmetzarbeiten verziert war. Garat ließ die Finger über die Symbole gleiten; seine Kleider waren mit Staub bedeckt.

Ebon stieg ab und biss die Zähne zusammen, als der Schmerz durch seine Brust flutete. Die Welt schwankte unter seinen Füßen.

Der Consel sah auf. »Ah, Euer Majestät. Ihr kommt gerade recht, um einen Streit zu schlichten. Meine Hexenmeisterin und ich haben über diesen Eingang diskutiert. Die Maserung des Steins, die Zeichen auf dem Fries … sie unterscheiden sich stark von den anderen Ruinen in dieser Siedlung.«

Mottle, der aus seinem Sattel gerutscht war, robbte jetzt auf allen vieren an die Treppe heran. »Eine außergewöhnliche Entdeckung, Consel! Betrachtet doch nur die Riffelung der Säulen, die vorstehenden Simse … aus dem vierten Zeitalter, wie Mottle ganz klar erkennt …«

»Ah, dann sind wir uns einig«, unterbrach Garat und warf Ambolina ein Lächeln zu. »Und dennoch entstammten die Vamilianer dem zweiten Zeitalter, oder nicht? Wie kann dann etwas aus dem vierten Zeitalter von einer Siedlung überbaut worden sein, die Jahrtausende zuvor entstand?« Mit einem Achselzucken tat er seine eigene Frage ab. »Ich vermute, wir haben hier das Grab eines Königs oder eines anderen Würdenträgers vor uns. Ganz offensichtlich wurde diese Treppe freigelegt – wir können wohl davon ausgehen, dass derjenige, der das tat, genau wusste, wonach er suchen musste, sich aber dann wohl doch entschloss, die Tür nicht zu öffnen. Wie seltsam.«

»Vielleicht ließen sich die Schutzzauber nicht überwinden«, sagte Mottle, dessen Finger zärtlich durch die Luft strichen, als ob sie eine unsichtbare Hürde liebkosten. »Wahrlich Zauberkunst mit einer ungewöhnlichen Note, nicht wahr? Schwach, aber dennoch wirksam. Die Frage, die Mottle sich nun stellt, lautet jedoch: Sollten die Schutzwälle dazu dienen, dass nichts in diese Gruft *hinein*, oder aber vielmehr, dass nichts aus dieser Gruft *heraus*gelangen kann?«

Garat hatte sich wieder der Tür zugewandt. »Die Steinritzungen auf dem Sturz sind fast nicht mehr zu entziffern, aber diese Zeichen hier interessieren mich besonders.« Er deutete mit dem Finger darauf. »Ein Feuerwesen – in den Linien sieht man noch ein wenig rote Farbe – erschlägt einen Drachen.«

»Der Angreifer ist, so würde Mottle sagen, ein Tiktar.«

Der Consel hob eine Augenbraue. »Meine Gelehrten haben mir stets versichert, dass Tiktare ins Reich der Fabel gehören.«

»Unsinn! Das weiß Mottle aus sicherer Quelle.«

»Welcher?«

»Nun, aus seiner eigenen natürlich. Die Windströme enthüllen alles …«

Das hat jetzt lange genug gedauert. Ebon unterbrach die beiden: »Ganz offensichtlich sollte das, was auch immer hier begraben wurde, nicht gestört werden, Consel.«

»Zweifelsohne«, gab Garat zurück, »aber ist das nicht gerade ein Grund, dass man es umso lieber ausgraben möchte?« Er warf wieder einen Blick auf Ambolina. »Zumal es meine Hexenmeisterin und ihre Schoßhündchen so … durcheinandergebracht hat.«

Der König blinzelte. *Durcheinandergebracht?* Die Frau wirkte so kühl wie ein erfrorener Fuß.

»Wir haben keine Zeit für so etwas, Consel«, wandte Ambolina jetzt ein.

Garat zwinkerte Ebon verschwörerisch zu, bevor er die Treppe wieder emporschritt. »Jetzt vielleicht nicht«, räumte er ein. »Aber vielleicht auf dem Rückweg …«

Ebon fühlte, wie ihn wieder etwas in die Richtung des weißen Gebäudes zog, aber er widerstand diesem Drang. »Consel, habt ihr noch Wasser, mit dem ihr uns aushelfen könntet?«

Der Sartorianer machte eine wegwerfende Handbewegung. »Meine Soldaten haben in der Nähe des Flusses einen Brunnen entdeckt. Das Wasser scheint einigermaßen in Ordnung zu sein.«

»Wie sieht es mit Kräutern aus?«, warf Vale nun ein. »Schwarzwurzel? Galtane?«

Der Consel sah Ebon jetzt mit anderen Augen und unterdrückte ein Lächeln. »Leider nicht. Zumindest keine, auf die wir verzichten könnten.« Er ließ den Blick über Ebons Truppe schweifen. »Mehr seid Ihr nicht? Nur fünf haben den Angriff auf die Fangalar-Hexe überlebt? Ich bedaure Eure Verluste natürlich zutiefst.«

Ebon holte tief Luft, um seinen Zorn im Zaum zu halten. »Was habt Ihr über die Kräfte herausgefunden, mit denen wir es hier zu tun haben?«

»Zugegebenermaßen nur wenig. Seit wir den Wald betraten, sind wir nur zweimal auf Untote gestoßen, und beide Male befanden sie sich auf der anderen Seite des Flusses. Der Feind hat sein Heer offenbar über einen großen Bereich verteilt.«

»Das scheint mir auch so. Aber wir werden wohl damit rechnen müssen, dass wir mehr Widerstand begegnen, wenn wir unserem Ziel näher kommen, was auch immer es sein mag.«

»Eine inspirierte Schlussfolgerung, Euer Majestät. Dank sei der Weißen Frau, dass Ihr hier seid, um Eure Weisheit mit uns zu teilen.« Garat hielt kurz inne, dann setzte er hinzu: »Obwohl ich zugeben muss, dass ich überrascht bin, Euch wiederzusehen. Es erscheint mir ein verblüffender Zufall, dass wir uns an diesem Ort treffen.«

»Es ist kein … Zufall. Da die Erdmagie jetzt nachlässt, kann Mottle mit seinen Sinnen tiefer in den Wald greifen.«

»Ah, und so habt Ihr nach mir gesucht. Um mich um meinen Schutz zu bitten.«

»Ich wollte vorschlagen, dass wir unsere Kräfte bündeln.«

»Wir brauchen Eure Hilfe nicht. Reist mit uns, wenn Ihr denn unbedingt wollt. Zumindest, bis ich eine Gelegenheit hatte, meine Blutschuld zu ehren.«

»Ehren, Consel? Eine interessante Wortwahl.«

Garat lachte. »Ich sehe schon, Ihr werdet ein unterhaltsamer Reisegefährte sein. Allerdings hoffe ich, dass Ihr, wenn Ihr mit uns unterwegs seid, eher bereit sein werdet als noch in Majack, meine … Ratschläge … anzunehmen. Eure Entscheidung, das Westtor zu nehmen …«

Ebon hörte seine nächsten Worte nicht mehr. Wieder zog ihn etwas zu dem weißen Gebäude, so stark dieses Mal, dass es ihn beinahe von den Beinen riss, und er stolperte gegen sein Pferd. Sein Blickfeld trübte sich. Vale trat sofort neben ihn, bereit, ihn zu stützen. Ebon hörte seine Stimme leise an seinem Ohr. »Vielleicht ist es an der Zeit, dass ich dem Consel einmal die Fähigkeiten zeige, an denen er vor gar nicht langer Zeit im Thronsaal so interessiert war.«

Ebon sah zu Garat hinüber, aber der Sartorianer hatte sich schon wieder abgewandt. Der König schüttelte den Kopf. »Such diesen Brunnen. Kümmere dich um die Pferde.«

»Das können Ellea und Bettle tun. Jemand sollte bei dir bleiben.«

Er denkt, ich wollte Grimes in den Fluss folgen. »Nein«, sagte Ebon und stieß ihn weg. »Ich muss allein sein. Da ist etwas, das ich erledigen muss.«

Luker sah vom Fenster im zweiten Stock auf den Sklavenmarkt von Hamis hinunter. Der Innenhof, der halb in der Sonne und halb im Schatten lag, war dicht gedrängt voller Menschen, die eine hölzerne Plattform umringten. Dort, in der Mitte, stand ein vierschrötiger, o-beiniger Mann. Mit einer Hand hielt er den Arm einer jungen, spärlich bekleideten Frau gepackt, die an Hand- und Fußgelenken gefesselt war. Blut rann ihr von einer Platzwunde an der Lippe, aber in ihren Augen funkelte noch reichlich Kampfgeist, als sie die Menschenmasse vor sich trotzig anstarrte. Eine große Geste des Sklavenhändlers provozierte einen Kommentar der Frau, der nicht bis zu Luker empordrang, aber der Sklavenhändler verpasste ihr daraufhin einen Schlag mit dem Handrücken, der sie zu Boden warf. Die Menge grölte.

Luker schlug das Fenster zu, und der Lärm verwandelte sich in ein Raunen.

Bei den Neun Höllen, wieso brauchte Merin so lange?

Der Bewahrer tigerte auf und ab. Das verschwenderisch eingerichtete Gemach des Sklavenhändlers zeigte deutlich, mit welchem Reichtum der Imperator seine Agenten verwöhnte. Gemusterte Teppiche bedeckten den gefliesten Boden, und die Bücherregale an den Wänden reichten vom Boden bis zur Decke. Auf dem breiten Schreibtisch stand eine Räucherpfanne, aus der ein Duft von Jasmin und

Taublumen aufstieg. Chamery hatte sich auf einen Diwan gefläzt und blätterte faul in einem Buch. Sein strohfarbenes Haar war frisch gewaschen, das dünne Bärtchen gekämmt und geölt. Die für den Jungen so typische Mischung aus Besserwisserei und Arroganz war zurückgekehrt, kaum dass sie wieder von den Segnungen der Zivilisation umgeben waren; wie es schien, hatte er die Entbehrungen der Reise durch die Ödnis schon wieder völlig vergessen. Und natürlich hatte er sich mit keinem Wort dafür bedankt, dass Luker die Kalaneser erledigt hatte.

Hinter einer Tür drangen gedämpfte Stimmen hervor, dann trat Merin ein, schritt geradewegs zu dem Schreibtisch und goss Wasser aus einem Krug in ein Glas. Es schien, als hätten sich ein paar neue Falten in sein Gesicht eingegraben, seit Luker ihn zuletzt gesehen hatte.

»Gerade fragte ich mich schon, ob Ihr wohl überhaupt noch kommen würdet«, sagte der Bewahrer.

»Ich habe uns ein zusätzliches Pferd besorgt.« Merin nahm auf dem Stuhl hinter dem Schreibtisch Platz. »Wir haben in der Ödnis kostbare Zeit verloren.«

Luker sah zu Chamery hinüber. »Ja, vielleicht kann der Junge uns erklären, was er damit angestellt hat.«

Der Magier sah nicht von seinem Buch auf.

Merins Blick ruhte weiterhin auf Luker. »Wenn ich recht erfahren habe, dann war Jenna noch bei Euch, als Ihr hier ankamt. Ich dachte, sie wollte …«

»Dann habt Ihr falsch gedacht.«

Der Tyrin verzog grimmig das Gesicht. »Sie reist weiterhin mit uns?«

Offenbar wurde auch Jenna nicht gerade mit Dankbarkeit überschüttet. »Nach all dem, was sie weiß, dachte ich, es sei Euch lieber, wenn sie in Eurer Nähe bleibt.«

»Der Imperator kann es sich nicht leisten, dass sein Agent hier enttarnt wird.«

»Ihr könnt ihr ebenso vertrauen wie mir. Aber genug davon. Was gibt es Neues?«

Merin warf ihm einen berechnenden Blick zu. »Wenig, das wir noch nicht wussten. Arandas wird belagert. Kalanesische Truppen ziehen sich im Westen zusammen, haben aber noch nicht mit dem Angriff begonnen.«

»Dann sind es Idioten. Wenn Tantwin jetzt von Helin heranmarschiert, dann werden die Mauern der Stadt wie ein Amboss für seinen Hammer sein.«

Merin nickte. »Irgendetwas geht dort vor sich. Die Kalaneser haben genug Leute, um Arandas einzukesseln, und dennoch haben sie es nicht getan. Stattdessen wurde mit den Ratsherren ein Waffenstillstand ausgehandelt.«

»Und während geredet wird, ziehen sich die Versorgungslinien der Kalaneser hundert Wegstunden durch feindliches Gebiet.«

»Ja, das ist schon fast zu verlockend. Alles daran riecht nach einer Finte, aber was soll sie bewirken?«

»Vielleicht Tantwin aus Helin herauslocken?«

»Dann hätten die Kalaneser Arandas im Rücken. Riskant.«

Nun, da das Fenster geschlossen war, staute sich die Wärme im Zimmer. Luker ließ sich auf einen Sessel fallen. Im Grunde waren ihm Arandas oder Tantwin völlig egal. Jetzt, da er Merin zum Reden bekommen hatte, musste er das Gespräch auf wichtigere Themen lenken. »Hält der Imperator noch Kontakt zu den Ratsherren?«

»Bis vor ein paar Tagen wohl noch, ja«, antwortete der Tyrin.

»Was heißt das?«

»Das heißt, einige unserer Agenten in Arandas sind verschwunden. Diejenigen, die noch da sind, bleiben in Deckung.«

»Wie sehr? Ihr sagtet doch, es gäbe Neuigkeiten von Kanon.«

Merin trank einen Schluck Wasser. »Kanon war hier«, bequemte er sich schließlich zu sagen. »Oder vielmehr, er war in Arandas. Aber er ist vor einiger Zeit abgereist.«

»Weiter«, drängte Luker. Dann fügte er hinzu: »Lasst Euch doch nicht jedes Wort aus der Nase ziehen.«

»Kanon folgte der Spur Mayot Mencadas und kam etwa zwanzig Tage nach ihm hier an.«

Chamery klappte sein Buch zu. »Mayot war auch hier? Und die Agenten des Imperators haben ihn sich einfach durch die Finger …«

»Klappe!«, fuhr Luker ihn an und bedeutete Merin fortzufahren.

Der Tyrin legte die Fingerspitzen beider Hände aneinander. »Unsere Agenten sind überzeugt, dass Mayot schon weg war, als Kanon auftauchte. Der versuchte dann, die Spur des Magiers wieder aufzunehmen, aber offenbar sabotierte jemand seine Bemühungen.«

»Wer?«

»Das wissen wir nicht.«

»Ihr spracht von Sabotage. Welcher Art?«

»Kanon sagte, jemand webte ihm falsche Spuren.«

Chamery lachte bellend. »Ha! Das war doch sicherlich nur eine Ausrede für seine Unfähigkeit!«.

Luker trat drohend einen Schritt auf den Magier zu. »Noch ein Wort von Euch …« An Merin gewandt, fragte er dann: »Jemand webte ihm falsche Spuren – waren das Kanons Worte?«

»Ist das wichtig?«

Luker fluchte tonlos. *Die Spinne. Wie bei den Neun Höllen passt sie in diese ganze Geschichte hinein?* »Was hat Mayot gemacht, während er hier war?«

»Das wissen wir nicht.«

»Wo hat er übernachtet? War er in Begleitung?«

»Das wissen wir nicht.«

Luker sah zum Fenster hinaus. Unten auf dem Hof wurde nun ein nackter Junge präsentiert, dessen Rücken zahlreiche Spuren alter Peitschenstriemen zeigte. »Vielleicht sollte ich diese Agenten selbst noch einmal befragen.«

»Sie hätten keinen Grund, Informationen zurückzuhalten.«

»Sie nicht«, sagte Luker mit einem langen Blick auf den Tyrin.

Merins dunkle Augen gaben nichts preis. »Kanon ist vor drei Wochen aufgebrochen. Nach meiner Rechnung einen Tag, nachdem wir von Arkarbour aufgebrochen waren.«

»Also an dem Tag«, warf Chamery ein, »an dem ich zuerst spürte, dass das Buch aktiviert worden war.«

Genau, denn das legte eine Spur, die selbst die Spinne nicht verbergen konnte. »Kanon ging also nach Norden?«, wandte Luker sich an Merin. »Und ist dem Buch gefolgt?«

»Ja.«

»Also nahm er die Weiße Straße.«

Der Tyrin beugte sich in seinem Sessel vor. »Habt Ihr sie schon einmal beschritten?«

»Ja.« Zum letzten Mal vor sechs Jahren; da hatte er gezwungenermaßen den Aufpasser für einen Unruhestifter aus dem Lager des Imperators gespielt, als der Majack überstürzt verlassen musste. »Das ist kein Weg, den man unbedacht einschlagen sollte.«

»Sagen auch unsere Agenten. Aber dennoch, die Geschichten, die sie mir erzählt haben ...«

»Sind vermutlich alle wahr. Im Wald wimmelt es vor Geistern, die sich mit Gewalt in die Köpfe jener Reisenden hineinbohren, die von der Weißen Straße abkommen.«

Draußen auf dem Flur ertönten Schritte, und Merin wartete, bis sie verklungen waren, bevor er Chamery fragte: »Magier, Ihr könnt das Buch der Verlorenen Seelen noch spüren, oder nicht? Wie weit sind wir von ihm entfernt?«

Chamery hatte die Nase schon wieder in sein Buch gesteckt. »Nicht weit. Höchstens fünfzig Wegstunden.«

»Nach Majack ist es doppelt so weit«, bemerkte Luker.

Merin erhob sich. »Was wohl bedeutet, dass Mayot sich im Seufzerwald aufhält. Warum? Was gibt es dort?«

Der Bewahrer dachte eine Weile nach. »Verdammt wenig, soweit ich weiß. Ein paar Ruinen aus der Zeit eines Reiches, das schon lange Shrouds Weg gegangen ist. Nördlich davon leben die Kinevar, aber nicht einmal Mayot wäre so dämlich, in dieses offene Grab hineinzustolpern.« Chamery kicherte, und Luker fuhr herum und fauchte: »Was gibt es da zu lachen?«

»Eure Unwissenheit, Bewahrer. Mayot ist nicht zufällig in den Wald geraten. Er *wollte* dorthin.«

»Warum?«

Chamery lächelte, dann wandte er sich wieder seinem Buch zu.

Merin pflanzte sich neben ihm auf. »Wir werden das schon selbst herausfinden, Magier. Warum spielt Ihr immer noch diese Scharade?«

»Weil das Buch meine Angelegenheit ist, meine ganz allein. Egal, welche verdrehten Pläne Mayot geschmiedet hat, sie werden bald von meinen Künsten auf die Probe gestellt werden. Und ich bin ihm mehr als gewachsen.«

»Ihr habt Euch schon einmal geirrt, was Mayot betrifft. Ihr habt gesagt, er wäre nicht klug genug, das Buch zu benutzen.«

»Und da hatte ich recht! Nach dem, was Kanon sagte, hat ihm jemand geholfen.«

»Und das macht Euch keine Sorgen? Wer ist dieser Verbündete? Was will er?«

Luker schnaubte. »Spart Euch den Atem«, sagte er zum Tyrin. »Der Junge hat ebenso wenig Ahnung wie wir. Er weiß es bloß noch nicht.«

Kurz lag ein Hauch von Unsicherheit in Chamerys Lächeln, der allerdings schnell wieder verging.

Schwer atmend lehnte Parolla sich gegen einen Baum, dessen Rinde unter ihrer Berührung jedoch sofort zerfiel. Im Osten erhoben sich Rauchwolken und ballten sich zu einer Gewitterwolke zusammen, und als sie sich mit der Hand über die Stirn fuhr, waren ihre Finger danach streifig grau, weil ihr Schweiß sich mit der Asche mischte, die vom schwelenden Himmel fiel.

Zwei Tage waren vergangen, seit sie den Seufzerwald betreten hatte. Die Todesmagie, die überall die Luft sättigte, wurde mit jeder Glocke stärker und sickerte in ihre Poren, bis ihr ganzer Körper vor dunkler Energie vibrierte. Ihr Herz hämmerte schmerzvoll in ihrer Brust, und ihre Haut kribbelte, als sei ein Schwarm Nadelfliegen über sie hergefallen. Wenn sie nachts endlich etwas Schlaf fand, dann brachte auch das ihr keine echte Erholung. Und wenn sie wach war, dann genügte schnelles Gehen nicht, um die Energie zu verbrauchen, die durch ihre Adern strömte. Also rannte Parolla, und zwar so schnell, dass ihr die Luft um die Ohren pfiff. Die Anstrengung half ihr, einen klaren Kopf zu bekommen, und eine Wegstunde nach der anderen glitt mühelos unter ihren Füßen dahin. Sie hielt nur an, um so viel Flüssigkeit aufzunehmen, wie sie ausschwitzte, doch als ihre Wasserflasche immer leichter wurde, gönnte sie sich solche Pausen auch immer seltener.

Am Tag zuvor hatte sie zum letzten Mal Lebenszeichen im Wald entdeckt. Hier jedoch ächzten die Äste der Bäume lediglich unter ihrem Eigengewicht. Es gab keine Tiere, keine Insekten mehr, nicht einmal ein Korallenvogel begrüßte die Morgendämmerung, wenn sie stickig und heiß heraufzog. Parolla war keiner einzigen Seele begegnet, weder toten noch untoten – abgesehen von Tumbal natürlich, aber selbst ihn sah sie nicht mehr so oft. Manchmal materialisierte der Gorlem, wenn sie eine Rast machte, und teilte seine Beobachtungen mit ihr oder diskutierte über ein Rätsel, das ihn gerade quälte. Jedes Mal, wenn er verschwand, fragte sich Parolla, ob sie ihn wiedersehen würde. Und wenn er dann wirklich erneut erschien, stellte sie fest, dass sich ihre Stimmung auf seltsame Weise hob.

Es war ein Fehler, dass sie ihn in ihrer Nähe duldete, das wusste sie. Schon bald würde ihre Zeit mit dem Gorlem ein Ende haben, und dann – falls sie denn überlebte – würden die folgenden einsamen Jahre dank der Erinnerungen an ihre gemeinsame Zeit nur noch schwerer zu ertragen sein. Sie hätte ihn wegschicken sollen.

Sofort, bevor es zu spät war. Aber das tat sie nicht. Denn zum einen lenkte sie Tumbals Gerede von dem unbehaglichen Gefühl ab, das Mayots Todesmagie in ihr auslöste; zum anderen behielt sie durch seine Gegenwart auch besser im Blick, wie stark sich die Dunkelheit in ihr selbst ausbreitete. Sie brauchte sein Licht, um sich ihr eigenes zu erhalten. *Nur ein neuerliches Zeichen meiner Schwäche.*

Tumbals Stimme unterbrach ihre Gedanken. »Ein neues Rätsel, Gebieterin«, sagte er, während seine Geistergestalt neben ihr erschien, und deutete auf die Gewitterwolke. »Ein Waldbrand, oder was meint Ihr?«

»Feuer würde den Rauch erklären, ja«, bemerkte Parolla trocken. »Obwohl ich vermute, dass das nur ein Teil der Lösung ist. Ich spüre das Aufeinanderprallen von Zauberkräften.«

»Vielleicht sollten wir uns dort einmal umsehen?«

»Das Gebiet völlig zu umgehen, würde mehrere Glocken dauern.«

Tumbal rieb beide Handpaare aneinander. »Ausgezeichnet! Ich werde den Weg für Euch auskundschaften.«

»Für *mich, sirrah*?«

Der Gorlem war jedoch schon verschwunden.

Kopfschüttelnd lief Parolla wieder los und hielt auf die Rauchwolken zu.

Eine halbe Glocke später entdeckte sie einen ersten Flecken Grün in dem Meer aus Grau und Braun. Während es um sie herum zuvor nur kahle Äste gegeben hatte, fiel jetzt noch Laub von einem dünnen Blätterdach. Zwar waren die Bäume auch hier am Ende ihres Todeskampfes, aber sie lebten. Ein leichter Geruch von Honigheide drang zu ihr herüber.

Inmitten des Winters hatte sich hier ein Stückchen tiefer Herbst gehalten.

Jetzt spürte Parolla es: Fast völlig überdeckt von dem Todesnebel, der den Wald einhüllte, war hier ein kleiner Funken Erdmagie verblieben. Damit der Zauber Mayots Wüten widerstanden hatte, musste er einmal sehr mächtig gewesen sein. Parolla begriff, dass sie auf geweihtem Boden stand. *Die Kinevar.* Sie hatte Geschichten von den heiligen Stätten dieser Wesen gehört: Mitternachtslichtungen, die nie das Licht der Sonne sahen, umsäumt von so dicken Stämmen, dass selbst zehn Leute, die sich an den Händen fassten, sie nicht umschließen konnten. Orte, an denen die Erde nach vielen Jahrhunderten der Blutopfer schwarz war … und an denen sich die Kinevar-Götter niedergelassen hatten.

Götter, die jetzt offenbar angegriffen worden waren.

Parolla lächelte freudlos. Zuerst hatte Mayot also Streit mit Shroud angefangen, und jetzt wandte er sich gegen die Götter der Kinevar. Der alte Mann bewies wahrlich ein geschicktes Händchen in der Auswahl seiner Feinde.

Sie verlangsamte ihren Schritt. Zwischen den Rauchwolken über dem Blattwerk waren nun Flammen zu erkennen. Geräusche drängten an ihr Ohr: das Prasseln von Feuer, das metallene Krachen von Waffen, Zauberexplosionen. Und darunter lag … etwas anderes. Eine Stimme aus Erde, aus Holz und aus Stein. Parolla hörte es im Seufzen des Windes, im Rascheln der Blätter, im Knarren der Äste über ihrem Kopf. Ein kehliges Grollen erklang unter ihren Füßen, als wollte der Wald selbst seiner Wut Ausdruck verleihen.

Der Rauch brannte allmählich in ihren Augen, und der Aschegen wurde stärker. Nachdem sie die Tränen weggeblinzelt hatte, nahm sie plötzlich Bewegungen wahr. Sie erstarrte. Nur wenige Schritte vor ihr und einige Handspannen vom Boden entfernt baumelte ein Kinevar-Männchen von einem Baum. Ein Ast hatte sich um seinen Hals geschlungen. Ein zweiter hatte sich unterhalb des Herzens durch den Oberkörper gebohrt, und die geborstenen Rippen ragten aus der Wunde. Dennoch versuchte der Kinevar sich noch immer zu befreien und zerrte an dem Ast, der ihn erwürgte; sein Körper wand sich hin und her, während er mit den Beinen zappelte. Unter ihm lag ein Knochenschwert.

Jetzt hatte er Parolla gesehen, und seine schwarzen Augen folgten ihr, als sie sich zögernd näherte. Vorsichtig tastete sie mit ihren Sinnen umher und fand schließlich den Faden Todesmagie, der sich wie ein Blutwurm in seine Brust bohrte. Einen Herzschlag lang war der Kinevar ruhig, aber dann trat er mit neuer Kraft um sich. Hinter ihm wurden noch mehr baumelnde Gestalten sichtbar: vor allem Kinevar und Vamilianer, aber auch Ken'dah-Stammesbrüder, schneehaarige Maru, rosthäutige Sartorianer und andere, die Parolla nicht zuordnen konnte. Jene, die noch Waffen trugen, versuchten nach ihr zu schlagen, als sie an ihnen vorüberkam, und sie musste immer wieder hin und her schwingenden Körpern ausweichen. Einer der Vamilianer schleuderte einen Speer nach ihr, der jedoch nicht traf.

Etwas strich über ihren Knöchel. Als sie hinuntersah, entdeckte sie eine Baumwurzel, die sich um ihr Bein schlang, und sie trat um sich, um sich zu befreien. Dann entdeckte sie noch ein Kinevar-Männchen, das von einem Nesselklau-Gestrüpp überwältigt worden war, und vor ihr ragte ein schwarzer Arm aus Erde und Laub hervor; die Finger krallten sich in die Luft. Parolla blieb stehen. Eine Mauer aus Leichen, die im Wind hin und her schwangen, versperrte ihr den Weg. Über den Wipfeln drehten und wanden sich in Rauch und Feuer gehüllte Schatten. Blitzsäulen schossen vom Wald zu ihnen hinauf, und ein dunkler Schatten stürzte kreischend und mit brennenden Flügeln zu Boden. Offenbar tobte der Kampf zwischen Mayot und den Kinevar-Göttern noch, aber viel weiter östlich.

Sie konnte hier nicht weiter.

Ich hätte es Tumbal überlassen sollen, sich hier umzusehen.

Als sie sich wieder umwandte, fiel ihr Blick auf ein junges Kinevar-Weibchen, das von einem Baum hing. Das Mädchen sägte mit einem Knochenmesser verzweifelt an dem Ast, der sich um ihren Hals geschlungen hatte. Dabei drang die Spitze immer wieder in die Haut unter ihrem Kinn, und allmählich wurde der Knochen darunter sichtbar. Ihr Gesicht war ausdruckslos, aber ihre Augen blickten unfassbar traurig. Als sie Parolla ansah, entrang sich ihr ein Wimmern, und Parolla wurde plötzlich bewusst, dass sie zum ersten Mal einen Laut von einer Untoten gehört hatte.

Sie zögerte. Es war keine gute Idee, sich hier länger aufzuhalten. Zweifelsohne würden sich schon bald einige der Untoten von den Bäumen befreien können, und diese Aussicht behagte Parolla nicht besonders. Es war das Beste, diesen shroudverfluchten Ort schnellstens wieder zu verlassen. Und vielleicht war es auch eine gute Idee, sich dabei mit einem Schattenzauber zu tarnen. Die wenigen Blätter, die noch an den Zweigen hingen, warfen gerade noch genug Schatten dazu …

Ein neuerliches Stöhnen erklang, und sie drehte sich wieder zu dem Kinevar-Mädchen um. Der Baum, der es zu erwürgen versuchte, war schon beinahe tot, und das letzte Aufbäumen der Erdmagie konzentrierte sich auf den Ast, der sich um den Hals der Kinevar geschlungen hatte. Sobald dieser Funke erlosch, würde sie sich befreien können. Um dann gleich wieder zu kämpfen. Aber höchstwahrscheinlich würde sie zu dem in der Ferne tobenden Kampf gelockt, um in einem anderen Teil des Waldes, an dem die Erdmagie noch stärker war, erneut in eine Falle zu geraten. Und dann würde sie wieder und wieder kämpfen, bis entweder Mayot oder die Kinevar-Götter gesiegt hatten.

Parolla streckte das Kinn vor.

Es war an der Zeit zu prüfen, wie groß Mayots Macht über seine Diener war.

Ebons Blick glitt über einen Riss, der sich über die Fassade des weißen Gebäudes zog. Der Türsturz war in der Mitte gespalten, und die zwei Hälften hatten sich inzwischen so weit geneigt, dass zu befürchten war, sie würden beim nächsten Windstoß einstürzen. Vorsichtig ging er einen halben Schritt zurück und betrachtete den Fries. Die Steinritzungen dort hatten eine eigenwillige abgeschrägte Form, als ob ihr Schöpfer versucht hatte, neue Bilder aus bereits vorhandenen zu erschaffen …

Wieder fühlte er, dass etwas an ihm zog, stärker als zuvor, und er taumelte wie betrunken durch den Eingang in die Dunkelheit, die dahinter lag. Schwarze Flecken tanzten vor seinen Augen. »Ein bisschen Geduld, verdammt noch mal …«, brummte er. »Jetzt bin ich doch schon so weit gekommen, oder nicht?«

Er wartete, bis sich seine Augen an das Dämmerlicht gewöhnt hatten. Offenbar befand er sich in einer quadratischen Kammer, deren Wände mit bemaltem Putz bedeckt waren, der jetzt stellenweise abbröckelte; dahinter waren Steinritzungen zu erkennen. Die Luft war kribbelnd kalt, und Ebon zog den Mantel enger um sich. Etwas zog ihn zu einer Tür auf der linken Seite, und er schlurfte darauf zu, die Füße kaum noch vom Boden hebend.

Wieder trat er in einen dunklen Raum. Er war leer, abgesehen von einer Frau, die ihm den Rücken zuwandte. Sie trug ein ärmelloses, weißes Kleid und Sandalen. Das lange, blonde Haar fiel ihr bis zur Taille und war mit weißen, hineingeflochtenen Blumen geschmückt. Als sie sich zu ihm umwandte, überkam Ebon der Drang, sich ihr unverzüglich zu Füßen zu werfen, aber er widerstand. Ihre grünen Augen ruhten auf ihm, doch als er ihren Blick erwiderte, fühlte es sich an, als ob er in die Sonne sah. Ebon wandte den Kopf ab.

Das Raunen der Geister in seinem Innern bekam jetzt einen festen Rhythmus. Wohl zwanzig Stimmen kamen zusammen, als ob sie ein Mantra skandierten. Ein Name kristallisierte sich heraus. *Galea.*

Als die Frau zu sprechen anhob, klang sie ungefähr so freundlich wie die kalte, graue Luft. »Willkommen in meinem Tempel.«

»Euer Tempel?«, wiederholte Ebon. »Meint Ihr den alten oder den neuen?«

»Den alten natürlich. Die Narren, die ihn später für sich beanspruchten, bemerkten nicht, dass der Boden noch immer geweiht war.«

»Vielleicht glaubten sie, Ihr seiet mit Eurem Volk dahingegangen.«

Die Augen der Frau wurden schmal. »Weißt du, wer ich bin?«

»Ihr seid die Göttin der Vamilianer. Jene, die mich vor der Fangalar-Hexe beschützt hat.«

»Beschützt, ja«, sagte sie und musterte ihn mit ihrem unergründlichen Blick.

»Wieso habt Ihr mich hierher gerufen … Galea?«

Falls die Göttin überrascht war, dass er ihren Namen kannte, dann ließ sie es sich nicht anmerken. »Was weißt du über mein Volk?«

»Wenig, Gebieterin, nur das, was ich mit meinen eigenen Augen gesehen habe. Das entsetzliche Leid ihrer letzten Tage …«

Galeas ohnehin schon frostiger Gesichtsausdruck kühlte sich noch weiter ab. »Die Vamilianer waren hier nicht heimisch. Sie kamen aus einem Land weit im Westen – der Name würde dir nichts sagen, da er schon lange nicht mehr auf Karten verzeichnet ist. Sie waren ein abenteuerlustiges, rühriges Volk. Entdecker. Händler. Und auf der Höhe ihrer Macht war ihr Imperium das größte unter allen altvorderen Geschlechtern.«

»Bis die Fangalar kamen.«

Die Göttin trat ihm entgegen. Der Raum kam ihm plötzlich klein vor. »Mein Volk wurde zu Millionen abgeschlachtet. Die Überlebenden wurden in alle Winde verstreut. Jene, die auf diesen Kontinent kamen, fanden Zuflucht im Wald. Aber die Fangalar entdeckten sie schließlich, und das Gemetzel begann von Neuem. Jahrtausende lang existierten sie als Geister …«

»Jene, die versuchten, in meinen Verstand einzudringen.«

»Einzudringen, ja. Oh, du warst stark genug, sie daran zu hindern, ganz von dir Besitz zu ergreifen, aber sie ließen dennoch Splitter ihrer Seele in dir zurück.« Sie lächelte schmallippig. »Die Stimmen werden stärker, nicht wahr? Schon bald werden sie dich mit sich reißen. Es sei denn, natürlich, dass ich mich entschlösse, dir zu helfen.«

»Und warum würdet Ihr das tun wollen?«

»Ja, warum.« Die Göttin wandte sich um und betrachtete eine der eingeritzten Steinmotive, doch Ebon wusste, dass sie noch nicht fertig war, und daher wartete er geduldig ab, bis sie weitersprach. »Vielleicht gibt es etwas, das du mir im Gegenzug anbieten könntest«, sagte sie schließlich.

»Da habt Ihr sicherlich schon eine Idee.«

Galea drehte sich nicht um. »Ich weiß um den Angriff auf deine Stadt.«

»Ein Angriff Eures Volkes.«

»Der jedoch nicht auf meinen Befehl hin erfolgte.« Sie fuhr herum. »Wenn ich die Macht gehabt hätte, um mein Volk wieder auferstehen zu lassen, hätte ich dann Tausende von Jahren damit gewartet? Warum sollte ich es von einer Qual erretten, nur, um es sofort ins nächste Elend zu stürzen?« Sie deutete mit dem Zeigefinger in seine Richtung. »Wir haben einen gemeinsamen Feind, Sterblicher. Du willst deine Landsleute retten, und ich will mein Volk von der Macht befreien, die es versklavt.«

»Ihr wollt Euch mit mir verbünden?« Als Ebon lachte, fühlte es sich an, als ob eine Säge durch seine Brust drang. »Falls es Euch nicht aufgefallen sein sollte …«

»Ich werde deine Wunden heilen.«

»Gut zu wissen. Dennoch – eine Göttin, die einen Sterblichen um Hilfe bittet? Warum?«

»Wenn ich mich direkt in diese Angelegenheit einmischte, würde es zu … Komplikationen führen.«

»Das heißt, Ihr fürchtet, die Sicherheit Eures geheiligten Bodens zu verlassen.«

»Das heißt, ich kann es nicht riskieren, die Aufmerksamkeit anderer Mächte auf mich zu lenken. Mächte, die sich vielleicht dafür interessieren würden, was hier geschieht, wenn sie meine Einmischung bemerkten.«

Ebons Blickfeld trübte sich, als ein Geistertraum ihn zu überwältigen versuchte. Er zwang sich gegen die Vision anzukämpfen. »Wer beherrscht die Untoten, Gebieterin?«

»Ein Sterblicher.«

»Nur ein Sterblicher?«

»Ein Magier. Er besitzt ein Artefakt großer Macht. Das Buch der Verlorenen Seelen.«

»Dieser Magier, wie heißt er?«

»Mayot Mencada.«

»Dieser Name sagt mir nichts.«

»Ich wüsste auch nicht, weshalb. Er stammt aus Erin Elal – einem Königreich im Süden.«

Ebon hatte davon gehört. »Warum hat er dann Majack angegriffen?«

Die Göttin zuckte die Achseln. »Weil er dazu in der Lage ist. Weil er weitere Diener für die kommenden Schlachten sucht. Weil deine Stadt am Rand des Waldes liegt.«

Ebon fühlte sich todmüde und fuhr sich mit der Hand über die Augen. *Und das war alles? Waren wir lediglich Opfer, die zufällig in die Schusslinie gerieten?* Ihm wurde bewusst, wie absurd der Gedanke war. Wären die Angreifer Sartorianer gewesen oder Soldaten eines anderen Reiches, das auf Eroberungen aus war, wäre das Schicksal seiner Landsleute dann leichter zu ertragen gewesen? Hätte das ihrem Tod eine Bedeutung verliehen? Spielten die Motive, die dieser Mayot Mencada haben mochte oder auch nicht, überhaupt irgendeine Rolle? Aber auf gewisse Weise war es eben doch wichtig. Und irgendwie gab dieser Umstand Ebon das Gefühl, als ob sich Maden durch seinen Magen wühlten. »Was verlangt Ihr von mir?«

»Nur, dass du meine Hilfe annimmst, wenn ich sie dir anbiete. So wie im Kampf gegen die Fangalar-Hexe.«

»Ihr wollt mich benutzen, um Eure Kräfte zu kanalisieren?«

»Ganz genau.«

Ebon dachte darüber nach. »Zuvor habt Ihr Euch auch eingemischt, ohne um meine Zustimmung zu bitten. Warum fragt Ihr mich jetzt?«

»Weil du in den kommenden Tagen weitaus größeren Herausforderungen gegenüberstehen wirst. Um sie zu überwinden, musst du dich … mir … ergeben.«

»Das ist alles?«

Galea schürzte die Lippen. »Es gibt Gefahren, das will ich nicht leugnen. Dein Körper ist nicht vorbereitet auf den wilden Ansturm der Zauberkünste.«

Warum wendet Ihr Euch dann nicht an einen kundigen Magier wie Mottle oder Ambolina? Doch Ebon stellte die Frage nicht – die Antwort schien ihm offensichtlich. *Weil ich der Einzige bin, der verzweifelt genug wäre, um sich mit einer Unsterblichen einzulassen.* »Ihr wollt sagen, ich könnte dabei den Verstand verlieren.«

»Beunruhigt dich dieses Opfer? Wäre dein Leid danach größer als das, was du jetzt erlebst?«

»Was bietet Ihr mir dafür?«

»Das habe ich dir schon gesagt. Ich werde die Geister aus deinem Kopf verbannen und deinen Körper heilen.«

»Das reicht nicht.«

Galeas Augen blitzten. »Du bist nicht in der Position zu verhandeln, Sterblicher. Dein Leben hängt an einem seidenen Faden.«

Ebons Lachen ging in einem Hustenanfall unter. »Glaubt Ihr, mein eigenes Leben hätte eine Bedeutung für mich? Glaubt Ihr, ich bin deswegen hier? Meine Stadt …«

»Du hast nicht zugehört«, unterbrach ihn die Göttin. »Ich kann darauf keinen Einfluss nehmen.«

»Nein, Gebieterin, ich höre zu. Ihr habt gesagt, wenn Ihr es tätet, käme es zu Komplikationen. Das ist Euer Problem, nicht meins. Wenn Ihr Euch mit mir verbünden wollt, dann müsst Ihr meinem Volk helfen. So wie ich dem Euren.«

Galea schwieg eine Weile. Ebon sah zu Boden; er fühlte, wie ihr Blick auf ihm lastete. Die Stimmen der Geister waren während seines Gesprächs mit der Göttin immer lauter geworden, und ihr Ton war jetzt ungehalten. Über ihr Raunen vernahm er, wie Vale draußen nach ihm rief, aber er antwortete nicht.

»Gut«, sagte Galea schließlich, »ich werde tun, was in meiner Macht steht.«

Ebon zwang sich, in ihre kalten, grünen Augen zu sehen. »Ist mein Volk … hält der Palast in Majack noch stand?«

»Das tut er.«

Ebon überkam eine so große Erleichterung, dass ihm beinahe die Beine einknickten. Er war ein Narr, dass er sich auf das Wort einer Unsterblichen verließ, das wusste er. Höchstwahrscheinlich hatte sie ihm vieles nicht erzählt, was die Macht hinter den Untoten betraf, die Risiken, die er einging, oder auch die Motive, aus denen heraus sie ihm half. Und natürlich hatte er keine Möglichkeit herauszufinden, ob die Göttin ihren Teil der Abmachung hielt. *Wenn sie nicht direkt tätig werden wollte, um ihren eigenen Leuten zu helfen, wieso sollte sie dann meine unterstützen?*

Doch dann schob er seinen Verdacht beiseite. Jetzt war nicht die Zeit für Zweifel. Galea bot ihm einen Hoffnungsschimmer, wo zuvor nur Finsternis geherrscht hatte.

Und das weiß sie genauso gut wie ich.

Er hielt inne, dann nickte er. »Einverstanden.«

Parolla tastete mit ihren Sinnen nach der Ranke Todesmagie, die das Kinevar-Mädchen festhielt. Mayots Hexenkunst war ganz anders als alles, was sie zuvor erlebt hatte. Der Strang bestand aus einer Vielzahl dünnerer Energiefasern, die wie bei einer Stahltrosse fest miteinander verwoben waren. Eleganz verband sich mit Kraft, atemberaubend in ihrer Kunstfertigkeit. Sie übertraf alles, was Parolla selbst je hätte zustande bringen können, aber sie verstand sich auch nicht besonders darauf, Dinge zu erschaffen, sondern vielmehr auf Zerstörung. Darin allerdings hatte sie über die Jahre eine Menge Erfahrungen gesammelt. Jetzt entfesselte sie ihre Kraft tröpfchenweise, formte sie zu einer scharfen Schneide und ließ sie wie eine Sense niederfahren.

Der Strang erzitterte nicht einmal. Parolla jedoch stolperte zurück, als hätte sie einen Schlag erhalten – das Zusammenprallen verschiedener Zauberkünste löste Schockwellen aus, die sie beinahe umwarfen. Sie hatte nicht daran gedacht, ihre Schutzschilde aufzubauen, und kleine Wellen Todesmagie glitten knisternd über sie hinweg und versengten ihre Haut. Allerdings wurden diese Verbrennungen von der dunklen Energie, die durch ihren Körper pulsierte, sofort wieder geheilt. Die Zauberfaser blieb völlig unversehrt. Parolla betastete sie noch einmal, suchte nach Schwächen, nach einem winzigen Makel, der vielleicht zum Ziel ihres nächsten Schlags werden konnte.

Nichts.

Jetzt wob sie ihre Schutzschilde um sich, sammelte ihre ganze Kraft und schlug noch einmal auf die Ranke ein. Sie blieb heil. Aber dieses Mal war Parolla auf den Rückstoß gefasst, und die Welle von Magie brach sich an ihren Wällen, ohne Schaden anzurichten. Die Energie, die durch diese Faser pulsierte, hatte sich besonders an der Stelle verstärkt, die Parolla angegriffen hatte, als ob ein waches Bewusstsein die Kraft dorthin lenkte, wo sie am dringendsten gebraucht wurde. Hatte Mayot ihre Versuche bemerkt? Sie lenkte den nächsten Angriff auf eine Stelle, die näher an dem Punkt war, an dem die Ranke in die Brust der Kinevar drang. Wenn es ihr schon nicht gelingen wollte, die Faser zu durchtrennen, konnte sie vielleicht zumindest den Fluss von Magie lange genug unterbrechen, um Mayot die Kontrolle über das Mädchen zu entreißen.

Aber der Faden widerstand ihr.

Während Parolla sich immer stärker konzentrierte, spürte sie, dass die Dunkelheit in ihr wuchs. Ihr Gesicht verhärtete sich. *Die Dunkel-*

heit … Nach all den Jahren machte sie sich immer noch vor, dass sie mit ihr nichts zu tun hatte – wie eine bösartige Präsenz, für deren Handlungen sie nicht verantwortlich war. Dabei war es in Wirklichkeit so, dass diese Beeinträchtigung ein Teil von ihr war. Ein Teil, den sie viel zu lange zu unterdrücken versucht hatte. Ein Teil, der mit jedem Tag stärker wurde. *Der Teil, den ich brauchen werde, wenn ich Shroud besiegen will.*

An der Stelle der Faser, auf die sie ihre ganze Energie gerichtet hatte, bildete sich jetzt eine Wolke aus Todesmagie, als die widerstreitenden Zauberkünste sich in Luft auflösten. Die Wolke breitete sich aus, als wollte sie die Kinevar und die Ranke, die sie festhielt, umhüllen. Parolla spürte, dass die Erdmagie in dem Ast allmählich nachließ. Wenn die Zauberkraft ganz versiegte, dann hatte sie ein Problem, denn dann würde der Baum das Mädchen loslassen. Und wenn dann die Ranke Todesmagie in diesem Augenblick noch intakt war, würde das Kinevarmädchen sie ganz sicher angreifen …

Sie musste aufhören.

Doch ganz plötzlich wurde der Magiestrang, der die Kleine beherrschte, schwächer und franste am Rand aus.

Als ob es witterte, dass der Sieg so gut wie sicher war, wallte Parollas verdorbenes Blut auf und drängte gegen die Wälle, die sie selbst errichtet hatte, um ihre dunklen Kräfte im Zaum zu halten. Ein Schatten legte sich über ihren Blick. Einen Herzschlag lang kämpfte sie darum, die Flut zurückzuhalten. Dann gab sie nach. Was war hier los? Shrouds Blut floss in ihren Adern, und dann war sie nicht einmal in der Lage, eine von Mayots Ranken zu durchtrennen? Wieso kämpfte sie gegen sich selbst, wo sie doch eigentlich gegen den alten Mann kämpfen sollte? Wenn sie der Kraft, die in ihr schlummerte, freien Lauf ließ, dann würde sie jeden dieser shroudverfluchten Fäden wie Grashalme niedermähen.

Sie schlug sich die Nägel in die Handballen. *Nein!* Selbst, wenn sie die Fasern aller Untoten in ihrer Nähe zerstörte, dann blieben Mayot doch noch zahllose andere Diener, um seine Befehle zu erfüllen. Was wollte sie tun – alle Fäden vernichten? War das der Grund, weshalb sie in diesen Wald gekommen war – um das Heer von Untoten zu erlösen? Sie schüttelte den Kopf. Hier war kein Sieg zu erwarten, so weit von der Rotunde entfernt. Sie würde dabei nur eines erreichen, nämlich Mayot offenbaren, über welche Kräfte sie verfügte, so wie sie es auch dem Jekdal gegenüber getan hatte. Solche Unvorsichtigkeiten konnte sie sich nicht leisten. Es war höchste Zeit, sich zurückzuziehen.

Doch als sie das versuchte, strömte der Zauber nur noch stärker aus ihren Händen. Sie hatte zu lange gewartet! Die Dunkelheit wuchs durch die nekromantischen Energien, die in der Luft lagen. Die Wälle, die sie gegen diese Kräfte aufgebaut hatte, wurden dünner, dann beulten sie sich aus …

Mit einem Aufschrei fiel sie auf die Knie und grub ihre Finger in den Boden, um ihre Energien dorthin abzuleiten. Als die Zauberkraft aus ihren Händen drang, stöhnte die Erde und bäumte sich auf, und die Luft erzitterte mit einem Grollen wie von mahlenden Steinen und knackenden Wurzeln. Rauch stieg vom Boden auf. Der Baum, der die Kinevar gefangen hielt, stürzte krachend um, und Wolken aus Blättern und heißer Asche stoben auf, abgebrochene Äste und Holzsplitter flogen in alle Richtungen. Der Nachhall des Energiestoßes zog durch die verbliebenen Bäume, die Todesmagie breitete sich wie Feuer über den aufgehängten Untoten aus. Einige Herzschläge flackerte sie über ihre Körper und verschlang sie mit einem fühlbaren Hunger.

Genug!

Kurz fasste sie sich, um wieder zu Atem zu kommen, dann sah sie sich nach der jungen Kinevar um. Von ihrem Körper war nichts weiter geblieben als ein zuckender, mit Holzsplittern gespickter Haufen verbrannten Fleisches. Die Magie haftete ihr noch an wie brennendes Öl, und einen Augenblick später schmolz das Fleisch dahin und ließ nur noch das Skelett zurück. Dann zerfielen die Knochen zu Asche. Als der Wind den Staub davonblies, verdorrte die Ranke Todesmagie, die das Mädchen kontrolliert hatte. *Nun gut*, dachte Parolla. Vielleicht war es nicht gelungen, die Faser zu durchtrennen, aber sie hatte dennoch einen Weg gefunden, um Mayots Macht über seine Dienerschaft zu brechen – indem sie das Fleisch vernichtete und den Geist davon löste, der dann so frei umherstreifen konnte wie Tumbal.

Aber würde Mayot nicht in der Lage sein, das Mädchen erneut zu erwecken, solange nur ein Krümel von ihrem Körper übrig blieb?

Ein Sturmwirbel aus Asche und Blättern umfing sie. Parolla schmeckte Staub auf der Zunge, und sie hustete und spuckte aus. Dann stand sie auf und bürstete ihre Kleider ab. Die Schatten, die ihren Blick verdunkelten, verblassten allmählich wieder.

Tumbal erschien an ihrer Seite, ein Paar Hände in die Hüften gestemmt, die anderen vor der Brust verschränkt. »Ein Ort des Schreckens, Gebieterin«, sagte er. »Es tut mir leid, dass Ihr das mit ansehen musstet.«

Mir ist schon viel Schlimmeres begegnet, sirrah, *das ich noch dazu selbst verursacht hatte.* »Ich bin so weit gekommen, wie es ging. Was liegt dort vor uns?«

»Ein letzter Kampf, so würde ich vermuten.«

»Die Kinevar?«

»Nicht nur die Kinevar. Die Waldgötter selbst sind erschienen, um hier einzugreifen.«

Parolla starrte ihn an. »Und sie werden zurückgeschlagen?«

Tumbal wackelte mit dem Kopf. »Das Heer, dem sie gegenüberstehen, ist wahrhaft mächtig. Ich sah Dämonen und Fangalar, Ewigkeitsfürsten und Frostriesen, Sturmwichte und Alakel und viele andere mehr.«

»Jahrhundertelang wurde dieser Wald für Blutopfer genutzt, und das macht ihn zu einem fruchtbaren Boden für Mayots Hexenkünste. Jene, die hier unter den Messern der Kinevar starben, haben jetzt die

Möglichkeit, sich zu rächen. Darin liegt eine gewisse Gerechtigkeit, meint Ihr nicht?«

Der Gorlem runzelte die Stirn. »Es ist dennoch Mayots Hand, die die Fäden zieht.«

»Trotzdem.«

»Und was ist mit den Kinevar selbst? Sie wurden zu Tausenden hingemordet und gezwungen, gegen ihre eigenen Leute, sogar gegen die eigenen Götter zu kämpfen.«

Parolla zuckte die Achseln. »Wieso greift Mayot hier mit einer solchen Gewalt an? Welche Bedrohung stellen die Kinevar für ihn dar?«

»Ich vermute, der Magier sieht sich gar nicht so sehr von ihnen bedroht, er will vielmehr ihre Kraft gewinnen. Für den Fall, dass die Kinevar-Götter selbst unter seinen Einfluss geraten sollten …«

»Seid doch kein Narr«, unterbrach ihn Parolla. »Die Götter werden fliehen, bevor es für sie wirklich brenzlig wird.«

»Bisher sind sie geblieben. Vielleicht sind sie nicht willens, die Heimstatt ihrer Vorväter aufzugeben und ihr Volk im Stich zu lassen.«

»Die Götter bekümmert das Schicksal von Sterblichen nicht.«

Tumbals Miene verfinsterte sich weiter. »Nicht alle Unsterblichen sind so herzlos, wie Ihr sie darstellt, Gebieterin. Und wenn Ihr Euch schon nicht für die Kinevar-Götter stark machen wollt, was ist mit den Kinevar selbst?«

»Das ist nicht mein Kampf.«

»Nein?« Tumbal deutete mit einer Handbewegung auf die baumelnden Leichen. »Denkt nur an die zahllosen Geister, die Mayot schon in seiner Gewalt hat. Und über welche Kräfte er gebieten wird, wenn die Kinevar-Götter ihm anheimfallen.«

»Ich werde mit dem *magus* fertig sein, lange bevor das geschieht.«

»Und wenn Ihr Euch irrt?«

Eine Wurzel wand sich über den Boden zu Parolla hin, und sie trat nach ihr. »Selbst wenn ich tatsächlich zum Kampf bereit sein sollte, dann vergesst Ihr wohl, dass das hier noch immer geheiligter Boden ist. Es lässt sich nicht leugnen: Ich bin hier ein ebensolcher Eindringling wie die Untoten. Die Erdmagie des Waldes wird keinen Unterschied machen zwischen Freund und Feind.«

»Ihr bräuchtet sicherlich nicht weiter zum Herz des Kampfes vorzustoßen. Die Fäden, welche die Untoten lenken …«

»… können nicht zerstört werden.«

Das Geistergesicht des Gorlem wurde noch blasser. »Nicht einmal von Euch?«

»Ich habe es gerade einmal versucht, aber ich würde keinen neuerlichen Vorstoß wagen.«

»Das verstehe ich nicht.«

Parollas Stimme ertönte nun flach und tonlos. »Bevor Shroud … zu meiner Mutter kam, war sie eine Novizin des Herrn der Jagd. Als sie starb, versuchten die Priester des Gehörnten Gottes meine Macht für sich zu beanspruchen. Ich musste mich mit Gewalt aus dem Tempel befreien, in dem ich gelebt hatte.« Wieder sah sie vor sich, wie die Schutzwälle des Schreins funkelten, als sie eine Salve Todesmagie nach der anderen dagegenschleuderte, bis schließlich ein Teil des Tempels unter schwarzen Flammen, Rauch und Schreien eingestürzt war. *Immer diese Schreie.* Mit diesem Massaker hatte Parollas *bakatta* mit dem Gehörnten Gott begonnen, und seitdem war sie seinen Dienern aus dem Weg gegangen. Sie schloss die Augen. »Wenn ich sie erst einmal entfessele, ist meine Magie … unberechenbar. Viele starben, bevor ich fliehen konnte. Darunter auch Freunde. Unschuldige.«

Tumbal sah sie nachdenklich an. »Ihr fürchtet, wenn Ihr die Fäden des Buches zu durchtrennen versuchtet, dann würdet Ihr Euch ihm ergeben?«

»Ja, richtig. Es ist Shrouds Makel, der auf mir liegt, heißt: Sein Blut fließt durch meine Adern. Jedes Mal, wenn ich mich seiner bediene, muss ich dafür bezahlen. So und nicht anders war das von Anfang an.«

»Wenn es um Macht geht, Gebieterin, muss man stets bezahlen.«

Parolla schlug die Augen wieder auf. Der Baum, in dem die junge Kinevar gefangen gewesen war, löste sich nun endgültig auf, während das letzte Echo von Todesmagie darüber hinwegschwebte. Parollas Blick blieb an der Stelle hängen, wo das Mädchen verblichen war. »Vielleicht ist das so, *sirrah*«, sagte sie. »Aber in meinem Falle bezahlen stets andere.«

16

Ebon saß auf einem umgestürzten Baum und blickte aus einiger Entfernung über sein Lager. Das Geflüster war völlig aus seinem Kopf verschwunden, und stattdessen entdeckte er aufs Neue eine Welt von Geräuschen: das Seufzen des Windes, das angestrengte Schnaufen der sartorianischen Soldaten oder das metallische Stampfen der Dämonen des Consel, die den äußeren Rand des Lagers abschritten. Statt der Geister war nun Galea ständig in seinem Inneren. Gelegentlich spürte er ihre kühle Aufmerksamkeit, manchmal auch ihre Ungeduld, ihre Verachtung und eine ganze Palette fein abgestufter anderer Gefühle. Wenn er versuchte, ihre Gedanken zu lesen, stieß er auf eine Barriere aus Zauberkraft. Einige Male hatte er versucht, mit ihr zu sprechen, sie aber nicht erreicht. Entweder ignorierte sie ihn, oder sie war mit anderen Dingen beschäftigt.

Allerdings hatte sie ihr Versprechen gehalten und die Wunde an seiner Brust geheilt; von dem Stich war nur noch eine Narbe zurückgeblieben. Den ganzen Tag über hatten Ellea und Bettle ihren König mit misstrauischen Blicken bedacht, und selbst Vale sah ihn seltsam an, denn Ebon hatte noch keine Gelegenheit gehabt, ihm von der Begegnung mit der Göttin zu berichten. Anders jedoch Mottle. Wie immer hatte es den Anschein, als ob Ebon vor dem Magier nichts verbergen konnte …

Das Knacken eines Zweiges unterbrach seinen Gedankenfluss, und als er sich umwandte, sah er Garat auf sich zukommen. Der Consel hatte offenbar nicht geschlafen, denn sein Haar war frisch geölt, und er trug noch immer seine Rüstung. Als er sich zu Ebon setzte, lag ein leises Lächeln auf seinem Gesicht. »Ihr seht besser aus, Majestät«, sagte er. »Ihr habt Euch auf geradezu wundersame Weise erholt.«

»Ich stecke voller Überraschungen.«

»Und die überraschen offenbar nicht nur mich, sondern auch Eure eigenen Soldaten. Das ist gut.«

»Wieso das?«

»Weil ein Herrscher seine Untergebenen stets im Ungewissen lassen sollte. Ein bewegliches Ziel ist bekanntermaßen schwerer zu treffen.«

»Ich vertraue meinen Gefährten mein Leben an.«

»Dann werden sie es Euch eines Tages nehmen.«

Ebon fuhr sich mit der Hand über den Kopf. »Ich habe einiges über die Intrigen am sartorianischen Hof gehört. Allerdings hielt ich sie bisher für übertrieben.«

»Nun, im Gegensatz zu Euch, Euer Majestät, wird der Herrscher von Sartor nicht als solcher geboren. Er muss sich seiner Befehlsgewalt stets aufs Neue versichern.«

»Dann kann er sich glücklich schätzen, denn zumindest kann er frei entscheiden, ob er die Verantwortung, die jede Art von Macht unweigerlich mit sich bringt, mit all ihren Verpflichtungen übernehmen will.«

Garat lächelte sardonisch. »Die Bürde, von der Ihr sprecht, ist selbst gewählt. Ein Herrscher ist nur sich selbst verantwortlich. Ihr glaubt mir nicht? Dann fragt doch einmal Euren Vater.«

Ebon schwieg einige Herzschläge lang und versuchte zu überlegen, worauf der Consel hinauswollte. »Mein Vater hat die Herrschaft nicht gewählt.«

»Das glaubt Ihr?«

»Ich habe das zu oft und von zu vielen Menschen gehört, um es nicht zu glauben. Der Aufstand gegen seinen Vorgänger, Schurkenkrähe, ging nicht von meinem Vater aus.«

»Und dennoch hat er ihn angeführt.«

»Zusammen mit einem Freund, Domen Calin Bain. Als der Krieg vorüber war, schlossen sich die beiden einen Tag und eine Nacht in einem Zimmer ein. Als sie wieder herauskamen, war mein Vater König.«

Der Consel zog seine verbliebene Augenbraue in die Höhe. »Ohne dass ein Tropfen Blut vergossen wurde? Haben sie etwa um den Thron gewürfelt?«

»Niemand weiß es. Mein Vater sprach niemals darüber. Zu dieser Vereinbarung gehörte es zudem, dass er sich damit einverstanden erklärte, Domen Bains Schwester zu heiraten – meine Mutter.«

»Aber war sie nicht bereits einem anderen versprochen?«

»Das ist richtig«, sagte Ebon, den verwunderte, wie gut der Consel über diese Angelegenheiten Bescheid wusste. »Und es war wohl so, dass zwar Domen Bain gern bereit gewesen war, seinen Anspruch auf den Thron an meinen Vater abzutreten, aber seine Leute verstanden das nicht ohne Weiteres. Daher wurde es als notwendig betrachtet, eine formale Verbindung zwischen beiden Familien zu schaffen, um einen neuen Krieg zu vermeiden.«

Garat streckte die Beine vor sich aus. »Und was wurde wohl aus Domen Bain?«

»Er starb im Jahr darauf bei einem Jagdunfall.«

»Ah. Wie es scheint, sind unsere Völker dann doch gar nicht so unterschiedlich.«

»Wie meint Ihr das?«

»In Sartor pflegen Rivalen auf den Thron ebenfalls schnell unglücklich zu Tode zu kommen.«

Ebon schürzte die Lippen. »Er war der Freund meines Vaters …«

»Herrscher haben keine Freunde. Wie leicht verbirgt das Lächeln eines Freundes den Dolch des Assassinen.«

»Dann ist er eben kein Freund.«

Garat lachte leise. »Das stellt man leider immer erst dann fest, wenn es zu spät ist.«

Schritte ertönten, gefolgt von metallischem Klappern, und einer der gepanzerten Dämonen des Consel erschien in Ebons Blickfeld; sein Atem drang dampfend durch das Gitter seines Visiers, und das Mondlicht glänzte auf der Klinge seiner Axt. Vielleicht hätte Ebon beruhigt sein sollen, weil diese Kreaturen immerhin für eine gewisse Sicherheit sorgten, aber er wusste nur zu genau, dass sie sich sofort gegen ihn wenden würden, sobald Garat ihnen den entsprechenden Befehl gab. Hier draußen würde es für einen derartigen Verrat so gut wie keine Zeugen geben.

»Wie ich gehört habe«, begann der Consel jetzt, »dann ist dieser Ausflug nicht Euer erster in den Seufzerwald.«

Ebon beobachtete ihn aus den Augenwinkeln. »Nein. Vor vier Jahren habe ich einen Überfall auf einige Kinevar-Dörfer angeführt.«

»In Sartor überlassen wir solche Dinge unseren Soldaten.«

»Das ist ein berechtigter Einwand. Leider war ich damals noch in einem Alter, an dem ich mich aus verletztem Stolz zu mancherlei verleiten ließ.«

Garat sah ihn an. »Eine *Herausforderung*, Euer Majestät? Ich hätte nie gedacht, dass Ihr Euch auf so etwas einlassen würdet.«

»Eine Herausforderung war es nicht direkt. Ein ... Bekannter ... von mir zweifelte in seiner Überheblichkeit am Mut eines jungen Prinzen.« Der Consel brauchte nicht zu wissen, dass der besagte Bekannte Domen Janir gewesen war, und dass die entsprechende Äußerung fiel, nachdem Ebon sich geweigert hatte, an dem Angriff auf das sartorianische Dorf teilzunehmen, in das sich Domena Irrellas Mörder geflüchtet hatten. »Dieser Vorwurf konnte natürlich nicht hingenommen werden, und daher beschloss ich, meinen Mut unter Beweis zu stellen, indem ich einen Ausfall in das Gebiet der Kinevar unternahm. Zweiundvierzig Pantheonwächter bezahlten meinen Stolz mit ihrem Leben. Abgesehen von mir selbst überlebten nur drei Leute.«

»Eine wertvolle Lektion. Man kann nie genug Soldaten haben.«

»Und dennoch seid Ihr hier, mit nur einer Handvoll Männer, und setzt Euch derselben Gefahr aus wie damals ich.«

Garats Blick ging in die Ferne, und der sonst stets allgegenwärtige spöttische Gesichtsausdruck verschwand. »Ein Sartorianer fürchtet die Anonymität mehr als den Tod. Unseren Herrschern bleiben nur wenige, kurze Jahre, in denen sie sich einen Platz in der Geschichte unseres Volkes sichern können.«

»Und wie möchtet Ihr in Erinnerung bleiben, Consel?«, fragte Ebon.

Garat lächelte ein wenig, dann stand er wieder auf. »Gute Nacht, Euer Majestät.«

Der König sah ihm nach, als er in der Dunkelheit verschwand.

Jetzt ertönte eine andere Stimme. »Ein faszinierender Mann, das muss Mottle schon sagen.«

Ebon seufzte. »Seit wann lauschst du schon?«

Der alte Mann trat aus der Düsternis hervor. »Mottle muss nicht lauschen, mein Junge, damit er hört, was gesagt wird.«

»Du findest den Consel faszinierend?«, fragte Ebon und sah dem Genannten hinterher. »Warum?«

»Weil er die Windströme formt, genau wie du, während andere nur von ihnen mitgerissen werden.«

»Wie Kiesel.«

Mottle nickte energisch. »Genau.« Er nahm den Platz auf dem Baumstamm ein, auf dem eben noch der Consel gesessen hatte, dann hob er den nackten linken Fuß und pulte an einem Splitter in der Sohle.

»Vale meint, ich sollte ihn töten«, sagte Ebon.

»Aber dennoch willst du das nicht tun?«

»Wozu? Zweifelsohne werden wir bald beide tot sein.«

Mottle neigte den Kopf. »Glaubst du das? Hast du so wenig Vertrauen in deine neu gewonnene Verbündete?«

Ebon blickte in die Dunkelheit. »Sollte ich meine Entscheidung bereuen? Die Göttin will dasselbe wie wir auch. Die Macht vernichten, die hinter den Untoten steckt.«

»Wenn man sich auf einen Handel mit einer Unsterblichen einlässt, sollte man nicht darauf hoffen, dabei zu gewinnen.«

»Du meinst also, die Göttin verfolgt geheime Ziele?«

»Mottle würde sich nicht anmaßen begreifen zu wollen, was im Verstand eines Unsterblichen vorgeht. Das zu versuchen wäre an sich schon närrisch. Und Mottle ist alles andere als närrisch, wie du wohl weißt. Tatsächlich würde wohl nur ein Narr andeuten …«

»Mottle«, warnte Ebon.

Unbeirrt fuhr der Magier fort: »Wenn dein bescheidener Diener sich dazu hinreißen ließe, eine Meinung zu äußern, dann würde er – ausgesprochen zögernd – spekulieren wollen, dass die Göttin dich weniger als Verbündeten betrachtet, sondern vielmehr als Werkzeug.«

Jetzt stapfte ein anderer Dämon vorüber, oder vielleicht war es auch derselbe, den Ebon zuvor gesehen hatte. Er konnte sie nicht auseinanderhalten; die Kreaturen trugen schließlich identische Rüstungen. »Was weißt du über diese Galea?«, fragte er Mottle.

Mottle sah sich um, als würden die Bäume um sie zusammenrücken. »Still! Wer ihren Namen ausspricht, der lenkt ihre Aufmerksamkeit auf sich.«

Ebon forschte in seinem Inneren nach der Präsenz der Göttin, spürte aber nur die Schutzwälle, die sie zwischen ihren Gedanken errichtet hatte. »Ich würde es merken, wenn sie in der Nähe wäre.«

»Sicher bist du dir da? Mottle wird ganz bestimmt nichts unternehmen, was ihren Blick auf ihn richten könnte. Er ist das Chamäleon unter den gescheckten Blättern, der Käfer unter den …« Der Alte verstummte mitten im Satz. »Was denn, ein Käfer? Was für ein beschämender Ausrutscher! Nein, das geht nicht.«

»Mit wem sprichst du da?«

Mottle stand auf und tigerte nun barfuß über das gefallene Laub.

»Die Windströme wirbeln die Luft um uns herum durcheinander, mein Junge. Tiefste Gezeiten, dunkelste Strudel. Jahrhunderte alt, und dennoch unberührt – nicht verschmutzt von der Gegenwart der Menschen, wenn du so willst. Die Winde wispern schreckliche Geheimnisse in Mottles Ohr. Die Luft erzittert, denn sie ist noch durchdrungen von der Erinnerung an schwarze Hexenkunst.«

»Ich weiß. Die Geister haben mir gezeigt, was früher einmal hier geschehen ist.«

Aufgeregt fuchtelte der Alte mit den Händen. »Ah, aber unter dem Widerhall früheren Blutvergießens liegen viel entscheidendere Geheimnisse verborgen. Eine Wahrheit von derartigem Gewicht, dass sie eines Tages das Schicksal von Zivilisationen bestimmen wird.«

»Betrifft es die Vamilianer?«

»Und ihre Feinde, ja, die Fangalar. Ein Hinweis vielleicht auf den Grund für den bitteren Zwist der beiden Völker? Dennoch, diese Wahrheit liegt ein winziges Stück außerhalb von Mottles Hörweite und entzieht sich seinem vorsichtigen Tasten auf geradezu quälende Weise.«

»Spielt das eine Rolle? Für die Untoten? Für das Leid unseres Volkes?«

Mottle blieb kurz stehen. »Ob das eine Rolle spielt? Vielleicht nicht direkt, nein, aber letztlich liegt das immer im Auge des Betrachters …«

»Das werde ich selbst beurteilen. Aber du hast meine Frage noch immer nicht beantwortet. Die Göttin …«

Der Alte breitete die Hände aus. »Mottle weiß nur, was ihm die Strömungen verraten.«

»Und das wäre?«

»Beunruhigend, mein Junge. Ausgesprochen beunruhigend.«

Ebon brummte etwas. *Also hat er keine Ahnung.* »Was ist mit unserem Volk? Die Göttin sagte, dass der Palast noch nicht gefallen ist.«

»Leider sprechen die Windströme nur von Tod, aber an diesem Ort verdunkelt die gemarterte Stimme der alten Zeiten alles andere.«

»Dann habe ich keine andere Wahl, als das zu akzeptieren, was die Göttin mir sagt.«

»Akzeptieren?«, stieß Mottle hervor. »Bei den Furien, nein! Glaubt denn der Lederel dem Berglöwen, wenn der sagt, er sei nicht hungrig?«

Der Mond verzog sich hinter einer Wolke, und kurz lag der Wald in Dunkelheit. Ebon rutschte auf dem Baumstamm herum, allerdings nicht, weil er unbequem saß. Der Alte hatte recht. Es wäre für Galea nur zu einfach gewesen, ihm zu sagen, was er hören wollte, und seine Hoffnungen auszunutzen. Der neue Mut, den er seit seiner Begegnung mit der Göttin gefasst hatte, verließ ihn allmählich wieder. »Ich hätte Majack nie verlassen sollen.«

»Unsinn! Hier kannst du deinem Volk den besten Dienst erweisen.«

Lamellas Gesicht erschien in Ebons Erinnerung. »Meinem Volk, ja.«

»Deine Pflichten bedrücken dich sehr?«

Der König lächelte wehmütig. Konnte der Alte jetzt etwa seine Gedanken lesen? »Und wenn das so wäre?«

»Denke an Mottles Worte: Sich gegen eine Pflicht zu stemmen, führt nur dazu, sich noch tiefer in ihren gierigen Windungen zu verstricken.« Der Magier hielt inne, dann fuhr er fort: »Ein Mann kann sich jedoch nicht nur einer einzigen Verantwortung stellen und alle anderen darüber vergessen.«

Damit vollführte er eine wacklige Verbeugung, wandte sich um und schlenderte tiefer in den Wald hinein. Offenbar trat er auf einen weiteren Splitter, denn ein underdrückter Fluch durchbrach die Stille, bevor er halb hinkend, halb hüpfend weiterlief.

Nachdenklich sah Ebon ihm hinterher.

Inmitten der Ansammlung aufgehängter Untoter stand Romany und tappte mit einem körperlosen Fuß ungeduldig auf den Boden. Irgendwo vor ihr, verborgen hinter Rauch und Feuer und Asche, traten die Kinevar-Götter und ihre Anhänger den Rückzug vor Mayots Truppen an. Wie besiegte man einen Feind, der nicht starb und niemals müde wurde? Der seine Gegner unweigerlich auf seine Seite zog, sobald sie starben? Einen Feind, der Fangalar in seinen Reihen zählte, Gorlem, Dämonen und unzählige andere Albträume, für die sie keine Namen wusste? Schon allein durch seine große Zahl wurde das Untoten-Heer allmählich unbesiegbar, denn offenbar konnten nicht einmal die Kinevar-Götter die Fäden der Todesmagie durchschlagen, die Mayots Diener lenkten. Aber wenn das so war, wieso waren sie dann nicht von diesem Ort des Entsetzens geflohen? Reine Überheblichkeit, dachte Romany. Kam ja bei Unsterblichen öfter vor. Oh, und außerdem waren die Kinevar-Götter keine *echten* Götter, sondern eher Waldgeister, die sich über die Jahrhunderte durch Erdmagie und Blutopfer verändert hatten. Unsterblich, ja, das waren sie wohl, aber sie verfügten doch über wesentlich weniger Macht als die Spinne und andere Bewohner ihres degenerierten Pantheons. Würde es Mayot gelingen, auch solche Wesen zu versklaven, nachdem sie von seinen Untotenhorden besiegt worden waren? Romany hoffte, dass sie nie eine Antwort auf diese Frage erhalten würde.

Der alte Mann hatte eine Menge riskiert, als er die heiligen Lichtungen der Kinevar angriff. Schon seit Tagen waren seine Vamilianer damit beschäftigt, überall nach Knochen zu graben, und die kraftvollsten Wesen der alten Völker, die sie dabei ausgebuddelt hatten, waren hierher gesandt worden, um gegen die Kinevar vorzugehen. Aber wer blieb dann, abgesehen von den Vamilianern, noch übrig, um Mayot vor Shrouds Schergen zu schützen? Ein paar untote Elitekämpfer. *Und ich …* Sie runzelte die Stirn. War es möglich, dass ihre Anwesenheit in Estapharriol es Mayot überhaupt erst gestattet hatte, einen größeren Teil seiner Streitkräfte hierherzusenden? Dass er sie ebenso sehr benutzte wie sie ihn? Vielleicht war der Alte doch nicht nur der schwatzende Narr, für den sie ihn hielt. Romany schnaubte. *Und vielleicht wird die Spinne eines Tages lernen, wie man Bitte und Danke sagt.*

Die Priesterin hatte einige von Shrouds Untergebenen in diesen Teil des Waldes gelockt, weil sie hoffte, dass diese Kämpfer einige von Mayots Untoten erledigen würden, bevor sie selbst fielen. Eine Gruppe echsenhäutiger Jünger war sogar weit genug gekommen, um in dieser gruseligen Parade von Erhängten zu landen. Aber weiter auch nicht. Romanys Zauber gründete sich schließlich auf Verblendung, Manipulation und Irreführung, und keine Illusion, wie perfekt sie auch gestrickt sein mochte, konnte darüber hinwegtäuschen, dass dieser Ort die Hölle war. Hier wollte niemand weiter; genauso gut hätte Romany versuchen können, ihre Opfer dazu zu bewegen, freiwillig in ein Feuer zu springen. Aber dennoch: Bis hierher hatte sie Shrouds Diener führen können, und schon allein dadurch würde der Herr der Toten davon erfahren, wie ernst es für die Kinevar-Götter geworden war. Damit sollte ihm auch klar werden, welche Gefahr ihm selbst drohte. Falls Shroud Mayot bisher noch nicht ernst genommen hatte, dann würde sich das jetzt vermutlich bald ändern.

Damit näherte sich der Zeitpunkt, an dem Romany sich aus dem Spiel zurückziehen musste. Aber noch war viel zu tun. Vor allem die Ankunft eines neuen Gesichts hier im Wald erforderte ihre besondere Aufmerksamkeit, denn sein Erscheinen bot ihr eine Möglichkeit zum Begleichen alter Rechnungen, die sie nicht verstreichen lassen konnte. Sie hatte sich bereits überlegt, wie sie ihr Opfer in die Falle locken konnte, aber wie immer steckte der Teufel im Detail. Damit ihr Plan aufging, musste sie vor allem wissen, wie lange die Kinevar-Götter ihren Angreifern noch standhalten konnten, und wie viel Zeit ihr demnach noch blieb, bevor sie diesen elenden Wald endlich würde verlassen können.

Zu ihrem großen Ärger wollte es ihr jedoch nicht gelingen, näher an die eigentlichen Kämpfe heranzukommen. Schon zweimal hatte sie das Schlachtfeld jetzt umrundet – ein Gebiet von mehreren Quadratwegstunden – und nach einem Weg durch die heiligen Lichtungen der Kinevar gesucht. Doch egal, an welcher Stelle sie sich anzuschleichen versuchte, sie traf auf einen Strudel widerstreitender Zauberkräfte, unter denen sich die Fäden ihres Netzes auflösten, kaum dass sie sie gesponnen hatte. Sie stampfte mit dem Fuß auf. *Das ist nicht hinnehmbar!* Es musste doch eine Möglichkeit geben, den Wald, der vor ihr lag, zu erforschen.

Ein Flügelschlag erklang über ihr, und etwas Großes segelte tief über die Baumwipfel. Romany duckte sich instinktiv, aber es war nur ein neuer, namenloser Schrecken, den das Buch erweckt und versklavt hatte. Sie erschauerte, als der Schatten des Wesens über sie hinwegglitt.

Dann wurde ihr klar, dass dieses Wesen direkt auf das Kampfgeschehen zuhielt.

Die Priesterin lächelte. *Bei der Gnade der Spinne, ich bin gut.* Sie streckte ihre Sinne aus, spann einen Zauberfaden um den Schwanz des geflügelten Schreckens und sah ihm nach, wie er sich in die Höhe und über den Wald zog. Dann eilte sie blitzartig darüber hin.

Auf der Schwanzspitze kauerte sie sich zusammen und nahm sich zunächst einmal die Zeit, ihr ahnungsloses Reittier zu begutachten. Der Rücken bestand aus einer beweglichen Masse ineinander fassender, grauer Schuppen, während an den Flanken die Narben zahlreicher Zauberangriffe zu erkennen waren. Ein Kranz schwarzer Federn lag um den Hals des Untiers, so dass Romany seinen Kopf nicht sehen konnte. Ein Umstand, für den sie ausgesprochen dankbar war.

Der Haken an ihrem schönen Plan wurde ihr bewusst, als das Wesen das erste Mal mit dem Schwanz schlug. Sie musste sich alle Mühe geben, bei der ruckartigen Bewegung nicht herunterzufallen. Ihr Magen drehte sich sogar noch heftiger um als auf der schrecklichen Seereise von Mercerie nach Koronos, als die Wellen des Sabianischen Meeres ihr Schiff so durchgeschüttelt hatten, dass Romany sich dem Tode nahe fühlte.

Wenn sie jetzt so darüber nachdachte, fand sie Höhen auch nicht besonders angenehm.

Aber dann riss sie sich zusammen und riskierte einen Blick auf den Wald, der sich unter ihr erstreckte. Rauch und Flammen schienen sich beinahe endlos auszudehnen. Durch das glimmende Blätterdach erspähte sie hier und da ein riesiges Schattenheer von Untoten. Etwa eine halbe Wegstunde vor ihnen war noch ein wenig Grün zu erkennen – ein Baumgrüppchen, das bisher nicht vom Feuer erfasst worden war. Durch die Aschewolken darüber kreisten untote Sturmwichte wie Rotschnäbel über einem Leichnam. Von den Kinevar-Göttern und ihren überlebenden Anhängern konnte Romany allerdings nichts entdecken.

Mit einem Krachen entlud sich Erdmagie in die Luft, und ihr Reittier neigte sich zu einer Seite, bevor es sich wieder gerade ausrichtete. Ganz offensichtlich störte sich jemand an der Anwesenheit des Wesens, und wenn die Priesterin ehrlich war, konnte sie das niemandem verdenken. Mit einem kräftigen Flügelschlag stieg es noch ein wenig höher. Romany kämpfte gegen ihre Übelkeit an und warf einen Blick hinter sich; erleichtert stellte sie fest, dass der Zauberfaden, den sie gesponnen hatte, noch immer hielt. Das nächste Mal würde sie aber vielleicht nicht mehr so viel Glück haben. Und wenn der Faden riss …

Ein Blitz schoss aus den Qualmwolken unter ihnen in den Himmel hinauf und brannte ein Loch in den rechten Flügel ihres Reittiers. Kreischend verlor es an Höhe und sank in weiten Spiralen zum Waldboden hinunter. Die Baumwipfel kamen ihnen rasend schnell entgegen.

Noch während Romany hastig über ihren Faden zurück zur Erde floh, begann sich ihr Konstrukt aufzulösen.

Gerade rechtzeitig erreichte sie die Phalanx erhängter Untoter und schwor sich flüsternd, nie wieder einen Fuß vom sicheren Boden zu lösen. Ihr Herz klopfte so schnell, dass sie die einzelnen Schläge kaum noch voneinander unterscheiden konnte. Ein schmachvoller Rückzug, na gut, aber sie hatte im Augenblick dringlichere Sorgen als ein angeschlagenes Selbstbewusstsein. Denn schließlich wusste sie noch immer nicht, wie lange es noch dauern würde, bis die Kinevar-Götter sich geschlagen geben mussten, und vor allem hatte sie noch immer keine Ahnung, wie sie nahe genug an das Geschehen herankommen konnte, um das herauszufinden.

Romany schniefte und zupfte ihr Gewand zurecht. Kein Grund zur Panik, das war nur ein kleiner Aufschub. Im Laufe der Zeit würde ihr schon eine Lösung einfallen.

Wie immer.

Ebons Pferd tänzelte unruhig und wirbelte mit den Hufen das zerfallene, tote Laub auf. Aus der Ferne erklang Waffengeklirr. Offenbar waren es nur wenige Kämpfer, jedenfalls ließen das die einzelnen, gut zu unterscheidenden Schläge vermuten. Außer diesem metallenen Klappern war jedoch kein Laut zu hören, was darauf schließen ließ, dass die Untoten zu dieser Runde eingeladen hatten. Aber wer waren ihre Gäste?

Der Consel und seine Hexenmeisterin unterhielten sich gedämpft miteinander. Dann gab Garat einem seiner Soldaten ein Zeichen, und der schwang sich daraufhin aus dem Sattel, zog sich den Kurzbogen von der Schulter und schlich sich in den Wald, dem Kampfeslärm entgegen.

Ebon lenkte sein Pferd neben Garats. »Consel, wir sollten weiterreiten.«

Garat sah ihn nicht einmal an. »Seid Ihr nicht neugierig, was dort vor sich geht? Wir können doch wohl davon ausgehen, dass die Untoten nicht gegeneinander kämpfen.«

»Wir können sicherlich auch davon ausgehen, dass die Vamilianer ihren Angriff nicht unterbrechen werden, um unsere Fragen zu beantworten. Es wäre besser, von hier zu verschwinden, bevor wir in die Sache hineingezogen werden.«

»Was, wir sollen ihren Opfern keinen Beistand gewähren? Ihr wart doch bisher immer so scharf darauf, neue Freunde zu gewinnen.«

»In dieser Hinsicht habe ich meine Lektion gelernt.«

Garat lachte leise.

Korporalin Ellea kam nun von der anderen Seite angeritten, das Gesicht verschwitzt und dreckverschmiert. »Blassgesichter, Euer Majestät«, stieß sie hervor. »Jede Menge, überall um uns herum.«

Ebon sah Garat wieder an. »Offenbar zieht sich die Schlinge zusammen.«

»Aber ich frage mich: Stecken wir darin oder die geheimnisvollen Krieger, die vor uns kämpfen?«

»Spielt das eine Rolle? Wenn uns die Vamilianer hier erwischen, werden sie uns wohl kaum deswegen verschonen, weil wir nicht ihre ursprünglich anvisierten Opfer sind.« Ebon fing Elleas Blick auf. »Korporalin, wo sind die Linien der Untoten am dünnsten?«

Sie deutete nach Westen.

Garat lächelte. »Sehr schön! Das bringt uns der Auseinandersetzung, die wir hören, am nächsten. Wenn jetzt auch noch mein Kundschafter … Ah! Genau zur rechten Zeit.«

Der Mann drängte sich etwa fünfzig Schritte vor ihnen durchs Unterholz. Ein anderer Sartorianer ritt ihm entgegen und brachte ihm sein Pferd. Der Kundschafter stieg in den Sattel und kam zu Garat, um ihm zu berichten. »Wohl um die vierzig Untote, Gebieter«, erklärte er. »Vor allem Vamilianer, aber ich habe auch einige Kinevar gesehen …«

»Gegen wen kämpfen sie?«, unterbrach ihn der Consel.

»Konnte ich nicht erkennen. Waren zu viele – Blassgesichter, meine ich. Aber sie kommen hier entlang.«

Garats Gesichtsausdruck verhärtete sich. »Hat man Euch gesehen?«

»Die Vamilianer, meint Ihr? Auf keinen Fall. Die Drecksäcke waren viel zu sehr damit beschäftigt, sich in Stücke hacken zu lassen.«

Darauf folgte einen Augenblick lang Schweigen.

Schließlich nahm Garat seine Zügel wieder auf und nickte Ambolina zu. »Hexenmeisterin, lass deine Schoßtierchen laufen. Tarda Sulin, Ihr sorgt dafür, dass Eure Soldaten unsere Flanken sichern ...«

Ebon hörte ihm nicht länger zu. Rechts vor sich nahm er jetzt Bewegungen zwischen den Bäumen war – vor allem weißgewandete Gestalten, aber gelegentlich war auch etwas Schwarzes zu erkennen. Er löste sich den Schild vom Rücken und befestigte ihn am linken Arm, dann zog er seinen Säbel. »Galea«, flüsterte er, »seid Ihr bei mir?«

Keine Antwort. Offenbar hatte die Göttin nicht die Absicht, sich in den bevorstehenden Kampf einzumischen.

Die Dämonen des Consel machten sich auf den Weg, Garat und Ambolina folgten ihnen, und die sartorianischen Soldaten schwärmten zu beiden Seiten aus. Ebon trieb sein Pferd an und ritt dem Consel hinterher, Vale und Mottle an seiner Seite. Ihr Trupp umrundete ein dichtes Gestrüpp aus Brombeerranken, dann bogen die Dämonen nach Westen und rannten los.

Der Boden erzitterte unter ihren Füßen.

Einige Herzschläge später kamen die Kämpfenden in Sicht. Eine Gestalt, deren Kopf von einer Kapuze verhüllt wurde – der Größe nach ein Mann –, war zwischen den Bäumen zu erkennen. Sein schwarzes Gewand umwogte ihn, als er inmitten einer Gruppe von Untoten von einer Seite zur anderen wirbelte. Der Fremde schwang in jeder Hand eine riesige Sichel mit goldenem Blatt, und Ebon wurde Zeuge, wie ein langer, eleganter Schnitt einen Vamilianer in zwei Hälften teilte; die Sichel fuhr scheinbar widerstandslos durch Rüstung, Fleisch und Knochen. Der Mann glitt schon wieder beiseite, um einem todbringenden Speerstoß auszuweichen. Ein rückwärtiger Schlag mit einer der beiden Sicheln schlitzte einem anderen Angreifer die Kehle auf.

Ebon sah sich nach den Begleitern des Fremden um, entdeckte aber nur Vamilianer. Verbargen sich die Freunde des Sichelkämpfers vielleicht noch zwischen den Bäumen? Oder waren sie schon gefallen? Es war doch wohl nicht möglich, dass sich ein Einzelner so lange gegen eine solche Übermacht behauptete?

Erst da erkannte Ebon, dass sich die Vamilianer, die rund um den Fremden am Boden langen, nicht mehr bewegten. Seine Augen weiteten sich. *Sie lagen still da? Bei den Tränen des Wächters, war das möglich?*

Doch da war sein galoppierendes Pferd schon an dem Waldstück vorüber.

Er trieb sein Tier nun eine kleine Anhöhe hinauf, den Sartorianern hinterher. Über den Hufschlag hörte er jetzt links vor sich das Knistern von angewandter Hexenkunst. Vamilianer mit Schwertern und primitiven Speeren aus angespitztem Holz erschienen zwischen den Bäumen. *Nicht einmal zwanzig Mann.*

Das sollte eigentlich zu bewältigen sein.

Die Dämonen des Consel stürzten sich auf die Untoten. Eine der riesenhaften Äxte fuhr durch den Schädel eines feindlichen Kriegers, dass die Knochensplitter flogen. Hinter den vier Leibwächtern versuchte sich eine Vamilianerin, der beide Arme fehlten, wieder aufzurappeln, wurde jedoch von einem Pferdehuf getroffen. Dann war Ebon mitten unter den Feinden. Mit dem Schild wehrte er einen Speerwurf ab, dann parierte er einen Schwerthieb mit dem Säbel. Er selbst musste nicht mehr zuschlagen, sein Pferd hatte ihn bereits am Gegner vorübergetragen. Ein Ast hätte ihn beinahe aus dem Sattel geworfen, aber er duckte sich gerade noch rechtzeitig und verharrte eine Weile in dieser Haltung, falls einer der Untoten ihm vielleicht noch einen Speer hinterherschicken wollte.

Und dann war er wieder in Sicherheit.

Sie ritten noch eine halbe Wegstunde weiter, bis der Consel am Rand einer tiefen Senke, die das Land von Nordosten nach Südwesten durchschnitt, den Befehl zum Halten gab. Ebon schob den Säbel wieder in die Scheide und sah sich um. Ihre kleine Gruppe hatte die Auseinandersetzung unbeschadet überstanden, abgesehen von einem Sartorianer, der sich den linken Arm hielt. Und dann bemerkte Ebon, dass Bettle fehlte. Als er sich wieder umsah, entdeckte er allerdings einen Reiter mit rotem Mantel, der ihnen winkend nachgeritten kam.

»Keine Spur von Verfolgern«, erklärte der Pantheonwächter, als er sie erreicht hatte. »Die Blassgesichter sammeln sich alle um den Sichelkämpfer.«

Garat kratzte sich am Kinn. »Offenbar sind wir der Aufmerksamkeit der Vamilianer nicht würdig.«

Was bedeutet, dass wir alle hier nur Nebenrollen in diesem Spiel besetzen, sogar Ambolina und ihre Dämonen. »Consel, habt Ihr es auch gesehen – dass die Untoten reglos zu Füßen des Fremden lagen?«

Die Antwort kam von Mottle. »Die Fäden dieser Marionetten wurden durchtrennt, mein Junge, die zerfaserten Enden blieben …«

»Wie?«, unterbrach Ebon ihn. »Wie wurden sie durchtrennt?«

»Vielleicht handelte es sich um einen Nekromanten von besonderem Geschick?«

»Warum kämpfte er dann mit Sicheln gegen die Schwerter?« Der König wandte sich zu Garat um. »Wir sollten zurückreiten. Dieser Fremde mag etwas wissen, was für uns von größter Bedeutung sein könnte.«

»Wer hat vorhin noch gesagt: Die Schlinge zieht sich zusammen, Euer Majestät? Der Sichelkämpfer ist inzwischen sicherlich tot.«

»Und wenn nicht?«

»Dann wird es trotzdem zu spät sein, ihn dort herauszuholen. Wie viele Leute würden wir verlieren, wenn wir uns einen Weg durch die Untoten schlagen wollten?«

Ebon betrachtete ihn eine Weile. »Eure Dämonen …«

»Stehen unter meinem Befehl«, erklärte Garat. »Ihr könnt gern Eure eigenen Soldaten opfern. Das könnt Ihr ja wohl auch am besten, nicht wahr?«

Ebons Miene verhärtete sich, aber er sagte nichts. Noch kurz zuvor war der Consel so erpicht darauf gewesen, etwas über diesen Fremden herauszufinden, und jetzt war er ihm plötzlich völlig egal? Offenbar reichte es schon, dass der Vorschlag von Ebon gekommen war, um sich dagegen auszusprechen. In Zukunft würde er geschickter vorgehen müssen, wenn er Einfluss auf die Entscheidungen des Consel nehmen wollte.

Garat war ein Stück weiter geritten, hatte sein Pferd neben Ambolina am Rand der Senke zum Stehen gebracht und sprach mit der Hexenmeisterin. Der Grund des Tales war mit Brombeerhecken und knotigen Ästen überwuchert, aber Ebon sah trotzdem zu seiner Rechten, wie sich die Sonne auf Wasser spiegelte. Auf der anderen Seite, weit entfernt, walzte offenbar etwas Großes mit lautem Krachen durch den Wald und knickte dabei Baumstämme zur Seite, aber offenbar entfernte es sich dabei von ihnen.

Ebon versuchte Garats Gespräch mit Ambolina zu belauschen, aber sie sprachen Sartori, und er schnappte nur einzelne Worte auf. Als sie schwiegen, fragte er: »Und jetzt, Consel?«

Garat ließ sich mit der Antwort Zeit. »Dieses Tal führt nach Südwesten. Das Unterholz würde uns eine Weile Schutz bieten.«

»Es würde uns auch behindern, weil wir die Schnelligkeit unserer Pferde nicht ausnutzen könnten, falls wir entdeckt würden.«

»Ich erinnere mich nicht, Euch um Eure Meinung gefragt zu haben, Euer Majestät.«

»Consel«, hub Ambolina an.

»Und auch nicht um deine, Hexenmeisterin.«

»Die Erdmagie ist hier sehr stark«, fuhr sie trotzdem fort. »Vieles könnte sich darunter verbergen ...«

Aber Garat hatte sein Pferd schon wieder angetrieben. Er rief seinen Soldaten Befehle zu und hielt kurz inne, um sich fluchend über einen der Dämonen zu ärgern, der ihm nicht aus dem Weg gehen wollte.

Ebon blieb mit der Hexenmeisterin zurück. Ambolina beachtete ihn nicht. Das Krachen umstürzender Bäume war verhallt, aber sie starrte trotzdem weiter über die Senke nach Westen. Ihre Hände lagen gefaltet in ihrem Schoß, und die Zeigefinger tippten gegeneinander. Ein Hauch von Besorgnis glitt über ihr Gesicht, und ganz leicht zogen sich ihre Augen zusammen.

Das, so überlegte Ebon, war beunruhigender als alles andere, was er zu Gesicht bekommen hatte, seit sie diesen Wald betreten hatten.

Luker trieb sein Pferd über den unbefestigten Weg, der sich durch die Mexinfelder zum Dorf schlängelte. Die Ernte war mehr braun als grün, und die verdorrten Köpfe waren matt auf den Boden gesunken. Überall war Werkzeug verstreut: Sensen, Hacken, Heugabeln, sogar ein allmählich verrostender Pflug. In einem kleinen Pferch lagen einige tote Ziegen, von ihrem Hirten fehlte jedoch jede Spur. Luker wurde bewusst, dass er seit mehr als einem Tag keine Seele mehr auf den Feldern gesehen hatte, und dass auch im Dorf, das aus ein paar Holzhütten rund um einen Wachtturm am westlichen Ufer eines ausgetrockneten Flusslaufs bestand, keine Lebenszeichen zu entdecken waren. Die Tore zur Umzäunung standen weit offen, und vor der Palisade war Kleinholz aufgestapelt worden, als ob jemand beabsichtigte, den Schutzzaun niederzubrennen.

Etwa hundert Schritte vor dem Dorf zügelte Luker sein Pferd und bedeutete seinen Kameraden anzuhalten. Ein Windstoß pfiff über sie hinweg und machte sein Pferd nervös. Als er die Zügel lockerte, fühlte er einen Ruck: Das Packpferd, das er mit einem Seil an sein Sattelhorn gebunden hatte, versuchte mit aller Kraft ein paar Schritte zurückzuweichen; es wieherte mit aufgerissenen Augen. Erst als die Brise sich legte, beruhigten sich auch die Pferde wieder.

Jenna lenkte ihr Reittier neben Luker. »Das Dorf ist tot«, sagte sie. »Die Kalaneser, oder was meinst du?«

»Für Überfallkommandos sind wir zu weit von Arandas entfernt.« Luker deutete auf die toten Ziegen. »Und Kalaneser hätten die Tiere auch mitgenommen, anstatt sie abzuschlachten.« Er sah Chamery an. »Könnte das Buch so etwas verursacht haben? Die Luft fühlt sich … verdorben an.«

»Verdorben«, schnaubte der Magier. »Ja, so mag Euch das wohl vorkommen. Die Berührung von Todesmagie ist für die Unerleuchteten manchmal unangenehm.«

»Heißt das, sie ist tödlich? Auch für uns?«

»Für *euch*, ja. Nach gewisser Zeit.«

Der Wind drehte erneut, und die Pferde tänzelten unruhig.

»Wieso tut Mayot das, Magier?«, fragte Merin jetzt. »Was gewinnt er dadurch?«

»Macht«, sagte Chamery. »Jeder Tod setzt Energie frei, die er benutzen kann.«

»Also hat er das ganze Land verdorben? Wieso? Wozu braucht er so viel Energie?«

Chamery antwortete nicht.

»Wir sollten hier schnell verschwinden«, sagte Luker jetzt zu Merin. »Wir werden ohnehin nichts finden, das nicht vergiftet ist.«

»Aber unser Wasser …«

»… werden wir rationieren müssen. Das kennen wir doch schon, oder?«

Merin hatte sich umgewandt und blickte mit ausdrucksloser Miene zurück über den Pfad, den sie gekommen waren. »Wie weit ist es noch bis zur Weißen Straße?«

»Wahrscheinlich wird es dämmern, bevor wir sie erreichen.« *Falls du irgendwann damit aufhörst, mich mit Fragen zu löchern.*

Sie ritten westlich um das Dorf herum und folgten einem gewundenen Weg, der von Trockensteinmauern flankiert wurde. Sobald sie die Felder hinter sich gelassen hatten, galoppierte Luker ihnen voran zum Wald.

Eine Stunde später sah er den schimmernden Lichtstreifen auf dem Boden, der die Weiße Straße kennzeichnete. Irgendwann einmal hatte sie vermutlich am Waldrand begonnen, aber jetzt ragte sie ein paar Hundert Schritte darüber hinaus wie eine Mole ins Meer, woran sich ablesen ließ, wie sehr der Wald in den letzten Jahrhunderten von Axt und Feuer zurückgedrängt worden war. Zwar hatte Luker diesen Weg schon einmal genommen, aber dennoch lief es ihm schon beim Anblick der Straße kalt den Rücken hinunter. Die weißen Pflastersteine glühten schwach, und sie waren völlig frei von Schmutz und Blättern, als hätte ein Heer besenschwingender Dienstboten sie nur einen Augenblick zuvor noch gesäubert. Der Wind fegte ganze Staubwolken darüber hin, von denen jedoch kein Krümel auf den Steinen liegen blieb.

Die Hufe seines Pferdes klapperten auf dem Pflaster, und als sie am Rande des Waldes angekommen waren, hielt Luker wieder an. Zwischen den Bäumen war keine Bewegung auszumachen, sah man vom Rascheln fallender Blätter ab. Ganze Stränge von Todesmagie spannten sich über jeden Baum und Busch wie ein riesiges Spinnennetz. *Das Problem ist, Mayot, dass ich keine Fliege bin.* Die Luft war von Kraft durchdrungen und derart aufgeladen, als würde jeden Augenblick ein Gewitter losbrechen. Bei den Mächten, die sich an diesem Ort versammelten, war das vielleicht auch nicht unwahrscheinlich. Waren sie gekommen, um Mayot das Buch abzunehmen?

Vor sechs Jahren, als Luker mit einem der imperialen Agenten die Weiße Straße entlanggekommen war, hatten sich Hunderte von Geistern um sie geschart, kaum dass sie den Wald von Norden her betreten hatten. Da sie den Bewahrer und seinen Begleiter nicht angreifen konnten, solange sich beide auf der Straße befanden, hatten die Phantome sie Tag und Nacht verfolgt und dabei unablässig in ihrem stumpfsinnigen Elend vor sich hin gewimmert. Als sich ihre viertägige Reise ihrem Ende näherte, hatte der imperiale Agent schließlich ganz ähnliche Geräusche von sich gegeben. Jetzt aber waren die Wälder still. Wo waren die Geister? Lauerten sie vielleicht im tieferen Wald und beobachteten ihn? Oder stritten sie sich schon um Mayots verfaulenden Leichnam?

Wahrscheinlich würde Luker das schon bald herausfinden. Denn ob Mayot nun tot war oder noch lebte, es war nicht anzunehmen, dass der Magier – oder Kanon, je nach dem – einfach auf der Straße auf ihn warten würde. Daher würden sie irgendwann gezwungen sein, den Schutz der Weißen Straße aufzugeben, und sobald sie sich in den Wald begaben, waren sie dem Angriff der Geister ausgeliefert. Um sich selbst machte Luker sich keine Sorgen – die eher ungeschickten Versuche der Geister, von einem Menschen Besitz zu ergreifen, stellten für jemanden, der die Ausbildung eines Bewahrers genossen hatte, keine Bedrohung dar. Jenna und auch Merin hatten beide einen starken Willen. Das Problem war wie immer Chamery. So arrogant sich der Junge auch gab, er war nicht besonders stark, und diese Verletzlichkeit würden die Geister ebenso schnell wittern wie Haie das Blut eines Menschen. Wenn der Magier auch nur annähernd erkennen ließ, dass er besessen war, würde Luker nicht zögern, die nötigen Schritte zu ihrem Schutz zu ergreifen. *Nicht zögern?* Bei allen Höllen, der Junge bettelte ja jetzt schon geradezu darum, dass er ihm den Garaus machte.

Wie aufs Stichwort ertönte hinter ihm Chamerys lispelnde Stimme. »Wieso haltet Ihr an, Bewahrer? Wollt Ihr etwa umkehren?«

»Ich habe mich noch nie vor einer Herausforderung gedrückt. Das solltet Ihr Euch besser in Erinnerung rufen, bevor Ihr wieder den Mund aufmacht.«

Merin unterbrach sie. »Wenn ihr zwei fertig seid – wir müssen uns beeilen. Versuchen wir es mit der Straße?«

»Wir haben keine andere Wahl«, erwiderte Luker. »Es ist die einzige Möglichkeit, den Geistern zu entgehen.«

»Könnt Ihr vor uns etwas spüren?«

»Nein. Die Todesmagie wirkt wie ein Nebel. Sobald die Nacht hereinbricht, bin ich so gut wie blind.«

Chamery lachte. »Unser Bewahrer hat endlich auch gemerkt, was uns anderen schon die ganze Zeit klar war.«

»Wollt Ihr auf kurze Distanz erschossen werden?«, fragte Luker und machte eine weit ausholende Armbewegung. »Mir ist das recht. Vielleicht nimmt Mayot mir ja die Arbeit ab.«

»Und tötet mich, meint Ihr? Ha! Ihr vergesst, Bewahrer, dass wir jetzt *meine* Welt betreten. Mayot ist nicht der Einzige, der die Energien nutzen kann, die vom sterbenden Wald abgegeben werden. Hier bin ich unbesiegbar!« Mit diesen Worten spornte der Magier sein Pferd an und verschwand im Wald, dicht gefolgt von Merin.

Als Jenna zu ihm aufschloss, streckte Luker die Hand aus. Sie warf ihm einen fragenden Blick zu.

»Es ist noch nicht zu spät, weißt du«, sagte er. »Noch kannst du umkehren.«

Jenna zeigte ihm ihr schiefes Lächeln. »Was, wo es jetzt gerade spannend wird?« Sie beugte sich zu ihm hinüber. »Ich setze auf den Kleinen, nur so nebenbei.« Bevor Luker etwas erwidern konnte, schlug sie ihrem Pferd die Fersen in die Weichen und galoppierte davon.

Mit grimmiger Miene sah er ihr nach. Die Äste der Bäume zeichneten lange Schatten auf den Waldboden, und der Umriss der Assassine wurde schnell von der Düsternis verschluckt. Hinter Luker wieherte das Packpferd, als könne es nicht erwarten, den anderen zu folgen. Der Bewahrer sah sich noch einmal um, aber bevor er sich die Zeit nahm, um die Umgebung gründlich zu prüfen, schüttelte er den Kopf und wandte sich ab. *Zeitverschwendung.* Niemand war so blöd, ihnen in diesen shroudverfluchten Albtraum folgen zu wollen.

Er trieb sein Pferd an und ritt hinein in den Wald.

Ebon stieg ab und führte sein Pferd ins Tal hinunter; das Tier glitt auf der matschigen Böschung immer wieder aus. Als sie den Boden der Senke erreicht hatten, waren seine Stiefel schlammbeschmiert und seine Arme zerkratzt von Brombeeren und Nesselklau. Hier unten standen die Bäume dichter, und das Blätterdach ließ kaum etwas von dem verblassenden Sonnenlicht durch. Ein idealer Ort für einen Hinterhalt, dachte Ebon, aber offenbar hatte der Consel seinen Entschluss gefasst und wollte sich davon nicht mehr abbringen lassen. Er putzte sich den größten Dreck von den Stiefeln, dann schwang er sich wieder in den Sattel und beobachtete die letzten Sartorianer beim Abstieg.

Auf Garats Befehl hin bildete die Kompanie hinter den vier Dämonen nun eine unordentliche Kolonne. Hier im Unterholz gab es keine Wege, daher kämpften sich die Metallgiganten einfach so voran und schlugen dort, wo das Unterholz am dichtesten war, eine Schneise mit ihren Äxten. Von dem leisen Kreischen, mit dem der Nesselklau über die Rüstungen schabte, bekam Ebon eine Gänsehaut. Es wurde nicht gesprochen. Von Osten drang Kampfeslärm zu ihnen, zwar noch weit entfernt, aber das würde wohl nicht lange so bleiben; die Vamilianer würden schließlich hören, wie sich die Dämonen durch das Dickicht mühten. Und wenn die Untoten hier in diesem Tal über sie herfielen, gab es keine Möglichkeit zur Flucht …

Der Consel ritt etwas voraus, umringt von seinen Soldaten. Ebon musste daran denken, dass Vale zu ihm gesagt hatte, Garat würde sich von den Freundschaftsbemühungen des Königs nicht weiter beeindruckt zeigen; vermutlich hatte der Endorianer recht gehabt. Für den Fall, dass sie sich eines Tages als Feinde gegenüberstehen sollten, wollte Ebon allerdings alles über den Consel erfahren, was er in ihrer gemeinsamen Zeit herausfinden konnte. Im Krieg gab es nichts Wichtigeres, als sein Gegenüber zu verstehen, und so gerissen Garat ohne Frage sein mochte, hatte er sich aber auch als impulsiv und stur gezeigt und sich leicht zu unbedachten Handlungen hinreißen lassen. Zudem erwies er seinen Gegnern keinen Respekt, und seine Soldaten schienen ihm weder Zuneigung noch Treue entgegenzubringen. Aber dennoch, wenn man den Berichten Glauben schenken durfte, dann hatte der Consel die jahrelang andauernde Pattsituation mit dem Almarianischen Bund mit einem Sieg für Sartor beendet. Entweder war er ein besonderes Taktik-Genie, oder aber – Ebons Blick glitt zu Ambolina – seine Hexenmeisterin war die Kraft, die es eigentlich im Auge zu behalten galt.

Die Dämonen kämpften sich langsam voran. Nach eineinhalb Glocken wurde der Wald und das Unterholz noch dichter, und Ebon musste absteigen und sein Pferd am Zügel führen. Rechter Hand entdeckte er einen toten Hirsch inmitten von wucherndem Nesselklau; sein Geweih hatte sich im Dickicht verfangen, und er lag mit verdrehten, blicklosen Augen da. Unter dem Gestrüpp zeichneten sich noch andere Umrisse ab, kaum mehr als Schatten in der wachsenden Düsternis.

Der Untergrund wurde jetzt morastig, und grauer Schlick saugte an Ebons Stiefeln, während er durch schaumiges Wasser stapfte. Als er endlich wieder trockenen Boden unter den Füßen hatte, entdeckte er vor sich im Sumpf zahlreiche weggeworfene Kleinigkeiten: puppenähnliche Figuren aus Zweigen und Gräsern, Fetzen bunten Tuchs, Federn und Bruchstücke von Flintsteinwerkzeugen. *Und Knochen,* wie ihm plötzlich bewusst wurde. Tierknochen? Nein, die Schädel hatten ganz deutlich menschliche Form. Warum waren dann ihre ehemaligen Besitzer nicht ebenso zum Leben erweckt worden wie die Vamilianer? Ebon stellte sich vor, wie sich die Knochen plötzlich bewegten, wie sie sich klappernd wieder zu Skeletten formierten, wie Fleisch und Haut hinzukam, während die Untoten wieder auferstanden …

Eine Nadelfliege summte vor seinem Gesicht, und er hob reflexartig die Hand.

Dann hielt er inne. Eine Nadelfliege? Wenn er sich recht erinnerte, hatte er seit Tagen kein Insekt mehr gesehen. *Bei den Tränen des Wächters, lässt die Macht des Buches etwa nach?* War Mayot Mencada schon gefallen?

Das wispernde, verächtliche Lachen Galeas beantwortete ihm diese Frage.

Der Teppich aus Abfällen erstreckte sich über einige hundert Schritte. Die Stämme der Bäume waren mit Runen verziert. Ebon kam an einem umgestürzten Baum vorüber, an dem noch Fußfesseln hingen. Das Holz und der Boden darunter waren schwarz befleckt, und er spürte, wie ihm ein Schauer über den Rücken lief – ein Gefühl, das er schon vorher einmal gehabt hatte, er konnte sich nur nicht mehr erinnern, wo. Er wandte sich im Sattel um und winkte Mottle zu sich heran. Der Alte trieb sein Pferd voran.

»Magier, was ist das für ein Ort?«, fragte Ebon.

Mottle rümpfte die Nase. »Ein Heiligtum der Kinevar. Der Gestank der Erdmagie ist hier immer noch sehr stark, nicht wahr?«

»Stark genug, dass er die Todesmagie eine Weile in Schach halten kann?«

»Noch eine Weile länger, wie Mottle beklagt.«

»Beklagt? Dir ist Todesmagie lieber als das hier?«

Der alte Mann hob die Hände. »Natürlich ist Mottle das lieber! Erdmagie ist der Fluch seines Daseins, die Geißel seiner herrlichen Künste! Dein bescheidener Diener ist blind, verstehst du mich? Blind und taub noch dazu! Die Windströme wagen es an diesem verfluchten Ort nicht, sich zu rühren, und ausgerechnet hierhin hat es den von den Furien so geliebten Mottle verschlagen, hierhin, wo er beschmutzt wird von diesem Dreck! Beschmutzt von diesem … Schmutz! Weh und Ach ist Mottle!«

Ebon überließ ihn seinen Klagen. Als er aufsah, stellte er fest, dass der Consel mit seinem Tarda, Gen Sulin, das Gelände genau in Augenschein nahm, und er ging zu ihnen hinüber.

»Spuren«, sagte der Tarda. »Frische noch dazu.«

»Die Spuren eines Einzelnen«, fügte Garat nachdenklich hinzu. »Die zudem in dieselbe Richtung führen, die auch wir eingeschlagen haben. Und seht Ihr, wie klein die Fußabdrücke sind? Wie kurz die Abstände dazwischen?«

»Ein Kind?«, fragte Ebon.

»Auf den Punkt, wie immer, Euer Majestät. Eines der Untoten, so ist zumindest zu hoffen.« Der Consel warf Ebon einen bezeichnenden Blick zu. »Ich will verdammt sein, wenn ich mich mit noch mehr Ballast abmühen will ...« Dann verstummte er.

»Consel?«

Garat erhob sich und starrte etwas hinter Ebons Schulter an.

Als er sich umwandte, stellte der König fest, dass die vier Dämonen nach Süden in den Wald blickten. An ihrer Haltung, vielleicht an der Art, wie sie ihre Äxte hielten, war eine seltsame ... *Bereitschaft* zu erkennen. Ambolina stand hinter ihnen, die Hände in den Ärmeln ihrer Robe verborgen.

»Hexenmeisterin«, fragte Garat, »was ist los?«

Ein Dutzend Herzschläge beachtete Ambolina ihn nicht. Dann fuhr sie zu ihm herum. »Wartet hier.«

Ohne dass sie den Befehl dazu gegeben hätte, schritten die vier Dämonen voran. Ambolina folgte ihnen mit einem Schritt Abstand.

Der Consel stieg in den Sattel, dann wendete er sein Pferd und setzte ihnen nach. Mit einem metallenen Klingen zogen die sartorianischen Soldaten ihre Schwerter. Tarda Gen Sulin war vor Garat gerückt und gab seiner Truppe mit leiser Stimme Befehle.

Ebon zog seinen eigenen Säbel. *Die Vamilianer – endlich haben sie uns aufgespürt.* Aber konnten denn die Untoten an einen Ort vordringen, an dem die Erdmagie die Kräfte des Buches derart zurückdrängte? Würden nicht die Fäden, die sie lenkten, verwelken, sobald sie einen Fuß auf diesen heiligen Boden setzten? Als er in seinem Inneren nach Galea tastete, stieß er nur auf die Mauer, die sie zwischen ihnen errichtet hatte. Doch er spürte trotzdem eine Art ... Erwartung, die von der Göttin ausging. Ihm wurde klar, dass er ihre Gefühle in letzter Zeit wie eine Wetterfahne genutzt hatte, an der er ablesen konnte, wohin der Wind des Schicksals blies. *Das reicht nicht.* Er schloss die Augen. »Bitte, Galea, kommt zu mir«, sagte er dann stumm.

Es erklang keine Antwort.

»Göttin«, bat er jetzt inständiger.

Nichts.

»Wir hatten eine Abmachung, Gebieterin. Wollt Ihr Euer Versprechen nicht halten …«

Galeas Wutausbruch traf ihn wie ein frostkalter Sturmwind und war so stark, dass er kurz in die Knie ging. Einige Herzschläge lang warf ihr Zorn ihn nieder. Er spürte eine furchtbare Enge in seiner Brust und kämpfte um den nächsten Atemzug.

Dann war die Göttin abrupt aus seinem Kopf verschwunden.

Eine Weile war Ebon zu nichts weiter in der Lage, als darauf zu warten, dass er wieder zu Atem kam. Die Kälte von Galeas Berührung spürte er immer noch, obwohl seine Wangen angesichts dieser Demütigung heiß waren und brannten. Als er die Augen wieder öffnete, stand Vale vor ihm und betrachtete ihn mit nüchternem Gesichtsausdruck.

»Bist du noch bei uns?«, fragte der Endorianer.

Der König nickte steif. Die Hand, die Vale ihm hinstreckte, übersah er geflissentlich; dann erhob er sich und stolperte zu seinem Pferd. Die Sartorianer waren verschwunden, aber Ebon konnte die Richtung, die sie eingeschlagen hatten, an dem Pfad erkennen, den die Dämonen sich gebrochen hatten.

Endlich wieder zu Pferd, ritt er ihnen nach.

17

Sie stürmten schweigend aus den Schatten. Luker, der die Nachhut ihrer kleinen Gruppe bildete, hatte kaum Zeit, seinen Gefährten eine Warnung zuzurufen, bevor die vielleicht vierzig weißgewandeten Angreifer sie umringten. Er zog seine Schwerter und schlug mit dem Tiefen Willen nach den Gestalten, die von links über sie herfielen. Die in den vordersten Reihen wurden zurückgeworfen und brachten auch die nachfolgenden zu Fall, und damit war der Ausfall auf dieser Seite einstweilen gestoppt. Von rechts drängte noch eine Welle von Kriegern heran.

Der erste Kämpfer, ein dunkelhaariger Mann mit tiefliegenden Augen, kam jetzt in Lukers Reichweite. Der Bewahrer parierte seinen Schwerthieb und revanchierte sich mit einem Tritt ins Gesicht, der den Mann zu Boden schickte; zwei Frauen rückten sofort nach. Ein Hieb mit der rechten Klinge hieb der ersten den Schwertarm ab, dann traf ein rückwärts gerichteter Schlag die zweite an der Schläfe und riss ihr die Oberseite des Kopfes weg – eine Verletzung, von der Luker natürlich erwartet hatte, dass sie tödlich war. Als sie dennoch zum Gegenangriff überging, hätte sie ihn beinahe überrascht, und er konnte sein zweites Schwert gerade noch rechtzeitig heben, um einen gegen seinen Bauch gerichteten Streich abzuwehren.

Bei Shrouds Gnade, was war das *denn?*

In diesem Augenblick prallte Lukers Pferd gegen die Frau und schleuderte sie gegen einen ihrer Kampfgenossen. Der Bewahrer spürte, dass etwas an seiner Hüfte rieb, und sein Blick fiel auf das

Seil, das noch an seinem Sattelhorn festgebunden war. Es war straff gespannt, und plötzlich erinnerte er sich an das Packpferd. Ganz kurz ließ die Spannung des Seils nach, dann gab es wieder einen so heftigen Ruck, dass Lukers Pferd sich einmal halb um sich selbst drehte. Etwa zwanzig Schritte entfernt stand das Packpferd – ein Grauschimmel – und warf den Kopf hin und her, während es sich loszureißen versuchte.

Ein Schwert glitt von einer der Scheiden an Lukers Gürtel ab, ein anderes schabte über den Rücken seines Lederpanzers. Um ihn herum war ein wogendes Meer blutleerer Gesichter, grabschender Hände, geschwungener Schwerter. Fluchend versuchte er, im Sattel zu bleiben, während die Hiebe auf ihn einprasselten.

Ein blendend schwarzer Blitz, und dann schlug eine Garbe Hexenkunst eine Schneise durch die Angreifer zur Linken. Offenbar war Chamery endlich aufgewacht. Wenig später ertönte das Knirschen von Holz, und mit einem Krachen stürzte ein Baum kurz hinter ihm über den Weg, so nahe, dass er noch den Luftzug fühlte. Fast hätte er ihn unter sich begraben, was Chamery vermutlich als glückliche Fügung betrachtet hätte. Blätter wirbelten durch die Luft und fielen zu Boden, allerdings nicht auf der Weißen Straße, sondern links und rechts daneben.

Wieder zerrte das Packpferd an seinem Seil.

Luker versuchte, seine Gedanken zu ordnen. Wenn er den Grauschimmel losmachte, würden sie den größten Teil ihrer Vorräte verlieren. *Ich habe keine Wahl.* Aber bevor er sich mit dem Tier beschäftigen konnte, musste er sich erst einmal etwas Raum zum Atmen verschaffen, also zog er die Zügel an und wandte sein Pferd nach rechts. Das Seil, das zwischen den beiden Tieren straff gespannt war, schlug mit so viel Schwung gegen die weißgewandeten Gestalten auf dieser Seite, dass drei von ihnen zu Boden gingen. Der Angriff ebbte ganz kurz ab, und er konzentrierte sich auf das Seil.

Mit dem rechten Schwert schlug er darauf ein.

Doch gerade in diesem Augenblick lockerte es sich wieder. Seine Klinge ritzte lediglich den Hals des Pferdes, bevor sie sich in dessen Mähne verfing. Das Seil blieb unbeschädigt. Sein Pferd wieherte.

Luker stieß einen ganzen Schwall wilder Flüche aus. Ein weißgekleideter Schwertkämpfer sprang ihn an, und er wollte sich mit einem Hieb wehren, als ein neuerlicher Ruck des Grauschimmels seine Klinge seitlich wegrutschen ließ. Die Waffe seines Feindes zischte an seiner eigenen vorbei und blitzte einen Fingerbreit von seinem Knie auf. Der Bewahrer versuchte, seine Wut unter Kontrolle zu bringen, beugte sich vor und schlug mit der Rückhand nach dem Kopf seines Gegners, wobei er den Hieb mit dem Tiefen Willen verstärkte. Als der Schwertkämpfer parierte, verlor er seine Waffe. Lukers nächster Streich erwischte ihn am Kinn und schickte ihn zu Boden.

Jetzt war seine Chance gekommen.

Er konzentrierte seine Aufmerksamkeit auf das Packpferd und ließ wieder seinem Willen freie Bahn, aber dieses Mal richtete er ihn gegen den Grauschimmel. Dem Tier flog der Kopf nach hinten, und die Beine gaben nach – erst die hinteren, dann die vorderen. Als Luker an den Zügeln zog, damit seine Stute zurückwich, spannte sich das Seil erneut. Er schwang sein Schwert.

Beim zweiten Schlag gab es nach.

Mit dem Druck seiner Waden wandte Luker sein Pferd im Kreis und schlug nach den weiß gekleideten Gestalten, die ihn umringten. Es war eine grässliche Arbeit, aber sie musste getan werden. Sein Schwert fuhr auf und nieder, bis seine Muskeln schmerzten. Im Gedränge erkannte er eine Frau wieder, die er zuvor bereits erledigt hatte und der jetzt der halbe Kopf fehlte. Knochensplitter hingen an ihrer Kopfhaut, aber das, was noch von ihrem Gesicht übrig war, ließ keinerlei Schmerz erkennen.

Luker riskierte einen Blick auf seine Gefährten, die sich auf der anderen Seite des umgestürzten Baums befanden. Merin und Jenna hatten ihre Reittiere links und rechts neben Chamery gelenkt und wehrten ebenfalls ein Knäuel weiß gekleideter Gestalten ab; der Magier hob die Hände und ließ eine Welle schwarzer Hexenkunst über sie hinwegbranden. Die Feinde gingen in Flammen auf. Weitere Angreifer sammelten sich jedoch schon hinter den Bäumen und kamen auf die Weiße Straße gestürzt.

Luker gab seinen Gegnern noch eine Runde Stahl zu schmecken. Er war nicht der Typ, der die Flucht ergriff, aber diese Drecksäcke hielten sich nicht an die Spielregeln. Wenn man ein Schwert durch den Kopf bekam, dann fiel man um und blieb auch liegen. Das war doch mal irgendwo so vereinbart worden.

»Weg hier!«, brüllte er seinen Gefährten zu, bevor er seinem Pferd die Fersen in die Weichen rammte. Die Stute schoss voran und stieß Lukers Gegner beiseite. Er wehrte einen Schlag von links ab, dann hatte er ein paar Schritte freie Bahn. Vor ihm waren zwei Weißgewandete unter dem Baum eingeklemmt und versuchten sich zu befreien. Eine Frau lag daneben auf dem Boden, ihre Beinknochen ragten in unnatürlichen Winkeln aus ihrem Fleisch, aber sie versuchte wieder und wieder aufzustehen, fiel jedoch stets aufs Neue hin.

Kurz vor dem Baum spornte Luker sein Pferd an, und es sprang über das Hindernis hinweg, wobei es mit den Hufen ein paar Splitter aus dem Holz schlug.

Seine Gefährten galoppierten bereits davon, und er setzte ihnen nach. Immer tiefer führte sie die Weiße Straße in den Wald hinein.

Nach einer halben Wegstunde zügelte Merin, der ganz vorn ritt, sein Pferd. Der Tyrin hatte eine blutende Wunde an der Schläfe davongetragen. Auch Jenna war verletzt; Blut rann ihr von der Schulter und von einem Schenkel. Dieses Mal brauchte Chamery tatsächlich keine weitere Aufforderung; er glitt aus dem Sattel und trat zu der Assassine, um ihre Verletzungen zu heilen.

Jenna war blass. »Bei den Neun Höllen, was waren das für welche?«, keuchte sie. »Die Dreckskerle haben einfach immer wieder angegriffen.«

Lukers Blick glitt zu Chamery.

»Untote«, sagte der. »Geister der Vamilianer, von Mayot zum Leben erweckt.« Er sah Luker an. »Habt Ihr Euch nicht gefragt, wieso wir keine Geister angetroffen haben, als wir in den Wald gelangten?«

Merins Stimme war kalt. »Ihr habt gewusst, dass sie hier auf uns lauern würden? Und da habt Ihr uns nicht gewarnt?«

»Ich hatte gedacht, ich wäre in der Lage, die Fäden zu durchtrennen, verdammt!«

»Fäden, was für Fäden? Wovon redet Ihr da?«

»Von den Fäden des Buchs der Verlorenen Seelen natürlich! Mit dem Buch kann Mayot tote Körper regenerieren und die Seelen daran binden – selbst, wenn sie schon durch Shrouds Tor geschritten sind. Ihr wolltet doch wissen, was Mayot mit der ganzen Macht anstellt – bitte, hier ist die Antwort. Er hat Legionen von Untoten erweckt. Jede shroudverfluchte Seele, die je in diesem gottverlassenen Wald verblichen ist! Die Magie des Buchs gibt ihnen Kraft. Und nicht nur das, sie regiert sie auch.«

»Und wenn die Fäden durchschlagen werden?«, fragte Merin.

»Shroud soll Euch holen, genau das habe ich doch versucht!«

»Wie können wir sie aber dann besiegen?«

»Gar nicht!«, kreischte Chamery. Er wandte sich von Jenna ab und stolperte zu seinem Pferd. »Ich brauche Zeit zum Nachdenken! Mayot hätte niemals in der Lage sein sollen … nicht so bald …«

Der Tyrin wandte sich an Luker. »Der Junge kann die Fäden nicht zerstören. Vermögt Ihr das?«

Luker hatte bereits mit seinem Willen nach den Untoten getastet, die ihnen entlang der Weißen Straße folgten. Er konzentrierte sich schließlich auf den Anführer und lokalisierte den Faden von Todesmagie, der aus dessen Brust drang. Um die Art der Hexenkunst genauer zu erforschen oder nach Schwachstellen zu suchen, blieb keine Zeit. Der Strang war nicht dicker als ein Bindfaden, da konnte es doch nicht so schwer sein, ihn zu durchtrennen?

Luker spannte seinen Willen an und ließ einen mächtigen Schlag auf die Verbindung hinunterfahren.

Nichts. Nicht einmal ein Zucken.

Er schlug noch drei weitere Male zu. Jedes Mal widerstand ihm der Faden, und seine Zauberkraft schien sogar anzuwachsen, als Luker seine Kraft verstärkte. Mit gerunzelter Stirn gab der Bewahrer schließlich seine Bemühungen auf.

Als Antwort auf Merins fragenden Blick sagte er: »Nicht ohne Weiteres.«

»Was beim Abgrund soll das bedeuten?«

»Dass diese lebenden Leichen schnell näher kommen. Und dass ich nicht meine Kraft darauf verschwenden werde, einen einzigen Faden zu durchtrennen, wenn da draußen noch Hunderte von diesen Blassgesichtern herumlaufen.«

Merins grimmige Miene vertiefte sich noch, als er sich an Chamery wandte. »Was habt Ihr uns sonst noch verheimlicht, Magier? Welche anderen Überraschungen ...«

»Später«, unterbrach Luker ihn. Dann sah er zu Chamery hinüber. »Und was Euch angeht, Ihr solltet unsere Augen und Ohren sein. Als Kundschafter schläft man nicht in seinem shroudverfluchten Sattel ein.«

»Ich konnte nicht ...«

»Erspart mir Eure Ausflüchte. Schärft einfach Eure Sinne. Das nächste Mal haben wir vielleicht weniger Glück.«

»Glück!«, schnaubte Chamery.

»Ja, Glück. Wer auch immer diesen Überfall geplant hat, er weiß offensichtlich nicht einmal, wo bei einem Schwert oben und unten ist. Dachte wohl, zahlenmäßige Übermacht allein genügt. Wieso haben die Untoten nicht auch die Pferde angegriffen? Wo waren die Pfeile, die Speere, die Armbrüste? Wieso kam der Angriff in zwei Wellen und nicht in einer?«

»Weil sie einen Magier haben, der ihnen sagt, was sie tun müssen, deswegen«, erklärte Merin.

Luker kratzte sich an seiner Narbe. »Ja. Und das ist jetzt das Einzige, was vielleicht für uns arbeitet.«

Als Ebon zu den Sartorianern aufschloss, erreichten diese gerade eine Lichtung, die von einem Steinkreis eingefasst wurde. Jeder Obelisk war aus einem anderen Gestein gehauen worden, und trotz des schwindenden Lichts warfen sie klar erkennbare Schatten, die alle in die Mitte der Lichtung deuteten. Die sartorianischen Soldaten, von denen lediglich das leise Klappern ihrer Rüstungen zu vernehmen war, hatten sich aufgeteilt und umringten die Lichtung von links und rechts. Die Dämonen des Consel hatten sich dahinter in einer Reihe aufgestellt. Ambolina stand dazwischen, der Consel direkt hinter ihr.

Neben einem umgestürzten Baum in der Mitte der Lichtung wartete eine Gestalt, die Ebon höchstens bis zur Hüfte reichte. Das Kind, dessen Spuren sie zuvor gesehen hatten? Nein, kein Kind, erkannte er plötzlich. Ein Halbling. Und da die Magie des Buches diesen Ort nicht durchdringen konnte … *auch noch am Leben.* Der Mann trug nichts weiter als einen Lendenschurz. Sein Körper war mit dichtem, weißem Haar bedeckt, das Gesicht hatte er sich mit schwarzer Farbe bemalt. Er sprach mit Ambolina, als Ebon sich näherte.

»… wirklich Glück gehabt, *paramir*«, sagte er gerade. »Ich hatte nicht geglaubt, in diesem Wald auf frisches Fleisch zu stoßen.«

»Wir haben keinen Proviant übrig, den wir Euch geben könnten, kleiner Mann«, erklärte Garat. »Und jetzt tretet beiseite.«

Der Zwerg lächelte und zeigte dabei seine spitz zugefeilten Zähne.

Ebon schluckte. *Ich glaube, er meinte etwas anderes, Consel.*

Garat wandte sich an Ambolina. »Kennst du diesen Mann?«

»Nein. Aber ich erkenne das Zeichen seiner Macht. Er ist ein Patron von Delan Gelir.«

Delan Gelir. Vierte der Neun Höllen. *Bei den Tränen des Wächters, noch mehr Dämonen.* Und wenn die Heraufbeschworenen des Zwergs nicht aus derselben Welt wie Ambolinas stammten ... Ebon fasste den Griff seines Säbels fester. Sein Blick glitt über die Bäume am Rand der Lichtung, aber er konnte in den Schatten zwischen den Stämmen nichts erkennen.

»Was ist Euer Begehr an diesem Ort, Jekdal?«, fragte Ambolina.

Der Zwerg setzte sich auf den umgestürzten Baum und befingerte einen Knochen, der ihm an einem Band um den Hals hing. »Ist das nicht offensichtlich? Ich warte darauf, dass die Erdmagie vergeht.«

Garat lachte. »Wegen diesem Knochen? Du Narr! Die Todesmagie wird seinen Besitzer nicht wieder zum Leben erwecken.«

Der Halbling ignorierte diese Bemerkung und sah weiterhin Ambolina an. »Dienst du diesem Mann?«

»Hier ist kein Sieg zu erringen«, sagte die Hexenmeisterin. »Die Todesmagie mag diesen Ort jetzt nicht durchdringen können, aber der Widerstand der Erdmagie vergeht. Wer auch immer von uns sein Leben lassen müsste, er würde danach nur wieder auferstehen.«

Der Zwerg lachte. »›Wer auch immer‹, *paramir*? Spar dir deine Heuchelei! Ich kann deine Angst riechen.«

»Die Fäden der Todesmagie können nicht zerstört werden. Nicht einmal von jemandem wie dir.«

»Was bringt dich auf den Gedanken, dass ich das müsste? Deine Seele würde weit jenseits des Einflusses dieser Kräfte gebracht.« Mit einer Handbewegung verschwand der Wald hinter ihm, und eine fremdartige Landschaft überlagerte die Bäume, als sei Ebon wieder in einem seiner Geisterträume. Eine öde, felsige Ebene erstreckte sich weit bis in die Ferne, und der Horizont wurde von karmesinroten Streifen unterbrochen, als ob dort Flammen warteten, die näher kommen wollten. »Auf alle Fälle«, fuhr der Zwerg fort, »sind meine Tierchen hungrig, und diesem Hunger kann man sich nicht entgegenstellen.«

»Kann man nicht, Jekdal?«, fragte Ambolina. »Wer ist dann der Herr, Ihr oder sie?«

Das Lächeln des Halblings verblasste. »Sie dienen mir, so, wie auch du es bald tun wirst.«

»Ich habe genug gehört«, knirschte Garat. »Hexenmeisterin, du wirst diese Missgeburt ein anderes Mal weiter umgarnen müssen. Wenn er nicht zur Seite treten will ...«

»Consel«, unterbrach Ambolina ihn, »Ihr müsst gehen.«

Ein Muskel zuckte auf des Consel Wange. »Du erteilst mir keine Befehle. Tarda Sulin, lasst Eure Männer ...«

»Nein«, unterbrach die Hexenmeisterin ihn erneut. »Das hier ist etwas Persönliches.«

»Und seit wann haben deine persönlichen Angelegenheiten Vorrang vor meinen Befehlen?«

Ambolina betrachtete ihn eine Weile und sagte dann: »Ich werde ihn so lange aufhalten, wie ich kann.«

Ebons Augen weiteten sich. Selbst umringt von ihren Dämonen ging die Hexenmeisterin davon aus, dass sie keine Chance hatte. Und da Mottle von der Erdmagie außer Gefecht gesetzt wurde und Galea nicht bereit war, ihm beizustehen ... Ebon zögerte. Wenn er sich dem Zwerg in den Weg stellte, dann war die Göttin vielleicht gezwungen, sich für ihn einzusetzen.

Oder vielleicht auch nicht.

Garat hingegen schien die Antwort seiner Magierin so zu erzürnen, dass seine Augen vor Wut funkelten.

Im Wald hinter dem Consel bewegte sich etwas. Dunkelheit glitt zwischen den Bäumen umher.

»Achtet auf die Schatten!«, schrie Ebon.

Die sartorianischen Soldaten wirbelten bereits herum.

Die Düsternis explodierte.

Schreie ertönten, als eine Lache aus Schwärze über drei sartorianische Reiter floss und dann einen von Ambolinas Dämonen erfasste. Seine Rüstung knirschte und beulte sich aus, und große Risse taten sich auf seiner Brust auf. Die hilflose Kreatur wurde kreischend in die Luft gewirbelt, und die Axt fiel ihr aus den behandschuhten Händen.

Das war das Letzte, was Ebon von diesem Kampf mitbekam, denn sein Streitross fuhr laut wiehernd herum und galoppierte in Panik von der Lichtung. Um ihn herum flammte es rot auf, und eine Welle von Hitze schlug ihm gegen den Rücken. Ein Kreischen ertönte, so nahe, als säße derjenige, der es ausgestoßen hatte, mit Ebon auf dem Pferd. Ihm schnürte sich die Kehle zu. Er wusste nicht, ob er sein Pferd antreiben und fliehen oder sich umwenden und denen auf der Lichtung helfen sollte. Dann wurde er durch ein Brombeergestrüpp geschleift und versuchte sich gegen die Zweige zu schützen, die ihm die Haut zerkratzten, während die Dornen an seinen Ärmeln rissen.

Das rote Glühen verschwand, und es wurde wieder dunkel.

Um ihn herum waren jetzt noch mehr Schreie zu hören. Pferde drängten sich seitlich gegen sein eigenes Tier, als sei er auf einem Schlachtfeld, und er wurde heftig hin und her geschüttelt, während er versuchte, seine Stute unter Kontrolle zu bringen. Er hielt nach Vale und den anderen Ausschau. Sie waren hinter ihm gewesen, als er sich der Lichtung näherte, und sollten daher jetzt noch vor ihm sein, aber er konnte in dem Dunkel keine Gesichter erkennen. Ein Pferd, dessen Mähne lichterloh brannte, stürzte und warf seinen Reiter ab. Ebon riss an den Zügeln und versuchte seine Stute zu bremsen, aber er hätte sich genauso gut einem Erdrutsch entgegenstellen können. Knochen knirschten, als sein Pferd versuchte, halb springend und halb kletternd über die Gestürzten hinwegzukommen, und dann wandte sich das Tier abrupt nach rechts, um einem Baum auszuweichen. Ebon wurde heftig hin- und hergeschleudert und klammerte sich an seinem Sattelhorn fest.

Plötzlich befand er sich wieder auf dem Weg, den sich die Dämonen durch das Unterholz geschlagen hatten. Vor und hinter ihm waren Pferde. Der Wald ruckte und zuckte um ihn herum, und überall erhoben sich Schatten. Als er sich umwandte, war hinter ihm auch nichts weiter zu sehen als noch mehr Schatten und eine rot schimmernde Horizontlinie, als ob die Sonne im Süden unterging. Ein blubbernder Schrei drang durch die Luft, und darauf folgte ein Quieken, als sei ein Bannwolf in einen Schweinepferch eingebrochen.

Ebon ließ sein Pferd laufen, und es floh in die Dunkelheit, den anderen hinterher.

Schließlich blieb es in einer Wasserlache stehen. Ein Huf stampfte auf den Boden, und die zitternden Flanken waren von Nesselklau blutig zerschrammt. Als er sich umsah, entdeckte Ebon Vale, der ebenfalls den Pfad herunterkam. Der Endorianer trieb sein Pferd mit Tritten an und rief oder sagte etwas, das in einer Zauberexplosion unterging. Jetzt wüteten Brände zwischen den Bäumen im Süden.

Garats Pferd stolperte heran, und Ebon packte den Consel am Arm. Er hätte schreien müssen, um sich über das bestialische Gebrüll aus der Ferne Gehör zu verschaffen.

»Consel ...«

»Fasst mich nicht an!«, fauchte Garat, der sich losriss und sein Pferd wendete. »Sulin! Sulin, wo seid Ihr, beim Abgrund!«

Vale drängte sich neben Ebon. »Lass ihn gehen.«

Noch bevor Ebon antworten konnte, preschte ein Schatten durchs Unterholz. Der König hob sofort den Säbel, aber es war nur ein reiterloses Pferd, das im Schlamm des kleinen Wasserlochs ins Straucheln kam. Wieder ertönte ein Schrei, höchstens noch einen Steinwurf entfernt. »Wo ist Mottle?«, rief Ebon an Vale gewandt. »Ellea? Bettle?«

Der Endorianer schüttelte den Kopf. »Keine Zeit.«

»Wir können sie nicht einfach zurücklassen ...«

»Denk nach! In diesem Licht werden wir sie nicht finden, und der Wächter allein mag wissen, was uns stattdessen begegnen könnte.«

»Und Ambolina?«

»Die ist nicht unser Problem.« Vales Ton deutete an, dass er nicht traurig war, die Hexenmeisterin los zu sein.

Der Consel hatte ein halbes Dutzend sartorianische Soldaten um sich geschart und ritt in westlicher Richtung davon, im rechten Winkel zu dem Pfad, der zur Lichtung führte.

Vale schnaufte. »Endlich eine vernünftige Entscheidung. Wir müssen raus aus diesem Tal. Morgen früh können wir uns wieder sammeln.«

Ebon verzog bitter das Gesicht. *Wenn wir noch so lange leben.* Das Zauberduell zwischen Ambolina und dem Zwerg konnte den Vamilianern nicht entgangen sein; wahrscheinlich sammelten sie sich schon oben am Rand der Senke. Zwar würde die Erdmagie sie noch eine Weile fernhalten, aber es wäre trotzdem dumm gewesen, hier länger zu verweilen.

Der Consel brüllte etwas und rief offenbar weitere Soldaten zu sich. Hinter Vales Pferd lag eine Frau in sartorianischer Uniform mit dem Gesicht nach unten im stehenden Wasser; ihr Körper war völlig blutig und zerfetzt. Eine Weile starrte er ihren Leichnam an, dann schob er den Säbel wieder in die Scheide. Vielleicht waren Mottle, Ellea und Bettle zusammen geblieben, versuchte er sich einzureden. Vielleicht würde Mottle ihn aufspüren können, sobald sie den Einflussbereich der Erdmagie hinter sich ließen.

»Such nach mir, Magier«, sagte Ebon. »Wenn diese Worte dich erreichen, dann ziehe den Kopf aus den Wolken und komm mir nach.«

Der Consel und seine Soldaten waren fast schon außer Sicht und schlugen sich mit den Schwertern einen Weg durchs Dickicht. Ebon spornte sein Pferd an und folgte ihnen.

Es lag Regen in der drückenden Luft der frühen Morgenstunden, und der Nebel hatte einer undurchdringlichen Wolkendecke Platz gemacht, die dem Himmel die graue Farbe von Schieferton verlieh. Von Westen zog ein Sturm herauf, das spürte Parolla, aber der Regen würde nicht ausreichen, um dem sterbenden Wald um sie herum neues Leben einzuhauchen.

Seit sie das Schlachtfeld der Kinevar-Götter verlassen hatte, war sie drei Tage und vier Nächte ohne Pause gelaufen. Mit jedem Schritt war die Todesmagie in der Luft stärker geworden. Nur das stetige Laufen verschaffte ihr eine gewisse Erleichterung und hielt die dunkle Energie, die sich in ihr zusammenballte, zumindest ein wenig im Zaum; ihre Haut brannte, als ob ein Feuer in ihr loderte. Als die Pein immer unerträglicher wurde, lief sie noch schneller und forderte sich über die Grenzen des Erträglichen hinaus, nur um den Drang zu unterdrücken, über irgendetwas oder irgendjemanden herzufallen. Die Muskeln ihrer Schenkel und Waden pochten, und jeder Atemzug schoss keuchend aus ihrer Kehle.

Bisher war es einfach gewesen, den Heeren von Untoten aus dem Weg zu gehen, indem sie jede Konzentration von Todesmagie mied, die sie in der Nähe spürte. Das würde aber bald schon nicht mehr möglich sein. Mayots Stadt war nur noch wenige Glocken entfernt, und in dem Wald, der jetzt vor ihr lag, wimmelte es vor Dienern des *magus*, während die Fäden des Buchs sich wie die verworrenen Stränge eines Wollknäuels zwischen den Bäumen spannten.

Und zwar ganz besonders in der Siedlung, die vor ihr lag.

Parolla blieb neben den eingesunkenen Steinplatten einer alten Landstraße stehen und beobachtete durch die Bäume einige verfallene Gebäude. Hier hatten sich noch ein paar Nebelschwaden gehalten, die sich um die Steine und die Stämme ringelten. Der Boden zwischen den Bäumen wurde von mehr als einem Dutzend Gräben durchzogen, alle fünf Schritte breit und fünfzig lang. Neben ihnen türmten sich Hügel aufgeworfener Erde, und darüber lag eine alles bedeckende Schicht aus zerfallenen Blättern. Ein paar geisterhafte, weiße Fäden verschwanden in den Gräben, was offenbar bedeutete, dass es unter der Erde weitere Untote gab, die noch in der Dunkelheit gefangen waren und sich nicht bewegen konnten, wobei ihnen in ihrer schrecklichen Lage nicht einmal der Tod als Erlösung winkte. Dieser Anblick hätte Parolla zu Herzen gehen sollen, aber als sie in sich ging, war da kein Gefühl.

Tumbal Qerivan materialisierte neben ihr. Er betrachtete die Szenerie, dann sagte er: »Mein Volk erzählte sich Legenden von einem Halbleben, einer Schattenwelt, die existierte, bevor Shrouds Reich – oder überhaupt irgendein Totenreich – gegründet wurde. Rivenghast haben wir es genannt. Ein Fegefeuer für verlorene und gemarterte Seelen …«

Er musste den Gedanken nicht weiter ausführen. »Was ist hier geschehen, *sirrah*?«, fragte Parolla.

»Die Fangalar, Gebieterin.«

»Sie haben diese Siedlung zerstört?«

»Sie haben jede Siedlung der Vamilianer zerstört. Jeden Mann, jede Frau und jedes Kind abgeschlachtet. Das hier sind ihre Gräber.«

»Warum?«

Tumbal breitete seine Hände aus. »Wenn ich es doch nur wüsste. Es zählt zu den großen Mysterien des zweiten Zeitalters. Die Vamilianer waren Entdecker und Seefahrer, und jahrhundertelang ließen die Fangalar zu, dass sich ihr Reich immer weiter ausbreitete. Es gab einen brüchigen Frieden, obschon beide Seiten einander letztlich wohl nicht allzu freundlich gesinnt waren und sich nicht vertrauten. Und dann, zum Ende des Zeitalters …«

»Krieg.«

»Völkermord, Gebieterin. Die Vamilianer wussten der Hexenkunst, die ihnen entgegengeschleudert wurde, nichts entgegenzusetzen, aber die Fangalar kannten kein Erbarmen. Sie jagten ihr Wild bis an den Rand der Welt. Millionen gingen dahin. Ganze Kontinente wurden verwüstet.«

Parollas Lippen bebten kurz. »Vielleicht ist es dann ganz gut, dass Ihr dieses Geheimnis noch immer nicht entdeckt habt, *sirrah* – den Grund für ihre Feindschaft.«

Der Gorlem runzelte die Stirn. »Wieso?«

»Vielleicht wären die Fangalar nicht erfreut, wenn Ihr es wüsstet.«

Tumbal seufzte. »Da mögt Ihr wohl recht haben. Gelegentlich ist das Streben nach Wissen ein fruchtloses Unterfangen, Gebieterin.

Welche Wahrheit könnte tatsächlich als Erklärung dafür dienen, was die Fangalar hier taten? Welche Rechtfertigung würde dem Genüge tun?« Er schüttelte den Kopf. »Ich fürchte, jede Lösung dieses Rätsels, wenn ich denn je eine finden sollte, würde sich zwangsläufig als Enttäuschung erweisen.«

Parolla sah in eines der Gräber hinab. Zwei Fäden Todesmagie bohrten sich in den Boden. Für einen kurzen Augenblick glaubte sie, dass die Erde sich bewegte, aber vielleicht war es auch nur der Wind. »Die Geschichte Eures Volkes reicht bis zu diesem Krieg zurück, nicht wahr? Wieso habt Ihr nicht versucht, den Vamilianern beizustehen?«

»Das haben wir, Gebieterin. Schreiben wurden an die Fangalar gesandt. Delegationen. Immer wieder baten wir um Audienzen. Einige meiner Landsleute beschlossen, sich auf die Seite der Vamilianer zu schlagen, in der Hoffnung, die Fangalar würden dann von ihnen ablassen. Andere, so wie ich, kamen später«, er deutete auf die Gräber, »um die Gefallenen zu bestatten. Um den Toten die Ehre zu erweisen, die wir den Lebenden nicht mehr bezeugen konnten.«

Parolla blinzelte. »Ihr, *sirrah*?« *Das muss doch vierzigtausend Jahre her sein.*

»Wir sind ein langlebiges Volk, Gebieterin. Oder vielmehr, wir waren es. In gewisser Weise war das Ende der Vamilianer auch der Anfang vom Ende unseres Volkes. Die Frage, ob wir ihnen helfen sollten, spaltete unsere Nation.«

»Hätte der Krieg einen anderen Verlauf genommen, wenn Ihr eingeschritten wärt?«

Der Gorlem fuhr sich mit der Hand über die Augen. »Nein, wohl nicht. Eine schlichte Antwort auf Eure Frage – eine Frage, von der damals viele meinten, dass man sie gar nicht hätte stellen dürfen. Letztlich taten sich darüber Gräben auf, die sich nicht wieder schließen ließen.«

»Kam es zu einem Bürgerkrieg?«

»Nein, das nie, Ral sei gepriesen. Viele meiner Landsleute flohen nach Übersee, da sie fürchteten, die Fangalar würden sich rächen wollen, weil einige von uns an der Seite der Vamilianer starben. Andere wandten sich auf ewig von ihrem eigenen Volk ab, entsetzt darüber, dass wir im Angesicht eines solchen Gemetzels nur so wenig getan hatten.«

»Und zu denen gehörtet auch Ihr?«

Eine gewisse Müdigkeit legte sich über Tumbals Augen. »Ich stand einst zu den Vamilianern in ihrer Not. Es schmerzt mich, dass es jetzt nichts gibt, was ich tun kann.«

»Aber Ihr glaubt, dass ich das kann, ist es nicht so? Ich habe es Euch schon gesagt – das ist nicht mein Krieg.«

Tumbal versuchte seine Enttäuschung zu verbergen, aber die hängenden Schultern sprachen eine deutliche Sprache. Parolla ertappte sich bei der Überlegung, ob sie über das Leid der Vamilianer anders gedacht hätte, wenn sie die Geschichte des Gorlem erfahren hätte, bevor sie den Wald betrat. Während der letzten sechs Tage war unaufhörlich dunkle Energie durch ihre Adern gerast. Vieles von ihr selbst war in der Schwärze bereits weggebrannt worden. Inzwischen fiel es ihr immer schwerer, über die Schatten hinauszublicken, die ihr Blickfeld trübten.

Unwillkürlich kam ihr ein anderes Bild in den Sinn, und sie sah den toten Fangalar vor sich, den sie einige Tage zuvor bei dem Merigan-Portal entdeckt hatte. »*Sirrah*«, sagte sie, »wären die Fangalar wohl in der Lage zu spüren, was hier vor sich geht? Könnten sie mitbekommen haben, dass die Vamilianer wieder zum Leben erweckt wurden?«

»Das weiß ich nicht, Gebieterin. Wieso fragt Ihr das?«

»Ich sah einen Fangalar am Eingang zu den Schattenlanden – nicht an dem Zwiespalt, an dem wir uns trafen, sondern an einem anderen, weiter westlich nahe Enikalda. Er war durch ein Merigan-Portal geschritten, das sich innerhalb der Dämonenwelt öffnete, und bezahlte sein unerlaubtes Eindringen mit dem Leben.«

»Ihr meint, er war ein Kundschafter?«

Parolla zuckte die Achseln. »Die Wiedererweckung der Vamilianer ist ja keine echte Wiedergeburt. Vielleicht waren sich die Fangalar nicht sicher, was sie da gespürt hatten. Vielleicht hatten sie jemanden ausgesandt, der sich das genauer ansehen sollte.«

Tumbals geisterhaftes Gesicht war noch blasser geworden. »Wenn Ihr recht hättet, dann werden bald andere folgen.«

»Der Dämon, der den Kundschafter tötete, sprach davon, das Portal vielleicht zu zerstören.«

»Die Fangalar werden einen anderen Weg finden, Gebieterin. Zweifelsohne gibt es weitere Tore, von denen wir nichts wissen.« Der Gorlem betrachtete den Wald jetzt offenkundig mit anderen Augen. »Vielleicht sind sie schon hier.«

»Um zu beenden, was sie vor so vielen Jahrhunderten begonnen haben? Oder um jene zu bestrafen, die die Vamilianer wieder zum Leben erweckten?«

»Vielleicht beides.«

Parolla lachte leise. »Ich frage mich, ob Mayot sich dieser Gefahr bewusst ist.«

Tumbal öffnete den Mund und wollte etwas sagen, aber dann erstarrte er.

Auch Parolla hörte leise Geräusche: Schritte, das Klappern von Metall. Es kam von Südosten. Sie spähte durch die Bäume, konnte im Unterholz aber nichts erkennen. Andererseits musste sie die Vamilianer auch nicht sehen, um zu wissen, dass sie da waren. Nach den Fäden von Todesmagie zu urteilen, die sich in einiger Entfernung zusammenballten, befand sich eine große Truppe Untoter etwa eine Viertelwegstunde entfernt und kam rasch näher. War sie entdeckt worden? Sie hatte bereits viele Dutzend Vamilianer in der Siedlung rechts hinter ihr wahrgenommen. Wollte diese neue Gruppe sie denen in die Arme treiben?

Parolla zögerte. Am besten konnte sie den Untoten ausweichen, wenn sie sich in den Ruinen am Rande der verfallenen Stadt verbarg, aber falls die Vamilianer schon wussten, dass sie hier war, würde ihr auch das nicht helfen; dann würde sie dort in einen Hinterhalt geraten. Aber alles war besser, als hier herumzustehen und darauf zu warten, dass jemand über sie herfiel. Also betrat sie wieder die Straße, die zwischen den Gräbern verlief, und hielt auf die Häuser zu.

Erst, als sie das vorderste Gebäude erreicht hatte, hörte sie aus der Mitte der Ansiedlung das Knistern von Zauberkräften. Schwarzer Rauch stieg über den Ruinen auf.

Todesmagie.

Dann, als der Nachhall der Zauber über Parolla hinwegströmte, weiteten sich ihre Augen.

Diese Art von Zauber trug ein Zeichen, das sie sofort erkannte.

Ein Dutzend Leichen lag verstreut auf der Weißen Straße, und Luker hieß seine Gefährten anhalten. Bei den Toten handelte es sich um Vamilianer, aber er sah nirgendwo Fäden von Todesmagie aus ihren Körpern dringen, und von jenen, die für ihren Tod verantwortlich sein mussten, war keine Spur. Noch ein Überraschungsangriff, der schiefgegangen war? Misstrauisch blickte er links und rechts von der Straße zwischen die Bäume und nahm den Boden genau in Augenschein. War das vielleicht auch eine Falle?

Schließlich stieg der Bewahrer ab und untersuchte den Körper eines Mannes, der ein elfenbeinfarbenes Gewand über einem Kettenpanzer trug, der ihm bis zu den Knien reichte. In das Haar und den Bart des Vamilianers waren Silberfäden geflochten, und neben ihm lag ein Speer. Die Augen, die starr zu Luker emporsahen, waren tot, aber trotzdem erwartete der Bewahrer beinahe immer noch, dass der Leichnam jeden Augenblick wieder zum Leben erwachen würde. Dann fiel sein Blick auf ein Loch, das in der Rüstung über dem Herzen klaffte. *Der Todesstoß*. Er war mit einer fast chirurgischen Präzision erfolgt und mit einer sehr dünnen Klinge ausgeführt worden.

Die Wunde hatte nicht geblutet, aber die Ränder hatten sich schwarz verfärbt und die Haut hatte sich so weit abgeschält, dass man das Brustbein sah, durch das viele haarfeine Risse liefen.

Jenna war hinter Luker herangetreten. »Endlich mal wieder ein Toter, der auch tot bleibt.«

Und gerade deswegen auch besonders interessant. »Rund um die Wunde sind kleine Rückstände. Von Zauberei, nehme ich an.«

»Eine mit Zauberkraft aufgeladene Waffe?«

»Vielleicht.« Luker wandte sich an Chamery. »Was meint Ihr dazu?«

Der Magier sah ihn mit leerem Gesichtsausdruck an, dann stieg er aus dem Sattel und trat zu ihnen. Als er neben dem Toten kniete, schloss er die Augen. »Es sind nur ganz leichte Erschütterungen. Todesmagie.«

»Ach was.«

»Nicht von dem durchtrennten Faden«, fauchte Chamery. »Von der Waffe, die diese Wunden gerissen hat.«

»Ihr meint also, die Blassgesichter haben begonnen, sich gegenseitig anzugreifen?«

Der Magier nahm den Speer zur Hand, der neben dem toten Vamilianer gelegen hatte. »Spürt Ihr hier vielleicht irgendwelche Zauberkräfte?«, fragte er verächtlich.

»Wer war es dann?«

Chamery betrachtete wieder die Wunde über dem Herzen des Toten. »Jemand aus Shrouds engstem Kreis«, sagte er. »Sonst wüsste ich niemanden, der die Macht hätte, die Fäden des Buches zu zerschlagen.«

Einen kurzen Augenblick herrschte Schweigen. Luker schüttelte sich. *Damit ist das Ganze noch ein Stückchen komplizierter geworden.* »Offenbar ist Mayot noch ein paar anderen Leuten auf die Zehen getreten.«

»Darauf kommt Ihr erst jetzt? Ha! Mayot hat zahllose Seelen wieder aus der Unterwelt gezerrt …«

»Die Vamilianer haben Shrouds Tor nie durchschritten.«

»Andere aber schon. Andere, die in diesem Wald starben. Und dann sind da noch die Seelen der erst jüngst Verstorbenen – Seelen, die Mayot daran gehindert hat, ins Totenreich zu ziehen. Seelen, die Shroud gehörten. Natürlich will der Gott dieses Buch!«

»Das habt Ihr alles schon gewusst, und dann seid Ihr trotzdem noch hierher gekommen? Wieso? Wollt Ihr es riskieren, Euch mit Shroud persönlich anzulegen?«

»Der Totenfürst wird nicht selbst eingreifen. Er würde es nicht wagen, einen Fuß in das Reich der Sterblichen zu setzen.«

»Ob er oder einer seiner Lakaien, niemand wird begeistert sein, wenn Ihr in Shrouds Terrain wildert. Ihr spielt mit dem Feuer.«

»Um eine Macht, die jener der Götter gleicht? Der mögliche Gewinn wäre doch dieses Risiko wert.«

Luker lachte. »Und da hatte ich doch wirklich gedacht, Ihr wolltet das Buch zum Schwarzen Turm zurückbringen.«

»Ich sprach von Mayot«, sagte Chamery leise und erhob sich wieder. Er schleuderte den abgebrochenen Speer in den Wald und ging wieder zu seinem Pferd.

Luker wandte sich an Merin. »Und Ihr? Wollt Ihr auch Shroud ins Auge spucken?«

Der Tyrin erwiderte grimmig seinen Blick. »Die Befehle des Imperators haben sich nicht geändert.«

»Der *Imperator* kann diese Entwicklung nicht vorhergesehen haben, denn sonst hätte er nicht nur uns drei hierher entsandt. Würde er wollen, dass Ihr den Weg weiter verfolgt, mit dem Wissen, das Ihr gewonnen habt?«

»Mehr noch als vorher, würde ich sagen.«

»Shroud kann Euch die Ewigkeit verdammt ungemütlich machen.«

Merin erwiderte seinen Blick kurz und sah dann weg. »Ich habe einen Eid geschworen.«

»Gut. Vergesst bloß nicht, Shroud das zu sagen, wenn es soweit ist. Ich bin sicher, er wird euch das nicht übel nehmen.«

Romany stand vor der Kuppel aus Todesmagie, die Estapharriol überspannte, die Arme vor der Brust verschränkt. Die Oberfläche des Zauberkonstrukts schimmerte wie gekräuseltes Wasser; die Bäume dahinter verschwammen leicht. Mit dem näher rückenden Sturm war die Luft unter dieser Kuppel stickig geworden. Hinter der Priesterin stand Danel, deren verbrannte Hände inzwischen von Mayot geheilt worden waren, und fächelte der Priesterin pflichtbewusst mit einem Zweig abgestorbener Honigheide Luft zu, was allerdings nur dazu führte, dass Romany von noch mehr abgestandener Wärme umspielt wurde; deshalb bedeutete sie dem Mädchen, damit aufzuhören.

Aus der Ferne war Kampfeslärm zu hören, aber der Priesterin blieb noch ein wenig Zeit, bevor die Kämpfer hier ankommen würden. Sie richtete ihren Blick auf die ausgehobenen Gräber außerhalb der Zauberkuppel. Dutzende von Vamilianern knieten auf allen vieren darin und gruben auf ihre typisch unermüdliche und entschlossene Weise mit bloßen Händen in der Erde. Bei ihren Bemühungen entwurzelten sie einen jungen Baum, und kurz hielten sie in ihrer Arbeit inne, um ihn beiseite zu schaffen. Links von ihnen erhob sich hoch aufgerichtet inmitten der aufgewühlten Erde eine Säule aus grauem Stein. Vielleicht eine Art Gedenkstein für die Toten? Immerhin waren dort Zeichen eingeritzt.

»Mädchen«, sagte Romany und deutete auf die Säule. »Was bedeutet diese Inschrift?«

»Das weiß ich nicht. Ich starb, bevor der Stein errichtet wurde.«

»Wirklich? Wie interessant! Den Annalen zufolge überlebten doch nur ganz wenige deines Volkes das Massaker durch die Fangalar, aber diese ganzen Gräber haben sich ja wohl nicht selbst ausgehoben. Wer hat also hinter euren Bezwingern aufgeräumt? Das waren die Fangalar doch wohl nicht selbst.«

»Das weiß ich nicht«, wiederholte die Dienerin.

Romany verzog das Gesicht. Das Mädchen hatte offensichtlich wieder einmal eine ihrer Launen. Vielleicht war es an der Zeit, einige ermahnende Worte zu sprechen …

»Wonach graben sie?«, wollte Danel plötzlich wissen.

Die Priesterin hob eine Augenbraue. War das die erste Frage, die ihr das Mädchen in der ganzen Zeit, die sie nun schon zusammen waren, überhaupt gestellt hatte? *Vielleicht taut sie doch langsam auf.* »Nach irgendeiner uralten Monstrosität, die das Licht der Welt nie wieder erblicken sollte. Glücklicherweise muss Mayot das Ding erst einmal aus der Erde befreien.«

»Wird es ihm gelingen?«

»Dieses Mal? Ich glaube nicht. Es liegt viel zu tief im Boden.«

»Aber es gibt andere?«

Romany lächelte. »Ein oder zwei, ja.« Darunter befand sich natürlich auch der Tiktar, den sie vor Mayot versteckt hatte und der gut geschützt hinter ihren Zauberwällen lag. Es würde noch eine Weile dauern, bevor sie diese ganz besondere Figur ins Spiel bringen würde.

Danel blickte wieder zu den Grabenden. »Ich hatte nur gehofft …«

»Ja?«

»Es sind noch immer einige meiner Leute unter der Erde gefangen.«

»Irgendwie zweifle ich daran, dass Mayot wirklich daran interessiert ist, sie zu befreien.«

Der Zweig abgestorbener Honigheide glitt Danel aus den Händen. »Meine Mutter und meine Tochter starben beide hier mit mir. Seit meiner … äh … Wiedergeburt habe ich sie nicht mehr gesehen. Vielleicht wurden sie anderswohin gesandt.«

Romany schürzte die Lippen, ging aber nicht darauf ein.

»Wieso habt Ihr Euch mit dem Meister verbündet?«, fragte Danel jetzt.

»Wir sind keine Verbündeten. Wir haben lediglich einen gemeinsamen Feind.«

»Die Vamilianer?«

»Was?«

»Der Feind, von dem Ihr sprecht, sind das die Vamilianer?«

Romany war einen Augenblick sprachlos. »Meine Liebe, wie kommst du nur zu dieser Annahme?«

»Hat mein Volk nicht schon genug erlitten? Niedergemetzelt von den Fangalar, trieben wir viele Generationen körperlos als Geister dahin, jetzt wurden wir wiedererweckt und versklavt. Ihr seht totes Fleisch, nicht wahr? Glaubtet Ihr, auch unsere Seelen seien tot?«

Die Priesterin schniefte. »Niemand hat es hier auf deine Landsleute abgesehen.«

»Also sind wir nur Bauernopfer in einem größeren Spiel. Soll mich das vielleicht trösten?«

»Vielleicht solltest du Mayot diese Fragen stellen. Er zieht eure Strippen.«

»Ich sprach nicht vom Meister. Ich sprach von Euch.«

Romany nahm wieder etwas Haltung an und richtete sich zu ihrer vollen Größe auf. »Ich bin hier aus Gründen, über die ich nur selbst ...«

»Ganz sicher«, fiel Danel ihr ins Wort. »Die Sache, für die wir geopfert werden, ist ganz ohne Zweifel eine sehr noble.«

Darauf wusste die Priesterin keine Antwort. Wenn sie jetzt darüber nachdachte, war ihr die schweigsame Danel lieber gewesen als diese redselige, zumal die Kleine immer wieder über Dinge sprechen wollte, die über ihren Verstand gingen. Allein diese Vorstellung, dass Romany sich willentlich mit Mayot eingelassen hätte! Glaubte das Mädchen denn, sie hätte keine Skrupel und keine Urteilskraft? Eine Weile sah Romany den Grabenden zu, die sich noch immer damit abmühten, mit den Händen Erde und Steine wegzuschaufeln und mit den Schwertern die Baumwurzeln zu durchtrennen. Die Wand eines Grabens gab nach, und Erde prasselte auf die Arbeiter herab.

Romany sah ihre Dienerin an. »Wenn Mayot stürzt, wirst du frei sein von seiner Herrschaft.«

»*Falls* er stürzt.«

»Nein, Schätzchen«, sagte die Priesterin sanft und hielt dem Blick des Mädchens stand. »Wenn.«

Hinter Danels Augen flackerte kurz etwas auf, und Romany blinzelte. *Beim Segen der Spinne, ist das etwa Trauer?* Hatte das Mädchen sie demnach missverstanden?

Doch dann unterbrach sie das Krachen von Stahl auf Stahl.

Romany sah wieder zum Grabfeld hinüber. Zwischen den Bäumen, hinter der Kuppel aus Todesmagie, bewegte sich etwas. *Ah, mein nächstes Opfer ist eingetroffen.* Ein schwarzbärtiger Mann kam in Sicht, umringt von einem Knäuel Vamilianer. Über seinem Schienenpanzer trug er einen Überwurf, der einen aufgerichteten schwarzen Bären zeigte. Mit einer Hand, die in einem dicken Panzerhandschuh steckte, führte er einen bronzenen Schild mit demselben Emblem, in der anderen hielt er eine Doppelaxt mit einer schmetterlingsförmigen Klinge, die er mit atemberaubender Eleganz schwang. Jeder Streich der Waffe wurde von einem Blitz begleitet, und wenn sie traf, setzte sie einen schwindelerregenden Schub Todesmagie frei.

Zu den Untoten, die ihn umringten, zählte auch ein vierarmiger Gorlem, der in jeder Hand einen Speer trug. Vor Romanys Augen durchdrang die Waffe des Axtkämpfers die Abwehr des Gorlem und drang rechts in seine Rippen, um oberhalb der linken Hüfte wieder herauszukommen. Der Gorlem stürzte zu Boden, der Faden von Todesmagie, der ihn lenkte, riss entzwei und verblich. Die Reihen der Untoten lichteten sich schnell, denn mit jedem seiner eleganten Axthiebe schleuderte der Krieger zwei, drei und manchmal auch vier Angreifer beiseite. Weitere Vamilianer – sogar Kinder, wie Romany angeekelt feststellte – stürmten aus der Stadt auf ihn zu, um ihn abzufangen.

»Wir sollten uns besser verstecken«, sagte sie zu Danel.

Das Mädchen nickte.

Romany führte sie zu einem verfallenen Haus. Drinnen setzte sie sich in der entferntesten Ecke mit dem Rücken zur Wand auf den Boden.

An die Arbeit.

Es war nicht das erste Mal, dass Romany diesem Jünger Shrouds begegnet war. Schon am Vortag hatte sie ihn von Osten auf einem knochenfarbenen Palimar heranreiten sehen. Ein Grüppchen Vamilianer, die Mayot ihm in den Weg gestellt hatte, waren sofort seiner schrecklichen Axt zum Opfer gefallen, aber die meisten hatten ihm schlicht deswegen nichts anhaben können, weil sein Pferd ihn mit herrlicher Schnelligkeit an ihnen vorübertrug. Dem hatte die Priesterin jedoch ein jähes Ende bereitet, indem sie mit ihrem Zauber ein Schlagloch tarnte, das auf der Landstraße lauerte, über die Shrouds Jünger dahergaloppiert kam. Dann hatte sie sich zurückgezogen, in dem Glauben, dass Mayots Diener den Axtkämpfer erledigen würden; das war schließlich nur noch eine simple Formalität.

Sie hätte es besser wissen sollen.

Der Krieger war nicht der erste von Shrouds Jüngern, der sich bis zur Zauberkuppel durchschlug, allerdings wohl der begabteste. Romany hatte zwar einen Plan, wie sie ihn aus dem Spiel werfen konnte, aber der erforderte, dass sie sich ihm bis auf wenige Schritte näherte – viel näher, als sie das in Fleisch und Blut riskieren konnte. Also entspannte sie sich und löste ihre Seele von ihrem Körper, dann folgte sie den Fäden ihres Netzes, glitt aus dem Gebäude und näher an den Kampf heran. Es waren inzwischen mindestens sechzig Untote, die den Axtkämpfer umringten, aber ihm schienen ihre Angriffe überhaupt nichts auszumachen; er stürmte immer wieder vor und ließ kein bisschen Müdigkeit in seinen Hieben oder Schritten erkennen. Dann erreichte er die schwarzmagische Kuppel und drängte sich ohne Zögern hindurch. Ein Netz knisternder Energie legte sich um ihn und verbarg seine Gestalt in schimmernder Dunkelheit. Dann löste sich die Todesmagie von ihm, und der bärtige Kämpe trat unverletzt auf der anderen Seite hervor. Ein Riss blieb in der Zauberkuppel zurück, aber er ging weiter.

Romany schwebte näher an ihn heran und rieb sich die körperlosen Hände. Die Kunst der Illusion lag darin, sich den Erwartungen des Opfers anzupassen. Wenn sie gewollt hätte, dann hätte sie eine beliebige Zahl mächtiger Feinde heraufbeschwören können, die gegen den Axtkämpfer antraten, aber warum sollte sie eine ganze Leinwand bemalen, wo doch ein paar Pinselstriche genügten? Zur wahren Beherrschung einer Kunst zählten Geschick, Listigkeit und ein feines Händchen. Das Händchen einer Frau, um genau zu sein. Sie entfesselte ihre Zauberkraft und begann damit, den Krieger mit ihren Fäden einzuspinnen. Wie immer kam es darauf an, genau zur richtigen Zeit das Richtige zu tun. Shrouds Jünger bewegte sich mit unmenschlicher Geschwindigkeit und schwang seine Axt auf und nieder. Den Schild verwendete er nicht nur, um Angriffe abzuwehren, sondern setzte ihn auch als Waffe ein; er rammte den Untoten den Schildrand ins Gesicht, um ihnen den Schädel einzuschlagen oder die Augen zu zerschmettern. Die Vamilianer hatten seiner Kraft nichts entgegenzusetzen. Seine Axt zischte schneller hin und her als die Waffen, mit denen sie sich zu wehren versuchten, und sie durchschlug die Speere der Untoten, als wären sie dürres Reisig.

Jetzt war der bärtige Krieger auf der Höhe von Romanys Versteck. Ohne den Schleier der Magiekuppel musste die Priesterin die Zerstörung, die er über seine Gegner brachte, ungefiltert mit ansehen: die eingeschlagenen Gesichter, die zerschmetterten Rippen, die abgetrennten Glieder. Aber sie konnte den Blick nicht abwenden, denn sie suchte nach dem kleinsten Fehler, der winzigsten Blöße in der Verteidigung des Mannes. Nur wenige Vamilianer kamen ihm nahe genug, um selbst zuzuschlagen, und noch weniger hatten die Gelegenheit, einen wirklich tödlichen Streich zu führen. Romany war allerdings sehr geduldig.

Dann sah sie ihre Chance. Während eine Vamilianerin sich dem Axtkämpfer von rechts näherte, wandte er sich nach links, um den Angriff zweier untoter Speerkämpfer abzuwehren. Er ließ sich auf ein Knie fallen und hob den Schild, so dass die Speere über seinen Kopf hinwegglitten, gleichzeitig schwang er die Axt in einem mörderischen Schlag darunter durch, so dass sie in die Beine seiner Gegner fuhr. Während die Vamilianer zu Boden stürzten, sprang er schon wieder auf und schleuderte sie mit einem Stoß seines Schilds nach hinten gegen die Reihen der nachrückenden Untoten.

Das Manöver hatte nur einen Herzschlag lang gedauert, und der bärtige Krieger wandte sich nun der Frau zu, die ihn von der anderen Seite angriff.

Doch ein Herzschlag reichte Romany, um ihre Illusion aufzubauen.

Der Axtkämpfer schwang seine Waffe tief, um das Schwert der Frau abzuwehren …

Und traf dabei nur Luft. Die Klinge der Vamilianerin, verborgen von Romanys Zauberkunst, zischte oberhalb der Axt dahin und biss in den Hals des Kriegers. Eine Blutfontäne schoss hervor, und kurz glitt ein verwunderter Ausdruck über sein Gesicht. Dann stürzte er zu Boden.

So einfach.

Sofort strömten die Untoten heran und hackten ihn in Stücke.

Romany kehrte in ihren Körper zurück und öffnete die Augen. Ein Stein in der Wand hatte sich in ihren Rücken gebohrt, und sie setzte sich seufzend etwas anders hin. Mit diesem Krieger stieg die Zahl ihrer Opfer auf vierzehn, und viele andere Schergen Shrouds waren von Mayots untoten Dienern aus dem Weg geräumt worden. Der Herr der Toten würde ihren Verlust nur zu deutlich spüren, das wusste sie. Und dennoch hinterließ der Sieg über den Axtkämpfer … irgendwie ein leeres Gefühl. Wo blieb der Kitzel, den sie normalerweise verspürte, wenn sie wieder einen Gegner überlistet hatte? Hatte sie vielleicht eine größere Herausforderung erwartet? Einen angemessen dramatischen Höhepunkt ihrer Auseinandersetzung, der besser zu dem großen Auftritt passte, mit dem der Krieger sich angekündigt hatte?

Nein, es war nicht nur das.

Ganz plötzlich begriff Romany: Das Spiel verlor allmählich an Reiz.

Ebon lehnte sich gegen einen Baum und lauschte dem Knarren und Knacken der Äste im Wind. Vale saß ihm gegenüber; er hatte sich zum Schutz gegen das Laub, das durch das Lager wirbelte, die Kapuze über den Kopf gezogen. Der Endorianer fuhr mit einem Wetzstein über die Schneide seines Schwerts.

Ebon rieb sich die Augen. Den größten Teil der Nacht hatte er damit zugebracht, sich durch Morast und Brombeersträucher zu quälen und dabei einen Weg aus dem Tal zu suchen, in dem sie auf den Zwerg gestoßen waren. Als er endlich eine Anhöhe entdeckt hatte, die einen einigermaßen ungehinderten Aufstieg ermöglichte, hatte er fast eine Viertelglocke gebraucht, um sein Schlachtross die steile Böschung hinaufzulocken, und es hatte nicht lange gedauert, bis sich der Boden unter den Hufen in weichen Matsch verwandelt hatte. Nachdem er dann wieder auf den Consel gestoßen war, hatte er dabei geholfen, in der Nähe der Senke ein Lager aufzuschlagen; dort hatten sie dann darauf gewartet, dass sich versprengte Gefährten bei ihnen einfanden. Bis zum Morgen waren jedoch nur zwei Sartorianer aufgetaucht, was die Zahl von Garats Getreuen immerhin auf acht erhöhte. Von Mottle, Ellea oder Bettle fehlte jede Spur. Da sie weder rufen noch ein Feuer anzünden durften, um nicht die falschen Leute auf sich aufmerksam zu machen, hatte Ebon still dagesessen, ins Dunkel gestarrt und auf das Eintreffen seiner Gefährten gewartet. *Immer mal angenommen, dass sie überhaupt noch leben.* Bei den Neun Höllen, er wusste nicht einmal, ob sie den Angriff der Jekdal-Dämonen überlebt hatten. Wieder einmal war es ihm nicht gelungen, seine Leute vor Gefahren zu retten.

Ebons Gedanken wanderten zu Lamella, wie so oft in letzter Zeit. Wie gern hätte er sie noch ein letztes Mal gesehen, sie festgehalten und den Duft ihres Haars eingeatmet – und die Wahrheiten mit ihr geteilt, derer er sich zu spät bewusst geworden war. Vielleicht wären es harte Worte gewesen, aber Worte, die gesagt werden mussten. Mottle hatte recht gehabt, als er davon sprach, dass es keinen Sinn hatte, sich seiner Pflicht entziehen zu wollen, und Ebon hatte sich, was das anging, viel zu lange verweigert. Sein Gesichtsausdruck wurde hart. Das war jetzt leicht zu sagen, so viele Wegstunden von Majack entfernt, da er nicht einmal wusste, was aus Lamella geworden war und sein eigenes Leben an einem seidenen Faden hing. Würde er auch dann noch genug Mut haben, zu seiner Entscheidung zu stehen, wenn sie wieder vereint waren?

Ebon nahm den Streifen Trockenfleisch, den Vale ihm anbot, und kaute darauf herum. Im Lager war es fast völlig still, abgesehen vom Schnauben der Pferde und der Stimme des Consel, der mit seinem neuen Tarda sprach, einem schnurrbärtigen Kerl, an dessen Namen Ebon sich nicht erinnern konnte. Dachte Garat daran, doch umzukehren? Jetzt, da Ambolina und ihre Dämonen nicht mehr da waren, musste er sich schutzlos fühlen, aber sein Stolz würde einen Rückzug sicherlich trotzdem nicht zulassen. Davon abgesehen war der Verlust der Hexenmeisterin für Ebon ein ebenso schwerer Schlag wie für den Consel. Vale war zwar der Ansicht, dass ihr Tod – wenn sie denn überhaupt tot war – für ihr eigenes Land ein Segen war, weil Galitia damit keine Invasion mehr drohte. Aber Ebon war überzeugt, dass das im Grunde egal war, solange er diesen Mayot Mencada nicht würde besiegen können. Und die Chancen darauf hatten sich durch Ambolinas Verschwinden nicht unbedingt verbessert.

Ebon schloss die Augen und tastete in seinem Inneren nach Galea – eine Suche, die sich stets anfühlte, als ob man sich eine verblasste Erinnerung wieder ins Gedächtnis rufen wollte. Aber irgendwie gelang es ihm, ihre Präsenz zu fassen zu bekommen und sich zu ihr zu bewegen. Nach kurzer Orientierungslosigkeit merkte er, dass sich sein Geist wieder im Tempel der Göttin eingefunden hatte. Galea drehte ihm den Rücken zu, wirbelte aber herum, als er eintrat.

Ebon zwang sich, ihrem Blick standzuhalten. »Gebieterin, wir müssen reden. Gestern hätte ich Eure Hilfe gebraucht.«

»Du vergisst dich, Sterblicher«, erwiderte Galea. »Ich bin kein Hund, nach dem du nur zu pfeifen brauchst. *Du* bist es, der *mir* etwas schuldig ist.«

»Und diese Schuld werde ich umso besser begleichen können, wenn meine Gefährten am Leben bleiben.«

»Du sprichst von der Dämonenhexe und ihrer Brut?«

»Sie waren mächtige Verbündete.«

»Bis zu dem Augenblick, da sie beschlossen hätten, dich zu verraten.«

»Wisst Ihr genau, dass das geschehen würde?«

Galea lächelte nur kalt.

Ebon hielt inne und dachte nach. Er erwog, sie zu fragen, was mit Mottle und den anderen geschehen war, aber er wusste, dass sie das Schicksal seiner Leute nicht im Geringsten bekümmerte. »Wie weit sind wir noch entfernt von Mayot Mencada und diesem Buch der Verlorenen Seelen?«

»Wenn ihr schnell reitet, werdet ihr seine Festung vor euch sehen, sobald die Sonne ihren höchsten Stand erreicht hat.«

»Und wenn ich ihm gegenüberstehe, werde ich dann das erste Mal auf Eure Kraft zurückgreifen können? Wäre es nicht klug …«

»… sie vorher schon einmal auszuprobieren?«, unterbrach ihn Galea in spöttischem Ton. »Vorsicht, Sterblicher. Vielleicht wird dir dein Wunsch schneller erfüllt, als du ahnst.«

»Was meint Ihr damit?«

Aber die Göttin deutete mit einer Handbewegung an, dass er entlassen sei, und Ebon merkte, dass der Tempel um ihn herum zu Schwarz verging.

Verdammt sollst du sein, Weib.

Kurz flammte verschwommenes Licht auf, dann wurde sein Blick wieder klar, und er fand sich im Lager wieder.

Und zwar neben dem Consel, der zu ihm heruntersah. Der Sartorianer hatte sich rasiert und sein Haar eingeölt; sein Hemd jedoch war noch immer zerknittert und voller getrockneter Schlammspritzer. Ebon rappelte sich auf, und Vale erhob sich ebenfalls.

Garat nahm eine selbstbewusste Haltung ein. »Wir haben lange genug gewartet, Euer Majestät.«

»Von meinen Gefährten fehlt bisher noch jede Spur, Consel. Mein Magier …«

»Ist vermutlich tot, sonst hätte er uns doch sicherlich schon aufgespürt. Der nächste, der über unser Lager stolpert, kann ebenso gut ein Feind wie ein Freund sein.«

»Das ist mir klar. Wir gehen aber ein ebenso großes Risiko ein, wenn wir weiterziehen, ohne dass Mottle bei uns ist und den Wald vor uns erkundet. Noch eine Viertelglocke …«

Garat wandte sich ab. »Bleibt, wenn Ihr wollt. Meine Männer und ich brechen auf.«

Während der Consel davonschritt, beugte Vale sich zu Ebon hinüber und raunte: »Lass ihn gehen.«

Ebon schüttelte den Kopf. »Er hat recht. Mottle kann später zu uns aufschließen, wenn er noch lebt.«

»Das habe ich nicht gemeint.« Der Endorianer deutete auf Garat, der ihnen den Rücken zuwandte. »Lass ihn gehen. Ohne die Hexe und ihre Dämonen … Wir brauchen seine Hilfe nicht mehr.«

Ebon sah ihn grimmig an. »Das mag sein. Aber er braucht unsere.«

Parolla huschte von einer niedrigen Mauer zur nächsten durch die verfallene Ansiedlung. Der Kampfeslärm wurde schnell lauter, als ob die Streitenden auf sie zukämen … Ein Blitz aus Zauberkraft fuhr durch die Luft, und sie erschauerte, als die Schatten über sie hinwegglitten. Ihre eigene Dunkelheit wallte in ihr auf, als wollte sie darauf antworten.

Schließlich erreichte sie einen Platz, in dessen Mitte sich die Überreste einer steinernen Figur erhoben, die ein Schiff auf stürmischen Wassern darstellte. Ringsum lagen Trümmer verstreut – links sah Parolla ein Stück, das aussah wie der Teil eines Mastes, und vor dem Bug befand sich die geborstene Statue einer Frau, die mit der rechten Hand einen Blitz umklammerte. Eine Weile starrte Parolla die klar herausgearbeiteten Details am Bug des Schiffes an, die Nieten in den Planken, die Muscheln am Rumpf …

Dann ertönte ein von Zauberkraft ausgelöster Donnerschlag, der die Kiesel unter ihren Füßen erzittern ließ.

Sie rannte über den Platz. Auf der anderen Seite befand sich eine Steintreppe, die im Nichts endete, und sie stieg bis auf die letzte Stufe, um sich umzusehen. Im Süden, noch innerhalb der Siedlung, spiegelten sich Lichtflecken auf den Rüstungen einer großen Schar Vamilianer, doch gegen wen sie kämpften – schwer zu sagen; es war nur ein schattenhaftes Glimmen zu sehen, das zum Teil noch von mehreren verfallenen Gebäuden verdeckt wurde. Doch dann trat hinter einer Mauer eine Gestalt hervor: ein dunkelhäutiger Mann, der ganz in schwarzes Leder gekleidet war. Er war größer, als Parolla ihn in Erinnerung hatte, und er schwang ein Schwert, das dort, wo es die Luft zerteilte, Schattenfasern hinter sich zurückließ. Um ihn herum schimmerten Zauberschutzwälle. Seine Bewegungen kündeten von einer lässigen Arroganz, und eine träge Geschmeidigkeit lag in seinen Angriffen, als er sich eine Schneise durch seine Feinde schlug.

Die Untoten strömten dem Mann von allen Seiten entgegen. Jene, die mit seinen Schutzzaubern in Berührung kamen, gingen in lodernden Flammen auf, aber selbst dann, wenn sie schon lichterloh brannten, griffen sie trotzdem weiter an, bis das Schwert des Kämpfers sie niederschlug. Geschützt von einer Reihe Speerkämpfer schleuderte ein vamilianischer *magus* eine Salve Zauberbanne gegen den Mann, der seine eigene Zauberkunst dagegen aussandte, und die Kräfte kollidierten mit einem Zischen und Krachen, das den Boden erbeben ließ. Parolla streckte die Arme aus, um auf ihrem hohen Ausguck das Gleichgewicht zu halten. Als die Schatten sich wieder auflösten, war von dem untoten *magus* und seiner Leibwächtertruppe nichts mehr zu sehen. Die nahe gelegenen Ruinen waren bis auf die Grundmauern geschleift; Staub erfüllte die Luft.

Tumbals Spektralgestalt manifestierte sich neben Parolla. »Gebieterin, seht Ihr das? Wo das Schwert des Fremden niedergeht, bleiben die Vamilianer liegen.«

»Die Fäden des Buchs wurden zertrennt, *sirrah*.«

»Geheiligte Waffen«, hauchte der Gorlem. »Wir wussten, dass Mayot Shroud den Fehdehandschuh vor die Füße warf. Jetzt werden wir Zeuge dessen, wie jener Gott darauf antwortet.«

»Und ich denke, an der Auswahl seiner Streiter lässt sich auch ablesen, wie ernst er die Bedrohung inzwischen nimmt.«

Tumbal sah sie an. »Sagt, erkanntet Ihr den Fremden?«

Parolla nickte. Sie war ihm nur einmal begegnet, aber es war ein Aufeinandertreffen jener Art gewesen, wie man es nicht so schnell vergaß. »Er heißt Andara Kell. Einer von Shrouds Elitekämpfern.«

»Ein Freund?«

»Eher nicht. Vor einigen Jahren reiste ich durch den Westen und machte es mir zur Gewohnheit … bei den Toden bestimmter mächtiger Personen zugegen zu sein. Ich hatte die Hoffnung, Shroud würde persönlich erscheinen, um ihre Seelen durch sein Tor zu führen. Das tat er natürlich nie. Stattdessen traf ich die Jünger, die er an seiner Statt aussandte. Einmal – beim Tod von Muthin Qumari, Sonnenklinge und Oberster Protektor des Qaluitinischen Reiches – erschien Andara Kell.«

»Er wollte diesen Krieger ehren?«

»Nein, eher herausfordern. Selbst herausfinden, wie groß dessen Fähigkeiten waren.«

Der Gorlem neigte den Kopf. »Aber hätte Qumaris Niederlage nicht bedeutet …«

»Dass seine Seele zerstört worden wäre, ja. Mein Eingreifen durchkreuzte Andara Kells Pläne.«

»Darf ich wohl vermuten, dass er Euch dafür nicht dankte, Gebieterin?«

Ja, so hätte man es wohl auch formulieren können. Parolla sah, wie Andara den Kopf in ihre Richtung drehte, und duckte sich instinktiv. »Die meisten Diener Shrouds ignorierten mich, wenn ich ihnen begegnete«, sagte sie zu Tumbal. »Manche verhielten sich ganz anständig. Andara war anders. Er interessierte sich richtig für mich. Allerdings vermute ich, er hätte mich getötet, wenn meine Antworten auf seine Fragen nicht zu seiner Zufriedenheit ausgefallen wären.«

»Er hätte sogar eine Nachfahrin seines eigenen Herrn erschlagen?«

»Ach, kommt schon, inzwischen solltet Ihr doch wissen, dass ich aufgrund meiner Blutsverwandtschaft keinerlei Privilegien genieße. Das hat auch Andara mir immer wieder gesagt. Das Einzige, was mich wirklich rettete, war seine Verachtung. Ich hatte meine Kräfte gerade erst entdeckt. Keine Bedrohung für ihn.« Jetzt allerdings …

Shrouds Jünger rückte weiter vor. Schwarze Blitze schossen aus seiner Klinge, während er eine Schneise durch eine Gruppe von Speerträgern schlug, die eine vamilianische Hexenmeisterin beschützten.

»Beabsichtigt Ihr, in die Kämpfe einzugreifen?«, fragte Tumbal.

»Auf wessen Seite sollte ich das wohl tun?«

Der Gorlem hob eine Augenbraue. »Nun, Gebieterin, wird nicht Andara Kell auch hierher gekommen sein, um Mayot zu Fall zu bringen? Habt Ihr also nicht dasselbe Ziel?«

Parolla antwortete nicht. Andara hatte sich bis zu der vamilianischen Hexenmeisterin durchgekämpft. Die verbliebenen Krieger, die sie bewachten, gingen in Flammen auf, als er sich näherte, und dann schwanden sie unter seinem blitzenden Schwert gänzlich dahin. Ein Streich mit der Rückhand schlug die Zauberin in zwei Hälften, und ihr weißes Gewand fing Feuer. Andara stieg über die Gefallene hinweg und bog dann an der nächsten Straßenkreuzung nach links.

»Der Kampf bewegt sich auf uns zu, *sirrah*«, bemerkte Parolla. »Vielleicht sollten wir uns davon machen, solange wir noch können.«

»Ich fürchte wohl, dafür könnte es schon zu spät sein.«

Parolla warf dem Gorlem einen scharfen Blick zu, aber er sah nicht sie an, sondern weiter nach Südosten. Als Parolla es ihm gleichtat, stellte sie fest, dass Dutzende von Vamilianern durch die Ruinen auf sie zu liefen. Fluchend rannte sie die Stufen hinunter. Tumbal war verschwunden, und nicht zum ersten Mal beneidete sie ihn um seine Fähigkeit, sich bei Gefahr so einfach in Luft aufzulösen. Ihr Verstand arbeitete fieberhaft. Zwar wusste sie nicht, ob sie oder Andara Kell das Ziel der Angreifer waren, aber das spielte jetzt auch kaum noch eine Rolle – die Vamilianer waren nur noch einen Steinwurf entfernt, und das bedeutete, sie mussten sie entdeckt haben. So, wie die verfallenen Bauten um sie herum aussahen, boten sie ihr keinerlei Versteck. Sie konnte sich natürlich in Schatten hüllen, aber die Anwendung von Zauberkunst würde unweigerlich die Aufmerksamkeit eines untoten *magus* wecken.

Dann fiel ihr Blick auf das Schiff in der Mitte des Platzes. Konnte sie sich in den Überresten des Rumpfes verbergen? Auf dieser Seite gab es zwar keine Öffnungen, aber vielleicht auf der anderen …

Noch während sie darauf zu lief, hatten die ersten Vamilianer den Platz erreicht.

18

Luker sah den Blättern nach, die durch die verlassene Siedlung wehten. Ein Grollen zerriss die Luft. Kurz glaubte er, ein Sturm wollte losbrechen. Dann erhellte ein roter Lichtblitz den Himmel, und er begriff, dass es ein Ausbruch von Magie war, den er hörte. Das Grollen ertönte noch einmal, lauter jetzt. Es kam aus dem Waldstück, das vor ihnen lag. Seit sie in den frühen Morgenstunden die Weiße Straße verlassen hatten, hatte der Bewahrer in der Ferne wohl ein Dutzend Zauberduelle wahrgenommen, und er fragte sich, ob schon jemand bis zu Mayot vorgedrungen war. Vielleicht sogar Kanon? Sein alter Meister hatte in Arandas schließlich viel Zeit verloren, weil er sich von den falschen Spuren der Spinne hatte in die Irre führen lassen. Falls er beim Weg durch den Wald die übliche Umsicht hatte walten lassen, dann hatte er Mayot vielleicht erst jetzt erreicht.

Hinter Luker ertönten Schritte; Jenna bahnte sich einen Weg durch die verfallenen Gebäude. Ihr Haar war zu einem Pferdeschwanz zusammengebunden, und sie hatte sich einen Gurt mit Wurfmessern schräg über die Brust gebunden. Unter ihren Augen lagen schwarze Schatten, und ihre Bewegungen verrieten eine Erschöpfung, die nichts mit dem Tempo zu tun hatte, das Luker vorgab. Es waren die Fäden des Buches, die ihr die Lebensenergie aussaugten wie ein blutsaugender Spinnenegel. Luker selbst hatte während der letzten Glocken gespürt, wie ihn ein Gefühl der Gleichgültigkeit zu überwältigen drohte, aber das hatte sich gelegt, nachdem er mit seinem Willen einen Schutzschild gegen die Todesmagie aufgebaut hatte.

Nicht zum ersten Mal fiel ihm auf, wie jung Jenna war. Die Narben, die sie sich in Arkarbour zugezogen hatte, machten sie zwar älter, aber trotzdem wirkte sie mehr als ein Dutzend Jahre jünger als er. Jahre, die er spüren konnte. Jenna hatte ihm nie gesagt, wie alt sie war, aber schließlich hatte sie ihm noch nie irgendetwas über das Leben verraten, das sie vor ihrer Begegnung auf diesem Dach in Mercerie geführt hatte. Das lag jetzt drei Jahre zurück. Drei Jahre, seit sie einen Schuss getan hatte, zu dem auch viele erfahrene Kämpfer nicht in der Lage gewesen wären. Wie lange war sie da bereits als Assassine unterwegs gewesen? Was hatte sie dazu gebracht, schon so früh in dieses Spiel einzusteigen? Er hatte die Befürchtung, dass er es nie herausfinden würde.

Sie blieb vor ihm stehen. »Ist das deine Vorstellung vom Wachehalten? Auf einer Mauer rumsitzen?«

»Wegen der Ruinen hier gibt es weniger Bäume«, erklärte Luker, »und daher auch weniger Todesmagie. Ich würde die Blassgesichter spüren, bevor ich sie sähe.«

Die Assassine setzte sich neben ihn. »Wo stecken diese Vamilianer denn jetzt eigentlich? Seit diesem ersten Angriff haben wir doch nur noch Tote gesehen.«

»Vielleicht tun Shrouds Lakaien ihnen ein bisschen weh.«

»Meinst du, es wird schon alles vorbei sein, wenn wir an unserem Ziel angekommen sind?«

»Ich hoffe nicht.«

Jenna lachte. »Nach dem, was an der Weißen Straße passiert ist …«

»Darüber habe ich nachgedacht«, warf Luker ein.

»Darüber, wie man mit den Untoten umgeht?«

»Genau.«

»Und?«

»Wirst du noch sehen.«

Stille breitete sich aus. Luker warf einen Blick über die Ansiedlung. Die Ruine, in der Merin und Chamery sich ausruhten, erhob sich halb verdeckt von den Zweigen eines Wolsattabaums. Neben dem Baum standen mit gesenkten Köpfen die Pferde, denen sie Fußleinen angelegt hatten, damit sie sich nicht allzu weit entfernen konnten. Am Tag zuvor hatte Luker darauf gedrängt, auch in der Nacht nicht zu rasten, und er war nicht auf Merins Wunsch nach einer Pause eingegangen, bis sie vor einigen Glocken dieses Dorf entdeckt hatten. Seitdem stand Luker Wache. Vielleicht hätte er nach einer Weile einen der anderen wecken und selbst ein wenig schlafen sollen, aber ihm ging zu viel im Kopf herum; er hätte ohnehin keine Ruhe gefunden.

Jenna wollte wieder aufstehen. »Ich überlasse dich deinen Gedanken.«

Luker legte ihr die Hand auf den Arm. »Nein. Bleib doch einen Augenblick.«

Die Assassine sah ihm prüfend in die Augen, dann nickte sie.

Unruhe packte Luker, und er sprang von der Mauer. Das Haus, zu dem sie einst gehört hatte, war vermutlich früher im Besitz eines reichen Bürgers gewesen, denn unter dem Schmutz und den Blättern waren noch die schwarzweißen Fliesen eines edlen Mosaikfußbodens zu sehen. Neben Lukers Fuß lag der Kopf einer Statue, deren Züge im Laufe der Jahrhunderte von Wind und Wetter ausgelöscht worden waren. »Ich habe nachgedacht«, sagte er schließlich. »Darüber, was ich machen werde, wenn das alles hier vorbei ist.«

»Du glaubst wirklich, dass du das überleben wirst?«

Er zuckte die Achseln. »Nur weil Merin und Chamery sich Shroud in den Weg stellen wollen, heißt das ja nicht, dass ich das auch tun muss. Ich bin ja nicht wegen dieses Buches hier.«

»Aber Kanon schon. Und du bist doch nicht diesen ganzen Weg gekommen, um ihn dann allein kämpfen zu lassen.«

»Kanon kann mir nicht auf ewig meinen Text vorsagen. Er war immer schon eng verbunden mit dem Rat der Bewahrer. Ich nicht.

Ich könnte Kanons Aufgabe nie zu meiner eigenen machen, egal, wie gern ich das vielleicht einmal gewollt hätte.« Es musste doch eine Bedeutung haben, oder nicht? Und wenn dem nicht so war, dann musste er etwas von Bedeutung finden, egal, wie lange die Suche dauern würde. »Gut, ich werde ihn nicht im Stich lassen, aber wenn wir hier fertig sind …«

»Was willst du dann tun?«

Luker hob einen der schwarzen Mosaiksteine auf, der allerdings sofort zu Krümeln zerfiel. »Ich wünschte, ich wüsste es. Als wir Arkarbour verlassen haben, habe ich mich zum ersten Mal so gefühlt, als ob … ich in mir ruhte. Ohne ständig von denselben alten Zweifeln geplagt zu werden.«

Jennas Gesichtsausdruck gab nichts preis. »Wieso?«

»Vielleicht, weil ich dort bin, wo ich sein will. Weil ich mir keine Gedanken darüber machen muss, warum ich tue, was ich tue. Aber wenn ich Kanon gefunden habe …«

»Dann, meinst du, kommen die Zweifel zurück.« Die Assassine rang sich ein Lächeln ab. »Du könntest Kanon ja bitten, dass er noch mal abhaut. Nachdem du ihn gefunden hast, meine ich.«

»Wie lustig«, sagte Luker. »Aber was ist mit dir? Hast du weiter darüber nachgedacht, wohin du gehen willst? Was willst du machen?«

Jennas Lächeln verblasste. »Ich werde das hier nicht lebend überstehen.«

»Natürlich wirst du das. Bleib einfach in meiner Nähe. Ich werde dich schon beschützen.«

Die Asassine sagte nichts.

Luker sah ihr noch eine Weile in die Augen, bevor er den Blick abwandte. »Es wird Zeit, dass wir uns wieder auf den Weg machen. Wir sollten die anderen wecken.«

Romany spähte in die Rauchwolken, die das Reich der Kinevar-Götter verbargen. Die Bäume um sie herum brannten mit einer magischen Hitze, die sie selbst in ihrer körperlosen Gestalt wahrnahm. Die Fäden ihres Netzes verdorrten in dieser Glut, und sie zog sich zu den erhängten Untoten zurück, während sie missbilligend mit der Zunge schnalzte.

Es war ihr immer noch nicht möglich, sich dem Schlachtfeld zu nähern, auf dem sich die Kinevar-Götter und Mayots Heere gegenüberstanden, und das bedeutete, dass sie immer noch nicht wusste, wie lange diese Auseinandersetzung noch dauern würde. Die Zeit lief jedoch schnell ab, denn inzwischen maß das Schlachtfeld nur noch eine Wegstunde im Durchmesser und nahm damit nur noch einen Bruchteil der Fläche ein, den es gehabt hatte, als sie vor drei Tagen hier aufgekreuzt war. Überall befreiten sich Legionen von Untoten aus ihren Baumgefängnissen, nachdem die letzten Funken Erdmagie aus den Bäumen wichen, die sie festgehalten hatten. Es konnte nicht mehr lange dauern, bis es zu einer Entscheidung kommen musste, das spürte Romany. Es blieben ihr nur noch wenige Glocken, um den Tod ihres letzten Opfers zu inszenieren, bevor sie sich aus dem Spiel zurückziehen und Mayot der zärtlichen Obhut von Shrouds Jüngern überantworten würde.

Das Klappern von Stahl unterbrach ihre Gedanken – ein Geräusch, das sie nicht mit ihrer ausgeschwärmten Seele wahrnahm, sondern mit ihrem körperlichen Ich, das in Estapharriol zurückgeblieben war. Sie beachtete es nicht weiter.

Eine Vielzahl von Shrouds Dienern zog sich inzwischen um Mayots Festung zusammen und schlug dabei eine breite Schneise durch die Horden der Untoten; dank der magisch verstärkten Waffen blieben die von ihnen Gefällten auch wirklich tot liegen. Bisher hatten die Vamilianer unter Romanys Führung verhindert, dass sich die Gegner in größerer Zahl zusammentaten, aber jetzt hatte Shroud ganze Schwadronen seiner Jünger jenseits der Grenzen des Waldes in Stellung gebracht. Und sie rückten vor. Die größte Truppe – ein Verband Schwarzer Priester, den ein Ewigkeitsfürst anführte, befand sich nur noch fünfunddreißig Wegstunden westlich von Estapharriol, und Mayot hatte ein beachtliches Heer ausgesandt, um sich ihnen entgegenzustellen. Das führte dazu, dass Dutzende anderer Shroud-Anhänger durch weiter entfernte Bereiche des Waldes streifen konnten, ohne auf nennenswerten Widerstand zu treffen. Romany hatte es aufgegeben, sie alle im Blick zu behalten, und konzentrierte ihre Aufmerksamkeit auf Estapharriol und seine unmittelbare Umgegend. Sie hatte sich nur sehr ungern dazu durchgerungen, da es bedeutete, dass auf dem Spielbrett ohne Vorwarnung Figuren auftauchen konnten, mit denen sie nicht rechnete und für die sie noch keinen Gegenschlag vorbereitet hatte. Erst vor wenigen Tagen hatte sie eine kleine Gruppe Fangalar entdeckt, die von Westen in den Wald eingedrungen waren und die Vamilianer mit unglaublicher Wut abschlachteten. Wo steckten die jetzt? Und wieso waren …

Waffenklirren drang erneut an die Ohren ihres körperlichen Ichs. Was war das für ein Lärm? Und vor allem, wieso wurde er ständig lauter? Schnell eilte sie über die Fäden ihres Netzes nach Estapharriol in ihr Haus zurück und öffnete die Augen. Danel saß ihr gegenüber an die Wand gelehnt auf dem Boden und betrachtete sie mit ihrem starren Blick. Die Priesterin stand auf, ging zur nach Westen gewandten Tür und blickte hinaus.

Auf der Straße vor dem Haus lieferten sich vier Fremde einen wilden Kampf. Darunter war eine riesenhafte Frau, eine Jüngerin Shrouds, die einen geschwärzten Kettenpanzer trug. Ihr Kopf war kahl rasiert und ihre Nase offenbar schon so oft gebrochen worden, dass sie es aufgegeben hatte, sie zu richten. Sie trug ein Langschwert und einen Schild, der so verbeult war, dass sich seine ursprüngliche Form kaum noch erkennen ließ. Ihr standen drei Gestalten in braunen Roben gegenüber, die Streitkolben und Schilde in Form einer Acht trugen. Sie hatten sich das Haar zu einem Knoten oben auf dem Kopf aufgesteckt und die langen Bärte geflochten. Wie ihre flammenden Augen vermuten ließen, waren sie Kriegermönche des Feuergottes Hamoun.

Die Kämpfenden waren nur ein Dutzend Schritte von Romanys Ausguck entfernt, aber das bereitete ihr keine Sorgen. Dank der Zauberschilde, die sie um ihren Unterschlupf gesponnen hatte, würden die Fremden sie nicht entdecken und auch nicht unversehens in ihren Gemächern aufkreuzen. Und da Romany es nicht eilig hatte, wieder zu der Erhängtengalerie der Kinevar zurückzukehren, beschloss sie, sich diesen spannenden Wettstreit in ganzer Länge anzusehen.

Die Schwertkämpferin hatte breitere Schultern als jeder ihrer männlichen Gegenspieler und schwang ihr Schwert mit einer Schnelligkeit, wie man sie bei ihrer massigen Gestalt nicht erwartet hätte. Diese Shroud-Getreue hatte sich bereits als etwas lästig erwiesen, denn sie hatte die ersten drei Begegnungen überlebt, die Romany für sie arrangiert hatte. Einmal war sie sogar in einen Hinterhalt geraten, der eigentlich für einen anderen von Shrouds Schergen erdacht worden war, und hatte dem Glücklichen das Leben gerettet, jedenfalls für kurze Zeit. Um ihr Schicksal jetzt aber ein für alle Mal zu besiegeln, hatte Romany die ahnungslosen Hamoun-Mönche für ihre Beseitigung eingespannt, die zumindest im Augenblick noch alle unter den Lebenden weilten.

Es war natürlich völlig absurd, dass sich die Feinde Mayot Mencadas in unmittelbarer Nähe seiner Festung gegenseitig bekriegten. Oder vielmehr, es wäre absurd gewesen, hätte nicht aus der Brust eines jeden Kämpfers ein Faden Todesmagie herausgeragt – Fäden, die Romany erst eine Viertelstunde zuvor selbst gesponnen hatte. Sie lächelte. Es war eine ausgesprochen simple Finte, aber diese Narren waren inzwischen so darauf gefasst, auf Mayots Diener zu stoßen, dass sie augenblicklich zum Angriff übergingen.

Ah, und jetzt kommen die Vamilianer, um noch ein bisschen mitzumischen.

Plötzlich wimmelte es auf der Straße vor Untoten, die von allen Seiten aus den Ruinen hervorbrachen. Natürlich hätte es der Schwertkämpferin und den Mönchen zu denken geben sollen, dass die Vamilianer sie alle ohne Unterschied angriffen. *Aber andererseits haben sie vermutlich jetzt gerade andere Sorgen.* Die Untoten trieben einen Keil zwischen die vier Fremden, und die Schwertkämpferin wich in eine Seitenstraße zurück; eine Spur still daliegender Leichen säumte ihren Weg. Die Mönche hingegen hatten sich so aufgestellt, dass sie sich gegenseitig den Rücken frei hielten, und schwangen ihre Streitkolben gegen …

Romany blinzelte.

Die Vamilianer ließen ihre Speere fallen und warfen sich jetzt den Kriegermönchen unbewaffnet entgegen, wobei sie versuchten, die Waffen und Schilde der Mönche mit bloßen Händen zu ergreifen.

Wie seltsam.

Offenbar hatte sie laut gesprochen, denn kurz darauf sagte Danel: »Der Meister will, dass sie lebend gefangen werden.«

Romany sah das Mädchen an. »Wie meinst du, meine Liebe?«

»Er saugt sie aus. Die Schwächeren – die, die nicht dazu taugen, seine Elitekämpfer zu werden. Ihre Lebenskraft gibt ihm die Jahre zurück, die das Buch ihm nimmt.«

»Hast du gesehen, wie er das getan hat?«

»Ich habe gesehen, was davon zurückbleibt. Leere Hüllen, nachdem die Seelen ihrer früheren Besitzer verzehrt wurden.«

Romany unterdrückte ein Erschauern. Das war wieder eine der Eigenschaften des Buches, vor der die Spinne sie in ihrer endlosen Weisheit nicht gewarnt hatte. Offenbar hatte der Alte eine Möglichkeit gefunden, die schädlichen Auswirkungen der Todesmagie auf seinen Körper auszuhebeln. Seine Stärke wuchs.

Die Mönche metzelten die unbewaffneten Untoten mit ihren Streitkolben auf schreckliche Weise nieder. Ein Berg zuckender Körper türmte sich um sie auf, und er wurde immer höher, während stetig weitere Untote ihren Angriffen zum Opfer fielen. Romany sah, wie eine Vamilianerin über einen gefallenen Landsmann kletterte und es tatsächlich fertigbrachte, einem der Mönche seinen Schild aus der Hand zu ringen, bevor ein Schlag mit seinem Streitkolben ihr die Knie zerschmetterte. Links von ihr bekam ein weiß gewandeter Mann einen Schlag direkt ins Gesicht. Sein Schädel gab mit einem schmatzenden Knirschen nach, und eine graue Masse spritzte zwischen den zerschmetterten Knochen hervor. Dennoch gelang es ihm, auf den Beinen zu bleiben, und er grabschte weiter mit klauenartig gekrümmten Fingern nach den Kriegermönchen.

Romany wandte den Blick ab.

Die sartorianische Kundschafterin hatte so viel Dreck im Gesicht, dass ihre Miene nicht zu deuten war. Sie verlagerte ihr Gewicht von einem Fuß auf den anderen und hielt den Blick dabei auf den Boden zwischen den Hufen von Garat Hallons Pferd gerichtet. *Aber was macht ihr mehr Sorgen,* überlegte Ebon, *die Nachricht, die sie überbringen muss, oder die Reaktion des Consel, die darauf zu erwarten ist?*

Garat nahm einen Schluck aus seiner Feldflasche. »Berichtet mir!«, befahl er schließlich.

»Herr, der Fluss fließt in Schleifen nach Norden und Süden …«

»Ihr wollt mir also sagen, Soldatin, dass wir in einer Biegung gefangen sind.«

Die Kundschafterin nickte. »Die Blassgesichter rücken bereits nach, um uns den Rückweg abzuschneiden.«

»Wie viele?«

Sie zuckte die Achseln.

»Gibt es Lücken in ihren Linien? Stellen, an denen wir einen Durchbruch wagen könnten?«

Erneutes Achselzucken.

Vale, der neben Ebon stand, brummte: »Schon die ganze letzte Glocke haben sie uns vor sich her getrieben wie eine Herde Lederel.«

»Das ist mir klar«, erklärte Garat, der immer noch die Kundschafterin ansah. »Nicht klar ist mir hingegen, wie das geschehen konnte …«

Ebon hörte seine nächsten Worte nicht mehr. Mit einem Blitz erschien Galea vor seinem inneren Auge. Statt in das ärmellose weiße Kleid, das sie sonst getragen hatte, war sie jetzt in ein langes, beinahe durchscheinendes Gewand gehüllt, dessen Grün zur Farbe ihrer Augen passte. Sie grüßte ihn nicht, aber Ebon ging ohnehin nicht davon aus, dass sie gekommen war, um bloße Nettigkeiten auszutauchen. »Wir stecken in Schwierigkeiten, nicht wahr?«, fragte er.

»Ihr seid in eine Falle gegangen, Sterblicher. Ihr habt einen Geralid-Magier hinter euch – einen meiner Elitezauberer aus der Zeit des alten Reiches.«

»Schade, dass Ihr nicht schon früher daran gedacht habt, uns zu warnen.«

»Sei dankbar, dass ich das überhaupt tue. Wenn ich nicht wäre, dann würdet ihr bald schon die Reihen von Mayot Mencadas Heer verstärken.«

Ebon gab sich alle Mühe, ihrem durchdringenden Blick standzuhalten. »Sollen wir gegen sie kämpfen?«

»Nein. Ich werde euch nicht dabei unterstützen, wenn ihr mein Volk angreift.«

»Könnt Ihr die Fäden durchtrennen, die sie lenken?«

»Das könnte ich. Die Macht, die dazu erforderlich ist, würde euch allerdings zu Asche verbrennen.«

»Wieso seid Ihr dann hier?« Ebon versuchte, seinen Zorn zu zügeln. »Für solche Reden haben wir keine Zeit.«

Galea ließ sich Zeit mit der Antwort. »Im Südwesten gibt es eine Brücke.«

»Ist sie bewacht?«

»Nein.«

»Aber … Ihr habt doch gesagt, es sei eine Falle. Wieso würden die Untoten sich die Mühe machen, uns hierherzutreiben, wenn noch ein Ausweg existiert?«

»Das werdet ihr schon bald merken.«

Ebon zwang sich, ruhig zu bleiben. »Was liegt jenseits der Brücke?«

»Estapharriol, die einstige Hauptstadt dieses Waldreichs.« Der Mund der Göttin verzog sich. »Und das Ende deiner Reise.«

Damit war sie verschwunden.

Wieder zuckte ein weißer Blitz vor seinen Augen, und der Wald trat erneut in sein Blickfeld. Garat schnauzte immer noch seine Kundschafterin an.

»Es gibt eine Brücke, Consel«, unterbrach Ebon ihn jetzt. »Südwestlich von hier.«

Garat fuhr zu ihm herum. »Die hätte meine Patrouille doch wohl gesehen, wenn ...« Sein Gesicht bekam einen misstrauischen Ausdruck. »Woher wisst Ihr das?«

Ebon überhörte seine Frage. Inzwischen hörte er das Klappern von Rüstungen und sah, dass sich zwischen den Bäumen etwas bewegte – überwiegend weiß gekleidete Gestalten, aber es waren auch größere, dunklere Schatten darunter. Zwei vierarmige Krieger mit nackter Brust schritten vor den anderen einher, ein Speer in jeder Hand. Der vorderste riss einen seiner Arme zurück und schleuderte eine der Waffen in Ebons Richtung, aber sie verfing sich in den niedrigen Ästen eines Baumes und blieb darin hängen.

Auf den nächsten Wurf wollte Ebon lieber nicht warten. Er wandte sein Pferd um. Südwestlich, hatte die Göttin gesagt; da Sturmwolken die Sonne verbargen, war es allerdings gerade schwer zu bestimmen, wo Südwesten war. Leises Wasserrauschen, das über dem Wind ertönte war, ließ jedoch vermuten, dass der Fluss direkt vor ihnen lag; also lenkte er sein Streitross in diese Richtung.

Es dauerte nicht lange, und sie gelangten zu den Überresten einer Straße, deren Steinplatten unter gefallenem Laub halb begraben waren. Es war zur vermuten, dass sie zur Brücke führte, und so beschloss er, ihr zu folgen. Auf beiden Seiten standen Bäume und bildeten einen braunen, gitterartigen Tunnel, ein Stamm war quer über den Weg gestürzt. Als Ebons Pferd darüber hinwegsetzte, hörte er hinter sich einen Schrei, aber er wagte es nicht, den Blick von der Straße zu wenden und sich umzusehen. Aus dem leisen Raunen des Wassers war inzwischen ein lautes Rauschen geworden, und als sich der Wald lichtete, kam das schlammige Ufer des wild schäumenden Flusses in Sicht. Ebon sah die Brücke …

Oder vielmehr die Stelle, an der sie sich einst befunden haben musste.

Jetzt gab es nur noch Überreste geborstener Steine, die etwa eine Armlänge hoch aus dem schnell und grau dahinfließenden Wasser ragten. Überall am Ufer und auf den Sandbänken lagen Trümmer, und weiße Strudel in der Mitte des Stroms ließen vermuten, dass sich hier noch mehr Steinblöcke unter der Wasseroberfläche befanden. Ebon brachte sein Streitross vor der eingestürzten Brücke zum Stehen.

Garat riss an den Zügeln seines Pferds, als er zu ihm aufschloss. Er lachte. »Ist das Eure Brücke? Sollen wir etwa übers Wasser wandeln?«

Ebon ließ den Blick nach links und rechts streifen. Der Flusslauf war auf beiden Seiten auf ungefähr fünfzig Schritte einzusehen, bevor er hinter den Bäumen und dem dichten Nesselklaugestrüpp verschwand, das am Ufer wuchs. Es war keine andere Brücke zu sehen. Ein Stück flussabwärts war ein Ketarbaum umgestürzt und überspannte die halbe Flussbreite, aber Ebon glaubte nicht, dass Galea das gemeint hatte. Konnte es noch eine weitere Querung geben? Falls ja, dann nützte sie ihnen nichts mehr, denn die Untotenhorde würde sie überwältigen, bevor sie sich bis dorthin durchgeschlagen hatte. Die Pferde der Sartorianer stampften und warfen die Köpfe hin und her. Jemand rief eine Warnung, und Garat befahl seinen Leuten, sich umzudrehen und dem Feind entgegenzustellen.

Ebon richtete einen Gedanken nach innen. *Nun, Gebieterin, was tun wir jetzt?*

Noch bevor er die Frage vollständig formuliert hatte, fuhr Galea in seinen Kopf wie Gletscherluft. Er spürte, wie sie ihre Kraft durch ihn strömen ließ und keuchte, als sein Blut sich abkühlte. Kälte breitete sich von seinen Fingerspitzen und Zehen in seine Arme und Beine aus. Seine Handflächen juckten, und er rieb sie gegen seinen Sattel.

Aus dem Augenwinkel sah er, wie Garat sein Schwert zog und das Zeichen zum Angriff geben wollte.

In diesem Augenblick erhoben sich die Felsblöcke am Ufer und befreiten sich mit einem schmatzenden Geräusch vom Schlamm. Auch im Fluss bewegte sich etwas; das Wasser schäumte immer heftiger, während mehr und mehr Steine an die Oberfläche traten. Langsam drehten sich die Felsen, sie stiegen in die Höhe und fügten sich an der Stelle, an der einmal die Brücke gewesen war, zu einem festen Konstrukt zusammen. Mit einem lauten Knirschen entstand eine neue Querung, die breit genug war, um ein halbes Dutzend Reiter nebeneinander passieren zu lassen.

Die Sartorianer waren still geworden, und Ebon hörte jetzt von Osten her das laute Schlurfen der sich nähernden Untoten. Er schwang sich aus dem Sattel und führte sein Schlachtross zur Brücke. Im Laufe vieler Jahrhunderte waren die Kanten der Steine im Wasser rundgeschliffen worden, und durch die Lücken, die daher jetzt zwischen ihnen klafften, konnte er den Fluss und die nebliggraue Gischt erkennen, die darüber hinwegsprühte. Der Strom wirbelte ein paar tote Vögel an ihnen vorüber.

Zögernd trat er näher an die Brücke heran und hielt dann inne.

»Wenn du es wagen willst, dann jetzt«, sagte jemand hinter ihm. Vale.

Mit einem stillen Gebet an den Wächter trat Ebon auf den ersten frei schwebenden Stein und belastete ihn mit seinem vollen Gewicht.

Er hielt.

Ebon machte noch einen Schritt und noch einen. Viele Steine waren mit Schlamm bedeckt und glitschig, und die breitesten Lücken waren durchaus groß genug, damit sich ein Huf oder ein Stiefel darin verfangen konnte. Ebon trat von einem Felsstück auf das nächste, als wären es Trittsteine, und jedes Mal wartete er, bis sein Pferd nach einem neuerlichen Schritt sicheren Halt fand. Aber die Felsen waren fest ineinander gefügt, dem Wächter sei Dank. Als er auf der Mitte der Brücke angekommen war, wandte er sich um und bedeutete seinen Gefährten, ebenfalls abzusteigen und ihm zu folgen.

Vale machte den Anfang, und er hielt die Zügel seines Pferdes nur locker in der Hand, falls das Tier ausrutschte oder scheute. Hinter ihm kam der Consel, der ein misstrauisches Gesicht machte. Die sartorianischen Soldaten bildeten die Nachhut, und Ebon zählte sie, als sie an ihm vorübergingen. *Sieben.* Was bedeutete, dass einer auf der Flucht zum Fluss gefallen war – war das der Schrei gewesen, den er zuvor gehört hatte? Er vertraute nicht darauf, dass die Göttin diese Querung länger aufrechterhielt, als es unbedingt sein musste, und daher wartete er, bis der letzte Sartorianer an ihm vorüber war, bevor er sich ihnen anschloss. Vor ihnen scheute eines der Sartorianerpferde und zerrte seinen Reiter fast bis an den Rand der Brücke, bevor er es wieder unter Kontrolle bekam.

Beeilt euch, drängte Ebon still.

Das Getrampel feindlicher Füße von Osten her wurde lauter. Auf dem gegenüberliegenden Ufer hatte einer von Garats Männern bereits seinen Bogen von der Schulter genommen und schoss auf etwas, das sich hinter Ebon befand. Als der König sich umsah, entdeckte er die beiden vierarmigen Krieger, die zwischen den Bäumen hervorkamen und jetzt nur noch jeder einen einzelnen Speer trugen. Sie betraten die Brücke und schickten sich an, sie zu überqueren.

Im gleichen Augenblick erreichten die letzten Sartorianer das andere Ufer. Ebon war nur noch einen Schritt hinter ihnen.

Abrupt schwand Galeas Macht in ihm, und die Brücke brach zusammen. Die Untoten stürzten ins Wasser, und die Steinblöcke verschwanden unter hohen Wasserfontänen und sprühender Gischt wieder im Fluss.

Als der erste vamilianische Speerträger über den Platz auf Parolla zugerannt kam, entfesselte sie ihre Macht. Ein Strom schillernder Schwärze schlug dem Untoten entgegen. Blasen entstanden auf seinem Gesicht, dann gingen sein Haar, seine Kleidung und schließlich auch seine Rüstung in Flammen auf. Parolla ließ allerdings noch nicht locker – der Vamilianer würde sich nicht davon beirren lassen, dass er brannte. Und tatsächlich versuchte er trotz ihrer Zauberkräfte weiter vorzurücken, rutschte dann aber auf den glatten Steinen aus und stürzte. Eine Magiewelle nach der anderen ließ Parolla über ihn hinwegströmen, bis sein Fleisch schwarz wurde und von seinen Knochen fiel. Ein wenig später war sein Skelett zu Asche zerfallen.

Eine Gruppe Vamilianer war hinter ihm auf den Platz getreten, und Parollas Zauberkraft fuhr in sie hinein wie eine Sense in ein Mexinfeld. Ein Schatten legte sich über ihren Blick, und plötzlich war es, als ob die Dunkelheit heraufzog. Unter ihren Gegnern war ein *magus* in schwarzer Robe, kahl und vom Alter gebeugt. Er schickte ihr eine Lanze aus Feuer entgegen, die mit einem solchen Krachen gegen ihre Schutzwälle schlug, dass es die Vamilianer in der Nähe richtiggehend umwarf. Parollas Gegenangriff durchdrang seine Schilde wie Wolkenfetzen, und das dunkle Aufwallen ihrer Zauberkunst riss ihn in Stücke.

Parolla verzog den Mund. Waren das die besten Krieger, die Mayot ihr entgegenschicken konnte? So wenig bedrohlich, wie sie waren, hätte er sie gleich in der Erde liegenlassen können.

Die Zeit verschwamm. Weitere Vamilianer rückten gegen Parolla an und wurden von ihrer Kraft gefällt. Links von ihr stürzte eine Mauer ein. Vage registrierte sie, dass etwas nach ihr geworfen wurde – ein Speer? – und sie verfolgte desinteressiert, wie er gegen ihre Schutzwälle prallte und sich auflöste. Die Trümmer auf dem Boden, die Gebäude rund um den Platz, sogar die Überreste der Statue und des Schiffes: Alles wurde durch den Sturm von Zauberkraft zu Staub zermahlen. Dicke Wolken aus Steinstaub hingen in der

Luft und wurden vom Wind mal in die eine und dann in die andere Richtung getrieben.

Ganz allmählich wurde Parolla klar, dass ihr niemand mehr gegenüberstand. *Los, kommt her!* Sie sah sich nach dem nächsten Feind um, aber der Platz war leer. Um sie herum waren die Ruinen zu Asche zerfallen. Von den Vamilianern war nichts mehr übrig, außer hier und da einem Helm oder dem Stück von einer Rüstung, verformt und rauchend. Zögernd nahm Parolla ihre Kräfte wieder zurück, und die Schatten, die ihren Blick verdunkelten, wurden blasser, lösten sich aber nicht ganz auf. Wie lange hatte das Scharmützel gedauert? Wie viele Untote hatte sie getötet? *Nein, nicht getötet*, erinnerte sie sich. *Erlöst.* Die Vamilianer waren schließlich schon tot. Und jetzt waren ihre Seelen befreit, oder nicht? Aus Mayots Sklaverei entlassen. Was sie getan hatte, war ein Akt der Barmherzigkeit.

Im Augenwinkel nahm sie eine Bewegung wahr, und als sie sich umwandte, erkannte sie Andara Kell, der langsam zu ihr herüberkam. Seine Augen leuchteten in der Düsternis, aber trotz dieses Glühens wirkten sie irgendwie leblos, als seien sie Fenster zu einer Seele, die ebenso dunkel und unheilverkündend war wie die Zauberschatten, die ihn umgaben. Er atmete schwer. Zuvor, als Parolla ihn bei seinem Kampf beobachtet hatte, war es ihr erschienen, als sei kein einziger Gegner nahe genug herangekommen, um ihn auch nur zu berühren, aber aus der Nähe sah sie jetzt, dass sein Hemd völlig zerfetzt und blutdurchtränkt war. Hatte sie ihm das Leben gerettet, indem sie einige der Untoten abgelenkt und zu sich gelockt hatte? Sie bezweifelte das, denn der Schwertfechter hatte noch immer ein irritierend sicheres Auftreten und einen durchdringenden Blick.

Und er hatte sein Schwert noch immer nicht in die Scheide gesteckt.

Parolla sog wieder einen Hauch von Kraft ein und spürte das dadurch ausgelöste Kribbeln in ihren Fingerspitzen.

Andara blieb ein paar Schritte entfernt stehen. »Sieh mal einer an«, sagte er. »Das ist ja wirklich eine angenehme Überraschung.«

»Das Vergnügen ist ganz auf Eurer Seite, *sirrah.* Mir hat unser Treffen damals völlig gereicht.«

Der Schwertfechter lächelte. »Ich habe Euch überall gesucht, *jezaba.* So viele Fragen waren nach unserer ersten Begegnung noch offen. So viele Zweifel hatten sich vertieft. Zahllose Reiche bereiste ich und forschte nach Euch. Und nachdem ich Euch so lange gesucht habe, kommt *Ihr* jetzt zu *mir.*«

Parolla hielt seinem Blick stand. Falls er geglaubt hatte, sie würde sich so kleinlaut zurückziehen wie beim letzten Mal, dann irrte er sich. »Ich bin nicht wegen Euch hierher gekommen.«

»Ach was. Wieso seid Ihr dann hier?«

»Dasselbe könnte ich auch Euch fragen.«

Andara hob sein Schwert und prüfte, ob die Klinge schartig geworden war. »Ich wiederhole mich so ausgesprochen ungern. Bitte lasst mich meine Frage nicht noch einmal stellen.«

Parolla überlegte. Sie war am sichersten, wenn sie so tat, als ob sie über Mayot und die Quelle seiner Macht überhaupt nichts wusste, und daher zuckte sie die Achseln und erklärte: »Dieser Wald ist durchdrungen von Todesmagie. Er zieht die Macht an wie ein Magnet. Wo sonst sollte ich wohl sein?«

»Das ist mir egal, Hauptsache, woanders.«

»Könnt Ihr mir meine Neugier übel nehmen? Hier verströmt eine Kraft, die Seelen aus Shrouds Reich zurückholen kann, eine Kraft, mit der sich ein Heer von Untoten zum Leben erwecken lässt, und das alles wird meinem geliebten Vater sicherlich ausgesprochen gegen den Strich gehen. Und jetzt seid Ihr hier, einer seiner vertrautesten Diener …« Andara verzog bei diesem Wort missgelaunt das Gesicht. »Und was sollt Ihr nun wohl hier tun? Denjenigen herausfordern, der über diese Kraft gebietet? Und sie Euch selbst sichern?«

»Das geht Euch nichts an, *jezaba.*«

»*Was* geht mich nichts an?«

»Das Ganze. Der Anspruch dieses Thronanwärters ...«

»›Thronanwärter‹?«, wiederholte Parolla. »Betrachtet Euer Meister diesen Rivalen demnach als Bedrohung?«

»Als Ärgernis, nichts weiter. Während wir sprechen, werden die Schutzschilde des Magiers vernichtet, und er wird von allen Seiten angegriffen.«

Parolla versteifte sich. *Von allen Seiten?* Hatte Shroud noch andere seiner Jünger in den Wald geschickt? Falls sich seine Anhänger hier in großer Zahl tummelten, dann war sie vielleicht doch gezwungen, ihre Pläne zu überdenken. Sie bemühte sich um einen lockeren Ton. »Von allen Seiten, *sirrah*? Traut Euer Meister es euch etwa nicht zu, dass Ihr diese Aufgabe allein erfüllt?«

Andaras Augen blitzten. »Ich bin deswegen hier, *weil* er mir vertraut. Um dem Ganzen ein Ende zu machen, bevor es noch mehr Verluste gibt.«

»Wieso? Wen hat er denn schon verloren?«

»Die Witwenmacherin, Bar Kentar, Jelan Gelan, andere. Was allerdings eine willkommene Gelegenheit zur Ausmerzung der schwächeren Elemente innerhalb der Truppen meines Herrn darstellte.«

Parolla ließ sich ihre Überraschung nicht anmerken. Die Namen, die er genannt hatte, waren ihr allesamt vertraut. *Und das waren die schwächeren Elemente?* »Wurden sie ebenso wieder zum Leben erweckt wie die Vamilianer? Dienen sie jetzt dem Thronanwärter?«

»Natürlich nicht. Shroud würde niemals zulassen, dass seine Jünger auf diese Weise gegen ihn eingesetzt werden könnten.« Andaras Lächeln kehrte zurück. »Diese Narren ducken sich jetzt zweifelsohne vor ihm nieder und betteln um Vergebung für ihr Unvermögen.«

Ein Windstoß wirbelte Parolla das Haar ins Gesicht, und sie strich es mit der Hand zurück. »Offenbar hat Euer Herr diesen Gegner unterschätzt.«

»Das tut er jetzt nicht mehr.«

»Seid Ihr Euch da sicher?« Vor Parollas innerem Auge erschien das Bild der Heere von Untoten, die gegen die Kinevar-Götter antraten. »Vielleicht hat der Thronanwärter den größten Teil seiner Kraft noch zurückgehalten.«

Der Schwertfechter trat auf sie zu. »Und vielleicht wisst Ihr mehr darüber, als Ihr durchblicken lasst.«

Parolla bemühte sich um einen gleichgültigen Gesichtsausdruck. »Ich habe lediglich beobachtet, dass die Zahl der Untoten wächst, je näher wir der Festung dieses Thronanwärters kommen.«

Andara schnaubte verächtlich. »Die Vamilianer sind schwach.«

»Und wenn es nicht nur Vamilianer wären, mit denen Ihr Euch messen müsstet? Vielleicht werden noch andere an diesen Ort gelockt, so wie ich.«

»Dann werden sie dasselbe Ende finden wie der Thronanwärter.« Andara sah sie scharf an. »Jedenfalls, wenn sie so dumm sind, sich mir in den Weg zu stellen.«

»Vielleicht kann ich helfen.«

Der Schwertfechter stand ganz ruhig da, und die Aura aus Dunkelheit, die ihn umfing, vertiefte sich. »Aber, aber, meine Liebe, wieso würdet Ihr mir denn ein solches Angebot machen?«

Parollas Puls beschleunigte sich. Hatte sie ihn falsch eingeschätzt? Natürlich war es kein echtes Hilfsangebot, aber das hatte Andara nicht wissen können. »So viel Misstrauen, *sirrah*. Betrachtet Ihr mich also als Feindin?«

Sein Blick durchbohrte sie, aber sie sah nicht weg. Ihr war klar, dass ihm ein winziger Augenblick Unaufmerksamkeit für einen Angriff genügen würde. »Haltet Euch hier heraus«, sagte er schließlich. »Shroud ist nicht in der Stimmung, mit Samthandschuhen vorzugehen. Eure Anwesenheit wird hier nur dazu führen, dass sich das Wasser trübt.«

»Ihr wollt damit sagen, dass er mir nicht traut?«, fragte sie und tat übertrieben so, als sei sie deswegen verletzt. »Seinem eigen Fleisch und Blut?«

Andara schnaubte und schob das Schwert wieder in die Scheide. »Ich habe genug Zeit mit Euch verschwendet. Verschwindet von hier. Lauft, solange Ihr noch könnt. Denn wenn das alles hier vorbei ist, dann werde ich wieder nach Euch suchen. Und unser nächstes Treffen wird auch unser letztes sein, das verspreche ich Euch.«

Als er an ihr vorbeiging, streifte er Parolla mit der Schulter, und ihre Haut kribbelte dort, wo sie seine Schutzschilde berührt hatte. Sie wandte sich um und sah ihm nach.

Tumbals Geistergestalt erschien neben ihr. »Und jetzt, Gebieterin?«

»Wir folgen ihm.«

Der Gorlem hob die Augenbrauen. »Wollt Ihr sodann den Zorn Andara Kells riskieren?«

»Wird er riskieren, meinen Zorn zu wecken? Er fürchtet mich. Eine andere Erklärung gibt es nicht für das, was gerade geschehen ist. Und wenn er noch so oft behauptet, mich gejagt zu haben, er hätte keine losen Enden hinter sich zurückgelassen – es sei denn, dass er nicht anders konnte.«

»Und fürchtet er Euch mit Recht?«

Andara hatte die Ruinen durchschritten und verschwand jetzt im Wald dahinter. Offenbar hatte er auch ein Pferd; zumindest hörte Parolla eines wiehern. »Seit langen Jahren, *sirrah*«, sagte sie an Tumbal gewandt, »habe ich nach Shroud gesucht, und er hat mich stets ignoriert. Bald aber wird er sein Schweigen brechen müssen. Schon bald … wenn ich nämlich das besitze, wonach es ihn verlangt.«

»So hoffe ich, dass er Euch die Antworten geben kann, die Ihr suchet.«

Ein Hauch von Bedauern lag in seiner Stimme, und Parolla runzelte die Stirn. »Ihr müsst nicht weitergehen. Falls sich noch andere Diener Shrouds in der Nähe befinden, dann können sie Euch vielleicht erlösen.«

»Nein, Gebieterin.«

»Nein?«

»Jetzt werde ich an Eurer Seite bleiben, bis das Ende nahet. Nachdem wir so weit gekommen sind, kann ich Euch nicht im Stich lassen.«

Parolla verzog den Mund zu einem leichten Lächeln. »Eine noble Geste. Aber Ihr seid zweifelsohne auch neugierig, wie diese traurige Geschichte enden wird, habe ich recht?«

Der Gorlem seufzte. »So ist es in der Tat.«

Romany schwebte in Geistergestalt am Fuß von Mayots Podest und betrachtete den Alten, wie er auf seinem Thron hockte. Danel hatte ihr zwar von Mayots neu entdeckter Fähigkeit berichtet, sich an der Lebenskraft anderer zu laben, aber trotz dieser Vorwarnung erschrak sie über die Veränderung, die sich in den letzten Tagen an ihm vollzogen hatte. Er ließ die Schultern nicht mehr so hängen, und sein weißes Haar und sein Bart wiesen jetzt einige graue Strähnen auf. Wie immer war er über das elende Buch gebeugt und geruhte noch nicht, ihre Anwesenheit zu bemerken. Vor ihm lag der Körper eines nackten Mannes, tot. Ihm waren die Hände auf dem Rücken zusammengebunden worden, und seine Haut war verschrumpelt, als hätte man ihn gerade aus dem Wasser gefischt. Romany verzog das Gesicht. Sie war froh, dass sein Gesicht von ihr abgewandt war, denn sie konnte schon an seinen verkrampften Gliedern erkennen, wie sehr er in seinen letzten Augenblicken gelitten haben musste.

Sie ließ den Blick durch die Kuppel schweifen. Die Reihen von Mayots Getreuen hatten sich vergrößert, ebenso wie die Zahl der Vamilianer, die hinter ihnen standen. Zweifelsohne ein Zeichen dafür, dass der Magier es langsam mit der Angst bekam, sagte sich die Priesterin, denn das war ein typisch männlicher Irrglaube, zahlenmäßige Überlegenheit mit Stärke und brutale Gewalt mit Kraft gleichzusetzen. Der Alte hatte allerdings allen Grund, unruhig auf seinem Thron herumzurutschen. Wie sich herausgestellt hatte, war der Überfall des Ewigkeitsfürsten und seiner Schwarzen Priester nur eine Finte gewesen, denn sie hatten sich weiter nach Westen zurückgezogen, als Mayots Untotenheer näher rückte. In der Zwischenzeit hatte sich eine andere Gruppe von Shrouds Jüngern, die vielleicht dreißig Kämpfer zählte, im Norden zusammengefunden und rückte nun gegen Estapharriol vor. Als Mayot die Gefahr erkannte, hatte er einige seiner Kräfte vom Kampf gegen die Kinevar-Götter abgezogen und sie dieser neuen Bedrohung entgegengesandt, und über die Fäden ihres Netzes spürte Romany, dass etwa fünfzehn Wegstunden vor der Stadt heftige Kämpfe tobten. Ein kleinerer Trupp von Shrouds Schergen näherte sich mit Booten über den Sametta von Süden her. Zwar hatten die Vamilianer schnell einige Bäume gefällt, um den Fluss damit zu versperren, doch Romany bezweifelte, dass Shrouds Jünger sich lange davon aufhalten lassen würden.

Dann wandte sie ihre Aufmerksamkeit wieder ihrer tatsächlichen Umgebung zu. Unter den Untoten in der Rotunde befanden sich zahlreiche geisterhafte Erscheinungen. Zuerst hatte die Priesterin geglaubt, dass es nichts weiter als Schatten waren. Aber nun, da sich ihre Augen an die Dunkelheit gewöhnt hatten, erkannte sie, worum es sich tatsächlich handelte. Um Geister. Schattenwesen, die sich sonst hinter Shrouds Toren befanden. Die Barriere, die das Reich der Sterblichen von der Unterwelt trennte, wurde von der Zauberkraft des Buches aufgeweicht. Noch waren die Schattenwesen nichts weiter als gesichtslose schwarze Umrisse, aber ihre Gestalt würde sich verfestigen, sobald der Schleier schwächer wurde.

Romany räusperte sich.

Als Mayot ihr seinen Blick zuwandte, lag die übliche Bosheit in seinen blutunterlaufenen Augen. »Ah, Weib, du bist es. Aber offenbar nur in körperloser Form. Wagst du es nicht mehr, mir in Fleisch und Blut gegenüberzutreten?«

»Ihr verwechselt Angst und Abneigung. So oder so wird es mir hier drin ein wenig zu gedrängt.«

»Was willst du denn? Meine Zeit ist kostbar.«

»Das kann ich mir vorstellen. Ihr seid natürlich bestrebt, Eure letzten Glocken im Reich der Lebenden auszukosten.«

Das nervöse Augenlid des Alten begann zu flattern. »Du hast mich zum letzten Mal verhöhnt, Weib.«

»Ich fürchte, dabei könnte es sich um Wunschdenken handeln ...«

»Schweig!«, brüllte Mayot. Die Vamilianer mit den goldenen Rüstungen, die den Thron flankierten, legten die Hände auf die Griffe ihrer Schwerter, obwohl Romany keine Ahnung hatte, was sie mit ihren Waffen gegen ihre Geistergestalt ausrichten wollten. »Glaubst du etwa«, fuhr der Magier fort, »dass du vor mir sicher seiest, weil du nur als Geist hier bist? Ich werde deine Seele kreischend in den Abgrund schleudern.«

»Dann interessiert Ihr Euch also nicht für das Geschenk, das ich euch bringe?«, fragte Romany sanft.

Mayot beugte sich vor auf seinem Thron. »Ein Geschenk?«, flüsterte er. »Dann willst du mir endlich die verbliebenen Geheimnisse des Buchs enthüllen?«

»Ich hatte an eine andere Art von Wissen gedacht. An die letzte Ruhestätte des ...«

Der Magier unterbrach sie mit einem Schnauben. »Du verschwendest meine Zeit. Ich habe bereits jedes Wesen wiederbelebt, das meine Diener ausgraben konnten.«

»Jedes Wesen, das Ihr *finden* konntet, ja.«

Seine Augen wurden schmal. »Du hast etwas vor mir versteckt?«

Mehr, als du dir vorstellen kannst. »Nicht unbedingt versteckt, eher bis zum passenden Moment aufbewahrt. Ein Tiktar, Gebieter. Wie ich sehe, ist Euch dieser Begriff vertraut. Eine angemessene Verstärkung Eurer Truppen, oder nicht?«

Ein gieriges Leuchten trat in Mayots Augen. »Wo ist er?«

Romany drohte ihm mit dem Finger. Glaubte er wirklich, dass sie ihm ihr Wissen hier enthüllen würde, wo er ihr gerade noch ein Messer an die Kehle hielt? »Wenn ich soweit bin. Und außerdem habe ich für den Altvorderling ein besonderes Ziel ausersehen.«

Der Alte wand sich an ihrem Haken. »Wen?«

Luker spähte in den Wald, konnte aber wegen dem Laub, das der Wind aufwirbelte, nicht viel erkennen. Ein ganzes shroudverfluchtes Heer hätte einen Steinwurf vor ihnen lauern können, ohne dass er es bemerkte. Und es hatte auch keinen Zweck, sich mit dem Willen vorantasten zu wollen, dazu spannten die Fäden von Todesmagie ein viel zu dicht verwobenes Knäuel.

Jedes Mal, wenn er durch einen dieser Fäden ritt, fühlte er ein kaltes Wispern, das den Schweiß auf seiner Haut abkühlte. Der einzige seiner Gefährten, dem die Zauberkraft des Buchs nichts auszumachen schien, war Chamery. Den ganzen Morgen schon hatte der Magier die dunkle Energie in sich aufgesaugt. Jetzt war er bis zum Platzen voll, sein Gesicht war wie von Aufregung gerötet, und sein Umriss verschwamm bereits in dem Nebel von Todesmagie, der ihn umgab. Schon allein, wenn er den Jungen ansah, wurde Luker schummrig. Wenn sich ihre Blicke kreuzten, grinste Chamery ihn jedes Mal wieder herausfordernd an, und der Bewahrer war inzwischen zu der Einsicht gelangt, dass er den Magier auf seinen Platz hätte verweisen sollen, noch bevor sie den Wald betreten hatten. Chamerys Mangel an Disziplin würde sie alle noch teuer zu stehen kommen, bevor diese ganze Geschichte vorbei war. Schon jetzt hatte sein Pferd unter seiner Maßlosigkeit zu leiden. Das Tier war halb verdeckt von den Schatten, die seinen Reiter umgaben, und stolperte mit hängendem Kopf und glasigen Augen voran, als ob es schlafwandelte.

Von allen Seiten waren von Zauberkraft verursachte Explosionen zu hören. Bisher war es Luker gelungen, sie auf einem sicheren Kurs zu führen, auf dem sie allen Gefahren aus dem Weg gegangen waren, aber das würde nicht ewig so weitergehen. Und während ihm gerade dieser Gedanke durch den Kopf ging, erschienen links von ihnen einige Vamilianer, vielleicht ein Dutzend. Wie schon die Untoten, die sie an der Weißen Straße angegriffen hatten, waren auch sie zu Fuß, was entweder nahelegte, dass dieses Volk niemals mit Pferden zu tun gehabt hatte, oder dass es Mayot nicht eingefallen war, auch die Tiere wieder zum Leben zu erwecken. Luker war das ziemlich egal, solange es bedeutete, dass sie beträchtlich schneller waren als ihre Gegner und ihnen daher leicht entkommen konnten. *Sieht so aus, als bliebe uns das Glück noch hold.*

Der Bewahrer stieß seinem Pferd die Fersen in die Weichen und führte seine Gefährten weiter nach Norden. Die Untoten änderten ihren Kurs und wollten ihnen den Weg abschneiden, doch Luker und seine Begleiter waren ihnen schon zu weit voraus und entfernten sich mit jedem Herzschlag weiter. In diesem Teil des Waldes standen die Bäume weit auseinander, und auf dem Boden wuchs kein Nesselklau, so dass ihre Reittiere weit ausgreifen konnten. Als Luker wieder über seine Schulter sah, war von ihren Verfolgern nichts mehr zu sehen. Dennoch verringerte er das Tempo nicht, denn schließlich wusste er, dass die Vamilianer sie unermüdlich weiter verfolgen würden.

Sein Pferd erklomm eine kleine Anhöhe.

Und ritt mitten hinein in eine andere Gruppe Untoter, doppelt so groß wie jene, der sie gerade entkommen waren. Hatte der erste Trupp sie vielleicht nur in eine Falle treiben wollen? Luker bezweifelte das, denn diese neuen Gegner standen viel zu weit auseinander und waren auf einen Angriff nicht vorbereitet. Der Bewahrer zog seine Schwerter und trieb sein Pferd einem behelmten Mann entgegen, der einen Speer trug. Der Vamilianer riss seine Waffe hoch, aber Luker schob die Spitze mit seinem Willen beiseite und nutzte dann seine linke Klinge, um den Stoß eines zweiten Angreifers abzuwehren. Sein Pferd trampelte weitere Untote nieder.

Und dann war er ganz leicht wieder hindurch …

Gut vierzig Vamilianer erschienen jetzt vor ihnen, und Luker zügelte sein Pferd. Links und rechts tauchten weitere Untote auf. *Umzingelt.*

Sie mussten in Bewegung bleiben, aber wo sollten sie hin?

Eine Frau, die ein bedrohlich großes Schwert schwang, trat hinter einem Baum hervor. Luker parierte ihren Schlag und drehte sein Handgelenk erst im letzten Augenblick so, dass er ihr die Klinge aus der Hand riss. Dann beugte er sich vor und rammte ihr den Schwertgriff ins Gesicht. Sie stürzte zu Boden. Eine Welle von Hitze wogte über Lukers Gesicht, und er hörte ein Knacken, gefolgt von splitterndem Holz, als ein Baum hinter ihm umstürzte. Chamery lachte.

Schon wieder knapp daneben.

Merin war jetzt vor Luker, und Jenna ritt rechts an der Seite des Tyrin. Die Assassine hatte sich den Speer eines Untoten geholt und ließ ihn mit größter Eleganz herumwirbeln und gegen den Schädel jedes Vamilianers krachen, der in ihre Reichweite kam. Und dann erschien hinter ihr …

Lukers Augen weiteten sich, als er einen vierarmigen Mann mit nackter Brust und einem Schwert in jeder Hand aus einem Dickicht stürmen sah. Wie ein Unhold aus den Seiten eines shroudverfluchten Buches! Der Bewahrer trieb sein Pferd an, um ihn abzufangen, und der Untote wirbelte herum. Er warf sich aus dem Weg des Pferdes und drehte sich schnell, um Lukers Angriff zu begegnen. Seine vier Klingen benutzte er zu genau auf einander abgestimmten, kurzen Schlägen, die Luker zwar parierte, die aber jedes Mal seinen Arm bis zur Schulter hinauf erzittern ließen. Eine Finte mit der linken Klinge verschaffte ihm eine kurze Atempause. Dann schlug er mit dem Willen zu und ließ den Gegner zu Boden gehen.

Luker riss an den Zügeln seines Pferdes, und das Tier stieg hoch. Knochen knackten, als seine Hufe einmal, zweimal, dreimal auf den untoten Krieger niederfuhren. Der Mann versuchte sich aufzurichten, aber seine Beine waren zerschmettert, und er sank immer wieder zu Boden.

Der Bewahrer wandte sein Pferd um. Ein Blick überzeugte ihn davon, dass sich die Schlinge aus Untoten um sie herum zuzog. »Merin!«, brüllte er. »Wir sollten verschwinden!«

Der Tyrin, der gerade auf zwei untote Speerkämpfer einschlug, knurrte eine wortlose Antwort.

Ein Schrei ließ Luker herumfahren.

Chamery.

Der Magier war zurückgefallen und wurde nun von weiß gewandeten Gestalten umringt. Sein Pferd war von einem Speer in die Brust getroffen worden, und ihm stand roter Schaum vor dem Maul. Seine Vorderbeine brachen ein. Chamery stürzte aus dem Sattel und fiel auf eine vamilianische Speerkämpferin; gemeinsam gingen sie zu Boden. Luker wusste nicht, ob er froh sein oder sich darüber ärgern sollte, dass der Magier wieder aufstand. Sein Stab schlug zu und traf die Frau am Kinn. Ihr Umriss blitzte schwarz auf, dann zerfiel sie zu Asche. Wieder ertönte Chamerys Lachen.

Luker zögerte, bevor er sein Pferd zu dem Magier hinüberlenkte.

Parolla folgte den Hufspuren, die Andara Kells Pferd in den zerfallenen Laubresten auf der Straße hinterlassen hatte. Ein Donnergrollen zog über den Himmel, und als es verklang, hörte sie Kampfeslärm in der Ferne. Der Wald um sie herum blieb jedoch seltsam still, und sie konnte vor sich keinerlei Fäden von Todesmagie ausmachen. Vielleicht sorgten die zahlreichen Jünger Shrouds dafür, dass es allmählich weniger Untote gab, aber konnten es denn so wenige sein, dass so nahe an Mayots Festung kein einziger Vamilianer mehr patrouillierte? Parolla runzelte die Stirn. Nachdem sie in der Siedlung gezeigt hatte, welche Macht sie entfesseln konnte, wenn sie es darauf anlegte, war es unwahrscheinlich, dass der alte Mann sie einfach bis an seine Haustür spazieren ließ, ohne ihr etwas entgegenzusetzen. Wenn sie das nächste Mal seinen Dienern begegnete, dann würde sie einer größeren Herausforderung gegenüberstehen als das letzte Mal.

Der Boden senkte sich leicht. Die Straße vor ihr teilte sich, und hinter der Gabelung lag ein riesiger See – offenbar künstlich angelegt, denn das gegenüberliegende Ufer war von einer Steinmauer begrenzt. Auf dem Uferstreifen vor ihr lagen einige Dutzend toter Tiere und Vögel auf dem eingetrockneten Schlamm: Wildkatzen und wilde Eber, Ruskits und Duskenrehe, Korallenvögel und Feuertreiber; weitere Kadaver trieben im seichten Wasser.

Parolla sah in beiden Richtungen die Straße hinunter. Von Andara Kell war nichts zu sehen, aber das war auch nicht weiter überraschend; die Bäume standen dicht an dicht. Der Wind fuhr ihr heftig ins Gesicht, kräuselte das Wasser des Sees und ließ Wellen schmatzend gegen das Ufer schlagen. Rechter Hand befand sich ein kleiner Hafen, in dem jedoch keine Boote lagen, während auf der linken Seite die Straße nach Osten dicht an der Böschung entlangführte. Auf der anderen Seite des Sees, eine Viertelwegstunde entfernt, stieg das Land zu bewaldeten Hügeln an – Hügel, die vermutlich entstanden waren, als der See angelegt wurde. Was hatte Tumbal über die Vamilianer gesagt? Sie waren Seefahrer gewesen. Das erinnerte Parolla an die Schiffsfigur in dem Dorf, das sie gerade verlassen hatte. Nachdem dieses Volk gezwungen gewesen war, sich vor den Fangalar in einem Teil der Welt zu verstecken, wo es keine Meere gab, hatte es offenbar versucht, sich ein eigenes Meer zu schaffen, um die Erinnerung an seine Traditionen zu erhalten.

Wieder ertönte das laute Donnergrollen. Nein, es war kein Donner; der Boden schwankte. Ein Erdbeben? Als die Erschütterungen stärker wurden, schlugen auch immer höhere Wellen ans Ufer. Hundert Schritte weiter inmitten des Sees leuchtete etwas auf, erst weiß, dann gelb, dann vertiefte sich die Farbe über Orange bis zu dunklem Rot. Flammen? Mitten auf einem See? Nein, das konnte nicht sein. Und dann kochte das Wasser plötzlich und wallte wie in einer heißen Quelle auf, während etwas aus der Tiefe aufstieg. Dampfwolken quollen zischend hervor, als ein feuriger Umriss an die Oberfläche kam, und in den Flammen sah Parolla zwei Punkte aus Schwärze, die vielleicht Augen sein konnten, dazu lange Arme, die in zwei lodernden Schwertern ausliefen, und Flügel, die sich eng an schmale Schultern schmiegten.

Kurz flackerte Furcht in ihrem Bauch auf. Eine Welle, eine Armeslänge hoch, rollte ihr entgegen, als ob auch das Wasser versuchte, vor dieser Kreatur zu fliehen. Parolla trat schnell ein paar Schritte vom Ufer zurück, aber dennoch erwischte die Welle sie, als sie über das Ufer schlug und zwischen den Bäumen über die Straße schwappte. Wasser lief in Parollas Stiefel. Erst nach einigen Herzschlägen wich die Flut wieder zurück.

Tumbal Qerivan materialisierte neben ihr. Als sie den Kopf wandte, entdeckte sie, dass er das Geschöpf voller Ehrfurcht anstarrte.

»*Sirrah*, was ist das für ein Ding?«

»Ein Tiktar, Gebieterin. Ein Altvorderling aus der Zeit vor dem Herannahen des Ersten Zeitalters. Ich hatte geglaubt, sie seien alle tot.«

»Das sind sie zweifelsohne auch«, zischte Parolla. »Spürt Ihr nicht den Faden von Todesmagie, der die Kreatur lenkt?«

Tumbal neigte den Kopf. »Natürlich. In meiner Aufregung dachte ich nicht nach. Niemals hätte ich mir träumen lassen, ein solches Wunder mit meinen eigenen Augen zu sehen.«

»Ich vermute, Ihr werdet es nur allzu bald aus größerer Nähe erleben können.«

»Ihr müsst fliehen, Gebieterin. Die Kraft des Altvorderlings ist vernichtend.«

Das musste er Parolla nicht erst sagen. Als der Tiktar seine Kraft entfaltete, hatte sie das gespürt wie einen Schlag ins Gesicht. Offenbar hatte sie die Bedrohung durch Mayots untote Diener viel zu sehr unterschätzt. Vielleicht hatte ihr der Alte in dem Dorf absichtlich leichte Gegner geschickt, damit sie sich in Sicherheit wiegte. »Fliehen, *sirrah*?«, fragte sie, während ihr Blick auf den Flügeln des Altvorderlings ruhte. »Was hätte das für einen Sinn? Die Kreatur würde mich doch sofort einholen.«

Der Tiktar breitete seine Schwingen aus und stieg mit einer einzigen Bewegung aus dem Wasser empor. Selbst auf diese Entfernung spürte Parolla den Luftzug. Lag es an dem Altvorderling, dass in diesem Teil des Waldes überhaupt keine Vamilianer mehr unterwegs gewesen waren? Hatte das Geschöpf hier auf sie gewartet?

»Was wisst Ihr über diese Tiktare?«, fragte sie Tumbal.

Der Gorlem blies die Backen auf. »Leider nur wenig. Fraglos gehören sie zu einer der älteren Rassen. Gezeugt, so künden die uralten Quellen, aus den feurigen Tränen des Gottes Hamoun. Die Legende besagt, dass sie vom Gehörnten Gott höchstselbst gejagt und ausgerottet wurden …«

Parolla hörte nicht länger zu. Der Tiktar war bis auf die Höhe der Baumspitzen geflogen und ließ den Kopf von einer Seite zur anderen pendeln, als ob er nach etwas suchte.

»Geht weg von mir«, sagte sie zu Tumbal.

Der Gorlem gehorchte.

Parolla beschwor ihre Kräfte herauf und umhüllte sich mit ihren Schutzzaubern. Ein Schatten legte sich über ihr Blickfeld und dämpfte das grelle Leuchten, das die Aura des Tiktars verströmte. Der Kopf des Altvorderlings fuhr herum, und als sein Blick auf Parolla fiel, spürte sie die Stärke seines Willens und seine abgrundtiefe Gerissenheit. In ihr köchelte die Dunkelheit, und sie spürte, wie ihre Angst aus ihr heraussickerte. Langsam zog sich ein Lächeln über ihr Gesicht. In der Siedlung hatte sie sich noch gefragt, ob Mayot überhaupt über Diener verfügte, die ihr gewachsen waren. Das würde sie nun bald herausfinden. *Also los jetzt. Worauf wartest du noch?*

Wie zur Antwort stieß der Tiktar ein triumphierendes Kreischen aus. Er ballte seine Kraft wie eine Ramme, faltete die Flügel ein und ging in den Sinkflug.

Aber er stürzte nicht auf Parolla hinab.

Erst da entdeckte sie, dass Andara Kell auf seinem Pferd links von ihr am Ufer des Sees unterwegs war. Wo kam der jetzt wieder her? Sein Umriss war auf diese Entfernung klein, und Parolla hätte ihn übersehen, wenn nicht plötzlich die schimmernden Schutzschilde aus Todesmagie um ihn herum aufgeflammt wären. Er kämpfte mit den Zügeln seines Pferdes und zog sein Schwert. Eine Welle schwarzer Magie schoss daraus hervor, dem Tiktar entgegen. Als sie das Geschöpf traf, kreischte der Altvorderling noch einmal laut auf, aber dieses Mal vor Wut; er verlangsamte seinen Flug kein Bisschen. stattdessen hielt er weiter auf sein Ziel zu und zog einen Flammenschweif hinter sich her wie ein Komet.

Andaras Pferd wich zurück, und er selbst verschwand hinter einer Baumgruppe. Daher konnte Parolla nicht verfolgen, wie der Tiktar auf ihn traf, sondern hörte nur ein *Wuuusch,* als ob ein Fass mit Blay-Öl in Brand geriet. Sie bahnte sich den Weg durch die toten Tiere am Ufer und schlich sich etwas näher heran. Als sie wieder etwas von dem Kampf erkennen konnte, ging Andaras Pferd gerade in Flammen auf. Sein Schreien hallte über den ganzen See, bis der Tiktar es mit einem einzigen Schwerthieb in zwei Hälften teilte.

Andara war rechtzeitig beiseite gesprungen und kam hastig auf die Beine, um einen Schlag der zweiten Klinge des Tiktars zu parieren. Eine Serie von Schlägen des Altvorderlings trieb ihn in den Wald zurück, aber der Angreifer setzte nach und steckte dabei die Bäume in Brand. Wieder verschwanden die beiden Kämpfer.

Parolla lachte leise. *Dass ich aber auch geglaubt hatte, dieser Hinterhalt hätte mir gegolten.* Wie eingebildet. Aber sie hatte trotzdem das Gefühl, dass sie dem Tiktar nicht das letzte Mal begegnet war. Denn in dem kurzen Herzschlag, da sich ihre Blicke gekreuzt hatten, hatte Parolla ein unmissverständliches Gefühl der Bedrohung empfunden, wie eine Warnung. Falls dieses Wesen Andara besiegte, dann war sie vermutlich als Nächste an der Reihe.

Sie sah Tumbal an. »Kann Andara gewinnen? Kann er dieses Ding niederringen?«

Der Gorlem zuckte hilflos die Achseln. »Wie wüsste ich das zu sagen? Von Shrouds Jüngern ist mir noch weniger bekannt als von dem Altvorderling.« Sein Gesicht hellte sich auf. »Vielleicht sollten wir bleiben und …«

»Nein«, unterbrach ihn Parolla. »Egal, wer hier den Sieg davonträgt, ich wäre dumm, wenn ich mir die Gelegenheit entgehen ließe, jetzt zu verschwinden. Mit viel Glück sind die beiden lange genug miteinander beschäftigt, damit ich währenddessen meine Angelegenheit mit Mayot regeln kann.«

Tumbals Miene verdüsterte sich wieder, aber er schlenkerte mit dem Kopf. »Wie Ihr sagt, Gebieterin. Natürlich habt Ihr recht.«

Als sie wieder auf der Straße stand, zog Parolla ihre Stiefel aus und ließ das Wasser herausrinnen. Dann warf sie einen letzten Blick auf die brennenden Bäume zu ihrer Linken und wandte sich wieder an den Gorlem.

»Ich würde sagen, wir nehmen die rechte Abzweigung, *sirrah.*«

Eine Gruppe untoter Speerkämpfer stand zwischen Luker und Chamery; der Bewahrer ließ seinen Willen direkt zwischen ihnen explodieren und sprengte sie buchstäblich aus dem Weg. Chamery wirbelte seinen Stab im Kreis herum, versprühte Zauberkraft in jede Richtung und lachte dabei lauthals. Eine seiner Kraftwellen rollte in Lukers Richtung, und der baute schnell einen Willensschild auf und knirschte mit den Zähnen, als die Todesmagie dagegenkrachte. Ein Zufall, dieser Angriff? Dieses eine Mal war Luker noch bereit, dem Jungen keine böse Absicht zu unterstellen.

Während sein Pferd einen Untoten niedertrampelte, schob der Bewahrer sein linkes Schwert wieder in die Scheide und griff nach Chamery, packte die ausgestreckte Hand des Magiers und zog ihn hinter sich aufs Pferd. Seine Finger wurden unter der Berührung taub, und er schüttelte die Hand, um wieder Gefühl hineinzubekommen; es tat ihm jetzt schon leid, dass er dem Jungen zu Hilfe gekommen war. Wenn Chamery sich nun gegen ihn wandte und alle Kraft, die er hatte, aus so geringer Entfernung auf ihn losließ …

Luker wandte sein Pferd um.

Marin und Jenna waren nur als kleine bewegte Punkte zwischen den Bäumen im Norden zu erkennen, und Luker trieb sein Pferd eilig in ihre Richtung. Ein halbes Dutzend Vamilianer versperrten ihm den Weg. Während er noch seinen Willen konzentrierte, um sie zu vernichten, erschien Chamerys linke Hand am Rand seines Blickfelds. Das Knistern von Zauberkunst übertönte kurz das Gelächter des Magiers, und ein Schwall Todesmagie schoss aus seinen Fingerspitzen auf die Vamilianer zu, verbrannte sie zu Asche und fuhr dann quer durch einen Baum. Als der Stamm krachend umstürzte, fuhr eine weitere Magiesalve hinein, und glühende Blätter und Holzsplitter regneten auf Luker herab.

»Lasst das!«, brüllte er, nach hinten gewandt. »Ein Irrläufer, und Ihr könnt die anderen damit verletzen!«

Chamery antwortete mit neuerlichem Gelächter. Luker wünschte sich, dass ihm jemand den Witz erklärte; er tat sich schwer damit, ihrer Lage irgendetwas Lustiges abzugewinnen.

Jetzt konnte er Merin und Jenna deutlicher erkennen. Sie standen Rücken an Rücken und wehrten sich gegen einen Ring aus Angreifern, der immer enger wurde; der Bewahrer fragte sich, ob der Tyrin wohl immer noch etwas gegen Jennas Begleitung einzuwenden hatte. Sie rammte gerade ihren Speer in die Kehle eines Angreifers. Er blieb stecken, und die Waffe flog ihr aus den Händen, als der Vamilianer stürzte. Schnell riss sie sich einen Dolch aus ihrem Brustgurt und schleuderte ihn einem anderen Krieger ins Auge. Das allerdings hielt den Vamilianer keinen Augenblick auf.

»Weiter in Bewegung bleiben!«, brüllte Luker, obwohl er nicht wusste, ob die Assassine ihn hören konnte.

Von Norden her kam eine weitere Gruppe Untoter auf seine Gefährten zu; zwei vierarmige Speerkämpfer schritten ihnen voran. Der Bewahrer trieb sein Pferd zu schnellerem Galopp. Ein vamilianischer Krieger sprang ihm in den Weg, und Luker schlug ihm mit seinem rechten Schwert den Arm ab. Dann tauchte links ein weiterer Untoter auf, doch als der Bewahrer versuchte, die Klinge auf dieser Seite zu ziehen, musste er feststellen, dass seine Finger noch immer taub von der Berührung mit Chamerys Hand waren und den Griff nicht richtig zu fassen bekamen. Das halbgezogene Schwert glitt zurück in seine Scheide.

Dafür kam der Vamilianer unter die Hufe der Stute, die ihn niedertrampelte.

In diesem Augenblick griff Merin in seine Gürteltasche. Etwas Weißes schimmerte, als er eine Glaskugel hervorzog.

»Bei Shrouds Gnade, Mann, wartet!«, schrie Luker.

Aber entweder hatte der Tyrin seine Worte nicht gehört oder er ignorierte sie, denn er holte weit aus, und die Kugel segelte durch die Luft, den vierarmigen Kriegern entgegen.

Vermutlich hatte Merin die Durchschlagskraft dieser Waffen nie aus erster Hand erlebt, aber Luker wusste um ihre Wirkung, und das Erlebnis mit dem kalanesischen Seelenfänger hatte ihn gelehrt, dass man, wenn man nicht von dem enormen Zauberrückstoß getroffen werden wollte, diese Kugeln am besten so weit wie irgend möglich von sich weg schleuderte. Und wie weit würde sie hier wohl fliegen, bei all den Bäumen rings herum?

Er griff mit dem Willen nach dem kleinen Ding, um es aufzufangen.

Ein Speer schoss auf ihn zu. Keine Zeit mehr, um auszuweichen. Während er die Waffe mit einem kleinen Tick Willenskraft beiseite schob, war er ganz kurz von der Kugel abgelenkt.

Sie krachte gegen einen Baumstamm, nur zwei Dutzend Schritte von Merin und Jenna entfernt.

Nicht weit genug.

Erst zerriss etwas die Luft, dann ertönte das Brüllen der sturmbewegten See. Eine riesige Wand grauen Wassers, höher als die Baumwipfel, erschien dort, wo die Kugel geborsten war, und wogte in Wurfrichtung davon. Die Stämme, die ihr im Weg standen, brachen wie dürre Zweige, und die Untoten, die sich von dort genähert hatten, verschwanden unter der überwältigenden Welle, als Luker gerade Merin und Jenna erreichte. Er hielt an. Der Boden bebte, als ob ein Kavallerieregiment auf sie zugeprescht kam. Eine weitere Welle floss ihnen schäumend durch die Bäume entgegen – kleiner, aber immer noch höher als ein im Sattel sitzender Reiter. Und überhaupt, fragte sich Luker ganz kurz, wieso saß er überhaupt noch da, wo er doch in die andere Richtung hätte fliehen können? Andererseits – welchen Sinn hätte eine solche Flucht gehabt? Genauso gut konnte er versuchen, dem Alter zu entfliehen.

Stattdessen beschwor er seinen Willen und türmte daraus eine Barriere vor den Gefährten auf. Merin und Jenna, die nichts von der unsichtbaren Mauer ahnten, die sie schützte, wandten sich in ihren Sätteln um und bereiteten sich auf den Aufprall des Wassers vor.

Die Welle schlug mit einer Gewalt gegen Lukers Willen, die ihn zusammenzucken ließ. Gischt spritzte in die Luft und regnete wenig später auf den Bewahrer hinunter. Er blinzelte sich das Wasser aus den Augen. Auf beiden Seiten seines Schutzwalls schoss die Welle in einer weißschäumenden Kaskade vorüber und riss die Vamilianer mit sich. Ein Mann wurde hochgeschleudert, prallte gegen einen Ast und blieb dort hängen. Ein anderer trieb mit schrecklicher Wucht gegen einen Stamm. Er versuchte sich am Holz festzukrallen, während die Strömung an ihm riss, aber er konnte sich nicht halten, wurde weitergespült und schlug gegen den nächsten Baum.

Plötzlich wurde Luker klar, dass er seine Willensbarriere nicht auch hinter sich und den Gefährten errichtet hatte. Jetzt spülte das Wasser um die Beine ihrer Pferde, und Merins Tier stolperte seitlich gegen den unsichtbaren Schutzschild. Lukers Stute wieherte und stieg vorn hoch. Er fühlte, wie ein Gewicht vom Rücken des Tieres rutschte, dann ertönte ein Fluch und ein Platschen, als Chamery im Wasser landete. Der Bewahrer schnaubte. *Geschieht ihm recht.* Der Junge konnte eine Abkühlung vertragen.

So schnell, wie die Welle gekommen war, so schnell verebbte sie auch wieder. Der Boden war so durchweicht, als wären sie in einen Sumpf geritten. Luker spuckte einen Mund voll Wasser aus. Es schmeckte nach Salz. Er war so nass, als sei ein Fass über ihm ausgeleert worden. Dennoch hätte es schlimmer kommen können. Wenn er sich recht erinnerte, dann hatte Merin nicht einmal hingesehen, als er die Kugel aus der Tasche zog. Er hätte auch Feuer statt Wasser erwischen können.

Der Bewahrer ließ die Willensbarriere sinken und betrachtete das Ausmaß der Zerstörung. Die nächsten Vamilianer lagen etwa fünfzig Schritte zurück und waren zwar durchnässt, aber größtenteils intakt. Sie kamen bereits wieder auf die Beine und griffen nach ihren Waffen. Der Wald vor ihnen hatte am meisten von der Wassermagie abbekommen. Die erste Welle – die größere – hatte eine Lichtung von etwa einem Steinwurf Breite geschlagen. Überall zwischen den Stümpfen der abgebrochenen Stämme lagen Äste. Auf den freien Stellen dazwischen zuckten Fische. Fische, die in der Welle geschwommen hatten, als sie eingefangen worden war? Nun, Luker hatte schon seltsamere Dinge gesehen.

Eine Bewegung weiter im Norden zog seine Aufmerksamkeit auf sich. Ein Schwertkämpfer rannte ihm entgegen. Zwar war der obere Teil seines Gesichts von einer Kapuze verdeckt, aber am Kinn war ein sauber getrimmter Bart zu erkennen. Einer der Untoten, stellte Luker fest, denn ein Faden des Buches drang aus der Brust des Mannes. Er trug schwarze, eng anliegende Hosen und Stiefel, und unter einem grauen Wollmantel sah ein lederner Brustpanzer ohne Verzierungen hervor.

Es war etwas Vertrautes an ihm.

Mit wachsendem Unbehagen bemerkte Luker, dass die Kleider des Kriegers trocken waren. Dabei konnte er nur wenige Schritte entfernt gewesen sein, als die Kugel barst, aber wieso in Shrouds Namen stand er dann noch aufrecht, wo doch alle anderen davongeschwemmt worden waren? Und wieso trug er nicht dieselben Gewänder und altmodischen Waffen wie die anderen Vamilianer?

Der Mann hob die Hände und zog die Kapuze zurück.

Luker blieb die Luft weg.

Es war Kanon!

VIERTER TEIL

Der Strom der verlorenen Seelen

19

Ebon starrte auf sein Spiegelbild, das ihm von der Oberfläche der Todesmagiekuppel entgegenblickte. Leichter Bartschatten bedeckte seine Wangen und sein Kinn, und dunkles Haar begann auf seinem rasierten Kopf zu sprießen. Sein Blick kündete nicht mehr von Geisterbesessenheit, wirkte jedoch immer noch gequält, denn auch wenn die Vamilianer nicht mehr durch seinen Kopf spukten, so sah er jetzt, sobald er die Augen schloss, stets jene Menschen vor sich, die er in Majack zurückgelassen hatte. Waren sie inzwischen zu Geistern geworden, dass sie ihn derart heimsuchten? Oder waren sie nichts weiter als Ängste, die sich manifestierten und ihn ständig daran erinnerten, was auf dem Spiel stand, wenn er scheiterte? *Wenn sie nicht schon längst für mich verloren sind.*

Die Bäume, die der Errichtung der Zauberkuppel im Weg gestanden hatten, waren von der magischen Konstruktion mitten durchtrennt worden, und ringsum lagen viele abgeschlagene Äste. Die Blätter, die der Wind gelegentlich gegen die Kuppel blies, gingen in Flammen auf. Dahinter konnte Ebon die Umrisse verfallener Gebäude erkennen. Alles andere blieb verschwommen.

Vale trat neben ihn. Der Endorianer hatte dunkle Schatten unter den Augen, und er ließ die Schultern ungewöhnlich ermattet hängen. »Sieht so aus, als würde uns jemand hier nicht wollen.«

»So ein Pech aber auch.«

»Willst du dir einen Weg hindurchbahnen? Wird das nicht die Blassgesichter auf uns aufmerksam machen?«

»Vielleicht. Obwohl ich vermute, dass diese Kuppel schon öfter durchbrochen worden ist.«

»Wäre eine dieser Breschen vielleicht in der Nähe? Können wir die Kuppel umrunden?«

»Dazu fehlt uns die Zeit. Ich spüre … dass die Göttin … mich drängt.«

»Und?«

»Und das ist alles. Leider habe ich feststellen müssen, dass sie ihre Geheimnisse noch eifersüchtiger bewacht als Mottle.«

Vale sah ihn eine Weile an. »Du weißt ganz sicher, was du da tust?«

Ebon las die unausgesprochene Frage, die sich dahinter verbarg, in seinen Augen. »Du fragst dich, ob noch immer ich selbst in diesem Körper stecke?«

»Tust du das?«

»Im Augenblick ja. Wenn die Göttin von mir Besitz ergreifen wollte, dann wäre ihr Schicksal an meines gebunden.«

Vale schnaubte. »Also heißt das, du stehst an vorderster Front, während sich diese Natter in deinem Schatten verkriecht.«

»Es ist ein Risiko, das sich einzugehen lohnt, Vale. Das kannst auch du nicht leugnen. Wenn sie uns nicht hilft, welche Chancen haben wir denn noch, jetzt, da Mottle und Ambolina nicht mehr da sind?«

Der Endorianer brummte etwas, hielt aber nicht dagegen. »Behalte die Augen offen«, sagte er nur. »Wenn die Zeit gekommen ist, dann löse du eure Verbindung, bevor sie es tut.«

Ebon fuhr sich mit der Hand über den Kopf. Daran hatte er auch schon gedacht, aber wie würde es ihm möglich sein, die Göttin zu überlisten? Eine Göttin, an die er sich mit einem Eid gebunden hatte. Eine Göttin, die seine Gedanken lesen konnte. Er fühlte ein amüsiertes Wispern, das von Galea ausging. »Gar nicht«, beantwortete sie seine Frage. »Und jetzt genug von diesem Unsinn. Uns läuft die Zeit davon.«

»Die Zeit? Wofür?«

Aber die Göttin hatte sich schon wieder zurückgezogen.

Kopfschüttelnd hob Ebon die Hände und richtete die Innenflächen gegen die Kuppel. Wie schon an der Brücke fühlte er Eis durch seine Adern rinnen, als Galeas Zauberkraft durch ihn hindurchströmte. Ein Schnitt zog sich plötzlich durch die schwarze Wand, die Ränder rollten sich beiseite, und vor ihm tat sich eine Lücke von einigen Schritten Breite auf, deren seitliche Begrenzungen vor Zauberkraft knisterten. Ebon blickte hindurch. In einiger Entfernung erhob sich eine riesige Rotunde, deren Kuppeldach über die Baumwipfel ragte. Direkt hinter dem Schutzwall erstreckten sich die verfallenen Überreste von Gebäuden, die größtenteils jedoch nur noch aus eingestürzten Mauern und Trümmerhaufen bestanden. Unwillkürlich musste er an das Torhaus von Majack denken, das von der Fangalar-Hexe zerstört worden war. War seine Heimat jetzt, da die Vamilianer durch die Straßen gestürmt waren, auch zur Totenstadt geworden? Würde er auch dort nur noch Ruinen vorfinden, wenn er je wieder dorthin zurückkehrte?

»Wie lange ist es her, seit wir den Wald betreten haben?«, fragte er Vale. »Neun Tage?«

»Zehn.«

»Die Göttin sagte, dass der Palast noch stünde. Das ist jetzt vier Tage her. Ob Reynes es geschafft hat, weiter durchzuhalten?«

Vale antwortete nicht, aber das hatte Ebon auch nicht erwartet. In dieser Überlegung steckten zu viele Ungewissheiten, als dass der Endorianer zu irgendeinem Schluss hätte kommen wollen. Hatten die Untoten noch eine weitere Hexenmeisterin wie die Fangalar, und falls ja, war sie stärker als die noch überlebenden Adeptinnen, die Mottle ausgebildet hatte? Wie viele von Reynes' Soldaten hatten sich in die Sicherheit des Palastes retten können? Und vor allem, was hatte Galea getan, um sein Volk zu unterstützen – wenn sie denn überhaupt irgendetwas unternommen hatte?

Hinter Ebon erklangen Schritte.

»Wie ich sehe, ist es Euch gelungen, einen Weg hindurch zu schlagen«, erklärte Garat Hallon. »Wie bedauerlich, dass Ihr Euch nicht berufen fühltet, Eure … Fähigkeiten … auf eine ähnliche Weise einzusetzen, als Ambolina dem Zwerg gegenüberstand. Verließ Euch da vielleicht der Mut?«

»Wenn ich etwas hätte tun können«, erwiderte Ebon, »dann hätte ich es getan.«

»Natürlich. Wie dumm von mir, an Euch zu zweifeln. Obwohl ich mich unwillkürlich frage, ob Ihr Euch wohl ähnlich verhindert fühlen würdet, wenn es um mein Leben ginge.«

Vale stieß ein bellendes Lachen aus. »Wie oft hat er schon Eure Haut gerettet? Wenn ich es recht weiß, dann steht Ihr noch in seiner Schuld wegen der Geschichte in Majack.«

Garats Miene verfinsterte sich. »Euer Hund braucht einen Maulkorb«, zischte er.

Vale griff nach seinem Schwert, aber der König legte ihm eine Hand auf den Arm. Der Endorianer starrte ihn einige Herzschläge lang an, dann warf er dem Sartorianer einen grimmigen Blick zu. »Jetzt schuldet Ihr ihm Euer Leben gleich zweimal.«

Garat überhörte die Bemerkung und sah Ebon unverwandt an. »Offenbar will Euer Hund meinen Tod. Jetzt frage ich mich, wieso denn wohl? Doch sicherlich nicht, weil er mich als Bedrohung Eures Königreiches begreift. Denn das wird ja ohnehin schon längst gefallen sein.«

Ebon sah durch den Spalt in der Zauberkuppel. Magie blitzte vor ihnen auf, und in einiger Entfernung war ein Schrei zu hören. »Seid Ihr Euch dessen sicher, Consel?«, fragte er. »Habt Ihr Euch nicht gefragt, woher meine … Fähigkeiten stammen? Und welche Kräfte ich jetzt zu mir rufen kann?« Ruckartig wandte er sich an Garat. »Welche Bündnisse ich geschmiedet haben mag?«

Der Sartorianer versuchte zu lächeln, doch es wirkte wie eine Grimasse. Dann fuhr er herum: Hinter ihnen ertönte das unmissverständliche Geräusch von gezogenen Schwertern. Seine Soldaten sprangen auf und spähten durch die Bäume nach Norden. Sein neuer Tarda bedeutete ihm, sich in Deckung zu begeben.

Ebon fluchte. Hatten die Untoten einen anderen Weg über den Fluss gefunden? Oder hatte eine zweite Gruppe Vamilianer an diesem Ufer auf sie gelauert? Vielleicht gab es trotzdem noch eine Möglichkeit zur Flucht, auch wenn der Feind sie schon erspäht hatte – vielleicht konnte die Göttin den Spalt in der Zauberkuppel schließen, nachdem sie hindurchgeschlüpft waren.

In diesem Augenblick trat einer der sartorianischen Soldaten aus dem Wald. Er machte mit der Hand eine abgehackte Bewegung, dann deutete er in die Richtung, aus der sie gerade gekommen waren, und hielt einen einzelnen Finger in die Höhe.

Ebon blinzelte. *Nur einer?*

Eine Stimme erklang.

»Untier! Ungezogenes Geschöpf! Vorwärts! Vorwärts, befiehlt Mottle! Nein, nein, doch nicht in diese Richtung …«

Zum ersten Mal seit Tagen ging ein Lächeln über Ebons Gesicht.

Luker tastete mit seinen Sinnen nach dem Faden Todesmagie, der in Kanons Brust hineindrang, und hoffte, er hätte sich ihn nur eingebildet, obwohl er es besser wusste. Als sein Blick endlich den seines Meisters fand, sah er all seine Befürchtungen bestätigt – Kanons Haut war blutleer, seine Lippen beinahe blau. Luker suchte in seinen Augen nach einem Hauch von Erkennen, vielleicht sogar von Freundschaft. Er fand nichts.

Kanon hob eine Hand, und die Vamilianer, die ihnen entgegenrückten, verharrten am Rand der Lichtung.

Ein Lachen ertönte, und als Luker sich umwandte, sah er Chamery, der auf sie zukam. Wasser rann aus seinem Haar und seinen Kleidern. Wusste er, wem er da gegenüber stand? Falls ja, dann hatte er nichts aus der harten Niederlage gelernt, die der Schwarze Turm in der Nacht des Verrats erlitten hatte. Die Kräfte des Magiers erwachten, schwarze Wellen strömten aus seinen Händen und prallten gegen die Willensbarriere, die Kanon vor sich errichtet hatte. Der Bewahrer verschwand beinahe hinter einem Schattennebel, aber sein Schild blieb wie ein blasser Umriss intakt. Die Baumstümpfe in seiner Nähe fingen Feuer und zerfielen.

Kanon stand unbeweglich da, den Blick weiter auf Luker gerichtet. Hätte der sich in diesem Augenblick dazu entschlossen, seine Kräfte mit Chamerys zu vereinen, vielleicht wäre es ihnen gelungen, Kanons Schutzschild zu knacken. Stattdessen sah Luker nur zu, wie sein Meister eine Handbewegung in Chamerys Richtung machte und seinen Willen entfesselte. Der Angriff riss den Magier von den Beinen und schleuderte ihn quer über die Lichtung. Er prallte gegen einen Baumstumpf und rutschte dann in eine Lache knöcheltiefen Wassers, wo seine Zauberkraft verpuffte.

Luker hörte, wie Merin seinen Namen rief, bekam aber von den folgenden Worten nichts mit. »Haltet Euch hier heraus«, befahl er dem Tyrin und sprang vom Pferd auf den durchweichten Boden.

So langsam seine Schritte waren, als er Kanon entgegenging, so sehr rasten gleichzeitig seine Gedanken. Eigentlich hätte es ihn nicht überraschen sollen, dass sein Meister zu den Untoten zählte, das wusste er. Kanon hatte in Arandas Zeit verloren, gut, aber er hatte die Stadt immer noch einige Wochen früher verlassen, als Luker in Hamis aufgebrochen war. Um dann schon hier, mitten im Wald, von Luker eingeholt zu werden, hätte er den ganzen Weg kriechend zurücklegen müssen. Jetzt erschien ihm das alles so offensichtlich. Kanon hätte den Wald nie mit leeren Händen verlassen, und da Mayot immer noch Kontrolle über die Untoten hatte und daher auch immer noch das Buch besaß …

Luker holte tief Luft. Es war eine Wahrheit, die er seit einiger Zeit schon verdrängt hatte, das erkannte er jetzt.

Und dennoch weigerte sich ein Teil von ihm immer noch, sie anzunehmen. Er fühlte die Wucht von Kanons Willen in der Kraft seines Blickes. Unter den überlebenden Bewahrern übertraf ihn wohl nur noch Gill an Macht, und es gab lediglich eine kleine Handvoll anderer, die ihm ebenbürtig waren. Senar Sol vielleicht. Sekel Endrada. Wenn Luker die Bewahrer nicht verlassen hätte – wenn er und Kanon sich zusammen gegen Mayot gewandt hätten –, dann wäre diese Geschichte jetzt vermutlich schon längst vorüber. Keine Kraft auf Erden konnte ihnen beiden standhalten. Keine Kraft hatte das je vermocht. Seine Augen verengten sich. *Vielleicht gibt es noch einen Weg.*

Er neigte den Kopf. »Meister.«

»Luker«, erwiderte Kanon. Die Falten rund um seine Augen waren tiefer geworden, seit Luker ihn zuletzt gesehen hatte.

»Du wirkst nicht überrascht, mich hier zu sehen.«

»Mayot spürte, dass du dich nähertest. Er hielt es für witzig, mich auszusenden, um dich abzufangen. Ein Fehler, den er noch bereuen wird.«

»Wieso?«

»Weil du mich schlagen wirst.«

»Schön, dass das zumindest einer von uns glaubt.«

Ein leises Lächeln glitt über Kanons Gesicht. »Ein Mangel an Selbstvertrauen, mein Freund? Nun, es gibt wohl für alles ein erstes Mal.«

»Ja, vielleicht.« Luker deutete mit einer Kopfbewegung zu Kanons gezogenem Schwert. »Aber es ist immerhin auch das erste Mal, dass wir in tödlichem Ernst gegeneinander antreten. Wieso glaubst du so sicher zu wissen, wie sich dieser Kampf entscheidet?«

»Gegen dich ist mein Wille am schwächsten.«

»Und du meinst, für mich ist es leichter?«

»Warum nicht? Du hast immerhin noch etwas, wofür es sich zu kämpfen lohnt. Das Buch der Verlorenen Seelen.«

»Ich bin nicht wegen des shroudverfluchten Buches hier. Ich habe nach dir gesucht.«

Kanon runzelte die Stirn. »Für mich ist es zu spät, Luker. Das musst du doch einsehen.«

»Der Faden, der dich kontrolliert …«

»Kann nicht zerstört werden.«

»Vielleicht, wenn wir zusammen …«

»Du verstehst nicht«, erklärte Kanon. »Mayot hat mir befohlen, dich zu töten. Das Buch hält mich in seinem eisernen Griff. Ich habe nicht die Kraft, mich ihm direkt zu widersetzen – es kostet mich all meine Willenskraft, uns dieses Gespräch zu ermöglichen. Und ich spüre schon, wie mein Widerstand schwindet. Fühlst du es nicht auch?«

Luker fühlte es. Kanons Kraft wand sich bereits um ihn wie der Körper einer großen Würgeschlange. Als er sich auf seinen eigenen Willen konzentrierte, lockerte sich der Druck ein wenig. »Wenn du mir nicht helfen kannst, den Faden zu durchtrennen, dann erledige ich das allein.«

»Wenn du das versuchst, werde ich dich töten.« Kanon hob seine Klinge eine Handbreit, dann hielt er inne, aber es war klar zu erkennen, dass ihn das große Mühe kostete; sein Schwertarm zitterte. »Selbst wenn es dir gelänge, könntest du mich nicht zurückholen. Würde meine Seele befreit, ginge sie direkt durch Shrouds Tor. Es gibt keine Möglichkeit, das aufzuhalten.«

Luker merkte, dass ihm das Atmen schwerfiel. Er brauchte Zeit, um nachzudenken. »Was ist mit dir geschehen?«

»Dazu ist keine Zeit.«

»Sag es mir!«

Kanon zuckte die Achseln. »Ich habe versagt. Mayot wird von vier untoten vamilianischen Elitekämpfern bewacht. Allein hatte ich gegen sie keine Chance.«

Allein. »Ich hätte bei dir sein sollen.«

Kanons Arm zitterte immer stärker. »Aber du warst es nicht. Verrenne dich nicht in solche Gedanken, Luker. Das würde deine Entschlusskraft nur schwächen. Um mich zu besiegen, musst du deine Zweifel, deine Reue im Zaum halten. Mach deinen Kopf frei.«

Seine Worte erinnerten Luker an die Zeit, als er mit Kanon westlich von Bethin über die Sonnenstraße gewandert war und der Bewahrer begonnen hatte, ihn auszubilden. Seine Konzentration ließ kurz nach, und der Wille seines Meisters schlang sich fester um ihn. Ein Keuchen entrang sich seinen Lippen. Sein Brustkorb fühlte sich an, als wollte er zerbersten.

»Du musst gegen mich kämpfen«, sagte Kanon.

»Kämpfen? Ich bekomme … kaum noch Luft …«

»Konzentriere dich auf den Willen.«

»Das versuche ich doch, verdammt noch mal!«

»Zorn wird dich auch nicht weiterbringen als Schuldgefühle.« Kanon hielt inne, dann sagte er wieder: »Du musst gegen mich kämpfen.«

Luker verzog das Gesicht. *Ganz einfach so?* Seit er in Arkarbour aufgebrochen war, hatte ihn ein einziger Gedanke angetrieben – die Suche nach seinem früheren Meister. Und jetzt sollte er die Klingen mit ihm kreuzen? Gut, er konnte ihn nicht töten – Kanon war ja schon tot –, aber um ihn … unschädlich zu machen, würde er ihn auf andere Art und Weise leiden lassen müssen. Die unsichtbaren Schlingen zogen sich weiter zu. »Es muss doch … eine andere Möglichkeit geben …«

»Um mich zu retten? Nein, mein Freund.« Kanon sah über Lukers linke Schulter. »Aber deine Gefährten, die kannst du noch retten.«

Luker hatte die anderen völlig vergessen. Jetzt hörte er Merins und Jennas Pferde schnauben, aber ihre Reiter waren so still, als stünden sie unter einem Bann. *Jenna.* Der Druck um Luker ließ ein wenig nach, und er holte hastig Luft.

»Schon besser«, sagte Kanon

»Es muss eine andere Möglichkeit geben«, wiederholte Luker, »um dich aus Mayots Griff zu befreien. Wenn die Fäden nicht zerstört werden können, dann vielleicht das Buch?«

Sein Meister lächelte ein wenig. »Um das Buch zu zerstören, müsstest du zuerst Mayot töten.«

Und um Mayot zu töten, müsste ich erst einmal dich schlagen, schon klar. Das hatte sein Meister ihm sagen wollen, aber Luker war nicht in der Stimmung, ihm zuzuhören. Als er wieder mit seinen Sinnen nach Kanons Todesmagiefaden tastete, schüttelte sein Meister den Kopf und hob sein Schwert. Luker fluchte. Er hätte sich vorher die Zeit nehmen sollen, die Fäden der Untoten genauer zu untersuchen, denn er wusste noch immer nicht, ob es letztlich nicht doch möglich war, diese Verbindung zu trennen. Aber selbst wenn es getan werden konnte, würde er wahrscheinlich seine ganze Konzentration dazu brauchen. Und da Kanon deutlich gemacht hatte, dass er angreifen würde, sobald Luker das versuchte …

Luker neigte den Kopf. Jetzt hatte er verstanden, was er tun musste. Vielleicht konnte er Kanon nicht ins Leben zurückholen, aber er konnte ihn zumindest auf andere Art erlösen. Eigentlich hatte er stets geglaubt, seine Aufgabe sei erfüllt, sobald er seinen Meister gefunden hatte. Jetzt hatte er den Eindruck, dass es sich wohl doch anders verhielt.

Das erdrückende Gewicht wich weiter von ihm, und er holte tief Luft.

»Das wurde auch Zeit, mein Freund«, sagte Kanon. »Ich wollte mich schon fragen, ob ich dich überschätzt hatte.«

Luker zog seine beiden Schwerter. »Das könnte jetzt ein bisschen wehtun.«

Sein Meister griff an.

Der Weg vor ihnen wurde von einer Gruppe Untoter versperrt, die in zwei oder drei Reihen hintereinander standen. Sie sahen in eine andere Richtung, zu einer Lichtung, die zwischen den Bäumen kaum zu erkennen war. Ein schneller Wechsel von Schwerthieben war zu hören.

Parolla wusste, dass sie schnellstmöglich wieder von hier hätte verschwinden sollen. Die Bäume boten kaum Deckung, und das Unterholz war von zahllosen Füßen heruntergetreten worden. Wenn sie sich noch näher heranwagte, riskierte sie, entdeckt zu werden, und sie konnte sich nicht darauf verlassen, dass die Vamilianer sich dann auch weiterhin nur für das interessieren würden, was ihre Aufmerksamkeit im Augenblick so stark fesselte. Aber was konnte es sein, das die Untoten derart in den Bann schlug? Ein Duell, nach dem Scheppern der Schwerter zu schließen, doch das erklärte nicht, wieso die Vamilianer nur dabei standen und zusahen.

Vorsichtig kroch Parolla näher. Sie bewegte sich langsam von einem Baum zum nächsten und achtete darauf, nicht auf knackende Zweige zu treten. Der Boden wurde feuchter. Matsch saugte sich an ihren Stiefeln fest, und ihre Fußabdrücke füllten sich schnell mit Wasser. Sie runzelte die Stirn. *Wasser?* Die dichten Wolken drohten zwar unaufhörlich mit Regen, aber der Guss war bisher ausgeblieben, und nur ein wirklich unglaublich heftiger Regensturm hätte die Erde derart aufweichen können. Lag vor ihnen vielleicht noch ein See? Oder ein Fluss, der aus welchem Grund auch immer über seine Ufer getreten war?

Jetzt war Parolla so nahe herangekommen, wie sie sich traute. Die Vamilianer, die nur noch gut zwanzig Schritte von ihr entfernt waren, verstellten ihr teilweise die Sicht, aber sie konnte dennoch erkennen, dass es sich bei dem, was sie für eine Lichtung gehalten hatte … eigentlich um etwas anderes handelte. Rund ein Dutzend Baumstümpfe ragte wie verfallene Säulen aus dem morastigen Boden. Links von ihr bot sich ein noch größeres Bild der Zerstörung; hier wurden die geborstenen Baumstämme teilweise von Wasserlachen und abgebrochenen Ästen verdeckt.

Am Rand der Lichtung zu ihrer Rechten lag ein junger Mann, der ganz in Schwarz gekleidet war, mit dem Gesicht nach unten im Schlamm. Neben ihm hielten zwei Reiter, und der eine – ein grimmig dreinblickender, grauhaariger Mann mittleren Alters – stieg gerade von seinem Pferd, hievte den Gestürzten hoch und schwang ihn schließlich über seinen Sattel. Die Aufmerksamkeit des zweiten Reiters, einer Frau, war auf die zwei Schwertkämpfer gerichtet, die zwischen den Baumstümpfen gegeneinander fochten.

Parolla wandte den Blick jetzt den Kämpfenden zu. Der ältere der beiden kam ihr bekannt vor – war er nicht einer der Untoten, die sie in Mayots Rotunde gesehen hatte, als sie den *magus* sechs Tage zuvor überrascht hatte? In dem düsteren Halbdämmer war das schwer zu sagen. Der Kämpfer vollführte präzise, atemberaubend sparsame Bewegungen und wirkte stets gelassen, obwohl sein Gegner mit größter Geschwindigkeit agierte; es war ein jüngerer, größerer Mann, der seine zwei Klingen schwang, als seien sie Verlängerungen seiner Arme.

Gemeinsam woben die beiden Fremden ein faszinierendes Netz aus Stahl in der Luft. Aber es fand auch noch ein anderer Kampf statt, der mit bloßem Auge nicht wahrzunehmen war, das spürte Parolla. Die Lichtung vibrierte vor unsichtbaren Energien, einem Wirbel aus widerstreitenden Willenskräften, die ebenso viele Schläge austauschten wie die Schwerter. Zwischen beiden Kämpfern bestand ganz offensichtlich eine Verbindung – sie waren sich in ihren Fähigkeiten so nahe und in ihrem Stil und in ihren Bewegungen so ähnlich, dass es den Eindruck machte, als sähe man nur einem einzigen Schwertfechter zu, der gegen seinen eigenen Schatten kämpfte.

Wo bin ich denn hier hineingeraten?

Beide Kämpfer schienen zudem in einem inneren Widerstreit gefangen. Die Seele des untoten Kriegers stemmte sich gegen Mayots Ketten. Zwar gelang es ihm nicht, sich dem Griff des Buches auch nur ansatzweise zu entwinden, aber durch diese Anstrengung ergab sich hin und wieder eine Lücke in seiner Verteidigung. Doch trotz der Schnelligkeit, über die der jüngere Mann verfügte, schien er nicht in der Lage oder nicht willens, diese Schwächen auszunutzen. Hielt er sie möglicherweise für bloße Finten?

Es war ein absolut faszinierendes Spektakel, aber Parolla hatte das Gefühl, als würde sie uneingeladen Zeugin einer ganz und gar intimen Begegnung.

Wie auch immer dieser Zweikampf ausgehen mochte, es würde keinen Sieger geben.

Nach einem letzten Blick auf die beiden Männer zog Parolla sich vorsichtig auf dem Weg zurück, den sie gekommen war.

Als Romany im Seufzerwald Andara Kell sah, hatte sie in ihm sofort jenen Mann wiedererkannt, der vor einigen Monaten ihren Tempel überfallen hatte. Da sie seiner Macht nichts entgegensetzen konnte, hatte sie seinerzeit hilflos zusehen müssen, wie er ihren Schrein plünderte. Nun hatte sie ihm inzwischen vielleicht vergeben, dass er einige ihrer Dienerinnen umgebracht hatte – eine Akolythin, die so unvorsichtig war, sich seinem Blick zu enthüllen, war ohnehin zu nichts Höherem bestimmt –, aber die Verletzung ihrer Würde und erst recht die Zerstörung ihrer Gemächer waren eine andere Sache. Hatte dieser Narr etwa geglaubt, er würde mit einer solchen Dreistigkeit durchkommen? *Lächerlich!* Sie bedauerte lediglich, dass sie sich ihm nicht zeigen konnte, damit er wusste, wer seinen Untergang in die Wege geleitet hatte. In den letzten Tagen hatte sie unermüdlich daran gearbeitet, ihn zu dem See zu führen, unter dem der Tiktar begraben lag. Der Rest war ein Kinderspiel gewesen: Sie hatte lediglich die Tarnzauber rund um die Knochen des Altvorderlings aufgehoben und Mayot gesagt, wo sich das Wesen befand.

Nun beobachtete sie, wie der Tiktar Andara in den Wald hineintrieb. Seine Schläge erfolgten mit einer Schnelligkeit, der sie mit bloßem Auge kaum folgen konnte. Der Altvorderling besaß tatsächlich eine unglaubliche Stärke, und wenn das, was sie über diese Geschöpfe gelesen hatte, der Wahrheit entsprach, dann warteten noch einige andere unangenehme Überraschungen auf Shrouds Jünger. Der Tiktar hatte die Bäume um sich herum in Brand gesteckt und lud nun seine Kräfte mit diesen Flammen auf, so wie sich Andara der Todesmagie bediente, mit der die Luft gesättigt war. Ein Feuerball schoss aus der Spitze des einen Schwertes, das der Tiktar trug, und ließ Andaras Zauberschilde knacken und reißen.

Mit typischem Geschick webte Romany nun Zauberstränge um den kämpfenden Andara. Natürlich nicht so, dass er misstrauisch hätte werden können. Nur eine kleine Berührung hier, um seinen Schwertarm langsamer werden zu lassen, und ein Tupfer dort, um seine Beinarbeit zu behindern. Wie immer waren es die kleinen Dinge, die schließlich von großer Bedeutung waren. Zwar hätte der Tiktar gar keine Hilfe benötigt, um mit seinem Gegner fertig zu werden, aber die Priesterin wollte nichts dem Zufall überlassen. Tatsächlich hegte sie einige Zweifel, was diesen Teil ihres meisterlichen Plans betraf. Mit dem wieder zum Leben erweckten Tiktar gab sie Mayot eine Waffe in die Hand, mit der er diesen Krieg vielleicht gewinnen konnte. Doch allein um gerade diesen Jünger Shrouds ein für alle Mal zu vernichten, war sie bereit gewesen, dieses Risiko einzugehen.

Interessiert hatte sie zuvor beobachtet, dass diese Parolla sich für die rechte Straße entschieden hatte und weiter dem Weg nach Estapharriol folgte – allein. Dabei kannte diese Frau Andara offensichtlich; Romany hatte gesehen, wie sie nach ihrem Massaker an den Vamilianern in der kleinen Siedlung weiter westlich miteinander gesprochen hatten. Aber wieso waren sie dann nicht gemeinsam weiter zum See geritten? Und wieso hatte Parolla keine Anstalten gemacht, in den Kampf mit dem Tiktar einzugreifen? Die Priesterin fuhr sich mit einer Hand übers Kinn. Wenn sie jetzt darüber nachdachte – wie im Namen der Spinne war es dieser Frau überhaupt gelungen, den halben Seufzerwald in nur sechs Tagen zu durchqueren? Eine Strecke von mehr als fünfzig Wegstunden? Zu Fuß? *Unmöglich!*

Ein Erzittern ihres verbliebenen Netzes unterbrach ihre Gedanken. Eine neue Spielfigur war auf dem Brett erschienen, ein kleines Stück weiter nördlich. Schnell sah sie noch einmal zu Andara und dem Tiktar hinüber. Andara ergriff gerade die Initiative; seine Schwerter flackerten mit schwarzen Flammen auf, als er den Altvorderling in die Defensive zwang. Sie zögerte kurz, bevor sie über ihre Fäden huschend das Stück Wald überwand, das zwischen ihr und dem Neuankömmling lag.

Sieh mal einer an.

Wie sich herausstellte, handelte es sich nicht nur um einen, sondern um ein Dutzend Leute. Jäger, um genau zu sein, die nun eine Straße entlangkamen, die nach Estapharriol führte. Jeder der Reiter trug einen mit einem Geweih geschmückten Helm, dessen vorderer Teil wie der Kopf einer fauchenden Bergkatze gestaltet war. Der Anführer war ein riesenhafter Kerl, der von Kopf bis Fuß in einem Plattenpanzer steckte. In einer Hand hielt er eine Halbmondaxt, in der anderen einen zerbeulten Schild. Die Geweihspitzen an seinem Helm waren mit Silber beschlagen; wie Romany angeekelt feststellte, ragte auch aus dem Kopf des Pferdes, das er ritt, ein Geweih.

Eine ungeordnete Gruppe Vamilianer versperrte ihnen den Weg, aber die Jäger achteten nicht weiter auf sie. Das Scheppern von Metall und das Knacken von Knochen ertönte, als sie über die Untoten hinwegwalzten.

Mit gerunzelter Stirn sah Romany den Reitern nach. Welches Interesse verfolgte der Herr der Jagd in diesem Spiel? Hatte der Gott seine Anhänger ausgesandt, um sich des Buches zu bemächtigen? Falls ja – glaubte er wirklich, dass er zahllose Jünger Shrouds mit einer kleinen Gruppe Jäger besiegen konnte? Dann sah Romany die Netze, die von den Sätteln der hintersten Reiter hingen. Magie war in die Fasern hineingewebt worden – Magie, die allem die Kraft entziehen sollte, das sich in ihnen verfing. Und da man wohl davon ausgehen konnte, dass diese Truppe nicht zum Fischen hier war, verfolgte sie offenbar jemanden. Jemanden, den ihr Herr so dringend haben wollte, dass er seine Untergebenen an diesen gottverlassenen Ort geschickt hatte. Aber wen? Mayot vielleicht? Oder einen seiner untoten Diener?

Es spielte keine Rolle. Wem auch immer die Jäger nachsetzten, schon allein ihre Anwesenheit würde sie – und damit auch ihren Herrn – unvermeidlich zu Gegnern Mayots machen.

Und das, überlegte Romany, konnte eigentlich nur von Vorteil sein.

Es hatte zu regnen begonnen, deshalb zog Parolla sich ihre Kapuze über den Kopf. Die Welt um sie herum war grau – vom wolkenbedeckten Himmel über die kohlenstaubigen Hüllen der Bäume bis zu den Blattstückchen und der Asche, die sich mit dem Regen vermischte und den Boden in Schlamm verwandelte, der die Farbe von Stahl angenommen hatte.

Die Vamilianer wurden wieder zahlreicher, und Parolla hatte die Hauptstraße verlassen und folgte jetzt einem Wildpfad, der sie nach Osten führte. Sie musste gegen den Drang ankämpfen, wieder loszurennen. Während des Kampfes in der kleinen Siedlung hatte sie viel von der dunklen Energie verbrannt, die sich seit Betreten des Waldes in ihr aufgestaut hatte, aber jetzt schwoll sie wieder in ihr an.

Tumbal erschien an ihrer Seite, beide Armpaare vor der Brust gefaltet. »Ihr nahmt dort auf der Lichtung ein großes Wagnis auf Euch, Gebieterin. Hätte Euch nur ein einziger Vamilianer entdeckt …«

»Vielleicht ist Eure Neugierde ansteckend, *sirrah*.«

»Wieso zoget Ihr Euch dann zurück? Wolltet Ihr nicht erfahren, welchen Ausgang der Zweikampf nehmen würde?«

»Nein, ich glaube nicht.«

Tumbal nickte. »Ich sorge mich um Euch. So viele böse Mächte ziehen sich an diesem Ort zusammen. Ich bin froh, dass Ihr keinen Zwist mit einem dieser zwei schrecklichen Schwertkämpfer hattet.«

»*Noch* nicht, vielleicht«, berichtigte Parolla. »Ihr dürft nicht vergessen, dass einer von ihnen bereits unter Mayots Kontrolle steht. Was seinen Gegner betrifft, so wird er aus demselben Grund hier sein wie ich – wegen des Buches.«

»Dessen könnt Ihr Euch nicht sicher sein …«

Parolla unterbrach ihn mit einer Handbewegung. Vor ihnen, hinter einem dichten Gestrüpp, bewegte sich etwas, und sie trat schnell hinter einen Baum und warf dem Gorlem einen warnenden Blick zu. Tumbals Bild war allerdings schon so verblasst, dass er hinter dem Regenvorhang kaum noch zu sehen war. Abgesehen von dem stetigen Tropfen war jetzt auch das Knarren von Rüstungen zu hören. Parolla griff mit ihren Sinnen weiter aus. Fäden von Todesmagie, ein Dutzend Vamilianer, mehr nicht. Das war natürlich keine Bedrohung für sie, aber vielleicht sollte sie diesen Trupp trotzdem zum Schweigen bringen, damit sie nicht entdeckt wurde und die Untoten keinen Alarm schlugen. Kraft leckte von ihren Fingern.

Plötzlich hörte sie Hufschlag, doch zwischen den Bäumen waren nirgendwo Pferde auszumachen.

Dann erkannte sie, dass die Geräusche nicht vor ihr, sondern hinter ihr ertönten. Und ihr fiel wieder ein, dass die Vamilianer keine Pferde hatten.

Als sie sich umwandte, schoss eine Welle von Licht über sie dahin, und sie schrie auf, als Zauberkraft flackernd an ihr leckte. Instinktiv löste sie die Ketten, mit denen sie ihr verdorbenes Blut stets im Zaum hielt, und die Dunkelheit wallte in ihr auf. Kraft brach aus ihr hervor, Schwärze kollidierte mit dem Licht und erzeugte eine Explosion, die alle Bäume in der Nähe entwurzelte und Parolla in die Knie zwang. Einige Herzschläge lang sah sie nichts weiter als ein grelles, weißes Glühen. Dann, als ihr Blick sich wieder klärte, erkannte sie, dass verwischte Farben über sie dahinströmten. Ein Stamm neigte sich unter Ächzen und Knarren, und Blätter wirbelten auf, als er schließlich umstürzte. Der Boden erzitterte, und Parolla stützte sich mit einer Hand im Matsch ab, um nicht vollends umgeworfen zu werden. Dabei merkte sie, dass ihre Hand von der Berührung durch Magie wund und geschwärzt war. Der Gestank von verkohltem Fleisch drang ihr in die Nase, sie schmeckte Blut und fühlte, wie es ihr über die Stirn in die Augen lief. Dann drang auch der Schmerz zu ihr durch, und sie unterdrückte einen Aufschrei. Aber schon schlossen sich ihre Wunden wieder, die verbrannten Stellen heilten, die verkohlte Haut pellte ab und spannte, als sich Narben bildeten.

Das Zischen eines gezogenen Schwertes ertönte. Als das Licht Parolla nicht mehr so stark blendete, sah sie vor sich vier Reiter – drei Männer und eine Frau –, die ohne Sattel auf weißen Pferden saßen, etwa zwanzig Schritte entfernt. *Fangalar.* Ihre grellbunten Roben boten einen heftigen Gegensatz zu ihrer eisig weißen Haut und den kalten, blauen Augen. Von den Vamilianern, die Parolla zuvor erspäht hatte, war nichts weiter übrig als rauchende Stümpfe aus verdrehtem Fleisch, aus denen schwarzer Schleim heraussickerte. Seltsamerweise waren die Fäden von Todesmagie, die zu ihnen führten, noch immer intakt, aber die Seelen der Vamilianer waren verschwunden, ausgelöscht von der Magie der Fangalar.

Parolla starrte die Reiter an. *Ich war nicht einmal das anvisierte Ziel, nicht wahr?* Sie bohrte sich die Fingernägel in die Handballen. *Sondern nur zur falschen Zeit am falschen Ort. Zur shroudverfluchten falschen Zeit am shroudverfluchten falschen Ort!*

Einer der Fangalar, ein Mann in orangefarbenem Gewand, trieb sein Pferd voran. Sein Haar trug er an den Schläfen rasiert, was die Konturen seines ausufernden, birnenförmigen Schädels noch betonte. Eine Weile sah er Parolla an, als ob er ihre Seele in seinen Händen wog. Dann hoben sich seine Mundwinkel. Er streckte die Hände aus, die Innenflächen offen zu ihr gerichtet, und fast hätte man es als Entschuldigung deuten können, wäre dieses sardonische Lächeln nicht gewesen. Kurz darauf wendete er sein Pferd und ritt seinen Gefährten nach Osten voran.

Parolla sah ihnen nach, bis sie außer Sichtweite waren.

»Gebieterin.« Tumbals Stimme war ein raues Flüstern in ihrem Kopf.

Tumbal. Als sie sich umdrehte, schwebte der Gorlem eine Armeslänge von ihr entfernt in der Luft, doch seine Umrisse verschwammen immer wieder. Ein grauer Schimmer lag über seinem schmerzverzerrten Gesicht. Die schwarze Flut in Parolla ebbte wieder ab. »*Sirrah*«, sagte sie. »Ihr seid verletzt.«

»Die Hexenkunst der Fangalar ... war darauf abgestimmt, die Vamilianer zu vernichten ... ihren Geist, nicht nur die Körper ...«

Parollas Blick streifte verständnislos über die Untoten. Dann dämmerte es ihr. Die Fangalar hatten geglaubt, mit dem Massaker an den Vamilianern vor vielen Jahrhunderten das Geheimnis bewahrt zu haben, von dem ihre Feinde erfahren hatten. Als sie dann jedoch entdeckten, dass die Vamilianer wiederbelebt worden waren, hatten sie offenbar beschlossen, deren Seelen zu zerstören, um sich endgültig ihres Schweigens zu versichern.

»Ich bin ... voll des Dankes, Gebieterin«, sagte Tumbal.

»Voll des Dankes? Wofür?«

»Dass Ihr mich errettet habt ... Eure Magie ...«

Kälte erfasste Parolla. »Was ich getan habe, tat ich nur für mich. Ich habe gar nicht darüber nachgedacht ...«

»Ihr hättet das nicht wissen können.«

»Es hätte mir klar sein müssen.«

»Ihr wart nicht gewarnt worden.«

Parolla fuhr zu ihm herum. »Es hätte mir klar sein müssen!« Die Dunkelheit wallte wieder in ihr auf, und sie atmete stoßweise ein, um sich zu beruhigen. »Wunden des Geistes kann ich nicht heilen, aber vielleicht könnte einer von Shrouds Dienern ... Könnt Ihr noch eine Weile durchhalten?«

Tumbal lächelte gezwungen. »Es bleibt mir wohl nichts anderes übrig … als das zu versuchen …«

Parolla blickte in die Richtung, in der die Fangalar verschwunden waren. »Wartet hier auf mich.«

»Folgt … ihnen nicht, Gebieterin.«

»Habe ich gesagt, dass ich das tun wollte?«

»Bitte. Ich möchte Euch nicht … noch mehr Schmerz bereiten …«

Parolla spürte den Blick des Gorlem auf sich ruhen, sah sich aber nicht mehr um. Stattdessen sammelte sie ihren Mut und begann zu laufen.

Romany rieb sich die Hände. Mayots Ende war nahe, denn die Mächte, die sich seiner Festung näherten, waren zu groß, um von seiner schwächlichen Truppe untoter Diener in Schach gehalten zu werden. Gut, die größeren Verbände von Shrouds Jüngern waren noch ein gutes Stück von Estapharriol entfernt, aber über zwanzig seiner Anhänger hatten inzwischen die Kuppel aus Todesmagie durchstoßen, und dann gab es noch eine Reihe von Fremden, die offenbar auch von der Macht des Buches angezogen worden waren.

Den heftigen Ausbruch von Fangalar-Zauberei hatte Romany gleich bemerkt, und sie war hastig über die Fäden ihres Netzes geeilt, um sich anzusehen, was da geschah. Für den Kampf der Krieger gegen Parolla kam sie zu spät, aber die Tatsache, dass beide Seiten ihn überstanden hatten, ließ darauf schließen, dass niemand seine vollen Kräfte eingesetzt hatte; demnach hatten sie erkannt, dass ihr wirklicher Feind ein anderer war – Mayot. War es zu früh, darauf zu hoffen, dass sie vielleicht zusammenarbeiten würden, um den Magier gemeinsam zu Fall zu bringen?

Romanys Blick fuhr über die dampfenden Überreste der Vamilianer. Leider waren die Fangalar ihren uralten Feinden gegenüber nicht ähnlich langmütig gewesen. Bisher hatte die Priesterin mithilfe ihres Netzes keine weiteren Fangalar-Krieger aufgespürt, und da vier Reiter schwerlich alle Vamilianer im Wald auslöschen konnten, würden sie sich schnell auf die Kraft konzentrieren wollen, die diese Untoten am Leben erhielt. Und das bedeutete die Auslöschung von Mayot. Unter anderen Umständen hätte Romany es vielleicht amüsant gefunden, dass die Fangalar, wenn sie das Buch zerstörten, damit die Vamilianer vom Joch der Sklaverei befreien würden …

Es sei denn, sie beabsichtigten, die Herrschaft des Buchs über die Untoten für einen noch viel dunkleren Zweck zu nutzen.

Mit gerunzelter Stirn schlich Romany ihnen nach.

Luker nahm nichts anderes mehr wahr als das Schwert seines Meisters. Er brauchte jeden Fetzen Konzentration, um am Leben zu bleiben, um mit dem Willen zu parieren und zuzuschlagen, während er gleichzeitig seine Klingen tanzen ließ, um Kanon auf Abstand zu halten.

Lange schon war Luker davon ausgegangen, dass er seinem Meister in all seinen Fähigkeiten ebenbürtig war. Während ihrer letzten gemeinsamen Reise hatte er sich bei ihren Übungskämpfen stets gut geschlagen und Kanons Schilde ebenso oft unterlaufen, wie seine eigenen Schutzzauber geknackt wurden. Hätten sie sich allein mit Schwertern duelliert, wäre der Kampf vielleicht ausgeglichener gewesen. Aber wenn es um den Willen ging, dann war sein Meister stärker – selbst dann noch, während er gegen das shroudverfluchte Buch ankämpfte. Wenn Kanon ihn hätte erledigen wollen, wäre der Kampf bereits vorbei gewesen. Tatsächlich vermutete Luker, dass er überhaupt nur deswegen noch am Leben war, weil er die Technik seines Meisters so gut kannte.

Dass sich seine linke Hand wegen der Berührung mit Chamerys Todesmagie noch immer ein wenig taub anfühlte, war auch nicht gerade hilfreich. Bereits zu Beginn des Zweikampfs hatte ein willensverstärkter Schlag Kanons Luker beinahe das Schwert aus den lahmen Fingern gerissen, und erst jetzt kehrte das Gefühl allmählich wieder zurück. Luker musste sich aber schon wieder mit einem neuen Problem herumschlagen: Bei einem Angriff Kanons, den er nur teilweise hatte abwehren können, hatte er sich einen langen Schnitt am linken Handgelenk zugezogen, und jetzt rann ihm das Blut über die Finger und machte den Schwertgriff glitschig.

Nun musste er einem Hagel aus Hieben ausweichen und glitt auf dem morastigen Boden aus. Aus seinem Stolpern machte er schließlich einen Hechtsprung, der ihn außer Reichweite von Kanons Klinge brachte, und rollte sich hinter einen Baumstumpf. Völlig schlammbedeckt kam er gerade rechtzeitig wieder auf die Beine, um einen Schlag von Kanons Willen abzufedern, der ihn einen Schritt zurückwarf. Funken flogen, als er einen weiteren blitzschnellen Stoß mit dem Schwert abwehrte.

Verteidigen, immer nur verteidigen, verdammt noch mal. Gut – dass sein Meister sich gegen die Herrschaft des Buchs stemmte, hatte einige Lücken in seine Deckung gerissen, aber die Wunden, die Luker ihm in diesen Augenblicken hätte zufügen können, hätten gegen einen untoten Gegner nichts ausgerichtet. Um diesen Kampf zu beenden, musste er einen entscheidenden Schlag landen. Aber wie? Denn, wenn er auch die Technik seines Meisters kannte, so war Kanon ebenso gut mit der von Luker vertraut. Wie hätte es auch anders sein können – Kanon hatte ihm schließlich alles beigebracht, worauf er jetzt zurückgriff. *Nun, nicht alles.* Konnte er das vielleicht zu seinem Vorteil nutzen? Kannte Kanon seine Art zu kämpfen vielleicht auch *zu* gut? *Vielleicht wäre es an der Zeit, ihm ein paar von den Tricks zu zeigen, die ich in den Jahren gelernt habe, die wir nicht zusammen verbrachten.*

Der Zusammenprall ihrer Willenskräfte schallte über die Lichtung. Luker wich einem Streich aus und zuckte zusammen, als das Schwert seines Gegners seine linke Schulter streifte.

Jetzt schien ein günstiger Augenblick gekommen.

Wieder hagelte ein Angriff auf Luker nieder, aber statt sich zurückzuziehen, wirbelte er auf dem Absatz herum und ließ die linke

Klinge nach dem Kopf seines Meisters zucken. Kanon wehrte den Hieb natürlich ab – es war eines von Lukers Lieblingsmanövern – und konterte. Luker fing den Stich ab, drehte das Handgelenk und stach nach der Brust, während sein Meister parierte.

Soweit ganz und gar, wie es sein sollte.

Aber als er nachsetzte, um den kurzen Vorteil zu nutzen, der sich ihm bot, war Kanons Schwert schon zur Stelle, um den nächsten Schlag dieser vertrauten Sequenz abzufangen: ein Schlag gegen die rechte Hüfte.

Doch der kam nie.

Eine Finte. Eine winzige Pause folgte, und dann krachte Lukers linkes Schwert gegen die Waffe seines Meisters und drückte die Klinge einen Augenblick nieder, während Kanon versuchte, sie wieder emporzureißen.

Das genügte, damit Lukers rechtes Schwert eine horizontale Linie beschrieb und nach dem Hals seines Meisters ausholte.

Auch wenn es ihn sicherlich überraschte, blieb Kanon genug Zeit, um die Klinge kommen zu sehen, um auszuweichen oder sie mit seinem Willen beiseite zu schlagen. Stattdessen blieb er stehen, ohne mit der Wimper zu zucken, und der Schatten eines Lächelns fuhr über sein Gesicht.

Lukers Schwert schlug durch Fleisch und Knochen, und Kanons Kopf flog davon, drehte sich einige Male in der Luft und landete dann in einer Pfütze.

Vamilianische Krieger schwärmten aus einer Seitenstraße und rannten auf Ebon zu, doch Galeas unsichtbare Zauberbarriere warf sie wieder zurück. Jeden Augenblick schien die Zahl der Untoten, die sich um sie drängten, größer zu werden; dabei sah er noch viele Dutzend weitere, die bewegungslos in den Ruinen lagen, und er musste an den Fremden mit den Sicheln denken, den er am Tag zuvor im Wald erspäht hatte. Aber konnte ein einzelner Krieger, auch wenn er besondere Fähigkeiten besaß, für den Tod so vieler Gegner verantwortlich sein? Ebon bezweifelte das. Auf seinem Ritt hierher hatte er mitbekommen, dass an mehreren Stellen in der Stadt gekämpft wurde. Ganz offensichtlich führte hier jemand Krieg gegen die Untoten, aber waren all diese geheimnisvollen Kämpfer in der Lage, die magischen Fäden zu durchschlagen, so wie es der Sichelkämpfer getan hatte? Und falls ja, wer im Namen des Wächters waren sie, und warum taten sie sich nicht zusammen, um einen einzigen konzentrierten Angriff zu führen?

Aber ebenso wenig, wie die Feinde der Untoten sich miteinander abstimmten, schienen Mayots Truppen organisierten Widerstand zu leisten. Zwar waren viele Straßen der Stadt durch umgestürzte Bäume oder Schuttberge versperrt, aber es gab keine Barrikaden, keine Schildwälle, keine Reihen von Bogenschützen und keine Sackgassen, in die man Reiter hätte locken können. Mayot zeigte bei der Verteidigung seiner Bastion einen ebenso großen Mangel an taktischem Geschick, wie er ihn beim Angriff auf Majack hatte erkennen lassen.

Die Rotunde lag jetzt direkt vor ihnen. Sie befand sich inmitten eines Viertels, in dem die Gebäude insgesamt noch in besserem Zustand waren als anderswo. Ebon hatte erwartet, dass dieser große Bau sein Ziel sein würde, aber als er einige Trümmer vor einem eingestürzten Haus umrundete und diese Richtung einschlagen wollte, spürte er eine Welle des Zorns seitens der Göttin, die ihm befahl, stattdessen auf einen kleinen Berg im Osten zuzuhalten. Ebon lenkte sein Schlachtross nach rechts, auf eine von Bäumen gesäumte Straße. Ein halbes Dutzend Vamilianer wollte ihm den Weg versperren, aber ein kleiner Schlag Galeas, von Ebon ausgeführt, schleuderte sie beiseite, und er galoppierte an ihnen vorüber.

Vor ihnen gabelte sich die Straße. Ebon nahm die rechte Abzweigung, die zum Berg hinaufführte, während die Rotunde nun zu seiner Linken lag. Mit jedem Schritt auf diesem Anstieg schien sich auch der Zorn der Göttin zu steigern. Schon bald hatten sie die bebauten Viertel hinter sich gelassen; der Bergrücken war lediglich mit Bäumen bestanden. Hier oben befanden sich keine Ruinen, und kein einziger untoter Krieger versperrte ihnen den Weg.

Stirnrunzelnd horchte Ebon in sich hinein. »Galea, wohin führt Ihr uns?«

Wie er erwartet hatte, antwortete die Göttin nicht.

Nach einigen hundert Herzschlägen hatte Ebon die Anhöhe erreicht. Er zügelte sein Pferd neben einem umgestürzten Baum und sah sich dann nach seinen Gefährten um. Einzeln oder in Zweiergrüppchen traten sie aus dem Regen, zuerst Vale und Garat, dann die Soldaten des Consel und schließlich, als letzter, Mottle. Ebon zählte schnell durch und stellte fest, dass sie es ohne weitere Verluste bis hierher geschafft hatten. Wo auch immer dieses »hier« sein mochte.

Ebon wischte sich die Regentropfen aus den Augen und blickte zur Stadt hinunter. Durch eine Lücke in den Bäumen konnte er die Rotunde sehen, wie sie in Schatten gehüllt die verfallenen Gebäude überragte. Dünne, schwarze Nebelschwaden ringelten sich aus den Löchern im Dach in den Himmel, der von der Magiekuppel bereits verdunkelt wurde und durch den herannahenden Sturm noch düsterer wirkte.

»Ein beeindruckender Blick«, bemerkte Garat. »Sind wir wegen der schönen Aussicht hergekommen?«

Noch bevor Ebon antworten konnte, spürte er eine Hand auf seinem Arm und wandte sich um. Vale deutete auf die andere Seite des Berges. Aus den Schatten zwischen den Bäumen kamen vier Reiter einen Pfad herauf. Sie trugen Gewänder in leuchtenden Farben, und ihre Haut war so blass, dass sie in der Dunkelheit zu glühen schien. Ebon fühlte Galeas Zorn wütend in sich aufflammen, so stark und so heftig, dass er ihn einen Augenblick lang für seinen eigenen hielt.

Fangalar. Jetzt verstand er.

Die Neuankömmlinge erblickten ihn und hielten an.

»Eine Falle, Consel!«, rief einer der sartorianischen Soldaten. »Wir sind hierher gelockt worden …«

»Schweigt!«, fuhr Garat ihn an.

Der Consel sagte etwas zu Ebon, aber der König hörte nicht zu. Er rief die Göttin. »Galea, kommt zu mir.«

Nichts.

Jetzt schleuderte er all seine Gedanken gegen die Mauer, die die Göttin zwischen ihnen errichtet hatte. »Glaubt Ihr, ich wüsste nicht, wieso Ihr mich hierhergeführt habt? Ich bin nicht den ganzen Weg gekommen, um die alten Rechnungen zwischen Euch und den Fangalar zu begleichen.«

Plötzlich war Galea in ihm, kalt und ungehalten. »Du wirst tun, was ich dir sage, Sterblicher. Wenn ich nicht gewesen wäre, dann wärst du schon mehrere Male gestorben. Dein Leben gehört mir!«

»Das war kein Teil unserer Abmachung. Wir hatten vereinbart …«

»Ich weiß, was wir vereinbart haben. Und ich ändere unsere Abmachung jetzt. Du solltest besser darauf hoffen, dass ich sie nicht noch mehr ändere.«

Ebon verzog das Gesicht. Er hatte schon seit einer ganzen Weile erwartet, dass Galea ihm einen Dolch in den Rücken stoßen würde, aber deswegen tat es jetzt, da es endlich geschah, nicht weniger weh. »Wieso tut Ihr das? Wenn ich hier sterbe, verliert Ihr Eure Chance, Mayot zu fällen. Und ich verliere die Chance, mein Volk zu retten.«

»Dieses Risiko gehe ich gern ein.«

»Und wenn ich das nicht tue?«

In der Stimme der Göttin schwang ein wenig Humor mit. »Dafür ist es jetzt zu spät. Die Fangalar spüren meine Präsenz in dir.«

Ebon merkte, wie der Zorn in ihm aufwallte. »Dann gilt ihr Kampf nur mir, und mir allein«, sagte er. »Ich werde meine Gefährten nicht für Eure Sache opfern.«

»Ohne sie kannst du nicht gewinnen. Zwei der Fangalar sind Magier …«

Ebon brach den Kontakt ab. Er hätte gern sämtliche Verbindungen zu ihr gekappt, aber jetzt brauchte er ihre Kräfte mehr denn je.

Einer der Reiter – ein Mann in einem orangefarbenen Gewand – rief ihnen über die Hügelkuppe Worte zu, die der Wind mit sich nahm.

Garat lenkte sein Pferd in Ebons Blickfeld.

»Shroud soll Euch holen, Euer Majestät!«, zürnte er. »Ich werde nicht zulassen, dass Ihr mich derart ignoriert. Wieso habt Ihr uns hierhergebracht? Sind das hier die Leute, die die Untoten kontrollieren?«

Ebon schüttelte den Kopf. »Es ist keine Zeit, das zu erklären, Consel.«

»Beim Abgrund, das interessiert mich nicht! Ich will Antworten!«

»Dann reitet zur Rotunde«, sagte Ebon und deutete zur Stadt hinunter. »Dorthin führen die Fäden von Todesmagie, zu einem Magier namens Mayot Mencada. Er ist die lenkende Kraft hinter all dem.«

»Ihr erwartet, dass ich …«

»Bitte, Consel. Das hier ist nicht Euer Kampf.«

»Aber der Eure? Wieso? Wer sind diese Fangalar? Woher wusstet Ihr, dass sie hier sein würden?«

Ebon antwortete nicht. Er bezweifelte, dass die Fangalar ihnen ruhig zusehen würden, während er dem Consel alles haarklein erklärte – noch dazu Dinge, die ihm der Sartorianer höchstwahrscheinlich sowieso nicht glauben würde.

Garat sah ihn einen Herzschlag lang an, dann wendete er sein Pferd. Sein Gesicht war wutverzerrt. »Wie Ihr wollt«, stieß er hervor. »Betrachtet meine Blutschuld ab sofort als bezahlt. Wenn wir uns wiedertreffen sollten, werde ich Euch auf der Stelle niederstechen.« Bei diesen Worten schlug er mit den Zügeln auf den Hals seines Pferdes und galoppierte den Hügel hinab. Seine Truppen folgten ihm.

Ebon wandte sich an Vale und Mottle. »Ihr auch«, erklärte er. »Geht.«

Vale schüttelte den Kopf.

»Tu, was ich sage. Es ist nicht nötig, dass wir alle hier sterben.«

»Spar dir deinen Atem. Ich gehe nirgendwo hin.«

»Das ist keine Bitte, Vale. Wir sind hierher gekommen, um die Fäden der Untoten zu durchschlagen ...«

»Nein, *du* bist gekommen, um ihre Fäden zu durchschlagen. Ich bin hier, um dir den Rücken freizuhalten.« Vale deutete mit einer Kopfbewegung zu den Fangalar hinüber. »Wenn wir mit denen da fertig sind, können wir uns mit den Blassgesichtern beschäftigen.«

Ebon lächelte ein wenig. *Wenn wir mit denen fertig sind?* In Majack war es ihnen kaum gelungen, einen einzigen Fangalar zu überwältigen. Wie groß standen ihre Chancen gegen vier, auch wenn, wie die Göttin behauptet hatte, nur zwei von ihnen Magier waren?

Nur zwei.

Ebon sah Mottle an. Der Alte hatte die Augen geschlossen und den Kopf leicht schräg gelegt; er runzelte die Stirn.

»Magier, bist du bei uns?«

Mottles Augen blieben geschlossen. »Kannst du sie spüren, mein Junge? Die Windströme sind hier sehr stark. Unzählige Geheimnisse werden vom Sturm emporgewirbelt und über Reiche und Meere getragen. Ein Durcheinander von Stimmen, die alle um Mottles gelehrte Aufmerksamkeit buhlen ...«

»Später, Magier«, unterbrach ihn Ebon, der den Fangalar mit dem orangefarbenen Gewand argwöhnisch musterte. »Im Augenblick, so fürchte ich, gibt es wichtigere Dinge, um die ich mich kümmern muss.«

Mottle öffnete ein Auge und ließ den Blick über die Reiter wandern.

Dann machte er es wieder zu.

20

Luker hörte Stimmen, die ihm etwas zuriefen, doch das Dröhnen in seinen Ohren hinderte ihn daran, irgendetwas davon zu verstehen. Kanons Kopf lag mit dem Gesicht nach unten in einer Wasserlache. Einen Herzschlag lang stand sein enthaupteter Körper allen Naturgesetzen zum Trotz noch aufrecht. Dann gaben seine Beine nach, und er brach zusammen. Der Faden der Todesmagie, der ihn gesteuert hatte, blieb jedoch intakt, was bedeutete, dass sein Geist noch immer in seinem Körper gefangen war. Luker stand wie erstarrt da. Er konnte Kanon ebenso wenig hier zurücklassen, wie er ihn mit sich nehmen konnte, aber plötzlich stürmten die Vamilianer auf ihn zu und nahmen ihm die Entscheidung ab. Ein Segen – auf diese Weise konnte er nicht darüber nachdenken, was gerade geschehen war.

Ihm wurden Zügel in die Hand gelegt, und als er den Kopf hob, sah er Merin auf seinem Pferd, den bewegungslosen Chamery bäuchlings vor sich. Luker schwang sich auf sein eigenes Reittier. Er blickte noch einmal über die Lichtung und hoffte, dass er in der Lage sein würde, hierher zurückzufinden, wenn die Zeit gekommen war. Dann stieß er seinem Pferd die Fersen in die Weichen und folgte Merin und Jenna, die bereits eine Schneise durch die Untoten am Ende der Lichtung schlugen.

Die Zeit verging, ohne dass er etwas wahrnahm. Luker war sich vage bewusst, dass er seine Gefährten über einen schmalen Wildpfad führte, während die Vamilianer auf allen Seiten immer näher kamen.

Er tastete nach seinem Willen, befühlte ihn, spürte, dass sein ganzer Körper heiß war und seine Hände zitterten. Er brauchte einen klaren Kopf, was bedeutete: jetzt einfach das Geschehene verdrängen und sich auf die Aufgabe konzentrieren, die direkt vor ihm lag. Für alles andere würde später Zeit sein. Viel zu viel Zeit. Aber immer wieder sah er die letzten Augenblicke dieses Duells vor seinem inneren Auge – wie der Kopf seines Meisters in dieser Pfütze lag. Kanon hatte ihn gewinnen lassen, das wusste er. Er hatte ihm sogar geholfen. Denn als Lukers Klinge nach dem Hals seines Meisters schlug, hatte der seinen Willen gegen das Buch gestemmt und einen letzten verzweifelten Versuch unternommen, sich von dessen Joch zu befreien. Es war ihm nicht gelungen, aber Luker hatte dadurch die Möglichkeit bekommen, seinen entscheidenden Schlag zu landen.

Ihm drehte sich der Magen um, und Wut stieg in seiner Kehle empor. Mayot hatte also gedacht, es wäre lustig, die beiden wieder zu vereinen, wie? *Lachst du jetzt, Magier? Siehst du deinen eigenen Tod nahen?* Nicht einmal Shroud würde zwischen ihn und Mayot treten können, wenn der Augenblick gekommen war. Dann fiel ihm wieder ein, was Kanon auf der Lichtung zu ihm gesagt hatte. Vier vamilianische Elite-Kämpfer beschützten Mayot. Welche Chancen hatte Luker, sie zu überwinden, nachdem Kanon es nicht vermocht hatte? Er schob den Gedanken weg. Er würde es schaffen, ganz einfach deshalb, weil er musste.

Außerdem hatte er einen entscheidenden Vorteil gegenüber seinem Meister: Inzwischen wimmelte es im Wald vor Anhängern Shrouds. *Jetzt muss ich nur noch einen von diesen Ärschen finden.*

Nach einer Weile kam er an eine morastige Straße, die nach Norden zum Ausgangspunkt der Fäden von Todesmagie führte. Noch während er sein Pferd in diese Richtung lenkte, sah er etwas, das ihn aus seinen Überlegungen riss. Eine Mauer aus schwarzer Hexenkunst. Nein, eine Kuppel, die sich so hoch hinaufschwang, dass sie die Sturmwolken berührte. Unter dem leichten Regen schimmerte die

Oberfläche, als ob tausend Funken schwarzen Feuers darauf spielten. Dort, wo die Straße hindurchführte, klaffte ein großer Riss in dieser Wand, und rings herum lagen viele reglose Vamilianer.

Luker ließ sein Pferd vor der Öffnung anhalten, und Merin schloss zu ihm auf. Der Tyrin streckte die Hand nach der Wand aus, ließ sie aber wieder sinken, noch bevor er diese Wand berührt hatte. Als er Luker ansah, spiegelten sich Flammen in seinen Augen. »Was ist das für ein Ding?«

Der Bewahrer ignorierte die Frage und ritt einfach durch den Spalt hindurch. Hatten sie sich zuvor in Halblicht bewegt, so war es dahinter noch dunkler. Die Straße vor ihnen wurde von riesigen Säulen flankiert, und tote Vamilianer säumten ihren Rand. Hier herrschte nur Dunkelheit, bis das aufblitzende Licht eines etwas weiter entfernten Zauberduells den Blick auf verfallene Gebäude und abgestorbene Bäume freigab, so weit das Auge reichte.

Luker trieb sie zur Eile; er wusste, dass ihnen die Untoten von der Lichtung dicht auf den Fersen sein würden. Nach ein paar hundert Schritten bog er in eine schmale Gasse, die voller Trümmer lag, und suchte nach einem Gebäude, das noch über vier intakte Mauern verfügte. Schließlich musste er sich mit einem Haus zufrieden geben, das zumindest auf drei Seiten noch erhalten war und auf der vierten recht gut von den herabhängenden Zweigen eines Ketarbaums abgeschirmt wurde. Er schwang sich aus dem Sattel, bahnte sich einen Weg durch ein Dickicht aus Wurzeln und führte sein Pferd ins Innere. Der Boden des Hauses war mit losen Steinen, Tonscherben und jeder Menge Dreck und Blättern bedeckt. Die Äste des Ketarbaums hielten immerhin den meisten Regen ab.

Merin und Jenna folgten ihm.

»Wieso haben wir angehalten?«, fragte der Tyrin.

Luker antwortete nicht. Stattdessen zog er ein Seil aus einer Satteltasche und ging damit zu Merins Pferd hinüber. Dann packte er Chamery an seinen Gewändern und zog den Magier auf den Boden.

Die Kleidung des Jungen war voller Blut. Luker untersuchte ihn auf Wunden und schlug ihm hart ins Gesicht. Er rührte sich nicht. Dann drehte er ihn auf den Bauch und band ihm die Handgelenke hinter dem Rücken zusammen.

»Was macht Ihr da?«, fragte Merin.

»Ich wollte wissen, ob ich immer noch einen Weberknoten machen kann. Wonach sieht es denn wohl aus, verdammt noch mal?«

»Der Magier braucht Heilung.«

»Und wer soll sie ihm geben? Ihr vielleicht? Der Junge hat sich garantiert eine ganze Reihe von Rippen gebrochen, und wahrscheinlich hat er auch innere Blutungen.«

»Ihr wollt ihn einfach hier lassen?«

»Habt Ihr vielleicht eine bessere Idee?« Luker zog einen Knoten straff und machte sich dann an Chamerys Knöcheln zu schaffen. »Wenn er durchkommt, kann er sich selbst heilen. Und wenn nicht, dann kann er uns wenigstens nicht verfolgen, nachdem Mayot ihn wiederbelebt hat.«

Merin schwieg und dachte nach. »Wir brauchen ihn«, sagte er schließlich.

»Beim Abgrund, ganz bestimmt nicht! Der Junge ist eine Belastung.«

»Falls Euch das nicht aufgefallen sein sollte: Wir haben im Augenblick nicht so furchtbar viele Verbündete.«

»Und Ihr meint, das ist er? Ein Verbündeter? Und wenn wir Mayot das Buch abgenommen haben, was ist dann? Wollt Ihr dann noch einmal gegen Chamery kämpfen?«

Wieder folgte eine Pause. »Seit wann interessiert es Euch, was mit diesem Buch passiert?«

Luker sah den Tyrin an. »Das Buch muss zerstört werden.«

»Unser Befehl …«

»Zu den Neun Höllen mit Eurem Befehl! Bei Shrouds Gnade, Mann, zieht doch nur ganz kurz mal Euren Kopf aus dem Arsch des

Imperators und denkt nach! Fragt Ihr Euch etwa schon gar nicht mehr, wieso Avallon das Buch haben will?«

»Ich stelle die Befehle meines Herrn nicht ...«

»Er will es, weil er es benutzen will«, unterbrach Luker ihn. »Deswegen hat er es überhaupt erst von Mayot stehlen lassen.«

Das war zwar nur eine vage Vermutung, aber Merin machte sich nicht die Mühe, es abzustreiten. »Ihr wisst nicht, wogegen sich Avallon behaupten muss. Wie groß die Bedrohungen sind, denen das Reich gegenübersteht.«

»Die Kalaneser ...«

»Die Kalaneser sind unser kleinstes Problem.«

»Wer dann?«

Merin antwortete nicht.

Luker schnaubte und zog die Fesseln straff. Nicht, dass ihn das wirklich interessiert hätte. Er stammte aus Talen, nicht aus Erin Elal, und abgesehen von Kanon hatte es verdammt wenige Leute in Arkarbour gegeben, die ihm das nicht ständig wieder unter die Nase gerieben hatten. Die meisten davon waren inzwischen tot. Er stand auf. »Selbst wenn ich Euch diese Geschichte abkaufte – nicht einmal Avallon wäre so dumm zu glauben, dass ihm das Buch irgendwie helfen würde.« Er deutete in die Richtung, aus der ein neuerlicher Zauberblitz den Raum erhellte. »Er hätte viel zu viel damit zu tun, diese Leute abzuwehren, um es selbst benutzen zu können.«

»Was der Imperator mit dem Buch macht, geht uns nichts an. Es zählt allein, dass er uns befohlen hat, es ihm zu bringen.«

»Und wie wollt Ihr das anstellen? Selbst wenn Ihr dieses Ding in die Hände bekämt, wie wahrscheinlich wäre es wohl, dass Ihr damit heil nach Hause gelangt?«

»Wer auch immer das Buch besitzt, beherrscht die Untoten.«

»Wenn er ein Leichenküsser ist, vielleicht. Seid Ihr das?« Luker sah ihn mit zusammengekniffenen Augen an. »Es sei denn natürlich, Ihr wollt mit Mayot verhandeln.«

Der Tyrin antwortete nicht darauf.

»Was kann der Imperator überhaupt anbieten, was Mayot sich nicht einfach selbst nehmen könnte?«

»Ich habe es satt, Eure Fragen zu beantworten, Bewahrer. Ihr solltet Euch entscheiden, wem Ihr die Treue halten wollt. Wenn ich Mayot gegenübertrete, kann ich niemanden in meinem Rücken gebrauchen, dessen ich mir nicht sicher bin.«

Luker lachte. »Ihr wisst ja, wo die Tür ist.«

Merin starrte ihn eine Weile an und rieb sich den Hals, als ob er sich an ihre Auseinandersetzung in der Taverne von Arkarbour erinnerte. Dann wendete er sein Pferd und ritt hinaus auf die Straße.

Jenna war abgestiegen und hatte jetzt die Arme vor der Brust verschränkt. Stahl schimmerte in ihrer Hand. Sie warf ihm einen fragenden Blick zu.

Der Bewahrer schüttelte den Kopf. »Lass ihn gehen.«

Der Fangalar im orangefarbenen Gewand rief wieder etwas, aber als Ebon versuchte, in der Allgemeinen Sprache darauf zu antworten, blickte der Mann nur noch finsterer drein. Galea hatte gesagt, dass die Reiter ihre Präsenz spüren würden. Wenn das stimmte, dann waren sie jedenfalls nicht übermäßig beeindruckt. Versuchte der Anführer vielleicht, direkt mit der Göttin zu sprechen? Erwartete er eine Antwort von ihr?

Ebon sah Mottle an. Dem Alten klebten einige Haarsträhnen an der Stirn, und seine speckige, weiße Robe hing feucht von seinen Schultern. »Verstehst du ihre Sprache, Magier?«

»Man muss doch die Worte nicht verstehen, mein Junge, um sich ihre Bedeutung zu erschließen.«

»Ich habe nur das Wort der Göttin, dass sie uns feindlich gesinnt sind. Vielleicht wollen sie verhandeln.«

Mottle hob eine Augenbraue. »Die Fangalar sind nicht gerade dafür bekannt, nach diplomatischen Lösungen zu suchen.« Er machte eine weit ausholende Armbewegung zu den verfallenen Gebäuden weiter unten am Berg. »Wie dir vielleicht ein Blick auf die Zerstörung beweisen sollte, die sie über diese schöne Stadt brachten.«

»Falls nichts anderes als ein Kampf in Frage käme, dann hätten die Fangalar doch längst schon angegriffen. Was sagt ihr Anführer? Wieso versucht er überhaupt mit uns zu reden?«

»Vielleicht solltest du diese Fragen der Göttin stellen.«

»Würdest du den Antworten trauen, die sie uns gibt? Sie will diesen Kampf.«

Stahl erklang, als einer der Fangalar sein Schwert zog. Unter ihren Gegnern war auch eine Frau in einer gelben Robe, die sich jetzt in drängendem Ton an ihren Anführer wandte. Ohne den Blick von Ebon zu lösen, hieß er sie mit einer Handbewegung schweigen.

Der König sah Vale an. »Welche Möglichkeiten haben wir?«

»Wenn wir uns jetzt zurückziehen«, sagte der Endorianer, »dann überlassen wir ihnen die Initiative. Ich würde sagen, wir sollten zuerst zuschlagen.«

»Mit welchem Ziel? Wir können diese Auseinandersetzung nicht gewinnen. Selbst wenn wir die Fangalar besiegen, würden sie doch gleich wieder zum Leben erweckt …« Er verstummte. Der Wind war abrupt eingeschlafen, und die Äste der Bäume in ihrer Nähe schwankten nicht mehr; der peitschende Regen ließ nach und verwandelte sich in ein sanftes Nieseln. Ebon wandte sich an Mottle. »Was passiert hier?«

Der Alte schüttelte ungläubig den Kopf. »Die Fangalar zapfen die Kraft des Sturms an! Bei den Furien, so eine grenzenlose Dummheit! Merken sie denn nicht, dass Mottle auf diesem Gebiet der Meister ist?« Seine Augen glänzten. »Wenn du erlaubst, mein Junge.«

»Warte …«

Aber bevor Ebon seinen Satz beenden konnte, schoss der Wind wie ein Hammer in die Gruppe der Fangalar. Einer der Reiter – jener Mann, der vor wenigen Augenblicken noch sein Schwert gezogen hatte – ließ seine Waffe fallen. Die Frau mit der gelben Robe zerrte an den Zügeln ihres Pferdes, als sich das Tier aufbäumte. Der Anführer blieb allerdings bewegungslos sitzen, ohne dass der Sturmwind sein Haar oder seine Kleidung zu erreichen schien. Sein steinerner Blick ruhte noch eine Weile auf Ebon. Dann lächelte er.

Auf diese unausgesprochene Herausforderung hin wallte Galeas Zorn in Ebon auf. Ihre Macht floss durch seine Adern, und eine Kälte packte ihn, als wäre er in einen Bottich mit Eiswasser geworfen worden. Er biss die Zähne zusammen.

Die Wolken über ihren Köpfen begannen sich zu drehen und türmten sich zu einem riesigen Massiv auf. Ein Windstoß packte Ebon, und sein Schlachtross tänzelte und schnaubte. Er rief Mottle etwas zu, aber der Magier antwortete nicht. Dann hob der Alte die Arme und stieß einen Freudenschrei aus, als er wild um sich fuchtelnd in die Luft emporgerissen wurde. Er verschwand in den mahlenden grauen Wolken.

Bei den Tränen des Wächters.

Plötzlich gab der Fangalar-Anführer ein Zeichen, und die Luft um Ebon entzündete sich. Galeas Schutzschild bewahrte ihn vor der unmittelbaren Wucht des Zaubers, aber er wurde trotzdem aus dem Sattel geschleudert. Dann landete er hart auf dem Rücken, und alle Luft wich aus seinen Lungen. Sein Kopf krachte auf den Boden.

Die Welt drehte sich.

Luker sah dem Kampf vom Eingang des dunklen Hauses aus zu.

Hinter der großen Horde Vamilianer konnte er nur einen kurzen Blick auf ihre Gegnerin erhaschen, eine Schwertkämpferin mit rasiertem Kopf. Sie überragte ihre Angreifer um mehr als eine Haupteslänge, und sie schwang ihr Langschwert so lässig, als wöge es nicht mehr als ein Duelldegen. Mit der anderen Hand hielt sie einen Schild, der das Bild eines Rallenfalken zeigte. Ihre Gesichtszüge waren hinter dem strömenden Blut kaum zu erkennen, und das rechte Ohr war ihr komplett abgetrennt worden.

Am auffälligsten jedoch war der Strang Todesmagie, der aus ihrer Brust ragte. Die Schwertkämpferin war keine Untote. Das bewies schon allein die Spur bewegungsloser Körper, die sie hinterlassen hatte. Aber wie sonst war dieser Faden zu erklären? War er nur eine Sinnestäuschung? Falls ja, dann war sie ziemlich gut gemacht, denn Luker konnte keinen Unterschied zwischen dem Strang erkennen, den er bei der Frau entdeckte, und dem, der die Vamilianer kontrollierte. Dann erinnerte er sich daran, was Merin im Haus des Sklavenhändlers von Hamis gesagt hatte – dass jemand Kanon auf eine falsche Spur gelockt hatte. *Die Spinne.* Falls jemand genug Geschick besaß, um eine solche Täuschung zu ersinnen – und vor allem auch Interesse daran haben konnte, einen von Shrouds Jüngern zu Fall zu bringen –, dann war es mit Sicherheit diese aalglatte Göttin oder jemand von ihren Anhängern.

Die kahlrasierte Schwertkämpferin zog sich in die Gasse zurück, die zu Lukers Versteck führte, merkte dann aber, dass ihr die Trümmer eines eingestürzten Hauses den Weg versperrten. Links von ihr gähnte ein Eingang, aber offenbar hatten bereits die Vamilianer einen anderen Weg in dieses Gebäude gefunden, denn ein Mann in weißem Gewand erschien in der Tür. Die Schwertkämpferin schlug ihn von der Schulter bis zum Schritt in zwei Hälften, packte den Zweigeteilten blitzschnell an der Kehle und schleuderte ihn den anderen Untoten entgegen, die ihr in die Gasse gefolgt waren. Ihr Schwert zuckte so schnell hin und her, dass es mit bloßem Auge kaum zu sehen war, während sie Zerstörung über ihre Feinde brachte.

Trotzdem ist das, als spuckte man in den Wind.

Die Vamilianer schienen zahllos. Eine Welle nach der anderen drängte in die schmale Gasse, und die Untoten kletterten über die gefallenen Kameraden, um ihre Gegnerin zu erreichen.

Luker hörte Jennas Flüstern an seinem Ohr. »Wollen wir dabei nur zusehen?«

»Ganz genau«, erwiderte er ebenso leise. »Diese Frau ist uns tot viel nützlicher als lebendig.«

»Bis Mayot sie wieder lebendig macht.«

»Das wird Shroud bei einer seiner Dienerinnen nicht zulassen.«

»Bist du dir da sicher?«

»Du wirst schon sehen.«

Endlich unterlief ein Vamilianer die Verteidigung der Kriegerin und rammte ihr sein Schwert in die linke Schulter. Vielleicht war es nur ein Kratzer, jedenfalls ließ sie sich davon nicht beirren, und ihre Klinge schlug ihrem Angreifer fast noch im gleichen Augenblick den Arm ab. Sie war jetzt bis zu den Trümmern zurückgewichen, die hinter ihr die Straße blockierten, und jetzt versuchte sie, rückwärts darüber hinwegzuklettern, aber die Steine rutschten unter ihr weg. Als sie die Arme hochriss, um das Gleichgewicht zu halten, bohrte sich ein Speer in ihren Bauch und riss sie halb zur Seite. Dann traf sie ein Schwerthieb über dem Knie.

Mit einem Aufschrei stürzte sie.

Die Vamilianer fielen sofort über sie her, schlugen und hackten auf sie ein.

Ein paar Herzschläge später war alles vorüber.

Als die Untoten die Gasse wieder verließen, verbarg sich Luker in den Schatten und lauschte, bis ihre Schritte verklungen waren und nur noch der Regen auf die Erde trommelte.

Als er sich wieder auf die Straße wagte, war alles still.

»Warte«, flüsterte er Jenna zu und kroch dann in die Dunkelheit hinaus.

Die Leichen der Vamilianer stapelten sich kniehoch zwischen den Häusern, und er brauchte eine Ewigkeit, bis er über den rutschigen, nachgiebigen Berg aus Körpern hinweggeklettert war, während er sich gleichzeitig bei jedem Geräusch umsah und prüfte, ob auch kein Untoter seine Anwesenheit entdeckt hatte. Shrouds Anhängerin lag halb begraben unter einem geköpften Speerkämpfer. Luker zerrte den Vamilianer von ihr herunter und wünschte sich fast sofort, er hätte das nicht getan, denn jetzt sah er den Kopf der Frau. Offenbar war sie von einer Klinge im Gesicht getroffen worden, und das hatte sie nicht unbedingt schöner gemacht, wie er fand. Ihr linker Wangenknochen und der Unterkiefer waren weggerissen worden, und der Knochen rund um die Wunde bestand nur noch aus spitzen Splittern. Und überall war Blut.

Luker bekam ihren rechten Arm zu fassen und tastete sich daran entlang bis zur Hand. Selbst noch im Tod hielt Shrouds Jüngerin ihren Schwertgriff fest umklammert, und er musste ihre Finger aufbiegen …

Unvermittelt riss die Frau die Augen auf, und mit der Linken packte sie Lukers Handgelenk. Blutiger Schaum quoll über ihre Lippen, als sie zu sprechen versuchte. Der Bewahrer stieß ein wortloses Knurren aus. Starb denn gar nichts an diesem shroudverfluchten Ort? Er ballte die freie Hand zur Faust und schlug ihr mit voller Wucht auf den Nasenrücken. Der Rest ihres Gesichts verformte sich, und Blut spritzte auf sein Hemd. Mit einem Stöhnen sank die Schwertkämpferin zurück.

Luker wartete noch einige Herzschläge, ob sie sich wieder rührte, bevor er nach ihren Waffen zu suchen begann. In einer Scheide an der Hüfte der Frau steckte ein Langmesser, und um ein Handgelenk hatte sie sich einen Dolch geschnallt. Der Bewahrer nahm beides ebenso an sich wie das Schwert und wischte dann die blutigen Hände am Mantel der Frau ab. Ein Atemzug entrang sich ihrer Kehle …

Und dann begann ihr Körper zu verblassen.

Luker erstarrte kurz, dann machte er einen halben Schritt zurück und strauchelte beinahe, als er mit dem Hacken auf etwas Weiches trat. Als er sich wieder gefasst hatte, war der Körper der Kriegerin schon blass wie Nebel, und darunter waren die Steinfliesen der Gasse zu erkennen. Luker schnaufte – offenbar verschwendete Shroud keine Zeit, seine Getreue zu holen. Der Bewahrer konnte von Glück sagen, dass er die Tote so schnell erreicht hatte, denn ihm wurde bewusst: Wenn sie ihren Verletzungen sofort erlegen wäre, dann wäre sie mitsamt ihren Waffen verschwunden.

Er überzeugte sich mit einem letzten Blick davon, dass sich in dem schmalen Gang nichts rührte, dann lief er zu dem Haus zurück, in dem Jenna wartete. Die Assassine machte große Augen, als sie die Waffen der Schwertkämpferin sah. »Natürlich«, sagte sie. »Die Leichen, die nicht wieder auferstehen.«

»Jetzt können wir herausfinden, ob es an der Waffe liegt oder an der Hand, die sie führt.« Er ließ einen Finger über die flache Seite des Langschwerts gleiten und fuhr dabei über eine Reihe von geschwärzten Symbolen, die im Metall eingeritzt waren. Seine Haut wurde taub, und er lächelte. »Ich würde sagen, die Dinge haben sich gerade zu unserem Vorteil verändert.«

»Hexenkunst?«

»O ja. Das ganze verdammte Ding stinkt geradezu nach Todesmagie.«

Er unternahm probeweise einige Schläge mit dem Schwert. Die Klinge war länger als seine eigenen Waffen, aber leichter und ebenso gut ausbalanciert. Jenna bot er das Langmesser an, aber sie schüttelte den Kopf und entschied sich lieber für den Dolch, den sie sich in den Ärmel schob.

»Komm mit«, sagte sie dann. »Das hier musst du dir ansehen.« Sie führte ihn zur anderen Seite des Hauses. In der Wand war ein Fenster, und Jenna deutete nach draußen.

Luker blinzelte in die Dunkelheit. Zuerst glitt sein Blick zu einem Hügel links vor ihnen. Dort schien ein Kampf stattzufinden, denn eine Explosion von Zauberkraft erhellte kurz den Himmel. Dann sah er eine Rotunde am Fuß der Anhöhe, einen großen Bau, der die Ruinen ringsherum überragte. Die Fäden von Todesmagie kamen an diesem Gebäude zusammen wie Blutgefäße an einem kranken Herz, und die Luft drum herum schimmerte vor dunkler Zauberkraft.

»Gehen wir«, sagte Luker.

Jenna schüttelte den Kopf. »Du solltest doch allmählich wissen, dass ich nie die Vordertür benutze.«

»Du meinst, wir sollten uns trennen?«

»Ich werde dir in den Schatten viel nützlicher sein.«

Er sah ihr prüfend in die Augen. Wollte sie sich heimlich verabschieden? Nein. Wenn sie hätte gehen wollen, dann hätte sie vorher schon oft genug Gelegenheit dazu gehabt.

Als Jenna wieder sprach, klang ihre Stimme brüchig. »Du glaubst, ich wollte abhauen.« Ihr Gesichtsausdruck war in der Dunkelheit nicht zu erkennen.

»Das habe ich nie gesagt …«

»Das musstest du auch nicht.«

»Jenna …«

»Ich mache dir keinen Vorwurf dafür, dass du an mir zweifelst, Bewahrer. Ich zweifle selbst. Vielleicht haben wir beide allen Grund dazu.«

Bevor Luker antworten konnte, war sie zur Tür geschlichen und leise hinaus auf die Straße getreten.

Parolla rannte, so schnell sie konnte, und folgte dabei der Spur aus toten Vamilianern, die hinter den Fangalar zurückblieb. Nach kurzer Zeit erreichte sie eine zerfahrene Straße und entdeckte dort, dass die Hufspuren der Reiter nach Osten führten. Nach einigen hundert Schritten gelangte sie an die Kuppel aus Todesmagie, auf die sie schon bei ihrem ersten Besuch in der Stadt gestoßen war, und die jetzt überall dort, wo der Regen daraufprasselte, zischte und funkelte. Die Fangalar hatten eine Bresche in die schwarze Wand gerissen, und kleine Spiralen aus Todesmagie ringelten sich um die Öffnung. Parolla schlüpfte hindurch, ohne ihren Schritt zu verlangsamen.

Innerhalb der Kuppel lag ein kühler Hauch in der Luft. Von rechts hörte sie das Geräusch von fließendem Wasser, und als sie sich umsah, entdeckte sie einen gemauerten Kanal. Der Fluss, der schäumend hindurchströmte, teilte sich in drei kleinere Wasserläufe, die sich zwischen den verfallenen Gebäuden dahinschlängelten und dann die Straße vor ihr kreuzten. Allerdings waren sie alle schmal genug, dass Parolla über sie hinwegspringen konnte, und so setzte sie ihren Weg fort.

Ein Grüppchen Untoter stellte sich ihr in den Weg, aber sie fegte sie mit ihrer Zauberkraft beiseite. In der Entfernung vernahm sie den Lärm von ungefähr zwanzig verschiedenen Kämpfen, aber es lag eine solche Düsternis über der Stadt, dass sie nicht zu erkennen vermochte, wer sich jeweils gegenüberstand. Sie wusste, dass sie mehr Vorsicht walten lassen sollte, um nicht entdeckt zu werden. Andara hatte sie gewarnt, dass andere Jünger unterwegs waren, und bei ihrem jetzigen Tempo riskierte sie, einem davon direkt in die Arme zu laufen. Doch die Gedanken an die Fangalar trieben sie weiter an. Wenn die vier Reiter Mayot vor ihr erreichten, würden sie dann das Buch zerstören? Darauf wollte sie es nicht ankommen lassen.

Ein bewaldeter Hügel erschien in dem schwachen Licht, und schräg dahinter, wenn auch fast von der südlichen Bergflanke verdeckt, lag Mayots Rotunde. Parolla wurde langsamer. Um die Spitze des Hügels kreiste eine graue Wolkenspirale, die ein Loch in die Kuppel aus Todesmagie gerissen hatte. Aus dieser Spirale schoss ein heller Strahl auf den Hügel hinab, wo er von einer Explosion aus weißem Licht abgewehrt wurde. Der Blitz schoss zur Seite und traf einen Baum, dessen Stamm im Nu völlig zersplitterte.

Parolla lächelte humorlos. Sie erkannte diese Art defensiver Zauberkunst wieder, denn ihre beißenden Rückstände prickelten noch auf ihrer Haut. *Die Fangalar.* Nach der Wucht dieses Zusammentreffens zu urteilen, waren sie auf einen Gegner gestoßen, der ihrer ebenbürtig war. So würden sie es jedenfalls nicht schaffen, vor ihr die Rotunde zu erreichen. Aber mit wem hatten sie jetzt Streit angefangen? Mit einem Jünger Shrouds? Mit einem von Mayots untoten Elitekämpfern? Neugierig machte Parolla sich an den Aufstieg.

Sie folgte einem schlammigen Pfad, der den dicht bewaldeten, südwestlichen Hang hinaufführte. Der Boden war hier schon gründlich von den Füßen jener ausgetreten worden, die vor ihr hier entlanggegangen waren, und sie rutschte und glitt im Morast aus. Der Wind nahm zu; die Äste der Bäume in der Nähe ächzten unter seiner Wucht. Einige Vamilianer stemmten sich vor ihr auf dem Weg gegen den Sturm. Parollas Zauberkunst schlug sie beiseite und ließ sie zuckend und rauchend hinter sich zurück. Es musste sein, sagte sie sich, aber wenn sie ehrlich war, dann machte es sie inzwischen müde, all ihre Taten ständig rechtfertigen zu müssen. Als sie sich der Kuppe näherte, erhellte ein weiterer Blitz den Himmel.

Sie blieb stehen.

Im Sturm bewegte sich etwas. Nein, nicht etwas, eine Gestalt. Ein alter Mann in weißer Robe, der gackernd lachte, als er kreisend durch die Wolken flog. Ohne Frage ein Luftmagier – und da kein Faden Todesmagie ihn festhielt, offenbar auch kein Untoter. Auf der Bergspitze unter ihm saßen zwei Fangalar auf ihren schneeweißen Pferden. *Nur zwei?* Parolla spähte auf beiden Seiten zwischen die Bäume, ob sie die beiden anderen entdecken konnte, doch in den Schatten zwischen den Stämmen war nichts zu erkennen. Einer der berittenen Fangalar – eine Frau – schickte einen Strahl aus Zauberkraft zu dem kreisenden Luftmagier hinauf, und die Energie explodierte zwischen den zerrupften Wolken, die daraufhin kurz aufflammten. Der alte Mann hatte sich allerdings längst schon viel weiter in den Wirbelsturm hineinziehen lassen.

An der Seite der Hexenmeisterin, Parolla den Rücken zuwendend, saß der Anführer in seiner orangefarbenen Robe reglos auf seinem Pferd. Seine Aufmerksamkeit war auf eine Gestalt gerichtet, die von den Bäumen vor ihm halb verdeckt wurde, und Parolla änderte ihre Position ein wenig, um besser sehen zu können. Ein Mann mit rasiertem Kopf kniete im Schlamm und wand sich, von einer Faust aus Licht gepackt, hin und her. Die Erde um ihn herum war mit Eis überzogen, und sein Körper bäumte sich auf, während Wellen von Hexenkunst aus seinen Händen schossen. Ebenso wie auch der Luftmagier war er kein Untoter. *Was also bedeutet, dass er wegen des Buches hier ist.* Wieder einmal schickten sich ihre Rivalen an, sich gegenseitig aus dem Weg zu räumen.

Parollas Körper begann zu zittern, als die Kraft, die auf dem Hügel entfesselt wurde, zu ihr herüberschwappte. Sie sah die beiden Fangalar an und fühlte, wie ihr Blut sich aufbäumte. Vor ihrem inneren Auge sah sie wieder die Falten, die der Schmerz in Tumbals ernsthaftes Gesicht eingegraben hatte, und den untröstlichen Blick in seinen Augen …

Sie schüttelte den Kopf. *Nein!* Das hier war nicht ihr Kampf. Der Gorlem hatte sie beschworen, ihn nicht zu rächen, und selbst wenn er das nicht getan hätte: Die Fangalar waren nicht ihre Feinde. Ja, sie hatten sie bei ihrem Angriff auf die Vamilianer verletzt, aber das war nicht mit Absicht geschehen. Jetzt war es am klügsten, sich hier herauszuhalten, dann konnten sich diese Leute gegenseitig abschlachten. Sie war weder wegen Tumbal noch wegen der Vamilianer hier, ebenso wenig wegen der Fangalar oder der unglücklichen Seelen, gegen die sie kämpften. Sie schuldete ihnen allen nichts. Gar nichts!

Ich kam wegen Mayot. Wegen des Buches.

Wegen Shroud.

Dann holte sie tief Luft und wandte sich zum Gehen.

Mit großer Wucht entlud sich die Hexenkunst in brüllender Lautstärke rund um Ebon. Ein blendend weißes Licht, so hell wie Sonnenschein auf Schnee, brannte in seinen Augen, obwohl er die Lider geschlossen hatte. Die Zauberkraft der Göttin schützte ihn vor dem Angriff der Fangalar; sie strömte durch seine Adern und brachte sein Blut mit einem eisigen Feuer zum Sieden. Er zitterte unkontrolliert, und seine Zähne schlugen so heftig aufeinander, dass er fürchtete, sie würden abbrechen. Dennoch pumpte Galea immer mehr Kraft in ihn hinein. Es genügte der Göttin nicht, die Fangalar auf Abstand zu halten, aber als Ebon versuchte, der Zauberkunst seines Gegners etwas entgegenzusetzen, schien sich der Druck, der auf ihm lastete, sofort enorm zu vergrößern.

Er spürte, dass Galea angesichts seiner Schwäche fürchterlich in Zorn geriet. Ganz ohne Zweifel war sie selbst dem Anführer der Fangalar mehr als gewachsen, aber Ebon war das halt nicht. Die Kraft der Göttin strömte viel schneller in ihn hinein, als er sie kanalisieren konnte. Allmählich hatte er kein Gefühl mehr in den Händen und Füßen, und die Kälte breitete sich in all seinen Gliedern aus. Erst erfasste sie seine Handgelenke und Knöchel, dann erreichte sie seine Ellenbogen und Knie. Und er wusste: Sobald sie bis in seine Brust vordrang, würde er sterben. Er befand sich zwischen der brechenden Woge und der Klippe. Die Schutzwälle um ihn herum bröckelten unter dem Angriff seines Feindes, aber wenn Ebon versucht hätte, sie wieder zu verstärken, indem er noch mehr Kraft von der Göttin in sich aufnahm, dann würde ihn das genauso umbringen wie die Zauberkraft des Fangalar. Schwarze Flecken flimmerten vor seinen geschlossenen Augen, und während die Bewusstlosigkeit nach ihm griff, breitete sich Dunkelheit in ihm aus.

Ebon brauchte eine Weile, bis ihm bewusst wurde, dass der Angriff des Fangalar verebbte. Das Knistern von Magie, das in seinen Ohren nachhallte, wich wieder dem rauschenden Wind. Galea überschwemmte ihn weiterhin mit Hexenkunst, aber er entwand sich ihrem Griff. Vielleicht hätte es ihn interessieren sollen, wieso sein Gegner so plötzlich aufgehört hatte, ihn zu attackieren, aber er konnte nicht weiter denken als bis zum nächsten gequälten Atemzug. Nach und nach kehrte das Gefühl in seine tauben Glieder zurück, und er spürte den Regen wieder auf dem Gesicht und den kalten, schlammigen Boden unter seinen Knien. Dann öffnete er die Augen einen Spalt weit. Durch einen Tränenschleier konnte er zwei Fangalar erkennen, den Anführer und die Hexenmeisterin, die immer noch auf ihren weißen Pferden saßen. Von ihren Begleitern war keine Spur.

Ein gegabelter Blitz fuhr auf die beiden Reiter herab, wurde aber von unsichtbaren Schutzschilden abgeschmettert. Ein weiterer schlug einige Schritte entfernt von Ebon in den Boden und wirbelte lose Erde auf, die der Sturm sofort mit sich riss. Der Geruch von faulen Eiern stieg ihm in die Nase. Die Fangalar-Frau sandte einen Zauberschlag in die Dunkelheit über ihnen. Zwischen den Wolken ritt Mottle immer noch mit ausgestreckten Armen die Energie des Wirbelsturms und jubelte wie ein Kind. Sein Gewand hatte sich bis über die Taille hochgeschoben, und Ebon war plötzlich dankbar für die Dunkelheit, die über der Hügelkuppe lag.

Dann richtete der König seinen Blick auf den Fangalar in dem orangefarbenen Gewand. Der Mann sah ihn nicht länger an, sondern hatte sich halb umgewandt und betrachtete irgendetwas, das sich auf dem Weg befand, den er gekommen war. Hinter den Bäumen war eine Gestalt auszumachen. *Vale.* Wer sonst sollte es sein. Der Endorianer hatte sich davongeschlichen und offenbar darauf gehofft, den Fangalar unbemerkt in den Rücken fallen zu können. Doch jetzt, da er nicht mehr auf das Überraschungsmoment vertrauen konnte, würde er jedem Zauberangriff ungeschützt ausgesetzt sein.

Mit einer Grimasse kam Ebon wieder auf die Beine.

Als Parolla sich gerade abgewandt hatte, fuhr der Kopf des Fangalar-Anführers herum. Sein blondes Haar wehte hinter ihm im Wind. Erst wirkte er unsicher, dann ging ein zögerndes Wiedererkennen über sein Gesicht, und als er die Stirn runzelte, begann Parollas Herz heftig zu schlagen.

Sie würde sich nicht noch einmal so unvorbereitet treffen lassen wie zuvor im Wald. Schnell errichtete sie Schattenwälle um sich.

Der Fangalar zuckte zusammen und deutete dann auf sie.

Ein Zauberblitz explodierte um sie herum, und ihr Blut wallte daraufhin auf.

Das, dachte sie grimmig, *war ein Fehler.*

Romany stampfte mit einem körperlosen Fuß auf. Das hätte nicht geschehen dürfen!

Mit wachsender Verwunderung hatte sie beobachtet, was sich auf dem Hügel abspielte. Am meisten hatte sie dabei der kahl geschorene, kniende Mann überrascht, der, wenn sie recht gehört hatte, Ebon hieß. Romany hatte ihn und seine Gefährten bereits entdeckt, als sie den Wald vor einigen Tagen betreten hatten, aber sie hatte diesen Ebon nicht weiter beachtet, weil sie geglaubt hatte, dass die eigentliche Bedrohung von seinen Begleitern ausgehen würde, von der schwarzen Hexenmeisterin mit ihren ungeschlacht laufenden Schrotthaufen, oder von dem albernen alten Mann, der jetzt durch die Wolken segelte. Und dennoch hatte Ebon einen Magie-Angriff zurückgeschlagen, dem sich Romany selbst nur mit Mühe hätte erwehren können. Es lag eine seltsame Note in seiner Art von Zauberkunst, die sie an die Elitemagier unter den untoten Vamilianern erinnerte. Das war seltsam, aber nicht weiter von Bedeutung, denn worin auch immer seine Magie wurzeln mochte, sie konnte gegen den Fangalar-Anführer nicht bestehen. Es hatte eine Weile gedauert, bis sich die überlegene Kraft des orangefarben gekleideten Reiters durchgesetzt hatte, aber schließlich waren Ebons Schutzwälle unter seinem Angriff zusammengebrochen.

Dann war Parolla aufgekreuzt, und das Machtverhältnis hatte sich grundlegend gewandelt. Sie hatte weiter nichts getan, als sich in Schutzzauber zu hüllen, aber offenbar hatte der Fangalar darin bereits die Vorbereitung auf eine Attacke gesehen und beschlossen, lieber selbst als Erster zuzuschlagen. Die Kraft der Frau war unglaublich, sie speiste sich aus den Fäden von Todesmagie, die überall die Luft durchdrangen, und wenn sie sich auf Ebons Seite schlug, dann war es gut möglich, dass sie gemeinsam den Fangalar überwältigen konnten. Allerdings war Ebon von dem Duell so geschwächt, dass mit ihm nicht mehr zu rechnen war. Er hatte zwar versucht, sich aufzurichten, war aber nach einem halben Schritt vom Sturm umgeweht worden und auf die Knie gesunken, ohne wieder aufzustehen. Daher musste sich der Fangalar nur noch Parollas erwehren, und sie wurde jetzt von der Zauberkraft des Magiers zurückgedrängt.

Romany ließ den Blick noch einmal über die Duellanten schweifen, dann wandte sie sich voller Abscheu ab. Bei der Gnade der Spinne, wie wollten diese Narren Mayot Mencada überwältigen, wenn sie ihre ganze Kraft damit verschwendeten, sich gegenseitig anzugreifen? War ihnen denn nicht klar, dass Mayot sich bei jedem dieser Kämpfe kichernd die Hände rieb? Auf diese Weise würde der Alte auf alle Fälle siegen, denn wer auch immer von seinen Gegnern übrig blieb, war vermutlich so geschwächt, dass die Untoten, die sich jetzt auf dem Hügel zusammenrotteten, leichtes Spiel hatten. Und wenn Mayot die Verlierer wieder auferstehen ließ, dann würde der Triumph der Sieger wirklich nur von kurzer Dauer sein …

Eine Bewegung erregte Romanys Aufmerksamkeit. Ein dritter Fangalar-Reiter war zwischen den Bäumen hinter Ebon erschienen. Er beugte sich tief über den Hals seines Pferdes und galoppierte wild entschlossen auf den ungeschützten Rücken des Knienden zu, das Schwert erhoben.

Ein Schatten fuhr dazwischen, und der Fangalar und sein Pferd wurden unvermittelt zu Boden gerissen. Der Reiter federte sich noch im Sturz ab und drehte sich in der Luft, rollte sich über die Schulter zur Seite und kam in geduckter Haltung wieder auf die Beine. Doch dann zuckten verschwommene Bewegungen vor ihm hin und her, und aus den Augen des Fangalar strömten blutrote Tränen. Er riss die Hände vors Gesicht und schrie. Ein grauhaariger, graubärtiger Mann, in einem Kettenhemd und mit einem blutigen Dolch in der rechten Hand, erschien kurz vor ihm.

Romany blinzelte, und als sie wieder hinsah, war der Mann schon wieder verschwunden.

Ach du güte Güte! Ein Endorianer!

Es war schlau von dem Zeitverdreher, sein Opfer nur unschädlich zu machen und nicht zu töten, denn so konnte Mayot ihn nicht wiederbeleben. Schlau, wenn auch ein wenig … klinisch. Aber da sich ohnehin die Vamilianer um die Hügelkuppe zusammenzogen, würde es nicht mehr lange dauern, bis der gemarterte Fangalar den Tod fand.

Als Romany den Kopf abwandte, bemerkte sie ein neuerliches Zucken an den Fäden ihres Netzes. Normalerweise hätte sie das ignoriert – schließlich stand die ganze Stadt kurz vor dem Abgrund, und ihr Netz meldete von überall her Unruhe –, aber die Erschütterung kam von einem der Eingänge zu Mayots Rotunde. Offenbar war es jemandem gelungen, sich durch die Untotenheere zu schlagen, um nun bei dem Alten an die Tür zu klopfen.

Romany warf noch einen letzten Blick auf die Kämpfenden und seufzte. Es gab nichts, was sie hätte tun können, um diesen Knoten zu entwirren, noch nicht einmal, wenn sie gewusst hätte, auf welche Seite sie sich hätte schlagen wollen.

Vielleicht konnte sie, wenn sie in die Rotunde zurückkehrte, dort ein größerer Dorn in Mayots Fleisch sein.

Aus dem Schutz einer Gasse beäugte Luker die Rotunde. Das Gebäude stand weniger als zweihundert Schritte entfernt am Ende einer Straße, die voller Leichen lag; unter einem Torbogen zogen Schwaden schwarzer Hexenkunst wie Rauchfäden hervor. Die Luft war mit Zauberkraft gesättigt. Es fehlte nur ein Funken, und hier würde alles in die Luft fliegen.

Ein Funken, für den Luker gerne sorgen wollte.

Zuerst aber musste er bis zu dem Eingang durchkommen, und auch wenn sich in der Schwärze vor ihm nichts rührte, so spürte er doch Dutzende von Todesmagiefäden, die sich in den Schatten zwischen den Gebäuden zusammenballten. Zweifelsohne gab es andere Eingänge in den Bau und andere Straßen, die dorthin führten, aber er glaubte nicht, dass ein Eindringen dort leichter oder ungefährlicher sein würde.

Eine Straße zum Abgrund war ihm ebenso recht wie jede andere.

Inzwischen regnete es in Strömen, und Luker drängte sich weiter an die Mauer zu seiner Rechten. Seit er sich von Jenna getrennt hatte, war er eine Viertelglocke lang unbemerkt durch die Straßen der Stadt gestreift. Nur ein einziges Mal hatte er zuschlagen müssen, aber dazu hatte er sich aus freien Stücken entschieden. Er hatte ein Opfer gesucht, um die frisch beschafften Waffen auszuprobieren, und ein einbeiniger Vamilianer, der durch eine Gasse kroch, hatte ein zu verlockendes Ziel geboten. Diese Probe hatte ihm sowohl eine erfreuliche wie auch eine unerfreuliche Erkenntnis gebracht: Der Vamilianer war zwar letztlich unter Lukers Hexenklingen gestorben, aber es bedurfte trotzdem einer tödlichen Wunde – die Fäden von Todesmagie verblichen nicht etwa, nur weil sie mit den Zauberwaffen in Berührung kamen.

Aus einer Gasse, die Luker gegenüber lag, war ein verdächtiges Geräusch zu hören, und er zog sich noch weiter in die Schatten zurück. In der Dunkelheit bewegte sich etwas – eine einsame Gestalt, die sich den Weg vorbei an Schutt und Leichen bahnte. Kein Vamilianer, so viel stand fest, jedenfalls drang kein sichtbarer Todesmagiefaden aus der Brust des Fremden. War es vielleicht Jenna, die doch in der Stadt geblieben war? Der Gedanke löste zwiespältige Gefühle in ihm aus. Natürlich hätte er es bedauert, wenn sie ihn wirklich im Stich gelassen hätte, aber zumindest wäre sie dann vermutlich außer Gefahr gewesen.

Die Gestalt blieb an der Mündung der kleinen Gasse stehen, in der Luker lauerte. Es war ein Mann, der Größe nach. Seine Züge waren von einer Kapuze beschattet, aber die Augen waren trotzdem sichtbar; sie leuchteten gelb. Der Mann trug schwarze Kleidung, und in seinen behandschuhten Händen führte er zwei übergroße Sicheln mit goldenem Blatt. Todesmagie wirbelte um die Klingen.

Dann begann der Fremde mit weicher, zischelnder Stimme zu sprechen. »Ich grüße dich, Luker. Mein Name lautet Kestor ben Kayma. Ich habe dich erwartet.«

Luker sagte nichts.

Der Sichelmann betrachtete das Schwert in Lukers Hand. Aus dem Schatten der Kapuze blitzten weiße Zähne auf. »Wie ich sehe, bist du der lieblichen Lady Carlem begegnet. So ein tragischer Verlust.«

Der Bewahrer fasste den Schwertgriff fester. »Ihr Blut klebt nicht an meinen Händen.«

»Wenn dem so wäre, dann würden wir dieses Gespräch nicht führen. Shroud lässt dich grüßen und hat mich gebeten, dir ein Angebot zu übermitteln.«

Luker spuckte aus. »Läuft es so schlecht für ihn, ja?«

»Es gab ein paar Rückschläge. Aber nur kurzzeitig.«

»Also hat er beschlossen, dass er mich in die Sammlung seiner Schoßhunde einreihen möchte. Wie schmeichelhaft.«

Kestor ging nicht auf Lukers Sarkasmus ein. »Er würde sich freuen, wenn du es so betrachten wolltest. Mein Meister weiß, dass du dich innerlich vom Sacrosanctum entfernt hast. Und dass du jetzt, sagen wir, auf eigene Rechnung arbeitest.«

»Die Antwort lautet Nein.«

»Du hast doch mein Angebot noch gar nicht gehört.«

»Mir gefallen die Bedingungen nicht, die daran geknüpft sind, egal, wie sie aussehen mögen.«

Der Sichelmann hob eine Sichel und nahm ihr Blatt genau in Augenschein. »Und wenn ich dir sagen würde, dass mein Gebieter über Informationen verfügt, die für dich von Interesse sein könnten? Dass Mayot Mencada nur eine Marionette ist, deren Fäden jemand ganz anderer zieht? Und dass letztlich auch jemand anderer für Kanons Tod verantwortlich ist?«

»Die Spinne, meinst du wohl.«

Kestors Schweigen bestätigte Luker, dass er ins Schwarze getroffen hatte.

Der erstickte Schrei eines Mannes drang von rechts hinter ihm durch die Luft. Er steigerte sich zu einem gemarterten Kreischen und verstummte dann plötzlich.

Der Bewahrer hob eine Augenbraue. »Ein Freund von dir?«

Die Augen des Sichelmannes blitzten jetzt in dunklerem Gelb. »Shroud ist ein großzügiger Herr ...«

Luker schnaubte. Meinte dieser Witzbold das ernst? Eine Leine um den Hals blieb eine Leine, egal, in wessen Hand das andere Ende lag. Und wenn man sich einem Herrn wie Shroud verpflichtete, unterschrieb man mit Blut. »Ich diene niemandem. Nicht jetzt. Nie wieder.«

In Kestors Stimme klang eine Warnung mit. »Die Freundschaft Shrouds weist man nicht mit so leichter Hand von sich, mein Freund.«

»Dein Meister will Mayot Mencada tot sehen, oder?«

»So ist es.«

»Das will ich auch. Demnach stehen wir wohl auf derselben Seite.«

»Bündnisse können sich verändern.«

»Ja«, erwiderte der Bewahrer, »und falls es genau das ist, worauf du hinarbeitest, dann machst du gerade alles richtig, mein *Freund.*«

Wieder schwieg Kestor lange. Der Wind trug das Tappen eiliger Schritte von einer Nebenstraße zu ihnen heran. Der Sichelmann hielt die Augen dennoch starr auf Luker gerichtet. »Wie du willst«, sagte er schließlich. »Ich vermute, ich muss dich nicht vor den Gefahren warnen, die ein Verrat mit sich brächte.«

»Ich würde sagen, das hast du gerade getan.«

Kestor zeigte noch einmal die Zähne, dann blickte er zur Rotunde hinüber. »Mayot hält drinnen Hof. Er hat inzwischen eine beachtliche Schar von Bewahrern versammelt.«

»Was tun wir dann noch hier draußen?«

Der Sichelmann machte eine weit ausholende Armbewegung. »Nach dir.«

Einer von Shrouds Lakaien in meinem Rücken? Hält er mich für einen Narren? Luker schüttelte den Kopf und wiederholte die Geste. »Nein, bitte. Ich bestehe darauf.«

Kestor zögerte, bevor er auf die Straße hinaus trat. Luker folgte ihm mit einem Schritt Abstand.

Die Schatten vor ihnen erwachten zum Leben und drangen auf sie ein.

Romany schwebte hoch über dem Podest und fühlte sich ein wenig schwindlig, als sie nach unten sah. In den Schatten zwischen den Reihen der Vamilianer konnte sie eine große Anzahl von Geistern erkennen, deren verschwommene Umrisse ihr das Gefühl gaben, als sähe sie doppelt. Dieser Effekt führte zusammen mit dem leichten Schwindel zu einem seltsamen Gefühl, das sie an einen unglücklichen Abend vor vielen Jahren in Koronos erinnerte, wo sie sich bei einem Bankett des Satrap der Stadt als Perlenhändlerin ausgegeben hatte und ihre erste und einzige Erfahrung mit dem Genuss von fermentierter Mexinspreu gemacht hatte …

Ihr wurde leicht übel, und sie schob die Erinnerung beiseite.

Der Schleier, der ihre Welt von Shrouds Reich trennte, war seit dem letzten Mal, dass sie Mayot gesprochen hatte, beträchtlich schwächer geworden. Jetzt bestand nur noch eine ganz dünne Barriere zwischen beiden, und Romany spürte, wie sie mit jedem Pulsieren der dunklen Energie des Buches brüchiger wurde. Wie lange würde es noch dauern, bis sie ganz zusammenbrach? Vielleicht einen Tag? Höchstens zwei. Und wenn sie völlig verschwunden war …

Dann gibt es zahllose weitere Seelen, die Mayot versklaven kann.

Sie hörte den Regen auf das Dach der Kuppel trommeln. Trotz der sternförmigen Öffnungen über ihren Köpfen blieb das Innere des

Gebäudes trocken, dank des wie auch immer gearteten Zaubers, der den Bau über die Jahrhunderte geschützt hatte. Romany ließ den Blick über die versammelten Untoten schweifen. Vielleicht hatte sie ihre Aufgabe ein wenig zu gut erledigt, denn durch ihre Bemühungen, Shrouds Schergen zu dezimieren, stand Mayot jetzt eine beachtliche Elitetruppe zur Verfügung. Rund um das Podest, aufgestellt wie eine Ehrengarde, zog sich eine Reihe aus etwa vierzig Kämpfern, die alle von der Macht des Buches hierhergelockt worden waren. Unter ihnen entdeckte Romany eine Frau, die die vielfarbige Robe einer Metiscan-Hexenmeisterin trug. Links neben ihr stand ein riesenhafter, vierarmiger Gorlem-Speerkämpfer, und etwas weiter entfernt die drei Hamoun-Mönche, die Romany zuvor gegen Shrouds Getreue hatte kämpfen sehen; ihre feurigen Augen blitzten in der Düsternis. Offenbar war es den Vamilianern trotz aller Bemühungen nicht gelungen, die Kriegermönche lebend zu fangen.

Sie fühlte, wie leise Zweifel in ihr aufkeimten. Denn auch wenn Mayots Untotenheer rund um Estapharriol auf dem Rückzug war, so hatte der Alte seine mächtigsten Diener noch gar nicht eingesetzt. Und da Romany über ihr Netz davon erfahren hatte, dass der Sturz der Kinevar-Götter unmittelbar bevorstand, befürchtete sie allmählich, dass es in dieser elenden Stadt inzwischen niemanden mehr gab, der dem Alten den Wind aus den Segeln nehmen konnte.

Aus einem der Eingänge traten jetzt vier Männer und zwei Frauen hervor. Ihre rostfarbene Haut ließ vermuten, dass es sich um Sartorianer handelte. Der Anführer, ein junger Mann mit geöltem Haar, schlenderte trotz der zahllosen Untoten, denen er gegenüberstand, mit recht selbstbewusstem Gang zum Podest. Er blieb vor der Schar stehen und wandte dann den Blick zu Mayot. »Ich bin Garat Hallon«, rief er, »Consel von Sartor, und ich fordere eine Blutschuld ein!«

Der Sturm, der draußen tobte, übertönte den Nachhall seiner Worte. Mayot antwortete nicht.

Ein Windstoß ließ die auf dem Boden liegenden Blätter um die Beine des Consel wirbeln. »Hört Ihr mich, alter Mann? Ihr seid doch wohl der Anführer dieses Gesindels, oder nicht?« Dann: »Antwortet mir, verdammt noch mal!«

Eins von Mayots Augenlidern flatterte wieder. Er wandte sich an einen der Vortrefflichen, die neben seinem Thron standen, und befahl: »Bringt sie mir. Vor allem den Consel – und ich will ihn lebend.«

Romany betrachtete einen verdorrten Leichnam auf dem Boden hinter Mayots Thron und unterdrückte ein Erschauern.

Die vier Vortrefflichen schritten die Stufen des Podests hinunter, und die Vamilianer, die zwischen ihnen und dem Consel standen, machten sofort eine Gasse für sie frei. Romanys Blick ruhte auf den goldenen Kettenpanzern, die die untoten Elitekrieger trugen. Welch eine unzivilisierte Verschwendung von Gold, zumal das Metall, wie die Priesterin wusste, recht weich und von daher für Rüstungen völlig ungeeignet war. Welch eine vulgäre Zurschaustellung von Reichtum! Vielleicht konnte sie, wenn all das hier vorbei war, dieses Gold einem sinnvolleren Zweck zukommen lassen.

Garat Hallon bellte einen Befehl, und seine Soldaten bildeten daraufhin eine Art Halbkreis um ihren Herrn.

Die Vortrefflichen legten die letzten Schritte mit großer Schnelligkeit zurück.

Nach Romanys Ansicht war es ein recht unfairer Wettstreit. Bisher hatte sie die vamilianischen Elitekrieger noch nie kämpfen sehen, und sie musste zugeben, dass sie der Brutalität eines Zweikampfs eine gewisse Eleganz verliehen. Beinahe schienen sie über den Boden zu schweben, dann blitzten ihre Klingen schnell wie zuschnappende Schlangen hervor. Obwohl sie zahlenmäßig überlegen waren, hatten die Sartorianer dennoch keine Chance. Nur der Consel selbst war ein so guter Kämpfer, dass er einem Vortrefflichen gewachsen war, aber auch er konnte nichts weiter tun, als seinen Angreifer abzuwehren.

Binnen kürzester Zeit hatten sich die Sartorianer zu einem engen Ring zusammengezogen und kämpften um ihr Leben. Romany fühlte sich versucht, ihnen zur Seite zu springen, aber was hätte das genutzt? Selbst *ihre* Fähigkeiten reichten nicht aus, um das Blatt zu wenden, und außerdem hätte es vielleicht ihren letzten Spielzug gefährdet, wenn Mayot ihre Einmischung bemerkt hätte.

Und diesen letzten Zug wollte sie jetzt einleiten.

Sie schloss ihre Seelenaugen und rief stumm nach der Spinne.

Nichts.

Romany wartete einen Augenblick, bevor sie es noch einmal versuchte, dieses Mal drängender.

Noch immer keine Antwort.

Sie rollte mit den Augen. Das war typisch. Die Göttin schien es zu genießen, unangekündigt zu erscheinen, aber wenn ihre Anwesenheit einmal dringend geboten war …

Ein Schrei unterbrach ihren Gedankengang, und Romany öffnete wieder die Augen. Das Scharmützel stand kurz vor seinem Ende. Der Consel kämpfte jetzt allein gegen die vier untoten Krieger und zog sich immer weiter zu dem Eingang zurück, durch den er gekommen war. Weit kam er jedoch nicht. Eine der weiblichen Vortrefflichen machte einen Schritt auf ihn zu und schlug ihm die flache Seite ihrer Klinge über den Hinterkopf. Er brach zusammen.

Die meisten Sartorianer waren lediglich verwundet oder bewusstlos; nur ein Soldat war bei dem Kampf umgekommen. Romany sah mit einer Mischung aus Ekel und Faszination zu, wie sich die Wunden des Gefallenen schlossen, und wie er sich dann geräuschlos erhob, um sich in Mayots Untotenheer einzureihen. Garat Hallon hingegen wurde von der Vortrefflichen, die ihn gefällt hatte, auf die Beine gezerrt. Seine Augen waren zwar leicht verschleiert, aber trotzdem voller Trotz.

»Das war nicht besonders unterhaltsam, Consel«, sagte Mayot. »Ich hatte mehr von Euch erwartet.«

»Ihr meint, jetzt wäre alles vorbei?«, zischte Garat. »Das ist nur der Anfang. Ich werde auf der anderen Seite von Shrouds Tor auf Euch warten.«

Mayots Mundwinkel zuckten. »Irgendwie glaube ich nicht, dass Eure Seele es bis dahin schaffen wird. Ihr wart ein Narr, mit einer so schwachen Truppe hier zu erscheinen. Nicht einmal hundert Eurer lächerlichen Soldaten hätten meinen Vortrefflichen die Stirn bieten können ...«

Die Stimme des Alten verhallte, und er sah zu einem anderen Eingang der Rotunde hinüber.

Erschreckt wandte Romany ebenfalls den Blick dorthin und sah zwei weitere Männer das Gebäude betreten. In dem ersten erkannte sie deutlich einen Jünger Shrouds. Er war in wallende schwarze Gewänder gekleidet; sein Gesicht wurde von einer Kapuze verdeckt, und in jeder Hand hielt er eine Sichel mit goldenem Blatt. Bei seinem Begleiter handelte es sich um einen riesigen Kerl, dessen rechte Gesichtshälfte von einer langen Narbe gezeichnet war. Seine schlammbespritzten Kleider zeigten keinerlei Zierat, und er war mit einem Schwert und einem Langmesser bewaffnet. Die Waffen strotzten vor Todesmagie – was seltsam war, da ihr Besitzer ganz eindeutig nicht dem Gott der Toten diente.

Es war dieser zweite Mann, der auf Mayots Worte einging, indem er sagte: »Probiere es doch lieber mit mir.«

21

Luker musterte den verschrumpelten, weißhaarigen Alten, der sich jetzt auf dem Thron vorbeugte, und bei dem es sich, wie er vermutete, wohl um Mayot Mencada handelte. Der verfilzte Bart des Magiers reichte struppig bis zu den Hüften; seine skelettartigen Hände umklammerten ein ledergebundenes Buch. Er bedachte Luker mit einem verächtlichen Blick.

Das Podest war von einer großen Schar Untoter umringt, vielleicht insgesamt vierhundert, obwohl das schwer zu sagen war, da unglaublich viele gesichtslose schwarze Schatten durch die Düsternis schwebten. Luker spürte, dass der Schleier zur Unterwelt durch die Wellen von Todesmagie geschwächt wurde, die von dem Buch ausgingen. Schon bald würde die Rotunde ebenso zu Shrouds Reich wie auch zur Welt der Sterblichen zählen. Luker kratzte sich an seiner Narbe. Merkte Mayot überhaupt, was hier passierte? War er so dumm zu glauben, dass er die Kräfte beherrschen konnte, die er gerade entfesselte?

Als der Magier nun endlich das Wort ergriff, wurde seine Stimme beinahe übertönt vom Grollen des Sturms, der draußen tobte, und seltsamerweise auch von etwas, das wie Wellenrauschen klang. »Sieh an, sieh an. Offenbar wird mir an diesem Tag noch andere Unterhaltung geboten.«

Der Sichelmann trat vor. »Ich bin Kestor ben Kayma, Gesandter Shrouds. Du hättest dich vor meinem Herrn in den Staub werfen sollen, als du noch die Möglichkeit dazu hattest. Eine Ewigkeit der Qualen ...«

»Ja, ja«, fuhr ihm Mayot über den Mund. »Diese leeren Drohungen habe ich schon zuvor gehört. Sag mir, bedauert es dein Meister jetzt, dass er nicht auf den Handel einging, der ihm angeboten wurde?«

»Shroud verhandelt nicht mit Sterblichen.«

»Nicht einmal jetzt, da ich über diese Macht gebiete?«

Kestors Stimme glich einem Schnurren. »Ich höre die Sehnsucht in deiner Stimme. Du suchst nach einem Ausweg aus dem Grab, das du dir selbst geschaufelt hast, nicht wahr? Wirst du mir jetzt das Buch übergeben? Wirst du dich jetzt der *Gnade* meines Herrn überantworten?«

Mayot verzog grimmig das Gesicht. »Du hast mich falsch verstanden. Ich habe nicht die Absich...«

»Das spielt keine Rolle«, unterbrach ihn der Sichelmann. »Tatsächlich warst du in dem Augenblick verloren, als du diesen Weg einschlugst. Es gibt kein Zurück.«

Die Stille dehnte sich so lange aus, dass Luker sich fragte, ob Mayot eingeschlafen war. Dann endlich sagte der Alte: »Glaubst du, ich fürchte Shroud? Warum? Was hat er getan, seit ich den ersten Narren vernichtete, den er hierher geschickt hatte? Nichts, außer dass er noch mehr Leute aussandte, an denen meine Diener ihre Schwerter schärfen konnten. Und jetzt«, er deutete auf die Untoten, die das Podest umringten, »habe ich ein ganzes Imperium, das mich schützt.«

»Und dennoch stehe ich hier«, sagte Kestor.

Mayot streichelte das Buch der Verlorenen Seelen. »Glaubst du also, du hättest das Schwierigste hinter dir, da du es bis hierher geschafft hast? Meine Stärke ist um das Zehnfache gewachsen, seit ich das Buch zum ersten Mal öffnete. Jeden Tag erschließen sich mir weitere Geheimnisse. Schon bald werde ich die Macht besitzen, deinen Herrn zu besiegen.«

»Du willst ihn in seinem eigenen Reich herausfordern?«

»Würde er zu mir kommen? Nein. Stattdessen schickt er mir seine lächerlichen Schergen. Warum? Weil er es nicht wagt, einen Fuß in die Welt der Sterblichen zu setzen. Er hat Angst ...«

Luker schnaubte verächtlich.

Mayots kalter Blick glitt nun zu ihm. »Ah, der Bewahrer. Luker Essendar, nehme ich an. Ich erinnere mich an dich, von der Nacht des Verrats – unserem Angriff auf den Schwarzen Turm.«

»*Ich* erinnere mich *nicht* an dich.«

Das linke Augenlid des Alten begann zu flattern. »Du scheinst deine Gefährten verloren zu haben. Dabei hatte ich mich so darauf gefreut, meine Bekanntschaft mit diesem arroganten Welpen Chamery zu erneuern.«

In diesem Punkt gab Luker ihm tatsächlich recht. Nur zu gern hätte er gesehen, wie die beiden Leichenküsser aufeinander losgingen, obwohl er bezweifelte, dass der große Saal Platz genug für ihrer beider übersteigertes Selbstbewusstsein bot. »Ja, schade, dass er uns nicht Gesellschaft leistet. Wie alle Magier hat er sich ein wenig überschätzt. Kaum hatte er ein bisschen Macht, da glaubte er plötzlich, Gold zu scheißen. Er wurde auf seinen Platz verwiesen, und genau das wird auch dir passieren.«

Wieder folgte eine lange Pause. Einer der bewusstlosen Sartorianer kam wieder zu sich und erbrach sich hörbar.

»Mich zu verspotten ist nicht weise«, sagte Mayot. »Du hast sicherlich irgendein albernes Angebot von Avallon dabei. Wie schade, dass du diese Reise umsonst gemacht hast.«

»Ich bin nicht als Gesandter des Imperators hier.«

Die Lippen des Alten zuckten. »Natürlich. Dein Meister, Kanon. Ich muss zugeben, es überrascht mich, dass es dir gelang, ihn zu besiegen.«

»Ich hatte Unterstützung – von Kanon selbst. Vielleicht hast du deine Diener doch nicht so fest in deiner Gewalt, wie du glaubst.«

»Unmöglich!«, stieß Mayot hervor.

Luker sagte nichts.

Der Magier lehnte sich auf seinem Thron zurück. »Ich werde die Wahrheit schon bald erfahren, Bewahrer … Weißt du, dass der … Schaden … den du deinem Meister zugefügt hast, gerichtet werden kann? Es wird der Tag kommen, da ihr mir beide dienen werdet.«

»Ich habe nichts mehr zu sagen.«

»Ich auch nicht.« Mayot gab den vier goldgerüsteten Vamilianern ein Zeichen. Die Frau, die den benommenen Consel festhielt, ließ ihren Gegner jetzt zu Boden fallen. Dann traten die Vortrefflichen näher, und ihre Schritte fuhren raschelnd durch das Laub auf dem Boden. »Schauen wir, ob du dich gegen meine Zuvordersten besser schlägst als Kanon.«

Luker verengte die Augen. *Also die sind es.* Er hatte das Ende ihres Kampfes gegen die Sartorianer noch erlebt. Die Ärsche waren schnell … aber sie waren nur zu viert. *Vier gegen zwei. Das klingt doch ganz ordentlich.*

Er ließ die Schultern kreisen und ging einen Schritt nach links, um etwas Abstand zwischen sich und den Sichelmann zu bringen.

Ebon lag immer noch auf Knien und beobachtete jetzt, wie die Fremde von den Wellen weißen Lichts zurückgedrängt wurde, die aus den Händen des Fangalar-Anführers strömten. Die Frau war in Schatten gehüllt, in eine Dunkelheit, die so vollkommen war, dass selbst die Zauberkunst, die über sie hinwegschoss, sie nicht zu erhellen vermochte. Ebon spürte, dass sie die Todesmagie, die in der Luft lag, dazu ausnutzte, um ihre eigene Kraft zu stärken. Eine Nekromantin also. War sie eine der Untoten? Er konnte keinen Faden aus ihrer Brust dringen sehen, aber in dem ungezügelten Aufeinanderprallen der Kräfte war ohnehin nur wenig zu erkennen.

Des Königs Blick wanderte wieder zu den beiden Fangalar. Die gelb gekleidete Hexenmeisterin hatte ihr Pferd zwischen Ebon und den Anführer gelenkt. Sie saß da, angestrahlt vom Licht des Zaubers, der von dem Mann ausging, und sah Ebon mit verächtlicher Miene an. Aber sie griff nicht an.

Galea wirbelte wie Eis durch seinen Kopf. »Worauf wartest du? Die Fremde wird zurückgeschlagen.«

»Wer ist sie?«

»Würde ich von einer Fremden sprechen, wenn ich das wüsste?«

»Wieso hat sie dann eingegriffen?«

Die Fältchen um die Augen der Göttin vertieften sich. »Wieso fragst du sie nicht?«

Eine Zauberexplosion erschütterte die Hügelkuppe, und Ebon schwankte. In der Luft zwischen der Fremden und dem Fangalar attackierte das Licht mit einem Funkenregen die Kräfte der Schatten. Die Helligkeit war der Frau bis auf eine Armspanne nahe gekommen, und Risse liefen durch die Schwärze, die sie umgab. Ebon hielt sich schützend die Hand vor die Augen.

»Ist sie es, die die Untoten beherrscht?«, fragte er die Göttin.

»Nein.«

»Aber sie ist eine Nekromantin.«

Galea zischte entnervt. »Das Buch bedient sich bei der Kraft aus Shrouds Reich, du Narr! Natürlich hat es jede Menge Nekromanten hierhergelockt.«

»Was bedeutet, dass sie das Buch selbst haben will.«

»Dann bringe sie als Nächstes um, Sterblicher, wenn du mit dem Fangalar fertig bist. Bringe ihr den Tod dafür, dass sie dir dein elendes Leben bewahrt hat.«

Ebon runzelte die Stirn. Erwartete Galea, dass er ihr glaubte, sie sei am Schicksal der Fremden interessiert? Wieder einmal versuchte ihn die Göttin zu manipulieren. Und dennoch, sie hatte recht, die Frau hatte ihn gerettet. Jetzt nur zuzusehen, wie sie starb, nachdem sie ihm zu Hilfe gekommen war …

Er zögerte noch einen Augenblick, dann nickte er.

Galeas Kraft schoss in seine Adern, und er fuhr zusammen. »Du musst jetzt zuschlagen«, sagte sie, »während der Anführer abgelenkt ist. Die Fangalar-Hexe hätte dich schon längst angegriffen, wenn sie sich traute. Sie ist dir nicht gewachsen.«

Ebon war sich nicht so sicher. Er hatte noch immer kein Gefühl in den Händen und Füßen, und er wand sich unter der Magie der Göttin wie eine Marionette, deren Fäden ein Verrückter zog. »Wenn ich bereit bin.«

»Wenn du bereit bist?«, gab die Göttin verächtlich zurück. »Sag mir, was dich so zittern lässt – meine Hexenkunst oder deine Angst?«

Und das von einer Göttin, die sich hinter dem Körper eines Sterblichen versteckt. Ebon spürte, dass Galea sich versteifte, als sie diesen Gedanken wahrnahm, aber er gab ihr keine Möglichkeit, darauf zu antworten. »Wenn ich bereit bin«, wiederholte er und brach dann den Kontakt zu ihr ab.

Die Schatten, die sich rund um die Fremde versammelt hatten, lösten sich unter dem Angriff des Fangalar immer weiter auf, und auch die Bäume, die sie auf beiden Seiten umstanden, verformten und verdrehten sich; einer stürzte um und zerfiel zu Staub, als er ins Kreuzfeuer der Zauberkräfte geriet.

Über ihren Köpfen hatte der Wirbelwind die Kuppel aus Todesmagie aufgerissen, und die Ränder dieser Bresche flatterten im Sturm hin und her wie zerfetzte Segel. Graue Wolken strömten durch die Öffnung, bis es den Anschein hatte, als ob der Himmel einstürzen wollte. Dunkle Gestalten bildeten sich in der Düsternis heraus, und Ebon hörte einen Sturmwicht kreischen.

Er richtete sich auf. Ein Windstoß fuhr ihm entgegen, und er schwankte nach links. Der Zusammenprall der Zauberkräfte hatte Erde und Blätter aufgewirbelt, die jetzt in dichten Wellen über die Hügelkuppe zogen. Er richtete den Blick auf die gelb gewandete Fangalar-Hexe. Sie hatte ihr Pferd ein wenig beiseite gelenkt und zuckte jetzt zusammen, als eine Zauberexplosion über ihrem Kopf die Luft zerriss.

»Schlag bei nächster Gelegenheit zu, Mottle«, flüsterte Ebon.

Wie aufs Stichwort erhellte ein Blitz die Dunkelheit und bohrte sich aus den Wolken direkt in die Schutzwälle der Fangalar-Hexe; blaues Feuer fuhr knisternd an ihnen herab. Sie erschrak, holte aber nicht zum Gegenschlag aus.

Ebon hob die Hände, um Mottles Zauber mit seiner Kraft zu verstärkten. Energiewellen drangen aus seinen Fingerspitzen und ließen eine Spur aus gekräuselten, gefrorenen Luftwellen zurück. Als sie auf die Verteidigungszauber der Hexe schlugen, erklang ein Geräusch wie von brechendem Eis, und spinnenwebdünne Risse breiteten sich über ihren Schild aus.

»Noch einmal, Mottle!«, rief Ebon, und der Magier tat, wie ihm geheißen. Bisher hatte der alte Mann unregelmäßig und in großen Abständen zugeschlagen, aber jetzt folgten die Lichtblitze in großer Zahl direkt aufeinander – vier, fünf, sechs in ebenso vielen Herzschlägen drangen gegen die Schutzzauber der Fangalar. Mit einem durchdringend blauen Blitzschlag lösten sich die Schilde schließlich auf. Die Frau schrie.

Zauberkunst drang auf sie ein und erstickte ihren Schrei.

Ebon wandte sich jetzt dem Fangalar in dem orangefarbenen Gewand zu und schlug mit seinen Kräften gegen dessen Schutzwälle. Der Kopf des Hexenmeisters fuhr zu ihm herum, aber er wirkte eher irritiert als verängstigt, und Ebon spürte, dass Galeas Hass erneut heiß in ihm aufwallte. Die Arme des Königs waren inzwischen schwer vor Kälte, und sein Körper fühlte sich so mürbe an, dass er beinahe fürchtete, er würde in Stücke zerspringen, sobald er stürzte. Aber dennoch war er dem, was die Kräfte der Göttin von ihm forderten, jetzt vielleicht doch gewachsen, denn als sie wieder mehr Energie durch ihn hindurchströmen ließ, hielt er der Belastung besser stand. Die Schutzwälle des Fangalar wichen um eine Handspanne zurück, und das Licht, das von den Fingern des Mannes floss, strahlte nicht mehr so hell. Mit grimmiger Miene machte er eine Handbewegung in Ebons Richtung und unterband damit den Angriff des Königs vollständig.

Doch gleichzeitig schwächte er seine Verteidigung gegen die Fremde, und der schwarze Strom ihrer Todesmagie verband sich nun mit Ebons Hexenkunst. Die Wälle des Fangalar schmolzen dahin wie Sandburgen unter der Flut.

Und nun schoss wieder ein Blitzstrahl Mottles aus den Sturmwolken und drang mit Gewalt auf die Schutzzauber ein.

Erst gaben sie nach, verformten sich, dann brachen sie zusammen.

Jetzt verbanden sich die Kräfte Ebons, Mottles und die der dunkelhaarigen Frau und wandten sich gemeinsam gegen den Fangalar. Ihnen begegnete ein harter Zauberschlag, der einen Magiewirbel in den Himmel aufsteigen ließ wie ein Geysir. Inmitten des wilden Brands sah Ebon, wie der Fangalar die Hände vors Gesicht schlug. Der Mann hatte einen Zaubergesang angestimmt, aber seine Stimme versagte im Angesicht der magischen Kräfte, die um ihn herum wüteten. Ein Dutzend Herzschläge lang brannten er und sein Pferd lichterloh in schwarzen Flammen.

Dann lösten sich ihre Umrisse auf wie Rauch und ließen nur einen Fleck verbrannter Erde zurück.

Die Dunkelheit rückte von allen Seiten heran.

Während des Zauberduells war Parolla die Kapuze vom Kopf gerutscht, und sie zog sie jetzt wieder hoch, um sich vor dem Regen zu schützen. Ihre Hände zitterten nach all der Magie, die sie entfesselt hatte. Beinahe hatte sie im Kampf gegen den Fangalar die Kontrolle verloren; obwohl sie sich gegen seine Hexenkunst verteidigen musste, hatte sie versucht, einen Teil ihrer Kraft zurückzuhalten. Wenn der *magus* mit dem rasierten Kopf ihr nicht zu Hilfe gekommen wäre …

Sie beobachtete den Mann, der jetzt aufstand und zu ihr herüberkam. Die Windhose über dem Hügel löste sich allmählich auf, aber der *magus* stolperte noch immer, als ob er sich gegen einen starken

Sturm stemmte. Schließlich war er nahe genug, um sie anzusehen, und sein Blick war von einer seltsamen, beinahe asketischen Intensität. Er trug aufwändig geschneiderte Kleidung und einen dreckbespritzten Mantel, dem trotzdem anzusehen war, dass er einmal gut genug für einen König gewesen war. Seine Lippen waren blau angelaufen, und seine Augenbrauen waren mit Reif überfroren, der jetzt im Regen schmolz. Bei jedem Schritt verzog er das Gesicht vor Schmerz, obwohl keine Verletzung zu erkennen war; die Wunden dieses Mannes waren vermutlich alle innerlich.

Der *magus* hatte seine Schutzzauber abgebaut; eine Geste, die ihr vermutlich zeigen sollte, dass er ihr nichts Böses wollte. Parolla wurde dennoch immer unbehaglicher zumute. Die Hexenkunst des Fremden trug dieselben Spuren wie jene der alten vamilianischen *magi*, aber dennoch war er offenkundig kein Untoter. Sie schürzte die Lippen. Hinter diesem Mann steckte mehr, als man ihm auf den ersten Blick ansah.

Er blieb vor ihr stehen. »Gebieterin, seid Ihr verletzt?«, fragte er in der allgemeinen Sprache.

Parolla betrachtete ihre Hände und sah das getrocknete Blut daran. *Natürlich – der Angriff im Wald.* Vorsichtig betastete sie ihr Gesicht. Die Verbrennungen, die ihr die Fangalar zuvor zugefügt hatten, waren größtenteils verheilt, aber einige Brandblasen waren noch zu spüren. Auf die Frage des Mannes erwiderte sie: »Das ist nicht mein Blut, *sirrah*.« Eine Lüge, sicher, aber so gab es weniger Fragen.

Der *magus* überlegte kurz, dann verneigte er sich. »Erlaubt mir, dass ich mich vorstelle. Mein Name lautet Ebon Calidar.« Er sah sich um. »Der alte Mann, der gerade zu Eurer Rechten auf die Erde zurückkehrt, ist Mottle, und mein anderer Gefährte, wo immer er sein mag, heißt Vale Gorven.« Er hielt inne und schien darauf zu warten, dass sie seine höfliche Geste erwiderte. Als sie das nicht tat, setzte er hinzu: »Ich danke Euch, dass Ihr mir zu Hilfe kamt.«

Wieso hast du dann so lange gebraucht, bis du mich unterstützt hast? Parolla wünschte sich nichts sehnlicher, als diesen Ort zu verlassen, aber sie fühlte sich verpflichtet, etwas zu sagen. »Ihr wurdet von den Fangalar angegriffen?«

»Auf gewisse Weise, ja. Ihr habt mir Euren Namen nicht gesagt.«

Sie sah keinen Grund, weshalb sie das nicht tun sollte. »Parolla.«

»Nun, Parolla, vergebt mir, wenn ich offen spreche, aber werden sich unsere Pfade wieder kreuzen, sobald wir diesen Ort verlassen?«

»Ihr möchtet wissen, ob wir Feinde sind?«

»Wenn Ihr so wollt.«

Parolla sah zu der Rotunde hinüber, die durch eine Lücke in den Bäumen zu erkennen war. Ebons Gefolgsmann, Mottle, betrachtete sie so nachdenklich, als versuchte er sich zu erinnern, woher er sie kannte; sie allerdings glaubte nicht, ihn schon einmal gesehen zu haben. Sie wandte sich wieder an Ebon. »Das wird sich zeigen. Ich will den Tod des Mannes, der die Untoten beherrscht.«

»Aus welchem Grund?«

Parolla schüttelte den Kopf. »Ihr zuerst, *sirrah*.«

»Meine Stadt wird von einem Heer aus Untoten belagert«, erklärte er. »Die Stränge der Angreifer müssen zerschlagen werden. Und daher frage ich Euch erneut: Sind wir Feinde?«

»Nein, das sind wir nicht.«

»Und das Buch der Verlorenen Seelen?«

Das sagte dieser Ebon in gelassenem Ton, aber er betrachtete sie bei seinen Worten ganz genau. *Das Buch der Verlorenen Seelen?* So hieß es also. Sie hatte den Ausdruck schon einmal gehört, da war sie sich ziemlich sicher, aber wo? Dann fiel es ihr plötzlich ein. *Bei meinem Gespräch mit Olakim in Shrouds Tempel in Xavel.*

Ihr blieb eine Antwort erspart, weil jetzt ein grauhaariger Mann durch die Pfützen zwischen den Bäumen zu ihnen herübergerannt kam; vermutlich dieser Vale. In einer Hand trug er ein Schwert, in der anderen einen blutigen Dolch, und sein Kettenhemd klimperte leise, als er näher kam. Er warf Parolla einen kurzen Blick zu und wandte sich dann an Ebon. »Von den Pferden ist keine Spur. Und dieser vierte Fangalar ist verschwunden. Hat sich wohl verkrümelt.«

»Lass ihn gehen«, sagte der *magus.* »Wir haben nicht die Zeit, ihn zu verfolgen.«

»Und wenn er Hilfe holen will?«

Ebons Gesicht verdüsterte sich.

Parollas Mundwinkel zuckten. *Ja, jetzt hat er es begriffen. Ihm ist ein Zeuge durch die Finger geschlüpft, der mit angesehen hat, was hier geschehen ist.* Und wenn dieser Fangalar zu seinem Volk zurückkehrt ... Nun, Ebon musste sich nur umsehen, um zu erkennen, was es bedeutete, wenn man sich die Feindschaft der Fangalar zuzog.

»Das ändert nichts«, erklärte Ebon. »Der Mann war kein Hexenmeister. Die Chance, dass er es schaffen wird, hier herauszukommen, ist ...«

»Bei den Tränen des Wächters«, unterbrach Vale ihn. »Was ist *das?*«

Parolla blickte in die Richtung, in die der Grauhaarige zeigte, und sah einen Feuerball, der durch die Außenbezirke der Stadt rollte. Die Bäume und die Vamilianer, die er berührte, gingen in Flammen auf, und eine Feuerspur pflasterte seinen Weg. Er hielt auf sie zu, und Parolla musste sich beherrschen, um nicht laut aufzulachen. Wie lange war es her, dass sie am See den Kampf Andara Kells mit dem Tiktar beobachtet hatte? Weniger als eine Glocke, vermutete sie. *Oh, Andara, zu mehr warst du nicht in der Lage?* Auf Vales Frage antwortete sie: »Einer der Untoten, *sirrah.* Ein Tiktar.«

Ebon hörte das Lächeln in ihrer Stimme mit Verwunderung. »Ihr seid ihm schon vorher begegnet?«

Parolla nickte; sie erinnerte sich an den Blick, den der Altvorderling ihr zugeworfen hatte. »Er hat es auf mich abgesehen.«

»Dann werden wir an Eurer Seite stehen.«

»Warum?«

Die Frage schien ihn zu überraschen. »Ihr habt uns geholfen, Gebieterin, da erscheint es mir nur anständig …«

»Wenn ich die Wahl gehabt hätte«, unterbrach ihn Parolla, »dann hätte ich Euch Eurem Schicksal überlassen. Die Fangalar griffen mich ebenso an wie Euch.«

»Und dennoch, wir haben ein gemeinsames Ziel. Eines, das wir leichter erreichen werden, wenn wir nebeneinander stehen.«

Parolla betrachtete ihn überlegend. War er wirklich ein solcher Narr, dass er glaubte, sie könnten einander vertrauen? Sicher, sie hatte kein Interesse an der Versklavung seiner Stadt, aber sie vermutete, Ebon würde keinesfalls zulassen, dass das Buch in ihre Hände fiel. *Er will es selbst haben. Sie alle wollen es.* Ebons Blick wurde plötzlich leer, und er neigte den Kopf, als lauschte er auf ein weit entferntes Geräusch. Da war etwas … Ein Flüstern in Parollas Kopf. Stimmen? Als sie versuchte, sich darauf zu konzentrieren, verhallten sie.

Das Gesicht des *magus* verdunkelte sich, als die Aura der Kraft um ihn herum verblasste. Parollas Augenbrauen glitten in die Höhe. Offenbar hatte Ebon einen geheimen Wohltäter. Einen, der ihm gerade seine Unterstützung entzogen hatte. *Wie es scheint, hätte er wohl gar nicht anbieten dürfen, mir zu helfen.*

Ebon kam mit einem Ruck wieder zu sich und sah sie unverwandt an. Seine Hände waren zu Fäusten geballt, aber sein Zorn schien sich nicht gegen Parolla zu richten. Inzwischen war der Tiktar bis zum Fuß des Hügels vorgerückt. Es bestand kaum Aussicht darauf, dass sie die Rotunde erreichte, bevor das Ungeheuer sie erwischte. Sie hatte keine andere Möglichkeit, als sich dem Kampf zu stellen. Mayot würde warten müssen.

»Wir haben dafür keine Zeit«, sagte Vale. »Dieses Geschöpf wird über uns herfallen, bevor ihr zwei damit fertig seid, euch in die Augen zu starren.«

Mottle räusperte sich. »Wie immer hat Mottle einen Vorschlag. Es bietet sich eine höchst elegante Lösung für dieses ärgerliche Problem an. Ein perfekter Ausdruck seines kreativen Genies, inspiriert von seinem …«

»Wir sind ganz Ohr«, knurrte Vale.

Der Alte breitete die Arme aus. »Mottles Idee ist ganz einfach: Euer bescheidener Diener wird hier bleiben, um der geheimnisvollen Dame beizustehen. Unser Ziel ist die Rotunde, ja? Hier auf diesem Hügel kann Mottle viel kraftvoller zuschlagen, da er unbehindert von steinernen Mauern die Energie des Sturmes in sich einsaugen kann.«

Vale sah Ebon an. »Das gefällt mir nicht. Vielleicht werden wir ihn brauchen.«

Ebon blickte den Hügel hinunter. Der Tiktar hatte mit dem Aufstieg begonnen. »Mottle kann wieder zu uns stoßen, wenn er hier fertig ist.«

»Bei Shrouds Gnade. Habe ich gerade geträumt, dass du etwas von Zusammenhalten gesagt hast?«

Ebon wandte sich ihm zu. »Genug! Mein Entschluss steht fest. Mottle, du weißt, wo du uns findest.« Er verneigte sich steif vor Parolla. »Bis wir uns wiedertreffen, Gebieterin.« Dann gab er Vale ein Zeichen und wandte sich auf dem Absatz um.

Der grauhaarige Krieger warf Parolla noch einen langen Blick zu, bevor er Ebon folgte. Gemeinsam machten sich die beiden Männer auf den Weg zur Rotunde, während Parolla mit Mottle auf dem Hügel zurückblieb.

Ihr Blick glitt zurück zu ihrem neuen Verbündeten. Er kratzte sich gerade hingebungsvoll.

Sie waren gut, das musste Luker zugeben.

Immerhin hatte er damit, dass er sich schnell vom Sichelmann getrennt hatte, dafür gesorgt, dass sich Mayots Leibwächter aufteilen mussten; sie bildeten jetzt zwei Paare, jeweils ein Mann und eine Frau. Der Mann, der Luker gegenüberstand, hatte die Nase eines

Boxers und eine Hasenscharte, breite Schultern und einen dicken Hals. Er schwang ein Schwert, das ein wimmerndes Geräusch machte, wenn es durch die Luft fuhr. Ein bisschen wie Chamerys weinerliche Stimme. Die Frau kämpfte mit zwei Langmessern, die auf einer Seite geschwärzt waren. Sie war einen halben Kopf kleiner als ihr Gefährte und wäre vielleicht sogar hübsch zu nennen gewesen, hätten nicht zahlreiche Pockennarben ihre Wangen verunziert.

Luker hatte nur wenige Augenblicke gebraucht, um sich ein Bild von ihren Stärken und Schwächen zu machen. Pockengesicht war die geschicktere Kämpferin und reagierte blitzschnell, aber sie hatte nur eine geringe Reichweite und parierte mit beiden Klingen, wenn sie sich verteidigte. Hasenscharte hatte mehr Kraft in seinen Schlägen, aber dafür war seine untere Deckung nicht besonders einfallsreich, und er neigte dazu, bei Schlägen mit der Rückhand aus dem Gleichgewicht zu kommen. Besonders interessant aber war, dass beide Vamilianer vor allem bestrebt waren, Luker den Weg zu Mayot zu versperren. Nicht ein einziges Mal hatten sie sich voneinander entfernt, um ihn von beiden Seiten in die Zange zu nehmen.

Jetzt musste der Bewahrer lediglich eine Möglichkeit finden, um ihre Schwächen auszunutzen.

Hätte er nur einen der Vortrefflichen gegen sich gehabt, hätte er sich schnellstens durchgesetzt. Gemeinsam allerdings bildeten sie eine hervorragende Einheit, Pockengesicht auf Lukers rechter und Hasenscharte auf seiner linken Seite: Sie wechselten sich bei den Angriffen ab und kamen sich in den seltenen Augenblicken, in denen Luker sich eine Bresche erkämpfen konnte, gegenseitig zu Hilfe. Bisher hatte er Hasenscharte zwar einige Schnittwunden beigebracht, aber keine nennenswerten Verletzungen.

Der ganze Saal war still – beinahe gespenstisch, wenn man es mit der Atmosphäre verglich, in der die meisten anderen Duelle stattgefunden hatten, die Luker in seiner bisherigen Laufbahn ausgefochten hatte. Vor zehn Jahren, in den Anfangstagen der Konföderation, hatte er in den Gladiatorengruben von Bethin gekämpft, nachdem sein Gegner, der damalige Favorit, den Fehler begangen hatte, lauthals gegen Erin Elal Stellung zu beziehen. Die Anfeuerungsrufe, das blutrünstige Gebrüll, die Schreie der Menge waren beinahe körperlich spürbar gewesen. Bis Luker den Publikumsliebling in Stücke gehauen hatte. Hier im Saal war nur das Aufeinanderschlagen der Klingen zu hören, das Rascheln der Blätter unter den Füßen und das Scharren der Stiefel auf dem Steinboden.

Dann kam von rechts ein Schnaufen und ein gehauchter Fluch.

Er riskierte einen kurzen Blick auf den Sichelmann. Der Shroud-Jünger wich zurück, wand sich und zuckte hin und her wie ein Wirbelwind, während seine Sicheln wie zwei Flecken goldenen Lichts aufblitzten. Er duckte sich unter einem Schlag hinweg, der auf seinen Hals gezielt war, und drehte sich dann beiseite, um den Tanz fortzusetzen. Luker verzog grimmig das Gesicht. Er würde sich schnell etwas einfallen lassen müssen, da er nicht die Absicht hatte, darauf zu warten, wie es mit Kestor ausgehen würde. Falls der Sichelmann fiel, dann würde der Kampf gegen alle vier ein wenig knifflig werden.

Ihm kam eine Idee, aber damit er sie würde umsetzen können, war es erforderlich, seine Gegner an eine andere Stelle zu locken. Ein hoch angesetzter Schlag von Hasenscharte gab ihm dazu die richtige Vorlage. Mit einem Stups des Tiefen Willens behinderte er den Schwertarm des Mannes, duckte sich unter der Klinge weg und rollte sich auf die rechte Seite seines Gegners, bevor er wieder aufsprang. Pockengesicht fuhr herum, um ihm den Weg zu Mayot zu verstellen, dabei war es gar nicht Lukers Absicht gewesen, zu dem Magier durchzudringen. Als die Vortrefflichen wieder angriffen, kämpfte Pockengesicht jetzt links und Hasenscharte rechts.

Wieder folgten Angriff, Finte, Parieren und Lösen. Luker blockierte Pockengesichts Stoß und wich Hasenschartes Schlag aus. Und als Hasenscharte mit der Rückhand zuschlug, an Lukers Schwert abglitt und wie erwartet aus dem Gleichgewicht geriet, hatte er so viel Schwung, dass er in Pockengesichts Richtung stolperte.

Der Bewahrer sprang nach rechts, um außer Reichweite von Pockengesichts blitzenden Langmessern zu gelangen. Ein hoher Schlag zwang Hasenscharte, weit oben zu parieren und dabei seinen unteren Körper ungeschützt preiszugeben. Luker fiel auf ein Knie und stach mit der anderen Klinge zu.

Der Austausch hatte nur einige Herzschläge gedauert.

Vielleicht hätte es sogar geklappt, wäre nicht Pockengesicht, die Luker nicht mehr erreichen konnte, schnell zur Verteidigung ihres Gefährten herbeigeeilt. Lukers Stoß glitt an einem ihrer Messer ab und konnte nur einen kleinen Kratzer an Hasenschartes Hüfte landen.

Jetzt war es der Bewahrer, der sich eine Blöße gegeben hatte. Er parierte Hasenschartes Gegenangriff, dann holte er mit dem Willen aus, um Pockengesicht einen Schritt zurückzutreiben. Schnell rollte er sich wieder beiseite und sprang auf, um einen Hagel Schläge von Hasenscharte abzufangen.

Mit den Füßen ließ er ein paar Blätter aufwirbeln, um seine Angreifer abzulenken. Als ob die sich durch so etwas länger aufhalten ließen.

Er würde sich etwas anderes einfallen lassen müssen.

Romany sah den Duellen zu, die sich immer mehr in die Länge zogen. Der Vernarbte – Luker Essendar – kämpfte verblüffend geschickt, und seine Schwerter bewegten sich so schnell, dass ihnen mit bloßem Auge kaum zu folgen war. Er nutzte eine Art Zauberkunst, um die Angriffe der Vortrefflichen abzuwehren, und verstärkte seine eigenen Schläge auf eine Weise, der Romany widerwillig ihre Achtung zollte. Sein Begleiter, der Shroud-Anhänger, kämpfte auch nicht schlechter; er fing das Schwert eines Angreifers mit einer Sichel ab und drehte das Handgelenk dann geschickt so, dass er die

Klinge blockierte und mit der anderen Waffe zuschlagen konnte. Die beiden Vamilianer hatten eine Weile gebraucht, um sich an seine Taktik zu gewöhnen, aber jetzt war ihnen das gelungen, und sie trieben ihn zurück. Und auch wenn die Vortrefflichen noch keinen entscheidenden Schlag gelandet hatten, so war es keine Frage, dass sie Shrouds Jünger überlegen waren, ebenso wie Luker, der sich fast nur verteidigte.

Das Ende stand kurz bevor, dessen war Romany sich sicher. Ohnehin spielte Mayot nur mit den Kämpfern. Hier, wo eine Reihe von Untoten hinter der anderen auf seine Befehle wartete, konnte der Magier das Spektakel beenden, wann immer er wollte, und das würde er zweifelsohne auch tun, sobald einer von beiden die Vortrefflichen zu besiegen drohte. Romany betrachtete den alten Mann. Er saß zusammengesunken auf seinem Thron und sah dem Wettstreit zufrieden lächelnd zu. Wie sie schon so oft festgestellt hatte, war der Stolz die größte Schwäche des Magiers – allein deswegen setzte er seine Elitekämpfer völlig unnötig aufs Spiel. Er war gefangen in seiner Überheblichkeit und sonnte sich in der Illusion seiner Unbesiegbarkeit.

Aber gab es denn überhaupt jemanden an diesem gottvergessenen Ort, der aus dieser Lage einen Vorteil ziehen konnte? Welcher der unglückseligen Feinde Mayots hatte genug Geist und genug Kraft, um seine Schwächen auszunutzen?

Beim Segen der Spinne, muss ich denn alles selber machen?

Romany fühlte in sich hinein und rief wieder nach der Spinne. Keine Antwort. Konnte es vielleicht sein, dass die Todesmagie, die den Saal erfüllte, ihre Botschaft gar nicht nach draußen dringen ließ? Sie bezweifelte das, denn die Spinne hatte oft damit geprahlt, dass ihr Netz sogar den Abgrund überspannte. Höchstwahrscheinlich ignorierte die Göttin sie einfach – wenn sie ihre knifflige Lage nicht sogar genoss. Romany kam ein Bild in den Sinn – die Spinne, wie sie es sich in Romanys Quartier im Tempel gemütlich machte und die

Füße auf den Tisch legte, mit einer schönen Flasche Koronos-Wein …

Verärgert mit der Zunge schnalzend, wandte sich die Priesterin wieder dem Spektakel im Saal zu. Consel Garat Hallon hatte sich inzwischen weit genug aufgerichtet, um ein kleines Stück vom Podest wegzukriechen und sich zu einer seiner Soldatinnen zu schleppen, die mit einer dicken Schwellung an der linken Schläfe bewusstlos dalag. Er schüttelte sie immer wieder.

Einige Schritte davon entfernt bemühte sich Shrouds Sichelkämpfer mit wachsender Verzweiflung, außer Reichweite seiner Angreifer zu bleiben. An seinen immer schwerfälligeren Bewegungen erkannte Romany, dass er jetzt müde wurde. Aber dennoch, bei den wenigen Gelegenheiten, da es den Vortrefflichen gelang, seine Deckung zu überwinden, schienen ihre Klingen nicht auf Widerstand zu treffen; es war vielmehr, als sei er nur ein Geist. Irgendetwas ging hier sicherlich nicht mit rechten Dingen zu, aber das war bei Shrouds Jüngern auch nicht anders zu erwarten. Romany juckte es in den Fingern, und sie spürte den fast instinktiven Drang, ihre Fäden um den Mann zu spinnen.

Aber das Spiel war bereits gewonnen. Dutzende von Shrouds Schergen waren abgeschlachtet worden, und es würden noch mehr fallen, bevor die ganze Geschichte ausgestanden war. Der Fürst der Toten würde schnell neue Diener gewonnen haben, aber zumindest hatte Romany der Spinne wertvolle Zeit verschafft, in der sie ihren nächsten Schachzug im größeren Spiel planen konnte. Ein Spiel, von dem die Priesterin, wie sie gerade erkannte, nicht das Geringste wusste. *In gewisser Hinsicht bin ich genauso eine Spielfigur wie die Vamilianer.*

Ein wenig erbaulicher Gedanke.

»Ist das nicht unterhaltsam?«, fragte eine Stimme.

Romany seufzte, als das Bild der Spinne vor ihrem inneren Auge erschien. Würde die Göttin irgendwann einmal von ihren melodramatischen Auftritten Abstand nehmen? Dennoch, der Ärger der Priesterin war stark überlagert von Erleichterung – obwohl sie das die Spinne natürlich nicht wissen lassen wollte. »Wenn Ihr meint, Gebieterin.«

Die Göttin klang kühl amüsiert, und Romany erinnerte sich konsterniert, dass die Spinne ihre Gedanken lesen konnte. »Ich habe deine Fortschritte mit Interesse verfolgt«, erklärte die Göttin. »Du hast dich gut geschlagen. Sehrrrr gut sogar. Wie viele hast du bisher erledigt? Siebzehn?«

»Achtzehn.«

Die Spinne warf ihr einen skeptischen Blick zu. »Ich hoffe doch sehr, dass du den Dämonenjäger aus den Kahlen Landen nicht mit dazuzählst.«

»Aber ganz sicher tue ich das!«

»Wenn ich mich recht erinnere, dann hat er es geschafft, sich mit seinem eigenen Schwert aufzuspießen.«

»Das ist wahr. Bei einem höchst unglücklichen Sturz vom Pferd. Aber dieser Sturz wäre nicht passiert, wenn das Tier nicht in Panik geraten wäre.«

»Wegen eines umgestürzten Baumes, wenn ich recht weiß.«

Romany schniefte. »Bäume stürzen nicht von selbst um.«

»Nein, es war wohl ein fehlgeleiteter Zauberblitz von einem vamilianischen Magier, oder nicht?«

»Und was glaubt ihr, wer hatte diesen Magier wohl zu dem Dämonenjäger geführt? Wenn Ihr beabsichtigt …«

»Schon gut, schon gut«, rief die Spinne und hob beschwichtigend die Hände. »Wenn es dir so wichtig ist, dann lasse ich dir den Dämonenjäger. Mit oder ohne ihn, deine Bilanz ist beeindruckend.« Die Göttin hielt inne, bevor sie auf den Sichelkämpfer deutete. »Aber ich habe durchaus bemerkt, dass dir einer durch die Finger geschlüpft ist.«

Romany verzog das Gesicht. Bei der Spinne gab es immer ein Aber. »Wir müssen reden.«

»Das habe ich mir schon gedacht, nachdem du mich so dringlich … heraufbeschworen hast. Ich nehme an, du möchtest dich aus dem Spiel zurückziehen?«

Romany schüttelte den Kopf. »Das ist noch nicht vorbei.«

Die Göttin blickte zu den Kämpfenden. »Vielleicht noch nicht ganz, aber sehr bald.«

»Das habe ich nicht gemeint. Gebieterin, ich habe eine Idee.«

Der Tiktar jagte den Hügel herauf. Allein, das wusste Parolla, war sie ihm nicht gewachsen – jedenfalls nicht, ohne stärker auf ihre Kräfte zurückzugreifen, als sie es je zuvor gewagt hatte. Dennoch war sie sich nicht sicher, ob ihr neu gewonnener Bündnispartner, dieser Mottle, eine Hilfe oder eher ein weiteres Hindernis sein würde. Sie sah gerade zu dem Alten hinüber, als der Wind unter seine Gewänder fasste und sie bis über die Hüften hochschlug, und sie wandte den Blick hastig wieder ab. »Wisst Ihr etwas über Tiktare, *sirrah*?«

»Was gibt es schon, das Mottle nicht weiß! Geboren in der Dunkelheit, die dem Ersten Zeitalter voranging …«

»Ich meine, wisst ihr irgendetwas, das uns im Kampf gegen das Ungeheuer nutzen würde? Was sind seine Schwächen?«

Der Magier neigte den Kopf. »Schwächen?«

»Wie können wir es vernichten?«

»Wie könnten wir es nicht vernichten? Gut, die Kraft des Altvorderen ist überragend, aber Mottle ist ohnegleichen in seiner Listigkeit und unübertroffen in seiner Schläue …«

Parolla hörte ihm nicht mehr zu. Der Tiktar war kurz hinter einer Baumgruppe verschwunden. »Euer Element ist die Luft, richtig?«

»Ja, so ist es.«

»Luft verhält sich Feuer gegenüber neutral.«

Der Alte warf sich in die Brust. »In seiner vollsten Kraft ist Mottle dafür bekannt, dass er den Diener der Luft, das Wasser, seinem Willen unterwerfen kann.«

Parolla hob eine Augenbraue. »Ihr seid ein *erzmagus*?«

»Mottle wurde immer schon unterschätzt, Mädchen.«

Der Tiktar kam wieder in Sicht und war jetzt nur noch knapp hundert Schritte entfernt. Am See hatte Parolla nicht erkannt, wie groß der Altvorderling war. Jetzt, zwischen den Bäumen, erschien er zweimal mannshoch, und sie sah die leuchtenden Schwerter in seinen Händen und die schwarzen Löcher, die seine Augen waren.

Fünfzig Schritte.

Ein Windstoß fuhr dem Tiktar entgegen, hielt ihn aber keineswegs auf.

Parolla machte einige Schritte nach links.

Dreißig Schritte.

Sie entfesselte ihre Macht und genoss die Dunkelheit, die sie durchströmte. Dieses eine Mal musste sie sich nicht zweimal auf ihr dunkles Blut berufen. Als die Schatten in ihrem Blickfeld tiefer wurden, schoss Todesmagie aus ihren Händen und prallte auf den näher kommenden Altvorderling.

Der Tiktar schnitt durch ihre Hexenkunst wie der Kiel eines Bootes durch Wasser.

Parolla blinzelte.

Zehn Schritte.

Bei den Höllen. Sie spannte alle Muskeln an, um sich zu einer Seite zu werfen.

Zu spät.

Plötzlich wurde sie in die Luft gewirbelt, und der Tiktar schoss von brüllendem Feuer umgeben unter ihr dahin: Seine Schwerter verfehlten ihre Füße nur um Haaresbreite. Einen Herzschlag lang hing Parolla hilflos in der Luft und zappelte mit den Beinen, bevor sie wieder auf den Boden kam. Als sie wieder sicher stand, nickte sie Mottle zum Dank kurz zu. Der Alte erwiderte das mit einem Zwinkern.

Der Tiktar war bebend zum Stehen gekommen und dabei gegen einen Baum geprallt, der sofort in Flammen aufging. Ein einziger

Schlag mit einem seiner Schwerter hieb den Stamm entzwei, und der Baum krachte zur Seite. Dann wandte sich der Altvorderling wieder seinen Gegnern zu.

Als er erneut angriff, war Parolla darauf vorbereitet.

Endlich kehrte das Gefühl in Ebons Hände und Füße zurück, und das eisige Kribbeln wich einem brennenden Jucken. Zwar wollte es ihm noch immer nicht gelingen, sein Schwert zu ziehen, aber die Taubheit in den Beinen machte ihm noch mehr zu schaffen, denn er merkte, dass er jetzt den rechten Fuß nachzog, und falls er irgendeinem Untoten begegnete, würde er nicht einmal weglaufen können. Doch glücklicherweise war es in diesem Teil der Ruinenstadt ganz still, selbst der Kampfeslärm aus der Ferne wurde durch den Regen gedämpft. In einer der Straßen sah er einen Leichnam auf einem Pferd, dem das Blut noch aus einer Wunde in der Brust rann. War es eines der sartorianischen Pferde? Hatte Garat es geschafft, sich bis zur Rotunde durchzuschlagen? Oder zählten der Consel und seine Soldaten jetzt auch schon zu den Untoten und lauerten in einem Hinterhalt auf sie?

Ebon warf Vale einen Blick zu. Dem Endorianer wäre das nur recht gewesen, wie er vermutete.

In einiger Entfernung war die Straße durch die Trümmer eines eingestürzten Hauses blockiert. Der König verlangsamte seinen Schritt, spähte in die Dunkelheit und wartete, bis sich aus dem Schwarz verschiedene Grautöne herauslösten. Und unter dem Schutt …

Er fuhr zurück.

Aus den Steinen ragte ein Arm, der so lang war wie Ebons ganzer Körper. Seine vier Finger endeten in Klauen, von denen zwei abgebrochen waren. Der Arm selbst wies zahlreiche Schnitte auf, die nicht bluteten, und war mit Schuppen bedeckt. Wie der übrige Körper aussah, war nicht auszumachen; die Schatten waren zu dicht.

»Meinst du, es stellt sich nur tot?«, flüsterte Vale.

»Nein«, gab Ebon zurück. »Aber ich glaube, dass es an Zeit ist, herauszufinden, was es umgebracht hat.« Er richtete einen fragenden Gedanken nach innen. »Bitte, Göttin, kommt zu mir.«

Ausnahmsweise ließ Galea ihn nicht warten. »Was ist?«, fragte sie, als sie in seine Gedanken wirbelte.

»Das Geschöpf dort vorn … Ihr sagtet, die Fäden des Buches könnten nicht durchschnitten werden.«

»Nein, ich sagte, *du* könntest sie nicht durchtrennen.«

»Aber wer dann? Wer hat die Kraft, das zu tun?«

Galeas Lippen kräuselten sich. »Ist das eine hypothetische Frage?«

»Hört auf mit Euren Spielen. Erst sahen wir diesen Sichelschwinger im Wald, und jetzt liegt hier diese Kreatur. Die Schnitte an seinem Arm haben nicht geblutet, was also darauf hinweist, dass es untot war, bevor es erschlagen wurde.«

»Wie ich dir schon einmal sagte, hat das Buch sicherlich eine Schar von Kriegern mit den verschiedensten Kräften hierhergelockt. Wer tatsächlich diese Kreatur getötet hat, das kann ich nicht sagen. Und ich glaube auch nicht, dass es eine Rolle spielt, wer sich sonst noch für das Buch interessiert. Es zählt allein, dass du der Erste bist, der es ergreift.«

Ebons Augen verengten sich. Die Stimme der Göttin war plötzlich weicher geworden, und das ließ vermuten, dass sie nicht ganz ehrlich mit ihm war, aber das schien es nicht zu sein, was ihm am meisten zu schaffen machte. »Der es ergreift, Gebieterin? Ich dachte, das Buch sollte zerstört werden.«

»Nicht unbedingt.«

»Ich dachte, Ihr wolltet Freiheit für Euer Volk. Ich *weiß*, dass Ihr mir die Freiheit des meinen versprochen habt.«

»Ich halte meine Versprechen, Sterblicher.«

Nachdem du die Vereinbarungen zu deinen Gunsten umgeschrieben hast, vielleicht. »Ihr habt geschworen, meiner Stadt zu helfen.«

»Und ich habe für Majack getan, was augenblicklich in meiner

Macht steht. Das Schicksal der Menschen dort hängt immer noch an einem seidenen Faden, und das solltest du nicht vergessen …«

Ihre Stimme verblasste, und durch die Verbindung zwischen ihnen beiden spürte Ebon ein Aufwallen von Kraft im Nordwesten, gefolgt von einer Explosion, die tausendfachen Donnerschlägen glich. Das Nachbeben dieser Erschütterung ging einen Herzschlag später durch die Erde, und die Straße bäumte sich unter ihm auf.

»Gebieterin? Was ist passiert? Gebieterin?«

Eine dunkle Vorahnung hatte sich in Galeas Stimme geschlichen. »Der erste der Kinevar-Götter ist gefallen. Die übrigen werden bald folgen.«

Ebon wurde kalt. »Götter? Was meint Ihr damit – Götter?«

»Es ist keine Zeit für Erklärungen! Mayot wird die Unsterblichen hierher rufen. Ihr müsst euch beeilen! Zur Rotunde!«

Die Spinne betrachtete Romany mit einer Mischung aus Neugier und Misstrauen. »Eine Idee, Hohepriesterin?«

»Eine Möglichkeit, Mayots schöne heile Welt einstürzen zu lassen«, sagte Romany.

Die Göttin schüttelte den Kopf. »Das Spiel ist für uns vorbei. Wir haben erreicht, was wir uns vorgenommen haben.«

»Aber der Alte …«

»Wird mit oder ohne unsere Hilfe untergehen …« Die Spinne hielt inne, als eine Erschütterung der Macht über die Rotunde ging. In der Ferne ertönte ein Kreischen, rau und urzeitlich, und dann gab die Dachkonstruktion ein mahlendes Knirschen von sich. Feiner Staub rieselte um Romanys körperloses Ich zu Boden. Unter ihnen stieß Mayot einen triumphierenden Schrei aus.

»Gebieterin«, hauchte Romany.

»Ja. Der erste Kinevar-Gott ist gefallen.«

»Besitzt Mayot die Gabe, ihn mit Hilfe des Buches zu versklaven?«

»Durchaus. Und er nähert sich bereits.«

»Wie lange haben wir noch?«, fragte Romany.

»Wenige Glocken.«

»Dann bleibt uns kaum noch Zeit. Wollt Ihr nun eingreifen, um all das hier zu beenden?«

»Wieso sollte ich?«

»Weil uns mit der Unterwerfung der Kinevar die Kontrolle über das Spiel verloren geht. Im Laufe der Zeit könnte Mayot selbst für Euch eine Bedrohung werden.«

»Wenn es so sein sollte, dann werde ich dem zu begegnen wissen«, sagte die Spinne sanft. »Bis dahin ist er ein Dorn in Shrouds Fleisch, ein nützlicher noch dazu.«

Romany versuchte es mit einer anderen Taktik. »Habt Ihr das alles vorhergesehen? Auch, welche Macht Mayot letztlich bekommen würde?«

Die Göttin zuckte die Achseln. »Ich wusste, was das Buch würde bewirken können. Um der Wahrheit die Ehre zu geben, hat Mayot überraschend viel Einfallsreichtum in der Nutzung seiner Möglichkeiten bewiesen. Sein Präventivschlag gegen die Kinevar-Götter hat sich als meisterlicher Schachzug herausgestellt. Noch unerwarteter jedoch war dein Sieg über Shrouds Schergen …«

»Augenblick, Gebieterin. *Unerwartet?*«

»In seinem Umfang, ja. Hohepriesterin, du hast dich selbst übertroffen.«

Romany runzelte die Stirn. Hatte sie je etwas anderes getan? »Dann werdet Ihr doch sicherlich bereit sein, mir eine Vergünstigung zu gewähren.«

Die Spinne warf ihr einen nachdenklichen Blick zu. »Du scheinst ausgesprochen darrran interessiert, Mayots Sturrrz herbeizuführen. Ich möchte doch hoffen, dass du kein perrrsönliches Interesse an dieser Angelegenheit entwickelt hast.«

Die Priesterin sah zu Mayot auf seinem Thron hinüber. Der Alte hielt das Buch an seine Brust gedrückt, und seine Augen leuchteten vor Begeisterung. Romanys Blick wanderte zu den Reihen der Untoten, die das Podest umringten, zu den vamilianischen Mädchen hinter dem Thron, zu dem nackten, verdorrten Leichnam daneben. »Wir haben ein Ungeheuer erschaffen, Gebieterin.«

Die Göttin unterdrückte ein Lächeln. »Aber natürlich haben wir das. Wie sonst könnte das Spiel gewonnen werden? Mayot ist genau so geworden, wie er für uns sein musste. Welcher andere Mann hätte es gewagt, sich mit Shroud anzulegen?«

»Aber das viele Leid, das er verursacht hat …«

Die Spinne lachte. »Ach, Romany«, sagte sie nicht unfreundlich. »Du hast deine Nase viel zu lange nur in Schriftrollen gesteckt, und das habe ich zu verantworten. In unseren Spielen gibt es stets Gewinner und Verlierer. Genieße deinen Sieg, solange du kannst. Oder hast du den Angriff auf deinen Tempel schon vergessen?«

Wieder sah Romany das Gesicht ihrer Dienerin Danel vor Augen. »Als ich vom Leid sprach, meinte ich nicht Shrouds Jünger.«

Das Lächeln der Spinne wurde nur breiter. Sie schwieg eine Weile, und ihre Finger glitten wieder einmal über unsichtbare Harfensaiten.

Ein Schnaufen ertönte, und als Romany in den Saal hinunterblickte, stellte sie fest, dass der sichelschwingende Shroud-Anhänger von einem Schwertstreich am Bein getroffen worden war. Sein Gegenschlag schlitzte der Vortrefflichen, die gegen ihn kämpfte, die Wange auf, aber die Frau zuckte nicht einmal zusammen.

»Woran hattest du denn gedacht?«, fragte die Spinne endlich.

Romany schlang die Hände ineinander. »Ich gehe zu Mayot und biete an, ihm die letzten Geheimnisse des Buches zu enthüllen.«

»Und wenn er seine Schutzwälle lockert, dann soll ich wohl die Bereiche verschließen, die bisher für ihn zugänglich waren?«

»Ist das möglich?«

»Theoretisch schon. Aber Mayot glaubt sich bereits unbesiegbar, und schon bald wird er die Kinevar-Götter auf seiner Seite haben. Wieso sollte er riskieren, seine Schutzschilde zu senken?«

Romany schnaubte. »Nun, genau deshalb, weil er sich für unbesiegbar hält. Und weil ein Mann wie er niemals genug Macht haben kann.«

Die Spinne betrachtete sie sinnend. »Du spielst ein gefährliches Spiel. Damit ich durch dich handeln kann, musst du dich dem Magier persönlich nähern. Und ich werde nicht eingreifen können, wenn die Sache schiefgeht.«

»Das Risiko übernehme ich ganz allein.«

»Und du meinst, es ist das wert?«

Romany fuhr sich mit der Zungenspitze über die Lippen und wandte den Blick ab.

Der Tiktar stürmte Parolla entgegen, und die Flammen, die er hinter sich herzog, setzten den Wald in Flammen. Parolla saugte so viel Kraft ein, wie sie es eben wagte, und dann entfesselte sie diese Energie mit einem Brüllen, das sogar das Tosen des Sturmes übertönte. Eine Welle von Todesmagie schlug gegen den Altvorderling und brachte ihn keine zehn Schritte von ihr entfernt zum Stehen. Er wand sich unter der Wucht ihrer Hexenkunst, zischte und spuckte und stach mit seinen Schwertern nach ihr. Parolla konnte jetzt eine nackte, menschliche Gestalt in dem Feuer erkennen, aber ihre Umrisse lösten sich allmählich auf. Schon bald war von dem Altvorderling nichts weiter geblieben als die Flammen, in die er sich zuvor eingehüllt hatte, und sie züngelten nun empor, um sich mit dem Feuer zu verbinden, das bereits die Bäume rechts von ihr verschlang.

Parolla verzog das Gesicht. Ein hübscher Trick, aber so leicht konnte ihr der Tiktar nicht entgehen. Sie ließ eine Zaubersalve gegen einen Baumstamm krachen, der umstürzte und im Fallen brackiges Wasser aufspritzen ließ. Die Flammen leckten jedoch weiter gierig an dem geschwärzten Holz und schienen von Parollas Magie nicht im Geringsten berührt.

Sie zögerte. Was jetzt?

Eine Zwillingssäule aus Feuer schoss aus dem brennenden Baum und fuhr ihr entgegen. Als sie gegen ihre Schutzschilde prallte, spürte Parolla eine Welle von Hitze und wurde nach hinten geschleudert. Bei ihrem Sturz rutschte sie in eine schlammige Pfütze, bekam Dreck in den Mund und spuckte ihn wieder aus. Durch das Wasser in ihren Augen sah sie etwas Verschwommenes, Orangefarbenes, als der Altvorderling wieder eine körperliche Gestalt annahm. Er kam auf sie zu, und Parolla rappelte sich mühevoll auf ein Knie auf, versuchte die Hände zu heben …

Mottle trat vor sie.

Ein Wirbel aus Luft legte sich um den Tiktar, riss ihn empor und schleuderte ihn zur Seite. Der Altvorderling fuhr herum und landete geschickt zwischen zwei Bäumen ganz in der Nähe. Er hob eines seiner Schwerter. Flammen züngelten von der Spitze zu Mottle hinüber, wurden aber vom Wind erfasst und beiseite gelenkt, ohne Schaden anzurichten. Parolla stand schlammbespritzt auf und entfesselte eine neuerliche Magieattacke. Der Tiktar kreischte, als er getroffen wurde, und kurz behielt er seine Form, bevor sie sich wieder auflöste und mit den Flammen verband, die den Baum daneben verschlangen. Parolla ließ den Stamm zu Asche zerfallen, aber das Feuer sprang einfach nur auf den nächsten über. Auch diesen zerstörte Parolla, und den nächsten und den wieder nächsten, bis ein schwerer Ascheregen die Luft trübte.

»Haben dir die Bäume etwas getan, mein Mädchen?«, fragte Mottle.

Sie atmete langsam aus und senkte dann die Arme. Der Tiktar hatte sich zu einem umgestürzten Baum hinüberbegeben. In dem Feuer, das den Stamm verzehrte, konnte Parolla zwei schwarze Flecken ausmachen; möglicherweise die Augen des Altvorderlings. Überall an der Bergflanke brannte der Wald, und das Knistern der Flammen erfüllte die Luft. »Das Wesen erneuert sich immer wieder selbst«, rief Parolla Mottle zu. »Egal, welche Schäden wir seiner körperlichen Gestalt zufügen, das Feuer vernichtet sie sofort wieder.«

»Feuer ernährt sich von der Erde«, gab der Alte schlicht zurück.

»Was schlagt Ihr dann vor? Wir können es nicht töten – dieses Untier ist bereits tot. Wie zerstört man etwas, das sich in den Flammen immer wieder regenerieren kann?«

Der *erzmagus* grinste. »Wie immer liegt die Antwort in Mottle.« Seine Augen hatten sich geweitet, seine Stimme klang atemlos. »Dein bescheidener Diener hat seine Zeit gut genutzt, um sich die Energie des Sturms einzuverleiben. Sieh zu, wenn du magst.«

Auf einmal war die Luft so tropfenschwer, als wäre Parolla unter einen Wasserfall geraten, und die Sicht reichte nur noch ein paar Armlängen weit; dahinter war von der Hügelkuppe ringsum nichts mehr zu erkennen. Sie zog die Schultern hoch; ihre Kleidung klebte an ihrer Haut und ihr Haar an ihrem Gesicht, aber dennoch brachte sie eine Art Lächeln zustande. Natürlich. Feuer bekämpfte man mit Wasser, und einem solchen Guss konnte keine Flamme widerstehen. Parolla fragte sich, wieso sie nicht schon früher daran gedacht hatte. Aber auch wenn die Flammen des Tiktars ganz verloschen, er würde vielleicht trotzdem nicht völlig machtlos sein …

Einige Herzschläge vergingen, während der Regen in ihren Ohren brüllte und zischte. Dann, ganz plötzlich, ließ das Prasseln nach, als ob die Wolken vollständig ausgewrungen waren. Sie blinzelte sich die Nässe aus den Augen und sah sich um. Überall auf dem Boden standen große Wasserlachen, und leichter Nebel hing in der Luft, wurde aber bereits vom Wind verweht. Die schwarzen Stümpfe um sie herum rauchten …

Abgesehen von einem, der immer noch in Flammen stand – der umgestürzte Baum, hinter dem der Tiktar Schutz gesucht hatte. Eine kalte Brise erfasste Parollas Haut.

Ein Bild stieg aus ihrer Erinnerung auf, und sie sah die erste Begegnung mit dem Altvorderling vor sich, wie seine flammende Gestalt aus dem See auftauchte. *Der See* … Ihr Magen krampfte sich zusammen. Bei den Höllen, wie hatte sie glauben können, dass Wasser allein genügen würde, um das Wesen zu zerstören? Wie hatte sie das vergessen können? Aber dennoch, der Regen musste den Tiktar Kraft gekostet haben. Feuchtes Holz brannte auch nicht so leicht, und das würde die Erneuerung des Altvorderlings verzögern. Jetzt, da er geschwächt war, konnte sie zuschlagen. Aber wie *zerstörte* man Feuer?

Der Faden von Todesmagie, der ihn kontrolliert. Das ist der einzige Weg.

Mottle kicherte und holte mit der Hand weit aus. Ein Blitz fuhr aus den Gewitterwolken über ihnen und schlug in den brennenden Baum, so dass Holzsplitter in alle Richtungen flogen.

»Was tut Ihr da, *sirrah!*«, rief Parolla. »Der Blitz wird die Flammen nur weiter anfachen!«

Mottles Antwort bestand in einem neuerlichen Kichern. Ein Windstoß hob sein Gewand, und er schwenkte die Arme, als ob er fliegen wollte. Parolla schnaubte angeekelt. Der Alte war von seiner Kraft berauscht. Er hatte zu viel davon eingesaugt, als er den Sturm herbeigerufen hatte, und jetzt drang sie aus jeder seiner Poren.

Aber nun hörte sie etwas Neues: leises Trommeln. Es kam von Norden, und tatsächlich erschienen dort Gestalten in der Düsternis; sie zeichneten sich ganz allmählich hinter dem Baum ab, an dem der Tiktar lauerte. Parolla fuhr zusammen. Reiter, insgesamt wohl ein Dutzend. Noch mehr Fangalar? Wohl nicht, zumindest trugen diese Leute keine Gewänder in grellen Farben, sondern Plattenpanzer und Helme mit Visier, die mit Geweihen geschmückt waren …

Geweihe.

Da begann sie zu lachen, und ihr war bewusst, dass es ein wildes, irres Lachen war. Sie lachte, bis ihre Brust schmerzte und ihre Augen tränten und sogar Mottle aufhörte, mit den Armen zu wedeln, um sie anzusehen.

Die Jagd hatte sie wieder einmal aufgespürt.

Die Wunde am Handgelenk, die Luker in dem Duell mit Kanon erhalten hatte, war wieder aufgeplatzt. Blut rann stetig in seine Handfläche und machte den Griff des Langmessers gefährlich glitschig. Er hatte seinen Gegnern eine Reihe ähnlicher Schnitte zugefügt, an den Armen und am Rumpf, aber das hatte keinerlei Auswirkungen – diese Ärsche bluteten schließlich nicht, und in einem Kampf gegen Untote zählten moralische Siege wenig. Luker sah den Vortrefflichen prüfend in die Augen, ob vielleicht zumindest der Hauch eines ähnlichen Widerstands gegen Mayots Herrschaft darin zu lesen war, wie ihn Kanon gezeigt hatte. Aber da war nichts. Allerdings besaßen die Vortrefflichen auch nicht die Willensstärke seines Meisters oder hatten überhaupt das geringste Interesse daran, dass Luker diese Begegnung überlebte.

Ein Schlag mit dem Willen ließ Hasenscharte ein Stück zurücktaumeln, aber der Untote nutzte den Schwung, um sich zur Seite zu rollen. Währenddessen bedachte Pockengesicht Lukers Kopf und Brust mit einem Hagel aus Schlägen und Stößen. Er parierte zunächst, dann ging er zu einem vom Willen verstärkten Gegenangriff über. Als sie einen Schlag gegen ihre Körpermitte mit beiden Waffen abblockte, fuhr Lukers zweite Klinge bereits tief gegen ihr rechtes Bein.

Hasenschartes Schwert war schon da und fing den Schlag ab. Verdammt!

Der Bewahrer löste sich von seinem Gegner und parierte Hasenschartes Rückhand, bevor er sich Pockengesichts nächstem Angriff stellte. Das war immerhin knapp gewesen, wenn auch kein Durchbruch. Allmählich ging ihm das Zusammenspiel der beiden richtig auf den Geist. Der Ausgang dieser Partie hing davon ab, wer den ersten Fehler machte, und inzwischen sah es mehr und mehr so aus, als würde das Luker sein. Viel länger würde er sich nicht mehr so konzentrieren können, und er fühlte die ersten Anzeichen eines Kopfschmerzes, der sich in seinem Kopf festsetzte. Jetzt war es an der Zeit, etwas mehr zu riskieren, um die Deckung der beiden endlich aufzubrechen …

Das Klacken einer Armbrust war zu hören, und dann schlug ein Bolzen in Pockengesichts Knie. Die Frau stolperte.

Luker zeigte ein dunkles Lächeln. Wenn das Geschoss genau dort getroffen hatte, wo Jenna es beabsichtigt hatte, dann war es ein unglaublich guter Schuss gewesen.

Mayot ärgerte sich vermutlich darüber, dass sich die Assassine in seinen kleinen Spaß einmischte, denn jetzt zuckten Zauberblitze durch die Rotunde. Mit etwas Glück schoss der Magier lediglich wild um sich, ohne groß zu zielen, aber jetzt war keine Zeit für solche Überlegungen. Luker musste seinen Vorteil nutzen, bevor Mayot jemand anderen gegen ihn ins Feld schickte.

Pockengesicht humpelte, und Luker wich ein paar Schritte zurück. Als sie ihm leicht schlurfend folgte, schlug der Bewahrer mit seinem Willen zu und versetzte ihrem Knie, als sie gerade ihr Gewicht darauf verlagerte, einen heftigen Hieb. Knochen knackten, und sie stürzte.

Lukers Blick glitt zu Hasenscharte. *Du gehörst mir.* Eine Reihe schneller Schläge trieb den Krieger zurück, und dann brachte ihn ein Willensstoß aus dem Gleichgewicht. Der Bewahrer setzte mit einem verdeckten Angriff nach; er täuschte links mit dem Langmesser an und schlug dann rechts mit dem Schwert zu. Der Vortreffliche erahnte das Manöver sehr spät, konnte aber doch noch seine Waffe hochreißen, um den Stoß zu parieren. *Dieses Mal nicht.* Lukers Wille durchbrach seine Verteidigung, und die Klinge fuhr ungehindert am Ellenbogen in den Schwertarm seines Gegners. Dann ein schneller Rückhandschlag, der auf Hasenschartes Hals zielte. Als der Untote auszuweichen versuchte, verlor er den Halt und taumelte der Klinge entgegen. Lukers Schwert erwischte ihn unterhalb der Nase mitten im Gesicht. Der Untote ging völlig perplex zu Boden und riss Luker dabei noch die Klinge aus der Hand.

Ein schneller Blick auf Pockengesicht überzeugte den Bewahrer davon, dass sie noch immer erfolglos versuchte, wieder auf die Beine zu kommen. Von ihr ging keine Gefahr mehr aus.

Schnell nahm er das Langmesser in die rechte Hand, wirbelte herum und nutzte den Schwung der Drehung zum Schleudern der Waffe. Die Klinge blitzte in der Düsternis mehrfach auf.

Dann schlug sie in den Hals des einen Vortrefflichen, der dem Sichelmann gegenüberstand.

Ein brüllendes Geräusch warnte Luker gerade noch rechtzeitig, und er konnte einen Willensschutz errichten, bevor eine Welle von Zauberkunst gegen ihn schlug, die ihn wieder in einen Haufen Blätter schleuderte. Er versuchte die Benommenheit abzuschütteln und richtete sich zumindest wieder auf einem Knie auf. Eine neuerliche Zauberattacke rammte gegen seine Schutzwälle, und er knirschte mit den Zähnen, als die Todesmagie um ihn herum tobte. Ein Dutzend Gestalten marschierte ihm jetzt entgegen, angeführt von einer Frau in buntem Gewand, die ihre Hände erhob und eine weitere Welle von Schwärze gegen seine Wälle schleuderte. Ein zweiter untoter Hexenmeister trat an ihre Seite, um seine Kräfte mit ihren zu vereinigen, dann ein dritter und ein vierter. Wie, gingen jetzt vier auf einen los? Offenbar wollte Mayot nichts mehr dem Zufall überlassen.

Bei jeder Angriffswelle fühlte der Bewahrer, wie sein Kopf mit einer Schmerzattacke antwortete. Pockengesicht geriet in die Schusslinie seiner Angreifer, und ihr Körper zerfiel zu Asche.

Dann sah Luker im Augenwinkel etwas Helles aufblitzen, das einen Bogen in der Dunkelheit beschrieb. Ein glitzerndes Ding – nein, zwei – segelten durch die Luft auf die untote Hexenmeisterin und ihre Truppe zu. Aufgrund seiner Kopfschmerzen brauchte Luker einen Herzschlag, um zu erkennen, worum es sich dabei handelte.

Merins Kugeln.

Zwei davon waren bereits verwendet worden, wie er wusste: Erde gegen den Seelenfänger, und Wasser gegen die Vamilianer im Wald. Wenn man davon ausging, dass der Tyrin von jedem Element ein Exemplar besessen hatte, dann blieben noch …

Bei Shrouds Gnade!

Luker warf sich zu Boden.

22

Vale pflügte sich durch die Untoten und ließ dabei ein Dutzend zuckender Leichen hinter sich zurück. Ebon folgte ihm und suchte dabei die schattenumlagerten Eingänge auf beiden Seiten ab. Eine einzelne vamilianische Schwertkämpferin war Vales Auge entgangen und stürmte jetzt von rechts aus der Dunkelheit heran; mit flatternden elfenbeinfarbenen Gewändern sprang sie dem Endorianer in den Rücken.

Ebon blieb nicht genug Zeit für einen warnenden Ruf, aber er schlug instinktiv zu, und eine unsichtbare Kraft schmetterte die Frau gegen eine Hausmauer, die daraufhin knirschend zusammenbrach; dann stürzte das gesamte Haus ein. Vale fuhr herum, und seine Augen glitten hin und her. Mit drei schnellen Schritten war er an dem Berg aus Trümmern, der noch von dem Gebäude übrig geblieben war. Sein Schwert fuhr hinab, und die Vamilianerin, die schon wieder hatte aufstehen wollen, fiel mit abgetrenntem Bein zurück in die Schatten.

Ebon hob die Hände und starrte sie an. War dieser Zauberschlag von ihm ausgegangen? Wenn ja, wieso hatte er dann nicht dieses vertraute, eisige Prickeln gefühlt? Und wieso war Galea eingeschritten, um einem seiner Gefährten zu helfen, wo sie doch bisher dem Schicksal seiner Leute bestenfalls gleichgültig gegenübergestanden hatte? *Es sei denn …* Er rief nach der Göttin und spürte ganz weit hinten in seinem Bewusstsein eine entfernte Präsenz. Konnte er sich ihrer Zauberkräfte bedienen, ohne dass sie es ihm ausdrücklich gestattete? War durch ihre Verbindung inzwischen ein Teil ihrer Kräfte auf ihn übergegangen?

Die Beantwortung seiner Fragen würde warten müssen. Eine oder zwei Straßen entfernt waren schnelle Schritte und das Klappern von Steinen zu hören. Ebon winkte Vale hastig zu sich, und beide verbargen sich in den Schatten; wenige Herzschläge später rannten weitere Vamilianer an ihnen vorüber. Als ihre Schritte verhallt waren, folgte er ihnen leise. Mayots Rotunde war nur noch einen Steinwurf weit entfernt, und er führte Vale im Laufschritt zu einem überwölbten Eingang.

An der Schwelle blieben sie beide stehen. Ein Rauschen erfüllte die Luft, ein Geräusch wie Wellengang und Brandung. Im Dämmerlicht vor ihnen konnte Ebon außer Schatten nichts erkennen, aber das Klirren von Metall auf Metall sprach eine unmissverständliche Sprache.

Als er sich zu dem Hügel umsah, wo sie Mottle und Parolla zurückgelassen hatten, loderte oben auf der Kuppe ein Ring brennender Bäume. Galea hatte nicht zugelassen, dass sie ihre Kräfte gegen den Tiktar einsetzten, und darauf bestanden, dass Ebon zur Rotunde eilte. Das hatte ihn zunächst wütend gemacht, aber jetzt, da einer der Kinevar-Götter gefallen war, verstand er, wieso sie ihn derart gedrängt hatte. *Ein Gott*… Er hatte seine Kraft über die Verbindung zu Galea gespürt. Falls der Unsterbliche diesen Ort erreichte, würde Mayot nicht mehr zu überwinden sein, so viel hatte die Göttin ihm gesagt, und zur Abwechslung hatte Ebon ihr das sofort geglaubt. Seine einzige Hoffnung bestand nun darin, die Fäden des Gottes – nein, die Fäden aller Untoten zu zerschlagen, bevor dieser zu Mayots Unterstützung eintraf.

Vale war blass. Blut rann von einer Wunde an seinem linken Oberarm, und sein Hemd war an dieser Stelle zerfetzt und rot getränkt.

»Wie schlimm ist es?«, fragte Ebon.

»Ein Kratzer.«

»Wir sollten uns einen ruhigen Platz suchen, damit ich ihn nähen kann.«

»Na klar. Und vielleicht wird dir eines der Blassgesichter auch noch Nadel und Faden reichen.«

Ebon zögerte, dann legte er seine Hände auf den Arm des Endorianers. Ohne die Führung der Göttin hatte er keine Ahnung, wie eine Heilung vor sich gehen mochte. Um die vamilianische Schwertkämpferin aus dem Weg zu räumen, hatte er nichts weiter tun müssen, als sich das zu wünschen, was dann auch geschah. Würde er auf dieselbe Weise heilen können? Er zog das blutgetränkte Tuch zurück und konzentrierte sich auf die Wunde. Vale verzog das Gesicht, als sich das Fleisch zusammenzog. Einen Augenblick später war nur noch eine gezackte Narbe zu sehen.

»Nicht gerade ein Kunstwerk«, bemerkte Vale.

»Das bist du ja wohl auch nicht.«

»Habe ich das der Göttin zu verdanken?«

»Nein.«

Vale runzelte die Stirn, fragte aber nicht weiter.

Wieder ertönte das Klappern von Klingen aus dem Saal. Ebon sah den Endorianer an. »Glaubst du, das ist der Consel?«

»Vielleicht sollten wir noch einen Moment warten, bevor wir dazu kommen.«

Ebon lächelte ein wenig.

Plötzlich erfasste ihn ein harter Windstoß von hinten und schleuderte ihn durch den Flur. Ein tiefes Grollen erklang aus der Rotunde, und dann folgte eine Explosion, die den gesamten Durchgang erschütterte. Der Boden bebte unter Ebons Füßen, und er stieß gegen Vale.

Ein kalter Hauch ließ ihn erkennen, dass Galea in seinem Bewusstsein aufgetaucht war. Die Göttin schrie eine Warnung.

Dann rollte vom Saal eine Feuerwand auf sie zu.

Luker sah, wie die Glaskugeln zu den Füßen der untoten Hexenmeisterin mit der vielfarbigen Robe zerbarsten.

Der Fußboden bockte unter ihm wie ein wildes Pferd. Ein orangefarbener Blitz erhellte den Saal, dann walzte ein Feuersturm über Lukers Willensschild. Er schloss die Augen. Über das Brüllen der Flammen hörte er das Kreischen des Windes, und er fühlte, wie die Urgewalt an seinen Gliedern riss und ihm die Luft aus den Lungen presste. Keuchend atmete er ein und biss schnell wieder die Zähne zusammen, als Flammen seine Kehle versengten. Die Härchen auf seinen Handrücken kräuselten sich und verglühten. Er schluckte den Schmerz hinunter und konzentrierte sich darauf, seine Schilde zu verstärken. Nur noch ein wenig länger aushalten: Die Zauber würden sich bald ausgetobt haben.

Es vergingen noch einmal zwanzig quälende Herzschläge, bevor der Wind nachließ. Auch die Hitze verging ein wenig, aber Lukers Haut fühlte sich so gespannt an, als wäre er zu lange in der Sonne gewesen. Als er seine Augen öffnete, schien es, als stünde die ganze Kuppel in Flammen. Einer der Bäume, die das Podest an den Ecken begrenzt hatten, war völlig niedergebrannt, und die anderen hatten sich in Feuersäulen verwandelt. Der Blätterteppich auf dem Boden war ebenfalls in Brand geraten und wogte jetzt hin und her wie die Oberfläche eines Flammenmeers. Überall brannten die Vamilianer wie menschliche Fackeln. Von Mayots untoter Hexenmeisterin und ihren Begleitern waren nur noch ölige, schwarze Rauchschwaden übrig. Ein Teil der Dachkuppel auf der anderen Seite des Podests stürzte ein. Steinbrocken prasselten auf die bewegungslosen Reihen der Untoten. Keiner von ihnen versuchte den herabstürzenden Trümmern auszuweichen, und viele wurden zermalmt oder verstümmelt. Regen strömte durch das Loch im Dach.

Selbst Mayot war dem Inferno nicht unversehrt entkommen. Sein Thron war umgestürzt, und der Magier hockte daneben auf allen vieren. Das Buch der Verlorenen Seelen lag rauchend auf dem Boden. Einen Augenblick fragte sich Luker, ob es ebenfalls vom Feuer erfasst werden würde, aber da erstickte der alte Mann schon alle

Funken auf dem Einband mit seinen Gewändern, und die kleinen Flämmchen vergingen.

Der Bewahrer kam stolpernd auf die Beine und sah sich um. Von Jenna war nichts zu sehen. Er hatte auch nicht mitbekommen, aus welcher Richtung der Armbrustbolzen herangeflogen war, aber sie hatte sehr nahe an ihrem Ziel sein müssen, um einen solchen Treffer zu landen. Hatte sie Zeit zum Rückzug gehabt, bevor Merins Kugeln zerschmettert waren? Bei den Höllen, hatte sie überhaupt die Zauberkunstattacke überlebt, die Mayot zuvor entfesselt hatte? Er überlegte, nach ihr zu rufen, entschied sich dann aber dagegen: Falls sie noch lebte, hätte er ihr keinen Gefallen damit getan, ihren Namen laut herauszuposaunen.

Rechts von Luker lag Kestor ben Kayma in einer Blutlache; seine schwarzen Gewänder waren an vielen Stellen aufgeschlitzt und zerfetzt. *Sieht aus, als würde er den Rest dieser Posse aussitzen wollen.* Ihm war die Kapuze heruntergerutscht und gab den Blick auf blauschwarze Haut frei, die geschuppt war wie die einer Schlange. Seine Sicheln ragten aus dem Leichnam eines Vortrefflichen, und Luker überlegte kurz, sich die beiden Klingen anzueignen, entschied sich aber dagegen. Wäre Shrouds Jünger tot, dann wäre sein Körper verschwunden. Vielleicht würde er sich wieder so weit erholen, dass er in den kommenden Kämpfen von Nutzen sein konnte.

Merin stand neben dem Sichelmann. Sein Bart und seine Augenbrauen waren versengt, sein Gesicht glühte rot. Neben ihm kniete Consel Garat Hallon, um das Schwert aufzuheben, das er im Kampf mit den Vortrefflichen verloren hatte. Zwei seiner Soldaten beugten sich über eine gefallene Kameradin und schüttelten sie.

Das Langschwert des Bewahrers lag neben den verglühten Überresten von Hasenschartes Skelett, und er befahl es mit dem Willen in seine Hand. Danach zog er das Langmesser aus dem toten Vortrefflichen, der gegen den Sichelmann gekämpft hatte.

Einige der Vamilianer um ihn herum erwachten zuckend zum

Leben und schleppten sich mit brennenden Elfenbeingewändern in seine Richtung. Merin trat zu ihm.

»Was in Shrouds Namen wird das für ein Spiel?«, fragte Luker. »Hättet Ihr diese Kugeln in Mayots Schoß geworfen, wäre das alles schon vorbei.«

Der Tyrin warf ihm einen dunklen Blick zu. »Ich wollte nicht riskieren, das Buch zu beschädigen.«

Lukers Lachen war kaum mehr als ein Krächzen. »Ihr glaubt immer noch, Mayot sei zu einem Handel bereit? Bei den Göttern, Mann, Ihr habt gerade Eure letzten Trumpfkarten weggeworfen.«

»Ihr unterschätzt den Imperator, wie immer.«

»Habt Ihr etwa noch ein paar von diesen Dingern?«

»Nein.«

»Sondern was?«

Merin fuhr sich mit der Hand über das Kinn. »Mayot wird verhandeln, sobald er hört, was ich ihm zu sagen habe.«

»Immer angenommen, dass er wartet, bis Ihr die Worte herausgebracht habt. Der Dreckskerl hat gesagt ...«

»Ich habe gehört, was er gesagt hat! Er wird sich das schon noch überlegen, bevor all das hier vorbei ist.«

Die Untoten hatten sie fast erreicht. Lukers Blick fiel auf eine verkohlte Gestalt in der vordersten Reihe, die so schwer verbrannt war, dass man nicht mehr sagen konnte, ob es sich um einen Mann oder um eine Frau handelte. Das linke Auge war geschmolzen, und der Kettenpanzer glühte rot über den versengten Roben.

Luker reichte Merin sein Langmesser. »Ihr wisst, wie man das hier benutzt, nicht wahr?«

Der Tyrin nahm die Waffe mit gerunzelter Stirn an.

Jetzt erhob sich eine neue Stimme. »Meine Herren, ich bin Garat Hallon, Consel von Sartor. Während Ihr Eure Zeit mit Streit verschwendetet, haben die Untoten Euch den Weg zum Eingang versperrt. Wenn ich es Euch befehle ...«

»Spart Euch Euren Atem«, fuhr Luker ihn an. »Soweit ich sehen kann, trage ich keine der hübschen Uniformen Eurer Soldaten.«

»Das könnte man ja vielleicht ändern.« Garat warf Merin einen Blick zu. »Auch wenn es mich beleidigt, klein beigeben zu müssen, ein zeitweiliger Rückzug wäre sicherlich …«

»Flieht, wenn Ihr wollt«, sagte Luker. »Wir bleiben.«

»Glaubt Ihr etwa, Ihr könntet all diese menschlichen Fackeln auslöschen? Nur Ihr zwei?«

Luker sah zu Mayot hinüber. »Das müssen wir gar nicht. Es reicht, wenn wir uns eine Schneise zu dem Knochensack auf dem Podest schlagen.«

Romanys Geist kehrte in ihren Körper zurück, und sie öffnete die Augen und erschrak. Danel saß nur wenige Schritte von ihr entfernt und starrte sie an. Die Augen des Mädchens schimmerten, als würden sie von einem inneren Licht erhellt, aber der Rest ihrer Gesichtszüge war von Schatten umlagert. Sie wirkte klein und einsam, wie sie so im Dunkeln saß, die Knie an die Brust gezogen und die Arme um die Knie geschlungen.

Romany stützte sich auf einen Ellenbogen und sank dann wieder zurück, als sich ein nadelspitzer Schmerz in ihren Kopf bohrte. Wie lange war sie dieses Mal im Geist gereist? Drei Glocken? Vier? Ihr Körper konnte mit der Kraft ihres Verstandes nicht mithalten – aber andererseits, wer konnte das schon?

Sie hatte unsichtbare Zauberbarrieren über die Fenster gelegt und ein Dach über das Haus gespannt, damit es nicht hineinregnete, aber dennoch hörte sie ein stetiges Tropfen von Wasser aus direkter Nähe. Dann stellte sie fest, dass ihr rechter Ärmel nass war. Verärgert mit der Zunge schnalzend, zog sie den Stoff aus einer Pfütze und wrang ihn aus. Eine Weile lag sie da und sah zu Mayots Todesmagie-Kuppel hinauf. Während der letzten Glocke war der Sturm angeschwollen, und sie konnte den Wind draußen heulen hören; stark genug, um die

Mauern des Hauses zu erschüttern. Die Luft drinnen blieb jedoch heiß und schwül und dick wie Butter.

Ich könnte zuhause in meinem Tempel sein. Mit einer Flasche weißem Koronos …

Sie schob den Gedanken weg und stand auf. Um ihren Plan auszuführen, würde sie Mayot persönlich gegenübertreten müssen, und das hieß, sie musste sich dem Sturm stellen, der draußen wütete. Sicher, die Rotunde war nicht weit entfernt, aber die Spuren von Wind und Regen waren einem würdevollen Auftritt nicht unbedingt zuträglich. Romany fühlte, wie ihr Puls schneller ging. Jetzt wieder aktiv am Spiel teilzunehmen, war tatsächlich ein großer Kitzel. Es war nicht ihre Sache, hinter den Kulissen zu verharren und zusehen zu müssen, wie die Akteure auf der Bühne ständig ihre Zeilen vergaßen. Gut, die Spinne war von ihrem Plan offensichtlich nicht sehr angetan gewesen, aber höchstwahrscheinlich war die Göttin lediglich deswegen so zurückhaltend, weil die Idee nicht von ihr selbst stammte.

Sie hob den Saum ihrer Robe, damit sie nicht in die Pfützen hing, und wandte sich zum Gehen.

Danels Stimme ertönte aus der Dunkelheit. »Ihr geht?«

»Ja, meine Liebe.«

»Zur Rotunde.«

»Ganz genau.«

Das Mädchen erhob sich, die Hände zu Fäusten geballt. »Vielleicht solltet Ihr lieber bleiben. In der Stadt ziehen sich böse Kräfte zusammen.«

»So ein Unsinn!«, schnaubte Romany. »So mächtig diese Fremden auch sein mögen, sie sind nicht immun gegen die List einer Frau. Diese Narren werden mich nicht einmal sehen.«

»Und wenn auch der Schlag, der gegen Euch geführt würde, ebenfalls unbemerkt bliebe?«

Die Priesterin hielt inne. Es lag ein seltsamer Ton in Danels Stimme. *Das ist Nervosität,* überlegte sie. *Das arme Ding sorgt sich um meine Sicherheit.* Glaubte Danel denn wirklich, dass sich Romanys Feinde vor ihr verbergen konnten? Eine absurde Vorstellung, denn ihr Netz hätte sie sofort gewarnt, wenn ihr jemand nahe genug gekommen wäre, um eine Bedrohung darzustellen.

Dennoch war es sicherlich nicht verkehrt, das kurz zu überprüfen, und wenn auch nur, um Danels Befürchtungen zu zerstreuen. Vorsichtig tastete Romany an den Zauberfäden entlang, die sie rund um das Haus gewoben hatte. Falls jemand draußen in den Schatten lauerte, würde sie es spüren.

Nichts.

Sie hätte gar nicht erst an sich zweifeln sollen. Natürlich, sie würde Vorsicht walten lassen müssen, wenn sie zur Rotunde ging. Eine Auseinandersetzung mit Shrouds Gesindel wäre höchst bedauerlich, aber es sollte eine einfache Übung sein, sich ungesehen an jedem vorüberzuschleichen, der ihren Weg kreuzte. Sie sah Danel an. »Willst du mich begleiten?«

»Nein.«

Romany schürzte die Lippen. »Ja, vielleicht ist es am besten, wenn du bleibst. Die Stadt ist schließlich doch gefährlich.«

»Ich habe meine Befehle.«

Romany starrte sie an. Das war eine seltsame Bemerkung, aber jetzt war keine Zeit, um darüber nachzudenken. Sie ging zur Tür und hielt inne. Falls ihr Plan aufging – falls? Sobald! –, würden die Seelen der Vamilianer befreit, und sie würde keine Gelegenheit mehr haben, sich von Danel zu verabschieden. Ein letztes Wort war nur anständig, aber wenn sie sich jetzt noch Zeit für den angemessenen Austausch von Nettigkeiten nahm, dann riskierte sie, dass Mayot ihr auf die Schliche kam, falls er dem Gespräch auf irgendeine Weise lauschen konnte. Das war angesichts seiner augenblicklich etwas schwierigen Lage zwar unwahrscheinlich, aber Romany hatte die Angewohnheit, auch solche Dinge in Betracht zu ziehen.

Hinter ihr ertönten Schritte. Gleich darauf fühlte die Priesterin einen scharfen Schmerz, etwas Kaltes und Hartes drang in ihren Rücken und schabte über eine Rippe. Unmittelbar danach wurde der Dolch – denn um einen solchen handelte es sich sicherlich – in der Wunde umgedreht und wieder herausgerissen.

Sie brach zusammen.

Parolla wischte sich die Lachtränen aus den Augen.

Wahrscheinlich war es nicht dieselbe Jagd wie in Xavel, denn durch Mezaqins Dämonenwelt hatte sie ihr nicht folgen können. Aber woher kamen diese Reiter dann? Auf dem Weg durch die Ken'dah-Steppe war sie durch keine Ansiedlungen gekommen, und davon abgesehen sahen diese Leute auch nicht wie Stammesbrüder aus. Vielleicht hatte der Hohepriester eine Nachricht an den Tempel einer der nahe gelegenen Städte geschickt, aber woher hatte er dann gewusst, dass sie hier im Seufzerwald sein würde?

Der Anführer der Jagd war ein riesiger Kerl in einer zerbeulten Rüstung. Die Spitzen des Geweihs, das seinen rundum geschlossenen Helm krönte, waren mit Silber beschlagen, und er schwang eine Axt mit Halbmondblatt. Als er sie sah, brüllte er ihr eine Herausforderung entgegen und schlug die Fersen in die Weichen seines Pferdes, das daraufhin mit seinen Hufen das Wasser hoch aufspritzen ließ, als es durch die Pfützen preschte.

»Jäger«, sagte Mottle. »Diener des ...«

»Ich weiß, wer sie sind«, erklärte Parolla knapp.

»Und sie scheinen auch zu wissen, wer du bist. Mottle hat den Eindruck, dass sie keine friedlichen Absichten hegen.«

Der Anführer näherte sich dem umgestürzten Baum, bei dem sich der Tiktar verbarg. Als sein Pferd zum Sprung ansetzte, erwachten die kleinen Flämmchen, die über das Holz gehuscht waren, zu neuem Leben. Mit einem Mal nahm der Altvorderling unter den erschreckten Jägern Gestalt an, und seine brennenden Schwerter hinterließen glühende Spuren in der Düsternis.

Parolla lächelte. »Der Tiktar ist offenbar nicht so scharfsichtig wie Ihr, *sirrah*, wenn es darum geht, Freund und Feind zu unterscheiden.«

»Das sind in der Tat nur wenige, wohl wahr.«

Ein einzelner Reiter hatte sich von dem Kampfgetümmel gelöst und stürmte nun Parolla entgegen. Er senkte eine Lanze.

»Wenn du erlaubst, kümmere ich mich darum«, sagte Mottle.

Ein Faustschlag aus Luft riss den Mann aus dem Sattel, und ihm flogen die Beine über den Kopf, als er eine Rolle rückwärts machte. Mit scheppernder Rüstung landete er auf dem Boden und blieb bewegungslos liegen. Das jetzt reiterlose Pferd stürmte ihnen weiter entgegen.

»Nehmt das Pferd«, rief Parolla Mottle zu. »Und dann reitet fort von hier.«

»Was, ich soll mein Leben wieder einem dieser Untiere anvertrauen?«

»Das hier ist nicht Euer Kampf. Das war es nie.«

Der Alte schien sie nicht gehört zu haben. Er deutete auf die Jäger. Der Tiktar pflügte sich eine Schneise durch die Reiter. »Sollten wir da nicht eingreifen? Der Altvorderling ist doch gerade abgelenkt, und wir könnten …«

Parolla sah, wie der Leichnam eines Jägers wieder auf die Beine kam. »Wenn wir den Tiktar davonlocken, dann würden uns die Jäger sofort angreifen. Wir sollten diesen Augenblick nutzen, um uns zu überlegen, wie wir dieses Geschöpf vernichten können.«

»Leider hat es den Anschein, als ob wir uns noch mit anderen beschäftigen müssten. Ungebetene Gäste, wie ich vermute? Dort, zwischen den Bäumen.«

»Ich sehe sie.« Ein Dutzend Vamilianer kam von links über einen Pfad auf sie zu. Ein Blick in die Runde zeigte, dass sich auch aus allen anderen Richtungen Untote näherten. »Habt Ihr eine Idee, *sirrah*?«

Ein heller Schimmer lag in den Augen des *erzmagus*. »Mottle kocht stets über vor Einfallsreichtum, er bebt vor …«

»Für große Worte haben wir jetzt keine Zeit.«

»Natürlich.« Mottle sah zum Himmel hinauf. Seit dem Regenguss, den er zuvor entfesselt hatte, war der Wind eingeschlafen, aber er lebte jetzt wieder auf, als der Alte die Energie des Sturms in sich aufnahm. Parolla hatte kein gutes Gefühl dabei, da der *erzmagus* noch immer von der eigenen Kraft berauscht war, aber offenbar wollte er nicht abwarten, bis sie ihm ihren Segen gab, denn schon jetzt bildete sich wieder ein trichterförmiges Gebilde aus grauen Wolken über dem Hügel. »Der Sturm kennt die Antworten«, schrie er. »Der Sturm kennt *alle* Antworten. Mottle wird den Sturm zu sich rufen!«

Der Himmel über ihnen verdunkelte sich, als sich die Wolken mehr und mehr zusammenzogen. Lichtblitze zerteilten die Dunkelheit. Der Wirbelsturm drehte sich schneller und schneller, die Böen rissen an Parollas Haar und an ihrer Kleidung und peitschten ihr den Regen ins Gesicht; sie zog sich die Kapuze über den Kopf und hielt sie mit beiden Händen fest. Mottle reckte die Arme dem Sturm entgegen. Beinahe erwartete sie, dass er sich wieder in die Höhe schleudern lassen und den Wind reiten würde, so wie er es beim Kampf gegen die Fangalar getan hatte, aber stattdessen senkte sich der Wirbelwind auf die Erde, mit Mottle und Parolla in seiner Mitte. Die Stadt am Fuß des Hügels verschwand hinter dicken Mauern, die um sie kreisten. Zuerst war das Auge des Sturms mehr als zweihundert Schritte breit. Dann zog es sich enger zusammen.

Links von Parolla wurde ein Vamilianer-Junge mit um sich schlagenden Gliedern vom Hang gepflückt und von der Dunkelheit eingesaugt. Ein weiterer Untoter folgte, dann wieder einer und wieder einer. Eine Frau war so geistesgegenwärtig, sich an einem Ast festzuklammern. Einen Herzschlag später wurden ihr die Beine unter dem Körper weggerissen, und sie drehte sich um den Ast, bis ihre Füße wie bei einem Handstand in die Luft ragten. Dann hüllte eine Wand aus Wolken sie ein.

Parolla sah zur anderen Seite, wo noch immer der Kampf zwischen den Jägern und dem Tiktar tobte, und stellte fest, dass sie alle zu weit von der Windhose entfernt waren, um von ihr erfasst zu werden. Nur vier Reiter saßen noch im Sattel, darunter auch der Anführer, aber er wurde gerade von zwei früheren und jetzt untoten Gefährten aus dem Sattel gerissen. Seine Axt versetzte einem von ihnen einen Schlag auf den Helm, der das Geweih zerschmetterte. Dann drang eines der Flammenschwerter des Tiktars durch seinen Kiefer, sodass sein Helm verrutschte.

Als sich der Altvorderling dann nach dem nächsten Gegner umsah, schleuderte ihm Parolla eine Welle von Zauberkunst entgegen. Sie traf das Wesen völlig unvorbereitet, und es kreischte auf, als es von der Todesmagie getroffen wurde. Als es dennoch herumfuhr und versuchte, zu Parolla hinüberzustürmen, hielt ihre Zauberkunst es weiter auf Abstand.

Hab ich dich.

»Näher heran, *sirrah!*«, rief sie Mottle zu. »Holt den Sturm näher heran! Der Tiktar!«

Der Alte kicherte und nickte.

Jetzt näherte sich der Wirbelwind mit lautem Brüllen. Eine Wolkenwand wälzte sich über die Jäger und dann über den Tiktar, der von den Beinen gerissen wurde. Mit einem Knall entfaltete er seine Flügel und holte schnell mit ihnen aus, um seinen Flug selbst zu kontrollieren.

Vergebens.

Parolla sah Flammen durch das Wolkengrau zucken, als das Geschöpf ins Innerste des Sturmes gerissen wurde. Mottle jubelte in höchsten Tönen und drehte sich immer wieder um sich selbst in dem Bemühen, der Flugbahn des Altvorderlings zu folgen.

In nur einem Wimpernschlag war der Tiktar verschwunden.

Romany fühlte, wie sie auf den Boden gebettet wurde. Der Dolch rutschte aus Danels Hand und fiel klappernd zu Boden. Die Klinge war voller Blut …

Als sie schließlich dalag, den Kopf in Danels Schoß gebettet, sah die Priesterin ihrer Dienerin in die Augen. *Nein, nicht meiner Dienerin. Sie hat die ganze Zeit über nur Mayot gehorcht.* Während der letzten Tage hatte Romany irgendwann aufgehört, den Faden von Todesmagie zu beachten, der aus der Brust des Mädchens drang. Das Buch hielt Danel in seinem Griff, und damit war sie ebenso eine Sklavin Mayots wie die vielen hundert anderen unglücklichen Seelen, die sich in die Klingen von Shrouds Jüngern stürzten.

Dann begann Danel zu sprechen, mit einer ausdruckslosen Stimme, die einen seltsamen Gegensatz zu der Trauer in ihren Augen bildete. »Ich habe es versucht. Ich habe versucht, Euch zu warnen.«

Ja, das hast du getan, erkannte Romany und erinnerte sich an das Gespräch, das sie vorhin geführt hatten. »Und wenn auch der Schlag, der gegen Euch geführt würde, ebenfalls unbemerkt bliebe?«, hatte das Mädchen gefragt. »Ich habe meine Befehle.« Romany hatte Danel jedoch schon lange nicht mehr als eine Untote betrachtet. Stattdessen war die Vamilianerin etwas anderes für sie geworden – ja, was? Eine Vertraute? Eine Gefährtin? Ihr leises Lachen ließ blutigen Schaum auf ihre Lippen treten. Wie würde die Spinne sie schelten, wenn sie hier wäre.

»Mayots erster und oberster Befehl lautete«, fuhr Danel fort, »dass ich Euch töten sollte, falls Ihr zu gehen beabsichtigtet. Sein zweiter, vom ersten Befehl nichts zu verraten. Das Buch … ich habe versucht, ihm zu widerstehen …«

Romany tätschelte dem Mädchen die Hand. »Schscht, meine Liebe.«

Ihr Ärmel lag schon wieder im Wasser, aber sie hatte nicht die Kraft, ihn herauszuziehen. Offenbar hatte Mayot durchaus erkannt, welche Gefahr sie für ihn darstellte. Das zumindest war sehr schmeichelhaft, denn schließlich hatte der Alte sich zur gleichen Zeit mit genügend anderen mächtigen Gegnern auseinandersetzen müssen; dennoch hatte er vor allem an sie gedacht. Hatte er befürchtet, dass sie sich mit Shrouds Schergen verbünden würde, um ihn zu stürzen? Um dann vielleicht das Buch für sich selbst zu erbeuten?

Ein anderes Gespräch kam ihr in den Sinn, das sie mit Danel beim Friedhof am Rand der Stadt geführt hatte. Das Mädchen war an diesem Tag ungewöhnlich gesprächig gewesen, und jetzt fragte sich die Priesterin, ob die Fragen, die sie gestellt hatte, in Wahrheit Mayots gewesen waren. Ihre eigenen Worte fielen ihr wieder ein: »Wenn Mayot stürzt, wirst du frei sein von seiner Herrschaft.« – »*Falls* er stürzt«, hatte Danel geantwortet. »Nein«, hatte Romany beharrt, »*wenn.*« Das hatte sie gesagt, um dem Mädchen Hoffnung zu machen. Stattdessen hatte sie vermutlich Mayot enthüllt, was sie im Schilde führte, und Danels trauriger Blick hatte ihr wohl einen Hinweis darauf geben sollen, welchen Fehler sie gerade begangen hatte. Wie viele andere unvorsichtige Bemerkungen hatte sie gegenüber dem Mädchen geäußert? Wie viel von ihren Plänen hatte sie noch verraten?

»Die Rotunde …«, flüsterte sie. »Ich wollte … dich befreien …«

Danel wandte den Blick ab. »Ich weiß.«

Romany hustete. »Ich … wollte nicht …« *Dass du dich noch schlechter fühlst als jetzt sowieso schon,* hatte sie eigentlich sagen wollen, aber die Worte wollten ihr nicht über die Lippen. Jeder Atemzug rasselte in ihrer Brust und drang ihr wie ein feuriger Stich durch den Rücken. Ihr entrang sich ein Schluchzer.

»Der Schmerz wird nicht lange dauern«, sagte Danel und legte ihr eine Hand auf die Brust. »Ich erinnere mich noch gut daran.«

An die Fangalar-Klinge, die dich getötet hat, ja. Das hatte ich nicht vergessen. Romany bewegte sich vorsichtig, um eine bequemere Lage zu finden, und erwartete den nächsten heftigen Stich. Aber sie merkte nun, dass Danel tatsächlich recht hatte – der brennende Schmerz war bereits einem Gefühl von Taubheit gewichen. Auch war ihr schrecklich kalt. Vor einigen Herzschlägen war ihr der Raum noch so warm erschienen, aber jetzt klapperten ihre Zähne so sehr, dass Danel den Mantel abstreifte und sie damit zudeckte.

Die Spinne würde nicht erscheinen, um sie zu retten, das wusste Romany. Die Kräfte der Göttin mussten durch die Priesterin selbst kanalisiert werden, und sie war nicht in der Verfassung, um Zauberkünste zu leiten. Auch würde es die Spinne nicht riskieren, den Fuß ins Reich der Sterblichen zu setzen. *Ich übernehme das Risiko, das habe ich gesagt.* Romany sah an Danel vorbei in den dunklen, stürmischen Himmel. Beobachtete die Göttin sie jetzt vielleicht? War ihr bewusst, wie schmachvoll Romany versagt hatte, oder hatte sie sich schon dem nächsten Zug in ihrem Spiel zugewandt?

Danel strich ihr über das Haar. »Es tut mir leid.«

»Unsinn«, erwiderte die Priesterin. »Das ist nicht deine Schuld ... nur eine Spielfigur ...« *In einem Spiel, das ich selbst erdacht hatte.* Seltsamerweise munterte sie dieser Gedanke ein wenig auf – es war auf gewisse Weise ein Trost, dass sie selbst und nicht Mayot ihren Sturz herbeigeführt hatte. *Vielleicht habe ich mich am Ende selbst überlistet.*

Danel sagte wieder etwas, aber Romany gelang es nicht, sich auf die Worte zu konzentrieren. Dunkelheit lauerte an den Rändern ihres Blickfelds, und jeder ihrer Atemzüge war schwächer als der vorhergehende. Ein einziger Zug blieb ihr in diesem Spiel, und der bestand darin, ihren Geist rechtzeitig aus Mayots Reichweite zu bringen. Sicher, es würde die völlige Vernichtung bedeuten, aber die Zauberkraft des verfluchten Buches würde sich nicht über sie hermachen können, wenn es keine Seele mehr gab. Zwar war es nur ein kleiner Sieg über Mayot, wenn man das große Ganze bedachte, aber Romany hoffte dennoch, dass der Alte lange genug überleben würde, damit er ihn entdeckte.

In ihrer Lage fiel es ihr schwer, ihre Gedanken zu ordnen, aber schließlich gelang es ihr, ihren Geist von ihrem Körper zu lösen. Als sie sich in die Luft erhob, blickte sie kurz auf sich selbst hinab. Ihr Gesicht war so bleich wie das von Danel, ihre Lippen hatten einen bläulichen Schimmer, aber noch im Tod lag eine beeindruckende Würde in ihrer Miene, und ihre Züge wirkten edel und klar.

Die Welt, dachte Romany, würde ohne sie ein wenig ärmer sein.

Mit einem Seufzer huschte sie über die Fäden ihres Netzes, bis sie das Ende des letzten Strangs erreichte, der noch bestand.

Und dort stellte sie zu ihrer großen Überraschung fest, dass die Spinne auf sie wartete und ironisch lächelte, als sie die Arme ausbreitete und Romany an sich zog.

Wie sich herausstellte, war es gar nicht nötig, dass Luker sich einen Weg durch die Untoten schlug, um Mayot zu erreichen – der Magier sorgte selbst dafür, dass er freie Bahn bekam. Er war an den Rand des Podests geschlurft, und seit dem Fall seiner untoten Elitekrieger war sein Gesicht vor Wut verzerrt. Mit einem Arm presste er sich das Buch an die Brust, mit dem anderen deutete er auf Luker. Die Aura aus Dunkelheit, die ihn umgab, vergrößerte sich und verschluckte die Reihe vamilianischer Mädchen, die hinter dem Thron standen. Der Bewahrer sah zu, wie sie in Flammen aufgingen, und er war froh, dass er nicht auf Mayots Seite stand – im Augenblick richtete der alte Mann unter seinen Getreuen größeren Schaden an als unter seinen Feinden.

Dann schoss eine Welle aus Dunkelheit von den Fingern des Magiers auf Luker zu und verbrannte die Untoten zwischen ihnen.

Unter Aufbietung seines Tiefen Willens schlug der Bewahrer zurück.

Ihre Kräfte trafen mit einem Donnerschlag aufeinander, der die ganze Kuppel erschütterte. Todesmagie spritzte in alle Richtungen, fuhr unter die Vamilianer auf dem Podest und teilte den Stamm eines der brennenden Bäume.

Er stürzte um.

Mit einem ganz leichten Druck des Willens änderte Luker die Fallrichtung des Baumes, damit er sich zu Mayot hinüber neigte.

Der Alte machte eine Handbewegung. Eine Zauberexplosion ließ das Holz in einem Hagel aus Splittern zerbersten, dann schoss die

Magie zu den Überresten des Daches empor. Luker hörte ein Krachen und fühlte durch die Sohlen seiner Stiefel die Aufschläge der Mauerbrocken, die kurz darauf neben ihm auf den Boden schlugen.

Der Baum hatte Mayot lange genug abgelenkt, damit Luker einen Gegenangriff einleiten konnte. Er schlug sich einen Pfad durch die Wellen von Todesmagie, die der Alte aussandte, und griff die Schutzzauber an, mit denen er sich umgeben hatte.

Genauso gut hätte er mit der bloßen Hand gegen eine Klippe schlagen können.

Lachend verstärkte Mayot die Durchschlagskraft seines Angriffs. Die Luft erzitterte erneut, als seine Kraft mit Lukers zusammenstieß, aber dieses Mal welkten die Schutzwälle des Bewahrers schon vorher dahin. Vielleicht würde es ihm gelingen, die Angriffe zu einer Seite abzuleiten, um den wachsenden Druck zu verringern, aber dann riskierte er, dass die Zauberkraft dorthin schoss, wo Merin oder die Sartorianer standen. Am Kampfeslärm hinter sich erkannte er, dass der Consel und seine Soldaten nicht länger zu fliehen versuchten, sondern um ihr Leben fochten. Ob sie überlebten oder nicht, das war Luker egal, aber im Augenblick waren sie die Einzigen, die ihm den Rücken frei hielten.

Die Wand aus Dunkelheit drängte sich immer näher.

War vielleicht Shrouds Schwert die Antwort? Wenn Luker es nach Mayot schleuderte – war die Waffe dank der Zauberkraft, mit der sie aufgeladen war, vielleicht vor der Todesmagie des Buches geschützt? Er packte den Griff fester. Es würde ein schwieriger Wurf werden. Mayots Umriss war durch die Wellen von Dunkelheit kaum mehr als ein Schatten, aber Luker sah allmählich keine anderen Möglichkeiten mehr, und seine Verteidigungswälle brachen mit besorgniserregender Schnelligkeit ein.

Er riss seinen Schwertarm hoch.

Galeas Eingreifen hatte den Durchgang gegen die Flammen versiegelt und damit Ebon geschützt – ebenso wie Vale, wenngleich das vermutlich eher unwillentlich geschehen war. Jetzt stand Ebon am Ende des Gangs, und das Rauschen der Meereswogen brandete in seinen Ohren. Das Innere der Rotunde wurde von vielen wild flackernden, herumirrenden Feuern erhellt, und er brauchte einen Augenblick, um zu erkennen, dass es sich um brennende Untote handelte. Die Flammen spuckten und zischten in dem Regen, der durch die zwei großen Löcher im Dach in den Saal fiel.

Ebons Blick glitt über die Leichenberge und über die Reihen gesichtsloser Geister, die bewegungslos wie abgelegte Schatten dastanden, und dann entdeckte er den mit Zauberkräften geführten Zweikampf, der in der Rotunde tobte, zwischen einem alten Mann auf einem Podest und einem etwas jüngeren am Fuß der Treppe. Offenbar gehörte er zu einer kleineren Gruppe von Kämpfern, die von Vamilianern eingekreist worden waren.

Dann sah er den Consel.

»Vale«, rief er, aber der Endorianer war schon unterwegs und schlug sich so schnell und mühelos wie fließendes Wasser durch die Reihen der Untoten.

Ebon zog den Säbel und rannte ihm hinterher. Die Macht der Göttin strömte kalt durch seine Adern, und er schubste einen untoten Krieger aus dem Weg, der ihn abzufangen versuchte. Ein Speer zuckte nach seinem Kopf, und er hob den Säbel, um den Schlag abzuwehren, aber die Waffen berührten sich nicht einmal; der Speer glitt schon vorher von seinen Schutzwällen ab. Die Sartorianer waren etwa hundert Schritte entfernt. Der Consel kämpfte flankiert von zwei Soldaten, das Gesicht erfüllt von kontrollierter Wut. Links von ihm schwang ein grimmig dreinblickender Mann, der wie ein altgedienter Krieger aussah, mit kühler Effizienz ein Schwert und ein Langmesser. Ein Berg bewegungsloser Leichen türmte sich allmählich vor ihm auf, aber dennoch krochen immer neue Vamilianer darüber hinweg, um ihn anzugreifen. Ebon lief schneller.

Vale wirbelte kaum wahrnehmbar am Rand seines Blickfelds dahin. Ganz kurz sah der König, wie er einen Mönch in brauner Robe und mit brennenden Augen enthauptete, dann war er wieder verschwunden. Das Schwert des Consel hatte sich währenddessen in der Brust eines untoten Speerkämpfers verfangen. Garat ließ die Klinge los, versetzte seinem Angreifer einen Tritt und streckte die Hand hinter sich. »Schwert!«, bellte er. Seine Begleiter waren jedoch zu sehr in ihre eigenen Kämpfe verstrickt, um ihm gehorchen zu können. Fluchend packte der Consel einen Untoten am Handgelenk und zog ihn mit einem Ruck so nahe an sich heran, dass er ihm einen Kopfstoß verpassen konnte, dann riss er ihm die Waffe aus der Hand und schleuderte den Kämpfer einer Frau in den Weg, die hinter ihm stand.

Plötzlich war Ebon direkt vor ihm. Garats Klinge stieß nach seinem Hals, traf aber nur auf die Schutzwälle und glitt von ihnen ab. Als der Consel merkte, wen er vor sich hatte, runzelte er verblüfft die Stirn. Ebon nickte ihm zu. Ganz offensichtlich war dieser Angriff ein Versehen gewesen, aber dennoch fühlte er ein Prickeln zwischen den Schulterblättern, als er sich an Garat vorüberdrängte und neben den Krieger trat, der gegen Mayot kämpfte.

Die Flammen der noch immer brennenden Vamilianer warfen ein flackerndes Licht auf das vernarbte Gesicht des Mannes, dessen Gesicht nichts preisgab außer größter Konzentration. Er hielt ein Schwert in einer Hand, das vor Kraft vibrierte.

»Narr!«, zischte die Göttin in Ebons Verstand. »Auf einen Angriff von der Seite wäre Mayot nicht vorbereitet gewesen.«

Ebon schob den Säbel in die Scheide und deutete auf den Mann zu seiner Linken. »Wie lange kann er durchhalten?«

»Was kümmert uns das? Wir müssen diese Ablenkung nutzen …«

»Ihr habt ein kurzes Gedächtnis, Gebieterin«, fiel Ebon ihr ins Wort. »Oder habt Ihr die Fangalar schon vergessen? Mayot ist viel mächtiger als ihr Anführer, oder nicht? Ich kann ihn nicht allein überwinden.«

»Du, Sterblicher? Du bist ein Nichts! Ohne meine Hilfe …«

»Genug! Wie besiegen wir den alten Mann?«

»Das Buch verleiht Mayot Kraft, aber er nutzt sie unüberlegt, ohne wahres Können oder Finesse.«

»Also ist er durch einen konzentrierten Angriff verwundbar.«

»Ja.«

Die Schutzwälle des vernarbten Kriegers gaben unter Mayots Angriffen allmählich nach. Noch ein paar Herzschläge, und sie würden völlig zusammenbrechen. »Machen wir dem ein Ende«, sagte Ebon.

In diesem Augenblick hob der Mann seinen Schwertarm.

Die Kraft der Hexenkunst, die Luker entgegenströmte, wurde abrupt schwächer, und er stieß ein lautes Stöhnen aus. Eine neue Kraft hatte sich mit seinem Willen verbunden und trieb Mayot zurück. Ihm wurde bewusst, dass jemand neben ihm stand, und als er den Kopf wandte, sah er einen kahl geschorenen Mann, etwas kleiner und zierlicher als er selbst. Die Linien um seine Augen ließen ihn älter wirken, als er offenkundig war. Wellen von Magie strömten aus seinen Händen und traten mit einer Kälte hervor, die Dampf in die Luft steigen ließ. Luker hatte ihn noch nie zuvor gesehen.

»Ihr habt ja verdammt lange gebraucht«, sagte er.

Ein knappes Lächeln war die einzige Antwort, die er von dem Glatzkopf bekam.

Luker senkte den Schwertarm. Schnell riskierte er einen Blick über die Schulter und musste feststellen, dass der Glatzkopf allein gekommen war. Nein, nicht ganz, da war noch ein zweiter Krieger, der gegen die Untoten kämpfte und sich dabei so schnell bewegte, dass er vielen Augen wohl völlig verborgen blieb. Der Bewahrer jedoch sah durchaus, wie er die Vamilianer mit seiner wirbelnden Klinge in Stücke hackte.

Ein Zeitverdreher.

Sein Blick glitt zu dem Schwert, das er gerade nach Mayot hatte schleudern wollen. Er grinste. »He, Endorianer!«, brüllte er dann und schleuderte die Klinge hoch hinter sich in die Luft.

Er wusste genau, dass der Krieger dann, wenn die Waffe wieder zu Boden fiel, an Ort und Stelle sein würde, um sie zu fangen. Mit dem magisch aufgeladenen Schwert in den Händen des Zeitverdrehers würde es für die Untoten jetzt noch ungemütlicher werden.

Und damit mussten sie beide sich nur noch mit Mayot auseinandersetzen.

Luker fletschte die Zähne.

Jetzt wollen wir doch mal sehen, was der Glatzkopf drauf hat.

Mottle hatte sich so lange im Kreis gedreht und zugesehen, wie der Tiktar von der Windhose in die Höhe gerissen wurde, dass er sich von Schwindel gepackt auf den Hintern fallen ließ. Parolla setzte sich zu ihm, behielt aber die wirbelnden Wolkenwände stetig im Auge. Der Altvorderling war immer noch irgendwo dort draußen, das wusste sie, denn wenn die Regenflut eines heftigen Sturms dieses Wesen nicht vernichten konnte, dann war nicht zu erwarten, dass ein bisschen Wind es unschädlich machen würde. Mottle hatte ihnen lediglich ein wenig Zeit verschafft.

»*Sirrah!*«, rief sie. »Der Sturm! Drängt ihn zurück! Wir müssen sehen ...«

Der Alte achtete nicht auf sie. Kichernd kam er wieder auf die Beine und streckte die Arme aus, wedelte träge mit ihnen und erhob sich in die Luft. Dann ließ er sich ein wenig tiefer sinken, bevor er mit einer neuerlichen Armbewegung wieder höher aufstieg. Parolla packte ihn am Ärmel und zog ihn zu sich herunter.

»*Sirrah!*«

Der Sturmwind hatte einen der Bäume erfasst, die beim Kampf mit dem Tiktar gefällt worden waren. Zuerst hoben sich die oberen Zweige vom Boden, dann der ganze Stamm, und schließlich wurde der Baum gänzlich in den Strudel hinein gerissen. Mottle jubilierte laut.

Rechts von Parolla blitzte kurz etwas auf. Sie ließ den Ärmel des Alten los und konnte sich nur noch halb umwenden, bevor der Feuerball angriff. Mit einem lauten Schrei schloss sie ihre Schilde um sich und bereitete sich auf den Aufprall seiner Zauber vor …

Aber dieses Mal galt der Angriff gar nicht ihr.

Aus dem Augenwinkel sah sie, wie Mottle wieder mit den Armen schlug, jetzt allerdings eher wild und verzweifelt, um schnell hoch genug in die Luft zu steigen und dem Tiktar zu entkommen.

Zu spät.

Als der Altvorderling zuschlug, wurde Mottle so weit nach hinten geschleudert, dass er nur noch wenige Armlängen von dem Wirbelwind entfernt war. Er schlug hilflos nach den Flammen, die ihn einhüllten, und seine Schreie waren schrecklich anzuhören.

Nein!

Die Hitze drängte sie zurück, und so konnte Parolla nur zusehen, wie der Tiktar seine Arme um den zappelnden Alten schlang. Sie sammelte ihre Kräfte, doch dann wurde ihr klar, dass eine Salve Todesmagie Mottles Ende nur beschleunigen würde. »Zu mir!«, schrie sie den Altvorderling an, aber der achtete nicht auf sie. Stattdessen senkte er den Kopf und bohrte seine Zähne in den Hals des *erzmagus*.

Mottle schrie weiter, während er mit den Fingernägeln nach dem Gesicht des Wesens schlug.

Dann machte er eine Handbewegung.

Und der Wirbelwind rückte brüllend näher.

Ebon erschauerte unter Galeas Zaubern. Wieder hatte er alles Gefühl in den Armen und Füßen verloren, und die Taubheit breitete sich langsam weiter aus. Die genau gezielten Schläge der Göttin drangen in Mayots Kräfte wie eine Speerspitze in nachgiebiges Fleisch und lösten die Schatten rund um das Podest, bis die Schwärze sich nur noch auf Mayots unmittelbare Nähe beschränkte. Als ihr Angriff jedoch gegen die innersten Schutzwälle des Magiers stieß, prallte er völlig wirkungslos ab; die Todesmagie des Buches verschlang die Hexenkunst, die es attackierte, und nahm ihr den Schwung und die Kraft.

Das Blatt wendete sich erneut.

Dann wurde der vernarbte Mann, der neben Ebon stand, wieder aktiv. Sein Schlag traf Mayot wie ein Trommelwirbel, warf den Alten um und ließ ihn über das Podest gegen seinen umgekippten Thron rutschen. Der Magier prallte mit dem Kopf gegen eine Armlehne und schnaufte hörbar. Dennoch hielt er das Buch weiter fest umklammert. Und auch während Ebon und sein Mitstreiter mit vereinten Kräften gegen ihn anrückten, hielt er seine Schilde aufrecht.

Mayot rappelte sich wieder auf.

Hinter den Schatten, die ihn umgaben, konnte Ebon den Alten jetzt deutlich erkennen. Sein dünnes, weißes Haar und der zerzauste Bart waren mit Blut befleckt, das unter anderem aus seinem Mundwinkel rann. Er neigte den Kopf leicht zur Seite und spuckte roten Schleim auf den Boden. Als sein Gegenangriff kam, war er so heftig, dass sich die Kräfte beider Seiten für kurze Zeit beinahe gegenseitig auslöschten.

Dann spürte Ebon, dass der Magier auf seine Reserven zurückgriff. Dort, wo seine Hand das Buch umklammerte, bildeten sich Blasen und schwärende Wunden, und seine Haut wurde immer dunkler, erst lila und schließlich tiefschwarz. Seine gequälten Schreie durchdrangen die aufwallenden Wogen von Todesmagie, die weiter von ihm ausgingen.

Während sich die Machtverhältnisse fast widersinnigerweise zugunsten des Alten verschoben, versuchte Galea, mehr Hexenkunst durch Ebon zu kanalisieren, aber er konnte sie nicht mehr weiterleiten. Und so veränderte sie den Ansatz ihres Angriffs und suchte nach einer Schwäche in Mayots Attacke.

Aber sie fand keine.

Zwar schleuderte der Magier seine Kräfte nach wie vor völlig planlos gegen seine Feinde, doch sie waren von einer solchen Gewalt, dass ihnen nicht standzuhalten war.

Ebon wich einen Schritt zurück.

Luker fluchte unterdrückt. Fast hätte er den Dreckskerl gehabt!

Die Kräfte des Glatzkopfs hatten beinahe einen Riss in Mayots Mauer aus Todesmagie gebrannt, und Luker hatte seinen Willen mit aller Kraft gegen die innersten Wälle des Alten gesandt und fest damit gerechnet, ihn fallen zu sehen. Aber Mayots Schutzzauber hielten, und die Chance ging dahin. Schlimmer noch, der Magier besaß offenbar weitere Kräfte, die er bisher noch gar nicht eingesetzt hatte, denn die Wellen von Todesmagie, die jetzt von ihm ausgingen, waren viel heftiger als zuvor und verschlangen jede Art von Zauberkunst, die ihnen entgegenbrandete.

Mayots Großangriff hatte jedoch seinen Preis. Der Magier alterte vor Lukers Augen; seine Wangen fielen ein, das Grau seines Bartes verwandelte sich in Weiß. Die Schwärze, die seine linke Hand ergriffen hatte, drang bis zum Gelenk und breitete sich über den Arm aus, bis sie unter dem Ärmel seines Gewands verschwand. Noch eine Viertelglocke, vermutete Luker, und der Magier würde selbst am anderen Ende eines dieser magischen Fäden zucken.

Aber der Bewahrer hatte keine Viertelglocke Zeit. Mayots Zauberkunst kam ihm näher und näher, eine Handspanne um die andere. Die Magie schwächte zudem weiterhin die Barriere zwischen der Welt der Sterblichen und Shrouds Reich, denn die schattenhaften Geister, die dort hausten, gingen jetzt in Flammen auf, sobald sie mit Mayots Energie in Kontakt kamen. Der Steinboden vor Lukers Füßen zeigte Spuren großer Hitzeeinwirkung, und auch einige der Stufen, die zum Podest führten, sahen aus, als sei der Fels, aus dem sie einst gehauen worden waren, geschmolzen und dann wieder erstarrt. Er blinzelte sich den Schweiß aus den Augen. Allmählich spürte er, wie viel Kraft es kostete, sich Mayot vom Leib zu halten. Sein Kopf fühlte sich an, als ob Dämonen aus ihm auszubrechen versuchten, und seine Konzentration ließ immer mehr nach. Um seine Gedanken wieder zu sammeln, versuchte er, sich an die Augenblicke vor Kanons Tod zu erinnern, aber der Schmerz löschte nach und nach alles andere aus.

Luker wurde jetzt klar, dass er selbst mit der Hilfe des Glatzkopfs Mayot nicht gewachsen war. Und ein Rückzug kam wegen der vielen Untoten in seinem Rücken nicht in Frage – das wilde Klappern der Schwerter klang immer noch laut in seinen Ohren. Und da Shrouds Klinge in Händen des Endorianers war, blieb ihm nur noch …

Seine Augen weiteten sich.

Luker wandte sich zu dem Glatzkopf um. Die Augenbrauen des Mannes waren mit Eis verkrustet, und seine schweren Atemzüge stiegen dampfend in die Luft. Der Bewahrer beugte sich näher zu ihm. »Behaltet ihn im Griff«, brüllte er. »Ich habe eine Idee!«

Ohne die Antwort abzuwarten, zog er seine Macht von dem Zauberschild zurück, der sie vor Mayots Angriff schützte. Der Glatzkopf stand einen Augenblick noch aufrecht, dann sank er auf die Knie.

Einen kurzen Moment. Gib mir nur einen shroudverfluchten, kurzen Moment.

Und dann bereitete sich Luker darauf vor, seinen Willen auf ein ganz anderes Ziel zu richten.

Behaltet ihn im Griff.

Ebon hatte kaum Zeit, sich darüber klar zu werden, was ihm der vernarbte Mann zurief, und zum Protestieren war schon gar keine Zeit. Mit voller Wucht, ungebremst und gewaltig, erfasste ihn Mayots Hexenkunst.

Galea pumpte sofort noch mehr Kraft in ihn hinein, bis Ebon glaubte, ihm würde das Blut gefrieren. Einen Herzschlag lang kämpfte er gegen die Flut, dann hörte er einfach auf. Was hatte er von seinem Widerstand? Wofür wollte er sich aufsparen? Ihm fiel wieder ein, was die Göttin ihm bei ihrer ersten Begegnung gesagt hatte. »Du musst dich mir völlig ergeben.« War das die Antwort? Sich von allem zu lösen und zuzulassen, dass Galea ihn so benutzte, wie sie es für richtig hielt?

Ebon spürte, wie sein Herz einen Sprung machte. Die Taubheit hatte sich über die Arme und Beine hinaus ausgebreitet, und er kämpfte gegen eine aufwallende Flut aus Schwärze. Vom Kampf Galeas gegen Mayot bekam er kaum noch etwas mit. Stattdessen richteten sich seine Gedanken nach innen, und er hatte wieder Lamellas Gesicht vor Augen, wie sie ihn angesehen hatte, in ihren letzten gemeinsamen Augenblicken. Er sah, wie die Horden von Vamilianern durch die Bresche in Majacks Stadtmauer geströmt waren. Wie Grimes im Sattel schwankte, während er in den Dunst hineinritt, der die Ebene rund um die Stadt umgab. Je härter ihm der Atem aus der Brust pfiff, desto stärker klammerte er sich an seine Erinnerungen, so sehr sie ihn auch schmerzten. *Es ist gut, dass sie wehtun.* Denn Schmerz bedeutete, dass er noch lebte, dass er noch kämpfte.

Dann, während Wellen der Dunkelheit über ihn hinwegbrandeten, biss er die Zähne zusammen und wollte nur noch eines – nur noch ein paar Augenblicke durchhalten. Ein schwacher Atemzug nach dem anderen. Nicht, weil er glaubte, dass er damit etwas erreichen konnte, sondern weil es sonst nichts gab, was er hätte tun können.

Sein Kinn sank ihm auf die Brust.

Das große Nichts umfing ihn.

Parolla stand allein im Auge des Sturms und sah ins Dunkel hinauf. Von dem Tiktar oder dem *erzmagus* war nichts zu sehen. Konnte der Alte noch am Leben sein? Es war sicherlich kein Zufall gewesen, dass der Trichter des Sturmwinds sich enger zusammengezogen hatte. Mottle hatte *gewollt*, dass ihn der Wirbelwind erfasste, und der Strudel würde ihn tief in sein Innerstes gerissen haben, ins Herz seiner Kraft. Konnte ihn der Sturm am Leben erhalten? Ihn vielleicht sogar wieder beleben?

Parolla schnaubte. Wem wollte sie da etwas vormachen? Sie hatte einen weiteren Gefährten verloren. Und genau wie bei Tumbal hatte sie nichts getan, um ihm zu helfen. Als der Tiktar auf sie zugekommen war, hatte sie nur an eines gedacht – wie sie sich selbst schützen konnte. Dass der Altvorderling den *erzmagus* bis dahin völlig ignoriert hatte, das war keine Entschuldigung. Schon zweimal hatte Mottle Parolla mit seinem beherzten Eingreifen gerettet; da war es doch klar, dass das Wesen sich irgendwann auch gegen ihn wenden würde. Wieso kamen ihr solche erhellenden Gedanken immer erst, wenn es schon zu spät war? Wieso war es immer Parolla, die überlebte, während alle um sie herum fielen? *Weil mein Blut verflucht ist. Weil ich den Tod anziehe wie ein Magnet.*

Der Wind legte sich allmählich, und die Wolkenwand wurde dünner, bis Parolla wieder die schemenhaften Umrisse der Bäume dahinter ausmachen konnte. Mottles Kraft ließ nach – ein deutliches Zeichen dafür, dass der Alte tot war. Dunkle Körper fielen vom Himmel, als ob der Sturm sie ausspuckte. Mit lautem Krachen stürzte ein Pferd zu Boden. Daneben versuchte eine Vamilianerin, einen Speer als Krücke zu verwenden, um sich trotz der gebrochenen Beine aufzurichten, brach aber immer wieder zusammen. Nicht alle Untoten waren jedoch derart außer Gefecht gesetzt. Parolla sah geisterhafte Figuren hinter dem Sturmwirbel. Wenn der Wind sich weiter legte, würden sie auf sie losgehen.

Und was den Tiktar anging …

Langsam drehte sich Parolla um die eigene Achse und fragte sich, aus welcher Richtung der Altvorderling angreifen würde. Das letzte Mal hatte sie ihn erst gesehen, als er sie schon fast erreicht hatte. Würde sie überhaupt reagieren können, bevor er zuschlug? Parolla stieß ein bellendes Lachen aus. Was spielte das für eine Rolle? Selbst mit Mottle an ihrer Seite war es ihr nicht gelungen, dem Altvorderling die Stirn zu bieten. Jetzt würde sie sich auch noch mit den Vamilianern herumschlagen müssen. Diesem vereinten Angriff würde sie nicht widerstehen können.

Hier geht es nun zu Ende.

Eine Welle von Bitterkeit überkam sie, und die Dunkelheit in ihrem Blut wallte bei diesem Gedanken auf. Sie hatte die Kraft, den Tiktar zu schlagen, wenn sie sich ihr nur hingeben wollte. Gut, sie würde sich auf Kräfte berufen müssen, die sie noch nie zuvor einzusetzen gewagt hatte. Sowohl Tumbal als auch Mottle wären jetzt noch da, wenn sie den Mut besessen hätte, sie früher heraufzubeschwören.

Aber welchen Preis würde sie dafür zahlen?

Unversehens erinnerte sie sich daran, wie sie nach dem Tod ihrer Mutter aus dem Tempel des Herrn der Jagd geflohen war. Dutzende von Unschuldigen hatten bei ihrem Kampf gegen die Tempelhüter ihr Leben lassen müssen, denn selbst als die Priester schon tot waren, hatte sie noch jeden anderen umgebracht, der das Pech hatte, sich in ihrer Nähe aufzuhalten. Nach diesem Schlachtfest brauchte sie Wochen, um sich … selbst wiederzufinden. Und inzwischen war sie noch mächtiger als damals. Was, wenn es dieses Mal für sie gar keinen Weg zurück mehr gab?

Parolla bohrte sich die Fingernägel in die Handballen. *Was bleibt mir für eine Wahl?* Die Chance, auf die sie jahrelang gewartet hatte, war jetzt gekommen. Mit dem Buch der Verlorenen Seelen konnte sie auf Shroud persönlich anlegen. Und ihn für den Schmerz bezahlen lassen, den er ihr zugefügt hatte. War sie denn den ganzen Weg umsonst gegangen? Wollte sie sich einfach der Herrschaft von Mayot und diesem Buch ergeben?

Wollte sie völlig untätig bleiben?

Aus dem Augenwinkel sah sie Flammen aufflackern. Sie wirbelte nach links herum, und Todesmagie brach aus ihren Fingern hervor.

Eine Welle von Schwärze überrollte den Tiktar, als er blitzend über die Hügelkuppe schoss. Der Altvorderling behielt seine Gestalt einige Herzschläge lang bei, dann schmolz er zusammen, und die Flammen sprangen auf einen umgestürzten Baum über.

Parolla folgte ihm zu dem Stamm, und Hexenkunst strömte wiederholt aus ihren Fingern. Todesmagie verbrannte das Holz zu Asche, die der Wind erfasste und davontrug. Der Tiktar hingegen blieb in Parollas festem Griff und wand sich hilflos, während die Zauberkunst ihn verschlang. Parolla lachte. Das Blut pulsierte in ihren Schläfen und dröhnte in ihren Ohren. Während der Altvorderling vor Qual schrie, war da noch ein Teil von ihr, der voller Entsetzen beobachtete, was sie da entfesselt hatte.

Dann jedoch wurde dieses letzte bisschen Grauen von der Schwärze hinweggebrannt.

Luker wusste nicht genau, woraus der Schleier bestand, der seine Welt von Shrouds Reich trennte, oder wie es kam, dass Mayots Todesmagie ihn auflöste. Schwächte die Zauberkunst des Buches vielleicht die Wirklichkeit seiner Welt, oder stärkte sie die Realität jener, die hinter Shrouds Tor wartete? Spielte diese Unterscheidung eine Rolle, und wenn ja, konnte ihm das irgendwie weiterhelfen? Um seinen Willen einzusetzen, musste er schließlich genau wissen, was er zu tun beabsichtigte.

Was auch immer das war, er würde es schnell tun müssen, denn er hörte das Klappern der Klingen direkt hinter sich und sah, dass ihm der wütende Sturm von Mayots Zauberkraft immer näher kam. Er tastete mit seinen Sinnen danach und konzentrierte sich auf den Wirbelsturm aus Todesmagie, der gegen die Schutzwälle des Glatzkopfs prallte. Die Kraft im Innern der Feuersbrunst war zu intensiv, als dass Luker wirklich ausmachen konnte, welche Auswirkungen die Hexenkünste hatten, aber am Rande …

Seine Augen verengten sich. *Ja, jetzt verstehe ich.* Die Energien, die das Buch nährten, stammten an sich aus dem sterbenden Wald, aber um ihnen eine bestimmte Form zu geben, mussten Kräfte aus Shrouds Reich herangezogen werden. Offenbar hatte die Zauberkunst, mit der Mayots Untoten-Heer am Leben gehalten wurde, eine dauerhafte Verbindung zwischen beiden Welten geschaffen und sie näher aneinander herangerückt. Wenn diese Barriere weiter geschwächt wurde, stärkte das gleichzeitig ohne Zweifel die Macht des Buches. Allerdings würde das Mayot keinen Vorteil verschaffen, denn der Alte würde keine Gelegenheit mehr bekommen, diese Kräfte zu nutzen.

Immer vorausgesetzt, dass Lukers Vermutung stimmte, natürlich.

Er ließ die Schultern kreisen. Mit oder ohne seine Hilfe würde der Schleier bald endgültig zerreißen. Da konnte er auch dafür sorgen, dass es jetzt geschah, wenn er zugegen war.

Es war an der Zeit, die Würfel ein letztes Mal rollen zu lassen.

Um seine ganze Kraft in seinen Willen zu legen, musste Luker die Welt um sich herum ausblenden, und dazu nutzte er eine Übung, die er vor vielen Jahren gelernt hatte, als er noch Kanons Schüler war. Zuerst schloss er die Augen. Dann begann er die Wahrnehmungen der anderen Sinne auszuschalten: das Knistern von Mayots Zauberkraft, die heiße Luft auf seinem Gesicht, die Rufe der Kämpfer hinter ihm – jetzt war sogar der Todesschrei eines Mannes über all dem Lärm zu hören. *Nicht mein Problem.* Das Gefühl der Spannung seiner verbrannten Haut, der Schmerz in seinem Rachen, das Pochen in seinem Kopf, das alles verblasste, als ob sein Verstand vor den Qualen seines Körpers floh. Dann, als sein Fixpunkt sich immer klarer herausschälte, verschwanden auch die Gedanken – die Zweifel hinsichtlich seiner Zukunft, die Trauer und die Schuldgefühle wegen Kanons Tod, seine Sorgen um Jennas Schicksal. Einer nach dem anderen verließ ihn, bis nur noch der Wille blieb.

Ganz kurz überkam ihn eine Welle der Euphorie, ein Gefühl betörender Macht, als seien jetzt alle Dinge möglich, solange er nur die Fähigkeit besaß, sie zu visualisieren. Allerdings hatte er so etwas schon oft genug gespürt, um zu wissen, dass es sich um eine gefährliche Täuschung handelte. Während Leute wie Chamery oder Mayot sich ihren Allmachtsphantasien hingeben mochten, dachte Luker nur an die Aufgabe, die direkt vor ihm lag.

Er stählte sich und schleuderte seine ganze Kraft gegen den Schleier.

Was dann geschah, vollzog sich nur ganz allmählich. Eine Daseinsschicht nach der anderen blätterte ab, die Wirklichkeit verdrehte sich, und die eine Welt schmolz dahin, während die andere an Gestalt gewann. Die Barriere war schon so hauchdünn, als würde eine leichte Brise sie zerreißen können, und wieder fragte sich der Bewahrer, ob Mayot absichtlich versucht hatte, sie zu zerstören. Denn falls der Magier, ebenso wie Luker jetzt, sich wirklich einen Weg in Shrouds Reich hatte bahnen wollen, dann konnte das nur bedeuten, dass sich einer von ihnen gewaltig verrechnet hatte. Aber vielleicht hatte Mayot den Schaden auch zu einem späteren Zeitpunkt wieder richten wollen. Vielleicht verlieh ihm das Buch auch dazu die Kraft.

Aber all diese Gedanken schob Luker erst einmal zur Seite. Er schlug wieder und wieder auf die Barriere ein. Sie wurde schwächer, aber das geschah langsam, ganz langsam. Obwohl er sich von allen Wahrnehmungen abschirmte, spürte Luker doch, dass Mayots Todesmagie ihm immer näher kam. Offenbar ließ die Widerstandskraft des Glatzkopfs nach, aber falls Luker richtig lag, was die Kraft des Buches betraf – und damit die Mächte, die den Mann an seiner Seite attackierten –, dann musste sie sich zunächst auch im gleichen Maße steigern, in dem der Schleicher schwächer wurde.

Er bereitete sich auf den letzten Angriff vor.

Noch während er das tat, war ein Geräusch zu hören, als ob Stoff zerriss, und dann fiel die Barriere immer schneller zusammen. Luker erschrak und wich zurück, um nicht in das Reich hineingezogen zu werden, das jetzt hinter dem Zwiespalt, den er geschaffen hatte, Gestalt annahm.

Ein neuer Wind blies durch die Rotunde, kalt wie der Atem der Toten. Überall hörte er wispernde Stimmen, erst gedämpft, dann immer lauter. Als er die Augen öffnete, sah er, dass die Geister der Unterwelt keine schwarzen Schemen mehr waren, sondern vielmehr Leute mit so klaren und ausdruckslosen Zügen wie die Vamilianer, zwischen denen sie standen. Mayot befand sich immer noch oben auf den Stufen. Aber hinter ihm formten sich andere Bilder – eine Hügelkette hob sich vor einem wolkenlosen Himmel ab, ein Steinkreis erhob sich zu Lukers Linken, und Schatten huschten über die Landschaft, schweigend und flink.

Er hatte es geschafft. Die Rotunde war jetzt ebenso ein Teil der Unterwelt, wie sie zum Reich der Sterblichen gehörte.

Luker lockerte den Griff um seinen Willen.

Schmerz bohrte sich in seinen Schädel, heiß und weißglühend, und er stöhnte. Noch nie zuvor hatte er seine Kraft mit einer solchen Gewalt eingesetzt. Schwindel überkam ihn, sein Magen krampfte sich zusammen, und Säure stieg ihm die Kehle empor. Er presste sich die Hände gegen die Schläfen, sank auf die Knie und würgte. Als er danach Luft holte, schmeckte sie nach Asche und Rauch, und er übergab sich gleich noch einmal.

Wie viel Zeit vergangen war, bevor er endlich den Kopf heben konnte, das wusste er nicht. Irgendwann war Mayots Angriff verebbt. Jetzt stand der Alte am Rand des Podests, hielt das Buch an seine Brust gepresst und sah sich staunend um. Die Verderbnis, die seine linke Hand befallen hatte, war inzwischen offenbar den ganzen Arm hinaufgewandert, denn auch im Halsausschnitt seines Gewandes ließ sich erkennen, dass die Haut schwarz und verdorrt war. Er wandte sich zu Luker um und lachte krächzend.

»Du Narr!«, rief er höhnisch. »Weißt du, was du getan hast? Du hast mir eine ganze Welt in die Hände gespielt! Zahllose weitere Seelen, die mir dienen werden!«

Luker ließ den Blick über die karge Landschaft gleiten. Nichts rührte sich, und ganz kurz fürchtete er, einen Fehler gemacht zu haben. Dann rückte von der Hügelkette her eine Wand aus Dunkelheit dem Podest entgegen.

Der Bewahrer lächelte. »Du hast etwas vergessen, alter Mann. Diese Seelen haben bereits einen Herrn. Und jetzt stehst du in seinem Revier.«

Das letzte bisschen Farbe wich aus Mayots Wangen. Er wollte sich gerade der herannahenden Finsternis zuwenden, doch noch bevor ihm das gelang, schlug eine riesige Klaue durch seine Brust, dass das Blut nach allen Seiten spritzte. Mit großen, ungläubigen Augen starrte der Magier auf die Wunde. Dann beugte er sich nach hinten und schrie. Blut schoss aus seinem Mund, während er in die Luft hinaufgeschleudert wurde.

Wirbelnde Schatten rückten wie eine große Mauer vor und umringten das Podest, und sie waren so dicht, dass nicht einmal das Licht der vielen Feuer, die noch in der Rotunde flackerten, sie durchdrang. Schwarze Ranken schlängelten sich aus der Dunkelheit auf Mayot zu und wanden sich um seinen zuckenden Körper. Wo sie seine Haut berührten, warf sie Blasen und platzte mit einem Geräusch auf, als ob Wasser auf brennendes Öl traf. Er kreischte wieder. Schatten strömten in seinen Mund und erstickten jeden Laut.

Und das war auch gut so. Das ganze Gekreische war Gift für Lukers Kopfschmerzen.

Mayot hing über dem Podest in der Luft und zerrte an der Klaue, als ob er sich irgendwie von ihr befreien könnte. Dann wurde er nach hinten gerissen. Als er die Schattenwand erreichte, glitt ihm das Buch der Verlorenen Seelen aus den Fingern. Eine klauenbewehrte Hand schoss aus der Düsternis und griff danach, bekam es aber nicht zu fassen, sondern stieß es nur weiter von sich.

Ein zorniges Knurren ließ die Luft erzittern. Die Hand verschwand.

Das Buch schlitterte über das Podest und rutschte rechts von dem geschmolzenen Stein halb die Stufen hinunter. Dort blieb es liegen, ein Dutzend Schritte von Luker entfernt, aufgeklappt und mit dem Umschlag nach oben.

Und nun erschien Shroud – denn es konnte niemand anderer sein als der Totengott. Er war halb so groß wie Luker, und seine Gestalt war wie aus Rauch, unangreifbar wie die Dunkelheit, die ihn umhüllte. Schwarze Ranken umfingen ihn, als wollten sie verhindern, dass er sich dem Licht aussetzte. Die Ahnung eines Gesichts zeichnete sich in der Düsternis ab, aber die wabernden Schatten machten es unmöglich, die Züge genauer zu erkennen – abgesehen von den Augen, die wie zwei Obsidian-Bruchstücke blitzten.

Stöhnend kam Luker auf die Beine. *Soll ja nicht so aussehen, als ob ich vor ihm auf den Knien liege.*

Der Herr der Toten wandte seinen Kopf von einer Seite zur anderen und ließ den Blick durch die Rotunde schweifen.

Dann entdeckte er das Buch.

Luker verzog das Gesicht.

O nein, denk nicht einmal dran.

Selbst nachdem der Tiktar sich schon nicht mehr wehrte, dauerte es eine Weile, bis Parolla ihre Angriffe einstellte. Der Altvorderling war zu einem einzigen, winzigen Flämmchen zusammengeschrumpft, das im Wind flackerte. Parolla fing es mit der Hand. Das Feuer leckte an ihrer Haut, aber es verursachte ihr keinen Schmerz. Hatte dieses Geschöpf sie wirklich bedroht? Das schien schwer zu glauben und auch schon eine Ewigkeit her zu sein. Jetzt wäre es ihr ein Leichtes gewesen, ihre Finger zu schließen und die Flamme für immer verlöschen zu lassen.

Sie warf den Tiktar in den Sturm hinaus.

Als sie sich umsah, stellte sie fest, dass ihre Zauberkünste die Hügelkuppe im Umkreis von hundert Schritten völlig verwüstet hatten. Geschwärzte Baumstümpfe ragten aus dem Boden, keiner davon höher als eine Armlänge, und dahinter warteten Scharen von Vamilianern unbeweglich wie Statuen im Regen. Parolla spürte, dass die Fäden, die diese Untoten beherrschten, noch immer vorhanden waren, aber die Energie, die durch sie geflossen war, schien versiegt. Das konnte nur eines bedeuten: Die Hand, die diese Vamilianer gesteuert hatte, war vernichtet worden. Sie runzelte die Stirn. Mayot war gefallen? *Der Todesstoß hätte mir gebührt!*

Mit einem Erschauern holte sie tief Luft und versuchte, ihren Zorn loszulassen, aber sie musste feststellen, dass ihr das nicht gelingen wollte.

Nachdem sie sich den Regen aus den Augen gewischt hatte, betrachtete sie die Untoten genauer. Sie hatten in drei Reihen Aufstellung genommen, und alle Blicke waren auf sie gerichtet. Jene, deren Glieder zerschmettert worden waren, versuchten nicht mehr aufzustehen, sondern lagen bewegungslos auf der aufgeweichten Erde oder im stehenden Wasser. Parolla ließ sich jedoch nicht von der plötzlichen Leblosigkeit täuschen. Die Vamilianer waren immer noch eine Bedrohung, denn zweifelsohne würde schon bald die nächste Hand das Buch ergreifen und Mayots Platz als Puppenspieler einnehmen. Jetzt war der Augenblick, um zuzuschlagen, solange ihre Gegner wehrlos waren. Die Dunkelheit, die durch ihre Adern strömte, wollte sich austoben.

Wieder bohrte Parolla sich die Nägel in die Handballen und erschauerte angesichts des Schmerzes. Als sie ihre Hände betrachtete, sah sie, dass das Blut, das über ihre Handgelenke rann, schwarz war.

Jetzt spürte sie den Zwiespalt, der sich in der Rotunde aufgetan hatte. Da war es also. Endlich lag der Weg offen vor ihr – ein Zugang zu Shrouds Reich. Die Jahre der Suche waren vorüber. Wodurch war der Pfad geöffnet worden? Hatte Mayot das getan? Hatte er sein Leben dabei ausgehaucht? Parolla schüttelte den Kopf. Das war egal. Das Buch würde schon bald ihr gehören, und mit seiner Macht würde sie endlich ihre Rache bekommen.

Aber da war noch etwas anderes, wie sie jetzt erkannte. Durch den Zwiespalt hatte eine neue Präsenz die Rotunde betreten. Parollas Herz schlug schneller, als sie spürte, wie die Macht des Neuankömmlings bis zu ihr drang – eine Macht, die selbst die ihre übertraf.

Ihre Lippen verzogen sich zu einem Lächeln.

Das wird ja immer besser.

Jetzt bestand kein Grund mehr, wegzulaufen. Sie war jetzt so stark, dass sie die Stränge der Todesmagie reiten konnte, sowohl in körperlicher wie auch in körperloser Gestalt. Sie berief sich auf ihre Kräfte und schloss die Augen.

23

Ebons erster Gedanke war, dass er gestorben und durch Shrouds Tor gegangen sein musste, denn als sich die Schwärze endlich auflöste, die seinen Blick umfangen hatte, stellte er fest, dass er nicht etwa Mayot Mencada vor sich sah, sondern eine scheußliche Erscheinung, ganz in Schatten gehüllt. Galea war aus seinem Kopf geflohen, als dieses Wesen sich näherte, und damit hegte Ebon keinen Zweifel daran, um wen es sich handelte.

Shroud.

Es hatte ihn allein schon so viel Kraft gekostet, nicht das Bewusstsein zu verlieren, dass er von Mayots Schicksal ebenso wenig mitbekommen hatte wie von dem Zwiespalt, der jetzt entstanden war. Er erinnerte sich nur noch daran, dass der vernarbte Krieger gesagt hatte, er hätte eine Idee. Hatte er Shroud an diesen Ort gerufen? Zählte er zu dessen Jüngern, so dass er den Herrn der Toten heraufbeschwören konnte? Oder war Shroud aus eigenem Antrieb hier erschienen, um die Bedrohung für seinen Thron ein für alle Mal zu beseitigen?

Rund um Ebon war der Boden gefroren, aber das Eis taute unter dem Regen, der durch das Dach fiel. Das Buch der Verlorenen Seelen lag rechts von ihm auf den Stufen, höchstens ein Dutzend Schritte entfernt. War das jetzt sein Sieg? Es fühlte sich für Ebon nicht so an. Sicher, die Untoten hatten einstweilen ihren Herrn verloren. Der Kampf um Majack – falls seine Stadt überhaupt noch stand – würde unterbrochen sein, aber jene Stadtbewohner, die bereits gefallen waren, würden durch die magischen Fäden weiter versklavt bleiben. Und wenn die nächste Hand nach dem Buch griff …

Der vernarbte Krieger rappelte sich auf. Vale stand ein paar Schritte entfernt inmitten vieler toter Vamilianer. Der Endorianer ließ die Schultern sinken, und der linke Arm hing schlaff herab. In der rechten Hand hielt er ein Schwert, von dem Blut herunterrann. *Blut.* Ebon holte tief Luft.

Die Untoten bluteten nicht.

Consel Garat Hallon lag bewusstlos oder tot neben einem vamilianischen Speerkämpfer. Von seiner Truppe hatte nur eine Soldatin überlebt, die neben ihrem Herrn kniete, das Ohr an seine Brust drückte und wohl herauszufinden versuchte, ob sein Herz noch schlug. Offenbar war der Consel noch am Leben, denn die Soldatin riss einen Streifen Stoff von ihrem Hemd und knüpfte daraus eine Schlinge. Der einzige andere Überlebende, der Altgediente, von dem Ebon vermutete, dass er ein Freund des Vernarbten war, schob sein Schwert in die Scheide und das Langmesser in den Gürtel. Als sein Blick auf Ebon fiel, lag Vorsicht und Misstrauen darin, aber zweifelsohne machte der König in seinem gegenwärtigen Zustand auch keinen besonders vertrauenerweckenden Eindruck. Gerade eben noch waren die hier versammelten Kräfte Verbündete im Kampf gegen Mayot gewesen, aber was waren sie jetzt, da der Alte verblichen war? Ebon sah erneut zum Buch der Verlorenen Seelen. Wenn es nur einen Weg gab, um zu verhindern, dass jemand anderer Mayots Platz einnahm – nämlich, das Buch selbst zu nehmen –, war er dann dazu bereit?

Er kniete noch immer, als er wieder zu Shroud hinübersah. Plötzlich drehte sich der ganze Raum. Er versuchte sich mit einer Hand abzustützen, und Funken flogen, als seine Finger den gefrorenen Boden berührten. Galeas Hexenkunst rauschte noch immer durch sein Blut. Seine Arme und Beine waren taub, und er konnte sich nur schwankend wieder aufrappeln. Den Boden unter seinen Füßen spürte er nicht, ebenso wenig wie die Stoppeln an seinem Kinn, als er mit der Hand darüber fuhr. Fühlte es sich so an, wenn man untot war? Gefangen in gefühllosem Fleisch?

Stille breitete sich aus. Wer würde sie brechen? Wer würde den ersten Zug tun?

Es verging nicht allzu viel Zeit, bis er das herausfand. Die schwarzen Ranken, die sich um Shroud wanden, schlängelten sich jetzt über das Podest und näherten sich dem Buch.

Dann wichen sie zurück.

Ebon spürte, dass jemand neben ihn getreten war, und als er den Kopf wandte, stand da eine Frau. Es dauerte einen Herzschlag lang, bis er die Nekromantin erkannte, die auf dem Hügel gegen die Fangalar gekämpft hatte. Etwas an Parolla war anders als zuvor. Ihre Mitternachtsaugen brannten, und ihre blutverschmierten Züge wurden von einem Schatten verdunkelt, der nicht durch die Düsternis in der Rotunde hervorgerufen wurde. Ihre Augen waren starr auf Shroud gerichtet.

Von Mottle war keine Spur.

Als Parolla schließlich sprach, war Ebon überzeugt, sich verhört zu haben.

Denn sie sagte zu Shroud nichts anderes als: »Hallo, Vater.«

Parolla sah, wie Shroud einen halben Schritt zu der Mauer aus Dunkelheit zurückwich. Die Schatten, die ihn umgaben, waren zu tief, als dass sie seine Miene hätte erkennen können; trotz der Andeutung von Gesichtszügen blieb ihr Ausdruck verborgen. *Er versteckt sich vor mir, so wie er es immer getan hat.* Schließlich riskierte sie es, sich in der Rotunde umzusehen. Von Mayot Mencada war nichts zu sehen, aber das Blut, das von Shrouds Fingern tropfte, verriet ihr genug über das Schicksal des Alten. Das Buch lag etwa zwanzig Schritte von ihr entfernt auf den Stufen, die zum Podest hinaufführten. Sie musste nichts weiter tun, als dort hinüber zu gehen und die Hand auszustrecken …

Nein.

Erst wollte sie Antworten.

Sie wandte sich wieder zu Shroud um. Die Last seines Blickes war erdrückend, aber Parolla zwang sich, ihn trotzdem auszuhalten. »Was, hast du mir nichts zu sagen?«, fragte sie. »Ist dieser gefühlvolle Augenblick etwa zu viel für dich?«

Als der Gott schließlich die Stimme erhob, bebte die Luft. »Wieso bist du hier?«

Sie nickte zu dem Buch hinüber. »Vielleicht aus demselben Grund wie du.« Ihre Lippen zuckten leicht. »Oder sollte ich sagen, aus demselben Grund wie der verblichene Mayot Mencada?«

Die Ranken aus Dunkelheit, die Shroud umgaben, bäumten sich auf und zuckten zu ihr hinüber.

»Vor einigen Tagen sprach ich mit dem *magus*«, fuhr Parolla fort. »Er glaubte, das Buch würde ihm die Kraft verleihen, dich zu besiegen.«

»Er irrte sich. Und seine Unverschämtheit wird er mit ewig währendem Leid bezahlen. Ebenso wie alle anderen, die sich mir in den Weg stellen.« Shroud hob bei diesen letzten Worten die Stimme, denn offenkundig waren sie als Drohung für alle Anwesenden gedacht.

Parolla kümmerte sich nicht darum, wie seine Warnung aufgenommen wurde; stattdessen betrachtete sie wieder das Buch und schlug einen lockeren Ton an. »Wie unvorsichtig von dir, Vater, dieses Buch in die Hände eines anderen fallen zu lassen. Aber andererseits hat es auch niemals wirklich dir gehört, oder? Es gehörte deinem Vorgänger. Du erinnerst dich doch noch an ihn, oder? An diesen Gott, den du verraten hast.«

Shroud antwortete nicht.

»Ich habe den Ort der verlorenen Seelen gesehen«, sagte Parolla. »Jene Welt, die du zerstörtest, als du dir den Thron nahmst.«

»Tatsächlich. Ich hoffe, du hast deinen Ausflug dorthin genossen.«

»Spiel nicht mit mir! Oder sollte ich vielleicht zu der Überzeugung gelangen, dass deine Macht ebenso wenig ewig währt wie die jenes Gottes, den du einst überwältigtest? So hochmütig du dich auch geben magst, du bist verletzlich.«

Shrouds Lachen erschütterte das Podest. »Natürlich bin ich verletzlich! So wie jeder Unsterbliche! Und immer wieder wird es ehrgeizige Naturen geben, die uns herausfordern. Wie dieser Mayot Mencada.« Er hielt inne. »Oder wie du, meine Liebe.«

»Du irrst dich. Ich will deinen Platz nicht einnehmen.«

»Wieso bist du dann hier? Wieso hast du dich der Dunkelheit hingegeben?«

Hatte sie das getan? *Nein! Der Tiktar … ich hatte keine andere Wahl.* Shroud wollte sie verwirren, sie von dem wahren Grund ablenken, der sie hierhergeführt hatte.

»Shroud, mein Gebieter«, stieß ein Mann zu ihrer Linken hervor.

Der Gott befahl ihm mit erhobener Hand zu schweigen.

»Ich habe nach dir gesucht«, sagte Parolla jetzt. »Nach einem Portal, das mich in die Unterwelt führen würde. Ich habe sogar versucht, mit dir in Kontakt zu treten, indem ich deinen Jüngern Botschaften für dich mitgab. Du hast mich ignoriert.«

»Vielleicht hatte ich dir nichts zu sagen.«

»Oder vielleicht hattest du nicht den Mut, dir anzuhören, was ich dir zu sagen hätte.«

»Hä?«

»Du weißt, wovon ich spreche.« Parolla sah das Gesicht ihrer Mutter vor sich. »Du wirst bezahlen, Vater, für das, was du ihr angetan hast. Du hast … dich ihr aufgezwungen.«

Der Gott schwieg eine Weile, den Blick unverwandt auf Parolla gerichtet. Sie hätte so gern sein Gesicht gesehen, um daran abzulesen, was er dachte. Doch seine Miene blieb von den Schatten verhüllt. »Hat Aliana dir das gesagt?«

»Das musste sie nicht! Du nahmst dir, was du wolltest, und dann hast du sie verlassen.«

Uns.

»Du meinst, ich hätte gelegentlich mal nach euch beiden schauen sollen? Damit du vielleicht einmal auf meinen Schultern hättest reiten können?«

»Deine Berührung hat sie umgebracht!«

»*Meine* Berührung? Vergisst du dabei nicht, welche Rolle du selbst gespielt hast?«

»Ich wusste nichts davon, bevor es zu spät war. Ich hatte nicht die Macht, die Verletzungen zu heilen, die du verursacht hattest. Aber du … Du hättest sie retten können.«

»Und wenn sie gar nicht gerettet werden wollte?«

Parolla war einen Herzschlag lang sprachlos. »Was meinst du damit?«

Shroud klang leicht amüsiert. »Wenn Aliana es dir nicht erzählt hat, dann wüsste ich nicht, wieso ich …«

»Lügen! Du tust so, als hätte es ein edleres Motiv gegeben, aber das gab es nicht.«

»Und du willst nur jene Wahrheit hören, die du dir bereits zusammengereimt hast. Ist es nicht so, meine Liebe?«

Parolla zögerte, dann schüttelte sie den Kopf. Selbst nach allem, was Shroud getan hatte, wollte sie ihm immer noch glauben. Aber jetzt versuchte er, die Wahrheit nach seinem eigenen Gutdünken zu verdrehen und die Erinnerungen Parollas zu vergiften. »Aliana sagte mir … als es zu Ende ging …« Jetzt erschien ein Bild vor ihrem inneren Auge: wie sie am Bett ihr Mutter im Inneren Heiligtum des Tempels des Gehörnten Gottes saß und Alianas weiße linke Hand hielt, während sie gleichzeitig versuchte, nicht den vom Wundbrand zerfressenen Stumpf wahrzunehmen, der sich dort befand, wo die rechte hätte sein sollen. Über die fast kahle Kopfhaut ihrer Mutter liefen schwarze Adern, und der Gestank von Fäulnis hing schwer in der Luft. Alianas Stimme war kaum mehr als ein Flüstern gewesen, aber sie hatte gesagt … sie hatte gesagt …

Shrouds Ton klang spöttisch. »Was? Was hat sie gesagt?«

Doch jetzt verblasste die Erinnerung. Alianas Gesicht, die weißen Wände des Inneren Heiligtums, die Kerzen mit dem Duft von Malirangen und Taublumen – all das löste sich in Schatten auf. Parolla versuchte, an der Szene festzuhalten, aber die dunkle Flut in ihr selbst erhob sich und verschlang sie. Sie rieb sich die Augen. Hatte Shroud einen Zauber über sie gelegt, um ihr diese Erinnerung zu nehmen? Nein, sie hätte gespürt, wie er sich an ihrer Kraft labte. *Was geschieht mit mir?*

Der Gott konnte offenbar ihre Gedanken lesen, denn er sagte: »Das ist das Blut, Parolla. *Mein* Blut. Du hast nie gelernt, seine Kraft zu beherrschen, nicht wahr? Zweifelsohne glaubtest du, die Dunkelheit zu meistern, aber stattdessen erobert sie nun dich. Du hättest nicht kommen sollen.«

Ein Schatten fiel über Parollas Blickfeld. »Vielleicht nicht. Aber nun bin ich einmal hier.«

Shroud trat einen Schritt vor, und Parolla versteifte sich. Wenn er versuchte, das Buch zu erreichen, stand sie bereit. Stattdessen sagte der Gott: »Und du glaubst, du würdest dich mit dem Buch in deinen Händen besser schlagen als dieser Mayot?«

»Du weißt, das würde ich.«

»Und falls du versagst? Bist du auf die Folgen vorbereitet?«

Die Schatten hinter ihm begannen herumzuwirbeln. Gestalten zeichneten sich ab und drängten gegen die Dunkelheit, als sei sie ein schwarzer Vorhang. Ein Gesicht erschien. Ein junger Mann … Parolla kannte ihn. Ja, jetzt erinnerte sie sich … aus dem Tempel, in dem sie aufgewachsen war. Ein Akolyth, einer von denen, die sie umgebracht hatte, als sie vor den Priestern des Gehörnten Gottes floh. Parolla hatte ihn nicht verletzen wollen – ihre Kraft hatte sich selbstständig gemacht. Sie fühlte einen Stich von Schuld, aber ihr Blut spülte ihn schnell davon.

Die Schatten wogten wieder hin und her. Nacheinander erschienen weitere Gesichter, alle Opfer, die Parolla durch Shrouds Tor geschickt hatte. Sie erkannte einen der Wächter der Tausend Hügelgräber, der schreiend starb, während er sie daran hindern wollte, in sein Heiligtum einzudringen, einen Mann aus einer Schenke in Calad, der seine Hände nicht hatte bei sich behalten können, und das Sklavenmädchen, das sie in Xavel auf ihrer Flucht zum Fluss zum Schweigen gebracht hatte.

Waren es wirklich so viele gewesen?

Konnten sie alle Fehler gewesen sein?

Und jetzt materialisierte endlich auch Alianas Bild. Parolla erinnerte sich an die freundlichen, traurigen Augen, das sanfte Lächeln, die kleinen Fältchen, die der Schmerz in den letzten Tagen in ihr Gesicht gegraben hatte. Aliana hatte diesen Schmerz vor Parolla verbergen wollen, aber ihr Gesicht hatte sie am Ende verraten, ebenso wie die verzweifelte Kraft, mit der sie Parollas Hand umklammerte. Parolla blinzelte die Tränen weg.

Shrouds kalte Stimme drang durch ihre Gedanken. »Sie alle und noch mehr – ihre Seelen gehören jetzt mir. Immerhin Geschenke, die du mir gemacht hast. Wenn du mich herausforderst und scheiterst, werden sie deine Qualen teilen. Willst du das? Haben sie nicht schon genug erlitten?«

Bei seinen Worten zerbrach etwas in Parolla. Die Wellen der Dunkelheit erhoben sich erneut und verschlangen sie. Fauchend bleckte sie die Zähne und ging auf das Buch zu.

Doch das stieg plötzlich in die Luft, als hätten unsichtbare Hände es ergriffen.

Mit flatternden Seiten flog es quer durch die Rotunde.

Luker ließ die Schultern kreisen. Diese Familienzusammenkunft mochte ja ganz rührend sein, aber es wurde allmählich Zeit, die Dinge voranzutreiben.

Von seinem Willen getragen, flog das Buch der Verlorenen Seelen in seine Hände, mit einem vor Blut klebrigen Umschlag und aufgeschlagenen Seiten. Das Papier hatte die Farbe von Knochen, war aber weich wie Tuch. Unwillkürlich betrachtete er die dünne Spinnenschrift, und plötzlich überkam ihn ein Gefühl von Orientierungslosigkeit, als ob er ins Buch hineinfiele. Aus dem Augenwinkel nahm er eine wellenförmige Bewegung wahr, und als er sich umsah, stellte er fest, dass sich ihm die Köpfe aller Untoten zugewandt hatten, die ihn jetzt mit ihren leeren Blicken anstarrten.

Luker schlug das Buch zu.

Er konnte die Fäden von Todesmagie spüren, die von dem Artefakt ausgingen, und kurz fragte er sich, ob es möglich wäre, den Strang zu erkennen, der Kanon daran band. Er schüttelte den Kopf. Unter Tausenden? Und selbst, wenn er ihn irgendwie ausfindig machen konnte, wie wollte er ihn dann durchtrennen? Sobald er versuchte, das Buch zu verwenden, würden ohne Frage alle anderen auf ihn losgehen, die sich hier versammelt hatten, um es selbst in die Hände zu bekommen.

Also, was nun?

Luker sah Parolla an. Die Frau hatte begonnen, ihre Kräfte zu ballen, zögerte jetzt aber. Wenn sie ihn angriff, dann machte sie sich verwundbar für eine Breitseite Shrouds, und wenn sie nicht die Macht des Buches zu ihrer Verteidigung nutzen konnte, dann war es höchst unwahrscheinlich, dass sie diesen Kampf gewann. Aber auch der Herr der Toten war verletzlich, rief sich Luker in Erinnerung. Zwar mochte die Rotunde jetzt ein Teil der Unterwelt sein, aber gleichzeitig lag sie doch weiterhin in der Welt der Sterblichen. *Und das heißt, Väterchen Shroud könnte jetzt in die Zange genommen werden.* Würde der Herr der Toten es riskieren, gegen Parolla vorzugehen, bevor das Schicksal des Buches entschieden war? Luker glaubte nicht daran.

Also ein Patt.

Ein Patt, das der Bewahrer für sich ausnutzen konnte.

»Aber, aber, Luker«, sagte Shroud jetzt. »Wie ich sehe, kehrt die Weisheit schnell zurück. Nachdem du das Angebot ablehntest, in meine Dienste zu treten …«

»Ich bleibe bei meiner Antwort«, unterbrach ihn Luker. »Das Buch muss zerstört werden.«

Hinter ihm hörte er Merin leise flüstern. »Wir könnten es doch retten, Bewahrer. Für das Reich. Es gäbe immer noch einen Nutzen, den wir …«

»Es gibt kein ›wir‹.«

Der Tyrin hob jetzt die Stimme. »Fürst Shroud, ich spreche im Namen des Imperators Avallon Delamar von Erin Elal. Ich bin mir sicher, dass wir eine Übereinkunft …«

»Haltet die Klappe, Merin!«, fuhr ihn Luker an. »Ihr habt gar nichts zu verhandeln, was das Buch betrifft!« Dann wandte er sich wieder an den Gott: »Ihr müsst Euch mit mir auseinandersetzen, Shroud.«

Die Schattengestalt des Herrn der Toten schwoll an, und hinter ihm zischten und zuckten die Ranken aus Dunkelheit. »Hast du nichts aus Mayots Schicksal gelernt? Ich verhandle nicht mit Sterblichen!«

Luker spuckte aus. Sollten ihn diese großen Worte beeindrucken? »Dann solltet Ihr allmählich damit anfangen. Ihr seid nur hier, weil *ich* Euch den Weg geöffnet habe, schon vergessen?« Er warf einen bedeutsamen Blick auf Parolla, dann fuhr er wieder an Shroud gewandt fort: »Wenn Ihr genug Mut hättet, um aus Eurer Kiste herauszusteigen, dann hättet Ihr das schon längst getan. Also, verhandeln wir.«

Der Gott betrachtete ihn aufmerksam. »Kanons Seele wird bald schon mir gehören, Bewahrer. Ebenso wie eines Tages auch die deine.«

Luker wandte sich ab. »Vielleicht möchte Eure geliebte Tochter …«

»Warte! Das Buch muss nicht zerstört werden, damit Kanon befreit werden kann.«

Der Bewahrer schnaubte.

»Du glaubst nicht, dass ich mein Wort halte?«

»Die Zerstörung des Buches dient Euren Zwecken ebenso wie meinen. Welchen Unterschied ...«

Luker brach ab, als er hinter sich ein vertrautes Geräusch hörte – ein Schwert, das aus der Scheide gezogen wurde. Er wirbelte herum und erinnerte sich in diesem Augenblick, dass er die magisch aufgeladenen Waffen an Merin und den Endorianer abgegeben hatte. Seine eigenen Klingen steckten noch in seinem Gürtel, aber bis er die gezogen haben würde ...

Ein Schwert schoss auf ihn zu.

Noch während Luker seinen Willen heraufbeschwor, wusste er, dass es zu spät war.

Ebons Blick ruhte auf Parolla. Die Frau wirkte ... verloren. An ihren Augen war abzulesen, wie verletzt sie war, und ihre Stimme klang brüchig und rau. Das ganze Gerede von Rache konnte Ebon nicht täuschen. Was hatte sie hier zu finden gehofft? Verständnis? Anerkennung? Dann hatte sie sich an Shroud gewandt, und er hatte ihre Hand beiseite geschlagen. Der Herr der Toten würde es noch bedauern, dass er versucht hatte, seine Tochter einzuschüchtern, denn anstatt sich unterkriegen zu lassen, hatte sie nach dem Buch gegriffen. Wäre ihr nicht der vernarbte Mann – dieser Luker – zuvorgekommen, wären inzwischen alle Neun Höllen losgebrochen.

Aber vielleicht war es genau das, was Shroud schon die ganze Zeit beabsichtigt hatte. Vielleicht *wollte* er, dass sich seine Gegner gegenseitig an die Kehle gingen. Vielleicht hatte er geahnt, dass Luker eingreifen würde. Falls ja, dann hatte der Gott ihn trotzdem falsch eingeschätzt, denn der Krieger hatte ihm schnell bewiesen, dass er zu keinem Treuebekenntnis bereit war.

Ebon bekam nur den Anfang des Wortwechsels zwischen Luker und Shroud mit, denn nun trat Galea in seine Gedanken; offenbar war sie noch nicht mit ihm fertig. Als er sie ansprach, klang er mindestens ebenso kühl wie sie. »Was wollt Ihr?«

Galea ignorierte seinen Ton. »Das Buch muss erhalten bleiben, Sterblicher.«

»Warum?«

»Warum?«, äffte sie ihn verächtlich nach. »Hast du eine Vorstellung von seiner Macht? Nein, natürlich nicht. Die Dinge, deren Zeuge du bisher wurdest, zeigen nur einen Bruchteil dessen, wozu das Buch in der Lage ist. Es kann Leben zurückbringen. *Echtes* Leben, nicht dieses qualvolle Dasein, das meinem Volk aufgezwungen wurde.« Sie schwieg eine Weile, um diese Nachricht wirken zu lassen, dann fügte sie hinzu: »Und schließlich auch deinem Volk.«

»Wieso habt Ihr mir das nicht schon vorher gesagt?«

»Weil du es nicht wissen musstest. Du *brauchst* dieses Buch, Sterblicher. Dein Volk braucht es.«

Ebons Mund war trocken. »Mein Volk? Ihr sagtet, Ihr würdet ihm helfen.«

»Und das habe ich auch getan. Aber glaubst du, dass es deswegen keine weiteren Opfer gab? Dass *all jene*, die dir nahe standen, überlebten?«

»Wer? Wer ist gestorben?«

»Dafür ist jetzt keine Zeit. Wenn das Buch zerstört wird, dann ist die Möglichkeit vertan. Mit seiner Macht in deinen Händen kannst du den Schaden richten, den Mayot angerichtet hat.«

Ebon bemühte sich, seine Gedanken zu ordnen. Jedes Mal, da die Göttin den Mund öffnete, wuchsen seine Zweifel an ihrer Glaubwürdigkeit, und nun, da er erfuhr, dass sie ihm wichtige Dinge vorenthalten hatte, fragte er sich zwangsläufig, was es sonst noch gab, das sie ihm nicht erzählt hatte. Selbst wenn sie jetzt die Wahrheit sagte, was das Buch betraf, verfolgte sie mit Sicherheit ihre eigenen Pläne;

vielleicht dachte sie an den Wiederaufbau ihres eigenen Reiches oder an Rache gegen die Fangalar. Und dennoch, wenn auch nur die kleinste Möglichkeit bestand, dass Ebons Volk gerettet werden konnte … Er brauchte Zeit zum Nachdenken.

»Wenn Ihr mein Vertrauen erringen wollt, Gebieterin, dann senkt die Schutzschilde, die Ihr zwischen uns aufgebaut habt. Zeigt mir, was in Eurem Kopf vorgeht. Zeigt mir, was Ihr zur Unterstützung meines Volkes getan habt.«

»Dazu ist keine Zeit! Man wird meine Gegenwart bemerken!«

Ebon sah Luker an. Der vernarbte Mann sprach mit Shroud, aber ihre Worte waren zu einem Flüstern verklungen. »Was wollt Ihr, dass ich tue?«, fragte er die Göttin. »Er wird das Buch nicht aufgeben wollen.«

»Dann nehmt es ihm ab.«

Ebon antwortete nicht.

»Habe ich dein Ehrgefühl verletzt, Sterblicher? Zählt die Verantwortung gegenüber deinem Volk so wenig, dass ein bloßer Fremder …«

»Erzählt mir nichts von Verantwortung.«

»Ist er dann dein Verbündeter, dass du sein Leben höher schätzt als das deiner Leute? Du weißt nichts über die wahren Gründe, die ihn hierhergeführt haben!«

»Ich wüsste sie vielleicht, wenn Ihr lange genug still wärt, damit ich hören könnte, was er sagt.«

»Er will das Buch zerstören. Was musst du sonst noch wissen?«

Ebon sah Shroud an und stellte fest, dass der Gott ihn ebenfalls beobachtete. Er schluckte. Wenn er das Buch an sich nähme, machte er sich den Herrn der Toten zum Feind.

»Und was ist mit mir?«, fragte Galea. »Willst du etwa *mich* zum Feind haben?«

»Er spürt Euch. Er weiß Bescheid.«

»Dann schlag zu! Jetzt sofort, bevor der Moment verstreicht!«

Ebon hatte plötzlich sein Schwert in der Hand. Der Griff rutschte ganz kurz durch seine tauben Finger, dann packte er es fest.

Er sprang nach vorn.

Luker konnte nur zusehen, wie das Schwert des Glatzkopfs in seine Richtung zuckte.

Um einen Hieb abzuwehren, den Merin gegen Lukers Brust geführt hatte. Der Aufprall riss dem Glatzkopf die Waffe aus der Hand, aber es hatte genügt, dass er den Angriff des Tyrin vereitelt hatte. Merin besaß allerdings noch eine zweite Klinge – das Langmesser, das Luker ihm gegeben hatte – und das zuckte jetzt nach Lukers Hals.

In diesem Augenblick schlug ein Armbrustbolzen in den Arm des Tyrin, kurz oberhalb des Handgelenks. Das Langmesser fiel ihm aus der Hand und rutschte klappernd über den Boden. Er riss sich den verletzten Arm an die Brust, das Gesicht vor Schmerz verzerrt.

Lukers Willen schlug gegen ihn und schleuderte ihn durch die Luft. Er flog einige Schritte weit, bevor er irgendwo hinter einer Reihe von Untoten wieder auf den Boden krachte.

Jetzt sah Luker Jennas vertraute Gestalt zwischen den Untoten zu seiner Linken, den Arm ausgestreckt und eine Armbrust in der Hand. Der Bewahrer nickte erst ihr zu, dann dem Glatzkopf. Der Mann sah aus, als sei er mehr tot als lebendig; er hatte einen trüben Blick, und seine Stirn war schweißbedeckt. Ein dünner Blutfaden sickerte aus einem Nasenloch.

Zwar ein ungewöhnlicher Helfer, aber deswegen nicht weniger willkommen.

Luker sah wieder Shroud an.

»Wo waren wir?«

Parolla erinnerte sich an den Vernarbten, diesen Luker, von dem Duell mit dem untoten Krieger im Wald. In den Glocken, die seitdem vergangen waren, hatte er offenbar einiges durchgemacht, denn sein

Haar war an den Schläfen versengt, und er blutete aus Wunden im Gesicht und an den Armen. Zwar hatte er Schutzzauber um sich errichtet, seit er das Buch ergriffen hatte, aber Parolla sah, was es ihn kostete, sie aufrechtzuerhalten. Sein linkes Auge war halb geschlossen, und jedes Mal, wenn er den Kopf bewegte, verzog er leicht das Gesicht. Dennoch war keine Nachgiebigkeit in ihm, denn er war nicht einmal vor Shrouds Drohungen zurückgewichen, keinen Schritt. Parolla wünschte, sie hätte seine Kraft.

Von daher war es eine Schande, dass er sterben musste. Wenn sie seine Schilde herunterriss, würde Shroud sich an ihr rächen wollen, und sie hegte keinerlei Zweifel, wie dieser Wettstreit des Willens ausgehen würde, solange sie nicht das Buch besaß. Aber welche Wahl blieb ihr? Jahrelang hatte sie nach dem Gott gesucht, und dann hatte er ihr nichts gegeben … außer vielleicht, dass er die kindischen Hoffnungen zerstört hatte, an die sie sich seit Alianas Tod geklammert hatte. Das war vermutlich ein Segen. Zumindest machte es ihr leichter, das zu tun, was getan werden musste, denn sie konnte nicht einfach zusehen, wie das Buch zerstört wurde.

So oder so, jetzt und hier würde es zu Ende gehen.

Als der Angriff auf Luker erfolgte, wusste Parolla, dass ihre Chance gekommen war. Ebon hatte Merins ersten Schwertstreich gar nicht abwehren müssen, denn Lukers Schutzwälle waren stark genug, einem solchen Schlag zu widerstehen. Merins zweiter Streich jedoch erfolgte mit einer magisch – sogar todesmagisch – aufgeladenen Waffe und hätte sich durch seine Schutzzauber gebohrt wie eine Nadel durch ein Stück Stoff. Dann hatte der Armbrustbolzen der unbekannten Frau Merin entwaffnet, bevor er die Klinge richtig einsetzen konnte, doch der Angriff hatte Lukers Konzentration geschwächt. Seine Schilde wankten.

Natürlich bestand die Gefahr, dass das Buch beschädigt würde, aber das ließ sich nicht ändern. Es war keine Zeit für Zweifel.

Sie hob die Hände.

Und erstarrte.

Ein Schwert hatte sich über ihre Kehle gelegt. Als sie vorsichtig über ihre Schulter sah, stand ein Mann in einem Kettenpanzer hinter ihr, und Parolla erkannte in ihm den Gefährten Ebons, der ihr auf dem Hügel begegnet war. Einen Herzschlag zuvor war er noch gut zwanzig Schritte entfernt gewesen. Wie bei allen Höllen hatte er sich so schnell bewegt? Parolla versuchte, sich an seinen Namen zu erinnern, gab aber schnell auf. Was spielte das für eine Rolle? Was spielte überhaupt noch eine Rolle?

Der Mann hatte seine freie Hand über ihren linken Arm gelegt. Bei dieser Berührung schoss ein Blitz aus schwarzem Feuer hervor, und er zuckte leicht zusammen. Das Schwert in seiner Hand wankte jedoch nicht. Er sagte nichts, sondern sah Parolla nur grimmig an und schüttelte den Kopf.

Narr! Er hätte sie töten sollen, solange er die Möglichkeit dazu hatte. Die Dunkelheit in Parollas Innerem ließ sich nicht verleugnen. Es war so leicht für sie, die Lebenskraft dieses Mannes verlöschen zu lassen. Er mochte noch so schnell sein, er würde keine Zeit haben, um sein Schwert zu benutzen; sie würde vorher sein Handgelenk packen. Er würde tot sein, noch bevor er zu Boden stürzte.

Parolla spannte ihre Muskeln an und bereitete sich auf den Angriff vor.

Ebon sah den Tod in Parollas Augen.

»Vale!«, schrie er. »Zurück!«

Aber es war zu spät. Falls sie überhaupt noch etwas bewirkten, dann irritierten seine Worte den Endorianer nur, und es gelang Parolla, seinen Arm zu fassen zu bekommen. Vales Schwert glitt aus seinen zuckenden Fingern und fiel klappernd zu Boden, und er bäumte sich auf. Dann wirbelten die Schatten um ihn herum. Er blieb jedoch auf den Beinen – und zumindest für den Augenblick war er noch am Leben.

Ebon suchte Parollas Blick und sah ihr in die Augen.

Bei den Tränen des Wächters, Gebieterin, warte!

Aber worauf sollte sie warten? Was konnte er ihr anbieten, damit sie Vale nicht tötete? Nicht das Buch der Verlorenen Seelen, denn weder Luker noch Shroud würden zulassen, dass sie es bekam. Und selbst wenn es einen anderen Preis gegeben hätte, der für sie von Wert sein mochte, wie groß war die Chance, dass er ihn ihr wirklich würde geben können? Denn als er Luker zu Hilfe gekommen war, hatte sich Galea wieder aus seinem Kopf zurückgezogen, und dieses Mal, fürchtete er, würde sie vielleicht nicht zurückkehren. Er war jetzt allein. Und wie sein Bruder Rendale so gern sagte, musste er nun mit einer Handvoll Kupfermünzen um die Ehre einer Jungfrau feilschen.

Aber das musste Shroud ja nicht wissen.

Ebon holte tief Luft und atmete dann langsam aus. Falls Parolla in Flammen aufgehen würde, dann würde sie alle anderen mit sich in den Tod reißen, Vale als Ersten. *Und dann kann sich Shroud an dem, was übrig bleibt, bedienen.* Aber war das eine so schlimme Aussicht? Denn schließlich würde der Gott die Seelen der Toten verlangen, darunter auch die von Ebons Landsleuten, und sie würden von den Ketten des Buches befreit werden müssen, damit sie in die Unterwelt einziehen konnten. *Aber stimmt das überhaupt?* Die Seelen der Vamilianer waren schließlich auch viele Jahrtausende in der Welt der Sterblichen zurückgelassen worden.

Eine Idee nahm in Ebons Kopf Gestalt an. Er sah Luker an. Der Vernarbte hatte sein Gespräch mit Shroud abgebrochen und erwiderte den Blick des Königs mit unergründlicher Miene. Würde er lange genug mitspielen, damit Ebon seine Pläne umsetzen konnte?

Das hätte ich zumindest verdient.

Ebon trat vor. »Ich grüße Euch, Fürst Shroud«, sagte er und verneigte sich vor dem Gott. »Ich bin Ebon Calidar, König von Galitia. Und ich habe einen Vorschlag für Euch.«

Das Grollen von Shrouds Stimme dröhnte in seinen Ohren. »Natürlich hast du das. Hat denn die Unverschämtheit der Sterblichen niemals ein Ende?«

Ebon fuhr sich mit der Zunge über die Lippen. Der Herr der Toten hatte die Gegenwart von Galea zuvor gespürt. Damit Ebons Finte funktionierte, musste er den Gott überzeugen, dass sie noch immer in ihm war, und daher sagte er: »Sterbliche, Gebieter?«

Shroud betrachtete ihn einen Augenblick, dann ging er zu Mayots umgestürzten Thron und richtete ihn auf. Das Metall knarrte, als der Gott es sich schließlich darauf bequem machte. Das Blut auf den Armlehnen blubberte und zischte. »Deine … Schutzherrin … begibt sich in große Gefahr, indem sie sich in Angelegenheiten einmischt, die sie nichts angehen.«

»Die sie nichts angehen, Gebieter? Die Vamilianer …«

»Ach, komm schon«, unterbrach ihn Shroud. »Hältst du mich für einen Narren? Wenn sie sich auch nur im Geringsten für das Schicksal ihrer Leute interessiert hätte, dann wäre sie schon lange vorher zu mir gekommen. Sie will das Buch für sich.«

Ebon legte einen Hauch von Stahl in seine Worte. »Und vielleicht wird sie es auch noch bekommen. Sie hat sich noch nicht entschieden, wem sie ihre Unterstützung gewährt.«

»Sprichst du für sie in dieser Angelegenheit?«

»Das tue ich.«

»Seltsam. Ich kann ihre Präsenz in dir jetzt nicht wahrnehmen.«

Ebons Stimme blieb gelassen. »Bei allem Respekt, Gebieter, Ihr nehmt nur das wahr, was ich – oder vielmehr, wir – wünschen.«

Wieder folgte ein längeres Schweigen, aber Ebon wollte es nicht brechen – es war besser, wenn er dem Gott Gelegenheit gab, eigene Antworten auf die Fragen zu finden, die er offengelassen hatte. Die Ranken aus Dunkelheit hinter dem Thron schwangen hypnotisch hin und her. Schließlich sagte Shroud: »Es ist nicht weise, ihr zu vertrauen, Sterblicher.«

Ebon unterdrückte ein Lächeln. »Wir sind zu einer Übereinkunft gelangt, Gebieter.«

»Tatsächlich«, gab der Gott zurück und legte die Fingerspitzen aneinander. »Was bietest du mir also an?«

»Dass ich – wir – uns nicht einmischen, was diese Sache angeht. Nicht mehr und nicht weniger.«

»Und ich soll wohl glauben, dass das für mich von Wert ist?«

»Könnt Ihr es Euch leisten, etwas anderes anzunehmen?«

»Das hängt ganz davon ab«, sagte Shroud, »was du im Gegenzug erwartest.«

»Das Buch muss zerstört werden. Die Seelen meines Volkes und die der Vamilianer sollen in dein Reich gelangen dürfen.«

»Und das ist alles?«

»Nicht ganz.« Ebon fühlte, wie ihm der Schweiß den Rücken hinunterlief. »Ich verlange, dass eine Seele befreit wird.«

Wieder eine Pause. »Eine Seele, die ich bewache?«

»Ja.«

Der Herr der Toten beugte sich vor. »Wen?«

Luker sah, wohin das führte, noch bevor Shroud zischend ausatmete.

»Kommt nicht in Frage«, sagte der Gott.

Der Glatzkopf – Ebon, hatte er sich gerade genannt – verschränkte die Arme. »Wieso nicht?«

Shroud antwortete nicht. Stattdessen wandte er sich an Luker, und sein Blick sprach eine klare Sprache. *Er will, dass ich mich für eine Seite entscheide.* Oder, genauer gesagt, er wollte, dass Luker sich für *seine* Seite entschied – und diesem Gerangel ein Ende machte, indem er ihm das Buch der Verlorenen Seelen überantwortete.

Das Problem daran war nur, dass Shroud keiner der Bedingungen zugestimmt hatte, die Luker gemacht hatte: nicht der Zerstörung des Buches, nicht einmal der Erlösung von Kanons Seele. Wenn das Buch in die Hände des Gottes gelangte, würde sich das Gleichgewicht der

Macht unabänderlich verschieben, und der Bewahrer war nicht so dumm zu glauben, dass Shroud sich zu fairem Handeln verpflichtet fühlen würde. Der Drecksack schmollte vermutlich ohnehin noch, weil Luker nicht vor ihm das Knie beugen wollte. Höchstwahrscheinlich würden sie nur zu einer Einigung gelangen, wenn Luker dem Gott die Treue schwor.

Er packte das Buch fester. Sein Kopf hämmerte, als ob er in einem Schraubstock steckte, und als er den Blick zum Podest hob, ließ ein neuerlicher Schmerzanfall alles vor seinen Augen verschwimmen. Shroud sah für Lukers Geschmack viel zu selbstzufrieden aus, wie er da auf seinem Thron hockte wie ein König, der gerade Hof hielt. Obwohl der Herr der Toten das Buch noch nicht in seinen Händen hatte, hatte es bereits den Anschein, als ob alle anderen nach seiner Pfeife tanzten. Vielleicht hatte Shroud von Anfang an darauf hingearbeitet, ein Patt zwischen seinen Gegnern herbeizuführen. Er musste nur die Saat der Zwietracht ausbringen und abwarten, bis die wackligen Bündnisse von selbst auseinanderbrachen.

Luker sah Parolla an. *Und dieses kleine Prinzesschen spielt ihm direkt in die Hände.* Er hatte bereits gespürt, wie die Frau ihre Kräfte für einen Angriff sammelte, bevor der Zeitverdreher eingegriffen hatte. Jetzt schien sie wieder bereit loszuschlagen; offenbar genügte Shrouds Androhung ewiger Verdammnis nicht, um sie davon abzuhalten, etwas sehr Dummes zu tun. Er begriff, was Ebon vorhatte – er wollte die Frau bei Laune halten, indem er die Seele ihrer Mutter aus Shrouds Griff entwand. Würde das klappen?

Es musste.

Denn Luker gab sich keinen Illusionen hin. Wenn er das Buch zerstören und zudem sein eigenes Leben behalten wollte, dann brauchte er Parolla. *In Ordnung, Shroud, ich entscheide mich für eine Seite, wenn du es darauf anlegst. Aber das wird nicht die sein, die du erwartest.* Er und Ebon wechselten einen Blick. Dann sagte er, an den Gott gewandt: »Der Mann hat Euch eine Frage gestellt.«

Die schwarzen Ranken hinter Shroud bäumten sich auf, wandten sich und zischten. Als Shroud sprach, lag Wut in seiner Stimme. »Ich *sammle* Seelen. Ich lasse jene, die mir gehören, nicht *frei.*«

»Dann macht Ihr eben dieses Mal eine Ausnahme.«

»Tatsächlich?« Shroud zeigte mit dem Finger auf Ebon. »Die, die er meint … sie ist nicht wie die hier.« Ein schattenhafter Arm machte eine ausladende Bewegung zu den Reihen der Vamilianer. »Ihre Seele ist bereits durch das Tor geschritten. Von dort gibt es kein Zurück.«

»Wir sollen also glauben, es stünde nicht in Eurer Macht? Gibt es vielleicht noch einen anderen Herrn der Toten, an den wir uns wenden sollten?«

Shroud ballte die Hände zu Fäusten. »Hast du eine Vorstellung, worum ihr mich bittet? Eine Seele braucht ein Heim. Wollt ihr sie in totes Fleisch kleiden, so wie die Vamilianer hier? Oder wollt ihr einen anderen Körper stehlen, den sie ausfüllen kann?«

Luker überwand seine Verärgerung nur mit Mühe. »Ihr seid doch ein verdammter Gott, oder nicht? Denkt Euch was aus.«

»Sollte ich vielleicht noch ein Kind in die Welt setzen?«

»Hört auf mit dem Blödsinn! Wenn es keinen freien Körper gibt, dann erschafft einen.«

»Du meinst, das stünde in meiner Macht? Wie du mich gerade netterweise erinnert hast, bin ich der Herr der *Toten.*«

Luker zuckte die Achseln. »Wenn Ihr es nicht könnt, dann sucht jemanden, der weiß, wie es geht. Irgendeiner Eurer Spießgesellen schuldet Euch doch bestimmt noch einen Gefallen. Die Weiße Frau vielleicht. Und wenn nicht, dann müsst Ihr eben in der Schuld eines anderen stehen.«

Shroud sagte eine Weile nichts und trommelte mit den Fingerspitzen auf die Armlehnen des Throns. Durch die Löcher im Dach erhellte ein Blitz die Rotunde, aber er durchdrang nicht die Schatten, die den Gott umlagerten. »Wenn ich dem zustimme«, sagte er schließlich, »dann müssen ihr alle Erinnerungen genommen werden. Es gibt Geheimnisse aus meinem Reich, die verborgen bleiben müssen.«

Ebon räusperte sich. »Ich bin einverstanden, Gebieter.« Er wandte sich an Parolla, und Luker erkannte, dass er seine Worte ebenso an sie richtete wie an den Gott. »Es wird ein neuer Anfang sein, eine Möglichkeit, ganz von vorn zu beginnen. Eine Wiedergutmachung für das, was ihr angetan wurde.«

Parolla war während des ganzen Gesprächs still geblieben, und Luker betrachtete sie nun sehr genau, ob sie eine Reaktion auf den Vorschlag zeigte. Ihr Gesicht war scheinbar ausdruckslos, aber bei den vielen falschen Schatten und überlappenden Bildern in der Rotunde war das nur schwer zu bestimmen. Das Einzige, was er deutlich erkennen konnte, waren ihre toten, schwarzen Augen, die ihn anstarrten.

Das Schweigen zog sich immer länger hin.

Ein Windstoß fuhr über Lukers feuerverbrannte Haut. Er erschauerte und verzog sofort das Gesicht, weil ihm bei dieser Bewegung wieder ein scharfer Schmerz durch den Kopf zuckte. *Wir verschwenden hier unsere Zeit.* Bei den Höllen, vielleicht war diese ganze Muttergeschichte auch nur eine Finte? Vielleicht hatte Shroud recht. Vielleicht wollte diese Frau nichts anderes, als auszuprobieren, wie es sich auf seinem Thron saß.

Es war Zeit für einen zweiten Plan.

Luker sah Jenna an. Die Assassine hatte immer eine Überraschung in der Hinterhand. Der Regen hatte die meisten Feuer im Saal verlöscht, aber wenn sie eine Flamme zustande brächte, dann konnte er vielleicht das Buch in Rauch aufgehen lassen, bevor alles auseinanderbrach. Und wenn sich Shroud und Parolla eine Weile miteinander beschäftigten, dann gab es für die anderen vielleicht eine Möglichkeit, hier lebend rauszukommen.

Jenna stand bewegungslos hinter der ersten Reihe von Untoten zu

Lukers Linken. Ihre Gestalt war in Schatten gehüllt, aber er sah trotzdem noch das Blitzen ihrer Zähne, als sie ihn angrinste. Hatte sie seine Absicht erraten? War ihr Lächeln das Signal dafür, dass er loslegen sollte?

In diesem Augenblick rutschte ihr die Armbrust aus den Fingern.

Dann gaben ihre Beine nach, und sie brach zusammen.

Sie warteten auf eine Antwort.

Parolla sah Ebon an. Der König schwankte, aber dennoch lag eine Kraft und Entschlossenheit in seinen Augen, als ob er Parollas Entscheidung allein mit seiner Willenskraft beeinflussen könnte. Sein Blick wanderte zu ihrer Hand, und plötzlich wurde sie sich bewusst, dass sie immer noch seinen Gefährten gepackt hielt – Vale, so hatte Ebon ihn genannt. Der Mann stützte sich schwer auf sie, und Parolla fühlte, wie die Lebenskraft aus ihm herausfloss, während ihre Todesmagie ihn zuckend umfing.

Lukers Gesichtsausdruck hingegen war wesentlich wachsamer. Er schien Parolla zu sagen: »Sage Ja oder Nein, ganz, wie du willst, aber entscheide dich endlich.« Beinahe hätte sie unwillkürlich gelächelt. *Ein Mann, der wenige Umstände macht.* Die Art, wie er das Buch an seine Brust gepresst hielt, erinnerte auf seltsame Weise an Mayot Mencada. Und dennoch hatte Luker nicht versucht, das Artefakt zu benutzen – allerdings lag darin auch eine Kraft, die er sicherlich nicht beherrschen konnte, selbst wenn er es versucht hätte. Abrupt löste er seinen Blick von ihr und sah nach links. Erst einige Herzschläge später wandte er sich wieder ihr zu, und jetzt bemerkte sie, dass seine Maske der Gleichmütigkeit Risse bekommen hatte.

Sie versuchten ihr zu helfen, das wusste sie. Natürlich nicht aus Menschenfreundlichkeit – sie hatten begriffen, dass ihr Leben in ihren Händen ruhte, ebenso wie umgekehrt. Und dennoch wollte keiner der anderen das Buch für sich. Keiner versuchte, persönlichen Gewinn daraus zu ziehen. Konnte man von ihr dasselbe behaupten?

Shrouds Worte fielen ihr wieder ein: »Wieso hast du dich der Dunkelheit hingegeben?« Sie hatte das nie gewollt. Seit sie in den Seufzerwald gekommen war, hatte sie alles darangesetzt, dem Ruf ihres Blutes zu widerstehen. Sie hatte ein Portal zur Unterwelt gesucht, eine Möglichkeit, um einen Schlag gegen Shroud zu führen, um ihm so wehzutun, wie er zuvor ihr.

Und dennoch, insgeheim hatte sie wahrscheinlich schon immer gewusst, dass es nur einen Weg gab, den Gott zu überwältigen – indem sie die Dunkelheit entfesselte, die in ihr lauerte.

Parolla sah sich suchend um. Ihr Blick verharrte schließlich bei einer Vamilianerin, deren Gesicht zur Hälfte verbrannt war; ihre Kopfhaut war eine Masse rohen, mit Blasen bedeckten Fleisches. Mit der rechten Hand umklammerte sie einen Speer, der linke Arm hing nur noch an wenigen Sehnen von ihrer Schulter. Wenn Parolla das Buch für sich beanspruchte, würde sie die Untoten dann so beherrschen können, wie es Mayot getan hatte? Rechtfertigte ihr Anliegen das Leid, das ihnen zuteil werden würde? Konnte es dafür überhaupt irgendeine Rechtfertigung geben?

Ja! Sie konnte Shrouds Herrschaft beenden – und andere davor bewahren, das durchmachen zu müssen, was ihre Mutter erlitten hatte.

Aber um welchen Preis? Durch das Portal unter dem Shroud-Tempel in Xavel hatte Parolla in die ausgelöschte Welt seines Vorgängers geblickt. Selbst wenn ihr das Buch die Kraft geben würde, ihren Vater zu besiegen, welche Zerstörung würde ihr Kampf entfesseln? Wie viele würden sterben? Parolla ließ die Schultern hängen. Sie konnte hier nicht gewinnen. Ebon und Luker boten ihr einen Ausweg an, vorausgesetzt, dass sie es über sich brachte, vom Abgrund zurückzutreten.

Aber wollte sie das überhaupt?

Alianas Gesicht war immer noch erstarrt an der schwarzen Wand hinter Shroud zu sehen. Konnte ihre Mutter aus ihrem Schattengefängnis herausblicken? Hatte sie die Worte gehört, die hier gesprochen worden waren? Oder war ihr Bild nichts weiter als eine von Shrouds Täuschungen? Parolla war nicht so dumm zu glauben, dass sie und Aliana das Leben wieder aufnehmen konnten, das sie einmal geführt hatten. Keine Erinnerungen, hatte Shroud gesagt. Ein neuer Anfang … *Aber ein Anfang ohne mich.* Es würde niemals einen Platz für Parolla in Alianas Leben geben, denn ihre Gegenwart würde ihre Mutter ebenso vergiften wie beim ersten Mal. Hatten Ebon und Luker das begriffen? Dass dieses Angebot sich für sie anfühlen musste, als ob sie ein Messer umdrehten, das noch in ihrer Wunde steckte?

Dennoch – ein neuer Anfang für Aliana. Ein neues Leben als Ausgleich für jenes, das ihr genommen worden war.

Und für Parolla mochte es bedeuteten, dass sie endlich die Schuldgefühle ablegen konnte, die sie seit dem Tod ihrer Mutter verfolgt hatten.

Lukers Stimme brach das Schweigen. »Keinen Schritt näher.«

Erschreckt fuhr Parolla herum. An einem der Eingänge bewegte sich etwas. Zwei Gestalten mit Kapuzen und grauen Roben traten aus den Schatten. Der eine war so klein wie der Jekdal, dem sie in der Ken'dah-Steppe begegnet war; der andere etwa doppelt so groß. Beide schlurften näher, als seien ihre Knochen morsch wie Zunder. Der größere der beiden hatte eine klauenartige Hand auf die Schulter seines Begleiters gelegt.

Aus einem weiteren Eingang trat eine Frau, die dunkle, von Schwerthieben zerfetzte Lederkleidung trug. Auf ihr Gesicht waren schwarze und graue Streifen tätowiert, um ihr das Aussehen einer Flintkatze zu geben. Doch als die Frau näher kam, sah Parolla, dass zwischen ihren Beinen tatsächlich ein Schwanz hin und her schwang.

»Das reicht«, knurrte Luker. »Shroud, ruf deine Scheusale zurück.«

Der Gott machte eine Handbewegung, und seine Leute blieben stehen.

Parolla holte tief Luft und wandte sich, auf Shroud deutend, an Ebon: »Kann man ihm vertrauen, *sirrah*? Wenn ich mich darauf einlasse … Wenn das Buch erst einmal zerstört ist, welche Garantie haben wir dann, dass er seine Versprechen hält?«

»Du wagst es, mein Wort infrage zu stellen?«, dröhnte der Gott.

Ebon sah Parolla unverwandt an. »Was wir hier sagen, Gebieterin – alles, was hier geschieht – hört noch jemand anders mit an. Auch sie weiß um Shrouds Versprechen. Er mag *uns* betrügen wollen, möglich, nicht aber meine … Beschützerin.«

Parollas Augen verengten sich leicht. War das dieselbe Gönnerin, die Ebon auf der Hügelkuppe so schmählich im Stich gelassen hatte? Erwartete er wirklich, dass sie diesem mysteriösen Wesen vertraute? »Vergib mir, aber das muss ich von Shroud selbst hören.« An den Gott gewandt, fuhr sie fort: »Nun, Vater, was sagst du? Bist du bereit, diesen Schwur mit Blut zu besiegeln? Darin liegt eine Kraft, die selbst du nicht verleugnen kannst.«

Shroud streckte das Handgelenk aus. »Willst du den Schnitt selbst machen?«

»Wenn du mir das anbietest?«

Der Gott schnaubte, zog dann ein Messer aus einer Falte seines Gewandes und fuhr damit über seine Handfläche. Ein einziger Blutstropfen fiel mit dem Krachen eines Donnerschlages auf das Podest. Die schwarzen Ranken hinter Shroud schossen auf die Stelle zu, wo der Tropfen gelandet war, und zuckten dann wieder zurück. »Zufrieden?«, fragte der Gott.

»Noch nicht«, erwiderte Parolla. »Du musst mir dein Wort geben, dass du dich an den Geist unserer Vereinbarung halten wirst und nicht nur an den Wortlaut. Ich will nicht, das Aliana in ein Leben voller Leid geboren wird.«

»Ihr Sterblichen kennt doch ohnehin nichts anderes als Leid.«

»Und hast du dich je gefragt, warum das so ist? Sieh in einen Spiegel, dann wirst du es erkennen.«

Shrouds Stimme klang jetzt verächtlich. »Du hättest es wohl gern, dass sie als Tochter eines Königs oder Imperators zur Welt kommt, wie? Ein Palast in den Wolken, in einem Land, in dem die Sonne nie untergeht? Zweifelsohne willst du auch noch bestimmen, welche Augenfarbe dieses Balg bekommen soll.«

Bevor Parolla antworten konnte, ergriff Ebon das Wort. »Gebieter, welchen Unsterblichen wollt Ihr mit dieser Angelegenheit betrauen? Die Weiße Frau?«

Shroud neigte den Kopf. »Wieso fragst du?«

Ebon sah Parolla an. »Ich schlage vor, dass wir die näheren Umstände der Geburt der Göttin überlassen. Zumindest ihrer Urteilskraft sollten wir vertrauen können.«

Parolla dachte darüber nach, den Blick immer noch auf Shroud gerichtet. »Einverstanden.«

Ebon wandte sich wieder an den Gott. »Und wenn das Kind geboren wurde? Werdet Ihr …«

»Nein!«, fuhr Parolla dazwischen. Sie deutete auf Shroud. »Du hältst dich heraus aus ihrem Leben, verstanden? Du und deine verdammten Diener.«

»Was, nicht einmal ein Geschenk zu ihrem Namenstag?«

Parolla drehte sich zu Ebon um. »*Sirrah*, ich habe kein Recht, darum zu bitten, aber es würde mich … trösten … wenn ich wüsste, dass jemand über das Kind wacht. Oder zumindest von Zeit zu Zeit nach ihm sieht.«

»Gebieterin? Ich hätte gedacht, dass Ihr …«

»Das kann ich nicht«, erwiderte Parolla kurz angebunden. »Meine Gegenwart würde sie töten, genau wie beim letzten Mal, als wir zusammen waren.«

Der kahl geschorene Mann warf Luker einen fragenden Blick zu, und der zuckte die Achseln. Ebon sah wieder Parolla an. »Wir werden tun, was wir können.«

Parollas Stimme wurde hart. »Nur wir drei dürfen jemals wissen, wer Aliana ist. Ich möchte nicht, dass jemand sie benutzt, um mir zu schaden.«

»Wie Ihr wünscht.«

Luker nickte, aber er wirkte abgelenkt.

Langsam ließ Parolla Vales Arm los. »Dann sei es so.«

Es war vollbracht.

Ebon wandte sich wieder an Shroud. »Gebieter, Ihr werdet uns mitteilen, wann und wo das Kind geboren wird?«

»Sobald ich es selbst weiß.«

»Und dieser Zwiespalt hier? Wird er geschlossen werden, nachdem die Seelen hindurchgeschritten sind?«

Der Gott warf Parolla einen Blick zu. »Natürlich. Ich kann ihn ja nicht gut offen lassen, damit jeder, dem gerade danach ist, in mein Reich spaziert.«

»Wie lange …«

»Lange genug«, unterbrach Shroud. »Wenn das Buch zerstört ist, dann werden die Geister den Ruf der Unterwelt spüren.«

Luker knurrte: »Genug geredet. Lasst uns zur Tat schreiten.«

Was danach geschah, nahm Parolla nur verschwommen wahr. Luker lehnte Shrouds Angebot ab, für ein Feuer zu sorgen; vermutlich rechnete er immer noch damit, dass der Gott eine letzte Möglichkeit suchte, um ihn zu betrügen. Stattdessen räumten Ebon und Vale die Leichen von einem trockenen Bereich des Fußbodens und häuften dort Blätter auf. Vale schlug mit Flintstein und Stahl ein paar Funken und nährte die kleine Flamme dann mit den zerbrochenen Speeren der Untoten.

Ohne große Geste warf Luker dann das Buch ins Feuer und trat zurück.

Parolla sah, wie Funken aufwirbelten. Es dauerte eine Weile, bis sich das Buch entzündete, und Parolla überlegte schon, ob in den Umschlag vielleicht ein Schutzzauber gewoben worden war. Doch schließlich wurde es von den Flammen ergriffen und brannte mit so großer Hitze, dass Parolla ein paar Schritte zurücktreten musste.

Shroud war zunächst noch geblieben und hatte abgewartet, ob dieser Teil der Abmachung erfüllt wurde, aber jetzt sah Parolla, dass er in die Schatten hinter dem Podest zurückwich. Immer wieder spielte sie das Gespräch, das sie mit ihm geführt hatte, in ihrem Kopf durch und prüfte die Worte des Gottes auf mögliche versteckte Bedeutungen oder Nuancen, die sie zunächst übersehen haben mochte. Shroud war auf ihr Kommen vorbereitet gewesen, dessen war sie sich sicher. Es hatte sie nicht weiter überrascht, dass er keine Reue darüber zeigte, was er Aliana angetan hatte. Stattdessen hatte er Parolla in ein Netz aus Lügen eingesponnen und sie zu reizen versucht, damit sie ihn angriff. *Er will meinen Tod.* Er hatte sie dazu verlocken wollen, den ersten Schritt zu machen und sich das Buch selbst zu nehmen – wohl in der Hoffnung, die anderen in der Rotunde gegen sie aufzubringen. Nur dem Eingreifen Ebons und Lukers war es zu verdanken gewesen, dass kein Blut vergossen worden war.

Falls Shroud jedoch glaubte, dass ihre Feindschaft mit dieser Vereinbarung endete, dann irrte er sich. Und dennoch – der Gott würde von Anfang an wissen, wo Aliana lebte. Würde er nicht stets damit drohen können, ihr etwas anzutun, um Parolla in Schach zu halten?

Ein Problem für einen anderen Tag.

Nach einer scheinbaren Ewigkeit erhoben sich die Flammen um das Buch zu einem Blitz schwarzen Lichts, das in Parollas Augen brannte. Sie hörte ein hohes Wimmern, gefolgt von einem Knacken, als ob tausend Knochen brachen. Wie auf einen Schlag fielen die Untoten in der Rotunde um, und die Fäden, die sie gesteuert hatten, verwitterten und lösten sich auf.

Erst da löste Parolla ihre Kraft – nur ganz wenig, Stück für Stück, als hätte sie lange die Luft angehalten. Während die Dunkelheit aus ihr herausleckte, schwand auch ein wenig von dem Schmerz, den sie so lange in sich aufgestaut hatte.

Ihre Schultern bebten stumm, als sie die Arme um sich schlang.

Luker entdeckte Jenna unter einem Gewirr aus Leichen. Ein vamilianischer Speerkämpfer war auf sie gefallen; sein Kopf ruhte auf ihrer Hüfte, und den Arm hatte er um ihre Taille geschlungen. Als Luker ihn an Handgelenk und Fußknöchel packte, merkte er, dass der Körper noch warm war von dem Feuersturm, den Merin entfesselt hatte. Der Bewahrer zog den Toten beiseite.

Jenna lag auf der Seite und hatte sich zusammengerollt, als ob sie schliefe. Die Narben auf ihren Wangen und ihrer Stirn waren wieder aufgesprungen, und ihr Gesicht war blutüberströmt. Unter dem Blut leuchtete ihre Haut geisterhaft weiß im Feuerschein. Der linke Ärmel ihres Hemds endete kurz unter dem Ellenbogen … Lukers Herz setzte einen Schlag aus. Der Unterarm war abgetrennt, vermutlich durch Hexenkunst, und es war nichts als ein Stumpf aus schwarzem, eiterndem Fleisch geblieben.

Luker sank auf die Knie. Erst als der Stoff seiner Hose nass wurde, entdeckte er die Blutlache, in der die Assassine lag. Und da der Armstumpf nicht blutete, musste das bedeuten, dass es noch weitere Wunden gab. Seine Finger fuhren unter ihr Hemd und betasteten vorsichtig ihre Seite. Als er ihre Brust erreichte, rührte sie sich ein wenig und murmelte etwas, das wie Protest klang. Ihre Rippen waren eine klebrige Masse zerschmetterter Knochen, und als Luker die Hand zurückzog, war sie rotverschmiert.

Jennas Augen öffneten sich einen Spalt. »Haben wir gewonnen?«

Luker fühlte, wie sich seine Brust zuschnürte. Er fühlte die Hitze des Feuers auf seinem Rücken und hörte das Knistern und Knacken der Flammen, während das Buch der Verlorenen Seelen brannte.

Nein. Nein, wir haben nicht gewonnen.

Chamerys Gesicht erschien vor seinem inneren Auge. Wenn der Magier noch am Leben wäre, und wenn Luker ihn irgendwie in den zahllosen Ruinen finden könnte … Fluchend schüttelte er den Kopf. Selbst wenn der Junge sich von dem Zusammentreffen mit Kanon einigermaßen erholt hätte, Jenna würde wahrscheinlich tot sein, bis er ihn hierherbringen konnte.

Die Assassine sagte wieder etwas, aber ihre Stimme war so schwach, dass der Bewahrer den Kopf senken musste, um sie zu verstehen. »Der Dreckskerl hat mich erwischt – Mayot, meine ich. Bloß ein verirrter Schlag. Ich glaube, der wusste nicht mal, wo ich stand.« Sie warf ihm einen vorwurfsvollen Blick zu. »Nach dem Seelenfänger … du hast gesagt, ich würde mehr Widerstandskräfte gegen Zauberkunst haben.« Es lag Angst in ihren Augen, aber ihr gequältes Lächeln nahm die Schärfe aus den Worten.

Luker fiel nichts ein, was er hätte sagen können. Er ließ seinen Mantel von den Schultern gleiten, faltete ihn zusammen und schob ihn unter Jennas Kopf. Dann nahm er ihre noch verbliebene Hand. Sie fühlte sich klamm an.

»Die Schwertkämpferin, gegen die du angetreten bist«, stieß Jenna hervor. »Sie war schnell. Ich musste … ihre Angriffe studieren, und dann … jenen Teil ihres Körpers treffen, dessen Verletzung sie … am meisten behindern würde. War kein schlechter Schuss, oder?«

»Ich hätte es dir nicht gleichtun können.«

»Ah!«, raunte die Assassine. »Drei Jahre hat es gedauert … drei Jahre, bis du zugegeben hast, dass ich die bessere Schützin bin … Jetzt kann ich in Ruhe sterben.« Sie atmete jetzt schneller und verzog bei jedem Luftholen das Gesicht.

»Ich habe nie an dir gezweifelt«, sagte Luker.

»Ich schon.«

»Du bist gekommen.«

Es dauerte eine Weile, bis Jenna antwortete. »Keine Reue. Diesmal nicht.«

»Weil du Arkarbour verlassen hast?«

»Wegen gar nichts.«

»Nein«, sagte er und drückte ihre Hand fester. »Wir … wir waren ein gutes Gespann.«

Jennas Mund zuckte. »Ach, Luker. Du sagst die nettesten Sachen.«

Er beugte den Kopf, und sie schwiegen eine Weile. Links von ihnen half eine von Shrouds Getreuen – die Katzenfrau – dem Sichelmann auf die Beine. Gemeinsam humpelten sie zum Zwiespalt. Kestor ben Kayma hatte den Arm um die Schultern seiner Begleiterin geschlungen und zog den rechten Fuß nach. Schließlich verlor die Katzenfrau die Geduld, nahm Kestor auf die Arme und trug ihn die Stufen zum Podest hinauf. Sie verschwanden durch das Portal.

Jenna sagte: »Ist mal was anderes ... dass ich dich rette.« Plötzlich war ihr Blick brennend und klar. »Warum hast du das getan, Luker? Ich meine, mich gerettet ... das erste Mal.«

»Auf der Straße nach Koronos?«

»Ich war vorher nicht gerade ... freundlich zu dir.«

Der Bewahrer zuckte die Achseln. »Wenn ich den Schuss auf Keebar Lana abgegeben hätte, dann wäre ich es gewesen, den die Dämonen gejagt hätten.«

»Das ist keine Antwort.«

Er sah sie an.

»Warum?«, fragte die Assassine.

Luker versuchte die Worte zu finden, aber sie wollten nicht kommen. Die leichte Brise blies Jenna ein paar Haarsträhnen in die Augen, und er strich sie vorsichtig beiseite. Nach einer Weile wurde ihr Griff um seine Hand schwächer, und möglicherweise brachte ihn das dazu, nach einem tiefen Atemzug zu sagen: »Vielleicht war es deshalb, weil ich dort auf dem Dach in Mercerie etwas von mir in dir wiedererkannte. Vielleicht dachte ich, dass du ebenso gerettet werden musstest wie ich.« Er zögerte, dann setzte er hinzu: »Und vielleicht auch, weil ich sogar damals schon wusste, dass du etwas Besonderes bist.«

Jenna antwortete nicht.

Luker schüttelte sie leicht an der Schulter. »Jenna? Bist du noch bei mir?«

»Wo würde ich denn hingehen?«, flüsterte sie.

Nein, dachte der Bewahrer. *Ich war es, der dich verlassen hat.* Vor zwei Jahren hatte er sie beide im Stich gelassen, Kanon und Jenna, als er nach Taradh Dor gegangen war. *Um nach etwas zu suchen, das die ganze Zeit direkt vor meiner Nase war.* Jetzt verließen sie ihn.

Ein Schatten fiel über ihn, und er hob den Kopf. Ebon stand ein paar Schritte entfernt, mit unergründlicher Miene. »Entschuldigt die Unterbrechung. Zwar möchte ich keine unberechtigten Hoffnungen schüren, aber ich habe gewisse Heilkräfte. Eure Freundin …«

Lukers Züge verzerrten sich. *Keine verdammten Hoffnungen schüren? Was dachtet Ihr, was Ihr mit solchen Worten anfacht?* Er nickte.

Ebon kniete sich Luker gegenüber neben Jenna. Er wurde blass, als er den verstümmelten Arm der Assassine sah.

»Hexenkunst?«, fragte er.

»Ja.«

Mit geschlossenen Augen legte Ebon Jenna die Hand auf die Stirn. Der Bewahrer fühlte, wie er seine Sinne ausstreckte, aber es war nur ein zögerliches Forschen. »Todesmagie«, sagte Ebon. »Es frisst sie auf. Der eigentliche Zauberangriff hat den Stumpf verätzt, als der Arm abgetrennt wurde. Aber das größte Problem sind die Rippen. Todesmagie ist in die Wunde eingedrungen.«

Luker hörte in seiner Stimme, dass er sich geschlagen geben musste, und er sah wieder Jenna an. Ein friedlicher Ausdruck hatte sich über ihre Züge gelegt. Vielleicht ließen die Schmerzen nach. Luker fühlte ihr am Hals den Puls. *Nur ein Flackern.*

Ebon zog die Hände zurück, öffnete die Augen und sah Luker an. »Es tut mir leid, ich kann nichts tun. Ich verfüge nicht über die Fähigkeit, Fleisch und Knochen wieder ganz zu machen oder das Blut zu ersetzen, das sie verloren hat. Ich könnte versuchen, ihre Wunden zu schließen, aber meine Berührung wäre sehr unsanft. Ich fürchte, sie würde bei dem Versuch sterben …«

Luker hörte nicht länger zu. Ebon hatte ihn auf einen Gedanken gebracht – einen, auf den er schon viel früher kommen sollen. *Bleib bei mir, Jenna. Das hier ist noch nicht vorbei.* Vielleicht hatte Ebon nicht die Kräfte, um die Assassine zu heilen, aber es gab hier jemanden, der das vermochte. Vielleicht war es noch nicht zu spät, das Angebot des Totengottes anzunehmen und in seine Dienste zu treten. Vielleicht würde der Gott bereit sein, einen letzten Handel mit einem Sterblichen abzuschließen.

»Wo ist Shroud?«, fragte Luker Ebon. »Ist der Dreckskerl noch hier?« Ohne auf eine Antwort zu warten, sprang er auf. *Das möchte ich ihm doch zumindest raten. Und wenn ich ihn um sich tretend und schreiend hierher schleppen muss …*

Seine Gedanken wurden von Schritten unterbrochen, die sich näherten.

Als er sich umwandte, stand er direkt vor Parolla. Ihre kalten schwarzen Augen sahen ihn leidenschaftslos an.

Parolla saß auf den Stufen, die zum Podest hinaufführten, und blickte durch die großen Löcher im Dach. Mayots Kuppel aus Todesmagie löste sich langsam in graue Wolken auf. In der halben Glocke seit der Zerstörung des Buches war der schlimmste Teil des Sturms über sie hinweggefegt. Jetzt war es kühl geworden, und Parolla zog sich ihren Mantel um die Schultern. Über dem Wind hörte sie das Rauschen schäumender Wellen.

Ein wässriges Licht beleuchtete die verbrannten und verdrehten Leichen, die überall im Saal lagen. Das letzte Feuer war verloschen, aber immer noch hing der Geruch von verbranntem Fleisch in der Luft. Wer würde die Vamilianer dieses Mal beerdigen, fragte sich Parolla, nun, da Tumbals Volk vom Angesicht der Erde verschwunden war? *Niemand.* Sie würden bleiben, als Mayot Mencadas Vermächtnis, in der Tat ein passendes Denkmal – der alte Mann hatte sein Imperium schließlich als Abbild der Unterwelt erschaffen, als Ort des Todes und der Gebeine. Wie lange würde es dauern, bis die

Erdmagie, die tief im Boden ruhte, sich erhob, um den Wald zu erneuern? Jahre? Jahrzehnte vielleicht sogar? Denn auch wenn das Buch der Verlorenen Seelen vergangen war, so war die Luft noch immer gesättigt mit nekromantischer Energie. Parolla fühlte, wie sie in ihre Haut drang, und sie rutschte unbehaglich auf der Stufe hin und her.

Shroud hatte sein Wort gehalten und das Portal zu seinem Reich offen gelassen. Die Seelen der toten Vamilianer fluteten in vier geisterhaft weißen Strömen in die Rotunde, aus jedem der überwölbten Eingänge. Seltsam, dachte Parolla, dass die Geister immer noch Türen benutzten, obwohl sie genauso gut durch die Wände hätten schweben können, aber solche Gewohnheiten waren vermutlich der Erinnerung des Fleisches geschuldet. Die vier Ströme vereinigten sich auf dem Podest zu einem blassen Fluss, der zu Schwärze verblich, als er sich in die Unterwelt wand. War Tumbal in einem dieser Ströme? Es war einige Glocken her, seit sie sich im Wald getrennt hatten. Falls der Gorlem der Auflösung seiner Seele widerstanden hatte, dann würde er jetzt den Ruf von Shrouds Reich fühlen.

Laute Stimmen ertönten, und als sie den Kopf hob, entdeckte sie, dass Ebon mit einem der Sartorianer sprach, mit dem, den man Consel Garat Hallon genannt hatte. Garats Arm steckte in einer Schlinge, und er nutzte sein Schwert als Krücke. Offenbar war er es, der die meisten Worte machte, und er wandte sich erst flehentlich an Ebon, dann eindringlich. Der kahl geschorene *magus* sah ihn die ganze Zeit über sehr wachsam an. Als er schließlich antwortete, glitt ein spöttisches Lächeln über das Gesicht des Sartorianers.

Parolla wandte sich ab. In Wahrheit interessierte es sie nicht, worüber sie sprachen. Sie wollte nur weg von diesem Ort – den Seufzerwald weit hinter sich lassen, ebenso wie die Erinnerungen an all das, was hier geschehen war.

Bald.

Ihr Blick glitt durch den Saal. Ebons Gefährte, Vale, hielt Luker ein Schwert hin, das der vernarbte Krieger annahm. Luker wachte neben der schlafenden Jenna. Er hatte Parolla nicht dafür gedankt, dass sie die Wunden der Assassine geheilt hatte, aber das war auch nicht nötig gewesen. Die Erleichterung und Dankbarkeit, die in seinen Augen funkelten, sagten mehr als Worte.

Nun kam Ebon auf sie zu und blieb vor den Stufen stehen. Bevor sie ihn ansah, wartete Parolla einige Herzschläge, um deutlich zu machen, dass ihr seine Gesellschaft nicht willkommen war. Seine Lippen hatten noch immer einen bläulichen Schimmer, und die Haut an den Fingerspitzen war dunkler als die seiner Hände. *Erfrierungen.* Bei ihm jedoch war sich Parolla sicher, dass ihre Heilkräfte nicht gefordert waren. Ebon war inzwischen mehr als in der Lage, das selbst zu übernehmen.

Aus seinem Gespräch mit Shroud hatte sie schnell geschlossen, wer seine geheimnisvolle Beschützerin war – die Schutzgöttin der Vamilianer. Höchstwahrscheinlich war der Kahlköpfige gar kein Hexenmeister – oder war es zumindest nicht gewesen, bevor er Galea begegnet war. Und jetzt? Parolla blies die Wangen auf. Ebons Macht war gewachsen, seit sie sich auf der Hügelkuppe begegnet waren, und demnach hatte er unerwartete Reserven mobilisiert, als er gegen Mayot antreten musste. Was hatte die Berührung mit der Zauberkraft der Göttin in ihm verändert? Welche Entwicklung war ihm nun vorherbestimmt?

Ebon verneigte sich. »Vergebt mir die Störung, Gebieterin. Ich habe mich gefragt, was wohl aus Mottle geworden ist. Hat er Euch nicht begleitet …«

»Er ist tot«, fiel Parolla ihm ins Wort und sah dann, dass sich eine weitere Last auf die ohnehin schon gebeugten Schultern legte.

»Erzählt mir, was geschah.«

Nun berichtete Parolla von dem Kampf gegen den Tiktar, und wie er damit endete, dass Mottle in den Wirbelsturm hineingerissen wurde. »Der Altvorderling … hat ihn … umhüllt, *sirrah.* Niemand hätte die Verletzungen überleben können, die er sich dabei zugezogen haben muss. Und dennoch …«

»Ja?«

»Der Hügel ist nicht weit von hier entfernt. Wenn er tot wäre, hätte seine Seele dann nicht längst durch den Zwiespalt gehen müssen?«

Ebon sah zum Strom der Seelen. »Ihr habt nach ihm Ausschau gehalten?«

»Nein, *sirrah*, aber sicherlich hätte *er* doch *uns* gesehen.«

Der *magus* dachte darüber nach und lächelte dann ein wenig. »Das ist natürlich wahr. Mottle würde niemals schweigend gehen. Er könnte nie an uns vorüberziehen, ohne uns von seinen Erlebnissen zu berichten.«

Parolla legte einen Hauch von Hoffnung in ihre Stimme, die sie eigentlich nicht empfand. »Er *wollte*, dass der Sturm ihn verschlang. Vielleicht hat er ihn am Leben erhalten.«

Ein wissender Blick lag in Ebons Augen. »Vielleicht habt Ihr recht.« Er fuhr sich mit der Hand über den Kopf. »Aus welcher Richtung seid Ihr in den Seufzerwald gereist, Gebieterin?«

»Aus Nordwesten. Warum?«

»Ich hoffte auf Nachrichten aus meiner Stadt, Majack.«

Parolla hatte keine tröstenden Worte für ihn. »Damit kann ich Euch nicht dienen. Wenn Ihr hier bleibt, werden aber irgendwann sicherlich die Seelen Eurer toten Landsleute eintreffen, und vielleicht könnt Ihr dann herausfinden …«

»Vergebt mir«, fiel Ebon ihr ins Wort. »Aber ich kann nicht einfach abwarten. Ich muss mich aufmachen und selbst herausfinden, was geschehen ist. Lebt wohl.« Er wandte sich zum Gehen.

»Augenblick«, sagte Parolla. Der *magus* sah sie über die Schulter hinweg an. »Es tut mir leid«, fuhr sie fort. »Für Euren Freund, Vale. Als ich seinen Arm festhielt … ich kann ihm die Jahre nicht zurückgeben, die ich ihm genommen habe.«

Ebon nickte. »Falls Aliana irgendwann einmal Hilfe brauchen sollte«, erklärte er schließlich, »darf ich mich dann an Euch wenden?«

»Ich werde nicht in dieser Gegend bleiben. Wie wolltet Ihr mir eine Botschaft übermitteln?«

Ebons Mundwinkel hoben sich. »Da wird mir etwas einfallen.«

Parolla sah ihm nach. Der König von Galitia immerhin, zumindest hatte er sich so bei Shroud vorgestellt. Er war in vieler Hinsicht so selbstsicher, und in anderer dann wieder so zögerlich. *Ein König ohne ein Königreich.* Majack ... wie weit mochte die Stadt von hier entfernt sein, vielleicht zehn Tagesmärsche zu Fuß? *Zehn Tage lang belagert von einem Untotenheer.* Und da wollte er Neuigkeiten? Parolla schüttelte den Kopf. Bei seiner Rückkehr würde Ebon nichts als kalte Asche vorfinden, und nach der Düsternis zu urteilen, die in seinen Augen wohnte, wusste er das auch nur zu gut.

Ein Husten ertönte zu ihrer Rechten, und als sie sich umsah, erkannte sie die Geistergestalt von Tumbal Qerivan. Der Gorlem stand mit leicht geneigtem Kopf da und beobachtete sie, die unteren Arme vor der Brust gefaltet, die oberen mit verschränkten Händen vor sich ausgestreckt, als wollte er beten. Er schwebte näher heran und sagte: »Es wärmt mein Herz, Euch wiederzusehen, Gebieterin.«

Parolla stand auf. »Ich hatte befürchtet, Ihr würdet es nicht schaffen, *sirrah.* Habt Ihr noch immer Schmerzen?«

»Ein wenig«, räumte Tumbal ein. »Doch hoffe ich, dass mir in der Unterwelt Erleichterung beschert wird.«

Eine kleine Bewegung neben dem Gorlem weckte Parollas Aufmerksamkeit. Sechzig Schritte von ihnen entfernt standen zwei von Shrouds Schergen und starrten sie an – der Halbling mit der Kapuze und sein Begleiter. Zweifelsohne gab es auch noch andere, die aus den Schatten hinter dem Zwiespalt auf sie anlegten. Zukünftig würde sie sich wohl nicht nur vor den Dienern des Gehörnten Gottes in Acht nehmen müssen. Wieder an Tumbal gewandt, sagte sie: »Ich habe Euch gerächt. An den Fangalar.«

»Oh, dass ich so etwas noch hören darf«, erwiderte der Gorlem. Sein Blick glitt nun durch die Rotunde, und seine ernste Miene hellte sich auf; er wirkte beinahe verzaubert. »Ich erinnere mich an diesen Ort, aus der Zeit, da ich kam, die Vamilianer zu bestatten. Nie hätte ich geglaubt, dass diese Kuppel noch steht.«

»Sie wird bald fallen. Die Zauberkunst, die sie erhielt, ist jetzt fast verblichen, von der Todesmagie des Buches zerstört.«

»Und dennoch ist das Meeresrauschen noch geblieben.« Ein sehnsüchtiger Ausdruck legte sich auf Tumbals Gesicht. »Es betrübt mich, dass Ihr die Vamilianer nicht erleben konntet, so wie sie einst waren. Ein schönes und erfinderisches Volk. Um den Fangalar zu entfliehen, mussten sie ihre Heimat weit hinter sich lassen, doch blieb ihre Liebe zum Meer stets bestehen. Dieses Gebäude war einst von zahllosen Springbrunnen geschmückt. Die Vamilianer hatten die Kunst entwickelt, Wasser bis ganz nach oben zur Spitze der Kuppel zu pumpen, so dass es außen über die Mauern herabströmte. Wie wurde das wohl bewerkstelligt, was glaubt Ihr?«

»Wieso fragt Ihr sie nicht selbst? Es muss doch jemand in dem Seelenstrom sein, der es Euch verraten kann.«

Tumbal betrachtete sie nachdenklich. »Der Strom trägt viel Wissen mit sich, das ist wahr. Ich hörte, was sich hier zuvor abspielte, von einem Vamilianer, der Zeuge von Mayots verfrühtem Ableben wurde.«

»Verfrüht?«

Der Gorlem breitete alle vier Hände aus. »Aber natürlich doch. Woher werde ich nun die Lösungen jener Rätsel erfahren, die mich so beschäftigt haben?« Seine Miene hellte sich auf. »Vielleicht treffe ich den Magier in der Unterwelt.«

»Das bezweifle ich, *sirrah*.«

»Wieso, Gebieterin?«

»Irgendwie glaube ich, dass Shroud etwas anderes mit ihm vorhat.«

Tumbals Kopf wippte auf und nieder. »Was ist mit Euch? Bekamt Ihr jene Antworten, nach denen Euch dürstete?«

»Von Shroud hörte ich nur Lügen und Halbwahrheiten. Dennoch habe ich viel gelernt.«

»Wie das?«

»Ich stellte fest, dass sich mein Vater davor fürchtet, mir außerhalb seines eigenen Reiches gegenüberzutreten. Und dass er mächtige Feinde hat, in denen ich Verbündete finden könnte.«

Tumbals Form begann sich zu verzerren und streckte sich zum Zwiespalt hin. »Eure Suche geht also weiter?«

»Was bliebe mir sonst übrig?«

»Aber wurden mit der Wiedergeburt Eurer Mutter nicht zumindest einige Übel gesühnt? Ein neuer Anfang …«

»Nicht für mich. Ich werde sie niemals sehen können. Selbst wenn es einmal soweit sein sollte, dass ich den Ruf meines Blutes im Zaum halten kann, wird Aliana ihr eigenes Leben haben. Es ist besser für sie, wenn sie nichts von mir weiß – oder von der Geschichte, die uns verbindet.«

»Vielleicht in ihren jungen Jahren, aber später doch könntet Ihr …« Der Gorlem betrachtete sie eingehend, dann seufzte er. »Was wollt Ihr als Nächstes tun? Wohin wollt Ihr gehen?«

»Das habe ich noch nicht entschieden.«

Tumbals Gestalt verbog sich mit jedem Augenblick mehr. Er holte Luft, als wollte er allen Mut zusammennehmen. »Ein guter Rat, Gebieterin, wenn Ihr mir meine Anmaßung vergeben wollt. Bevor wir einander begegneten, reiste ich lange Jahre durch diese Lande. Im Herzen war ich stets ein Entdecker, und ich habe Wunder gesehen, die mein Herz zum Singen brachten. Ich wanderte durch die Straßen von Dian und sah das Drachentor über dem Sabianischen Meer aufsteigen und fallen. Ich sah die Tränen des Himmels auf die Kahlen Lande regnen und einem Reich neues Leben einhauchen, das durch den Todeskampf eines Gottes verwüstet worden war. Ich bin zum Gipfel des Dorns aufgestiegen und beobachtete, wie die Khalid-Esgaril ihren Todestanz über feuerverbrämten Wolken webten.« Parolla erkannte an Tumbals geistesabwesendem Blick, dass er all diese Wunder noch einmal vor sich sah. Dann wandte er die Augen wieder zu ihr. »Aber stets war meine Freude getrübt von dem Gefühl, dass etwas fehlte. Zu lange, glaube ich heute, war ich unterwegs und hatte allein mein armes Ich als Gesellschaft. Es war Eure Freundschaft, die in der Leere in mir ein Licht entzündete. Nun weiß ich nicht, wo Euch ein würdiger Gefährte begegnen mag, aber macht es zu Eurem Ziel, einen solchen zu finden. Ihr verdient …«

»Ihr irrt Euch, *sirrah*«, unterbrach ihn Parolla. »Ich verdiene nicht mehr als das, was mir das Schicksal zugebilligt hat. Euer Vertrauen in mich ist ungerechtfertigt. Das war es immer.«

»Nein, Gebieterin, es ist Euer Mangel an Selbstvertrauen, der Euch in die Irre leitet. Ich habe gehört, welche Rolle Ihr beim Sturz Mayots spieltet.«

»Es war nicht ich, die den Untoten den Weg in die Unterwelt öffnete. Es war nicht einmal meine Idee, um die Freigabe meiner Mutter zu bitten.«

»Und die Frau, die Ihr heiltet? Jenna?«

»Ihr Gefährte stand kurz davor, sich in Shrouds Dienste zu begeben. Ich schritt nur ein, um meinem Vater ein Schnippchen zu schlagen.«

»Das glaube ich nicht.«

»Ihr dürft glauben, was Ihr wollt.«

Tumbal machte Anstalten, etwas zu sagen, überlegte es sich aber anders. Er runzelte die Stirn, und Parolla fragte sich, was der Gorlem in ihr erkannt haben mochte, das ihn stets so melancholisch werden ließ. Schließlich sagte er: »Es schmerzt mich, Euch zu verlassen, aber ich fühle den Ruf von Shrouds Tor. Irgendwo auf der anderen Seite wartet mein Volk.«

Parolla hatte gewusst, dass ihre gemeinsame Zeit zu Ende ging, und sie zwang sich zu einem Lächeln. »Dann geht. Ich bete, dass die Unterwelt so sein wird, wie Ihr es Euch erhofft.«

Tumbal erwiderte ihr Lächeln. »Ich zweifle, dass dies möglich ist, aber nun, ich habe nie die Kunst gemeistert, meine Erwartungen zu zügeln. Lebt wohl.«

Er schritt die Stufen hinauf, ohne sich noch einmal umzudrehen, und wurde eins mit dem Seelenstrom. Der Gorlem war größer als die Vamilianer um ihn herum, und Parolla konnte ihn noch lange sehen, wie er jenseits des Zwiespalts in die Düsternis getragen wurde. Für einige Herzschläge blitzte sein Bild in den wirbelnden Schatten auf.

Dann war er verschwunden.

Während sie zusah, wie ihn die Dunkelheit verschluckte, fühlte Parolla sich so einsam wie noch nie.

Um zu Vale und Luker zu gelangen, musste Ebon den Seelenstrom überqueren, und kurz zögerte er am Rand der Fluten, bevor er sich hineinwagte. Die Berührung der Geister ließ ihn frösteln, und ihr ruheloses Wispern weckte unangenehme Erinnerungen an die Tage seiner Besessenheit. Wer konnte schon sagen, ob die Vamilianer, die nun um ihn herumströmten, nicht dieselben waren, die einst in seinen Verstand hatten eindringen wollen? Und während die meisten Geister es sicherlich zufrieden waren, in die Unterwelt einzuziehen, gab es doch vielleicht auch welche, die versuchen würden, sich seiner zu bemächtigen, nur um letztlich doch nicht Shrouds Umarmung anheimzufallen?

Er zog eine Grimasse und beeilte sich.

Vale wartete auf der anderen Seite. Das graue Haar des Endorianers war dünner geworden, und die Krähenfüße unter den Augen waren tiefer als zuvor. Wie viele Jahre hatte sein Gefährte jetzt im Dienst der galitianischen Krone verloren? Vor zehn Jahren, als er Isanovir die Treue geschworen hatte, war er dem Aussehen nach kaum mehr als ein Dutzend Jahre älter gewesen als Ebon; jetzt erschien er alt genug, um sein Vater zu sein. Die Zeit würde bald kommen, dass Ebon ihn von seinem Eid entbinden musste, auch wenn der Endorianer noch so sehr protestieren würde.

Aber noch war es nicht soweit.

Er trat neben seinen Freund und legte ihm eine Hand auf die Schulter. »Warte noch einen Augenblick«, sagte er und ging dann weiter zu Luker.

Der vernarbte Mann kniete neben Jenna, stand aber auf, als Ebon sich näherte. Er blickte recht freundlich drein, aber dennoch war etwas an seiner Haltung, das Ebon an eine Löwin erinnerte, die ihr schlafendes Junges bewacht.

»Wie geht es ihr?«, fragte er.

»Einigermaßen«, erwiderte Luker. »Die erzwungene Heilung wird nicht leicht für sie gewesen sein. Sie ruht sich aus.«

Ebon sah zu der schlafenden Frau hinunter und betrachtete den geheilten linken Arm, der wieder aus dem versengten Ärmel herauslugte. »Nicht einmal eine Narbe, die erkennen ließe, wo der Arm abgetrennt war. Wahrscheinlich sollte uns das nicht verblüffen, wenn man bedenkt, um wen es sich bei Parolla handelt. Andererseits ...«

»Ja.«

»Ihr werdet hier bleiben, bis sie sich erholt hat?«

Luker schüttelte den Kopf. »Vielleicht noch eine Glocke, länger nicht. Shroud mag wieder unter seinen Stein zurückgekrochen sein, aber dieser ganze Ort stinkt immer noch nach Tod. Je schneller wir von hier verschwinden, desto besser.«

Ebon war ganz seiner Meinung. »Würde es Euch etwas ausmachen, wenn Ihr zuerst nach Aliana seht, wenn sie geboren wird? Es gibt einige Dinge, um die ich mich jetzt kümmern muss.«

»Ja.« Dann setzte Luker hinzu: »Vale hat mir von Eurer Stadt erzählt. Gebt noch nicht auf. Die Festung wird jeder Zauberkunst besser widerstanden haben als Eure Stadttore.«

»Ihr wart schon einmal in Majack?«, fragte Ebon und verbarg seine Überraschung.

Luker erwiderte seinen Blick gelassen. »Vor vielen Jahren. Bin auch nur durchgereist.«

Ebon beschloss, nicht weiter nachzufragen. »Und die Festung?«

»Ich habe einige von derselben Machart gesehen – Andros, Karalat, noch ein paar andere. Es heißt, die Titanen hätten sie erbaut. Wenn das stimmt, dann werden sie ewig halten.«

»Habt Ihr einmal erlebt, wie sie von Zauberkräften angegriffen wurden?«

»In Karalat, ja.«

»Und?«

»Die Mauern hielten stand.«

Etwas am Gesichtsausdruck des vernarbten Kriegers verriet Ebon, dass diese Geschichte noch weiterging. »Aber die Zitadelle fiel trotzdem?«

Luker lächelte finster. »Entspannt Euch, Mann. Mayot Mencada hatte kein halbes Dutzend Bewahrer, die er über die Mauern schicken konnte.«

Ebon war sich nicht sicher, ob ihn das wirklich beruhigte. Mit einer Verbeugung verabschiedete er sich.

Lukers Stimme hielt ihn auf. »Wollte mich vorher noch bedanken. Dafür, dass Ihr Merin Gray aufgehalten habt.«

Merin Gray? Ah ja. »Ich bin ebenso dankbar«, sagte Ebon, »dass wir auf derselben Seite kämpfen. Ihr seid nicht der Einzige, dessen Verbündete sich in letzter Zeit als unzuverlässig erwiesen haben.«

Luker kniff die Augen leicht zusammen. »Eure verborgene Schutzherrin …«

»Welche verborgene Schutzherrin?«

Langsam glitt ein Lächeln über Lukers Züge. Er steckte die Hand aus, und Ebon schüttelte sie.

Der König kehrte zu Vale zurück, dann ging er zu dem Eingang, durch den sie die Rotunde auch betreten hatten. Die Brandung rauschte laut in seinen Ohren, als sie durch den Seelenstrom ins Freie schritten. Vale sah sich noch einmal um.

»Kommt der Consel nicht mit?«

»Nein. Er will Ambolina suchen.«

»Wie schade.«

Draußen herrschte tödliche Stille. Es war früher Nachmittag, wie Ebon vermutete. Die Kuppel aus Todesmagie hatte sich aufgelöst. Es nieselte, und der König zog sich die Kapuze über den Kopf. Wohin er auch sah, überall lagen Berge toter Vamilianer, abgetrennte Körperteile, zertrümmerte Waffen und Rüstungen.

In einem verfallenen Haus in einiger Entfernung wieherte ein Pferd, und als Ebon dem Laut folgte, fand er die Tiere der Sartorianer zwischen den Mauern angehobbelt. Es waren insgesamt sechs, eines weniger als noch zuvor auf dem Hügel. Ebon warf Vale einen Blick zu. »Denkst du, was ich denke?«

Der Endorianer zuckte die Achseln. »Die Toten brauchen sie ja wohl nicht mehr.« Er hielt inne und betrachtete die Tiere genauer. »Welches ist wohl das Pferd des Consel?«

Ebon wählte einen Fuchswallach und stellte sich die Steigbügel richtig ein. Der frühere Besitzer hatte offenbar eine Verwundung erlitten; das jedenfalls ließen die Blutspritzer auf dem Sattel vermuten. Mit dem Saum seines Mantels wischte Ebon sie ab.

»Ich habe dich vorhin mit dem Consel streiten sehen«, sagte Vale. »Worum ging es denn?«

»Garat hat mir die Hand seiner Schwester angeboten. Um ein Bündnis zwischen unseren beiden Völkern zu stärken.«

»Und?«

»Sie heißt Belana …«

»Das habe ich nicht gemeint, und das weißt du auch.«

Ebon seufzte. »Ich habe Nein gesagt.«

Vale schwieg eine Weile, während er die Satteltaschen durchsuchte.

Dann sagte er mit einem Lächeln in der Stimme: »Gute Entscheidung.«

»Es ist nicht so, wie du glaubst. Wenn wir nach Majack zurückkehren, werde ich als König abdanken.«

Der Endorianer zog scharf die Luft ein. »Warum?«

»Wegen des Fangalars. Du weißt schon, der eine, der entkommen ist.«

»Du weißt nicht, ob er überlebt hat. Bei den Höllen, du hast da oben selbst gesagt ...«

»Die Chancen, dass er überlebt hat, sind gering, ich weiß. Aber falls er es doch geschafft hat, dann werden die Fangalar nach mir suchen. Und ich will das Königreich nicht gefährden.«

»Dann lass mich den Mann verfolgen. Vielleicht kann ich seine Spur noch finden.«

»Nein.«

»Er kann nicht weit gekommen sein ...«

»Das reicht, Vale. Mein Entschluss steht fest.«

Der Endorianer murmelte etwas, dann schwang er sich in den Sattel. »Wie hat der Consel die Nachricht aufgenommen?«

»Mit großer Ungläubigkeit. Dass jemand Macht einfach aufgibt, ist für ihn unvorstellbar.«

»Das heißt dann also Krieg?«

Ebon schob den Fuß in den Steigbügel und stieg auf. »Ich glaube nicht. Der Verlust Ambolinas wird ihn geschwächt haben. Schon allein die Tatsache, dass er dieses Angebot gemacht hat, zeigt, wie verletzlich er sich fühlt. Wenn er nach Sartor zurückkehrt, wird er sich erst einmal mit einer Reihe anderer Dinge herumschlagen müssen, vermute ich, bevor er wieder an einen Angriff denken kann.«

»Vermutest du.«

Der König lächelte andeutungsweise. »Als ich mit Shroud sprach, war der Consel offenbar die meiste Zeit bewusstlos. Als ich ihm berichtete, was er verpasst hatte, war er sehr gekränkt. Er hatte das Gefühl, der Herr der Toten hätte ihn hinsichtlich einer Blutschuld betrogen.«

Vale schnaubte. »Schade, dass er nicht in der Lage war, dem Gott seine Ansicht mitzuteilen. Shroud hätte uns vielleicht allen einen Gefallen erwiesen.«

»Vielleicht. Tatsächlich war der Consel überzeugt davon, dass es Shroud war, der ihm einen Gefallen schuldete.«

Der Endorianer runzelte die Stirn. »Was wollte er denn?«

»Das habe ich ihn auch gefragt. Er fing sogar an, es mir zu erzählen, bevor ihm mittendrin bewusst wurde, wie viel er mir damit enthüllte.« Ebon nahm die Zügel. »Er wollte wissen, wo Ambolina ist. Er braucht sie, Vale. Sie und ihre Dämonen.«

Vale zog ein skeptisches Gesicht. »Selbst wenn du recht haben solltest – nach der Tracht Prügel, die wir bekommen haben, werden noch andere Rotschnäbel über Majack kreisen. Mercerie wird die Gelegenheit nicht verstreichen lassen, Salz in unsere Wunde zu reiben.« Er wendete sein Pferd. »Jemand wird die Scherben aufkehren müssen, die Mayot hinterlassen hat. Wenn du es nicht tust, wer dann?«

»Da ist mir schon jemand eingefallen«, gab Ebon zurück. *Wenn er noch lebt.*

Während Vale noch auf eine Erklärung wartete, schlug Ebon seinem Pferd die Fersen in die Weichen und lenkte das Tier aus der Ruine.

Sie ritten schweigend dahin; Ebon führte sie zu dem Hügel, auf dem sie gegen die Fangalar gekämpft hatten. In den Trümmern zu beiden Seiten spürte er verborgene Augen – weitere Schergen Shrouds vielleicht, oder andere, die vom Buch angelockt worden waren, aber zu spät kamen, um sich am Kampf gegen Mayot zu beteiligen. Keiner dieser Beobachter zeigte sich.

Als sie den Hügel erreichten, mussten sie feststellen, dass der Hang mit den Leichen zahlloser Vamilianer bedeckt war. Einige

Bäume waren im Sturm entwurzelt worden, und Ebons Augen weiteten sich, als er einen dicken Stamm entdeckte, der sich in großer Höhe in den oberen Zweigen zweier Bäume verkeilt hatte. Auf der Kuppe fasste ein Kreis von Leichen ein Meer aufgewühlter Erde von gut zweihundert Schritten Durchmesser ein. Baumstümpfe ragten aus dem Boden, und auf einen war der Körper einer Vamilianerin aufgespießt. Todesmagie hing so schwer in der Luft, dass jeder Atemzug in Ebons Kehle zu kratzen schien.

Eine Weile betrachtete er die Verwüstung, und sein Pferd tänzelte unruhig, als ein Windstoß an Ross und Reiter zerrte. Im Osten huschte ein Blitz über den Himmel, und einige Herzschläge später war Donnergrollen zu hören.

Von Mottle keine Spur.

Ebon blickte wieder zur Stadt. Von hier oben erschienen die Schäden an Mayots Rotunde viel gravierender als innen im Saal. Im Dach klafften zwei große Löcher, die jeweils einen Durchmesser von einem Dutzend Armlängen hatten, und das Gemäuer dazwischen war von Rissen durchzogen, die sich langsam ausbreiteten.

Ebon berichtete Vale von seinem letzten Gespräch mit Galea. »Habe ich recht gehandelt, Vale? Indem ich mich ihr verweigert habe?«

»Du hast getan, was du tun musstest.«

»Sie hat beinahe zugegeben, dass sie nichts unternommen hatte, um Majack zu helfen. Und dennoch …«

»Du glaubst noch immer, dass sie sich nach der ganzen Zeit doch noch als wohltätig erwiesen hätte? Vergiss das. Selbst wenn das Buch alles hätte vollbringen können, was sie sagte, dann glaube ich nicht, dass sie mit uns geteilt hätte.«

»Und falls du doch unrecht hast?«, fragte Ebon. »Was haben wir hier wirklich erreicht, Vale? Für meine Landsleute, meine ich. Die Erlösung jener, die vom Buch versklavt worden waren? Tot ist immer noch tot. Was, wenn ich vorhin ihre letzte Chance weggeworfen habe, weiterleben zu können? Das ist etwas, das mich wahrscheinlich ewig plagen wird – dieses Nichtwissen.«

Vale runzelte die Stirn, sagte aber nichts.

Als sich das Schweigen in die Länge zog, rührte Ebon sich im Sattel. Jetzt, da die Zeit gekommen war, diesen Ort zu verlassen, war ihm flau im Magen. Nur noch wenige Tage, in denen er weiterhin hoffen konnte. Nur noch wenige Tage, in denen er daran glauben durfte, Lamella und die anderen hätten den Angriff auf Majack überlebt. Er sah sich noch einmal um, dann legte er den Kopf in den Nacken und rief zum Himmel empor: »Mottle, wenn du das hier hören kannst … du weißt, wo du mich finden wirst, mein Freund.«

Dann wendete er sein Pferd und galoppierte den Hügel hinunter.

Ein kühler Wind blies über die Lichtung. Luker erhob sich neben einem Hügel frisch aufgeworfener Erde; seine Knie hatten tiefe Eindrücke im Boden hinterlassen. Eine Glocke hatte es gedauert, ein flaches Grab auszuheben, mit nur seinen Händen und einem Speer, den er halb versteckt unter Erde und Wurzeln gefunden hatte. Das Wasser sickerte schneller in die Grube, als er es ausschöpfen konnte, und daher blieb ihm am Ende nichts anderes übrig, als Kanon hineinzurollen und seinen schwimmenden Kopf und Körper so gut zu bedecken, wie es irgend ging.

Er wischte sich den Dreck von den Händen und fischte das Schwert seines Meisters aus einer Pfütze. Dann sah er sich auf der Lichtung um. Nach seinem Duell mit Kanon waren die Untoten weitergezogen und hatten nichts zurückgelassen außer einem großen feuchten Fleck aufgewühlten und zertrampelten Bodens. Der Bewahrer kratzte sich an seiner Narbe. Sein Meister verdiente etwas Besseres als ein namenloses Grab in diesem shroudverfluchten Hinterland. Vielleicht würde Luker eines Tages zurückkehren und seine Knochen wieder ausheben, um sie an ihre angemessene Ruhestätte auf dem Gelände des Sacrosanctums zu überführen.

Hinter ihm raschelten Blätter.

»Vorher war keine Gelegenheit«, sagte Jenna, »um dir zu sagen, wie leid es mir tut, dass du diesen Verlust erlitten hast.«

Luker wandte sich nicht um. Er rammte Kanons Schwert an der Kopfseite des Grabes in die Erde und stützte sich mit seinem ganzen Gewicht darauf, bis nur noch der Griff und eine Handbreit der Klinge aus dem Boden ragten. Dann trat er zurück. Ihm war, als sollte er etwas zu Kanons Gedenken sagen, aber er war nie ein guter Redner gewesen, und sein Meister hatte Schweigen ohnehin immer mehr geschätzt als Worte.

»Schade, dass du ihm nie begegnet bist«, sagte er zu Jenna. »Ich kannte ihn wahrscheinlich so gut wie alle anderen, aber immerhin doch nicht so gut, wie es mir lieb gewesen wäre. Wir sind viele Jahre miteinander gereist, zuerst, als ich sein Schüler war, dann später auch noch, als ich von der anderen Seite der Weißen Berge zurückkehrte. Selbst da blieb er sehr für sich. Vor unserem Kampf hat er vielleicht mehr mit mir geredet als in all den Jahren zuvor.« Er hörte, dass Jenna einen Schritt auf ihn zukam und spürte kurz ihre Hand auf seiner Schulter.

»Hat er Familie?«, fragte sie.

»Wenn, dann hat er sie nie erwähnt. Die Bewahrer waren vielleicht die engste Verbindung zu anderen Menschen, die er hatte.« Lukers Miene wurde ernst. »Kanon hat sein Leben damit verbracht, einem Ideal zu dienen, dem seine Befehlshaber nicht entsprechen konnten. Ich denke, das hat er erkannt, bevor er starb, aber seine Ehre hinderte ihn daran, der Bruderschaft den Rücken zu kehren.«

»Wie hast du ihn kennengelernt?«

Luker beobachtete, wie der Wind die Oberfläche einer Pfütze kräuselte. Beinahe war er ein wenig überrascht, dass er Jenna die Geschichte noch nie erzählt hatte, aber wahrscheinlich hatte er sich mehr von Kanon abgeschaut als nur die Beherrschung des Willens. »Er rettete mir das Leben. Am Rand der Ödnis, nicht weit von Ontep – dem verlassenen Sklavenhalterdorf, durch das wir gekommen sind. Ich war sieben Jahre alt. Mein Vater hatte getrunken. Wahrscheinlich hat er die Sandklaue erst gesehen, als sie ihn auch schon erwischte. Kanon erschien und spießte das Untier auf, bevor es über mich herfallen konnte. Wer weiß, vielleicht fühlte er sich schuldig, weil er nicht rechtzeitig gekommen war, um uns beide zu retten. Vielleicht hat er mich deswegen zu seinem Schüler gemacht.« Oder vielleicht, so hätte Luker zumindest gerne geglaubt, war es auch deshalb gewesen, weil Kanon etwas in ihm erkannt hatte, das ihm gefiel, denn nachdem Lukers Vater tot war, hatte er nicht einfach nur auf den Tod gewartet, sondern sich einen Speer geschnappt und die Sandklaue angegriffen.

»Hat er dir nie erzählt, wieso er dich zu sich genommen hat?«

»Ich habe nie gefragt.« Wieder sah Luker die letzten Augenblicke des Zweikampfs vor sich. »Er hat zugelassen, dass ich ihn tötete, weißt du. Ganz am Schluss. Er hat sogar gelächelt, als der Hieb ihn traf.«

»Er war schon tot. Du hast ihn nicht getötet.«

»Vielleicht nicht. Es fühlt sich trotzdem so an.«

»Er wusste, dass du ihm gefolgt bist. Das zumindest hast du ihm noch sagen können.«

Luker nickte. »Ja, und das ist wahrscheinlich ein kleiner Trost.« Er sah Jenna an. Die Assassine strotzte vor Gesundheit. Ihr Haar glänzte, ihre sommersprossigen Wangen leuchteten, und selbst die gezackten Narben von dem Überfall in Arkarbour waren verschwunden. »Wie fühlst du dich?«

»Seltsam. Mein Verstand hat sich noch nicht an den Gedanken gewöhnt, dass mein Körper geheilt wurde.« Jenna hob die linke Hand und betrachtete sie. »Wenn ich meinen Arm ansehe, erwarte ich immer noch diesen Stumpf.«

»Gib der Sache Zeit.«

Die Assassine zeigte ihr schiefes Lächeln. »Ich will mich ja auch nicht beschweren.«

Wasser sammelte sich rund um Lukers Stiefel, und er zog sich auf trockeneren Boden zurück. Jenna folgte ihm. Sein Pferd wühlte mit dem Maul im Schlamm und suchte vergebens nach Gras. »Hast du die anderen gefunden? Merin? Den Jungen?«

»Chamery war dort, wo wir ihn zurückgelassen hatten – tot. Seine Handgelenke waren wundgescheuert, aber ob er sich gegen seine Fesseln gesträubt hat, bevor er tot war oder danach, das konnte ich nicht feststellen. Was Merin betrifft, seine Leiche habe ich nicht gefunden.« Die Assassine beobachtete, wie Luker auf die Nachricht reagierte, und sagte dann: »Du wirkst nicht überrascht.«

Der Bewahrer schüttelte den Kopf. »Ein zäher alter Dreckskerl.«

»Wirst du ihn verfolgen?«

»Vielleicht.«

»Er hat dich verraten.«

»Hat er das? Man kann niemanden verraten, wenn man nie auf dessen Seite stand. Wir wussten beide, wie sich die Dinge verhielten.«

Jenna runzelte die Stirn. »Wenn er überlebt hat und herumerzählen kann, was hier geschehen ist …«

Damit hatte sie recht. Luker hatte zwar nicht die Absicht, nach Erin Elal zurückzukehren, aber wenn die Zauberbrecher keinen weiteren Grund finden würden, um nach ihm zu suchen, war das auf keinen Fall verkehrt. »Ich denke darüber nach.«

Jenna sah ihn einige Herzschläge lang an, dann griff sie in eine Tasche ihres Mantels und zog ein flaches Taschenfläschchen hervor. Auf Lukers fragenden Blick hin erklärte sie: »Von der sartorianischen Soldatin, die überlebt hat. Auch einen Schluck?«

»Was ist es denn?«

Die Assassine schraubte die Flasche auf und nahm einen Schluck. »Nicht übel. Wie Juripa-Branntwein, nur stärker.« Sie hielt Luker die Flasche hin, und er nahm sie. »Also, wenn wir nicht Merin folgen, wohin reiten wir dann?«

Der Bewahrer brummte. *Wir?* »Ich weiß nicht recht. Als Erstes, so hatte ich versprochen, wollte ich nach Aliana sehen.«

Jennas Augen funkelten. »Hätte nie gedacht, dass du eine gute Kinderfrau abgeben würdest.«

»Ich habe auch nur gesagt, ich würde nach ihr sehen. Sonst nichts.«

»Und du meinst, mehr schuldest du ihr nicht? Parolla, meine ich.«

Luker musterte die Assassine, dann wandte er den Kopf ab. »Shroud hat gesagt, er würde uns benachrichtigen, wenn das Kind zur Welt kommt. Bis dahin hätte ich ein paar Ideen, wie wir uns die Zeit vertreiben könnten.«

»Würdest du mir sagen wollen, woran du denkst?«

Lukers Lippen zuckten. »Wie wäre es mit Mercerie? Wir könnten noch einmal auf dieses Dach klettern und ein paar Schießübungen machen. Ist doch drei Jahre her, oder? In der Zwischenzeit hat dich bestimmt auch Peledin Kan vergessen.«

»Nun, ich habe nichts vergessen. In der Rotunde hast du zugegeben, dass ich besser schieße als du.«

»Da hatte ich wohl was auf den Kopf bekommen. Ist doch immer wieder verblüffend, was die Leute so von sich geben, wenn sich die Welt vor ihren Augen dreht.«

Jenna betrachtete ihn forschend. »Du nimmst also alles zurück? Alles, was du gesagt hast?«

Luker ließ sie warten, während er noch einen Schluck aus dem Taschenfläschchen nahm. »Nein«, antwortete er schließlich und sah ihr tief in die Augen. »Nein, das tue ich nicht.«

DANKSAGUNG

Mein Dank gilt meinen Lektoren Marco Palmieri und Ali Nightingale, die an das Buch glaubten und mir dabei halfen, ihm die richtige Form zu geben. Vielen Dank auch an das Team bei Tor und bei Titan, die es vorbereiteten, verlegten und bewarben, und an meinen Illustrator Rhys Davies, der mit viel Geschick und Geduld eine Landkarte erstellte, die dem Text entspricht. Sehen Sie sich nur einmal die ganzen Inseln an – zum Glück war das seine Aufgabe und nicht meine!

Ganz besonders möchte ich mich bei meinem Agenten Andy Zack bedanken, der sich unermüdlich dafür eingesetzt hat, dass meine Bücher auf der ganzen Welt ein Zuhause finden. Vielen Dank auch an Rebecca Josephsen, die von allen Manuskripten, die ihr zur Prüfung vorlagen, ausgerechnet meins herausgepickt hat.

Schließlich danke ich meinem Vater dafür, dass er sich bereit erklärte, ein umfangreiches Fantasy-Epos zu lesen, obwohl er vermutlich lieber andere Dinge getan hätte (vielleicht sogar alles andere lieber als das). Vielen Dank ebenfalls an James, der mich immer dann störte, wenn ich eine solche Störung nötig hatte, und an meine Frau Suzanne – dafür, dass sie mir die Unterstützung gewährte, die ich auf dem langen Weg des Schreibens brauchte. Und dafür, dass sie mich dabei ein langes Stück des Weges getragen hat.